国家社科基金重大招标项目"敦煌佛教文学艺术思想（19ZDA254）阶段性成果

U0664846

敦煌文学艺术的多维诠释

李小荣　杨祖荣　王晓茹　主编

巴蜀书社

图书在版编目(CIP)数据

敦煌文学艺术的多维诠释/李小荣,杨祖荣,王晓茹
主编.—成都:巴蜀书社,2022.10
　　ISBN 978－7－5531－1798－0

　　Ⅰ.①敦…　Ⅱ.①李…　②杨…　③王…　Ⅲ.①敦煌学
－文学研究　Ⅳ.①I206.2

　　中国版本图书馆 CIP 数据核字(2022)第 185177 号

敦煌文学艺术的多维诠释
DUNHUANG WENXUE YISHU DE DUOWEI QUANSHI

李小荣　　杨祖荣　　王晓茹　　主编

策划编辑	张照华
责任编辑	童际鹏　张红义
封面设计	木之雨
出　　版	巴蜀书社
	(成都市锦江区三色路 238 号新华之星 A 座 36 楼
	邮编区号 610023)
	总编室电话:(028)86361843
网　　址	http://www.bsbook.com
	发行科电话:(028)86361856
经　　销	新华书店
照　　排	成都木之雨文化传播有限公司
印　　刷	成都蜀通印务有限责任公司
成品尺寸	160mm×235mm
印　　张	26.25
字　　数	500 千
版　　次	2022 年 11 月第 1 版
印　　次	2022 年 11 月第 1 次印刷
书　　号	ISBN 978－7－5531－1798－0
定　　价	98.00 元

本书若出现印装品质问题,请与印刷厂联系

前　言

李小荣

（福建师范大学文学院）

这本论文集的编撰，缘于 2021 年 7 月 10 日由福建师范大学文学院、福建师范大学古籍研究所联合主办的一次小型会议——"2021 年'敦煌佛教文学艺术思想综合研究（多卷本）'青年学者论坛"。当时，来自敦煌研究院、上海社会科学院、兰州大学、浙江大学、复旦大学、山东大学、陕西师范大学、上海师范大学、浙江师范大学、安徽师范大学、江苏第二师范学院、南京艺术学院、浙江工业大学、四川警察学院以及本校师生近 40 人参加了此次论坛。

这次论坛系我主持的国家社会科学基金重大招标项目"敦煌佛教文学艺术思想综合研究（多卷本）"（项目编号：19ZDA254）的中期会议之一。该项目旨在于全面梳理现在敦煌佛教文学、艺术作品（含洞窟图像）的基础上，从时、空两大层面对敦煌佛教文学艺术思想进行综合研究，进而揭示中国特色佛教文化的形成路径、发展规律，揭示中外文明交流、互鉴、共进的重要意义。

与会专家主要围绕敦煌佛教文学文献、艺术文献的收藏、整理、编目与解读，重点从文学、音乐、美术、戏剧、舞蹈、仪式表演等多维角度来诠释敦煌佛教文学、艺术作品中的思想流变，取得了较为丰硕的成果。所提交的 30 余篇论文，具有三个特点：一是重视基本文献的释读，并以写本学的全新视角重新校订相关重要文献，以读懂文献、理解写本文献的演化进程，还原写本文献的生成语境作为研究前提，重视文学文献与图像文献演化中所蕴含的思想文化因素；二是体现了敦煌学研究的中国眼光。敦煌学作为一门国际显学，虽说不少中外学人倾注毕生精

1

力，在许多学科领域都取得了突出成果，但与会学人能赓续前贤优良传统，立足高起点、高站位，"以小见大"，基本实现了文本、图像、历史、思想等方面的综合研究；三是多维研究的创新和方法的综合，注重发掘新材料，提出新问题，归纳新的研究理念，并重视回归语文学，从历史语言学、比较宗教学、比较文化学等视域来进行新探索。

因受多种主客观条件的制约，本次结集成书，仅收录会议论文 18 篇，约占当时提交总数的一半，其他会后不久就在国内外期刊公开发表者则未收录，虽然有点小遗憾，却更觉欣慰，因为发表敦煌学成果的园地越来越多，总是值得庆贺的事情。所收录的 18 篇论文，大致按内容性质分为六组：

一是偏重文学文本诠释或佛典文本整理者：王志鹏《敦煌〈韩擒虎话本〉的小说史意义略论》重新评估了 S.2144 写卷《韩擒虎话本》在英雄演义小说史上的地位；杨祖荣《〈维摩诘经讲经文〉再探》在明确《维摩诘经讲经文》数量的基础上，纠正了敦煌《维摩诘经讲经文》的缀合问题，并对讲经变文的韵文运用提出新看法；朱思奇、陈乙艺《敦煌 P.2668〈十梦〉及十梦壁画榜题相关问题补论》，则从图文互证角度补充阐发了晚唐五代敦煌地区"十梦"流行的思想成因在于末法思想的宣扬；尤澳《敦煌遗书三札》从细节入手，分别检讨了俗语"兄弟如手足，妻子如衣服"的历史来源、日本杏雨书屋羽 674 号《说文解字》残卷的真伪争议和《思益梵天所问经》的重新缀合问题；张磊《写本与传世本佛经异文的层次关系初探》，揭示了敦煌写本佛经与传世本大藏经之间异文层次的两种关系，其结论对整理写本大藏经具有很好的理论指导作用；翁彪《卷之盈握，沙界已周——敦煌小字写卷研究》，关注了唐宋时期流行的细行密书的写卷形态——小字写卷，发现它有三大特色：一是内容上主要以流行佛经、常见典籍和工具书为主，二是形式上表现为字小行密，可合卷抄写且容字量大的特点，三是功能上便于随身携带，适合备检、备忘。

二是偏重敦煌乐舞诠释者：刘文荣《文本、图像与音乐——敦煌壁画观无量寿经变的音乐范式表现》，从敦煌壁画艺术表现与宗教思想的关联研究入手，对敦煌石窟《观无量寿经变》之音乐图像的经典来源、艺术特色、功能作用做了全面的梳理，并注重定量和定性分析的有机融合；杨贺《南北朝乐制的新变对敦煌佛教乐舞戏的影响》，敏锐发现南北朝乐制变化所开启的佛教乐舞的中国化进程，及其对敦煌佛教乐舞戏的艺术范式建立所产生的影响；林素坊《敦煌舞谱写本文献性质与行令机制研究》，则深化了学界对敦煌舞谱"打令谱"的性质认识，并就具体的打令环节、行令规则提出新见解，考定敦煌舞谱写本文献属于唐人的送酒歌舞谱。

三是偏重图像诠释者：喻忠杰《敦煌及新疆石窟壁画中图像与演艺的互动》，打通敦煌吐鲁番学图像中的演艺史料，破除了"印度原型"说，倡导"中华民族文化多元一体"，具有方法论上的创新价值；赵燕林《莫高窟北朝晚期石窟中的天宫栏墙隐秘图案——兼议图谶瑞应思想与栏墙隐秘图案之关系》，则从汉魏图谶瑞应思想、北周武帝灭佛等历史背景入手，对天宫栏墙装饰图案中向来难以考索的佛首、饕餮、鹿、动物交媾、三兔共耳等事象提出了新的阐释路径，小中见大，颇有启示作用。

四是偏重疑伪经年代考证者：武绍卫《敦煌本〈佛说证香火本因经第二〉造作年代考》，侧重从"香火"本义、经录记载、二圣信仰、金翅鸟信仰、神异僧枹公等角度，对《本因经》的造作年代进行综合探讨，初步推定它产生于隋初，其出现，很可能和当时社会上流行的空王佛和弥勒信仰有关；杜娇《BD06702〈楼炭经略〉的成立与文本研究》，重新检讨了《楼炭经略》的经典来源，推断其大约定型于公元500—550年之间，并描述了它对《妙法莲华经度量天地品》《妙法莲华经马明菩萨品》影响的具体表现。疑伪经研究是佛教文献、佛教文学、佛教图像和佛教思想史研究领域的新热点之一，敦煌文献占比大，特色鲜明，是值得开拓的跨学科新领域之一。

五是偏重陀罗尼者：伍小劼《敦煌遗书中的尊胜陀罗尼注义本初探》，发现敦煌遗书中存在六号与佛教藏经中法崇本不同的《尊胜咒》注义本，它们可分成两个系统，一为《思溪藏》佛陀波利本《尊胜咒》

的注义本，注义与法崇本有不同之处，但整体上大体接近，二为藏外《尊胜咒》注义本，注义和系统与法崇本均有较大差别。而两个系统的《尊胜咒》注义本，从翻译学、语言学角度上看，都有加强研究的必要。曾丽珍《〈佛说解百生怨家陀罗尼经〉咒语研究》，对目前发现的《佛说解百生怨家陀罗尼经》五个版本的四种咒语的内容进行历史溯源，指出它们都见于盛唐时期所译的密典，由此推断该经产生在唐开元十二年至唐末之时间，注重迎合民众为亡者解除人世恩怨的功能诉求，后世则频繁运用于各种荐亡仪式。

六是偏重于佛教仪式、佛教信仰者：曹凌《行香仪小考》，结合日本仪式文献中的若干关键性材料和敦煌文书等中土文献数据，意在对行香仪程序及其从东晋到宋代的发展、演变和衰落过程进行较为清晰的复原；林啸《〈观经〉思想及其在敦煌的流传与影响——以观佛与往生为中心的考察》，紧扣"观佛""往生"两种思想，从敦煌写本、石窟经变出发，重新诠释了《观经》对敦煌佛教发展的深远影响；林生海《金山国背景下的敦煌山岳信仰》，则对金山国时期山岳信仰和敦煌佛教、地方政权的关系进行重新探讨，进而发现敦煌山岳信仰的变迁，在受政治因素影响的同时，也有向宗教化、民俗化转变的过程。

福建师范大学地处东南沿海，远离西北历史文化名城敦煌，在敦煌研究方面，既无地利优势，又起步较晚。但福建是传统宗教文化大省，无论历史上还是现在的对外文化交流中，佛教文化都起着相当重要的津梁作用。职是之故，近年来，福建师范大学文学院、闽台区域研究中心和古籍研究所，引进了一批优秀的青年博士，组建团队，培养硕博士研究生和博士后，希望在敦煌佛教文学艺术领域也发出"八闽"学人的声音。

其实，从敦煌文献而言，至少有三份写卷和福建关系密切：一是S.1635《泉州千佛新著诸祖师颂》，其作者是泉州开元寺千佛院的文（省）僜禅师[①]；二是P.3629、P.3632写卷所抄的两份闽人书札，其内

---

① 有关研究，参见李玉昆：《敦煌遗书〈泉州千佛新著诸祖师颂〉研究》（《敦煌学辑刊》1995年第1期，第29—35页转第8页）；衣川贤次著；朗洁译：《〈泉州千佛新著诸祖师颂〉与〈祖堂集〉》（《中正大学中文学术年刊》2010年第1期，第1—31页）等。

容主要涉及游士周素①抄《闽中十咏》并呈献同乡某尚书之事，它们是研究晚唐福建士人干谒文学的极好史料。尤其是周素献诗"因写闽川十首诗，潸然肠断实堪悲。乡关景色分明在，故业田园半属谁。骨肉飘零何日会，家僮星散已无依。终愿志公垂荐擢，挈我来年衣锦归"，寒士飘泊无依时的思乡之情，读来令人动容。正是基于培养学术新人的考虑，本论文集特意选录了六位硕博士的五篇新作（含一篇合作），它们虽稍显稚嫩，但相信不远的将来，我们定能听到雏凤出谷的清声！

最后，诚挚感谢为组织本次会议付出诸多辛苦的杨祖荣博士，以及为论文集出版提供巨大帮助的巴蜀书社，特别是编辑张照华先生。

---

① 周素，学界多录作"周囗"（即第二字不能确定），此依王使臻意见。参《诗歌相酬：敦煌书札所见唐宋士人之间的人际交往》，《宁夏师范学院学报》（社会科学版）2012年第4期，第48—49页。

目 录

敦煌《韩擒虎话本》的小说史意义略论*

王志鹏

（敦煌研究院敦煌文献研究所）

摘要：敦煌变文有不少是以历史人物为中心来演绎故事情节的，其中敦煌 S.2144 卷的《韩擒虎话本》堪称我国古代小说史上英雄人物演义之祖，对后世小说发生了深远影响。目前已有不少学者对《韩擒虎话本》的创作年代、话本小说特征、韩擒虎英雄形象的塑造等方面进行了探讨，取得不少研究成果。但迄今较少有人注意《韩擒虎话本》在整体结构上对后代小说的重要影响，或对此仅提出了一些粗略的看法，尚有未尽之处。有鉴于此，笔者在前人研究的基础上，主要从《韩擒虎话本》的结构、话本小说因素及其对后世的影响、小说史上的意义等方面，对《韩擒虎话本》进行较为全面、具体的考察，认为《韩擒虎话本》大大拓展了我国古代小说的艺术表现形式，不仅为我国古代小说提供了可资借鉴的创作经验，同时也为后来宋元话本的发展和明清章回小说的产生准备了充足的条件，在我国古代小说发展史上具有重要意义。

关键词：敦煌；韩擒虎；话本；古代小说；影响

敦煌变文中有不少是以历史人物为中心来演绎故事或展开情节的，

---

* 敦煌《韩擒虎话本》原卷无题，文末有"画本既终，并无抄略"八字，多数学者包括王庆菽、王重民、张锡厚、张鸿勋等均认为其中"画"为"话"之讹，或系同音借用，因而据此视之为"话本"。笔者此文采用这种看法。但也有学者持不同意见，如程毅中《关于变文的几点探索》（周绍良、白化文编：《敦煌变文论文录》，上海：上海古籍出版社，1982年，第379页）认为"画本"并非"话本"之讹，形式和近代的拉洋片相似；韩建瓴《敦煌写本〈韩擒虎画本〉初探（一）》（《敦煌学辑刊》1986年第1期）认为"画本"不是"话本"的同音借用或误写，等等。

1

如《伍子胥变文》《孟姜女变文》《王昭君变文》《汉将王陵变》《捉季布传文一卷》《李陵变文》《张议潮变文》《舜子变》《秋胡变文》《韩擒虎话本》《叶净能诗》等，其中敦煌 S.2144 卷的《韩擒虎话本》对后世小说发生了深远影响，堪称我国古代小说史上英雄人物演义之祖。到目前为止，学界除对《韩擒虎话本》进行校录整理外，还有不少学者对其创作年代、话本小说特征、韩擒虎英雄形象的艺术塑造等方面进行深入探讨，取得不少重要研究成果[1]，但较少有人注意《韩擒虎话本》整体结构对后代小说的重要影响，或对此仅仅提出了一些粗略的看法，尚有未尽之处。有鉴于此，笔者在现有研究成果的基础上，通过对《韩擒虎话本》进行较为全面、具体的考察，认为《韩擒虎话本》在整体结构上前后呼应，佛教因果报应的思想观念在故事情节发展中也有一定的体现，即开头交代故事背景、说明事件起因，中间展开情节，结尾又留有悬念。同时，《韩擒虎话本》丰富多样的艺术表现形式，在后代小说中得到了广泛继承和充分发挥。

一、《韩擒虎话本》的主要故事内容

《韩擒虎话本》开头交代事情发生在唐会昌年间，云："会昌既临朝之日，不有三宝，毁坼迦（伽）蓝，感得海内僧尼，尽总还俗回

---

① 相关研究成果主要有：王庆菽：《试谈"变文"的产生和影响》，载周绍良、白化文编：《敦煌变文论文录》，上海：上海古籍出版社，1982 年，第 255—272 页；王重民：《敦煌变文研究》，载周绍良、白化文编：《敦煌变文论文录》，上海：上海古籍出版社，1982 年，第 273—326 页；程毅中：《关于变文的几点探索》，载周绍良、白化文编：《敦煌变文论文录》，上海：上海古籍出版社，1982 年，第 373—396 页；程毅中：《俗赋、词文、通俗小说》，载《文史知识》1988 年第 8 期；张锡厚：《敦煌话本研究三题》，载《甘肃社会科学》1983 年第 2 期；邱镇京：《敦煌变文述论》，台北：台湾商务印书馆，1974 年；张鸿勋：《敦煌话本词文俗赋导论》，台北：新文丰出版股份有限公司，1993 年，第 27—30 页；王昊：《韩擒虎话本——历史演义和英雄传奇的先声》，载《明清小说研究》2003 年第 4 期；郑广熹：《敦煌本〈韩擒虎话本〉的写卷制作方式和文学特点》，载《艺术百家》2009 年第 2 期；赵伟：《敦煌本〈韩擒虎话本〉韩擒虎形象析义》，载 2019 年 5 月"佛教与敦煌文学学术研讨会论文集"；王昊：《论敦煌话本小说的文学史意义》，载其著《中国古代叙事文学研究》，芜湖：安徽师范大学出版社，2017 年，第 174—189 页，等等。

避。"① 据《旧唐书》卷18《武帝本纪》（会昌五年）八月"制"中有云："天下所拆寺四千六百余所，还俗僧尼二十六万五百人。收充两税户，拆招提、兰若四万余所，收膏腴上田数千万顷，收奴婢为两税户十五万人。隶僧尼属主客，显明外国之教。"② 但文中的主要内容是讲述隋文帝开创帝业、表现韩擒虎勇武超群的形象及南渡平定陈国的卓越功勋等事迹，此或用来借指后周武帝时事。③《北史》卷10《周本纪下》载建德三年（574）夏四月"丙子，初断佛、道二教，经像悉毁，罢沙门、道士，并令还俗。并禁诸淫祀，非祀典所载者，尽除之"④。话本讲述在佛法遭受禁毁的背景之下，有一法华和尚笃信佛教，乃入山隐居修道，诵习《法华经义》，"朝朝转念，日日看经"，感得八大海龙王也前来听法，和尚却并不知情。一天，有一人后到，和尚心内疑惑，询问原由，才知每日听法的竟是八大海龙王，惟恐和尚有难，特来护助。今天迟到，是为杨坚换脑盖骨去了。原来随州杨坚在百日之内，将登宝位，却戴不稳平天冠。并告诉和尚，杨坚现患生脑疼，无人医治。为报答和尚，给和尚一盒龙膏，说："若到随州使君面前，已（以）膏便涂，必得痊瘥。若也得教，事须委嘱：限百日之内，有使臣诏来，进一日亡，退一日则伤。若以后为君，事复再兴佛法。即是某等愿足。"说完，忽然不见。这样，《韩擒虎话本》一开始就带有较为明显的佛教神异色彩。

法华和尚到随州衙门，见到使君，确知杨坚患生脑疼，检尽药方，

① 黄征、张涌泉校注：《敦煌变文校注》，北京：中华书局，1997年，第298页。
② （后晋）刘昫等撰：《旧唐书》，北京：中华书局，1975年，第606页。
③ 王庆菽云："会昌为唐武宗年号。离隋朝后二百五十二年。因周武帝和唐武宗都是反对佛教的，所以说话人对历史年代发生错误。"（参见王重民等编：《敦煌变文集》文后"校记"，北京：人民文学出版社，1957年，第207页）。邱镇京也认为："会昌乃唐武宗年号，是时虽亦极力压迫佛教，然已与韩擒虎所处之隋代相去二百五十余年，故知此必开讲者不明历史年代，将周武帝误为唐武宗所致。"（参见邱镇京著：《敦煌变文述论》，台北：台湾商务印书馆，1974年，第73页。）黄征和张涌泉则认为："本话本多借古讽今，不拘史实，故未必是因缺乏历史知识而发生错误。"（黄征、张涌泉校注：《敦煌变文校注》，北京：中华书局，1997年，第305页。）
④ （唐）李延寿撰：《北史》，北京：中华书局，1974年，第360页。

医疗不得。和尚遂从袖中取出药盒，以龙仙膏往顶门便涂。此膏"才到脑盖骨上，一似佛手捻却"，立刻见效。使君顶谒再三，告诉和尚："虽自官家明有宣头，不得隐藏师僧，且在某衙府回避，岂不好事。"和尚闻语，忆得龙王委嘱，启言使君："限百日之内，合有天分。若有使臣诏来，进一日亡，退一日伤……若也以后为君，事须再兴佛法。"说完便告辞归山去了。至此，可说是整部话本小说的引子，也可说是话本的"入话"部分。从此话本才开始进入故事情节的主体。

敦煌《韩擒虎话本》写隋文帝杨坚肇登宝位之前，险象环生，危机四伏。司天太监夜观天象，得知随州杨坚百日之内要做皇帝，乃具表奏闻。皇帝览表，心中大为惊怖，遂差殿头高品到随州宣诏杨坚入朝。杨坚蒙诏，便与来使登涂，直到离长安十里有余的常乐驿安顿，忽然想起法华和尚的叮嘱，遂与天使商量，过几天再正式朝见。天使奏表上闻，皇帝览表，知道杨坚来了，心中十分高兴。此时唯有皇后杨妃满目泪流，忧心忡忡，想到父亲过几天觐见皇帝，必遭毒手，自己身为皇后，定也受辱，不如服毒先死。便香汤沐浴，穿戴整齐，满一杯毒酒放在镜台前面，对着镜子梳妆画眉。刚收拾完毕，从镜子里突然看到皇帝来了，赶忙站立。皇帝问她梳妆饮酒何用？杨妃回答说梳妆饮酒，一是要软发，二是保养容颜。同时也为供奉圣人。皇帝听说，心中大喜，说："皇后尚可驻颜，寡人饮了也会端正。"皇帝不知药酒，一饮而尽，顷刻脑裂身死。杨妃把皇帝的尸体拉到龙床下面，遮盖起来，然后来到前殿，差内使宣诏杨坚。杨坚入朝，皇后乃与杨坚及其亲信商议，册立杨坚为皇帝，自称隋文皇帝。

杨坚称帝的过程，疑念重重，最终往往又峰回路转，充满戏剧性，尤其在故事讲述的关键之处，往往伴有神奇事件发生。如前述和尚专心诵经，感得八大龙王前来护持。随州杨坚合有天分，却因戴不稳平天冠，因此龙王去换脑盖骨。特别是皇后与杨坚及其亲信商议，拟立杨坚为皇帝时，担心众臣不从。于是密谋设计让手下连夜点检御军五百，手持大刀利刃，伏于甲幕，到时如有大臣不服，殿前斩杀。第二天上朝，文武大臣立在殿前，皇后宣问："主上已龙归沧海，今拟册立随州杨使君为乾坤之主，卿意如何？"说完拂袖便去。满朝文武大臣疑惑之际，殿上"见一白羊，身长一丈二尺，张牙利口，便下殿来，哮吼如雷，拟吞合朝大臣。众人一见，便知杨坚合有天分，一齐拜舞，叫呼万岁"①。这更是超乎想象的灵异事件。

杨坚称帝，自然引出主人公韩擒虎渡江平陈的故事情节。金陵陈王听到杨坚做了皇帝，心生不服，乃兴兵讨伐。杨坚得报，聚集文武大臣商议对策，决定让皇弟杨素领贺若弼和韩擒虎出兵，三人受宣，即刻进军。杨素派韩擒虎领军三万五千收复金陵。韩擒虎足智多谋，与敌作战，所向披靡，降伏大将任蛮奴，率军直入金陵。"陈王见隋家兵士到来，遂乃波逃入一枯井，神明不助，化为平地。将士一见，当下擒将，把在将军马前。"②韩擒虎得胜回朝，进上主将二人，皇帝大悦，遂拜韩擒虎开国公，遥守阳（扬）州节度。这次出兵大获全胜，杨素、贺若弼也各有赏赐。

不经数旬，北蕃大夏单于差突厥首领为使，到长安索隋文皇帝交战。皇帝召集大臣商议。蕃使云："蕃家弓箭为上，赌射只在殿前。若解微臣箭得，年年送贡，累岁称臣。若也解箭不得，只在殿前，定其社稷。"皇帝乃在殿前，安下射垛，画二鹿，开始赌射。蕃使"当时便射。箭发离弦，势同劈竹，不东不西，恰向鹿脐中箭"。左勒将贺若弼主动请求解箭，他"臂上捻弓，腰间取箭，搭括当弦，当时便射。箭起离弦，不东不西，同孔便中"。接着，韩擒虎也请解箭，准奏后，擒虎拜谢，"遂臂上捻弓，腰间取箭，搭括当弦，当时便射。箭既离弦，势同雷吼，不东不西，去蕃人箭括便中，从榦至镞，突然便过，去射垛十步有余，入土三尺"③。蕃人一见，惊怕非常，连忙前来，侧身便拜。隋文帝于是差韩擒虎为使和蕃，与蕃将一道入蕃。

韩擒虎到达蕃界，单于升帐，遂唤三十六射雕王子，云："缘天使

---

① 黄征、张涌泉校注：《敦煌变文校注》，北京：中华书局，1997年，第300页。
② 黄征、张涌泉校注：《敦煌变文校注》，北京：中华书局，1997年，第302页。
③ 以上均见黄征、张涌泉校注：《敦煌变文校注》，北京：中华书局，1997年，第303页。

在此，并无歌乐，蕃家弓箭为上，射雕落雁，供养天使。"王子唱喏，一时上马，看见一雕飞来，当时便射，箭既离弦，向雕前翅过，没有射中。单于大怒，认为有辱蕃家先祖，要将王子开腹取心。天使看到，启言蕃王："愿请弓箭，射雕供养单于。"单于闻语，遂与弓箭。韩擒虎接得，正在思维之时，忽见双雕，争食飞来，当时来射，"十步地走马，二十步地臂上捻弓，三十步腰间取箭，四十步搭括当弦，拽弓叫圆；五十步翻身背射。箭既离弦，势同擗竹，不东不西，向前雕咽喉中箭，突然而过；向后雕擗心便着，双雕齐落马前"①。蕃王一见，齐声叫好，南向拜舞称谢。韩擒虎圆满完成出使任务，皇帝大喜，赐金银锦罗等物，还归私第。至此，韩擒虎身怀绝技、武艺超群、骁勇无敌的英雄形象淋漓尽致地被刻画出来。

前后不经两旬，韩擒虎有一天"忽觉神思不安，眼［瞤］耳热"，便升厅而坐，忽见十字地裂，涌出一人："身披黄金镰甲，顶戴凤翅兜牟，按三杖头低高声唱喏。"韩擒虎惊问，才知道天符牒下，自己合作阴司之主，五道将军特来迎接。韩擒虎请假三日，具表上奏隋文皇帝，皇帝惊讶异常，遂诏合朝大臣，内宴三日，在殿前与擒虎取别。到第三日，正在热闹歌欢之时，忽有一人着紫，一人着绯，乘一朵黑云，立在殿前，高声唱喏。二人原来是天曹地府来迎。韩擒虎遂别过众人，归宅委嘱妻男家人，"便奔床卧，才着锦被盖却，摸马举鞍，便升云路"②，到阴司赴任去了。此可视作《韩擒虎话本》的尾声。

从以上可以看出，《韩擒虎话本》主体可分为三部分：杨坚称帝、韩擒虎渡江平陈、韩擒虎与突厥首领赌射及奉使和蕃、射雕，而开头记述法华和尚相关情节可看作话本的"引子"，最后韩擒虎赴任阴司主可视为故事尾声。从整体看，各部分之间环环紧扣，有着密切的前后因果关系。《韩擒虎话本》中讲述的重大历史事件与史实大致相合，如杨坚代周自立，韩擒虎、贺若弼共同伐陈，任蛮奴降于韩擒虎，陈王为韩擒

---

① 黄征、张涌泉校注：《敦煌变文校注》，北京：中华书局，1997 年，第 304 页。

② 黄征、张涌泉校注：《敦煌变文校注》，北京：中华书局，1997 年，第 305 页。

虎所俘获等。《隋书》卷 2《高祖下》云："（开皇）九年（公元 589 年）春正月丙子，贺若弼败陈师于蒋山，获其将萧摩诃。韩擒虎进军建邺，获其将任蛮奴，获陈主叔宝。"① 但在具体叙述过程中，《韩擒虎话本》有的内容与正史记载并不一致。② 正如鲁迅《中国小说史略》第 12 篇《宋之话本》中所说："大抵史上大事，即无发挥，一涉细故，便多增饰。"③ 这也是后代讲史话本的一大特征。

二、《韩擒虎话本》的话本小说特征及宗教表现

敦煌《韩擒虎话本》是在充分吸收前代史传和民间传说有关韩擒虎种种奇闻逸事的基础上，重新进行文学加工演绎，生动描绘了隋朝开国名将韩擒虎的传奇人生：奉命率兵平陈，两次大败任蛮奴；攻陷金陵，俘获陈王；两次射箭比赛获胜，表现出惊人绝技；死后作阴司之主。《韩擒虎话本》不仅在题材叙事、故事情节方面有很大的创造性，而且表现出高度的艺术性。

《韩擒虎话本》故事内容紧凑，题材取舍谨严，注意内在的逻辑性；构思巧妙，情节开展紧张激烈，扣人心弦。如杨妃见皇上诏杨坚入朝，恐牵连受辱，因而欲以药酒自杀，不想在梳妆之际，皇帝突然出现，杨妃乘机酖杀皇帝。这自然引出杨坚称帝，推动了情节发展。其中杨妃与皇帝的对话也极富戏剧性。④ 据《北史》卷 14《后妃列传》载："宣皇后杨氏名丽华，隋文帝之长女也。帝在东宫，武帝为帝纳后为皇太子妃……后性柔婉，不妒忌，四皇后及嫔御等咸爱而仰之。帝后昏暴滋甚，喜怒乖度。尝谴后，欲加之罪，后进止详闲，辞色不挠。"又云：

---

① （唐）魏征、令狐德棻等撰：《隋书》，北京：中华书局，1973 年，第 32 页。

② 如其中所述与蕃使赌射事源自贺若弼，并将贺若弼战败任蛮奴之事移植于韩擒虎，又将长孙晟、崔彭射雕之事转到韩擒虎身上等。为了突出描写主要人物韩擒虎，话本扬韩抑贺，采取移花接木、节外生枝等手法，把贺若弼放在次要的陪衬地位。参见张锡厚：《敦煌话本研究三题》，载《甘肃社会科学》1983 年第 2 期；王昊：《中国古代叙事文学研究》，芜湖：安徽师范大学出版社，2017 年，第 168、185 页。

③ 鲁迅：《中国小说史略》，北京：东方出版社，1996 年，第 85 页。

④ 参见张锡厚：《敦煌话本研究三题》，载《甘肃社会科学》1983 年第 2 期。

"初，宣帝不豫，诏隋文帝入禁中侍疾，及大渐，刘昉、郑译等因矫诏以隋文帝受遗辅政。后初虽不豫谋，然以嗣主幼冲，恐权在他族，不利于己，闻昉、译已行此诏，心甚悦。后知隋文有异图，意颇不平。及行禅代，愤惋愈甚。隋文内甚愧之。"① 可知杨妃当时并没有参与杨坚称帝的密谋，以至后来看到杨坚即皇帝位，内心愤懑，杨坚对此也感羞愧，故敦煌《韩擒虎话本》所述种种事情，当或为作者杜撰，或出自民间传闻。

《韩擒虎话本》的叙事方式具有后代话本小说的特征，这不仅体现在结构上粗具"入话""正话"等文本体制②，而且也常常使用连接前后段落的时间套语，如"前后不经数句""前后不经旬日""前后不经两句"等来转换情节，采用设问方式，自问自答。③ 同时，口语化特征突出，具有明显的话本讲说特征。《韩擒虎话本》为以后我国的历史演义和英雄传奇类小说提供了可资借鉴的丰富创作经验。王昊《韩擒虎话本——历史演义、英雄传奇的先声》说："《韩擒虎话本》以其成功的艺术经验，确立了历史演义应遵循的创作原则，并在后世蔚为大观的历史演义小说得到广泛的继承和发展，开辟了一条历史演义、英雄传奇小说创作的新路，影响极为深远。"④ 其中有些创作手法也为后代小说广为使用，如历史演义中怎样处理史实与虚构之间的问题，对于重大的历史事件，话本多能做到言之有据，忠于历史，而在叙述的具体细节上则多有虚构，甚而常常将历史上别人所经历的事情移植于故事中的主人公身上。这正是鲁迅所言"历叙史实而杂以虚辞"⑤。还有其中描写韩擒

① （唐）李延寿撰：《北史》，北京：中华书局，1974年，第529页。
② 张锡厚：《敦煌话本研究三题》，载《甘肃社会科学》1983年第2期。此外，胡士莹（氏著：《话本小说概论》，北京：中华书局，1980年，第130—147页）、石昌渝（氏著：《中国小说源流论》，北京：三联书店，1994年，第244—150页）；王昊（氏著：《中国古代叙事文学研究》，芜湖：安徽师范大学出版社，2017年，第174—189页）都对话本小说的文本体制有详细阐释，此不赘述。
③ 王昊：《中国古代叙事文学研究》，芜湖：安徽师范大学出版社，2017年，第176页。
④ 王昊：《韩擒虎话本——历史演义和英雄传奇的先声》，载《明清小说研究》2003年第4期
⑤ 鲁迅：《中国小说史略》，北京：东方出版社，1996年，第84页。

虎与任蛮奴两军对垒时幻设出来的斗阵、破阵等艺术想象，充满浪漫夸张色彩，在后世小说中都有一定程度的继承和发挥。

对神奇事件、灵异现象等超现实描写，是《韩擒虎话本》中的一大特色。从开始的八大龙王听和尚讲经，杨坚合有天分，却因戴平天冠不稳，要换脑盖骨，致患生脑疼，无人能医。八大龙王为报答法华和尚讲经，授以药膏，和尚为杨坚治好头疼，谢绝挽留，叮嘱杨坚要护持佛法。这为杨坚称帝后扶持佛教提供了一定的依据。主人公韩擒虎"生为上柱国，死为阎罗王"的说法，此虽源自《北史》《隋书》等正史记载，说明这种说法曾经十分流行。而《韩擒虎话本》还有韩擒虎赴任阴司前，要求请假三日，不允许时即大怒，呵责五道将军等具体描述，形神必备，突出韩擒虎不可一世、叱咤风云的神威。特别是话本中还有多处灵异现象的描写，以此来推动情节的发展。如皇后拟册立随州杨使君为皇帝，宣问大臣，满朝文武大臣疑惑之际，殿上"见一白羊，身长一丈二尺，张牙利口，便下殿来，哮吼如雷，拟吞合朝大臣"。由此知杨坚合有天分，众大臣不再心生疑惑。韩擒虎率兵进入金陵，陈王"逃入枯井，神明不助，化为平地。将士一见，当下擒将，把在将军马前"，"枯井化为平地"，十分形象揭示出陈王在惊慌逃跑，又无处藏身的窘状。韩擒虎与任蛮奴斗阵，"此阵既圆，上合天地。蛮奴一见，失却隋家兵士，见遍野总是大虫，张牙利口，来吞金陵"[①]。此实写隋军所向披靡，锐不可当，蛮奴只得卸甲来降。这种神奇事件或灵异现象的描写，经常出现于后代历史演义、英雄传奇或神魔小说故事，而《韩擒虎话本》堪称嚆矢。

《韩擒虎话本》除表现有一定的命定论思想外，同时也具有鲜明的宗教色彩。开头说明故事发生的背景是佛法遭受破坏的背景之下，海内僧尼被迫还俗，法华和尚却坚守佛法，隐居随州山中诵读《法华经》，感得八大海龙王出现。由此引出杨坚与佛教之间的一段因缘。隋文帝杨坚出生于冯翊（今陕西大荔）般若寺，年幼时曾由尼姑抚养。杨坚称

---

① 黄征、张涌泉校注：《敦煌变文校注》，北京：中华书局，1997 年，第 302 页。

帝后，推行了一系列有利于发展佛教的政策。《隋书》卷35《经籍志四》云："开皇元年，高祖普诏天下；任听出家，仍令计口出钱，营造经像。而京师及并州、相州、洛州等诸大都邑之处，并官写一切经，置于寺内；而又别写，藏于秘阁。天下之人，从风而靡，竞相景慕，民间佛经，多于六经数十百倍。"① 同书卷2《高祖下》（开皇二十年〔公元600年〕）十二月辛巳有诏曰："佛法深妙，道教虚融，咸降大慈，济度群品，凡在含识，皆蒙覆护。所以雕铸灵相，图写真形，率土瞻仰，用申诚敬……故建庙立祀，以时恭敬。敢有毁坏偷盗佛及天尊像、岳镇海渎神形者，以不道论。沙门坏佛像，道士坏天尊者，以恶逆论。"② 可见，隋文帝杨坚在周武帝灭佛之后，对于复兴佛教在历史上有重要贡献。而《韩擒虎话本》与佛教之间的关系由此也可窥见。

《韩擒虎话本》讲述会昌灭法的背景下，法华和尚入山修道，因持诵《法华经》不断而感得神灵听法，表现出鲜明的法华信仰。《法华经》是佛教历史上有着深远影响的大乘经典，也是流传最为广泛的佛教经典之一。《法华经》在我国的翻译流通较早，前后有三译：最早始于西晋太康年间竺法护译《正法华经》十卷二十七品；其后鸠摩罗什在姚秦弘始年间译《妙法莲华经》七卷二十八品；到隋代仁寿元年又有阇那崛多、达摩笈多重勘梵本，补订罗什所译的《添品妙法莲华经》七卷二十七品。刘亚丁指出："《法华经》自罗什的汉译本问世后，随即于汉地盛传开来。在《高僧传》所列举的讲经、诵经者中，以讲诵此经的人数最多，在敦煌写经里此经所占的比重最大。《法华经》对西晋以后的僧俗产生了广泛影响。"③ 在唐代，还有以"法华"命名的多种传记，如唐释僧详《法华传记》十卷，其中即有"讲解感应""讽诵胜利""听闻利益"等科目。还有释惠详《弘赞法华传》（又称《法华传》），释法藏《法华经传记》等，这类传记近似灵验记。正如杨宝玉

---

① （唐）魏征、令狐德棻等撰：《隋书》，北京：中华书局，1973年，第1099页。
② （唐）魏征、令狐德棻等撰：《隋书》，北京：中华书局，1973年，第45—46页。
③ 刘亚丁：《佛教灵验记研究——以晋唐为中心》，成都：巴蜀书社，2006年，第200页。

所说："这类灵验记常在'传记'之前冠以佛经名，其中的'传记'当是'感应传''灵验记'等的简称。"[①]

结合敦煌 P.3898 卷和 P.3877V 卷丁片抄写唐释道宣《大唐内典录·历代众经应感兴敬录》与《集神州三宝感通录》，其中所记的获灵验的原因多为诵念或抄写《法华经》《涅槃经》《金刚经》《般若经》《华严经》《观音经》等[②]，尤其是多为持诵《法华经》而得感应，故王重民《伯希和劫经录》将 P.3898 卷拟题为"持诵《法华经》灵验记"。方广锠认为此卷"大致抄写于八世纪下半叶至九世纪上半叶"[③]。结合敦煌莫高窟约有 44 个洞窟中都绘有法华经变，其中又以中晚唐五代时期的《法华经变》最多。[④] 由此可知，敦煌地区在中晚唐时期法华信仰比较流行。因而这也表现于《韩擒虎话本》之中。

此外，《韩擒虎话本》也具有一定的道教因素。最明显的是话本后面部分写五道将军迎接韩擒虎去阴司。而五道将军是唐朝至五代时期民间信仰中广为流传的冥界神灵，专掌地狱、鬼卒等事。佛教传入到了中国后，跟原有的中国神灵体系相融合。佛教思想传播中的地狱冥神与我国本土化的冥神五道将军相融合，体现出民间传说中三教合一的倾向。

需要指出的是，《韩擒虎话本》与后世"小说"话本也有一定的不同。一般说来，话本包含有入话和正话两部分。[⑤] 石昌渝将入话与正话进行了具体区分，说："入话在开头，是导入故事正传的闲话，是作品的附加部分。正话就是作品所要讲述的故事正传，是作品的主要部分。"

---

① 杨宝玉：《敦煌本佛经灵验记校注并研究》，兰州：甘肃人民出版社，2009 年，第 10 页。

② 杨宝玉《敦煌本佛经灵验记校注并研究》一书，第 220 至 223 页对两写卷抄写状况有详细说明，并在第 224 页至 238 页有录文。

③ 方广锠辑校：《敦煌佛教经录辑校》，南京：江苏古籍出版社，1997 年，第 125 页。

④ 施萍婷、贺世哲：《敦煌壁画中的法华经变初探》，载中国文物研究所编：《中国石窟·敦煌莫高窟》第 3 卷，北京：文物出版社，1987 年，第 177 页。

⑤ 胡士莹《话本小说概论》将"小说"话本体制分为题目、篇首、入话、头回、正话、结尾六个部分。又说："在篇首的诗（或词）或连用几首诗词之后，加以解释，然后引入正话的，叫做入话。"参见氏著《话本小说概论》，北京：中华书局，1980 年，第 134、136 页。

并将小说话本正话与入话的关系概括为四种。① 但从《韩擒虎话本》来看，正文前面交代故事发生背景和有关法华和尚的种种事情，引出话本前面部分杨坚称帝之事，尽管所记多为神奇怪诞事件，但二者之间有着一定联系，这与后代话本小说的"入话"不尽相同，因此称为"引子"更为合适。《韩擒虎话本》故事情节大致为：会昌灭法，僧尼还俗——法华和尚至随州山内隐藏，朝朝诵经——感得八大海龙王日日来听经——海龙王报恩，说明缘由，给和尚一盒龙膏为杨坚治病，希求其以后为君，再兴佛法——和尚治愈杨坚头疼，辞别归山，叮嘱其日后为君，须再兴佛法——皇帝听说杨坚合有天分，诏杨坚入宫，杨妃忧虑——杨妃毒杀皇帝，诏杨坚入宫——杨坚为君，陈王不服，陈王派萧摩诃、周罗侯率军讨伐——隋文帝杨坚命杨素、贺若弼、韩擒虎出师——灭陈归来，韩擒虎官拜开国公，遥守扬州节度——韩擒虎与突厥首领赌箭获胜，隋文帝差韩擒虎为使和蕃——出使蕃国，蕃王归服，圆满归来——韩擒虎受邀去作阴司之主，辞别皇帝、大臣、亲友，奔床卧而升天。话本至此结束。可以看出，《韩擒虎话本》整体内容情节表现为单线发展，环环紧扣，不可或缺，将主人公韩擒虎可歌可泣的英雄壮举与富于想象的超现实人生归宿相结合，表达出人们对历史英雄人物的怜惜和崇敬之情。

三、结语

《韩擒虎话本》采用清晰完整的线性叙述，结构完整，情节连贯，前后呼应，线索清晰。而作为话本"引子"对人物——法华和尚及其相关事情的叙述，既包含故事发生的背景，也为后面的情节发展设下了伏笔，同时规定了整部话本的叙述结构甚至话本主人公的最终结局。在一定程度上，这也是佛教因果报应观念在文体上的反映。同时，《韩擒虎话本》想象丰富，口语特征鲜明，对话生动形象，情节富有戏剧性，注意以细节描写突出人物形象，用种种悬念来使故事内容跌宕起伏，曲

---

① 石昌渝：《中国小说源流论》，北京：三联书店，1994 年，第 245、248—250 页。

折有味，这些都对后代小说有着深远影响。

　　总的说来，敦煌《韩擒虎话本》是在真实历史人物的基础上所进行的文学加工和再创造，体现出历史真实与文学艺术的高度统一。作为我国产生的较早小说类作品，《韩擒虎话本》以生动丰富的内容题材和变化多样的艺术手法，大大拓展了我国古代小说的艺术表现形式，为我国古代小说提供了可资借鉴的宝贵创作经验，影响深远。同时，这为后来宋元话本的发展乃至明清章回小说准备了充足的条件，因而在我国古代小说发展史上具有重要意义。

《维摩诘经讲经文》再探

杨祖荣

（福建师范大学文学院）

摘要：敦煌《维摩诘经讲经文》共十一篇，八种。曾晓红所叙十三种中，S.4443 为《阿弥陀经赞》，是法照《净土五会念佛诵经观行仪》（卷中）残片，而尾部"维摩赞"三字是《阿弥陀经赞》下一赞的题名《维摩赞》。《旅顺博物馆藏新疆出土汉文文献》可增补《净土五会念佛诵经观行仪》文献卷中 2 号，卷下 4 号。P.2122V$_2$ 是《维摩经押座文》。Дx.684 是《法华玄赞》。S.4571、S.8167 与 S.10546 系同一写卷。前两者可缀合，通过缀合可修正前人录文上的问题，解释同一经文存在不同韵文的可能，并进而说明不存在两个系统说的原因。S.10546 与 S.4571、S.8167 在文字上一致，内容上则应在 S.4571 之后，不可直接缀合。

关键词：《维摩诘经讲经文》；S.4571；S.8167；S.10546；S.4443

一、十一篇八种《维摩诘经讲经文》

敦煌文献中有《维摩诘经讲经文》（拟）若干种。杜维茜认为，至 BD15245 号的发现共九篇：俄 ф101 号、S.4571 号、S.3872 号、P.2292 号、俄 ф252 号、P.3079 号、北图 BD05394、《西陲秘籍丛残》本、BD15245 号。[①] 其中 P.3079 和 BD05394 所述内容完全一致，故合为八

[①] 杜维茜：《敦煌文献中的〈维摩诘经讲经文〉研究》，四川师范大学硕士学位论文，2017 年，第 7 页。注：杜文将 P.3079 误写作 S.3079。

种。高井龙在后续研究也延续了这一说法①，只不过在 S.4571 外增加 S.8167，并将其视为同一种。但曾晓红在 2008 年曾统计《维摩诘经讲经文》共 13 号，分别为 S.3872、S.4443、S.4571、S.8167、S.10546、P.2122V₂、P.2292₂、P.3079、光 94（BD05394）、罗振玉旧藏"文殊问疾第一卷"、ф101（M.1473）、ф252（M.1474）和 Дx.684（M.1475）。② 相较多出 S.4443、S.10546、P.2122V₂、Дx.684（M.1475），少 BD15245。那么，这些真的是《维摩诘经讲经文》吗，如果是的话，是全新的一号写卷，还是能与之前的写卷缀合呢？

S.4443，全篇皆为七言诗偈，以往学者多据尾题"维摩赞"而题名《维摩赞》。③ 但事实上，翟理斯早已说明该卷属《阿弥陀经赞》（*Eulogy on Sukhāvatī-vyūha-sūtra*）。④ 施萍婷进行了一定的调和，《敦煌遗书总目索引新编》虽题作《维摩赞（尾题）》，但下按语认为，尾部"维摩赞"三字应是下一"赞"的题目，而此赞依前部残字，定名为《阿弥陀经赞》似更为合适。⑤ 今查 S.4443 写卷内容与释净遇《阿弥陀经赞》一致。前写《阿弥陀经赞》后写《维摩赞》，与法照《净土五会念佛诵经观行仪》（卷中）排列一致。《净土五会念佛诵经观行仪》今存卷中、卷下，其内容广述五会念佛之行仪与赞文，内容详尽，甚至直接记载了行仪时念诵的《阿弥陀经》。法照的另一著作《五会念佛略法事仪赞》分本、末，也记载五会念佛的赞文，但无章段、法事与经文。《净土五会念佛诵经观行仪》所载 21 种赞文，在《五会念佛略法事仪

① 〔日〕高井龙：《讲经文の成立と利用——〈维摩诘所说经讲经文（拟）〉を中心に》，载《敦煌写本研究年报》第 15 号，第 17 页。

② 曾晓红：《敦煌本〈维摩经〉注疏叙录》，上海师范大学硕士学位论文，2008 年，第 174 页。

③ 王重民、刘铭恕作"维摩赞"，附"说明：共二十一行，首句为：释迦调御大慈尊，救世先闻净土门。末句为：大众俱欣皆顶戴，如来莫□□流传"。参见商务印书馆编：《敦煌遗书总目索引》，北京：中华书局，1983 年，第 201 页。黄永武作"维摩赞"。参见黄永武：《敦煌遗书最新目录》，台北：新文丰出版公司，1986 年，第 157 页。

④ Lionel Giles, *Descriptive Catalogue of the Chinese Manuscripts from Tunhuang in the British Museum*, London：The Trustees of the British Museum, 1957, p191.

⑤ 敦煌研究院编；施萍婷主撰稿；邰惠莉助编：《敦煌遗书总目索引新编》，北京：中华书局，2005 年，第 138 页。

赞》大体都能找到，只不过在排列次序与内容上稍有不同。先《阿弥陀经赞》后《维摩赞》的排列次序，目前仅见《净土五会念佛诵经观行仪》。① 因此，曾晓红将 S.4443 题作《维摩诘经讲经文/维摩赞》，有误，该写卷应是法照《净土五会念佛诵经观行仪》（卷中）残片，而尾部"维摩赞"三字即释净遇《阿弥陀经赞》下一赞的题名《维摩赞》。事实上，2006 年出版的《全敦煌诗》就曾依据 P.2066（甲本）、P.3156（乙本）、S.4443（丙本），参照法照《净土五会念佛诵经观行仪》（卷中）（《大正藏》卷八十五）整理校录本，参校法照《净土五会念佛略法事仪赞》（末）（《大正藏》卷四十七）而校注了净遇赞二首：《观经十六观赞》《阿弥陀经赞》。② 这也是该写卷目前最好的校注与释录。而法照《净土五会念佛诵经观行仪》卷中部分，除了 S.4443 外，尚存 P.2066b，中国书店 079 和羽 155；卷下则有 P.2130b，P.2250，P.2963，P.3373V 和羽 704V。③ 此外，新出《旅顺博物馆藏新疆出土汉文文献》中也有这一文献：卷中部分 2 号：LM20－1497－24－07 和 LM20－1520－26－10；卷下部分 4 号：LM20－1457－03－09、LM20－1462－31－04、LM20－1494－27－07 和 LM20－1520－38－12。

　　P.2122V$_2$，首尾俱残，全篇由七言唱词构成。虽然之前学界多以《维摩诘经讲经文》判定并录文（如《敦煌变文集》等），但越来越多的研究都已揭示该卷应是《维摩经押座文》。项楚《〈维摩诘经讲经文〉补校》中认为该卷当属《维摩经押座文》。④《敦煌变文讲经文因缘辑

---

① 这方面研究，可参考〔日〕佐藤哲英：《法照和尚念佛赞について》，载《佛教史学》第 3 卷第 1、2 号；张先堂：《敦煌本唐代净土五会念佛赞文与佛教文学》，载《敦煌研究》1996 年第 4 期；张先堂：《晚唐至宋初净土五会念佛法门在敦煌的流传》，载《敦煌研究》1998 年第 1 期；依淳：《法照及五会念佛的研究》，载温金玉主编：《中国净土宗研究》，北京：宗教文化出版社，2008 年，第 267—292 页。

② 张锡厚编：《全敦煌诗》第 13 册，北京：作家出版社，2006 年，第 6023—6033 页。

③ 于淑健、黄征整理：《敦煌本古佚与疑伪经校注——以〈大正藏〉第八十五册为中心》（七），南京：凤凰出版社，2017 年，第 3374 页。于淑健遗漏了 S.4443。又，该书整理《净土五会念佛诵经观行仪》卷中据《大正藏》以 P.2066b 号为底本，参校甲本：中国书店 079 号。

④ 项楚：《〈维摩诘经讲经文〉补校》，载氏著：《敦煌文学丛考》，上海：上海古籍出版社，1991 年，第 270 页。

校》校录该卷，题名《维摩经押座文》。① 郭在贻认为其皆由七言唱词构成，不合讲经文体制，应如项楚判断属《维摩诘经押座文》而非《维摩诘经讲经文》。②

Дх. 684，孟列夫将其列于"文学·变文类"下，认为经文与《维摩诘所说经讲经文》卷首部分极为相似，可能是其佚失部分。③ 黄永武《敦煌遗书最新目录》从之，题作"《维摩诘经讲经文》（拟）"。④《俄藏敦煌文献》题作《经疏》，未予定名。⑤ 曾晓红题作《维摩诘经讲经文·佛国品一》。⑥ 但事实上，马德 2005 年已判定其非《维摩诘经讲经文》，而是注疏文献。马德将原有残片分作 A 片、B 片，认为 A 片又分前后，前为窥基《阿弥陀经通赞疏》，后为《弥勒菩萨上兜率天经题序》或《说无垢称经疏第一》之末；B 片为《妙法莲华经玄赞》卷第一之末。⑦ 或因马德参与编撰的缘故，这一观点被保留在 2017 年邰惠莉主编《俄藏敦煌文献叙录》一书中。该书叙录同样分 A、B 两片，A 片题名《阿弥陀经通赞疏卷上》（下又分前后，前 5 行为《阿弥陀经通赞卷上》，后 5 行为《阿弥陀菩萨上升兜率天经题序》），B 片题名《妙法莲华经玄赞卷第一》。⑧ 然而，董大学 2011 年考释，A 片事实上也是《妙法莲华经玄赞》卷第一，并对 A 片、B 片作录文。⑨ 这里所说的 A

① 周绍良、张涌泉、黄征：《敦煌变文讲经文因缘辑校》，南京：江苏古籍出版社，1998年，第 1042—1050 页。

② 郭在贻：《敦煌变文校议》，载氏著：《郭在贻文集》，北京：中华书局，2002 年，第349—351 页。

③ 〔俄〕孟列夫主编；袁席箴、陈华平译：《俄藏敦煌汉文写卷叙录》，上海：上海古籍出版社，1999 年，第 589 页。

④ 黄永武：《敦煌遗书最新目录》，台北：新文丰出版公司，1986 年，第 830 页。

⑤ 俄罗斯科学院东方研究所圣彼得堡分所、俄罗斯科学出版社东方文学部、上海古籍出版社编：《俄藏敦煌文献》第 7 册，上海：上海古籍出版社，第 49 页。

⑥ 曾晓红：《敦煌本〈维摩经〉注疏叙录》，上海师范大学硕士学位论文，2008 年，第181 页。

⑦ 马德：《俄藏敦煌写经部分残片内容的初步辨识——以〈俄藏敦煌文献〉第六、七、八册为中心》，载《戒幢佛学》第 3 卷，长沙：岳麓书社，2005 年，第 454 页。

⑧ 邰惠莉主编：《俄藏敦煌文献叙录》，兰州：甘肃教育出版社，2017 年，第 101 页。

⑨ 董大学：《俄藏 Дх. 684 号残卷考》，载《首都师范大学学报》（社会科学版）2011 年第 2 期。

片、B 片，在《俄藏敦煌文献》的编撰中事实上已置于同一图版之中。吴建伟在《敦煌本〈法华经〉注疏研究》即将其题作"《妙法莲华经玄赞》第一"，并进一步说明：Дх. 684→Дх. 11225（1）→Дх. 11891→Дх. 11225（4），"此 4 号写卷字体均为楷书，稍具行体，书写风格相似，当是同一人所抄。但不能直接缀合"①。因此，Дх. 684 是《妙法莲华经玄赞》而非《维摩诘经讲经文》。

值得说明的是，马德之所以会将 A 片误判作《阿弥陀经通赞疏》《弥勒菩萨上兜率天经题序》，或《说无垢称经疏》，或许是因为窥基注疏的特点使然。在窥基的注疏中，常能发现相似的解释文字在多种注疏中出现。这些解释性文字有的是基础性知识，有的能反映出窥基自身的理解。或许是因为所诠释的经典在文字和思想上存在一定的共通性，故窥基将这些相似的解释文字通用于多部经典的讲解与注释之中。然而，这并不意味着这些解释文字完全相同。窥基注疏的撰写并非一蹴而就，是在多次讲说和不断修改中形成，而不同经典中对同样的思想和概念的表述情境和具体内容也有一定的差异，这也就使得这些解释文字在不同的经典中或详或略，或反映出思想与观点形成的轨迹，或折射出讲说修改的痕迹。

S. 10546，《英藏敦煌文献》收录图版，题作"宝像图记"，有误。曾晓红曾转记方广锠先生所撰条记：该卷拟名"《维摩诘所说经讲经文》"，系归义军时期写本。拙楷，字品差。首断尾残，通卷上残。卷面有裂纹。本文献首 2 行文字与《维摩诘所说经》文字相涉，形态与敦煌遗书中的讲经文相同，内容也与讲经文相符。②曾晓红确认其所疏经文为《佛国品第一》中"宝积献盖"部分。虽然该文献所存文字较少，但内容上应属《维摩诘经讲经文》。

若从文字字形上来看，S. 4571 与 S. 10546 在字体、用笔与书写风

---

① 吴建伟：《敦煌本〈法华经〉注疏研究》，上海师范大学博士学位论文，2012 年，第43 页。

② 曾晓红：《敦煌本〈维摩经〉注疏叙录》，上海师范大学硕士学位论文，2008 年，第178 页。

格上几乎完全一致。因此，S.4571 与 S.10546 当由同一书手抄写。在内容上，S.10546 无法直接与 S.4571 缀合，其所疏经文的内容，即《佛国品第一》中"宝积献盖"部分，当在 S.4571 后。又，S.4571 与 S.8167 可缀合，可知 S.4571、S.8167 与 S.10546 应系同一写卷，只不过 S.10546 所述内容在 S.4571 与 S.8167 之后，无法直接缀合。

今将 S.4571 与 S.10546 相同文字，比对如下：

	亦	现	於	宝	盖
S.4571					
S.10546					
	中	者	量	无	邊
S.4571					
S.10546					
	之	身	凝	霄	漢
S.4571					
S.10546					

可见，目前敦煌《维摩诘经讲经文》当有十一篇：S. 4571、S. 8167、S. 10546、S. 3872、P. 2292、P. 3079、BD05394、BD15245、φ101、φ252和《贞松堂西陲秘籍丛残》本。其中，S. 4571、S. 8167 和 S. 10546 系同一写卷，而 P. 3079 与 BD05394 内容一致，故合有八种。

二、S. 4571 与 S. 8167 的缀合与录文校订

S. 4571，据所演绎的鸠摩罗什译《维摩诘所说经》，拟题《维摩诘经讲经文》。该卷自"（首残）众所知识乃至已▢▢▢▢"起，至"世尊显何祥瑞也，便请唱将来"① 止，系对《维摩诘所说经·佛国品第一》"如是我闻"起，至"尔时毗耶离城有长者子，名曰宝积，与五百长者子，俱持七宝盖来诣佛所"经文的演绎。背面有状文二张：《某年十月衙内都部署使冯谢僧状》《某年三月随使宅案孔目官孙某吊仪状》。

目前，该卷已有多位学者校录或补校，这些录文为后续 S. 4571 写卷的研究奠定了文本基础。所附校记或说明，也提示该卷次序混乱的信息。② 最早校录的是王庆菽先生，他在校记中称，该卷原作多页，后因伦敦博物馆整理时误粘而混乱，故据所演绎经文之次序排列改正。他举例说，演绎"如是我闻一时"的讲经文，原卷编号（7）（9）（8）（5），今改为（1）（2）（3）（4）段。③ 这一说法也被后来采用，如《敦煌变文讲经文因缘辑校》中《维摩诘经讲经文（一）》中即沿用此说法。值得注意的是，早前王庆菽先生所见写卷与我们当下所见卷子样

---

① 曾晓红作"谓凡夫执身有我，方乃随顺，各怀胜心，愿▢▢▢。若言无我，▢▢▢身▢▢▢▢"，不知何据。见曾晓红：《敦煌本〈维摩经〉注疏叙录》，上海师范大学硕士学位论文，2008 年，第 176 页。

② 书目可见：王重民、王庆菽、向达等编：《敦煌变文集》，北京：人民文学出版社，1984 年；潘重规：《敦煌变文集新书》，北京：文津出版社，1994 年；黄征、张涌泉等：《敦煌变文校注》，北京：中华书局，1997 年；周绍良、张涌泉、黄征：《敦煌变文讲经文因缘辑校》，南京：江苏古籍出版社，1998 年。论文可见：项楚：《〈维摩诘经讲经文〉新校》，载《四川大学学报》（哲学社会科学版）2005 年第 4 期；杨雄：《〈维摩诘经讲经文〉（S. 4571）补校》，载《敦煌研究》1987 年第 2 期。

③ 王重民、王庆菽、向达等编：《敦煌变文集》，北京：人民文学出版社，1984 年，第560 页。

貌略有不同。有二为证：第一，王庆菽所见之原卷编号，在现在的敦煌写卷照片无缘得见，但其依经文所改之次序是正确的；第二，王庆菽所录部分有残缺的部分，在现在的敦煌写卷照片中是连续的。如，杜维茜指出，王庆菽录文中"□□□□□□□，□□□□岂堪□"系衍文。按，王庆菽录文作："□□□□□□□，□□□□岂堪□。（原文至此残缺）""（首缺）遣佛入灭为波旬，愚痴见解岂堪论。"前句"岂堪"显系后句之中二字。据王庆菽录文来看，此处应有断裂或残缺，但据今所见，无丝毫断裂或残缺痕迹。据张鑫媛、普慧的研究，目前已公布的图版中存在 9 个断片和 6 个断片的差异，而各断片的排列次序在缩微胶卷、《敦煌宝藏》、《英藏敦煌文献》和 IDP 中也有差别。他们统计了 S.4571 所存断片数量，探讨其排序，并对各断片连接处的缺文进行讨论。据研究，《英藏敦煌文献》和 IDP 图版的顺序应为：3 + 4 + 1 + 5 + 6 + 2，缩微胶卷和《敦煌宝藏》为：7 +（9 + 8 + 5）+ 1 +（2 + 4）+ 3 + 6。[①]

除了校录与简单论及外，S.4571 在研究上主要是年代的考订。何剑平曾推测其为创作时间在盛、中唐时期，并揭示该写卷在内容上有参照窥基《说无垢称经疏》。[②] 杜维茜进一步认为当在五代宋初。[③] 总的来说，该卷的研究虽已取得很大成绩，但在文献内容与结构上仍有进一步探讨的空间。

S.8167 图版为《英藏敦煌文献（汉文佛经以外部分）》所收，题作《押座文》《第一世间医偈》。[④] 方广锠于 2000 年出版的《英国图书馆藏敦煌遗书目录》修正了原来拟题《押座文》《第一世间医偈》的错误，改作《维摩诘经讲经文（拟）》，详细撰述了该卷信息并录文。由此信

---

① 张鑫媛、普慧：《敦煌遗书 S.4571〈维摩诘经讲经文〉考论》，载《西南民族大学学报》（人文社会科学版）2021 年第 10 期。

② 何剑平：《〈维摩诘经讲经文〉的撰写年代》，载《敦煌研究》2003 年第 4 期。

③ 杜维茜：《敦煌文献中的〈维摩诘经讲经文〉研究》，四川师范大学硕士学位论文，2017 年。

④ 中国社会科学院历史研究所等编：《英藏敦煌文献（汉文佛经以外部分）》，第 12 卷，成都：四川人民出版社，1995 年，第 86 页。

息可知，S.8167 共 17 行，行 17—19 字，首尾均残，卷面碎损，行楷，字品书品均差，卷面有红钢笔"75. XV. 14"及 2 处铅笔"8167"，推测为归义军时期作品。[1] 李小荣《敦煌变文作品校录二种》校录了该卷，同样肯定了该卷为讲经文而非押座文，并在注释提供了两个重要观点：第一，据张涌泉先生判断，S.8167 与 S.4571 在字迹上当为同一抄手所书；第二，S.8167 号与 S.4571 号在内容文字上并不相同。因此，他认为 S.8617 号是另一系统的《维摩诘经讲经文》。[2] 2015 年，张涌泉在之前观点上进一步推进，认为 S.8167 与 S.4571 不仅是同一抄手所书，而且就是从后者掉落下来的一片。[3] 虽然这两份涉及 S.8167 的研究，未能引起相关研究者的足够重视[4]，但 S.8167 与 S.4571 应是同一写卷，殆无疑义。

现笔者将 S.8167 的内容放回 S.4571 原文位置，校录如下（为更准确表述，以下校录部分用现代通行繁体字表示）：

> 競觀千珍座，頻撚七寶冠。珠珍齊歷歷[1]，珂珮響珊珊。
> 或執琉璃梳[2]，或擎虎珀盤。象牙□□□，□□□□□。
> 各興剜仰[3]□，□□發志虔[4]。心心[5]緣妙法，默默想慈顏[6]。
> 步步齊瞻禮，行行列[7]座前。顒顒傾[8]禱祝，切切望開宣。
> 偪偪排龍腦，斑斑集鳳鸞[9]。凝凝圍大覺，耀耀滿三千。
> 擠擠威光異，鏘鏘道貌[12]端。仙衣紅閃閃，光炎[13]赫漫漫。
> 奏樂聲幽噎，吹螺響韻連。意情懷躍躍[14]。佛會繞龍□[15]。
> 隱隱舒毫相，頻頻現笑顏。瑞雲籠密密。彩霧色研研。

---

① 方广锠：《英国图书馆藏敦煌遗书目录（斯 6981—8400 号）》，北京：宗教文化出版社，2000 年，第 329 页。

② 李小荣：《敦煌变文作品校录二种》，载《敦煌学辑刊》2002 年第 2 期。

③ 张涌泉：《新见敦煌写本叙录》，载《文学遗产》2015 年第 5 期。

④ 如，曾晓红对 S.8167 的说明未参考李小荣的研究，杜维茜对《维摩诘经讲经文》的研究也未参考张涌泉的意见。

日照朱軒側，風搖[16]寶網偏。萬余菩薩眾，浩浩[17]滿菴圍。

英彦千千數，菴薗落落排。低頭瞻禮禮，合掌笑哈哈。

兩兩趨花[18]座，人人躡鮮[19]苔。磬螺齊了繞，幡蓋鬧徘徊。

盡是三賢位，皆修七聖才。菩提看[20]即證，法網不遙開。

久住[21]娑娑界，長時作道媒。有何方便力，便請唱將來[22]。

經云："以現其身，為大醫王，善療[23]眾病"，乃至"如是等三萬二千（人）。"

第一，世間醫王。偈：

縱得為人苦惱拘[24]，忽遭纏染染[25]形軀。眼深[26]□□剜來減，骨瘦宁□萬劫枯[27]。

百脈酸因心□□，四□□□□□□。若能點藥求醫源，日夜何愁病不除。

【校注】

[1] 原卷为"曆曆"，应作"歷歷"，言其清晰分明，一一可数。

[2] "琉璃梳"中"琉璃"，原卷为"琉瑠"，应作"琉璃"。"梳"字，《敦煌变文集》中录作"蓋"，《敦煌变文讲经文因缘辑校》录作"瓺"，字形上推断似应作"梳"。

[3] 李小荣录作"佛"，应作"仰"。

[4] 《敦煌变文集》中"發志虔"三字在中间位置，今据 S.4571 和 S.8167 残损位置，并考虑韵脚，调整为后三字。

[5] 李小荣录作"止止"，应作"心心"。

[6] 李小荣录作"緣"，应作"顏"。

[7] 原卷作"烈"，应作"列"。

[8] 李小荣录作"倩"，应作"傾"。

[9] 李小荣录作"彎"，应作"鸞"。

[10] 方广锠录文缺此二字，作"□□"。

[11] 方广锠录作"精精"，应作"擠擠"，或通"濟濟"。

[12] 方广锠录文作"泉"，李小荣录作"白"，原文为"皃"，即"貌"。又，S.4571 中有："聲聞可八千之眾，道貌鏘鏘；菩薩乃三萬余人，威儀濟濟。"

[13] 李小荣录作"尖"，应作"炎"。

[14] 方广锠录作"耀耀"，应作"躍躍"。

[15] 方广锠录文缺此二字，作"□□"。

[16] 原卷为"瑤"，应作"搖"。

[17] 李小荣录作"茫茫"，应作"浩浩"。S.4571 中多用"浩浩"形容。如："忙忙天上抛歡樂，浩浩雲中整寶衣。""庵園浩浩聖賢催，瑞色祥雲遍九垓。""浩浩轟轟隊仗排，梵王天眾下天階。""庵園聽眾如雲赴，浩浩聖凡難正禦。""浩浩庵園皆讚歎，方稱三界法輪王。""庵園這日繞徘徊，浩浩傾瞻讚善哉。""浩浩滿街人總看，此時王子往庵園。"

[18] 李小荣录作"華"，原卷作"花"。

[19] 原卷作"癬"，应作"鮮"。

[20] 李小荣录作"着"，应作"看"。

[21] 方广锠录作"任"，应作"住"。

[22] 原卷"將來"二字作省略符。

[23] 原卷作"寮"，应作"療"。

[24] 李小荣录作"物"，应作"拘"。

[25] 方广锠录作"了"。原卷为重文符，同前"染"字。

[26] 据 S.4571 补，作"深"。

[27] 方广锠录作"祐"，应作"枯"。

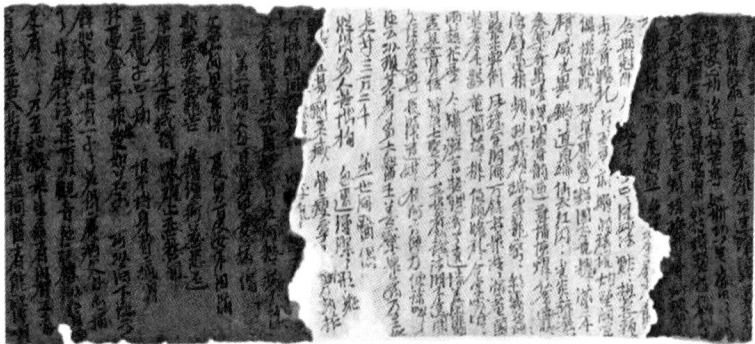

S. 4571 + S. 8167 缀合图

以上录文修改之处，除了根据现在所见写卷图录在方广锠、李小荣录文基础上对部分字词做调整外，即依据 S.4571 和 S.8167 为同一写卷并可缀合的特性，借 S.4571 来确认 S.8167 的录文。试举三例如下：

第一，王庆菽等前辈学者在校录 S.4571 时，录作"□发志虔□"，但根据 S.4571 和 S.8167 残损位置，这句应该就在 S.8167 中"各兴克仰□"后一句的位置，并且应在后三字，即"□□发志虔"。若考虑韵脚，前八句中偶句尾字"冠""珊""盘"为寒韵，另有一字缺；此八句中，偶句尾字"虔""前""宣"为先韵，而"颜"为删韵；后八句中，偶句尾字"鸾""端""漫"为寒韵，"千"为先韵。先韵与元、寒、删韵可互作邻韵，也常有以删、寒等韵衬先韵的用法。如欧阳修《雨后独行洛北》、王禹偁《寒食》等。可见，就韵脚上来考虑，也应该是"□□发志虔"。

第二，"锵锵道貌端"一句中，方广锠将"㿟端"录作"泉端"，李小荣录作"白端"，视作"泉"或是受"端"笔画中竖的影响，视作"白"则忽略了"白"下两点，二者皆不正确。从图录来看，应为"㿟"，系"貌"的异体字。"㿟"在 S.4571 中出现多次，皆作此写法，用笔和结构皆与此相类。并且，在 S.4571 中有与"挤挤威光异，锵锵道貌端"相呼应的散文句："声闻可八千之众，道貌锵锵；菩萨乃三万余人，威仪济济。"可见，此为"貌"。

第三，"万余菩萨众，浩浩满庵园"一句中，"浩浩"二字不清，易混为"茫茫"。若参照 S.4571 来看，其中多处出现"浩浩"二字，却并未发现"茫茫"一词，并且"浩浩"的多处用法恰用以形容于庵园听法的诸菩萨众多、场面盛大而有气势。如："忙忙天上抛欢乐，浩浩云中整宝衣。""庵园浩浩圣贤催，瑞色祥云遍九垓。""浩浩轰轰队仗排，梵王天众下天阶。""庵园听众如云赴，浩浩圣凡难正御。""浩浩庵园皆赞叹，方称三界法轮王。""庵园这日绕徘徊，浩浩倾瞻赞善哉。""浩浩满街人总看，此时王子往庵园"等。

三、同一经文与不同韵文的可能

虽然我们确定 S.4571 和 S.8167 为可缀合的同一写卷。但为何前人研究中会认为，此二卷文字不同，"如 S.4571 号中亦引有经文云：'以现其身为大医王，善疗众疾，应病与药，令得服行'乃至'如是等三万二千人'。但紧接的唱词却是'若论菩萨修行，喜舍功能堪赞咏'，与本卷之'纵得为人苦恼物，忽遭缠染染形躯'完全不同"①。这该如何解释呢？

S.4571 中，韵文"若论菩萨修行，喜舍功能堪赞咏……"是紧跟在"所以经云：'以现其身为大医王，善疗众病，应病与药令得服行'乃至'如是等三万二千人'"之后的。"所以经云"之前则是一段具骈文色彩的散文。S.8167 中，韵文"纵得为人苦恼物，忽遭缠染染形躯……"是紧跟在"经云：'以现其身，为大医王，善疗众病'，乃至'如是等三万二千（人）'。第一，世间医王。偈"之后的。两者差别有二：一是虽然二者所引经文内容相同，但有"经云"（S.8167）与"所以经云"（S.4571）之别；二是 S.8167 中韵文之前还有"第一，世间医王，偈"。由这两方面出发，既可以解释上述疑虑，也可以说明《英国图书馆藏敦煌遗书目录（斯 6981—8400 号）》拟题《第一世间医王偈》的错误与原因。

S.4571 + S.8167《维摩诘经讲经文》在讲经文的格式上大体上是依经文顺序加以选择，按"经文 + 散文 + 韵文"的格式书写的。当然，内中具体部分又有各自特色。如，S.4571 + S.8167《维摩诘经讲经文》在具体讲解经文时分文段，并在部分文段内前有"经云"，中间有"经云……者"，后有"所以经云"，最后有韵文唱词，以"唱将来"结束。如：

《维摩诘所说经》：

复有万梵天王尸弃等，从余四天下来诣佛所而听法；复有万二千天帝，亦从余四天下来在会坐；并余大威力诸天、龙神、夜叉、干阅婆、阿修罗、迦楼罗、紧那罗、摩睺罗伽等，悉来会坐；诸比

---

① 李小荣：《敦煌变文作品校录二种》，载《敦煌学辑刊》2002 年第 2 期。

丘、比丘尼、优婆塞、优婆夷，俱来会坐。①

S.4571：

经云："复有万二千天帝，亦从余四天下来诣佛所而听法"②，乃至"俱来会座。"

偈③：

浩浩轰轰队仗排，梵王天众下天阶。分分空里弦歌闹，簇簇云中锦绣堆。

龙恼氤氲香扑扑，玉炉旋捧色皅皅。总抛宫殿娇奢事，入向庵园听法来。

第二，万二千天帝释来。偈：

琼楼玉殿整翱翔，彩女双双烈（列）队行。杂宝树林珍果美，六珠衣惹异花香。

流泉屈曲瑠（琉）璃砌，台槛高低翡翠庄。闻道我佛宣妙法，总来瞻礼白毫光。

第三，天、龙、鬼、神等来。偈：

阗塞虚空烈（列）鼓旗，奔雷掣电走分非。修罗展臂桢双眼，龙神降腮努两眉。

监电似身呈忿怒，血盆如口震雄威。忙忙云里相催促，犹怕庵园听法迟。

第四，比丘、比丘尼等四众来。偈：

四众奔波意似催，晓鸡才署禁宫开。六和似月孤高仕，八敬如莲冰雪裁。

一国绮罗阗塞路，万门莫信满长街。高低队队如云雨，总到庵园会里来。

---

① 鸠摩罗什译：《维摩诘所说经》，《大正藏》第14册，第537页中。
② 应为："复有万梵天王尸弃等，从余四天下来诣佛所而听法。"
③ 可补为"第一，万梵天王尸弃等来。偈"。

所以经云："复有万梵天王尸弃 等 " 乃至天、龙、夜叉、比丘尼等 "俱来会座"。

（散文：略）

所以经云道："复有万梵天王尸弃等，从余四天下来诣佛所而听法" 乃至 "俱来会座" 云云。

（韵文：略）

在这段内容的结构中，依次为：经云—（若干偈）—所以经云—（散文）—所以经云道—（韵文）。其中，"经云" 是对经文引述；四偈，每偈八句，分别对应该段经文的四个层次；两次 "所以经云" 分别是以散文和韵文对经文进行演绎。

值得说明的是，这里的 "经云" 所引经文不全，原文应是从 "复有万梵天王尸弃等，从余四天下，来诣佛所而听法" 引起。文中有第二、第三、第四，独缺第一，实际上这里缺少的第一恰对应于被略去的这段经文："复有万梵天王尸弃等，从余四天下，来诣佛所而听法。" 可补为 "第一，万梵天王尸弃等来。偈"。

在 "经云：'以现其身，为大医王，善疗众病'，乃至 '如是等三万二千（人）'" 之前，S.4571＋S.8167《维摩诘经讲经文》已就经文 "如是" "我闻" "一时……"①""'菩萨三万二千众所知识' 乃至 '已

---

① S.4571＋S.8167《维摩诘经讲经文》中 "经曰：一时" 后有省略符，不知其代指 "佛在毗耶离庵罗树园，与大比丘众八千人俱" 整句，抑或部分。该部分结束后后续即跟着 "……众所知识'"，乃至 '已……'"。笔者倾向于认为，"经曰：一时" 后省略符所代指的是 "佛在毗耶离庵罗树园，与大比丘众八千人俱" 整句，原因是：第一，如果是部分的话，那意味着 "……众所知识'"，乃至 '已……'" 之前还有一段经＋散文＋韵文，而这体量较大，不似有缺如此多部分；第二，S.4571＋S.8167《维摩诘经讲经文》虽然对经文都会引用（若字数过多，则用省略符或 "乃至"），但在讲经时是有选择的，而这一部分显然是侧重于 "一时"，后面的地点、人物则有意被简省；第三，虽然有所简省，但还是有一些说明，如散文一整段中说 "于是我佛在毗耶城内，庵罗园中"，又说所到庵园之人有十方之众、八部之龙、帝释梵王之众、龙王夜叉之徒、阿修罗、紧那罗王、乾达婆众、迦楼罗王等等。这已暗含所在庵园之人。这些在韵文的唱词中也有出现，且韵文唱词中每八句可作一部分，每部分尾句，即 "一时总到庵园会"，包含有时间、地点和人物。

（以）现其身'"经文做过讲解。其后结构如下：

1. "经云：'以现其身，为大医王，善疗众病'，乃至'如是等三万二千（人）。'"对应的是引述经文。

2. "第一，世间医王，偈"和"第二，世间父母忧其男女病，偈"。此二偈对应该段经文的两个层次。与上例依次对应经文的四句不同，此处的层次是逻辑层面的。

3. "经云：'为大医王，若疗众病，应病与药令得服行'者"，此处对应上例中第一次"所以经云"。"经云……者"也是 S.4571 中极为常见的体例，其后接骈体散文。

4. 散文

5. "所以经云：'以现其身为大医王，善疗众病，应病与药令得服行'乃至'如是等三万二千人'。"此处对应上例中第二次"所以经云"，其后接韵文。

6. 韵文

由此可知，之所以会有同一段经文下却有完全不同的韵文，是因为这里引述经文所承担的功能是不一样的。S.4571 中"若论菩萨修持行，喜舍功能堪赞咏"对应的"所以经云"是整段中总结的部分，其后接韵文。S.8167 中"纵得为人苦恼拘，忽遭缠染染形躯"前的"经云"是整段经文刚开始讲唱的引述经文环节，而"纵得为人苦恼拘，忽遭缠染染形躯"这句又属于在引述经文后对经文分层次的偈文部分，它归属于"第一，世间医王"下，自然也就与"所以经云"后的韵文不同了。因此，此二者的不同并非是不同系统间的不同，而是对同一段经文讲经环节的不同而已。

通过对这一段讲经环节的说明，也可以理解为什么"第一世间医王偈"拟题有误。因为，该偈只是偈文环节中的一个层次，既无法代表 S.4571 整篇的内容，而"第一"也只是所分层次的次序。

此外，正因为 S.4571 与 S.8167 系同一写卷，所以两者的创作时间也是一致的。何剑平据文辞和引用推测 S.4571 创作时间在盛、中唐时期，杜维茜则据背面两张状文，即《某年十月衙内都部署使冯谢僧状》

《某年三月随使宅案孔目官孙某吊仪状》的相应信息，考证其创作当在五代宋初。S.8167 方广锠断为归义军时期，然目前尚未见到考证的依据。综合来看，笔者更倾向于在十世纪左右，这也差不多是杜维茜与方广锠推定年代的交集，而这一时期恰恰也是讲经文等讲唱体文献兴起的时间。

敦煌 P.2668 《十梦》及
十梦壁画榜题相关问题补论

朱思奇　陈乙艺

（福建师范大学文学院）

摘要：敦煌遗书 P.2668《十梦》内容上糅合了《增一阿含经》《国王不梨先泥十梦经》《俱舍论》及其注疏等经典中两类"十梦"故事，但又有细节上的不同；形式上并非对相关经文逐字抄录，而是梦境内容与对应征示的简单记述。经考证，此"十梦"与 P.3727《付法藏传》《佛弟子赞》榜题、BD14546V 壁画榜题中的"十梦"内容一致，并与傅斯年图书馆藏 188104V 中所记"十梦"十分相似。当为流行于晚唐五代敦煌地区，配合"十梦"壁画演绎，用以宣传末法思想的壁画榜题抄本，并常与《付法藏人传》榜题抄本、《佛弟子赞》榜题抄本相组合。

关键词：《十梦》；壁画榜题；解梦书

　　敦煌遗书 P.2668 中一文，内容从第十梦写起，倒叙十种梦境，每种梦尾皆有对应的征示，影射末法时代下正法倾颓、僧风浊乱的景象。这部分内容，《敦煌宝藏》定名为《十梦经》，《法国国家图书馆藏敦煌西域文献》《敦煌遗书总目索引新编》更名为《十梦》①。

　　P.2668 中的《十梦》并非孤本。梁丽玲首先发现傅斯年图书馆藏

---

① 法国国家图书馆等编：《法藏敦煌西域文献》（17），上海：上海古籍出版社，2001年，第 157 页。施萍婷、邰惠莉：《敦煌遗书总目索引新编》，北京：中华书局，2000 年，第 249 页。

188104《维摩手记》背有一题为"《贤愚经》残卷"的"十梦"故事。① 2010 年，刘波、林世田《国家图书馆藏 BD14546 背壁画榜题写本研究》发现 BD14546V 抄有"十梦"故事，并将其判定为壁画榜题，且可能具有榜题抄本和底稿的双重性质。该研究首次厘清了"十梦"的文本性质，并根据题记中供养人的职官名称推断相关壁画约绘制在归义军时期，但此壁画业已佚失。② 梅雪的《〈灵州龙兴寺白草院史和尚因缘记〉研究》在查阅 P.3727 时发现，《付法藏传》《佛弟子赞》等文献中穿插有乱序的"十梦见"故事。③ 与此同时，王惠民的《敦煌文献中十梦壁画榜题底稿》，他主要针对 P.3727 进行了整理与录文，并将 BD14546V 中的"十梦"同 P.3727 作了比较。但可惜上述学者均未能注意到 P.2668 中"十梦"后的一段未及抄写完毕的《付法藏人传》榜题，也就难以注意到 P.2668c、P.3727 与 BD14546V 均为多种榜题抄本组合这一特性。本文综合前人的研究成果，通过更细致的录文及对勘，拟对 P.2668《十梦》榜题抄本性质，与《付法藏人传》等榜题及敦煌梦书的关系予以讨论。

一、P.2668c《十梦》榜题抄本性质判定

（一）P.2668c《十梦》录文补正

《十梦》一题依《敦煌遗书总目索引》《法藏敦煌西域文献》，原书计 29 行，无题，亦无抄者姓名，字迹较为潦草。此卷正面抄有《阃外春秋》《燃灯文》《新菩萨经》《乙亥年四月八日翟奉达七言诗二首》《十恩德》《十梦》《五言诗》④《同光四年造龛记》《燃灯文》。《十梦》

---

① 梁丽玲：《敦煌写本〈十梦经〉初探》，刘进宝、高田时雄主编《转型期的敦煌学》，上海：上海古籍出版社，2007 年，第 488—489 页。

② 刘波、林世田：《国家图书馆藏 BD14546 背壁画榜题写本研究》，同作者《守藏集》，北京：国家图书馆出版社，2021 年，第 135—160 页。

③ 梅雪：《〈灵州龙兴寺白草院史和尚因缘记〉研究》，兰州大学硕士学位论文，2019 年，第 53 页。

④ 经查证，与 P.2129V 中的《神龟》同。参见法国国家图书馆等编《法藏敦煌西域文献》（6），上海：上海古籍出版社，1998 年，第 206 页。

介于《同光四年造龛记》及《神龟》间，字迹与《神龟》同，但与《同光四年造龛记》异。梁丽玲曾据《同光四年造龛记》推测 P. 2668"抄写时间下限当于 926 年"。[①] 王惠民则据《同光四年造龛记》《乙亥年四月八日翟奉达七言诗二首》推测大致抄于后梁乾化五年（915）。[②] 但从卷中内容来看，左书倒写也可能从《燃灯文》始，依次抄写《燃灯文》《同光四年造龛记》《十梦》《神龟》，《十梦》后《神龟》及杂写当为纸张有余所续，若如此，其抄写顺序则当晚于《同光四年造龛记》，即抄写时间晚于 926 年。郑炳林、梁丽玲曾作录文[③]，本文在二人基础上有所更正。其全文如下：

1. 第十梦见一张白氎[1] 廿人争，小时之间，自[2] 分为

2. 二十段者，喻释迦如来灭度之后，小乘[3] 人执

3. 著己见，分为廿部之教也。

4. 第九梦见堕[4] 粪猕猴，诸兽见者散走避之，为

5. 末法时出家人不持经戒，欲见俗人，恐怕诘[5] 疑问

6. 难，招世讥谦，心中惭报[6]，长回避之。

7. 第八梦见众兽师子虎象等，以猕猴为王者，为末

8. 代时，坊政（正）、里正等下人断割，贤良君子贵逐贱之（贵之逐贱）。

9. 第七梦见三镬同然一薪，两头腾沸[7]，中间无气者，为

10. 末代之时，男女媒娉之后，一心追逐[8] 夫妻之家，恶厌父母，

11. 薄贱骨肉，其申（由）如是也。

12. 第六梦见小树生果，大树不结者，为末代时，女人十岁

---

① 梁丽玲：《敦煌写本〈十梦经〉初探》，刘进宝、高田时雄主编：《转型期的敦煌学》，上海：上海古籍出版社，2007 年，第 475 页。

② 王惠民：《敦煌文献中的十梦壁画榜题底稿》，方广锠主编：《佛教文献研究（第三辑）》，桂林：广西师范大学出版社，2019 年，第 72 页。

③ 郑炳林：《敦煌写本解梦书校录研究》，北京：民族出版社，2004 年，第 157—158 页。梁丽玲：《敦煌写本〈十梦经〉初探》，刘进宝、高田时雄主编：《转型期的敦煌学》，上海：上海古籍出版社，2007 年，第 476—478 页。

13. 便有男女，不同劫初，女年五百，方始行嫁。

14. 第五梦见一匹马两头吃莫（草）[9]者，为末法时。应是官

15. 吏食官捧（俸）[10]禄，更吃百姓时。

16. 第四梦见有人将三斗[11]真珠博一胜（升）麨[12]，无人酬价者，

17. 为末法之时，出家之人为求千种利养，自消不

18. 得，奉上俗人，更依白衣人前，求说三乘教法时。

19. 第三梦见众人在高山头无水之处，渴逼，见一枯井，

20. 欲[13]拟入井，恐被押[14]（压）煞（杀），众人思愿，愿井水溢出，才水出

21. 已，人皆怕怖而走者，为末代时，俗人初乐闻法[15]，

22. 及其闻已，不能修行，怕善之（知）识而走避之。

23. 第二梦见旃檀香木[16]人不肯买，寻常弱木贵价将[17]

24. 者，为末法之时，佛法经论，人不听受，外道邪论

25. 众人钦慕，其由如是也。

26. 第一梦见白象闭在一室，于小窗中出身并脚，拔

27. 尾不得。世尊解曰："释迦末法时，出家之人能舍

28. 父母妻子等大事，出家已，不能舍名闻利养

29. 等小小之事。"

【校注】

［1］郑、梁作"甄"。

［2］郑录缺"自"。

［3］郑录衍"之"字。

［4］郑作"墜"。

［5］郑作"諸"。

［6］郑作"愧"。

［7］郑作"然"。

［8］郑作"求"。

［9］郑作"冷莫"。

［10］梁作"奉"。

［11］梁作"升"。

［12］郑、梁作"麪"。

［13］郑作"飲"。

［14］郑作"壓"，梁亦补注为"壓"。

［15］梁作"佛法"。

［16］郑作"大"。

［17］郑、梁皆作"□"。

值得注意的是，郑炳林对 P. 2668c《十梦》的录文在第一梦"不能舍名间利养等小小之事"后便结束了。《敦煌遗书总目索引新编》所记 P. 2668c 的内容是"十梦、五言诗一首"①，《法藏敦煌西域文献》中记《十梦》后为正书的《燃灯文》及《同光四年造龛记》。② 这些定名中都忽视了夹在《十梦》及《神龟》间的一段未抄写完毕的文字：

> 大迦叶不悟因时，释迦如来弃现本身相广为说法，受付属留传一代教时。

梁丽玲在录文时注意到了这段文字，但她认为这段文字并《神龟》及"十语九中，不语最胜"抄写在《十梦》前，弄错了抄写的顺序，并且没有给予这段文字足够的重视。③ 从内容上来看，它显然不属于"十梦"故事的内容，但是由于缺少首题，加之十分短小，未见定名。

在含有"十梦"故事的三份敦煌文书中，傅图藏 188104 号背据梁丽玲考证，当为归义军时期张淮深幕僚、史地学家张大庆所抄。文叙"八梦"而止，内容虽然类似，但表述上却有很大不同：首先，其文前有"《贤愚经》云：过去人寿二万劫时，有佛出世，号迦叶……彼佛灭

---

① 施萍婷、邰惠莉：《敦煌遗书总目索引新编》，北京：中华书局，2000 年，第 249 页。

② 法国国家图书馆等编：《法藏敦煌西域文献》，上海：上海古籍出版社，1995—2005 年，第 157 页。

③ 梁丽玲：《敦煌写本〈十梦经〉初探》，刘进宝、高田时雄主编：《转型期的敦煌学》，上海：上海古籍出版社，2007 年，第 474—475 页。

后，末法之事。"① 不见于 P. 2668、P. 3727 及 BD14546V。其次，傅图188104 号背除第一梦以"第一梦见"起外，其他几梦均以"数字 + 又梦见"起，与其他三份不同。再者，傅图188104 号背对于第四梦的解释与其他三份文书所记不同，五梦与六梦故事又与其他三份文书所抄次第倒置。最后，傅图188104 号背在多个语句的表述上更为凝练，还两次出现了其他文本中不曾出现的"法喻云云"句式。因而可以判定，傅图藏188104 号背与其他三份"十梦"文本存在联系，但似乎是某种改写。

与 BD14546V 及 P. 3727 中的"十梦"一致，P. 2668c"十梦"也有着非常典型的壁画榜题的特点。并且，它可能是一件榜题抄本。首先，各版本的"十梦"都出现了"应是官吏食俸禄更吃百姓时""更依白衣人前求说三乘教法时"等，"……时"的语句，这正是壁画榜题的典型格式。其次，P. 2668c 中的"十梦"榜题，未按照任何所化用经文的原有次序，并且倒叙第十至第一梦。结合 BD14546V 中一至十梦的正序与 P. 3727 中的乱序来看，这很可能是因为这些榜题抄本属于"壁画绘成后，录文者面对壁面抄录榜题的过录本"②，其内容顺序与壁面顺序相一致，而并非严格按照经文内容抄写。再者，P. 2668 中的"十梦"虽内容完整，字迹却十分潦草，其后又有相同笔迹所抄《神龟》一诗，可以判定书写者大约只是抄录一些内容，而无其他目的。最后，P. 2668c《十梦》后那段长期被忽略的文字更是佐证其为榜题抄本的有力证据，因为经考证，这段没有抄写完毕的文字正源自《付法藏人传》榜题中"第一付法藏人"大迦叶的相关内容。

（二）《十梦》与《付法藏人传》《佛弟子赞》榜题的关系再探

P. 2668c《十梦》结尾处以相同笔记又附"大迦叶不悟因时……受

---

① 梁丽玲：《敦煌写本〈十梦经〉初探》，刘进宝、高田时雄主编：《转型期的敦煌学》，上海：上海古籍出版社，2007 年，第 476 页。

② 沙武田：《敦煌壁画榜题写本研究》，《敦煌画稿研究》，北京：中央编译出版社，2007 年，第 434 页。

付属西传一代教时"，这段传法文字同样见于 P. 3727"十梦见"中"第一梦见"旁①。而"第一梦"后又附"富楼那说法第一"等字。此页下，《法藏敦煌西域文献》定名为《佛弟子赞》。但从文字所描述的内容来看，因为涉及大迦叶传法，似乎是《付法藏传》中的内容。另外，这段文字被抄录于 P. 3727 中"第一梦"故事之前，将大迦叶传法一事同"第一梦"的故事相串联。

再考"第二梦"故事前，也有："弥勒尊慈及诸眷属坐宝宫殿，空中示现，告无著言：'善男子，汝何所愿？'无著白言：'我愿于大乘无有疑惑。'弥勒即为说法时。"②

"第四梦"前的内容从"第四代付法藏人，圣者优波毱多"开始，接有"圣者提多迦从尊者付优波毱多时"（四付五）③。

"第五梦"前有"圣者伏陁难堤从尊者弥遮迦受付嘱一代教时"（六付七）④。

"第六梦"前有"圣者伏陁蜜多从尊者伏陁难堤受付嘱一代教时"（七付八）⑤。

"第九梦"后有"圣者胁比丘从尊者伏陁蜜多受付嘱时"（八付九）⑥。

这些文字可以注意者有两点：一、所谓的《付法藏传》，各传法人故事中均有典型的榜题格式，应是属于以传法世系为内容的榜题文书。二、在 P. 3727 中，"十梦"故事似乎被有意地穿插于各传法人事迹之

① 法国国家图书馆等编：《法藏敦煌西域文献》（27），上海：上海古籍出版社，2002年，第150页。
② 法国国家图书馆等编：《法藏敦煌西域文献》（27），上海：上海古籍出版社，2002年，第149页。
③ 法国国家图书馆等编：《法藏敦煌西域文献》（27），上海：上海古籍出版社，2002年，第143页。
④ 法国国家图书馆等编：《法藏敦煌西域文献》（27），上海：上海古籍出版社，2002年，第145页。
⑤ 法国国家图书馆等编：《法藏敦煌西域文献》（27），上海：上海古籍出版社，2002年，第144页。
⑥ 法国国家图书馆等编：《法藏敦煌西域文献》（27），上海：上海古籍出版社，2002年，第146页。

后，并且尽量在次序上形成对应。但在 P. 3727 中，"第二梦"前所接既非迦叶传阿难，又非阿难传第三代商那和修，后接"第十梦"内容。"第四梦"后接"第三梦"内容，"第八梦"前无对应文字，后又接"第九梦"，位置颠倒紊乱，未能完全与《付法藏传》中各传法人的顺序相合。① 推测是各榜题与壁画顺序相对，"十梦"故事画穿插于《付法藏传》故事画之间，又或是 P. 3727 中的这部分内容为《付法藏传》《十梦》榜题集，抄录者有意进行组合之故。

而 P. 3727 中《付法藏传》所保留的各代传法人从"第四代付法藏人圣者优婆毱多"始，包括"第五代付法藏人圣者提多迦""第六代付法藏人圣者弥遮迦""第七代付法藏人圣者伏陁难堤（提）""第十代付法藏人圣者富那奢""第十一代付法藏人圣者马鸣菩萨""第十二代付法藏人圣者比罗"及各自的传法事迹。但并未按次第抄写，例如"第四代付法藏人"后续"第四梦"故事，而"第四梦"后接续的则是"第七代付法藏人"事迹。P. 3727《佛弟子赞》则保留了舍利弗、大目犍连、摩诃迦叶、须菩提、富楼那、摩诃迦旃延、阿那律、优波离、阿难陁九人的赞文。

P. 3727 中题名为《付法藏传》或《付法藏因缘传》的文字，马格侠将其归类为"为莫高窟禅宗祖师像榜题所写的草稿"②，注意到了它的榜题性质。而王书庆、杨富学则认为"所谓的《付法藏传》《付法传》《付法人传》都只不过是《付法藏因缘传》的别称"，他们对马格侠所梳理的卷号及定名作了补正，重新将 P. 3727a 归为《付法藏因缘传》③。梅雪指出 P. 3727 写卷"抄写于末法思想流行的晚唐五代时期，其抄写内容佛十大弟子、《付法藏因缘传》传人及在汉地活动的高僧

---

① 法国国家图书馆等编：《法藏敦煌西域文献》（27），上海：上海古籍出版社，2002年，第143—150页。

② 马格侠：《敦煌〈付法藏传〉与禅宗祖师信仰》，《敦煌学辑刊》2007年第3期，第121页。

③ 王书庆、杨富学：《也谈敦煌文献中的〈付法藏因缘传〉》，《敦煌学辑刊》2008年，95—98页。

等，多与末法思想有关"①。王惠民则认为这些内容当为传法祖师榜题底稿，所对应的壁画当为祖师像及赞。②从内容来说，敦煌文书中的《付法藏传》《付法传》《付法藏人传》的确可以一概视为《付法藏因缘传》的异本，但考察 P.3727 中描述传法人事迹的文字，均有"第某代付法藏人某某某"字样，与其他定名为《付法藏传》的文书（P.4968V 等）不同，但却与《付法藏人传》（P.2774V、P.2775、P.2776）一致。而 P.2775a 记载了付法藏人的前后时序，与 P.3727 中相合：

> 第三代商那和修、第四代优波毱多、第五提多迦、第六弥遮迦、第七伏陁难堤、第八伏陁蜜多、第九肋比丘、第十富那奢、第十一马鸣菩萨、第十二毗罗、第十三龙（下文漫漶，当为龙树菩萨）、第（漫漶，当为伽那提婆）婆菩萨、第十五罗睺罗、第十六（下文漫漶）、第十八代僧伽耶舍、第十九鸠摩（漫漶，当为鸠摩罗驮）、（第二十）阇夜多、第二十一婆修槃陀、第二十二摩挐罗、第二十三鹤勒那、第二十四代师子比丘。③

其后另列出十大弟子名目，未见《佛弟子赞》的具体赞文：

> 迦旃延、舍利弗、罗睺罗、富楼那、阿那律、优波离、须菩提、阿难陀、大目犍连、大迦叶。④

---

① 梅雪：《〈灵州龙兴寺白草院史和尚因缘记〉研究》，兰州大学硕士学位论文，2019年，第 58 页。

② 王惠民：《敦煌文献中的十梦壁画榜题底稿》，方广锠主编：《佛教文献研究（第三辑）》，桂林：广西师范大学出版社，2019 年，第 83 页。

③ 法国国家图书馆等编：《法藏敦煌西域文献》（18），上海：上海古籍出版社，2001年，第 158 页。

④ 法国国家图书馆等编：《法藏敦煌西域文献》（18），上海：上海古籍出版社，2001年，第 158 页。

但是 P.2774—2776 中《付法藏人传》所记法统并不止于时序中所列的二十四代。P.2774V 中包括"第十七代付法藏人圣者罗汉比丘""第十八代付法藏人圣者僧伽耶舍"及其付法事迹。P.2775c 则依次抄写了"第十一代付法藏人圣者富那奢""第十二代付法藏人圣者马鸣菩萨""第十三代付法藏人圣者毗罗""第十三代付法藏人圣者龙树菩萨"（两位第十三代，当为抄写讹误）的传法事迹。这些并未与 P.2775a 中的传法时序相合。P.2775Vb 又抄有"第八代付法藏人圣者伏陀密多"及其传法事迹。P.2776V 抄有"第二十四代付法藏人圣者师子比丘""第二十五代付法藏人圣者舍那波斯"及其传法事迹。末有"舍那波斯传法已毕，付嘱优婆掘、须婆蜜、优婆掘、须婆蜜，付嘱僧伽罗、僧伽罗，又付嘱菩提达摩多罗，前后相付二十八代，事有本传"，并一行小字"圣者优婆掘、须蜜从尊者舍那波斯受付嘱一代教时"。末尾所抄内容简略杂乱，应是纸张有限，未及抄完整的二十八代法统之故。

此外，在对 BD14546 的研究中，刘波、林世田发现"P.3355 背与 BD14546 在很多方面具有相似性"，只是在 P.3355 中未见有"十梦"故事。于是他们重新讨论了 P.3355 背后的内容，指出在 P.3355 的"历代付法藏人"部分有"圣者弥遮迦从尊者提多迦丞受付嘱深妙教时"这类"……时"的句式，正是典型的榜题格式，所以认为它应是一件混有十大弟子等高僧赞与《付法藏因缘传》（《付法藏人传》）内容的"壁画榜题抄本"[①]。考 P.3355，题名为《付法藏因缘榜题》，内容同 P.3727《付法藏传》及 P.2774—2776《付法藏人传》，有"圣者胁多从尊者伏陁律（密）多丞受付嘱一代教时""圣者伏陀密多从者伏陀难提丞受付嘱时""圣者弥遮迦从尊者提多迦丞受付嘱深妙教时"，须菩提、摩诃迦叶、大目犍连、舍利弗、富楼那、优婆梨、罗睺罗、阿难、阿那律乃至弥天释道安、佛图澄等人的赞文，并依次记有"第七代付法藏人圣者伏陀难提""第一（疑为十或十一之误）代付法藏人圣者富那

---

① 刘波、林世田：《国家图书馆藏 BD14546 背壁画榜题写本研究》，同作者《守藏集》，北京：国家图书馆出版社，2021 年，第 146—148 页。

奢""第十七代圣者罗汉比丘""第六代付法藏人圣者弥遮迦""第十二代付法藏人圣者比罗"及其事迹。即兼有佛弟子、汉地高僧赞与"历代付法藏"相关榜题。[①] 各代付法藏人顺序依旧杂乱无章，与 P. 3727 中的内容高度相似。

此外，P. 2680 正面亦记有"第二十三代付法藏人圣者鹤勒那夜奢""第二十四代付法藏人圣者师子比丘"及其事迹，卷末杂写亦有佛弟子名目。[②] 对勘 P. 2680、P. 2774—2776、P. 3355、P. 3727 可大致复原出《付法藏人传》榜题中的二十七位传法人：

> 摩诃迦叶、（缺）、商那和修、优波毱多、提多迦、弥遮迦、伏陁难堤、伏陁蜜多、肋比丘、富那奢、马鸣菩萨、毗罗、龙树菩萨、伽那提婆菩萨、罗睺罗、罗汉比丘、僧伽耶舍、鸠摩罗驮、阇夜多、婆修槃陀、摩挐罗、鹤勒那、师子比丘、舍那波斯、优婆掘、须婆蜜、菩提达摩多罗。

虽然 P. 3727《付法藏人传》榜题后还抄写了《历代三宝记》中"梁朝第一祖菩提达摩多罗禅师"的内容，但这份《付法藏人传》的传法人不仅已经超出了《付法藏因缘传》中所建立的二十四代传法世系，而且各代传法人亦不能完全与敦煌《历代法宝记》《坛经》及《景德传灯录》相对应，其中第十七代"罗汉比丘"更是未见于其他传法世系中。《付法藏人传》榜题所遵照的依然是某种"二十八祖"的传法系统，但是由于榜题抄写者的随意性和字迹的缺失，我们依然无法建立完整的法统。但至少确定，敦煌遗书中所谓的《付法藏人传》，的确如马格侠所说，是一部与禅宗祖师传法世系相关的榜题文本，并且也又一次确定，《付法藏人传》榜题常与可能作为佛弟子瑞像榜题文本的《佛弟

---

① 法国国家图书馆等编：《法藏敦煌西域文献》（23），上海：上海古籍出版社，2002年，第331—338页。

② 法国国家图书馆等编：《法藏敦煌西域文献》（17），上海：上海古籍出版社，2001年，第222—224页。

子赞》组合出现。

由此,我们可以得出,在敦煌文献中,《付法藏人传》榜题、《佛弟子赞》榜题及《十梦》榜题可能有如下四种组合形式:

卷号	榜题组合
P.3727	《付法藏人传》榜题 + 《佛弟子赞》榜题 + 《十梦》榜题
P.2774—2776、P.3355	《佛弟子赞》榜题 + 《付法藏人传》榜题
BD14546V	《佛弟子赞》榜题 + 《十梦》榜题
P.2668	《十梦》榜题 + 《付法藏人传》榜题

而除却《付法藏人传》榜题、《佛弟子赞》榜题、《十梦》榜题外,多份文书中还混有汉地高僧赞文,譬如 P.3727 及 P.2680、P.2775Vd、P.2775Ve 的杂写中都出现了刘萨诃、史和尚、大唐义净三藏等人的姓名或事迹。陈粟裕认为时人之所以将《付法藏因缘传》(《付法藏人传》榜题)同多篇高僧赞同抄一卷,"可能是寺院法会道场时悬挂历代高僧及祖师画像,法师礼拜赞颂之用"[1]。

综上,P.2668c 中的《十梦》,实际上也是一件未能抄写完整的"十梦"与"历代付法藏人"结合型壁画榜题,只是缺失了《付法藏人传》的大部分内容。在敦煌地区,《十梦》《付法藏人传》《佛弟子赞》三组榜题乃至一些汉地高僧事迹又常常以抄本的形式组合在一起,传播开来。其目的应正如梅雪所判定,是为了宣传末法时代及高僧护法思想。[2]

二、《十梦》故事画内容分析

(一)经典来源

佛经故事中以"十梦"为主题的故事有两种系统,二系统类型一

---

[1] 陈粟裕:《隋至五代西天祖师像与〈付法藏因缘传〉》,《世界宗教文化》2021 年第 2 期,第 173 页。

[2] 梅雪:《〈灵州龙兴寺白草院史和尚因缘记〉研究》,兰州大学硕士学位论文,2019 年,第 58 页。

致，均为一国王夜梦十怪事，而后异道人或婆罗门告知国王此梦不详，须杀妻、子才能破解，佛（释迦牟尼/迦叶佛）为其解梦，指出梦为后世将来之事，即释迦牟尼灭度后世间正法衰颓，秩序紊乱之相。两种故事系统中，一种以东晋竺昙无兰所译《国王不黎先泥十梦经》为代表，并见于《佛说舍卫国王十梦经》《舍卫国王梦见十事经》《增一阿含经》卷五十一《大爱道般涅槃品》，《经律异相》卷二十八、卷二十九与《法苑珠林》卷三十二也收此故事，多称之为"波斯匿王十梦"。另外《弥沙塞部和醯五分律》卷二十六亦有"禁寐王十一梦"，内容与之略有不同。另一种则以宋代施护所译《佛说给孤独长者女得度因缘经》为代表，并见于唐代玄奘译《阿毗达磨俱舍论·分别世品》、普光《俱舍论记》卷九、唐法宝《俱舍论疏》卷九、圆晖《俱舍论颂疏论本》卷九、五代时景宵《四分律钞简正记》卷一及宋代元照《四分律行事钞资持记》等，多称之为"讫栗枳王十梦"。①

　　对于敦煌"十梦"故事的构成来源，刘波、林世田认为"榜题十梦及其解说是选择《俱舍论颂疏论本》与《增一阿含经》卷五十一中的论说重新编排而成"②。实际上，从各经典译出或撰成时间来看，"波斯匿王十梦/不黎先泥十梦"类型下的所有经文，敦煌《十梦》在形成过程中都有可能进行了参考和借鉴。"讫栗枳王十梦"故事下，《四分律行事钞简正记》由景宵初撰于（938年），重修于开运二年（945年）③，而 P.2668c《十梦》应稍晚于同光四年（926），二者产生的时间可能有所冲突，并且现存敦煌遗书中也并未见《简正记》遗存。故而以《阿毗达磨俱舍论》为代表的《论》《记》《疏》《颂疏论本》则更可能为敦煌《十梦》形成的另一材料来源。《阿毗达磨俱舍论》卷九

---

　　① 除却"十梦"故事外，《守护国界主陀罗尼经》卷十《阿阇世王受记品》记载阿阇世王的"二梦"，主题与"十梦"一致，内容为阿阇世王夜梦二恶事，迦叶佛为其开示。《四分律行事钞简正记》中亦引此梦，但内容却是"讫栗枳王十梦"中的第九梦。

　　② 刘波、林世田：《国家图书馆藏 BD14546 背壁画榜题写本研究》，同作者《守藏集》，北京：国家图书馆出版社，2021年，第159页。

　　③ 陈士强：《大藏经总目提要·律藏二》，上海：上海古籍出版社，2008年，第188页。

中的"谓大象井㲲，栴檀妙园林，小象二猕猴，广坚衣斗诤"①是现今可见的最早记述，但它显然不足以支撑敦煌《十梦》构造出一个个完整的故事内容。而《俱舍论》之外，《论》《记》《疏》《颂疏论本》中有对此故事的完整记录和解读，但在梦境解读上也与《十梦》有着些许的差异。所以，定型的《十梦》故事究竟来源于某本已经失传的经文，还是来源于讲经或解经者的口耳相传，如今已不可得知。

（二）文献依据

"十梦"故事所关涉的诸多经典，现存敦煌遗书中除《佛说舍卫国王十梦经》《舍卫国王梦见十事经》二经外，其他经文均可见残叶。其中 S.2761《增一阿含经·卷五十一》残片、BD11152《增一阿含经·卷五十一》残片、S.1959《国王不黎先泥十梦经》可见"十梦"相关内容。不过在已经发现并定名的敦煌遗书中，现只存有《论》《疏》及《颂疏论本》，其中《俱舍论》存卷二十一（BD10996）、卷二十二（BD07300）、卷二十五（BD08277）、卷二十七（BD14504），未见记载"十梦"的《分别世品·第三之二》。《颂疏论本》存卷一（P.2174）、卷二（俄藏 Дx00261＋00262＋00417＋00418＋00421＋01545），未见记载"十梦"的卷九。题名为《俱舍论疏》有 P.3279，P.2335V，P.3753V，亦无"十梦"内容遗存。但现存的《俱舍论》及其疏释文本至少可以说明，因为《俱舍论》在敦煌地区的流行，《分别世品》中的"十梦"故事可能也随着经文注释或讲经人的解释，在敦煌地区得到了传播，从而成为敦煌《十梦》故事画及榜题的文本来源之一。

（三）敦煌"十梦"的解梦新创

以《国王不黎先泥十梦经》《阿毗达磨俱舍论》为代表的"十梦"故事为基础，将敦煌《十梦》的差异比对于下②：

---

① 世亲造；（唐）玄奘译：《阿毗达磨俱舍论》，《大正藏》第29册，第45页，下。
② 以此二经为代表，一因其以此"十梦"为经文主体内容，叙述详细，二则因其是以叙述"十梦"和解梦为主题的单行经。

类型	波斯匿王十梦	讫栗枳王十梦	敦煌《十梦》
经名	《国王不黎先泥十梦经》①	阿毗达磨俱舍论	P. 2668c/P. 3727/BD14546V
梦一	1	A	A
梦二	2	B	D
梦三	3	C	类 B
梦四	4	D	C
梦五	5	E	2
梦六	6	F	类 4
梦七	7	G	类 1
梦八	8	H	类 H
梦九	9	I	G
梦十	10	J	I（二十分）

对比两类故事系统和敦煌《十梦》即可发现，在对梦境的阐述上，敦煌《十梦》故事打乱了所有经文中记录的次序，内容也是两种系统的结合，甚至更添新枝。譬如"梦六"不仅包括"波斯匿王十梦"中梦四的"小树生果"，又添入"大树不结"以对比，或是其对应壁画中配有大、小二树的画面。

与对梦境的记述相比，敦煌"十梦"故事对各个梦境的解读，虽然都是表示末法时代下的颠倒世情，但所征示的内容不仅与源出经典差异颇多，敦煌三种版本之间也存在差别，其中以傅图 188104 号背差异最大。

十梦		梦境征示	
二	D	BD14546V/P. 2668/P. 3727	佛法经纶人不听受，仆道邪论众人钦慕。
		傅图 188104V	彼时人轻于佛法、重于书籍。
		《俱舍论记》《疏》《颂疏论本》	以佛经典，贸易世间经书外道典籍。

① 以《国王不黎先泥十梦经》所载"十梦"内容为基础，将内容分为十部分，第一梦即为"1"，依次排列。《阿毗达磨俱舍论》之"十梦"同，第一梦为"A"。

续表

十梦			梦境征示
三	B	BD14546V/P. 2668/P. 3727	俗人初乐闻法，及其闻已，不能修行，怕善知识而走避之。
		傅图 188104V	彼时俗人，初未闻佛法前，则欲闻于佛法；既得闻已，师为说之，不来听受，舍之而去。法喻云云。
		《俱舍论记》《疏》《颂疏论本》	道俗不肯学法，知法者为名利亦不学。
四	C	P. 2668/P. 3727	出家之人为求千种利养，自消不得，奉上俗人，更依白衣人前求该三乘教法。
		BD14546V	出家人为求小利，奉上俗人三乘教法。
		傅图 188104V	彼时法师，为求名闻利养讲说法要，法喻云云。
		《俱舍论记》等	释迦遗法弟子，为求利故，将佛正法，为他人说。
六	4	BD14546V/P. 2668/P. 3727	女人十岁便有男女，不同劫初女，年五百岁方始行嫁。
		傅图 188104V	今时女人，十三十四，即有男女；不同劫初，女年五百方结姻。
		《佛说舍卫国王十梦经》《增一阿含经》等	女十五岁行嫁、抱儿。
		《五分律》	尔时二十岁人，便已生儿。
七	1	P. 2668/P. 3727	男女媒娉之后，一心追逐夫妻之家，恶厌父母，薄贱骨肉。
		BD14546V	今时兄弟分析，追游妻家，薄贱骨肉时也。
		傅图 188104V	今时兄弟分拆之后，追逐妻家，薄贱骨肉。
		《佛说舍卫国王十梦经》《五分律》（类1）等	人豪贵者，自相追随不视贫者。
		《增一阿含经》	人民皆当不给足养亲贫穷，同生不亲近，反亲他人，富贵相从，共相馈遗。

十梦			梦境征示
八	H	P. 2668/P. 3727	末代时坊政、里正等下人断割，贤良君子贵逐贱之。（又与"波斯匿王十梦"中梦6征示类同，故列于其下）
		《俱舍论记》等	遗法弟子诸恶朋党，举破戒僧。
		《佛说舍卫国王十梦经》《增一阿含经》等	下贱更尊贵有财产，众人敬畏之，公侯子孙更贫贱，处于下坐饮食在后。（取自《不黎先泥十梦》，其他意同）
九	G	P. 2668/P. 3727	出家人不持经戒，欲见俗人，恐怕诘难问难……长回避之。
		BD14546V	修行人不持戒，如堕转猕猴，一切众心不喜，各驰捨者。
		《俱舍论记》等	遗法弟子，以诸恶事，诬谤良善。
十	I	BD14546V/P. 2668/P. 3727	佛法二十分。
		《俱舍论记》等	佛法十八分。

在敦煌的"十梦"故事中，梦一、二征示与源出经典大致相同，只是对于梦二的解释，敦煌版本只突出了邪论盛行、佛法衰微，《俱舍论记》等经典则为"以佛经典，贸易世间经书外道典籍"。

第六梦、第十梦同源出经典存在数字上的差异：第六梦敦煌本作女子"十岁"或"十三十四"便嫁人生子，比其他经文版本中女子行嫁的年龄都要更早，并且加入了《中阿含经·王相应品》中所说未来世界女子五百岁行嫁的内容，改为"劫初女"五百岁行嫁。第十梦则涉及佛灭度后佛法分派的问题，《俱舍论》一系均作遗法十八分，而敦煌版本作二十分。与敦煌本稍后的《四分律钞简正记》作二十分，宋代《佛说给孤独长者女得度因缘经》却又改为十八分。"十八分"与"二十分"之别，是因"十八分"在述佛法分派时剔除了上座部及大众部，以其余十八部为"十八异部"。汉地所译论述部派分别的经文有《异部宗轮论》及其异译《十八部论》《部执异论》，并《文殊师利问经》《舍利弗问经》，都提及了上座、大众根本二部之下又分为十八部之事，像是"体毗履十一，是谓二十部。十八及本二，悉从大乘出"①。唐代论疏中论及此事时也往往"二十分"与"十八分"混用，譬如《俱舍论疏》中虽以遗法十八分释第十梦，但《疏》中又有"佛涅槃后一百年为初，四百年为后，本末分成二十部，广如《宗轮论》说"。故而敦煌"十梦"壁画及故事将"争白氎"一事改为"二十分"，应是为了在利用壁画宣教过程中尽可能地将部派分裂一事叙述完整。

　　第三梦、第七梦、第八梦、第九梦的征示，则更似榜题撰者根据梦境敷演，最后形成的一套系统的解释。有些或能称之为创见，譬如第三梦"渴人怖井"，《俱舍论》注疏一系解释为俗人恶正法，《四分律简正记》解释为俗人恶末世讲法者，而敦煌本辩为俗人最初乐闻正法，但不能坚持修行，并且"怕善知识"，这一解释中俗人对佛法态度的前后转折，似乎借用了"叶公好龙"的内涵。第七梦的征示不仅不同于源出经典，敦煌流传的两种版本之间也出现了细微的差别，一类记为男女婚后"追逐夫妻之家"，另一类则记为"追游妻家"。敦煌的两种版本似乎都更近于《增一阿含经》当中的征示，但是又有榜题撰者依据汉地伦理增添的内容。第八梦之征示不同于《俱舍论》注疏一系，却近似于《国王不黎先泥十梦经》当中第六梦"狐坐金床、食金器"的解释，可能是两种故事系统混合下的结果。第九梦的征示中，敦煌的两种版本又一次出现了较大的差异。BD14546 中的解释与源出经典大致相同，都以"堕粪猕猴"喻破戒僧，而以"诸兽"喻清净僧，但 P. 2668/P. 3727 "十梦"的解释逻辑却并不通顺，破戒僧变为了"诸兽"，而"堕粪猕猴"代指俗人。这样一来，不仅破戒僧多而俗人少，就连"俗人"这一身份，都变得比破戒之僧更加污秽不堪了。

三、《十梦》与中古时代梦书关系辨正

　　由于 P. 2668c《十梦》在过去常被看作是由"十梦"故事改写而成的独立文本，所以许多学者都将其与敦煌梦书联系在一起，认为该文本

---

　　① 真谛译：《十八部论》，《大正藏》第 49 册，第 17 页，下。

体现了佛教与敦煌占梦、解梦活动之间的联系。譬如黄正建将 P. 2668 单独列于他所划分的"'新集周公解梦书'类"等六类梦书之外，并因此将其与佛教看作是敦煌梦书发展中的推动力量。① 郑炳林认为虽然不能证明《十梦》与敦煌解梦书之间存在着关系，但是《十梦》的出现至少可以表明"敦煌佛教教团利用梦象来发展佛教"。② 梁丽玲曾指出它与敦煌梦书在表现形式、内容及性质上都有所不同，但却仍认为它的内容也属于解梦的一种。③ 唯有梅雪着重讨论了 P. 3727 当中"十梦"故事与梦书的区别，认为二者来源不同，内容也不同，但是缺少对二者相似之处的深入分析。④

　　《十梦》文本之所以常与梦书相联系，一者是因为二者都着重解读梦境，并以所梦比附现实。对梦境的关注是中印文化中共通的部分。敦煌梦书最早可以溯源至中国上古时期黄帝的解梦活动。印度早期吠陀经典中就有对梦的探讨，譬如《阿闼婆吠陀》第六十八附录第二章专门讨论了一些梦的象征，《罗摩衍那》《摩诃婆罗多》中亦有梦境征示未来的相关情节。佛教继承了印度吠陀经典、史诗及往世书中对于梦与醒觉世界之间关系的关注，往往以梦境象征现实中的未来。吴海勇在《中古汉译佛经叙事文学研究》中指出，佛经中有两类以"梦征"为母题的叙事文学。一类与佛陀生平的命运相关，譬如隋代阇那崛多译《佛本行集经·净饭王梦品第十七》中，释迦牟尼出家前，其父曾有七异梦，《摩诃摩耶经》又记载了佛陀涅槃时，其母摩耶夫人于天上夜得五种噩梦。另一种即为以《五分律》中"禁寐王十一梦"为代表的末法乱世时代，众生不信佛法的瑞应之梦。"十梦"故事也就属于这一类。⑤

---

① 黄正建：《敦煌占卜文书与唐五代占卜研究》（增订本），北京：中国社会科学院出版社，2014 年，第 61 页。

② 郑炳林：《敦煌写本解梦书校录研究》，北京：民族出版社，2004 年，第 158 页。

③ 梁丽玲：《敦煌写本〈十梦经〉初探》，刘进宝、高田时雄主编：《转型期的敦煌学》，上海：上海古籍出版社，2007 年，第 488 页。

④ 梅雪：《〈灵州龙兴寺白草院史和尚因缘记〉研究》，兰州大学硕士学位论文，2019 年，第 56 页。

⑤ 吴海勇：《中古汉译佛经叙事文学研究》，北京：学苑出版社，2004 年，第 315—323 页。

二者是因敦煌"十梦"特殊的故事结构。"十梦"经文及敦煌榜题都有既定的征示。但是,不同于源出经典宗教叙事的方式,从形式上来看,敦煌《十梦》榜题的最大不同在于它"恰好"漏掉了佛这个诠释梦境意义重要的主人公,而变为梦境及梦境征示的简单结合。无独有偶,刘文英在《中国古代的梦书》中指出,中国的梦书在发展过程中,也经历了一个从繁到简的过程。早期的梦象占辞往往分为"梦象之辞""释梦之辞""占断之辞"三个部分,譬如"月者,太阴之精也。梦见月者,旦见公卿也"中,"月"为"梦象之辞","旦见公卿"为"占断之辞",而解释梦象的"月者,太阴之精也"即为"释梦之辞"。但这一"释梦之辞"在后世梦书中常省略不见,仅剩梦象与未来凶吉的对照。他指出:"这一点,唐以后的梦书非常突出。"[①] 以此类梦象占辞结构观照佛经中的"十梦"故事,即会发现它们无一例外缺少"释梦之辞"。在古代梦书中,"释梦之辞"承担着联结梦象与现实活动的桥梁作用,而这部分的功能在提及"十梦"的经文或经疏中,是通过梦境形象的譬喻和"佛言"这一解读的权威性与神圣性实现的。但是P. 2668c、P. 3727 及 BD14546V 中的《十梦》却因为榜题文书的格式,将"佛"及解梦者的权威性隐去,变为对壁画画面的描述和征示解读,恰好类似于敦煌梦书"梦象之辞+占断之辞"的结构,故而在接触这一榜题文本时,都会给熟悉敦煌梦书的研究者以相似之感。

虽然敦煌地区的佛教活动与敦煌解梦书的发展有着极其紧密的联系,这一点绝无法否认,但是 P. 2668c《十梦》榜题显然无法与敦煌梦书建立直接的联系。它所拥有的与"梦书"相似的结构,实际上可能只是榜题格式下的巧合。但是,敦煌"十梦"壁画及榜题故事的存在又是独特的。据董大学研究,在 P. 2165V《金刚经疏》中对"梦喻"的解释亦引入"波斯匿王作四种梦""净饭王作十恶梦"的内容,后者正是两种"十梦"故事系统中的"波斯匿王十梦"故事。这说明,这

---

① 刘文英:《中国古代的梦书》,北京:中华书局,1999 年,第5—6 页。

一故事也被用以敦煌地区的解经活动。① 而现存资料似乎并未见其他时代、地区的信众对佛经中的"十梦"故事给予特别关注,甚至上升到绘制壁画,注解佛经的程度。这一壁画及榜题故事,似乎从传统"佛教活动影响梦书"的相反角度,说明了敦煌地区的占梦、解梦乃至其他占卜活动影响着佛教信众对于佛经的理解和接受。而敦煌《十梦》的梦征意义中,那些不同于佛经中的独特阐释,在占梦风气颇盛的敦煌地区,似乎也就有了产生与流传的可能。

四、结语

《十梦》榜题作为佛经"十梦"故事的重组、重解之作,反映着汉地信众对末法时代的本土化接受。P. 2668c《十梦》榜题后附"历代付法藏人"榜题的节抄文字,更加有力地佐证了在敦煌地区,"十梦""历代付法藏人""佛弟子赞"三类壁画及榜题常组合出现的事实。敦煌"十梦"壁画及榜题的出现,说明在占梦风气盛行的晚唐敦煌地区,人们对佛经中梦征故事有着独特的关注。P. 2668《十梦》榜题虽然不能成为佛教对敦煌梦书产生影响的有力证明,但无可置疑的是,其独特的内容和形式,记录了佛教经典与思想在传入汉地的过程中,与本土信仰之间产生的碰撞与融合。

---

① 董大学:《冀广异闻:敦煌写本伯 2165 号背〈金刚经疏〉对"梦喻"的诠释》,2021"敦煌佛教文学艺术思想综合研究(多卷本)"青年学者论坛会议与会论文,福州。

敦煌遗书三札

尤　澳

（四川大学文学与新闻学院）

摘要："兄弟如手足，妻子如衣服"这一俗语并非毫无来源，全为杜撰，其广泛应用于元明清俗文学创作中。根据敦煌文献记载，其出现时间可以追溯到初、盛唐甚至更早，后晚唐时期的《新集九经文词抄》托名在庄子下，《王梵志诗》（一卷本）记载了这个现象；日本杏雨书屋羽674号《说文解字》残卷的真伪问题存在争议，重新检讨有关于作伪的几条证据，认为效力不足，不能否定此写卷，应该注重敦煌文献的多元面貌；《思益梵天所问经》为鸠摩罗什译，对前人敦煌本《思益梵天所问经》的缀合成果进行补充，完善缀合信息。

关键词：俗语；《说文解字》；杏雨书屋；《思益梵天所问经》；补缀

一、俗语"兄弟如手足，妻子如衣服"小考

"兄弟如手足，妻子如衣服"今是俗语，民间多用，此语在传播过程中，明罗贯中的《三国演义》是最为重要的一环。今提起此俗语，多提《三国演义》中刘备的故事。此故事见第十五回《太史慈酣斗小霸王　孙伯符大战严白虎》：

> 却说张飞拔剑要自刎，玄德向前抱住，夺剑掷地曰："古人云：'兄弟如手足，妻子如衣服。'衣服破，尚可缝；手足断，安可续？吾三人桃园结义，不求同生，但愿同死。今虽失了城池家小，安忍

教兄弟中道而亡？况城池本非吾有；家眷虽被陷，吕布必不谋害，尚可设计救之。贤弟一时之误，何至遽欲捐生耶！"说罢大哭。关、张俱感泣。①

此回刘备用此谚语来劝说张飞勿自刎，并回忆当年桃园三结义时的壮志豪情。此俗语表示兄弟之间关系比夫妻关系重要，宁可舍弃妻子也不舍弃兄弟之间的人伦关系，毛宗岗在此处批："但闻人有继妻，不闻有继兄、继弟"，实是此谚语在现实逻辑上的原因。

此俗语在元明清通俗文学常为惯用，如《元明清文学方言俗语辞典》记载此语有：

"兄弟如手足，妻子如衣服"。谓弟兄亲情比夫妻更深厚。《三国演义》一五回……。一作"兄弟如手足，妻子是衣服"，《双雄记》三五折："俗谚道：兄弟如手足，妻子是衣服。如今兄弟荣归，幸得手足安宁也"；一作"兄弟如手足"，《冻苏秦》二折："大的儿你来，可不道兄弟如手足，手足断了再难续。你和苏秦两个指头儿般兄弟，你怎便忍的看他去了！"；一作"兄弟如手足，妻子如罗卜"，《上春林》一四回："叹什么气？出什么泪？常言道：兄弟如手足，妻子如罗卜，有这样的泪到别处去苦！"②

《元曲妙语辞典》中收"兄弟情亲如手足"，后释义："古人认为，兄弟情谊深厚，关系亲密得像手足那样不可分离，而妻子却像身上穿的衣服那样可以更换新装。表现了男权社会对妇女不尊重、不文明的世俗观念。"出典来自唐代李华《吊古战场文》："谁无兄弟，如手如足。"③此辞典收的是"兄弟情亲如手足"，然释义中又明显在释"兄弟如手

---

① （明）罗贯中：《三国演义》，毛宗岗评，长沙：岳麓书社，2015 年，第 107 页。

② 岳国钧主编：《元明清文学方言俗语辞典》，贵阳：贵州人民出版社，1998 年，第 455 页。

③ 沙先贵编：《元曲妙语辞典》，武汉：崇文书局，2011 年，第 413 页。

足，妻子如衣服"两短句完整的俗语，而出典却又只指明"兄弟情亲如手足"的典，对于谚语后半句"妻子如衣服"不谈，我想原因在于后半句的用典出处已经不甚明了，而前句"朋友如手足"却是儒家经常使用的人伦认识。

这个俗语典故虽然在元明清俗文学创作中多见，但是对于《三国演义》中刘备所谓"古人云"，有人怀疑为杜撰，不足为信。如李庆西言：

> 这番情节自是小说家铺陈演绎，刘备所谓"古人云"也是杜撰。毛宗岗夹注中偏要替这"古人云"找寻依据，以《邶风·绿衣》解释"妻子如衣服"，更以《小雅·棠棣》将兄弟阋墙责之妯娌不睦，全是穿凿之说。"绿兮衣兮，绿衣黄里"恰是睹物伤情的咏叹，意在思念亡妻；而歌唱兄弟情义的《棠棣》亦且给出"妻子好合，如鼓瑟琴，兄弟既翕，和乐且湛"的伦理图景，这跟刘备心中兄弟重于妻子的意思完全南辕北辙。[①]

只要深入考索，就可以发现此俗语并不是所谓的杜撰，毫无根据，而是自有来源传统。根据现有材料，至少在初、盛唐时就有此种说法，

项楚先生注《王梵志诗》（一卷本）的时候，曾注一首《兄弟宝难得》："兄弟宝难得，他人不可亲。但寻庄子语，手足断难论。"

关于最后两句，注云：

> 敦煌遗书伯二五九八《新集九经文词抄》："庄子云：兄弟如手足，妻子如衣服。衣服破而再新，手足断而难续。"然此语实不见于《庄子》本文。伯二七二一《杂抄》亦云："兄弟如手足，妻子如衣服，（衣服）破而再新，断却难相续。"故知此语为唐代民间流行之语，而附会为庄子之语耳。惟兄弟手足之喻，由来亦甚

---

① 李庆西：《刘备说"妻子如衣服"》，载《读书》2015 年第 5 期，第 86 页。

早。《仪礼·丧服》传："昆弟，四体也。"贾公彦疏："四体谓二手二足，在身之旁。昆弟亦在父之旁，故云四体也。"①

项先生此注实为精妙，将敦煌遗书所抄相关语词亦旁证此俗语为唐人之句，发人深省。除了项先生所言的两号写卷，"兄弟如手足，妻子如衣服"此文句还见于 P.3906。P.3906 部分内容也是杂抄一卷，就性质来说 P.3906 和 P.2721 是一样的，郑阿财、朱凤玉的《敦煌蒙书研究》认为此写卷实际上是蒙书文献，其中收录《杂抄》有 13 个写本，又 S.5685 和 P.3906、S.4463 和 P.3393 可以缀合，实际为 11 个写本。②此类型写本生成年代的考证，《敦煌蒙书研究》根据写本抄写年代和内容七条特征综合分析：一是题记显示出是晚唐五代抄本；二是《杂抄》中有《兔园测》《文场秀句》，根据上述书的成书时间可以大致确定上限；三是《杂抄》中言《孝经》孔子作，郑玄注，《杂抄》成书当在玄宗御注前；四是因为《杂抄》中言"三史"为《史记》《前汉》《东观汉记》，据《唐会要》记载长庆二年未提及《东汉观记》，可知此时间下限；五是由地理沿革来看，成书应在宝应元年（762 年）前，在神龙三年（707 年）后……③那么利用《杂抄》内相关信息来互考，"兄弟如手足，妻子如衣服"此谚语至少在盛唐时期就有了。这一俗语反映人伦冲突思想早在《颜氏家训》中可以寻找到一二，略见端倪。《颜氏家训》中《兄弟第三》有：

夫有人民而后有夫妇，有夫妇而后有父子，有父子而后有兄弟：一家之亲，此三而已矣。自兹以往，至于九族，皆本于三亲

---

① 项楚：《王梵志诗校注》，北京：中华书局，2019 年，第 361—362 页。

② 郑阿财：《敦煌蒙书析论》，载《第二届敦煌学国际研讨会论文集》，台北：汉学研究中心，1990 年，第 221 页。按：对于 P.2721 的写本研究历史和写卷情况，伏俊琏等人有过梳理，见伏俊琏等编：《敦煌文学写本研究》，上海：上海古籍出版社，2021 年，第 63—73 页。

③ 郑阿财、朱凤玉：《敦煌蒙书研究》，兰州：甘肃教育出版社，2002 年，第 178—180页。这样的时间上下限据《敦煌文学写本研究》的综述可知和王喆在《〈珠玉抄〉成书年代及作者考》（载《松辽学刊》1996 年第 2 期）的推断是一样的，我们认为可信。

焉，故于人伦为重者也，不可不笃。兄弟者，分形连气之人也。方
其幼也，父母左提右挈，前襟后裾，食则同案，衣则传服，学则连
业，游则共方，虽有悖乱之人，不能不相爱也。及其壮也，各妻其
妻，各子其子，虽有笃厚之人，不能不少衰也。娣姒之比兄弟，则
疏薄矣。今使疏薄之人，而节量亲厚之恩，犹方底而圆盖，必不合
矣。惟友悌深至，不为旁人之所移者，免夫！

　　二亲既殁，兄弟相顾，当如形之与影，声之与响。爱先人之遗
体，惜己身之分气，非兄弟何念哉？兄弟之际，异于他人，望深则
易怨，地亲则易弭。譬犹居室，一穴则塞之，一隙则涂之，则无颓
毁之虑；如雀鼠之不恤，风雨之不防，壁陷楹沦，无可救矣。仆妾
之为雀鼠，妻子之为风雨，甚哉！①

　　其首段还将夫妻人伦看为重要，可是到了第二段后，"仆妾之为雀
鼠，妻子之为风雨，甚哉"此句将妻子对兄弟之关系的破坏比雀鼠风雨
对房子的破坏更严重，实为"兄弟如手足，妻子如衣服"之前奏，"兄
弟如手足，妻子如衣服"的俗语呼之欲出。

　　那么此俗语为什么与《庄子》扯上关系呢？传播链条又该是怎么
样的呢？

　　项楚先生所注引的《新集九经文词抄》的性质也是蒙书类，根据
篇名可以看出此书乃是征引九经诸子相关粹语和史书典籍的故事等，每
一条举出来源，合成一种杂抄类的书籍，敦煌文献中的数量大概存有十
六号甚至更多。由于是童蒙读物，相关内容所标识的来源往往有张冠李
戴的情况，如"7. 老子曰：'人心惟危，道心惟微。'"②这句话并不是
老子所言，而是明显出自《尚书·大禹谟》。"8.《左传》云：'积善之
家，必有余庆；积恶之家，必有余殃。'"此语不是出自《左传》，而是

①　（北齐）颜之推撰，王利器集解：《颜氏家训》，北京：中华书局，1993年，第23—
26页。

②　录文依据郑阿财：《敦煌写卷〈新集文词九经抄〉校录》，载《敦煌学》1987年（总
第12辑），第125页。

《周易》。作为童蒙读物，不像官方教材，加之处于远地，编写者往往失察。至于为什么非得托庄子所言，与老庄道学在唐朝的地位有关，反映当地三教交涉之关系。至于《新集文词九经抄》的时间，郑炳林认为："《新集文词九经抄》一卷是从《九经抄》二卷本改编删节而来，应当是在归义军初期由敦煌文士改编删节《九经抄》而成的一部关于处身立世、人际关系等方面内容的著作，由于抄本背面有修补的痕迹，所以它是晚唐五代寺院学校教学等内容的用书。"① 其观点可信。而《王梵志诗》（一卷本）的性质和三卷本系统不一样，一卷本的《王梵志诗》一般认为是唐代童蒙读物，或者说是蒙书。其编订成集的时间，项楚先生认为在《太公家教》之后，大致是晚唐时间。② 根据这样的时间关系，此"俗语"的传播轨迹大致清晰明了。在初唐以前，兄弟人伦与夫妻人伦就有已经出现明显的对立的情况，后大约在初盛唐时期形成俗语"兄弟如手足，妻子如衣服"。到了晚唐归义军初期，由敦煌文士改编删节《九经抄》而成的一部世俗之书，同时也是晚唐寺院学校教学等内容的用书。这一改编过程中，将此俗语误冠于（或者有意为之）庄子名下，当时的"王梵志诗"其中一首《兄弟宝难得》中对托名于庄子的这句俗语进行了化释、意引、评价，参与了《兄弟宝难得》的创作。稍后，在《王梵志诗》（一卷本）编订的时候，收入了这首诗。在元明清俗文学创作繁荣昌盛的时候，此俗语表现出的剧烈的人伦冲突得到了小说家、戏曲家的青睐，他们开始在自己的创作中使用这一俗语。

二、再谈杏雨书屋羽674号《说文解字》残卷

笔者曾经撰写相关文章对日本杏雨书屋藏羽674号《说文解字》残卷进行过探讨③，后笔者发现王栋也曾撰文对此残卷进行研究（下称

---

① 郑炳林、徐晓丽：《俄藏敦煌文献〈新集文词九经抄〉写本缀合与研究》，载《兰州大学学报》2002年第3期，第19页。
② 项楚：《王梵志诗校注》，北京：中华书局，2019年，第16—19页。
③ 笔者对此写卷的判定有不同的意见，参见拙文：《日本杏雨书屋藏〈说文解字〉写本残卷考辨》，载《闽江学院学报》2021年第4期，第30—38页。

"王文")①，且和笔者对于此残卷真伪认识形成不同认识。这里重新检讨王文中提出的几项证据，并重申：在没有明显证据证明羽674号《说文解字》残卷为伪的情况下，不能轻易否定此写卷。

（一）残卷来源问题

王文说："羽674出自古董商之手，而古董商江藤涛雄从何处得来这个卷子，高田氏没有提及。虽然无法得知羽674的最初来源，但这个残卷不在李氏旧藏的432号写卷之中，并且经由古董商之手进入杏雨书屋，这就让我们十分怀疑它的真实性。"《敦煌秘笈》目录主体分为两个部分，1—432号与433—755号，前部分的原底稿据荣新江研究，藏在北大处，而432号之后的基本来源于古董商人的收购。根据日本学者落合俊典与高田时雄的研究，羽674号来自江藤涛雄。② 那么432号之后写卷虽然没有底稿，是不是就不可能来自李盛铎呢？433—755号的敦煌遗书虽然来自古董商人的收购，真实可信性一定不强吗？我想这样毫无根据的推测，或者径直说是或者说不是并没有价值。我们试看前人对433—755号这部分缀合的成果。

《杏雨书屋藏敦煌遗书编目整理综论》中的缀合数据：

《十诵比丘尼波罗提木叉戒本》：BD06059＋日散0621号

《新菩萨经》：日散0637号背1＋S.05664

《净土五会念佛诵经观行仪》：日散704号背＋京都博物馆藏同名文献（编号缺）

《字经抄》：大谷总62号＋日散0689号Z…S.00334

《旌节官告使朝请使大夫状》（拟）：日散0772号背＋有邻馆藏同

---

① 王栋：《日本杏雨书屋藏"说文解字残简"考释》，载《古汉语研究》2021年第2期，第28—39页。

② 对于《敦煌秘笈》的介绍，可以参看最近王招国（定源）《杏雨书屋藏敦煌遗书编目整理综论》，未增补稿已刊于郝春文主编：《2021敦煌学国际联络委员会通讯》，上海：上海古籍出版社，2021年。缀合完整数据见同氏微信推文：https：//mp.weixin.qq.com/s/7N6uX2-TeSJMRC-dz8LiYw，2022年10月12日摘。

名文献（编号缺）

《大乘起信论》：日散 0604 号 + 浙敦 199 号

《增壹阿含经·比丘尼品》：日散 0619 号 + 香港脉望馆藏第 39 号

《杏雨书屋藏敦煌〈大般若经〉写本缀合研究》[①] **中的缀合数据：**

BD6779 + 羽 531 + S. 9146…BD3157

BD5077…羽 450

BD11905…BD10096 + BD4854 + 羽 520

BD345 + 羽 668

Дx. 5663 + 羽 644

羽 522…BD6635

《维摩诘经》[②]：羽 515 + S. 1304

《金刚经》[③]：羽 457 − 9 + BD589

刘郝霞：《流散日本的敦煌文献缀合与真伪考》[④] **中整理的数据，**
未避免文冗长，原缀出处不再一一细列：

《新救众生菩萨经》：S. 5654B + 羽 637VA

《大般若波罗蜜多经》：Дx. 011155 + 羽 474 次纸以下

《原始五老赤书玉篇真文天书经》：Дx. 01893 + 羽 589 − 13

《观无量寿经》：BD09091 + BD08482 + 羽 599

《妙法莲华经》：伍伦 1 号 + 羽 538

《大般若波罗蜜多经》：羽 474 号首纸 + BD03432 号次纸

《瑜伽师第论》：羽 518 + 羽 183

《灵宝金箓斋仪》：羽 637R + S. 3071 … 日本国立国会图书馆

---

① 徐浩、张涌泉：《杏雨书屋藏敦煌〈大般若经〉写本缀合研究》，载《浙江大学学报》（人文社会科学版）2021 年第 5 期，第 20—41 页。

② 张磊、周思宇：《从国图敦煌本〈维摩诘经〉系列残卷的缀合还原李盛铎等人窃取写卷的真相》，载《文献》2019 年第 6 期，第 35 页。

③ 罗慕君、张涌泉：《散藏敦煌本〈金刚经〉缀合研究》，载《敦煌吐鲁番研究》第十八卷，2019 年，第 644—645 页。

④ 刘郝霞：《流散日本的敦煌文献缀合与真伪考》，载《东亚汉文献与文化交流国际学术研讨会》，四川：成都，2021 年 10 月，第 221—239 页。

藏 WB32

《"算会稿"类经济文书》：羽 677…羽 703

上述还只是 433—755 号部分缀合成果，《法华经》等文书学界还在缀合之中。这些缀合的意义其一就是可以将那些曾经被怀疑为伪本的敦煌遗书确定为真，在写卷原生态的时候，它们为同一写卷，后脱落或者被撕裂一分为几。这里面有几号尤为值得注意，也即涉及王文所说的印章的问题。李盛铎死后，其印章流入书肆，被书商掌握，有的书商为了增加敦煌卷子的可信度，便用李盛铎的章印以提高名气，但是这部分加盖的敦煌卷子却不一定是假的。接触过敦煌遗书最多的敦煌研究专家方广锠先生也曾言："盖有真章者，原件未必是真；盖有假章者，原件也未必是假。必须作具体的分析。现在可以这样说：经过百年的历史变迁，真真假假的李盛铎印章钤印在真真假假的敦煌遗书上，故现在再拿李盛铎的印章来辨析敦煌遗书的真伪，已经没有意义。"① 上述缀合中有写卷盖有"德化李氏凡将阁珍藏"印章的有：

《大般若经》：BD345 + 羽 668

《十诵比丘尼波罗提木叉戒本》：BD06059 + 日散 0621 号

《增壹阿含经·比丘尼品》：日散 0619 号 + 香港脉望馆藏第 39 号

学界部分人认为盖有"德化李氏凡将阁珍藏"印章的都为伪写卷，现在这几号缀合反映了遇到印章还需要综合考虑，不可全盘否定。也就是方广锠所说"现在再拿李盛铎的印章来辨析敦煌遗书的真伪，已经没有意义"。而且通过与国图写卷的缀合，羽 668 号、日散 0621 号是来自李盛铎的可能性更大。《杏雨书屋藏敦煌〈大般若经〉写本缀合研究》中认为："从第 6、10、13、14 组杏雨书屋藏卷与国图藏卷裂痕吻合的缀合中更可以知道，这 4 组写卷的撕裂当在李盛铎等中国藏

---

① 方广锠：《佛教文献研究十讲》，上海：上海古籍出版社，2020 年，第 257 页。

写卷之前，不然，精于鉴藏如李盛铎等，其所获应是较完整的写卷，而非今日所见悬隔两国的断篇残卷。"而"BD345 号＋羽 668 号"在其文中是第 7 组，显然作者至少没有否定羽 668 号不是来自李盛铎在敦煌劫余入藏学部之前进行偷盗所得。日散 0621 号写卷有 12 纸，长 5.64 米，这样长的写卷极有可能也是李盛铎在劫余入藏进行盗取。盗取写卷可以分成两次，入藏学部之前与入藏学部后。入藏学部后，由于有了编目计算，为了使盗取之后不被发现，所以往往对写卷进行撕裂，一分为二而归其一以充数。而非常长的写卷从实际操作来说，一旦编目后，5 米长的写卷一般难以盗出，所以出自早期没有编目前的可能性更大。① 那么如果真是这样，盖有"德化李氏凡将阁珍藏"印章的敦煌写卷是李盛铎旧藏就有了实证。

对于王文采取印章比对的方法，窃认为值得商榷。众所周知，印章一旦刻成，由于不断使用，日积月累有所损耗实属正常。王文对此的分析就所谓的仅仅圆润不同，除了损耗，这还有可能是过程性失误导致的。一是电子扫描拍摄后进行色彩处理对比，往往失真。特别是还要去掉印章图片底色，这样容易导致汉字边缘有所变化。再者，每次盖章蘸印泥深浅、用后的残余、所盖物质构成（古籍和敦煌遗书的纸质非常不同，一个是唐人纸，一个是古籍所用纸）都会使呈现到我们面前的面貌有所差异。换句话说，如果全部采用这种方式，对《敦煌秘笈》中四十多号盖有"德化李氏凡将阁珍藏"印章全部进行提取分析，凡是不同的写卷一概认定为假，这样的操作可信度有多高？若是可信度高，是不是这一关于"印章"的问题所牵扯的真伪问题就可以解决呢？显然，问题不止这么简单。

（二）关于书法

王文开头说："羽 674 内容是《说文》部首，书写形式主要是篆书。它的小篆结体圆转，线条粗细一致，从风格来看属于玉箸体。玉箸

---

① 见《杏雨书屋藏敦煌〈大般若经〉写本缀合研究》脚注⑫对这个现象的细致分析。

篆的典型代表就是秦小篆，当年秦相李斯奏请始皇书同文字的就是这种书体。但把这个卷子和敦煌出土的篆文材料进行比较后，发现书法风格上差别很大。残卷羽 674 属于形式比较美观的玉箸体，而敦煌写卷的篆体风格则都是比较潦草的楷化篆。"其首先肯定羽 674 的书写属于玉箸体，我们认为这是非常正确的，可是后面说敦煌写卷篆风都是楷化篆，因此不合，是伪卷，这值得商榷。敦煌出土的篆书材料而今可见数量太少，何以能以此判别其他风格的敦煌遗书？

敦煌文献中除了《说文解字》，还有《篆书千字文》，周祖谟《敦煌唐写本字书叙录》说："此书篆法结体松散，重心失衡，写者似以楷书笔法作篆书，用笔无力，全然不知字体结构。"[1] 这一评价点出了此写卷的特点，这一《千字文》中有些字几乎用楷书写成，而非小篆，如"匡"字等。敦煌文献中多有童蒙习字等，使用阶层多为民间，实用性较强，想必这一《篆书千字文》就是属于这类写卷。王文注意到了阶层是值得肯定的，但是为什么不可能存在这种类似玉箸体的《说文解字》抄呢？李阳冰的玉箸体书法在唐流行后（这与笔者判定羽674号写卷是李阳冰之后是相互呼应的），敦煌地区童蒙有了相当于"模板"的模仿目标，用这样的书法抄写《说文解字》又有何不可呢？即使到现在，中小学生练字的时候，有的同学笔迹潦草，而有的去购买相关硬笔、书法等字帖照着练习模仿，以求自己的书写达到与之相近的笔法。

王文后面说："假如残卷的原本真在藏经洞中，以《说文》的内容计算（篆字9353，重文1163，解说133441字），如此巨著，书写的卷子一定非常多，为什么现在仅存一小块残片？"这里必须先有这样的认识，一是抄写人有没有必要全部抄完一部大体量的书？比如民间如童蒙抄写的时候，他一定要全部抄完一整本古代字书《说文解字》吗？即使到现在，恐怕也没有几个人已经把整部《汉语大字典》给全部抄写完成。有时候至多也仅仅抄写一个部首内的字。若以正式的抄写来看，敦煌地区存在相应的抄经制度，如一部几百卷的《般若经》往往由数

---

[1]　周祖谟：《敦煌语言文学研究》，北京：北京大学出版社，1988 年，第 42 页。

人合作分工，一人负责几卷的体量，在过程中有抄写错误还要及时更换，小部分的残卷当然可能存在。现在我们不断强调敦煌文献的独特价值，很多时候就在于敦煌文献保存了传世散佚的经典文献，这部分的体量通常非常小，相关内容在文学文献、佛经注释中尤为明显，这样我们仅仅能因为留存少从而对他们所具有的价值有所怀疑吗？笔者曾经搜寻唐代玄奘的弟子窥基所给玄奘翻译的《说无垢称经》做的注疏《说无垢称经赞》，竟然没有在敦煌文献中发现。后来在旅顺博物馆藏吐鲁番地区文献中找到非常小的一篇残页，所存字数不足十字。《说无垢称经赞》12 卷，现存却仅仅一残纸。时间久远，当时相关文献多有损益这是再正常不过的事情。王文后面接着说"如果认为当时藏经洞封存的时候本就只有这一小片残卷，那就太不合情理了"，上述笔者的相关叙述已经说明了存的少是非常正常的现象。另外，这里必须弄清楚藏经洞为什么会被封，学界对于这一问题多有争论，有避难说、废弃说等等，方广锠先生对诸说进行了反驳，并且从现存敦煌遗书的大藏经的结构等方面论证避难说的说法站不住，其说所引材料丰富，应该是可信的。我们试想，当羽 674 号《说文解字》因为某种原因废弃，如抄写有误被撕裂下来，然而古代又对文字抱有敬畏的态度。如《庐山远公话》中皇帝见远公来，远公"于大内见诸宫常将字纸秽用茅厕中，悉嗔诸人，以为偈曰：……不解生珍敬，秽用在厕中。悟灭恒沙罪，多生忏不容。陷身五百劫，长作厕中虫"①。可见古人对写有文字的纸非常敬重，不然身陷五百劫。那么羽 674 号被当作"废弃物"进入藏经洞中也是自然而然的了。

（三）关于部首排序问题

王文后面说到："以上对羽 674 第七、八、九三卷部首次序的分析可以看出，残卷与大徐本部序差异之处基本上违背了许慎据形系联的编排原则，并且这样的排列次序也找不出任何读音或语义上的联系。我们

---

① 项楚：《敦煌变文选注》，北京：中华书局，2019 年，第 1475 页。

可以说这个残卷的部首次序是不合理的。"对于部首，拙文分成三类，其中第三部分即内容与大小徐本有差别，内在系联规则尚不明。这部分的排序又该如何理解呢？这里必须先说明一个常识性的问题，今人作假，势在作得像，而不是不像，这是作假者的心理，这样制造的"赝品"和真品难以区分，自然也容易让购买收藏者上当受骗。明白了这一点，我们从作假者的心里来思考，《说文解字》自大小徐后，相关排序基本固定，他为了制造一个与众不同的排序，且还显得异类的文书，这样的东西竟然能够有多少人相信呢？

再者，关于早期的《说文解字》的部首排序，多有不同。这里以《木部》与《口部》为例。《木部》部首排序就有数字不同，如"闲"字，在今小小徐的"门"部，可是在唐写本中就在"木部"中，具体可以参看莫友芝的《笺异》。平子尚氏藏唐写本《说文解字》口部相关顺序与大小徐可做对比：

平子本：………… > 吡 > 喷 > 咤 > 嘀 > 唠 > 啐

大徐本：唠 > 呶 > 吡 > 喷 > 咤 > 嘀 > 啐 > 唇

小徐本：冶 > 呶 > 咤 > 喷 > 吡 > 嘀 > 唠 > 啐

敦煌写本文献具有多变性的一个特点，若与之今天传世文献相比，内容等多有不同，这也是作为敦煌文献的独特价值。如何理解这些不同，若是单纯以版本线性演变去思考，恐怕远远不能满意解答。敦煌写本文献要根据使用阶层不同（民间百姓、上层官员、儿童等）、场景不同（公文书、习字书、契约书等）、文献性质（错误本、废弃本等）等等作具体分析。现在根据唐及唐代各种类书、音义书所引《说文解字》的文本来看，当时存在不同的版本的《说文解字》，而大小徐勘定《说文解字》的时候采取了其中一种。有了这样的理解，即使羽674号《说文解字》残卷可能是一个抄写错误的"错本"，它也记录了另一种不同《说文解字》的理解，为我们更好地理解写本文献时代文本的复杂性，提供了具体的实证。

三、敦煌本《思益梵天所问经》补缀

《思益经》传入中土后凡三译：竺法护于太康七年（286）译出的《持心梵天所问经》；鸠摩罗什于弘始四年（402）译出的《思益梵天所问经》；菩提流支于神龟元年（518）译出的《胜思惟梵天所问经》。其中以鸠摩罗什本最为通行，僧睿为此作序，今存于《出三藏记集》中。

最早关注此经的是王惠民先生，他在《〈思益经〉及其在敦煌的流传》① 一文中对此经的敦煌写本状况、与禅宗关系、壁画中的思益经变、经变榜题底稿做了初步研究。《思益经》在敦煌地区似颇为流行，王惠民指出 P. 3807《龙兴寺藏经目录》著录了三个译本，另一份《龙兴寺藏经目录》S. 2079 还著录了菩提流支译传说为天亲菩萨造的《胜思惟梵天所问经论》。其实除了龙兴寺以外，还有其他寺庙也见此经的踪迹。如 BD14676 号 1 的《灵图寺藏经目》有：《思益梵天所问经》，四卷；《持心梵天所问经》，四卷。② 再有其他敦煌藏经洞的佛经经录中也出现此经，如 P. 3739 道宣的《大唐内典录》：《思益经》，四卷。一名《思益梵天所问经》，弘始四年十月一日逍遥园出，第二译。与护出《胜思惟经》本同异出，见《二秦录》，睿制序。③ 记载译西天佛经的《西天大小乘经律论并在唐国都数目录》S. 3565 中有：《四益经》，一部。五十三卷，四卷在唐国。④ 这些都说明了此经在当时的广泛流传。《思益经》对早期般若和禅宗影响巨大，被誉为中土"解空第一"的僧肇所著的《肇论》就提到过此经，《涅槃无名论》："是以《贤劫》称无舍之檀，《成具》美不为之为，禅典唱无缘之慈，《思益》演不知之知。圣旨虚玄，殊文同辩；岂可以有为便有为、无为便无为哉？菩萨住尽不尽平等法门，不尽有为、不住无为。即其事也。而以南北为喻，殊

---

① 王惠民：《〈思益经〉及其在敦煌的流传》，载《敦煌研究》1997 年第 1 期，第 33—41 页。

② 方广锠：《敦煌佛经经录辑校》，南京：江苏古籍出版社，1997 年，第 498 页。

③ 方广锠：《敦煌佛经经录辑校》，南京：江苏古籍出版社，1997 年，第 91 页。

④ 方广锠：《敦煌佛经经录辑校》，南京：江苏古籍出版社，1997 年，第 281 页。

非领会之唱。"①

后申宇君对敦煌文献中《思益梵天所问经》（下称"《申文》"）进行了缀合②，笔者一直关心敦煌文献中的《思益经》，也曾对其进行过缀合，发现其缀合条目还有待补充，今完善于下。

根据申文可以整理前人已缀：

序号	缀合信息	来源
1	BD1518 + BD1661 + BD1503 + BD1599 + BD1536 + BD1486	中田笃郎《北京图书馆藏敦煌遗书总目录》③ 及《国图》④ 图册条记目录
2	BD08392 + BD03496	《国图》图册条记目录
3	S. 1270 + S. 1256	《〈思益经〉及其在敦煌的流传》
4	BD01888 + BD02241	《〈思益经〉及其在敦煌的流传》
5	BD03477 + BD03668	《〈思益经〉及其在敦煌的流传》
6	Дх. 08982 + Дх. 08985	邰惠莉《俄藏敦煌文献叙录》⑤

申文缀合：

序号	缀合信息
1	Дх. 04761 + Дх. 05605
2	石谷风 23 +（BD01518 + BD01661 + BD01503 + BD01599 + BD01536 + BD01486）
3	Дх. 011921 + Дх. 011784
4	S. 10139 + 羽 396

① 僧肇：《肇论》，《大正藏》第 45 册，第 160 页，下。
② 申宇君：《敦煌本〈思益梵天所问经〉研究》，浙江师范大学硕士学位论文，2021 年。
③ 中田笃郎编：《北京图书馆藏敦煌遗书总目录》，京都：朋友书店，1989 年，第 60 页。
④ 本文的简称主要涉及的文献有：《国图》：《国家图书馆藏敦煌遗书》（1—146 册），北京：北京图书馆出版社，2005—2012 年；《俄藏》：《俄藏敦煌文献》（1—17 册），上海：上海古籍出版社，1995—2005 年；黄永武主编：《敦煌宝藏》（1—140 册），台北：新文丰出版公司，1981—1986 年；《津艺》：《天津市艺术博物馆藏敦煌文献》（1—7 册），上海：上海古籍出版社，1996—1998 年。
⑤ 邰惠莉：《俄藏敦煌文献叙录》，兰州：甘肃教育出版社，2019 年，第 614—615 页。

序号	缀合信息
5	S. 6071 + S. 7407
6	S. 12706 + S. 2963
7	Дх. 02565…BD03658
8	Дх. 06942 + Дх. 012423
9	Дх. 03167 + Ф251
10	BD15738…BD15741
11	BD09700 + BD11640
12	S. 8861A + S. 6590
13	Дх. 18542 + Дх. 18557
14	Дх. 14611 + 傅图 24
15	BD00333 + 上图 129
16	Дх. 05264…首博 32. 546（疑似）

今补缀：

（一）Дх. 05552 + BD14611

1. Дх. 05552，见《俄藏》12/179A。残片。如图 1 右部所示。存 10 行，首行存两字："▨（行）名"。行存下部 2—9 字不等，据隔行同水平经文可知，每行约 17 字。楷书。有乌丝栏。所存内容起"若菩萨行一切法，而于法无所行"句的"行"字，至"是故菩萨应以三世清净心发菩提愿"句的"发"字上部残笔止。相应文字参见《大正藏》T15/P54B26—P54C05。原卷无题，《俄藏》未定名，《邰录》拟题为"思益梵天所问经卷第三行道品第十一"①。

2. BD14611（新 0811），见《国图》130/284A。残片。如图 1 左部所示。首尾均残，存 1 纸，20 行，首 4 行上中残，行 17 字。楷书。有乌丝栏。所存内容起"所以者何？一切法平等即是菩提"句"所"字

---

① 邰惠莉：《俄藏敦煌文献叙录》，兰州：甘肃教育出版社，2019 年，第 408 页。

右部残笔，至"是世间、是出世间，是有为、是无为耶"句"（无）为"字止。相应文字参见《大正藏》T15/P54C05—P54C24。《国图》题"思益梵天所问经卷三"。《国图》条记目录称原卷高 27 厘米，该卷为 8—9 世纪吐蕃统治时期写本。

按：据残存文字可知，二号皆属鸠摩罗什译本《思益梵天所问经》，BD14611 首 4 行中上与 Дх.05552 左部的突出形状可以镶嵌，且二号经文内容前后相承，Дх.05552 末尾边缘两行相关字迹可以缝合完整（如"来"字），可以缀合。缀合后如图 1 所示。Дх.05552 号与 BD14611 号纸高相近（BD14611 写卷拍摄照片根据尾部撕裂以及经文走行，有向中心收缩的情况），书风相近，笔迹似同（比较二号共有的"菩提""所""是"等字），又 Дх.05552 号与北敦 14611 号行款格式相同（天头、地脚栏线等高，皆有乌丝栏，满行皆 17 字，行距、字距、字体大小相近），二号缀合后，所存内容参见《大正藏》T15/T15/P54B26—P54C24。

又二号既原属同卷，《国图》条记目录称 BD14611 号为 8—9 世纪写本，若无误，Дх.05552 号写卷时代也应该是 8—9 世纪写本。

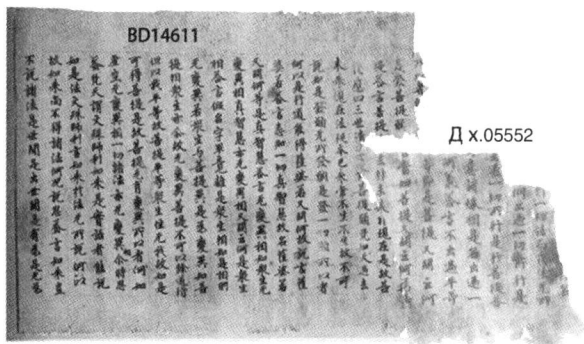

图 1 Дх.05552 + BD14611 缀合图

（二）BD15741 + 津艺 237

1. BD15741（简 071484），见《国图》144/184B。残片。如图 2 右部所示。首尾均残，存 1 纸，14 行，行 17 字。楷书。有乌丝栏。所存内容起"梵天言：'谁能见圣谛？'"句"梵"字，至"尔时有摩诃罗梵天子"句"罗"字止。相应文字参见《大正藏》T15/P48A10—P48A25。《国图》题"思益梵天所问经卷三"。《国图》条记目录称原卷高 26.2 厘米，该卷为 8 世纪唐写本。

2. 津艺 237，见《津艺》5/97A—107B。如图 2 左部所示。首残尾全，全长 813.5 厘米，每纸高 26.3 厘米，27 行，行 17 字。楷书。有乌丝栏。所存内容起"尔时有摩诃罗梵天子，名曰等行"句"梵"字，至尾题"思益经卷第三"，写本卷三对应的《大正藏》的卷三最后部分"行道品第十一"无，属于异卷。相应文字参见《大正藏》T15/P48A25—P54B11。《天津市艺术博物馆藏敦煌遗书目录》[1] 称写卷为唐写本。

按：据残存文字可知，二号皆属鸠摩罗什译本《思益梵天所问经》，BD15741 与津艺 237 二号写卷经文内容前后相承，边缘缝合完整，可以缀合。缀合后如图 2 所示。BD15741 号与津艺 237 纸高相近（均高26.2（3）），书风相近，笔迹似同（比较表 1 所示例字），可资参证。又 BD15741 号与津艺 237 号行款格式相同（天头、地脚栏线等高，皆有乌丝栏，满行皆 17 字，行距、字距、字体大小相近），二号缀合后，

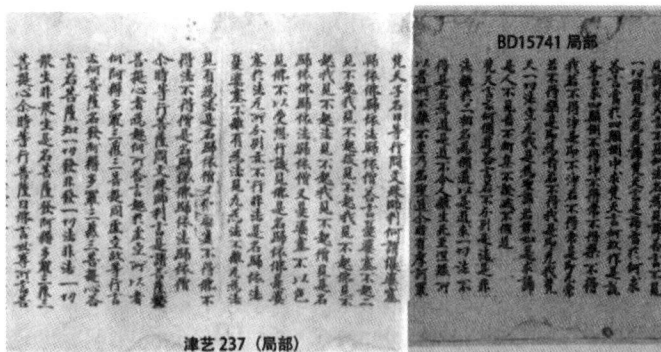

图2　BD15741＋津艺 237 缀合图

---

① 刘国展、李桂英：《天津市艺术博物馆藏敦煌遗书目录》，载《敦煌研究》1987 年第2 期，第 89 页。

所存内容参见《大正藏》T15/P48A10—P54B11。

又二号既原属同卷,《国图》条记目录称 BD15741 号为 8 世纪唐写本,若无误,津艺 237 号写卷时代也应该更为具体,同为 8 世纪唐写本。

表 1　BD15741 与津艺 237 用字比较表

	天	不	法	梵	无	尔	分
BD15741	天	不	法	梵	无	尔	分
津艺 237	天	不	法	梵	无	尔	分

（三）Дx. 4556 + BD01722

1. Дx. 4566,见《俄藏》11/271B。残片。如图 3 右上角所示。存 3 行,行存 6—8 字不等,据隔行同水平经文可知,每行约 17 字。楷书。有乌丝栏。所存内容起首题"思益梵天所问经［卷］",至"是文殊师利法王子在此大会而无所天说"句的"大"字。相应文字参见《大正藏》T15/P47A22—P48A28。《俄藏》未定名,《邰录》拟题为"思益梵天所问经卷第三谈论品第十七"。

2. BD01722（北 424,往 022）,见《宝藏》59/48A—60B,《国图》24/58A—80A。卷轴装。如图 3 左部所示。首脱尾全,存 19 纸,518 行,首 3 行右上角残,行 17 字。楷书。有乌丝栏。所存内容起"▨（卷）第三"句"卷"字上部残笔,至尾题"思益经卷第三",写本卷三对应的《大正藏》的卷三最后部分"行道品第十一"无,属于异卷。相应文字参见《大正藏》T15/P47A22—P54B11。《国图》拟题"思益梵天所问经（异卷）卷三"。《国图》条记目录称原卷高 26 厘米,为 8—9 世纪吐蕃统治时期写本。

按:据残存文字可知,二号皆属鸠摩罗什译本《思益梵天所问经》,Дx. 4566 残片与 BD01722 右上部可以镶嵌,且二号经文内容前后相承,Дx. 4566 首行末字"卷"与 BD01722 首字缝合成一完整的字

"卷"，可以缀合。缀合后如图 3 所示。Дx. 4566 号与 BD01722 号纸高相近，书风相近，笔迹似同（比较二号共有的"尔""梵""天"等字），行款格式相同（天头、地脚栏线等高，皆有乌丝栏，满行皆 17字，行距、字距、字体大小相近），二号缀合后，所存内容参见《大正藏》T15/P47A22—P54B11。

又二号既原属同卷，《国图》条记目录称 BD01722 号为 8—9 世纪写本，若无误，Дx. 4566 号写卷时代也应该是 8—9 世纪写本。

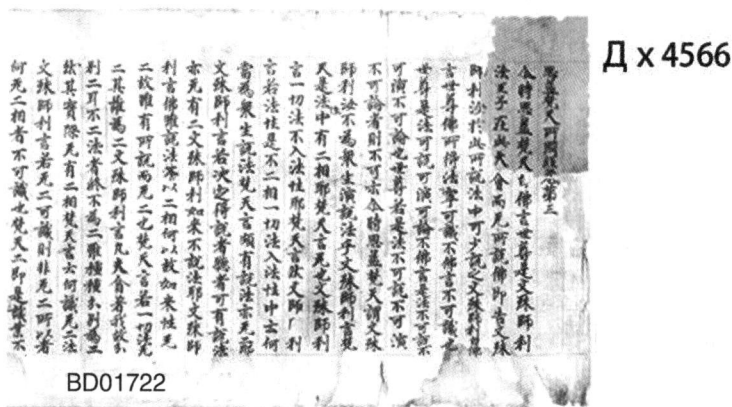

图 3　Дx. 4566 + BD01722 缀合图

（四）Дx. 12560 + Дx. 11921

1. Дx. 12560，见《俄藏》16/143A。残片。如图 4 右部所示。存 6行，行存 1—8 字不等，首行存一字："▨（皆）。"据隔行同水平经文可知，每行约 17 字。楷书。没有乌丝栏。所存内容起"又如来光名曰安利"句"安"字，至"佛以此光能令愚痴众生皆得智慧说"句的"能"字。相应文字参见《大正藏》T15/P34A03—P34A07。《俄藏》未定名，《邰录》拟题为"思益梵天所问经卷第三序品第一"。

2. Дx. 11921，见《俄藏》15/334A。残片。如图 4 中部所示。存 7行，行存 3—10 字不等，首行存三字残笔："▨▨▨（愚痴众）。"据隔行同水平经文可知，每行约 17 字。楷书。没有乌丝栏。所存内容起"如来光名曰清净佛"句"光"字，至"如来光名曰欢喜佛"句"佛"

字上部残笔止。相应文字参见《大正藏》T15/P34A08—P34A14。原卷无题，《俄藏》未定名，《邰录》拟题"思益梵天所问经第一序品第一"。

按：据残存文字可知，二号皆属鸠摩罗什译本《思益梵天所问经》，Дx.12560 残片与 Дx.11921 二号经文内容前后相承，可以缀合。缀合后如图 4 所示。Дx.12560 号与 Дx.119021 号缀合边缘呈现紧密的锯齿状，纸高相近，书风相近，笔迹似同（比较二号共有的"佛""又""令"等字），行款格式相同（天头、地脚栏线等高，皆没有乌丝栏，满行皆 17 字，行距、字距、字体大小相近），二号缀合后，所存内容参见《大正藏》T15/P34A03—P34A14。

又，《申文》缀 Дx.11921 与 Дx.11784 两号，故综合得 Дx.12560 + Дx.11921 + Дx.11784 这一缀合组，更为完善，如图 4。三号缀合后，所存内容起"又如来光名曰安利"句"安"字，至"说法方便亦不可思议"句"议"字止。相应文字参见《大正藏》T15/P34A03—P34A23。

图 4　Дx.12560 + Дx.11921 + Дx.11784 **缀合图**

（五）Дx.8982 + Дx.8985 + Дx.6942 + Дx.12423

1. Дx.8982，见《俄藏》14/111A。残片。如图 5 右部所示。存 6 行，行存 1—4 字不等，据隔行同水平经文可知，每行约 17 字。楷书。有乌丝栏。所存内容起"▨（若）网明菩萨所见"句"若"字上部残笔，至"是网明菩萨在在国土游行之处"句的"在"字止。相应文字参见《大正藏》T15/P44C20—P44C24。《俄藏》未定名，《邰录》拟题为"思益梵天所问经卷第二问谈品第六"。

2. Дx. 8985，见《俄藏》14/111B。残片。如图5中上部所示。存6行，行存2—10字不等，据隔行同水平经文可知，每行约17字。楷书。有乌丝栏。所存内容起"佛言：'若三千大千世界满中芥子尚可算数'"句"佛"字，至"是网明菩萨所放光明饶益尚尔"句的"萨"字上部残笔止。相应文字参见《大正藏》T15/P44C23—P45A02。《俄藏》未定名，《邰录》拟题为"思益梵天所问经卷第二问谈品第六"。

3. Дx. 6942，见《俄藏》13/229A。残片。如图5中下部所示。存5行，行存3—8字不等，据隔行同水平经文可知，每行约17字。楷书。有乌丝栏。所存内容起"利▨（量）益无量众生"句"量"字下部残笔，至"何况说法"句的"何"字。相应文字参见《大正藏》T15/P44C25—P45A03。《俄藏》未定名，《邰录》拟题为"思益梵天所问经卷第二问谈品第六"。

4. Дx. 12423，见《俄藏》16/118A。残片。如图5左部所示。存3行，行存2—5字不等，据隔行同水平经文可知，每行约17字。楷书。有乌丝栏。所存内容《邰录》录文为："粗略说具功/六十万阿僧/应供正。"相应文字参见《大正藏》T15/P45A03—P45A06。《俄藏》未定名，《邰录》拟题为"思益梵天所问经卷第三序品第一"。

按：据残存文字可知，四号皆属鸠摩罗什译本《思益梵天所问经》，其中《邰录》言 Дx. 8982 与 Дx. 8985 可以缀合。《申文》言 Дx. 6942 与 Дx. 12423 可缀。《邰录》的缀合——Дx. 8982 与 Дx. 8985 此两号的缀合不能形成紧密的边缝结合，这次新缀加入其中的 Дx. 6942 使得这组缀合更为完善，边缘缀缝能够实现贴合，可信度提高。缀合后如图5所示。四号经文内容前后相承顺接，可以缀合。缀合后如图5所示。Дx. 8985、Дx. 6942 边缘衔接"量""叶""尚"三字与 Дx. 6942、Дx. 12423 边缘衔接"尚""公"二字原本撕裂在二号，缀合后基本得以复合为一，四号纸高相近，书风相近，笔迹似同（比较"网""明""说"等字），行款格式相同（天头、地脚栏线等高，皆有乌丝栏，满行皆17字，行距、字距、字体大小相近），二号缀合后，所存内容参见《大正藏》T15/P44C20—P45A06。

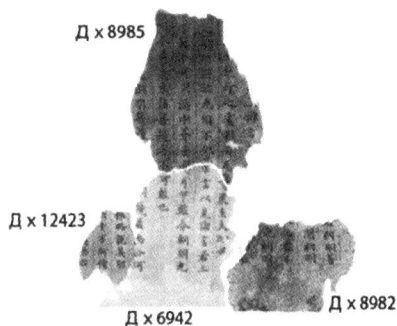

图 5　Дх. 8982 + Дх. 8985 + Дх. 6942 + Дх. 12423 **缀合图**

（六）Дх. 2565 + Дх. 11123 + BD3658

此缀合组在《申文》的缀合情况是：Дх. 2565…BD3658①，并未考虑 Дх. 11123 形成直接缀合，为了方便陈述，今移录相关写卷情况描述。

1. Дх. 2565 号，见《俄藏》9/266A。残片。如图 6 右部所示。首尾皆残，存 21 行，首行仅存下部 5 字残笔："（一切说非说）。"次行存下部 5 字："切道非道（梵）。"行存 5—31 字不等。楷书。有乌丝栏。有破洞。原卷无题，《孟录》拟题"思益梵天所问经卷第二难问品第五"②，并称原卷纸色灰褐，纸高 27.5 厘米，天头 2 厘米。第 17 行及 19 行有朱笔修改。为 7—8 世纪写本。所存内容起"一切说非说"五字左侧残笔，至"舍利弗言佛说二人得福无量"句"说"字残笔止。相应文字参见《大正藏》T15/P42B24—P43A07。

2. Дх. 11123 号，见《俄藏》15/180A。残片。如图 6 中部所示。首尾皆残，存 14 行，前 3 行仅存中部，首行 6 字："华言汝人灭尽。"楷书。有乌丝栏。有破洞。原卷无题，《邰录》拟题"思益梵天所问经卷第二难问品第五"，至"智慧人"句"人"字残笔止。相应文字参见《大正藏》T15/P43A09—P43B05。

---

① 申宇君：《敦煌本〈思益梵天所问经〉研究》，浙江师范大学硕士学位论文，2021 年，第 33—34 页。

② 〔俄〕孟列夫主编；袁席箴、陈华平译：《俄藏敦煌汉文写卷叙录》，上海：上海古籍出版社，1999 年，第 235 页。

3. BD3658 号（北 419，为 058），见《宝藏》59/8B—13B，《国图》50/378B—384A。卷轴装，前部如图 6 左部所示。首残尾脱，存 9 纸，355 行（首纸 29 行，2 纸到 3 纸 40 行，4 纸到 9 纸 41 行），首 3 行上残。行 31 字。楷书。有乌丝栏。卷面有残裂。所存内容起"是诸善男子所说法皆入法性"句"诸"字左部残笔，至"若说法，若圣默然"句"说"字止。相应文字参见《大正藏》T15/P43B03—P51B05。卷中题"思益梵天所问经卷第三"，《国图》拟题"思益梵天所问经卷二""思益梵天所问经卷三"。《国图》条记目录称原卷纸高 27.3 厘米，有朱笔行间校加字、删改、校改，并称该卷尾 8～9 世纪吐蕃统治时期写本。

按：据残存文字可知，四号皆属鸠摩罗什译本《思益梵天所问经》，《申文》言二号（Дх. 2565、BD3658）不直接相连，有缀合可能性，中间缺 14 行。今补缀 Дх. 11123 号加入其中，三号可以直接缀合。又 Дх. 11123 号 14 行，确如《申文》所推测。缀合后如图 6 所示。又三号既原属同卷，《孟录》称 Дх. 2565 号为 7—8 世纪写本，《国图》条记目录称 BD3658 号为 8—9 世纪吐蕃统治时期写本，断代不一。《申文》据字体风格及满行 31—32 字的小字写本形态，认为二号（Дх. 2565、BD3658）应同属于吐蕃统治时期，应无误，Дх. 11123 号也应该属于吐蕃统治时期。

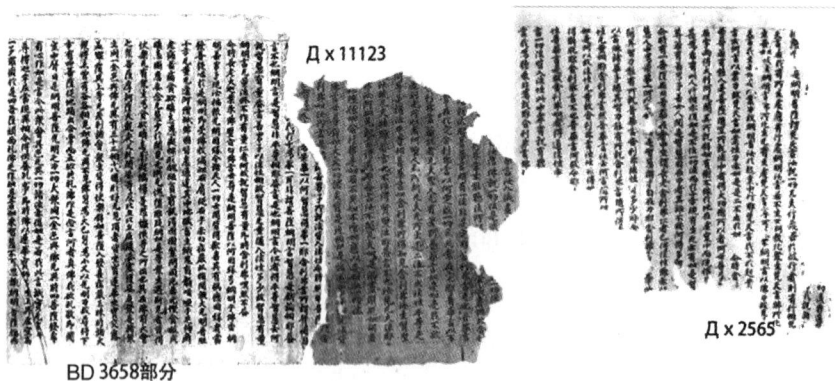

图 6　Дх. 2565 + Дх. 11123 + BD3658 缀合图

（七）Дx. 4116···Дx. 16365（疑似）

1. Дx. 4116，见《俄藏》11/145A。残片。如图7中右部所示。存3行，行存6—7字不等，据隔行同水平经文可知，每行约17字。楷书。所存内容起"菩薩言：'若菩萨于诸佛国投足之处。'"句第一个"菩"字，至"若菩萨众生见者，即时毕定于阿耨多罗三藐三菩提"句的"即"字上部残笔止。相应文字参见《大正藏》T15/P48B28—P48C01。《俄藏》未定名，《邰录》拟题为"思益梵天所问经卷第二谈论第七"。

2. Дx. 16365，见《俄藏》16/295A。残片。如图7左部所示。存3行，行存3—4字不等，据隔行同水平经文可知，每行约17字。楷书。《邰录》录文："称呼名/萨言若菩/魔宫殿。"相应文字参见《大正藏》T15/P48C02—P48C04。《俄藏》未定名，《邰录》拟题为"思益梵天所问经卷第二谈论第七"。

按：据残存文字可知，二号皆属鸠摩罗什译本《思益梵天所问经》，Дx. 4116残片与俄敦16365二号经文内容前后相承，有缀合可能性。缀合后如图7所示。Дx. 4116号与Дx. 16365号缀合边缘呈现撕裂状，纸高相近，书风相近，笔迹似同（比较二号共有的"菩""若""言"等字），行款格式相同（天头、地脚栏线等高，满行皆17字，行距、字距、字体大小相近），二号缀合后，所存内容参见《大正藏》T15//P48B28—P48C04。

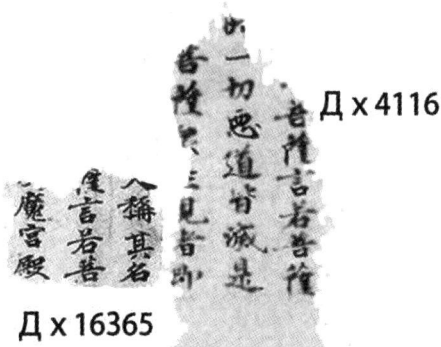

图7　Дx. 4116···Дx. 16365 缀合图（疑似）

　　上述仅为鸠摩罗什所译的缀合情况，就敦煌文献中三个译本存量来说，鸠摩罗什的译本更多，这与他翻译的经文所具有的语言风格密切相关。最后顺便提一下菩提流支译传说为天亲菩萨造的《胜思惟梵天所问经论》，此《经论》出现在嘉德 2010 秋拍"古籍善本"上，LOT8250，图版见网站或者拍卖图录＊8250①，尾题"胜思惟梵天梵天经卷第四"，实际上是《经论》。有题记"武德六年（623 年）四月沙门玄慧供养谨造"。所存内容为经论第四部分，首残尾全。始"菩萨如是"，有乌丝栏，楷书。方广锠的题跋中言敦煌遗书中前此未曾发现。然笔者翻阅敦煌遗书，实际上国图藏有一号残片：BD10574，见《国图》108/33A，如图 8。所存内容为经论第四部分。13 行，行 1—7 字，首残尾残。始"障"，至"菩萨于"，楷书。相应文字参《大正藏》26/351b2—351b13。

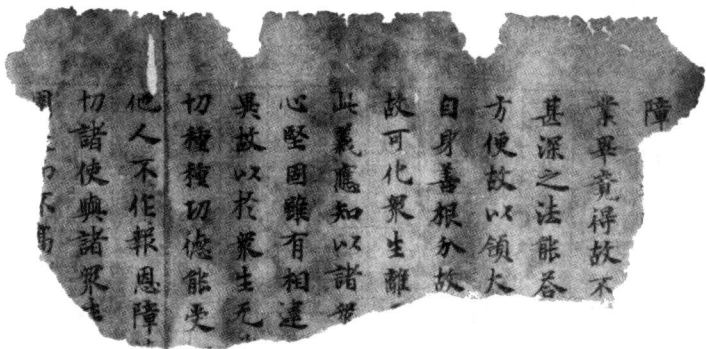

图8　　BD10574

　　① 电子图版网站 http://www.cguardian.com/Auctions/ItemDetail?id＝469716&categoryId＝21&itemCode＝8250。纸质拍卖图录后有方广锠的《敦煌遗书武德写卷〈胜思惟梵天梵天所问经论〉卷四题跋》，此文实际有删改。后完整版收录于氏著《佛教文献研究十讲》，上海：上海古籍出版社，2020 年，第 289 页。

写本与传世本佛经异文的层次关系初探

张 磊

（浙江师范大学人文学院）

摘要：写本和传世本佛经异文之间的层次关系较为复杂，存在传世本对写本异文进行过滤、因底本不同而形成异文等情况。在利用写本异文对传世本系统进行校勘时，需留意写本佛经与传世本大藏经之间的异文，是处于不同系统和不同时段的关系，应将贮存了大量异文的早期写本文献纳入整个佛经系统，并从上下文语境来分析不同层次的异文。

关键词：写本；传世本；佛经；异文；层次关系

基金项目：国家社科基金一般项目"隋唐五代写本文献新增字研究"（20BYY131）阶段性成果。

《大正藏》以《高丽藏》作为底本（工作底本实为《频伽藏》），将传世本系统的大藏经，以及敦煌、日本古写本等多种版本的佛经作为参校本进行整理，并将诸本中的大量异文汇集成为体量巨大的校勘记。由于《大正藏》校勘记的内容十分丰富，且收录了不少稀见佛经的古写本，受到语言学和佛教文献研究者的重视。我们知道，敦煌文献百分之九十以上的内容与佛教相关，学界一般认为古佚、疑伪经以及含有题记的写本价值较高，其余写本因内容上与传世本存在较多重复，故长久以来不受重视。近年来，佛经异文研究成绩斐然，如真大成通过多部论著，对佛经异文进行了系统地梳理和研究，于淑健利用敦煌本古佚经校勘《大正藏》所收疑伪经，此外还有不少单篇论文，有力地推动了相关研究。

佛经异文情况较为复杂，尤其是将写本和传世本（包括刻本和石经）进行综合研究时，更需特别审慎。笔者日常在整理敦煌写本字形时，关注到佛经写本中存在大量异文，这些异文有的亦见于其他藏经而被《大正藏》收入校勘记，有的异文仅见于敦煌写本，《大正藏》如果没有关注则无记录。未被记录的写本异文，通常意味着与历代藏经的用字存在差异，今天该如何看待这些写本有但传世本无的异文？写本与传世本藏经之间的异文构成了怎样的层次关系？这些异文对于阅读和研究佛经文本有何帮助？笔者拟选取部分异文条目，对这些问题进行探讨。异文大致可分为校勘性异文、用字性异文和修辞性异文①，本文主要讨论写本和传世本佛经中的勘性异文、用字性异文及其层次关系。

一、传世本对写本异文的过滤

《大正藏》号称以《高丽藏》为底本，但实际却是以《频伽藏》作为工作底本，所以仅仅核对《大正藏》是不够的。《大正藏》不仅对存在多个异文的文字进行了字模统一，甚至归并了同一卷内的异文校勘记。因此，通过《大正藏》校勘记，只能了解不同文献的用字概貌，却无法掌握全貌，更无从观察因不同版本系统而形成的文字差异。

敦煌写本佛经贮存了大量的异文，这些异文可以从同时期的音义书当中找到印证。但到了刻本佛经时代，由于种种原因，许多异文经过刻本藏经系统的筛选和过滤，逐渐向通行的常用字过渡。写本中的部分异文，有的被收录在字典辞书中，成了历史遗留字，有的则被遗弃，成了历史废弃字。

下面以"穳"及相关异文为例，对写本和刻本之间的用字差异进行探讨。"穳"指小矛，真大成对"穳""鑹""攢""欑""爨""錈"

---

① 真大成《利用异文从事汉语史研究应注意的三个问题》："文献产生异文的原因是很复杂的，这里不能详述，大略而言，有以下几个因素：一是文献形成以后在流传过程中出现讹、脱、衍、倒，自然形成异文；二是文献形成及流传中或用正字，或用俗字，或用本字，或用通假字，等等，也会出现异文；三是文献形成及流传中表述同一对象时使用了不同词语或句式，造成异文。出于不同原因形成的异文，其性质也有差异，大体上说，上述第一种情况形成的异文是校勘性异文，第二种情况形成的异文是用字性异文，第三种情况形成的异文是修辞性异文。"《浙江大学学报》（人文社会科学版）2019 年第 4 期。

"鑚""鎀"诸字在刻本大藏经系统的使用情况进行了细致的分析①，但未涉及写本佛经的用字情况。兹将敦煌写本和刻本藏经中所见"欑"字及其异文分为以下八组：

【欑—鑚】【鏆—穳】【攧—欛—攒—欋】【鎀—鈠—鋑】【撍—鑕】【鏦—穋】【搽②】【鈘】

以上八组，除最后一组为会意字外，其余均为形声或借音字，具体例证从略。

与字典辞书用法存在差异，或未被收录的字形包括："撍"字，《集韵》解释为"击也"，与写本佛经中表示小矛义的"撍"构成同形字的关系；而"搽""鑕"二字，大型字书均无收载，"鑕"字仅见于敦煌写本③，二字均为隋唐时期的新增字，"搽"字至五代时才被收入《可洪音义》。

检索《大正藏》本《正法念处经》"欑"字，分别见于卷一、卷六、卷七、卷九、卷十④。如《大正藏》本《正法念处经》卷六："炎热锋利，铁欑刺令穿彻。以彼铁欑，从下刺之，背上而出；又复刺之，腹上而出。"校勘记云，"欑"字明本作"鑚"。P.2167《正法念处经》卷六此句经文两处"欑"字均作"攒"，左为扌旁，当即"欛"的俗字。

又《高丽藏》本《玄应音义》卷十一《正法念经》卷一音义：

---

① 真大成：《中古文献异文的语言学考察——以文字、词语为中心》，上海：上海教育出版社，2020 年，第 209—211 页。

② Дx. 330《大方等大集经难字》收有"搽"字，该经卷五三有"尔时诸来一切龙众诸大龙王皆怼瞋忿，于虚空中即起大云在阿修罗上，欲声大鼓，欲降大石，雨铁胃索、欑铧、刀杖……如是等形，为欲害诸阿修罗而不能得"句，《可洪音义》出"搽铧"条，而《高丽藏》本此字则改为"欑"。详见张涌泉主编：《敦煌经部文献合集》第 10 册注释第 65，北京：中华书局，2008 年，第 5120—5121 页。

③ 中日韩统一表意文字扩展 E 区收有"鑕"字，编码 2CB12，应即此字，但右下部造字不妥当。

④ 据《大正藏》，卷一经文为"造斗战具，铠钾、刀杖及以欑铧、斗战之轮"，卷六经文为"所谓炎热锋利，铁欑刺令穿彻。以彼铁欑，从下刺之，背上而出""彼地狱人，如是被欑，一切身分，皆悉穿破"，卷七经文为"阎魔罗人，以铁炎欑，欑置河中""阎魔罗人，手执铁欑，其欑炎燃，以如是欑，而欑其头"，卷九经文为"阎魔罗人，手执大斧，复执铁欑、铁枷铁杵，斫刺打筑"，卷十经文为"阎魔罗人，手执热炎、枷刀欑石，散之为末，流血成河"。

"欑矛,《字诂》古文鏃、欑二形,今作欔,同,庖乱反。欑,小矛也。矛或作鉾,同,莫侯反。《说文》'矛,长二丈也',经文作錢、槩二形,又作牟,并非体也。"此条音义也见于 P. 2901《玄应音义》:"欑矛,古文鏃,今作欔,同,庖乱反,小矛也。矛或作鉾,同,莫侯反,经作錢、槩二形,又作牟。"《慧琳音义》卷五六也收了该条。

为方便描述,现以《正法念处经》为例,将该经各版本中"欑"字的使用情况列于下表:

	欑	鑽	鑹	欔	欔/攅	槩/攃	錢	鏃	釪
玄应音义①	√			√		√	√	√	
慧琳音义	√			√		√	√		√
敦煌本②					卷6				
房山石经③					卷6、7				
高丽藏初刻本					卷1、7、9④				
宫本⑤	卷1				卷7				
思溪藏	卷1、6、9、10		卷7⑥		卷7				
福州藏	卷1、6、9、10⑦								
金藏⑧									
高丽藏再刻本	卷1、6、7、9、10								
嘉兴藏		卷6、9、10							
大正藏	卷1、6、7、9、10								

从表中可以看出，除了"鏦""摖"两组外，其余各组至少有一种形体见于各版本的《正法念处经》或其音义，尤其是音义书，集中展现了同一经文不同版本的用字情况。表格左侧大致以时间为序从上至下排列各部藏经，可以《思溪藏》作为分界点，将《正法念处经》的用字情况分为前后两个时间段。

前一时间段从唐代延续至宋初，以使用"欑"字为主；后一时间段为宋及宋以后，以使用"攢"字为主。从五代至宋，即前后两个时间段相交的时期，"攢"字逐渐超越了"欑"而被广泛认可，虽然二者都是形声字，但"攢"的表义性明显要强于"欑"。例如，《可洪音义》第十三册《正法念处经》卷一音义："欑鉾，上仓乱反，下莫浮反。正作攢矛。"可洪明确以"攢"为正字，恰好可以说明这一竞争过程的结果。

"攢"组字看似是一系列俗字的演变，但其中涉及的问题较为复杂。第一，写本与传世本藏经用字的差异，关系到其底本的来源。随着刻本系统大藏经的全面盛行，写本当中异于刻本系统的异文，逐渐被过滤剔除，例如"鑅"字。第二，从唐代的音义书开始，通常在兼顾理据和字频的情况下，对不同版本间的异文进行人为干预，如《可洪音义》对"欑鉾"的解释。第三，在面对《大正藏》校勘记所呈现的异文时，不仅要区分究竟是校勘性异文、用字性异文还是修辞性异文，同时需留意写本佛经与《大正藏》的异文并不处于同一层面，至少还存在不同藏经系统以及不同时间段的差异。

二、因底本不同而形成的异文

《大正藏》第八十五卷收录了大量古佚和疑似部的佛教文献，这些文献的底本多据敦煌及日本古写本，但"所利用敦煌遗书的覆盖面有限"[①]。从该卷的校勘记来看，整理者并非将某部佛经的全部卷号逐一

[①] 方广锠：《〈大正新修大藏经〉评述》，载《大藏经研究论集》，桂林：广西师范大学出版社，2021 年，第 437 页。

进行对校，而是仅根据某一两种写本或其他版本，以此作为底本和参校本进行文本整理。在缺少更多参校本的情况下，一方面未能有效利用其它写本中的异文，另一方面如果对底本中的异文、语义等不够熟悉，很容易出现错误，甚至出现人为因素造成的异文，给研究工作带来了新的困扰。

【黑瘦】

《佛说善恶因果经》："为人狠戾，从羊中来；为人黑瘦，从障佛光明中来。"（T85，P1380c）

羽 336《佛说善恶因果经》："为人恨戾，从剌羊中来；为人黑![字]者，从彰佛光明中来。"（《秘笈》5 - 34）

P. 2055 - 3《佛说善恶因果经》："为人恨戾，从羊中来；为人黑瘦，从障佛光明中来。"

Дx1166《佛说善恶因果经》："□□□戾者，从羊中来；为人黑瘦者，从□□□□中来。"（《俄藏》7 - 353a）

首先看"瘦"与"瘦"的关系。

《广韵·宥韵》："瘦，病复发。""瘦，再病。"显然，无论解释作"病复发"还是"再病"，均与《佛说善恶因果经》此句语义不协。

考"瘦"字俗写或作"![字]"（S. 495《增壹阿含经》卷三）、"![字]"（S. 4864《大般涅槃经》卷十五）等形，与羽 336 号字形相近，疒旁内的部件与"复"形近，故《大正藏》中的"黑瘦"当为"黑瘦"之讹[①]。《可洪音义》第五册《正法华经》卷二音义："疲瘦，上音皮，下所右反。损也，瘠也。正作疲瘦二形也。下又扶富、扶福二反，并非。"据此，可洪所见佛经中，似有"瘦"误作"瘦"的情况。

另外，日本古写本辞书《新撰字镜·疒部》："瘦，扶富反，去。再病。"同部又云："![字]，所又反，去。臞也，无肉也。瘦，上字。"世

---

① 于淑健、黄征：《敦煌本古佚与疑伪经校注》作"黑瘦"，校记云："瘦，录本作'瘦'，结合文意，据乙、丙二本改。""录本"即《大正藏》文本。南京：凤凰出版社，2017年，第 3940 页。

尊寺本《字镜·疒部》："瘦，扶富反。再病。""瘦，防富反。再病。"同部又云："瘦，所又反。臞也，无肉也，丧患也。"从反切和释义来看，"瘦"与"瘦"同①，意为再病。而音"所又反"的"瘦""瘦"可楷定作"瘦"，当是"瘦"字俗写。"瘦（瘦）""瘦""瘦"三者确实形近易混，上揭可洪所说的"扶富反""扶福反"，应该是指"再病"义的"瘦"之读音，指出"瘦"的俗体与"再病"义的"瘦"形近易混，应注意二者字形有别，经文中的"疲瘦"当读作"疲瘦"。

换句话说，"瘦"的俗字"瘦"（S.495《增壹阿含经》卷三）、"瘦"（S.4864《大般涅槃经》卷十五）等，只是与"瘦"形近，二者的字形仍有细微的差异，在写本时代佛经的抄写者看来，该字形始终都是"瘦"，反而是可洪将"瘦"的俗字，楷定转写认同成了"瘦"，即所谓以不误为误。或许由于可洪的错误转写，导致"瘦"作为"瘦"的俗字被后世所承袭。例如，日本宽文六年（1666）刊本《佛说善恶因果经钞》"为人黑瘦，从障佛光明中来"句注云："瘦，音覆也，劳也。又音伏，病重发也。"可见，该书的注释者已经不知道"瘦"应该是"瘦"的俗字，"劳也"和"病重发也"都是辞书中的训释，放在经文中是解释不通的，但无奈其底本应该即为此字，也只能强为之做注。

佛经中多见"黑瘦"一词。例如，宋僧伽跋摩译《分别业报略经》："颦蹙鄙陋行，悭惜多贪求，死作贱饿鬼，形体甚黑瘦。"（T17，P447c）梁曼陀罗仙译《宝云经》卷二："肤体黑瘦，两目皆赤，志逞常怒，多怀扰害。"（T16，P215c）可参。

其次，关于《大正藏》本《善恶因果经》的底本。

《大正藏》本《善恶因果经》校勘记首条云："［原］日本续藏经，［甲］中村不折氏藏敦煌本，甲本首缺。"据张小艳研究，敦煌本《善

---

① 检敦煌本《切韵》系韵书，有"瘦"而无"瘦"。如 P.3694《切韵笺注·宥韵》、P.2011《刊谬补缺切韵·宥韵》："瘦，再病。"疑"瘦"为"瘦"的讹俗字，"瘦"晚于"瘦"字出现。胡吉宣《玉篇校释》"瘦"下云："（瘦）字又因复病而作瘦、瘦。"（上海：上海古籍出版社，1989 年，第 2251 页）

恶因果经》共有 53 号，首尾完整的就有 5 号①，《大正藏》放弃完整的卷子不选，却将前部残缺的中村不折旧藏本作为底本，这不免让人心生疑窦。除了上举日本宽文六年（1666）刻本《佛说善恶因果经钞》外，笔者又查到江户时期《善恶因果经》的刻本，此处同样作"黑瘦"。但再检《日本续藏经》，则作"瘦"。

假设《大正藏》的底本确实据《日本续藏经》，那么此处应该作"瘦"，如果底本据中村不折氏旧藏敦煌本，那么此处应该作"瘦"，然而《大正藏》与两个本子都不一致。因此，笔者怀疑《大正藏》整理该经时，虽然列出以敦煌本作为参校本，但整理者实际上并未有效利用。其底本《日本续藏经》根据的应该是某种刻本，但《大正藏》在《日本续藏经》的基础上，又参考了《佛说善恶因果经钞》或江户刻本，将"瘦"改作了"瘦"，从而在底本（瘦）、校本（瘦）之外，人为制造了一个"来历不明"，且无校勘说明的"瘦"。

三、写本异文对刻本系统的校勘作用

写本佛经中的诸多异文被刻本系统过滤遗弃之后，无论现存再多的刻本，始终都处在一个死循环的内部系统，大多数情况下只能以刻本证刻本。只有将贮存了大量异文的早期写本文献纳入整个佛经系统，并从上下文语境来分析不同层次的异文，才能得到确解。

【猛狩之文】

唐智升《续集古今佛道论衡》："今日卿等所学法者，欲使山无猛狩之文，世绝谬学之侣。一则就真辩伪，二则不误将来。"（T52，P401a）

按：此为汉明帝时，道教在佛道相争中惨败之后，太傅张衍批驳道士褚善信，指责道家学说虚妄无稽的一段话。"猛狩"之"狩"，据《大正藏》校勘记，宋、元、明、宫诸本皆作"兽"。何谓"猛狩（兽）

---

① 张小艳：《汉文〈善恶因果经〉研究》，《敦煌吐鲁番研究》第十六卷，上海：上海古籍出版社，2016 年，第 61—62 页。

之文"？典籍中仅有此处一例，不免让人生疑。

敦煌本 P. 2626 + P. 2862："今日焚卿等所学法者，天欲使山无盖浪之文，世绝谬学之侣。"其中"盖"当为"孟"字之讹，孟浪，即粗率而不精要，荒诞而无边际。"孟浪之文"指粗率的著述，语出《庄子·齐物论》："夫子以为孟浪之言，而我以为妙道之行也。"李颐："孟浪，犹较略也。"崔譔："不精要之貌。"又《文选·左思〈吴都赋〉》："若吾之所传，孟浪之遗言，略举其梗概，而未得其要妙也。"刘逵注："孟浪，不委细之意。""孟浪之文"与"谬学之侣"相对为文。

诸刻本系统的大藏经，将"孟浪"误作"猛狩/兽"的缘由，恐怕是受到了上文"山"字语境的影响，进而将"孟浪"改为"猛狩/兽"。考"山"字语出《史记·太史公自序》"藏之名山，传之其人"，当指名山事业，而非山林之山。倘若缺少了敦煌本，刻本藏经中的"猛狩/兽"二字，便只能在其系统内部互相求证，但于文义却丝毫无助。

由"盖（孟）浪"到"猛狩/兽"，看似是一组单纯的校勘性异文，但却跟版本系统和上下文语境都存在密切的关系，值得仔细考察其讹误产生的缘由。

再如，一些较为普通的校勘性异文，如果《大正藏》未提供其他版本的异文，其中存在的错误就不易被发现，同样需要依靠敦煌本来校勘。

【不—小】

《大正藏》本唐智升《续集古今佛道论衡》："据此则年月日悬殊不同，鄙夫一何阐说，辄言佛为侍者，岂不高岸为谷，小乃谬乎？"（T52，P403a）

按："小乃谬乎"句意不协，《大正藏》本校勘记云"小"字明本作"此"。此外，《广弘明集》《法苑珠林》皆作"无乃谬乎"，"此"和"无"都属于用字方面的差异，仍然无法判断"小"字对错。再对照敦煌本 P. 2352V 作"不"，可知"小"当是"不"字传抄之误。

【若—苦】

《大正藏》本元魏吉迦夜共昙曜译《付法藏因缘传》卷四："卿苦

是吾真善知识，宜当劝我，以危脆头，易坚固首。"（T50，P309b）

按：《大正藏》本"苦"字误，当为"若"字传抄致讹，敦煌本
P. 2124《付法藏因缘经》可证。

四、写本与《大正藏》异文的对应关系

《大正藏》经过学者多年的系统校勘，其文本价值十分突出，时至
今日依然是最便使用的佛典文献。然而，由于成书时间较早等原因，其
中也存在不少疏误。写本佛经与《大正藏》存在异文时，需客观分析
异文的性质及其产生的原因，找到写本与传世本异文的对应层次，避免
先入为主的倾向。

【幸—物】

P. 2640V《沙门释法琳别传》："俄有神人，身长丈余，素服衣冠，
踰墙庚止。而谓法师曰：'既能亡形殉道，再纽颓网，冥卫实繁，物无
劳虑。'语讫而失。法师因恭虔五体，默念三尊，遂得思逸胸怀，释焉
无惧。"

按：钟书林与笔者合著的《敦煌文的整理与研究》对"物无劳虑"
的"物"字出校云："物，《大正藏》作'幸'。按，'物'通'勿'。
《吕氏春秋·恃君》：'君道何如？利而物利章。'许维遹《吕氏春秋集
释》：'俞樾云：物当为勿。《尚书·立政篇》"时则勿有间之"，《论衡
·谴告篇》作"时则物有间之"……是古字本通也。'"①

"物"字原卷作"**物**"，确为"物"字无误，但于文义扞格难通。
物、勿通用于古有征，似乎可以这样来解释。但再从语法、文意等角度
进一步分析就会发现，如果读作"勿无劳虑"，语法上成了双重否定，
文意则无法理解。那么，"物"字究竟该如何解释？

首先看上下文。《沙门释法琳别传》上文讲法琳为争佛地道位之高
下，贬损道教，触怒太宗，被捕下狱，以七日为限，敕念观音名号，以

---

① 钟书林、张磊：《敦煌文的整理与研究》，武汉：武汉大学出版社，2014年，第538
页。

验法琳所言"念观音者，临刀不伤"是否属实。至第六日夜，眼看刑期将至，法琳意犹难平，仰天长叹。此时，忽然有一神人，翻墙来到狱中，安慰法琳几句后便消失了，但正是这几句话，让法琳精神重新振作起来。

这位神人究竟对法琳说了什么？"既能亡形殉道，再纽颓网，冥卫实繁，物无劳虑"，意思是说，既然你愿意以身殉道，力挽佛道地位失衡的危局，那么肯定能得到很多神灵的庇佑，（？）你不必忧虑。"劳"字应作忧愁解，"劳虑"同义连文，即忧虑。如此一来，括号处的意思就很清楚了，应该是一个祈使语气词，表示请求、期望的意思，但无论"物""勿"还是"總"（《敦煌俗字典》收𢔌、𢑒等形，与"物"形近），都不能表达祈使的语气。

其次看异文。"物无劳虑"《大正藏》作"幸无劳虑"，无校勘记。笔者认为，"幸"字显然符合上下文语境，"物"当是"幸"的误字。但"物"和"幸"之间字形差异甚大，何由致误？

再看字形。"幸"字的草书作"𠂤"（张芝）、"𠂤"（索靖）等，与"勿"形近。笔者推测《沙门释法琳别传》曾经存在行书或草书写本，后人据此传抄时，将"幸"字的草书楷化转写成了"勿"，而 P.2640V 的抄手在抄写时，认为"勿"字读不通，于是自作主张将"勿"改成了"物"，大概是将此句理解为不要忧虑外物之义。因此，"物"在此处不应读作"勿"，而是写本抄手对"幸"字草书的误认和更改。

总之，通过写本和《大正藏》的比勘可知，写本保存了一些异文的中间状态，这种中间状态有助于探讨不同版本系统用字的形成过程，我们不妨把这类异文看作"过程性异文"。但如果将"过程性异文"当成了"终极性异文"，必然会影响对文义的理解。同时，此例也提醒我们，除了需要判断异文的性质之外，还需要从文义、字形、字体、音韵等多方面来考虑异文形成的原因，必须重视《大正藏》及其他传世本提供的异文线索。

结语

佛经异文的形成受到多种因素的影响，其中抄写者个人因素以及所据底本的差异是最主要的两方面原因，后者又具有决定性的作用。如上文所举"糵"字组，音义书中记录了抄写者纷繁复杂的用字情况，而不同藏经系统的用字差异则有迹可循。

总体来看，敦煌写本佛经与传世本大藏经之间的异文层次主要存在以下两种关系：

第一，对于古佚和疑似部，《大正藏》第八十五卷以敦煌写本作为底本时，除了底本仅有唯一一号的佛经外，其余佛经写本与《大正藏》整理本的异文关系，几乎可以看作写本与写本之间的异文关系。《敦煌本古佚与疑伪经校注》首次对写本与《大正藏》第八十五卷之间的异文进行了细致的探讨，但仍缺少对写本与写本之间异文的全面校勘，因此，有必要将每一部古佚和疑似部现存的所有写本及其他版本汇总比勘。

第二，对于传世本收录的佛经，敦煌写本的异文更多对应的是北系的《房山石经》以及《高丽藏》初刻本；与《高丽藏》再刻本等中系或南系藏经的异文通常是非规律性对应，它们是不同系统、不同时段、不同层次的异文。相应地，敦煌写本佛经与《大正藏》校勘记中的异文，同样应当留意它们之间的不同系统、时段和层次。

卷之盈握，　沙界已周

——敦煌小字写卷研究

翁　彪

（陕西师范大学历史文化学院）

摘要：小字写卷是流行于唐宋时期的一种细行密书的写卷形态。这种写卷在内容上主要以流行佛经、常见典籍和工具书为主；在形式上，表现出字小行密，可合卷抄写，容字量大的特点；在功能上，便于随身携带，适合备检、备忘，而佛经中的小字写卷还与唐宋时期佛教信徒的供养式诵读活动有重要关系。这三方面彼此作用，使小字写卷在具体的社会生活场景下扮演了特定的角色。

关键词：敦煌文献；小字写卷；佛教；法供养；古文书学

关于唐宋写卷的行款，南宋赵彦卫《云麓漫钞》这样记载："释氏写经，一行以十七字为准。国朝试童行诵经，计其纸数，以十七字为行，二十五行为一纸。"[1] 叶德辉《书林清话》论及唐宋写经定式，就据以为证[2]，而李淼《〈书林清话〉校补》却提出了反对意见："魏唐人写经为余所寓目者，行字多少，初不画一。《云麓漫钞》行十七字之说，未足为据。"[3] 笔者按，唐代以前写卷行款已形成定式，可以日本所存与敦煌所出的唐前写本见之。其中佛经写卷，每行约 17 字、每纸

---

① （宋）赵彦卫：《云麓漫钞》卷三，北京：中华书局，1996 年，第 49 页。

② （清）叶德辉：《书林清话》卷一"书之称本"条，《书林清话（附书林余话）》，沈阳：辽宁教育出版社，1998 年，第 12 页。

③ 李淼：《〈书林清话〉校补》，参见（清）叶德辉：《书林清话（附书林余话）》，沈阳：辽宁教育出版社，1998 年，第 288 页。

约 28 行，确实是当时常例，宋初写、刻本藏经仍存旧制，《云麓漫钞》所言不误。当然，在标准写本以外，敦煌文献中还存在大量不标准的写本，其中一些虽不是书籍的常规形态，却也数量可观，自成一类，不能以"初不划一"视之。譬如一种小字密行的写本，常见于抄写较流行的佛经，常被称为"小字写卷"或"细字写卷"。对于这种写本，前人虽已做过种种介绍，然而都嫌简略。因此，本文拟结合古书记载与文献实存，对这种写本所涉内容、外部形式、使用功能，以及三者之间的关系，做一次更细致的考察，或可补《书林清话》之未备。

一、范畴

在前人对这种写本做出过的种种描述中，藤枝晃《敦煌写本概述》一文所言最详，其中某些看法已成为今天学者的通识，故全文引述如下：

> 小字写卷 (the scroll in small characters)
>
> 有些经书以小字写成，每行 34 字，为标准形式的两倍，而每行占用宽度为标准宽度的三分之二。这样通常要写在 3 个卷轴上的《维摩诘经》全文，只用一个卷轴即可写完，而《妙法莲华经》由原来的 7 个卷轴缩减到 2 个卷轴。这种形态的经书 (scriptures in this form) 被称为细字经或小字经 (scriptures in small characters)。虽然这种卷子是由专职抄书手写成的，不仅节省纸张而且便于携带，但看来仅供个人使用。①

---

① Fujieda, Akira, "The Tunhuang Manuscripts: A General Description Part I", Zinbun, 9, 1966, p. 24. 按：藤枝晃原文以英文发表，全文分作两部分，下半部分发表于《人文 (Zinbun)》1969 年第 10 期。徐庆全、李树清两位学者的中译本对二者进行了合并，参藤枝晃：《敦煌写本概述》（载《敦煌研究》1996 年第 2 期）。本文所引这段话是笔者参考中译本对英文原文的重译，有几处与中译本不同，现做说明如下：1. 中译本将 "the scroll in small characters" 译作"小字体卷子"，笔者以为比较拗口，不符合中文习惯，因此改译作"小字写卷"；2. 原文第三句作："Scriptures in this form were called *hsi-tzu ching* 细字经 or *hsiao-tzu ching* 小字经 'scriptures in small characters'." 中译本将 "scriptures in this form" 翻译成了"这种写经"，似乎就将"小字写卷 (the scroll in small characters)"等同于"细字经"或"小字经"（scriptures in small characters）了，有误解之嫌，因此本文改译作"这种形态的经书"。另外，中译本将"小字经"误作"小字体"，本文依据原文改回。后文凡引述藤枝晃此文，若不加说明，则仍指中译本。

藤枝晃将这种字小行密的写本命名为"小字写卷"，同时又提出："这种形态的经书被称为细字经或小字经。"这大概是指文献记载中常有小字抄写的佛经被称为"小（细）字某经"的情况。藤枝晃的意思是，"小字写卷"是一种写本的外部形式，采用这种形态抄写的佛经，被称为"细字经"或"小字经"。那么，除此以外，是否还存在采用这种形态抄写的其他书籍呢？藤枝晃并没有讨论。白化文、荣新江、方广锠等国内学者在论及这种小字密行的写本时，都使用"细字写经"或"小字写经"的称呼①，不约而同地将视野限定在佛教经书的范畴之内，而对其他内容的小字写卷阙而不论。

本文认为，除了佛教经典以外，四部典籍和工具书中也存在小字写卷，古人同样以"细字"或"小字"之名来称呼，并未作出特别区分。为了避免以偏概全，本文仍然沿袭藤枝晃"小字写卷"的概念，用以指代这种东晋以后出现、流行于唐宋时代的细书密行的写卷形态（the scroll in small characters），或泛称这种形态的写卷（scrolls in small characters）。有时则用"细字（本）"或"小字（本）"加书名的方式，来与某本书籍的标准写卷相区别。下面笔者就分别介绍佛教经书、四部典籍与工具书中的小字写卷。

S.1864 号《维摩诘所说经（全三卷）》（图 1）是一份敦煌吐蕃管辖时期甲戌年（794）的写本，藤枝晃与白化文都曾将这份写本作为小字写卷的代表。这里将其与一份标准写卷做一番对比，可以很清晰地看到二者之间的差异。

---

① 　参看白化文：《敦煌汉文遗书中有关图书文献资料札记》（载《青海图书馆》1987 年第 3 期）、荣新江《敦煌学十八讲》"第十七讲敦煌写本学"（北京：北京大学出版社，2001年）、方广锠《英国国家图书馆藏敦煌遗书条记目录》（《英国国家图书馆藏敦煌遗书》，第 1册，桂林：广西师范大学出版社，2011 年）。白文又收入《图书情报研究——建系四十周年纪念刊（1947—1987）》，北京大学图书馆学情报学系，1988 年。白化文《中国佛学院"图书馆学"课程讲稿十篇》中相关章节也是根据此文改写（附录氏著：《佛教图书分类法》，北京：北京图书馆出版社，2001 年）。

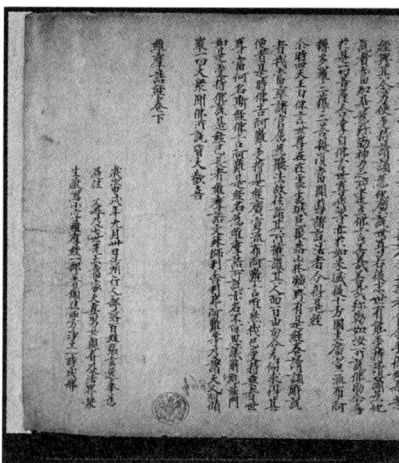

图 1　S. 1864 号《维摩诘经（全三卷）》卷尾

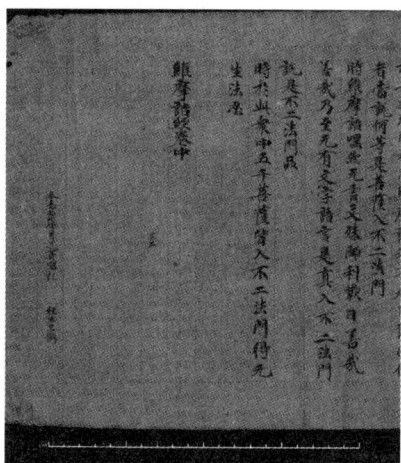

图 2　BD00014 号《维摩诘经（卷中)》卷尾

　　同样抄写于敦煌吐蕃时期的 BD00014 号《维摩诘经（卷中)》（图 2）是唐代佛经写本的标准形态，所用的应该是专门抄写佛经的硬黄纸，每行约 17 字，每纸约 28 行；S. 1864 号《维摩诘经（全三卷)》则抄写在较为便宜的白纸上，每行约 28 字，每纸约 36 行，相比前者，字小行密，单纸所容字数差异很大。S. 1864 号的卷尾题记这样说：

　　　　岁次甲戌年九月卅日，河州行人部落百姓张玄逸，奉为过往父母及七世先亡当家夫妻、男女亲眷及法界众生，敬写小字《维摩经》一部。普愿往西方净土，一时成佛。

据此可知，当时人将这种小字密行的佛经写本称为"小字某经"。"小字"有时又作"细字"，在编号为 Stein painting 208a. b 的一件敦煌白描画稿背面的佛经目录中，就有这样的著录：

　　　　……细字《维摩经》一部一卷……《法华经》细字卷上、下

一部……①

此外，在 S. 2142 号《点勘出借佛经记录》中也可以看到类似说法：

> 法律海诠请藏《大佛顶略咒本》一卷，法律会慈请藏细字《最胜王经》两卷计一部。

小字写卷在敦煌佛教文献中并不少见，《妙法莲华经》《维摩诘经》《金光明经》《思益梵天所问经》等流行佛典经常采用这种形态，而几乎所有《无量寿宗要经》汉文写卷都以小字书写，仅此一部数量就有997 件②。大概由于行款与标准写卷不同，且敦煌小字写卷很少用标准的硬黄纸来抄写，所以一些学者视之为不规范写本，而很少加以细致的考察。譬如黄明信、东主才让就这样描述敦煌所见的小字《无量寿宗要经》："在我们所见到的卷子中，绝大多数写卷的字体潦草，不甚美观。书法书品低劣，有些经卷的字体如初学者抄写，抄字不端正规范，字体大小不一，抄经格式也不规范，每页行数与每行字数多少不等，也无规律可寻，与唐前期和以前的汉文写卷相比竟有天壤之别。"③ 事实上，小字写卷不仅行款有一定规律（详见后文），而且其中相当一部分书法可观，如 S. 68 号《无量寿宗要经》等，小字写卷与随意为之的临时写本还是有很大区别。

今天留存下来的小字写卷固然以保存在敦煌文献中的最为集中，但在日本所藏唐宋写本中也不止一见，其中最著名的莫过于原属法隆寺、

---

① 转引自荣新江：《海外敦煌吐鲁番文献知见录》，南昌：江西人民出版社，1996 年，第 11 页。

② 日本学者上山大峻统计敦煌《无量寿宗要经》汉文抄本 842 件，藏文抄本 1899 件（〔日〕上山大峻著：顾虹、刘永增译：《从敦煌出土写本看敦煌佛教研究》，载《敦煌研究》2001 年第 4 期）。此据黄明信、东主才让《敦煌藏文写卷〈大乘无量寿宗要经〉及其汉文本之研究》一文（载《中国藏学》1994 年第 2 期）。

③ 黄明信、东主才让：《敦煌藏文写卷〈大乘无量寿宗要经〉及其汉文本之研究》，《中国藏学》1994 年第 2 期。

现藏东京国立博物馆的唐李元惠书细字《法华经》（图3）。此经写于唐长寿三年（694），奈良时代传至日本，1958 年被认定为"日本国宝"①，其书法之严整并不逊于标准写卷。这个例子也说明小字写卷并非敦煌特例，而是唐宋时期一种比较流行的书籍形态。

图3　东京国立博物馆藏唐李元惠书细字《法华经》

目前留存的这些小字写卷实物，主要是唐宋时期的。但就文献记载来看，使用小字写卷的时间从西晋到两宋，几乎覆盖整个写卷流行的时代。梁慧皎《高僧传》卷十晋僧安慧则的传记中就记载了一份小字写卷：

> （安慧则）后止洛阳大市寺，手自细书黄缣，写《大品经》一部，合为一卷，字如小豆，而分明可识。②

值得注意的是，这是一份写在黄缣上的"素经"，敦煌似未见到同样的写卷，但世间绝非仅此一例。据唐道世《法苑珠林》记述，晋周闵家中藏有一部《大品般若经》，即是"以半幅八丈素，反复书之"，又

---

① 严绍璗：《汉籍在日本的流布研究》，南京：江苏古籍出版社，1992 年，第 272 页。
② （南朝梁）释慧皎：《高僧传》卷十，北京：中华书局，1992 年，第 372 页。

"字如麻大，巧密分明"，那么这也是一件小字抄写的素经①。据上述文献记载，安慧则活动的时间大约在西晋永嘉年间（307—313），周闵家这份《大品般若经》或云见于永嘉之乱（311），或云见于苏峻之乱（327），这两个例子说明，至迟在公元四世纪初，小字写卷已经出现了。此外，梁僧祐《出三藏记集》还收录了南齐宗室萧子良的藏书目录《齐太宰竟陵文宣王法集录》，目录最后附上一份萧子良本人所抄佛经的名目，其中著录了两份不同的《维摩经》：

> 大字《维摩经》一部，十四卷。
> 细字《维摩经》一部，六卷。②

虽然这些王公贵族使用的小字写卷并没有留存下来，但是仍然可以想象其精美程度。也由此可见，小字写卷并非是民间才有的不规范写本。这种写本形态一直流行到宋代，宋僧惠洪的文集中，就有他为小字《华严经》、小字《金刚经》所作的赞文③。《南宋馆阁续录》卷三所著录秘阁所藏历代名贤墨迹中，还可见到一份小字《法华经》④。

问题在于，佛经以外还存在小字写卷吗？就晋唐时代的古书记载而言，可称之为"细字"或"小字"的书籍并不局限于佛经。梁萧绎《金楼子》卷二"聚书篇"云：

> 聚得细书《周易》《尚书》《周官》《仪礼》《礼记》《毛诗》《春秋》各一部，又使孔昂写得《前汉》《后汉》《史记》《三国志》《晋阳秋》《庄子》《老子》《肘后方》《离骚》等合六百三十四卷，悉在一巾箱中，书极精细。⑤

---

① （唐）释道世：《法苑珠林》卷十八，北京：中华书局，2003年，第590页。
② （南朝梁）释僧祐：《出三藏记集》卷第十二，北京：中华书局，1995年，第453页。
③ （宋）释惠洪著；〔日〕释廓门贯彻注：《注石门文字禅》卷十九，北京：中华书局，2012年，第1181、1184页。
④ 佚名：《南宋馆阁续录》，北京：中华书局，1998年，第177页。
⑤ （南朝梁）萧绎撰；许逸民注解：《金楼子校笺》，北京：中华书局，2011年，第516页。

又，《南史》卷四十一云：

> （萧）钧常手自细书，写五经，部为一卷，置于巾箱中，以备遗忘。侍读贺玠问曰："殿下家自有坟素，复何须蝇头细书，别藏巾箱中？"答曰："巾箱中有五经，于检阅既易，且一更手写，则永不忘。"诸王闻而争效为"巾箱五经"。"巾箱五经"自此始也。[①]

唐许嵩所撰六朝史书《建康实录》叙述萧钧此事云："钧字宣礼，好学，常手细字书五经，一部为一卷，置之巾箱中。"[②] 可知"细书"即"细字书"。上边两则材料说明，齐梁时代的巾箱本书籍往往以"细字"为之，而这样的写本，又以最为常用的经部典籍为多。

敦煌经部典籍中就有不少细行密书的实例。这里仍以同一部著作的标准写卷与小字写卷做一对比：

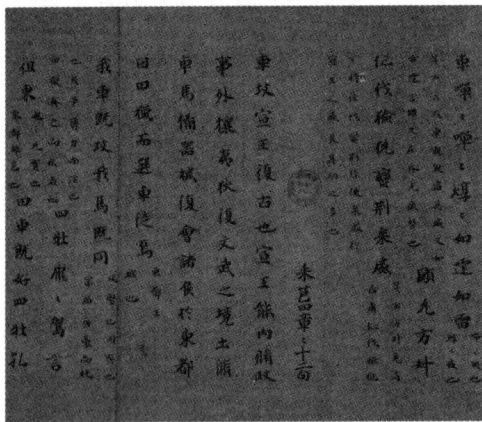

图4　P.2506号《毛诗郑笺（小雅·六月一吉日）》

图5　S.10号《毛诗郑笺（邶风·燕燕一静女）》

敦煌经部典籍的标准写卷行款比佛经的标准写卷更加疏阔，正文每行约12到16字，每纸约16到18行，如P.2506号《毛诗郑笺》（图

①　（唐）李延寿：《南史》，北京：中华书局，1975年，第1038页。
②　（唐）许嵩：《建康实录》卷十六，北京：中华书局，1986年，第641页。

4）；而同样抄写《毛诗郑笺》（图5），S. 10 则是一份小字写卷，若以双行小注的两字为一个正文计，则正文每行约 35 字。此外，白文、单疏本等无双行小注的经籍也有以小字抄写的：单疏如傅图 01 号《周易正义（贲卦)》①（图 6），每行达到 40 字左右；白文则如 S. 3330 + S. 6346 + S. 6196《白文毛诗》残卷，三个卷号不能直接缀合，但应来自同一份卷子，每行约 34 字，每纸约 29 行。与很多小字写卷一样，这份写本有乌丝栏，说明小字密行并不是抄写人随意为之的结果，而是抄写前就有的安排。

图 6　傅图 01 号《周易正义（贲卦)》

不仅经部典籍时常以小字密行的形式抄写，敦煌文献中，其他世俗书籍也有此例。史部如 P. 2973 号《汉书注》、P. 3813 号《晋书》、P. 2668《阃外春秋》，子部如 P. 3454《六韬》，集部如 P. 3590 号《故陈子昂集》等。其中 P. 2973 号《汉书注》（图 7），王重民疑是颜之推注本②。其正

---

① 此写卷原馆藏登录号为傅图 188071 号，兹从方广锠主编《"中央"研究院历史语言研究所傅斯年图书馆藏敦煌遗书》（台北："中研院"史语所，2013 年）重新编定的敦煌遗书流水号，作傅图 01 号。

② 王重民：《敦煌古籍叙录》，北京：中华书局，2010 年，第 82 页。

文每行约40字，双行小注则更加细密，在小字写卷里也是少见的。

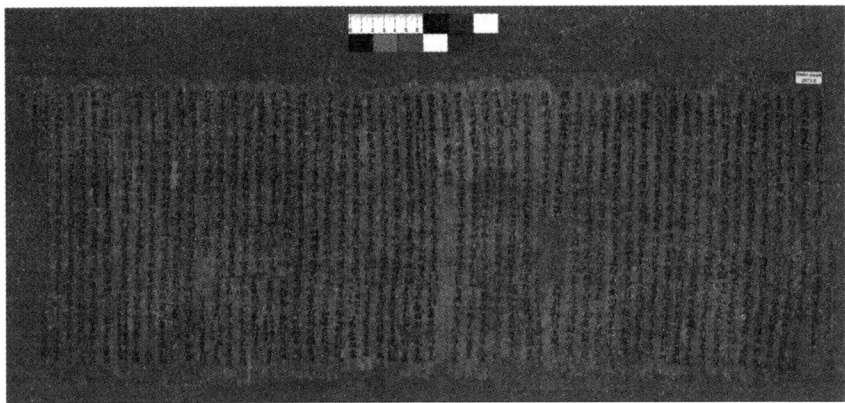

图7 P.2973号《汉书》残卷

除了流行佛经与常用的四部典籍，小字写卷中还有一些比较特殊，有必要单独作为一类加以讨论，这就是广义的工具书。这类书籍往往以词条或例文的顺序排列为结构，多用来翻检，而较少被首尾逐字阅读。这类文献根据内容、体裁又可分为如下几项：

其一，书仪、文样类的文献。书仪类如S.01040号《吉凶书仪》卷下，每行约30字，又如S.01725号《唐吉凶书仪钞》，每行约32字。文样类则如P.3307号《释门文范》，每行约32字，又如著名的P.2547号《斋琬文》，每行约30字。

其二，类书、经抄、戒本类的文献。类书如S.01441《励忠节抄（卷一、二）》，行字约28，又如S.01380《应机抄（卷上、下）》，行字约27字。经抄类，则如S.00126《大方等大集经钞》、S.01358卷背《法华经抄》等，行字都在30上下。除了这种单经经抄，还有摭拾众经的经抄，近似类书，如BD06440《众经攒要》，行字35字左右。戒本也具有经抄的性质，在敦煌文献中，以小字密行形式抄写的戒本十分常见，如P.2041《四分律删繁补阙行事钞》卷下，行字33；又如BD00076《戒缘》卷下，行字33到39不等。

其三，占书、韵书等日常生活中的专用工具书。占书如P.3281《易三备》，正文每行约30字，又有双行小注；又如S.2222号《解梦

书》，每行约 30 字。韵书中的小字写卷尤其值得注意，如 P. 2017 号
《切韵》残卷（图 8），其序言部分每行约 40 字；又 P. 2011 号《刊谬补
缺切韵》，不存序言，但其正文行款与 P. 2017 十分接近。这并非敦煌地
区的特殊情况，故宫藏所谓吴彩鸾书《王仁煦刊谬补缺切韵》（图 9）
同样采用这种字小行密的形式，对比可见，卷面行款非常相似。

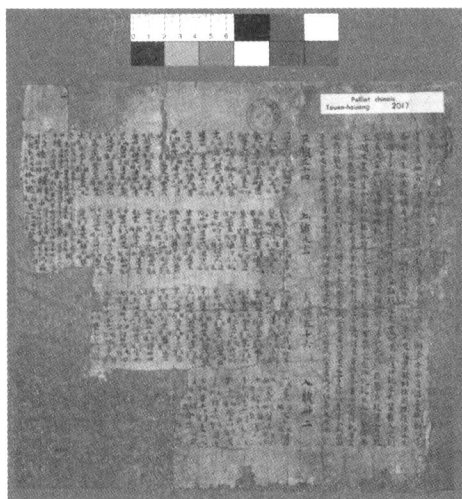

图 8　P. 2017 号《切韵》残卷

图 9　故宫藏吴彩鸾书《王仁煦刊谬补缺切韵》

　　吴彩鸾本是唐代道姑，民间流传着其嫁给书生文箫，后骑虎成仙的
故事。故事中吴细字写韵书的情节可谓深入人心，以至于号称吴彩鸾所

作的各种细字韵书、经卷在后世流传甚多。《宣和书谱》就有这样的记载：

> 萧拙于生计，彩鸾以小楷书《唐韵》一部，市五千钱，为糊口计。然不出一日间，能了十数万字，非人力可为也。钱囊羞涩，复一日书之，且所市不过前日之数。由是彩鸾《唐韵》世多得之。①

这些韵书写卷是否确为吴彩鸾亲笔所书，已不可考。② 更有可能的是，由于吴彩鸾善书小楷的传说已被广泛接受，后人乐于将这种小字写本假托吴彩鸾之名，以助流传③。宋苏辙《赠石台问长老二绝》诗后小注云：

> 蜀中藏经往往有古仙人吴彩鸾细书经卷，精妙可爱。④

张邦基《墨庄漫录》卷三则云：

> 裴铏《传奇》载成都古仙人吴彩鸾善书小字，尝书《唐韵》鬻之。今蜀中导江迎禅院经藏中《佛本行经》六十卷乃彩鸾所书，亦异物也。⑤

必须指出的是，由苏辙与张邦基所言来看，无论小字韵书还是小字佛经，都是吴彩鸾善书小字的佳证，二者是被等同视之的。换句话说，

---

① 佚名：《宣和书谱》卷五，上海：上海书画出版社，1984年，第39—40页。
② 参看姜亮夫：《吴彩鸾书切韵事辩及其征信录》，收入《姜亮夫全集》第14册，昆明：云南人民出版社，2003年，第161—173页。
③ 黄永年就认为"晋唐小楷不可信"，"实在是中晚唐下讫五代赵宋时人委托"。（参黄永年《书法源流杂论》，收入《黄永年文史论文集》第四册，北京：中华书局，2015年，第222—224页。）
④ （宋）苏辙：《栾城集》卷第十二，上海：上海古籍出版社，1987年，第282页。
⑤ （宋）张邦基：《墨庄漫录》，北京：中华书局，2002年，第98页。

至迟在两宋时期，古人仍然是将所有以小字抄写的写卷看作一个整体，而没有将小字写卷抄写的佛经单独作为一个书籍种类法。上述所举各种小字工具书的例子，理应与小字抄写的佛经一样属于"小字写卷"的范畴。

古人所谓"小字""细字""细书"，都属于描述性的语言，就是指蝇头小字，或以蝇头小字、细书密行的形式来书写，而不是一种书籍形态的专名①。所以，凡以蝇头小字、细书密行的形式抄写的书籍，都可称为"小（细）字某经（书）"。古人确实是这样做的，并没有将"小（细）字某经（书）"的说法局限于佛经，也还用以指涉小字抄写的四部典籍与工具书。然而，为什么无论就古书记载还是文献实存来说，小字写卷中的佛经比例远较四部典籍、工具书高得多呢？笔者以为有以下几个原因：其一，敦煌藏经洞本身是一个宗教空间，佛经写本在整个敦煌文献中比例就很高。相应地，小字写卷中，佛经较其他内容也就更为常见。其二，采用小字写卷形式的，主要是当时最流行、常用的书籍。因此，也可以认为，唐宋小字写卷中佛经比世俗书籍常见，正是这些佛经在唐宋社会生活中更加流行的结果。其三，本文第三部分还将论证，四部典籍、工具书的小字写卷往往是私人所有，自抄自用，流通有限；而小字抄写佛经写卷则由于诵经、造经等宗教活动的持续兴盛，而得到大量积累和广泛流通。

综上所述，采用小字写卷这一形态的书籍，不仅包括佛教经书，也包括四部典籍和工具书。若归纳其共同点，则以流行、常用、大众化的书籍为主。白化文认为："重要的大经是没有这么干的。"② 若此"大经"是就篇幅而论，恐怕并非如此，因为敦煌文献中确实可见到大部头经书的小字写卷，如 BD06310 号《大宝积经（卷一〇一、一〇二、一〇三、一〇四）》，又如 BD13841 号《大般涅槃经（卷一、二、三、四、

---

① 以蝇头小字书写的信札，也可以称之为"小（细）字"，如李贺《湖中曲》云："燕钗玉股照青渠，越王娇郎小字书。"（王琦等：《李贺诗歌集注》卷二，上海：上海古籍出版社，1978 年，第 116 页）这里"小字书"便是指小字书写的信笺。

② 白化文：《敦煌汉文遗书中有关图书文献资料札记》，《青海图书馆》1987 年第 3 期。

五)》，虽未见全帙，但由这两件写本可以推断 120 卷的《大宝积经》和 40 卷的《大般涅盘经》都被以小字抄写过，此外，小字所抄的《佛本行集经》60 卷与《华严经》80 卷也都不止一次见于古书记载。当然，白化文所谓"重要的大经"若是指义理艰深的经书，则似乎没有问题，学理性较强的著作在小字写卷中确实是罕见踪影的。

二、容字

小字写卷在外部形式上最重要的特点是容字量大，这是由其行款特点与合卷抄写的形式共同决定的。

关于小字写卷的行款，学者们存在完全矛盾的两种看法。一些学者认为小字写卷行款无规律可言，如黄明信、东主才让看到敦煌小字《无量寿宗要经》面貌不同于标准写卷时，就认为"每页行数与每行字数多少不等，也无规律可寻"①，这与李洣批评《书林清话》之语十分类似。与此同时，另一些学者认为小字写卷的行款存在严格的规律，如藤枝晃、荣新江等学者则规定小字写卷每行 34 字，即标准写经的两倍②。白化文先生甚至认为小字写卷每纸行数也是标准写卷的两倍，从而得出"（小字写经）一张纸上可写出相当于正规四倍的字数"的结论③。由前文所举小字写卷的大量实例可知，这两种看法都是有问题的。

本文认为，小字写卷的行款存在一定规律。我们首先来考察小字写卷的每行字数。就敦煌文献而言，小字写卷每行字数以 30 左右最为常见，但同时一卷之内、写本之间又存在一定浮动。据笔者观察，小字写卷行字上限大约在 45 字，如 BD01870《维摩诘所说经（全三卷）》，每行约 41 字；而下限大约在 25 余字，如 S.00640《妙法莲华经（存卷六、卷七）》，行字约 27。可见这种浮动的幅度是有限度的，也是有中心的。敦煌小字写卷的行款特点是否具有代表性呢？我们不妨来考察敦

---

① 黄明信、东主才让：《敦煌藏文写卷〈大乘无量寿宗要经〉及其汉文本之研究》，《中国藏学》1994 年第 2 期。

② 〔日〕藤枝晃《敦煌写本概述》、荣新江《敦煌学十八讲》都特别写明 34 字。

③ 白化文：《敦煌汉文遗书中有关图书文献资料札记》，《青海图书馆》1987 年第 3 期。

煌以外的唐人写经。前引日藏唐李元惠细字《法华经》每行约 32 字，正处于敦煌小字写卷每行字数的浮动区间内。此外，清卞永誉《式古堂书画汇考》还著录了一份写本：

> 义道书《法华经》，小楷书，硬黄笺本，高八寸，阔尺六寸。凡二十七幅，每行四十字。①

卷尾题记云："大唐贞元十一年岁次丙子五月辛卯朔十五日己巳，婺州金华观音寺僧□□□□升清。恐代改时移，故有斯记。生前共写女人陈燕子丁。"明代僧人道衍跋云："唐僧义道与女人陈燕子丁共以小楷细书是经，为荐亡母解脱清升。"② 据此可知，此卷是僧人义道与陈燕子丁于唐贞元十一年（795）为荐亡母共写。硬黄纸是唐代标准的写经纸，高八寸、阔尺六寸，也是唐代写本用纸的标准规格，且书法精美，不是一份随意为之的写本。③ 这份写本的每行字数是 40 字，仍然处于区间之内。可知敦煌小字写卷的行款特点并不特殊，而是具有代表性的。

我们再来考察小字写卷的每纸行数。写卷每纸行数与纸的规格直接相关，就敦煌文献而言，写本书籍用纸的宽幅差异较小，基本都在 26cm 左右（约 1 小尺）④，但是长幅差异很大，从 30cm 到 90cm 不等，

---

① 昌彼得大概据"凡二十七幅"的著录，以为这是一份旋风装叶子，是不知唐人写卷卷尾往往注明用纸枚数，目录书在著录时也会著录相关信息，以见卷子长短。"凡二十七幅"，并不是旋风装"二十七叶"的意思，而是指这份卷子由二十七枚纸前后粘连而成。昌彼得说见其《唐代图书形制的演变》，收入氏著《版本目录学论丛（一）》，台北：学海出版社，1977 年，第 126 页。

② （清）卞永誉：《式古堂书画汇考》卷八，杭州：浙江人民美术出版社，2012 年，第 398 页。

③ 清宋徽舆跋云："唐僧义道偕其妹陈燕子丁共写小字《法华经》一部，字小于颜之《麻姑坛》、褚之《阴符经》，而结构精雅，视颜稍逸，视褚稍庄，虽不敢谓度骅前，然可与二公同日而道也。"见（清）卞永誉《式古堂书画汇考》卷八，杭州：浙江人民美术出版社，2012 年，第 399 页。

④ 藤枝晃指出，唐代官府文书用纸是唐官制尺的 1 尺乘 1（1.5）尺，1 唐尺可换算为 30cm。而书籍用纸则是以"小尺"来计的 1 尺乘 1.5（2）尺。所谓"小尺"是源于公元 3 世纪的尺寸，1 小尺可换算为 26cm。参见〔日〕藤枝晃：《敦煌写本概述》，载《敦煌研究》1996 年第 2 期。

规格各异。其中标准写卷用纸的长幅则以 40cm 左右和 50cm 左右的两种规格相对常见①。一般认为标准写卷"一纸 28 行"，这是采用长幅 50cm 左右纸抄写标准写经时的情况，而采用长幅 40cm 左右纸抄写的标准写经，每纸行数就会相应少一些，从 21 行到 25 行不等。至于小字写卷，据笔者观察，若使用长幅 50cm 左右纸抄写，一般每纸 40 行左右，并非标准写经的两倍。事实上，与标准写卷相比，敦煌小字写卷的用纸十分不严格，使用长幅 50cm 左右纸的并非多数，甚至还有些小字写卷一卷之内会使用几种不同规格的纸来抄写，譬如 BD00078 号小字写卷《思益梵天所问经（全四卷）》，主要使用了三种长幅的纸，其中长约 30cm 的纸上每纸约 22 行，长约 40cm 的纸上每纸约 32 行，长约 70 厘米的纸上每纸约 51 行。但也恰恰可由此看到，小字写卷每纸行数很多时候与纸幅基本成比例，藤枝晃认为"每行占用宽度为标准宽度的三分之二"，庶几近之。

由上可见，小字写卷每行字数在 25 到 45 字之间浮动，以 30 字左右最为常见，一般情况下，每行宽度约为标准写卷的三分之二。这种规律不仅将其与标准写本区别开来，也将其与其他不标准的写本区别开来，自成特色，绝非"无规律可寻"。然而，必须指出的是，小字写卷行款上的这种特点是约定俗成的结果，而非强制性的书写制度，因而才会出现一定的浮动。标准写卷每纸行数、每行字数形成定制，是大藏经抄写的组织化与储藏的系统化决定的，正如荣新江所说："最标准的写经是一纸 28 行，一行 17 字，这样人们可以很容易计算出一部经大体上的字数和用纸多少。"② 藏经写本行款的标准化与纸张的调度分配、文字的逐行校对、卷帙的分合安排等事务环环相扣。然而小字写卷往往是

---

① 本文关于写本纸型的数据主要参考方广锠所撰《国家图书馆藏敦煌遗书条记目录》（附录《国家图书馆藏敦煌遗书》（全 146 册）每册之后，北京：北京图书馆出版社，2005 年）、潘吉星《中国造纸史》第四章《隋唐五代时期的造纸技术（589—960）》所附《隋唐五代古纸检验结果一览表》（上海：上海人民出版社，2009 年，第 246—250 页）和戴仁《敦煌写本纸张的颜色》一文附表（耿昇译，收入郑炳林主编《法国敦煌学精粹》，兰州：甘肃人民出版社，2011 年，第 745—748 页）。

② 荣新江：《敦煌学十八讲》，北京：北京大学出版社，2001 年，第 303 页。

私人写本，而非规范的藏经写卷，并不存在制度化需要。上述小字写卷行款的规律与其说是通过制度化地追求某一标准而自觉体现出来的，不如说是在避免某种制度化约束时自然体现出来的。藤枝晃、荣新江认为小字写卷每行 34 字，白化文认为小字写卷每纸容字为标准写卷 4 倍，这些判断是不符实情的。其实，正如前文所述，敦煌文献中佛经的标准写卷固然每行约 17 字，经部典籍的标准写卷则每行只有 12 到 16 字，然而其小字写卷的每行字数却大体上仍然在 25 到 45 字这个区间内，这足以说明标准写卷与小字写卷的行字之间并不存在倍数关系了。

　　小字写卷容字量大，不仅因为字小行密，每纸容字多，还因为小字写卷常常采用合卷抄写的形式，整张卷子的长度可以很长。什么是合卷呢？按照写本时代的篇卷制度，一轴卷子只抄写一卷的文本。但也偶尔出现一轴卷子上抄写了多卷文本的情况。如 BD13841 号是一份小字《大般涅槃经》写卷，与标准写本不同的是，这份小字写卷将《大般涅槃经》卷一至卷五抄写在一轴长卷之上，卷尾题记云："《大般涅槃经》第一、第二、第三、第四、第五，已上五卷共成一卷。"本文将这种在一轴卷子上抄写多卷文本的做法称为合卷。

　　由于小字写卷字细行密，容字量大，节省了纸数，缩短了卷长，因此经常有合卷抄写的情况。[①] 正如日僧永超所说："枚数少，故或合卷也。"[②] 在敦煌佛经写卷中常常可见这样的情况，小字《思益梵天所问经》合四卷为一卷（如 BD00078）；小字《金光明经》则五卷合为一卷（如 Φ260）。因为合卷并不改变原书的分卷，所以在一轴写卷上就会出现多套卷题。如 BD00151 小字《大乘密严经》（图 10）合三卷为一卷，所以一份卷子上有三个卷尾题：

---

　　① 虽然小字写卷未必都会合卷抄写，但就敦煌文献而言，凡在一轴卷子上抄写同一部著作的多个卷次的，基本上都是小字写卷。合卷也有其他形态，如在一轴卷子上抄写不同著作，这就未必是小字写卷了。

　　② 〔日〕释永超：《东域传灯目录》，《大正藏》第 55 册，第 1165 页，上。

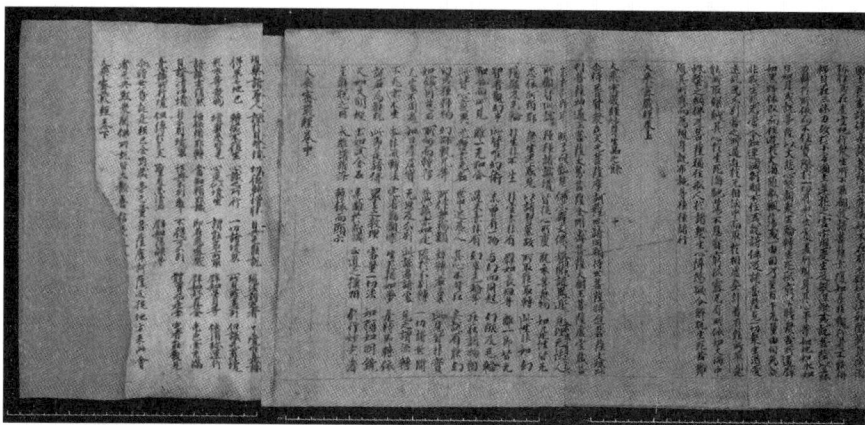

图10c 《大乘密严经》　图10b 《大乘密严经》　图10a 《大乘密严经》
卷下尾题　　　　　　　卷中尾题　　　　　　　卷上尾题

值得注意的是，卷上尾题写在残卷第9纸上，之后空一行继续抄写卷中（图10a）。这说明，这份小字写卷并非将原本独立的三份卷子缀接在一起而成，而是在抄写时就已经安排好了，连续抄写下来的。

四部典籍的小字写卷也有合卷抄写的，敦煌文献中就可看到。如P. 2529是将白文《毛诗》的前七卷合为一卷，P. 3737残卷上可见白文《毛诗》第二十九、三十卷被合为一卷。前引《南史》载萧钧事，有"写五经，部为一卷，置于巾箱中"的记录，是以每部经抄写在一轴卷子上，这样五经共计五轴。缩减卷幅，就节省了存放空间。若像标准写卷的做法，仅《周易》一部就八卷，那么五经全帙则有数十卷之巨，一个巾箱是存放不下的。

工具书合卷抄写的更加常见，如P. 3695、P. 3696两号写本，是同一部《切韵》的两个残叶，其中P. 3696第一页卷背有第四卷卷首题，说明是卷三、卷四合卷抄写。清初藏书家钱曾曾在季振宜处看到一份题吴彩鸾书的《切韵》一卷："逐叶翻看，展转至末，仍合为一卷。"① 是合五卷《切韵》为一卷。

---

① 钱曾原著；管庭芬、章钰校证：《读书敏求记校证》，上海古籍出版社，2007年，第252页。

藤枝晃指出："通常要写在 3 个卷轴上的《维摩诘经》全文，只用一个卷轴即可写完，而《妙法莲华经》由原来的 7 个卷轴缩减到 2 个卷轴。"① 敦煌文献中，小字《维摩诘经》确实三卷合为一卷，如 BD01870 即是，但小字《妙法莲华经》的情况还不明了。前文引 Stein painting 208a. b 卷背佛经目录中有"《法华经》细字卷上、下一部"的著录，可见敦煌确实有合七卷为两卷的情况。但就笔者所见到的敦煌小字《法华经》而言，尚无完整的卷子，难以断定其合卷的具体情况。这些残卷中，有不少是卷三、卷四、卷五合卷抄写的，如 BD05189 号《法华经》残卷，首尾皆残，现存卷三、四、五；又如 BD13812 号《法华经》残卷，现存卷一、二、三、四、五。若七卷分作两卷，似应前三卷或前四卷为一卷。至于敦煌遗书以外所见到的小字《法华经》，则都是合七卷合为一卷的，譬如前举日本东京国立博物馆藏唐人细字《法华经》就是如此。此外，苏轼《题细字〈莲华经〉》题下小注云："经七卷，如箸粗。"② 这是说七卷《法华经》合作一卷，收卷起来只有一根筷子粗。

敦煌小字写卷，最多者不过合五卷、七卷为一卷。但古书记载中一些小字写卷的容字量则有时很夸张，如宋居简《北磵文集》卷七《跋龙门元侍者血书〈华严〉》云：

> 龙门佛眼侍者天竺觉元上人，血指细书《华严》八十一卷为八卷。③

合八十一卷的唐译《华严经》为八卷，则每一轴卷子平均抄写了十卷的文本。那么其行款显然比敦煌所见细字本细密得多。还有更甚者，黄

---

① 〔日〕藤枝晃：《敦煌写本概述》，载《敦煌研究》1996 年第 2 期。

② 苏轼此文原题《跋王晋卿所藏〈莲华经〉》，祝穆《古今事文类聚》引作《题细字〈莲华经〉》，文中云："卷之盈握，沙界已周，读未终篇，目力皆废。乃知蜗牛之角可以战蛮触，棘刺之端可以刻木猴。"则知为小字写卷无疑。参见李之亮笺注《苏轼文集编年笺注》卷六九（成都：巴蜀书社，2011 年，第 541—542 页）。

③ （宋）释居简：《北磵文集》，台湾商务印书馆影印文渊阁《四库全书》本，1983 年，叶十。

伯思《东观余论》卷下《跋细字〈华严经〉后》云：

> 东汉师宜官善书，大则径丈一字，细则能方寸千言。书是经者，亦以尺纸作七万字，殆得宜官法也。①

又，明人鲍观光《重刻米元章、鲁公仙迹跋》云：

> 忆癸丑（万历四十一年）北上，遇徐硕菴先生，向余称鲁公真迹有僧手唐笺一幅，阔可尺三寸，直尺七八寸，书华严经八十一卷。初看如丝不能识认，谛视则笔势劲道，精神横溢。书尾记年月日，积书十载，则鲁公笔也。②

以上两例中的小字写卷，都是将八十一卷的《华严经》抄于尺纸之上，其字细行密之程度，确实是"初看如丝不能识"的，堪称绝技。这几个例子可能存在耸人听闻的夸张修辞，但却可见，小字写卷卷面的细密程度是可能有较大差异的。

综上所述，小字写卷容字量大，这是由其行款特点与合卷抄写的形式共同决定的。小字写卷在长期的传播中，形成了特殊的行款规律，但其具体的每行字数、每纸行数存在一定浮动。因此，在界定小字写卷时，行款虽然是一项重要的指标，但还应该综合考虑其他因素，使用功能则是其中最重要的一项内容。

三、使用

小字写卷容字多，还可合卷抄写，收卷起来自然节省空间。因此，正如前贤一再指出的，小字写卷最显著的特点是便于携带。然而，小字写卷便携，并不仅仅因为相较标准写卷而言这些卷轴往往更小巧。事实

---

① 黄伯思：《东观余论》，北京：人民美术出版社，2010年，第135—136页。
② （清）黄本骥编订：《颜真卿集》，哈尔滨：黑龙江人民出版社，1993年，第522页。

上，在合卷抄写之后，小字写卷未必小巧，如东京国立博物馆藏的唐人细字《法华经（全七卷）》长达 6 米，而一份标准写卷，如 BD00097《法华经》卷七，全长还不到 5 米。因此，在很多时候，小字写卷之便于携带，重点不在"小"，而在卷轴数量少，一轴容纳内容"全"。

前引《南史》载萧钧事中，侍读贺玠问萧钧，既然家中有藏书，为何还要在巾箱中携带五经全帙，萧钧回答："巾箱中有五经，于检阅既易，且一更手写，则永不忘。"① 手写一遍，以助记忆；随身携带，则图其翻检方便。如果能够轻易地携带一部书的全帙，那么就可以在阅读中起到备检、备忘的作用，这才是小字写卷便携的目的。就此而言，流行佛经、常见典籍的小字写卷，与那些小字韵书一样，都具有了"工具书"的属性——它们更多是用来翻检，而非逐字通读的。

值得一提的是，就目前在敦煌文献中见到的旋风装书籍而言，论形式则都是小字写卷，且大都合卷抄写②。旋风装正是一种由检索需要而发展出的装帧形式。譬如 S. 6015 + P. 4924《易三备（拟）》，由林世田、张志清缀合，缀合后得到一份共计七叶的旋风装写本。这份写本由两部分组成，前二叶是《易三备（总序、中备、下备）》，后五叶是《占候验吉凶法》，若不计每行上端卦名、卦划，此卷每行约 29 字。没有抄写《易三备》中理论性较强的《上备》，却将《中备》《下备》与《占候验吉凶法》合抄在一起，显示出这份写本的实用性。也就是说，这份写本对于使用者而言，来并不是帮助其进行义理的学习与思考，而是起到在占卜活动中随时查阅的作用。此外，又如小字书写的 P. 3695 + P. 3696 号《切韵》、前举故宫藏吴彩鸾书《王仁煦刊谬补缺切韵》等

---

① （唐）李延寿：《南史》卷四十一，北京：中华书局，1975 年，第 1038 页。

② 既然是"旋风装"，是否就不能称之为"小字写卷"了呢？就周密《云烟过眼录》的话来看，宋人对旋风装仍然是称"卷"的。正如侯冲所说："由于有底纸，可以自左向右即从尾向首卷成一卷，故即使有叶一百张，仍称为'壹卷'。"（侯冲：《从凤仪北汤天大理写经看旋风装的形制》，载《文献》2012 年第 1 期）

都是旋风装①。后人所见"吴彩鸾"书小字韵书往往是旋风装,《读书敏求记》曾提及季振宜所藏吴彩鸾书《切韵》一卷:"逐叶翻看,展转至末,仍合为一卷,张邦基《墨庄漫录》云'旋风叶'者即此。"② 小字书写、合五卷为一卷,也可反证这是一份小字写卷;需要"逐叶翻看,展转至末",则显示其旋风装的形制。卞永誉《式古堂书画汇考》卷八也著录了一种韵书,旧题"唐女仙吴彩鸾楷书《四声韵帖》"。卞氏云:"徽宗书签,题'韵帖'。共六十叶,每叶面背具书。"由面背具书的形式看,这很可能也是一份旋风装。小字书写与旋风装订二者的具体目的是一致的,即缩减卷子长度,以便于频繁舒卷,这就是二者往往一并出现的根本原因。

小字写卷方便携带,适合备检、备忘,那么另一方面也就具有其缺陷:字细行密,耗损目力,不适合长时间研读。苏轼《题细字〈莲华经〉》就写道:

> 凡世之所贵,必贵其难真,真书难于飘扬,草书难于严重,大字难于结密,小字难于宽绰而有余。今君所藏,抑又可珍,卷之盈握,沙界已周,读未终篇,目力皆废。乃知蜗牛之角可以战蛮触,棘刺之端可以刻木猴。嗟叹之余,聊题其末。③

即便是达到了"宽绰而有余"的小字写卷,也仍然不免使人"读未终篇,目力皆废"。

因此,在写本时代,以小字抄写书籍的文人,与其说是供给他人阅读,不如说是为自抄自用,以助记忆,正如萧钧所说:"一更手写,则

---

① P. 3695 + P. 3696 是同一写本的两个残叶,都是两面抄写,周祖谟认为是册子装,但就残叶的长幅而言,不可能是册子,笔者认为是从同一卷旋风装书籍上掉下的叶子。周说见氏著:《唐五代韵书集存》(北京:中华书局,1983 年,第 809 页)。

② 钱曾原著;管庭芬、章钰校证:《读书敏求记校证》,上海古籍出版社,2007 年,第 252 页。

③ 李之亮笺注:《苏轼文集编年笺注》第 9 册,成都:巴蜀书社,2011 年,第 541—542 页。

永不忘。"不过，萧钧手写五经，王侯士族风靡模仿，只是一时风尚而已，并不是写本时代的常态。一般而言，细字抄书的更多是家贫而好学者，既是迫于条件的无奈行为，也属好学上进之举。如沈麟士，《南齐书》以其"守操终老，读书不倦"而入《高逸传》，传云：

> 遭火，烧书数千卷。麟士年过八十，耳目犹聪明，手以反故抄写，火下细书，复成二三千卷，满数十篑。时人以为养身静默所致。

"手以反故抄写"之"反"，南监本、殿本等作"火"，周一良《读书杂识》据《南史》正作"反"，并指出"反故"是废纸之意①。到宋代，细字抄书仍是贫家子弟所为，《宋故屯田郎中黄府君碑》云：

> 府君少勤学，家贫无书，手写细字五经注疏及文赋数万篇。②

又如北宋柳开的自传《补亡先生传》云：

> 先生乃手书九经，悉以细字写之。其卷大者不过满幅之纸，古谓其巾箱之者亦不过矣。已而诵之，日尽数万言，未尝废忘。③

自己抄书，已经是为了节省买书的费用；以细字抄书，则是为了节省纸张的费用。也因此，小字写卷显示出更强烈的私人写卷的属性。

小字抄写的工具书，自抄自用的例子也很多，除了前举 S. 6015 + P. 4924《易三备（拟）》，省却《易三备》中的"上备"，又附加一部

---

① 周一良：《读书杂识》，收入《周一良集（第 1 卷）》，沈阳：辽宁教育出版社，1998 年，第 350 页。

② （宋）余靖：《宋故屯田郎中黄府君碑》，载曾枣庄、刘琳主编：《全宋文》第 14 册，第 117 页。

③ （宋）柳开撰；李可风点校：《柳开集》卷二，北京：中华书局，2015 年，第 19 页。

《占候验吉凶法》在"下备"之后，无疑是根据实际需要而编订、抄写的。类似的还有 S. 361 号将《书仪镜》与《朋友书仪》合抄，S. 2222号将《周公解梦书》《解梦书》合抄，都是出于实用的目的。白化文《敦煌汉文遗书中有关图书文献资料札记》（1987）一文曾对小字写经做过"上顶天下顶地不空"的描述，但在其《中国佛学院"图书馆学"课程讲稿十篇》（2001）中，这句话则被删掉了①。"上顶天、下顶地"书写的情况，以小字形态抄写的佛经中确实极少见到，但在佛教文样、经抄类文献中却比比皆是，前举 P. 3307、BD06440、BD00076 等都是如此。其中 BD00076《戒缘》卷下虽然抄写在有界格的纸上，但抄写者竟越过天地线抄写。笔者认为，扩大卷子的容字，是这样书写的必要性；而这些小字写卷往往是私人使用的写本，是这样抄写的可能性。

在唐宋时代的宗教生活中，这种私人性质的写卷还扮演了特殊的角色。很多材料都表明，小字抄写的佛经常被置于随身的经筒之中。赞宁《宋高僧传》卷二十四《龙兴寺三刀法师传》就有这样的记录：

> 法师旧名伯连，其为人也强渥而貌恶，且心循良，恒持诵《金刚经》，以筒盛经，佩之于身。②

这样的经筒今天仍然可以看到实物。根据东京国立博物馆网站上提供的高清图片与相关信息，与唐李元惠细字《法华经》一起保存至今的，就有一支白檀木的经筒（图 11）。这支经筒长 31.2cm，径 6.0cm，可垂直一分为二，以便放入经卷。筒底与筒端的内部各有一个宽约 2cm 的凹槽，可用来卡牢轴头，防止较小的卷轴在筒内滚动颠簸，磨损经纸。也由此可知，一支经筒只装一轴写卷。筒底封闭，而筒端留出开口，以便露出悬挂于轴头的书签。这卷唐人小字写卷每行约 32 字，每纸 56 行，

---

① 参看白化文：《敦煌汉文遗书中有关图书文献资料札记》（载《青海图书馆》1987年第3期）、白化文：《中国佛学院"图书馆学"课程讲稿十篇》（载《佛教图书分类法》，北京图书馆出版社，2001年，第91—92页）。

② （宋）释赞宁：《宋高僧传》，北京：中华书局，1987年，第622页。

七卷合为一卷。如果说七卷合为一卷的形式提供了用于随身携带的可能，经筒的存在则坐实了这一点。

图11　东京国立博物馆藏唐李元惠书细字《法华经》经筒

北宋何薳《春渚纪闻》所载的一则《金刚经》灵验记，也提供了小字写卷与经筒一起使用的例子。故事发生在北宋金兵南下期间，沈二公由于梦中受到僧人点拨，与因前世夙怨前来报复的李立，共同度过兵乱。故事中有这样一段情节：

> 沈告以梦，李方叹息，未已，顾案间有佛经一帙，问沈曰："此何经也？"沈曰："是我日诵《金刚经》也。"李曰："汝诵此经何时也？"曰："二十年矣。"李即解衣，取一竹筒，中出细书《金刚经》一卷，指之曰："我亦诵此经五年矣。然我以前冤报汝，汝后复杀我，冤报转深，何时相解！今我不杀汝，与结为义兄弟，汝但安坐，无怖。我留为汝护。"至三日，贼尽，过取资粮、金帛，与之而去。[①]

故事中，沈二公的《金刚经》放在案上书帙内，可能是一卷标准写经；而李立的《金刚经》则是一份小字写卷，放在衣内竹筒中，随身携带。

为什么要随身携带这些写经呢？要回答这个问题，就要了解唐宋时

---

① （宋）何薳：《春渚纪闻》卷二，北京：中华书局，1983年，第21—22页。

期佛教徒诵读佛经的方式。笔者将唐宋时代的佛经阅读分为两种：

其一，为求得义理而进行的学理性阅读。可以《宋高僧传》所述行瑶事为例："（行瑶）年十有二，诵《法华经》，月奇五辰而毕轴。读过《法华经》，再读《维摩诘经》。"由于重在内容的消化吸收，因此学理性阅读的速度不可能太快，是循序渐进，由浅而深的。

其二，为积累功德而进行的供养式阅读。供养式阅读则不求佛法的贯通，但求功德的积累，因此往往长期持诵一部经书，据《宋高僧传》，荆州法性寺惟恭"虽乖僧行，犹勤持诵《金刚经》，罕离唇齿"，扬州禅智寺从审"恒诵《净名经》，未惩日计"①，都属此例。这与法供养的观念盛行，以造经、诵经与冥思、修习等视为同等效力的供养行为有关。②供养式阅读与学理性阅读的差异尤其体现在阅读速度上：荆州白马寺玄奘诵读《法华经》，"日诵七遍"；成都灵池县兰若洪正诵读《金刚般若经》，"日以二十过为准"；荆州公安县释会宗，"日诵《金刚经》三七过"③。行瑶通读《法华经》足足用了一个月，而玄奘竟然每天诵读七遍。一卷的《金刚经》篇幅较小，因此洪正、会宗两位僧人诵读《金刚经》可每日达二、三十遍。这样的诵读任务每天要花去修行者十余个小时，不日以继夜是不可能完成的。而常年以这样的方式诵读一部经书，那么数十年积累下来，诵经的总次数就十分惊人，如台州涌泉寺怀玉，"口通诵《弥陀经》三十万卷"；又如，京兆大兴寺守素，"诵《法华经》三万七千部"④。在家信众需要进行社会生产和其他活动，不可能不舍昼夜地持续诵经，但却接受了这种法供养的观念，也会尽可能地增加其诵经次数。麟德元年（664）《相州邺县万春乡绥德里住段王村刘才□戬才□父生灰身塔志》云：

---

① （宋）释赞宁：《宋高僧传》，北京：中华书局，1987年，第638、640页。

② 《大乘庄严经论》卷第十三云："诸菩萨于大乘法有十种正行：一书写，二供养，三流传，四听受，五转读，六教他，七习诵，八解说，九思择，十修习。"（《大乘庄严经论》，《大正藏》第31册，第658页。）

③ （宋）释赞宁：《宋高僧传》，北京：中华书局，1987年，第615、633页。

④ （宋）释赞宁：《宋高僧传》，北京：中华书局，1987年，第619、633页。

父讳□，字宝文。父存之日，敬造□像一帐，礼十万拜；造
《涅盘经》，读一七遍；造《法华经》，读□九遍；造《维摩经》，
读十四遍；造《金刚般若经》并《论》，读廿一遍。右并父自造，
父□后，才戡等息，为父敬造《楞伽》、《地论》，各转二遍。今所
造功德，具录如前。①

可见，诵读的次数，与造经的卷数一样，已成为所做功德的量化表达。
在信徒死去的时候，这些数据将计入他轮回旅程的档案。由此可以理
解，在《春渚纪闻》那则故事里，李立和沈二公说起诵读《金刚经》
的事情时，何以特别谈及各自读《金刚经》的时间。一定的读经时间
就意味着一定的读经次数，意味着功德的多少。两人所交流的其实是各
自诵经的功德。

事实上，研读佛典本身就是修行活动，属于法供养的范畴。所谓的
学理性阅读与供养式阅读，最初并不矛盾。如果对比《高僧传》《续高
僧传》《宋高僧传》三部书的"诵经篇"或"读诵篇"，会发现，片面
追求读经次数的供养式阅读是逐渐形成的。《高僧传》同样表彰诵经不
辍的行为，然而这时候以诵经闻名的僧人如昙邃，"诵《法华经》，常
一日一遍"，又如超辩"诵《法华经》，日限一遍"，僧侯"诵《法
华》、《维摩》、《金光明》，常二日一遍，如此六十年"②。比起《宋高
僧传》中的情况，这些僧人似乎都"太不努力"了。到《续高僧传》
的时代，诵读速度突然提升起来：宝相"六时礼悔四十余年，夜自笃课
诵《阿弥陀经》七遍"，宝琼"读诵《大品》两日一遍"，《大品般若
经》有二十七卷之巨，两日一遍的速度还是很快的。又，遗俗"唯诵
《法华》为业，昼夜相继，乃数千遍"、慧超"诵《法华》五十余年万

---

① 周绍良、赵超主编：《唐代墓志汇编续集》，上海：上海古籍出版，2001 年，第 145
年。

② （南朝梁）释慧皎：《高僧传》，北京：中华书局，1992 年，第 458、471、472 页。

有余遍"①，这些数据已经十分可观，是《高僧传》时代难以想象的了，然而比起《宋高僧传》京兆大兴寺守素"诵《法华经》三万七千部"一类的记录，似乎还是小巫见大巫。笔者认为，随着唐代佛教信仰日益大众化，为了积累功德而进行的诵经活动逐渐发展为一种近乎狂热的宗教行为。

正是在这种狂热的诵经活动中，小字写卷流行起来。因为这种供养式阅读片面追求通读一部佛典的遍数，才需要便于携带、可合全帙为一卷的小字写卷，以便随时读诵。也因为这是一种"反智"的阅读，小字写卷才主要抄写一般的流行佛经，字小行密、耗费目力的缺点也可以被接受了。可见，小字写卷的流行，主要是佛教大众化、功利化的结果。

苏辙《赠石台问长老二绝》描述了一位常年诵读小字《法华经》的奇人，其叙云：

> 石台长老问公，本成都吴氏子，弃俗出家，手书《法华经》，字细如黑蚁，前后若一，将诵之万遍，虽老而精进不倦，胁不至席者二十有三年。②

就其叙文与两首诗来看，苏辙对这位石台长老是钦仰赞许的，然而乃兄苏轼却似乎有所保留。在因此事而写给苏辙的诗中，苏轼这样说：

> 眼前扰扰黑蚍蜉，口角霏霏白唾珠。要识吾师无碍处，试将烧却看瞑无。③

---

① （唐）释道宣：《续高僧传》，北京：中华书局，2014 年，第 1190、1180、1188、1176 页。

② （宋）苏辙：《栾城集》卷第十二，上海：上海古籍出版社，1987 年，第 282 页。

③ （宋）苏轼：《子由作二颂，颂石台长老问公手，写莲经字如黑蚁，且诵万遍，胁不至席二十余年。予亦作二首》其一，收入李之亮笺注：《苏轼文集编年笺注》第 11 册，成都：巴蜀书社，2011 年，第 235 页。

在苏轼看来，石台长老终日诵读的信仰活动过分倚恃经书本身，而不能将之上升到义理层面，成为自己的精神资源，所以才有末句"烧经书"的调侃。可见在宋代，知识精英对这种片面追求数量的诵经和造经行为、功利化的狂热信仰是态度不一的。当社会对这种狂热的诵经行为逐渐缺乏认可与宽容的时候，小字写卷也就告别了它的黄金时代。

不仅诵读佛经，而且抄写佛经也是一种功德，因此我们在小字写卷中看到很多血书、泥金的经书。前举宋代僧人居简《北磵文集》卷七有一篇小字《华严经》的跋文，这部经就是龙门佛眼和尚所血书。此外，文集卷六还有一篇《强斋高使君金书诸经赞》，赞文云：

> 淀蓝蘸楮，屑金作字。……目如心明，作蝇头书。于一蝇头，分可为二。尘毛太华，弗巨弗细……①

清代官修《秘殿珠林》卷六也著录了一份贮藏于乾清宫的北宋小字写卷，题为"宋李廷义书《法华经》一卷"，则也是合七卷为一卷的抄法：

> 磁青笺本泥金细楷书。款云："杭州大中祥符寺前写，圣教李廷义书。"经文前泥金画佛像，每像上俱有泥金书佛号，像后识云："劝缘受菩萨戒弟子朱仁厚、王贵实等，谨募四众，共率净财，写金书小字《妙法莲花经》一部。"②

这些小字写卷被抄写好后，并不被用于阅读。宋杨延龄《杨公笔录》云：

---

① （宋）释居简：《北磵文集》，台湾商务印书馆影印文渊阁《四库全书》本，1983年，叶二十一背。

② （清）张照等编：《秘殿珠林》，台湾商务印书馆影印文渊阁《四库全书》本，1983年。

越州法华山天衣寺，有梁举禅师金镂袈裟、玻璃钵，晋飞云大师昙翼真身，娄约禅师红银无底澡瓶，智者禅师刺血书小字《法华经》。予元丰中作尉山阴，屡往观之。①

这部刺血书小字《法华经》与各种法器一起存放，说明其身份不再是读物，而是供养物。此外，1954、1955 年从日本清凉寺木造释迦立像胎内所发现的珍贵文物中，也有小字《法华经》与小字《金光明最胜王经》。据像内纳入文书《入瑞像五脏具记舍物注文》，这两份写本则是日僧所舍的佛经与入宋僧奝然在台州所得的各种文物一起，被供养在木像胎内②。作为被抄写、流通和供养的对象，佛经的小字写卷和标准写卷在宗教生活中逐渐扮演起相同的角色，其便携性、容字量大等特点也就不再具有实用意义了。

笔者认为，小字写卷主要是私人性的，多自抄自用。既然是自抄自用，行款上便不必拘泥于标准写卷的形式，可以细书密行，可以合卷抄写，因此容字量较大，便于携带书籍全帙，常用于备检、备忘；基于这种基本功能，又受到佛教法供养观念的影响，这种写卷逐渐用于佛经的供养式诵读，常为佛教信徒随身携带，这是其衍生功能；而随着小字佛经的进一步供养物化，原本的使用功能逐渐丧失，便于携带、容字量大的特点也就丧失了实用性。事实上，宋代以后关于小字写卷的文献记载，基本上只关注其书法、文物价值，而原本具有的实用功能已然湮没无闻。宋周必大《文忠集》中记载其在秘阁观书时看到的一份小字写卷，他这样描述：

又观唐人细书《法华经》，卷轴甚小，织成佛像，以为引首，

---

① （宋）杨延龄：《杨公笔录》，收入《全宋笔记》第一编第 10 册，郑州：大象出版社，2003 年，第 150 页。

② 苌岚：《7—14 世纪中日文化交流的考古学研究》，北京：中国社会科学出版社，2001 年，第 309 页。

其精巧非近世所能为也。[①]

似乎卷轴之小，仅仅是为了"精巧"。清卞永誉《式古堂书画汇考》著录一份吴彩鸾书《切韵》，所关注的也是后人所补数叶的书法"气韵肥浊，不相入"。王士禛《古夫于亭杂录》记载一部元人泥金细书《金刚经》，所强调的则是"工妙不减二王"[②]。宋代以后关于小字写卷的著录与描述，主要见于书画目录或文集中的书画题跋，说明小字写卷最终是以书法艺术品的形象被谈论的。

大概由于小字写卷长期被传统文人以"唐人写经"这种书法史视角来关照，现代学者才会自然而然地称之为"小（细）字写经"。本文沿袭藤枝晃从古文书学角度提出的"小字写卷"这一概念，努力廓清其外延，探讨其内涵，就是希望通过重新命名，来凸显视角的转换，强调其具体的社会功能属性，而非书法或行款特点。

写本文献所涉内容与外部形式等方面的特点，往往都是由其具体的使用功能所决定的。小字写卷就源于人们对便于翻检和携带的书籍的实际需要，这不仅决定了其字小行密、容字量大的特点，也决定了是那些流行、常用、大众化的书籍更多地采用这种形式。小字写卷在我们面前展现出的绝不仅仅是蝇头小字，更重要的是唐宋时代社会与宗教生活中一个具体、生动的场景。

补记：

本文原发表于《北京大学中国古文献研究中心集刊（第 14 辑）》（北京：北京大学出版社，2015 年 8 月）。此次发表对部分表述和脚注内容作了修正补充，也订正了一些明显的编辑错误。

---

① （宋）周必大：《文忠集》卷一百八十一，台湾商务印书馆影印文渊阁《四库全书》本，1983 年。

② （清）王士禛：《古夫于亭杂录》卷二，北京：中华书局，1988 年，第 50 页。

文本、 图像与音乐
——敦煌壁画观无量寿经变的音乐范式表现

刘文荣

（南京艺术学院流行音乐学院）

摘要：敦煌壁画以绘画图像的形式集中保存了古代音乐文化及历史信息，进行敦煌壁画乐器的系统研究对中国古代音乐史、中国古代乐器发展史等均具有极为重要的价值。

观无量寿经变为敦煌壁画音乐内容表现最多的经变之一，其出现有大量的音乐信息。本文以敦煌壁画艺术表现与宗教思想关系关联研究入手，对《观无量寿经变》中的音乐史料属性、佛教经典与壁画经变艺术表现属性、宗教属性展开了多重视域的考察，对《观无量寿经变》中出现的音乐图像进行了历史、宗教及艺术的阐释。同时，对《观无量寿经变》中的乐器出现内容与乐队组合的比较为例，对《观无量寿经变》中乐队的乐器配置使用，乐器的总体布局，音乐意象的蕴涵作出说明。

关键词：观无量寿经；观无量寿经变相；净土；迦陵频伽；乐器；意象

一、《观无量寿经》中的音乐书写及其内涵

《观无量寿经》为净土宗重要经典，净土宗因专修往生阿弥陀佛净土法门，故以为名。净土宗由唐善导创立并渐臻宗义与行仪，《观无量寿经变》与《无量寿经》《阿弥陀经》及世亲《往生论》为净土宗"三经一论"，以修持者念佛行业为内因，以阿弥陀佛的愿力为外缘，

以达到往生西方极乐世界。《观无量寿经变》为净土三经最后结尾的一部，强调在修持净土的过程中，通过内心的专心观想净土世界庄严殊胜景象来达到修行的目的，共有16种，亦称十六观，即对于西方极乐净土世界的美妙景象。

《观无量寿经》梵文原本早佚，汉译是南朝刘宋元嘉年中（424—442）畺良耶舍所译。唐代敦煌壁画出现有大量的观无量寿经变，《观无量寿经》所描绘幻化的天国世界、楼台亭阁、妙音供养与欢乐景象，表现了唐代高超的壁画艺术手法，再现了唐代乐舞兴盛的时代风貌。

敦煌壁画《观无量寿经》音乐的描绘主旨亦是通过"观想"的手段和途径，实现往生极乐世界的目的。《观无量寿佛经》亦是主要教习如何通过十六观想忆念阿弥陀佛，从而往生西方极乐世界，而描绘的音乐内容亦是西方极乐世界的主要构成与幻化场景。

以变相形式在敦煌壁画中表现的《观无量寿佛经》主要构图方式是西方净土世界、未生怨、十六观以及"九品往生"组合，壁画中间主要绘西方三圣、西方净土世界，两侧一般多为立轴式的长条画面，分别表现十六观与未生怨，下部绘九品往生。

观无量寿经变音乐内容的出现，主要在主宗绘制西方净土世界画面的上方，具体亦指华殿宝幢上方出现的无量天女演奏乐器、不鼓自鸣构成描绘的音乐祥和气象以及下部描绘的乐队伴奏、迦陵频伽、双命鸟音乐演奏。敦煌壁画中《观无量寿佛经变》出现音乐的描绘从侧面亦能反映唐代音乐现实生活场景，故敦煌壁画中《观无量寿佛经变》亦具有重要的音乐史料认识价值。

敦煌唐代净土宗壁画中，观无量寿经变、无量寿经变、阿弥陀经变均有大量的表现。分析三者壁画构成，观无量寿经变与无量寿经变、阿弥陀经变的主要区别在于，除壁画正中同绘净土世界之外，通常在正中画面两侧以条幅的形式绘制出"未生怨"与"十六观"的内容。未生怨即"序品"为始，在讲述瓶沙王太子阿阇世身世后，佛即告她用十六种摆脱尘世烦恼而达到极乐境界的方法，即"十六观"，分别为：日想观、水想观、真身观、观音菩萨观、宝楼观、华座观、普想观、杂想观、上辈生想观、中辈生想观、下辈生想观。"十六观"是《观无量寿经》的主要思想，亦是与《无量寿经》《阿弥陀经》相比，有了更为明确的修行方式与途径。

观无量寿经变的构图方式，除初唐431窟是以横卷式绘制十六观与未生怨外，盛唐以后观无量寿经变的构图逐渐定型，即画面中心主体部位绘制"净土世界"，中心两边绘制十六观与未生怨。

盛唐时，无量寿经绘制减少，观无量寿经变持续兴盛，在同一洞窟里有多壁面的绘制。如莫高窟171窟东、南、北三壁全为绘制观无量寿经变，172窟南、北二壁亦绘制观无量寿经变。下面以172窟为例说明。

莫高窟172窟建于盛唐，窟顶形制为覆斗形，西壁开一龛，龛内塑一佛二弟子二菩萨二天王。窟顶绘团花凿井，四周绘千佛，南北两壁各绘观无量寿经变。分绘于南北两壁的观无量寿经变为该窟的主要内容，亦是艺术表现最为精湛的地方。由于画师的高超壁面设计布局与绘画技艺，相同佛典在同一洞窟经变中不重复绘制，表现内容丰富多彩，且极富创造性，对我们考察经变文与绘画艺术的关联、佛典《观无量寿经》与观无量寿经变直观表现的关联考察、不同观无量寿经变构图方式与构图内容的异同提供了最好的视角与窗口。南北两壁《观无量寿佛经变》的总体布局是中以西方净土为主，两侧为对联式的立轴画，分别绘《未生怨》和《十六观》。仅以172窟南壁两壁观无量寿经变十六观之日想观（图3—图5）的构图、绘制手法、意境作比较有较大的差异，既有落于远方，又有消失在崖旁，体现出画师高超的艺术表现手法。观无量寿经变主幅净土世界中音乐构成，上方常为不鼓自鸣，下方有迦陵频伽与乐队演奏（整体图见图1、图2、图6、图7）。148窟如图8所示亦是，此容下文详解。

图1 172窟北壁《观无量寿经变》整体布局

图2 172窟南壁《观无量寿经变》整体布局

图3 172窟南壁《观无量寿经变》十六观之日想观与不鼓自鸣腰鼓

图4 172窟北壁《观无量寿经变》十六观之日想观与不鼓自鸣琵琶、排箫等乐器

图5 172窟北壁《观无量寿经变》日想观青绿山水绘法

图6 172窟南壁《观无量寿经变》净土世界与十六观

图7　172窟北壁《观无量寿经变》乐队

图8　148东壁观无量寿经变主体净土世界与南侧条幅的十六观

二、观无量寿经变的音乐图像表现形式与佛经的关系

下以壁画构成由上而下分析：

（一）不鼓自鸣

壁画上部常出现不鼓自鸣乐器，为《观无量寿经》十六观描写之第二观之体现。《观无量寿经》载："佛告阿难及韦提希：初观成已，

次作水想……悬处虚空，成光明台。楼阁千万，百宝合成，于台两边，各有百亿花幢，无量乐器，以为庄严。八种清风从光明出，鼓此乐器，演说苦、空、无常、无我之音，是为水想，名第二观。"①

　　经虽此云，但在敦煌壁画观无量寿经变水观想中不为此绘制，而是在净土庄严相的上方绘制不鼓自鸣，如下所示：

图9　217窟北壁《观无量寿经变》不鼓自鸣乐器（西侧）

　　亭台楼阁之上，腰鼓、琵琶、方响、琵琶等乐器系于飘带，凌空漫音，亦即"楼阁千万，百宝合成，于台两边，各有百亿花幢，无量乐器，以为庄严"。飘带飞舞，极富动感，亦即"八种清风从光明出，鼓此乐器，演说苦、空、无常、无我之音"。图9、图10、图11、图12亦当如是。

图10　217窟北壁《观无量寿经变》不鼓自鸣乐器（东侧）

①　《佛说观无量寿佛经》，《大正藏》第12册，第342页，上。

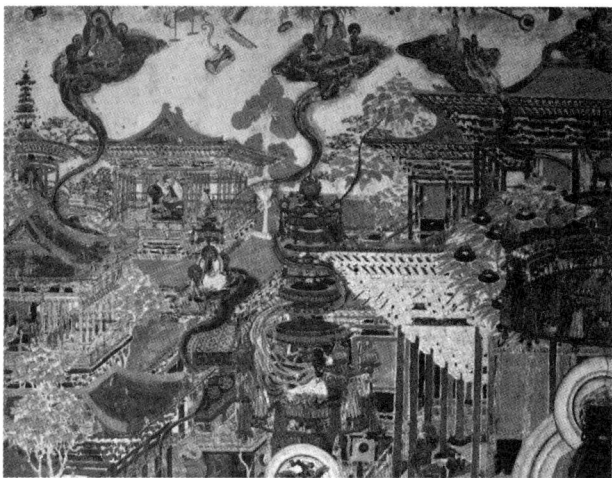

图 11　172 窟南壁《观无量寿经变》不鼓自鸣

图 12　172 窟北壁《观无量寿经变》不鼓自鸣（西侧）

即如不鼓自鸣与十六观的分隔绘制（图 13、图 14）。

图 13　172 窟北壁《观无量寿经变》不鼓自鸣与左侧绘制十六观（东侧）

图 14　217 窟北壁《观无量寿经变》不鼓自鸣乐器与左侧的十六观

在敦煌壁画的绘制中，十六观与未生怨亦常在《观无量寿经变》主体净土世界的两侧对称绘制，如下：

图 15　217 窟北壁《观无量寿经变》不鼓自鸣乐器与右侧的未生怨

再如 148 窟《观无量寿经变》主体净土世界之上不鼓自鸣左右两侧的未生怨与十六观（图 16、图 17）。

图 16　148 窟东壁门南观无量寿经变不鼓自鸣与十六观（南侧）

图 17　148 窟东壁门南观无量寿经变不鼓自鸣与未生怨（北侧）

再如 45 窟《观无量寿经变》主体净土世界之上不鼓自鸣左右两侧的未生怨与十六观（图 18、图 19）。

图 18　45 窟北壁《观无量寿经变》不鼓自鸣乐器（西侧）与十六观

图 19　45 窟北壁《观无量寿经变》不鼓自鸣乐器（东侧）与未生怨

除在第二观中有不鼓自鸣外，第六观亦有如是记载："众宝国土，一一界上，有五百亿宝楼。其楼阁中，有无量诸天，作天伎乐。又有乐器，悬处虚空，如天宝幢，不鼓自鸣。此众音中，皆说念佛念法念比丘僧。此想成已，名为粗见极乐世界宝树宝地宝池，是为总观想，名第六观。"第六观为"宝楼观"，同在观经中涉"不鼓自鸣"所载，在壁画中"不鼓自鸣"的绘制与同载的"水想观"所比更为贴近。但是在敦煌壁画中通常的绘制中，十六观分别在不鼓自鸣主体净土庄严宝相的两侧。即如上图所见，亦如在 320 窟北壁《观无量寿经变》中的表现（图 20）。

在净土三宗中《观无量寿经》晚于《无量寿经》和《阿弥陀经》的形成，特别是在观无量寿经变兴盛之后，观无量寿经变比无量寿经变和阿弥陀经变得到了更为流行的发展。

特别是盛唐以来，敦煌壁画观无量寿经变的绘制中融合了阿弥陀经变和无量寿经变，所以在中间净土世界宝相中既有阿弥陀经的内容，也有无量寿经的内容，只不过是两边的十六观与未生怨，体现了观无量寿经变的主体思想。

图20　320 窟北壁《观无量寿经变》左右十六观未生怨、不鼓自鸣、乐队

在敦煌壁画中观无量寿经变中间主体大幅的无量寿佛国净土庄严宝相画面及构图与阿弥陀经变极为相似。

故在观无量寿经变绘制净土世界的楼阁上可以看到大量的不鼓自鸣乐器，此《阿弥陀经》亦有载："楼阁千万，百宝全成。于台两边，各有百亿华幢、无量乐器、以为庄严。八种清风从光明出，鼓此乐器，演说苦空无常无我之音。"① 此与《观无量寿经》第二观"水想观"音乐部分经载一致。

另在观无量寿经变绘制净土世界的宝幢上可以看到大量的不鼓自鸣乐器，体现了宝幢与不鼓自鸣蕴含的紧密关系，云："名曰宝幢，身雨七宝，散宫墙内。——宝珠化成无量乐器，悬处空中不鼓自鸣。"

图21　172窟北壁观无量寿经变宝幢上方飞天

图22　172窟北壁观无量寿经变宝幢上方乐器演奏

---

① 《阿弥陀经疏钞》卷二，《续藏经》第22册，第640页，中。

图23　172窟北壁观无量寿经变宝幢上方不鼓自鸣箜篌、拍板与飞天（局部）

图24　172窟南壁观无量寿经变楼阁上方不鼓自鸣筝、排箫等乐器（局部）

　　《弥勒上生经》所云司乐天神之宝幢，而兜率净土中天宫的描绘，净土庄严为诸天说法之高幢之上天宫，《佛本行集经》云："时兜率陀有一天宫，名曰高幢，纵广正等，六十由旬。"①《普曜经》载："其兜率天有大天宫，名曰高幢，广长二千五百六十里。"②《佛说观弥勒菩萨上生兜率天经》载："尔时兜率陀天上……时诸天子作是愿已。是诸宝冠化作五百万亿宝宫，一一宝宫有七重垣，一一垣七宝所，一一宝出五百亿光明，一一光明中有五百亿莲华，一一莲华化作五百亿七宝行树，一一树叶有五百亿宝色，一一宝色有五百亿阎浮檀金光，一一阎浮檀金光中出五百亿诸天宝女，一一宝女住立树下，执百亿宝无数璎珞，出妙

---

①　《佛本行集经》卷六，《大正藏》第3册，第680页，中。
②　《普曜经》卷一，《大正藏》第3册，第486页，下。

音乐。"①

弥勒信仰的兜率天宫抑或净土天宫，在经变绘制之净土天宫，曼妙音乐是重要的组成部分。故净土之《阿弥陀经》云："西方佛净土，从来有异禽；翻翾呈瑞气，嘹亮演清音……音律清冷能婉转，好韵宫商申雅调，高著声音唱将来。"《佛说阿弥陀经讲经文》亦载："化生童子见飞仙，花落空中左右旋。微妙歌音云外听，尽言极乐胜诸天……化生童子舞金钿，鼓瑟箫韶半在天。舍利鸟吟常乐韵，迦陵齐唱离攀缘。"②

除弥勒净土外，其时净土世界音乐构成在诸多经典以及宗派中有同样表现，《大宝积经》中《无量寿如来会》佛国净土音乐世界如是描写："彼极乐界其地无海而有诸河，河之狭者满十由旬，水之浅者十二由旬，或二十三十乃至百数，或有极深广者至千由旬。其水清冷具八功德，浚流恒激出微妙音，譬若诸天百千使乐，安乐世界其声普闻。"③《佛说无量寿经》中佛国净土音乐世界描写到："清风时发，出五音声。微妙宫商，自然相和。"④

再将观经与阿经作一比较，《观无量寿经》载："无量乐器悬处于空，不鼓自鸣，或林或幢皆悬乐器，悉自和鸣。"《阿弥陀经疏》载："无量乐器常悬在天，不鼓自鸣。又随物有处，或舍或林，皆悬乐器，悉自和鸣，随众生意，皆奏法音，无非法声，人天闻者，俱发道意。"⑤

观无量寿经变主体净土宝相世界音乐的描绘与阿弥陀经有共通性，换言之，亦可以说在观无量寿经变中主体净土世界音乐的描绘兼容并创造性地表现了阿弥陀经净土音乐的世界。

通过将观经与其它经典以及宗派音乐世界描写进行比较，发现有众多共同的表现，不鼓自鸣曼妙乐音即是如此。

净土世界中的音乐构成，除无量乐器不鼓自鸣外，亦即本文所论观

① 《佛说观弥勒菩萨上生兜率天经》，《大正藏》第14册，第419页，上。
② P. 2122《佛说阿弥陀经讲经文》，任中敏编著；何剑平、张长彬校理；王小盾、陈文和主编：《敦煌歌辞总编》中，南京：凤凰出版社，2014年，第698页。
③ 《大宝积经》卷十八，《大正藏》第11册，第96页，下。
④ 《佛说无量寿经》卷一，《大正藏》第12册，第270页，下。
⑤ 《阿弥陀经疏》，《大正藏》第37册，第320页，中。

无量寿经变主体净土世界宝相上不鼓自鸣外，即如《阿弥陀经》所描述的："众宝国土，一一界上，有五百亿宝楼。其楼阁中有无量诸天作天伎乐。又有乐器悬处空中，如天宝幢，不鼓自鸣。"

故在敦煌观无量寿经变主体净土世界构成中亦如《阿弥陀经》所云见大量的迦陵频伽奏乐、化生童子奏乐等，兹容下文详解。

（二）迦陵频伽伎乐

在敦煌壁画观无量寿经变主体净土宝相世界中常绘制有迦陵频伽，净土经之一《阿弥陀经》有云："复彼国常有种种奇妙杂色之鸟：白鹤、孔雀、鹦鹉、舍利、迦陵频伽、共命鸟。是诸众鸟昼夜六时出和杂音，其音演畅，五根五力，七菩提分八圣道分，如是等法。其土众生闻是音已，皆悉念佛、念法、念僧。舍利弗！汝勿谓此鸟实是罪极所生，所以者何？彼佛国土无三恶趣。舍利弗！其佛国土尚无三恶道之名，何况有实！是诸众鸟，皆是阿弥陀佛欲令法音宣流变化所作。"① 以迦陵频伽演绎微妙悦耳之音，方便阿弥陀佛教化众生。

迦陵频伽，梵语 Kalaviṅka 译音，意即美音鸟、妙音鸟。《长阿含经》载："菩萨生时，其声清彻，柔软和雅，如迦陵频伽。"② 慧琳《一切经音义》有载："迦陵频伽，此云美音鸟，或曰妙声鸟，此鸟本出雪山，在卵中能鸣，其音和雅，听者无厌也。"③ 在经典中．经常以其鸣声来譬喻佛菩萨的妙音。《佛本行集经》卷二载："彼阁浮城常有种种微妙音乐，所谓钟、铃、蠡、鼓、琴、瑟、箜篌、竽箫、笛箫、琵琶、筝、笛，诸如是等种种音声。复有无量微妙鸟音，所谓鸜鹆、鹦鹉、孔雀、拘翅罗鸟、命命鸟等无量无边种种诸鸟，皆出微妙殊异音声，无时暂息。"④《佛本行集经》卷五载："复有无量种种飞鸟，所谓鹦鹉，及拘翅罗、鸜鹆、孔雀、迦陵频伽、命命鸡鹧、山鸡白鹤、遮摩

① 《佛说阿弥陀经》，《大正藏》第 12 册，第 347 页，上。
② 《长阿含经》卷一，《大正藏》第 1 册，第 6 页，上。
③ 《一切经音义》卷二十三，《大正藏》第 54 册，第 456 页，下。
④ 《佛本行集经》卷二，《大正藏》第 3 册，第 660 页，下。

迦鸟，及兰摩等一切杂鸟。"①《正法念处经》："多有白象、迦陵频伽，出妙音声。如是美音，若天若人，若紧那罗，若阿修罗，无所及音，唯除如来。"②《法华经》载："山川岩谷中，迦陵频伽声，命命等诸鸟，悉闻其音声。"③《大宝积经》载："尔时世尊，当入城时，复有无量，异类诸鸟，鹦鹉孔雀、迦陵频伽，观佛如来，殊胜功德，于虚空中，欢喜游戏，皆出种种，微妙音声。"④《楞严经》卷一载："迦陵仙音，偏十方界，佛声和雅，众所爱乐，听之无厌，如迦陵频伽在于卵鸣胜余鸟，故堪喻佛声。此鸟非常，故云仙也，遍十方界者，显其圆义。如来梵音，于诸相中最为胜故。"⑤

在敦煌壁画中，迦陵频伽主要出现于净土宗经变相中，为净土极乐世界之鸟。换言之，迦陵频伽美音鸟是净土宗经变壁画的重要组成与重要标识之一。

敦煌壁画观无量寿经变中迦陵频伽常立于乐队之旁演奏乐器。如下图所示。

图 25　172 窟南壁《观无量寿经变》迦陵频伽

---

① 《佛本行集经》卷五，《大正藏》第 3 册，第 675 页，中
② 《正法念处经》卷六十八，《大正藏》第 17 册，第 403 页，中。
③ 《妙法莲华经》卷六，《大正藏》第 9 册，第 48 页，中。
④ 《大宝积经》卷三十三，《大正藏》第 11 册，第 185 页，中。
⑤ 《首楞严义疏注经》卷一，《大正藏》第 39 册，第 829 页，中。

图26　171窟北壁《观无量寿经变》迦陵频伽、不鼓自鸣

图27　45窟北壁《观无量寿经变》　　图28　法国吉美博物馆藏敦煌藏经
迦陵频伽（东侧）　　　　　　洞出迦陵频伽绢画摹本①

　　172窟观无量寿经变迦陵频伽演奏笙、竿篥、排箫、横笛等乐器，此外，亦绘制有鹦鹉、仙鹤、孔雀、鸽等鸟禽闻乐起舞。正是《阿弥陀经》所云："复彼国常有种种奇妙杂色之鸟：白鹤、孔雀、鹦鹉、舍

————————

　　①　史敦宇、欧阳琳、史苇湘、金洵瑨绘：《敦煌舞乐》，兰州：敦煌文艺出版社，2018年，第189页。

利、迦陵频伽、共命鸟。是诸众鸟昼夜六时出和杂音，其音演畅。"

图29　172窟观无量寿经变迦陵频伽摹本①

图30　12窟南壁观无量寿经变迦陵频伽演奏琵琶、排箫、拍板乐器

（三）乐队组合

敦煌唐代经变壁画中出现了大量的乐队组合，是敦煌壁画音乐史料价值的重要体现，其中以观无量寿经变中的乐队组合尤为丰富，具有代表性。下以鼗鼓与鸡娄鼓的兼奏在观无量寿经变中的表现为例，对乐队中反映出的音乐史料价值作更为详细的解读。

随着初唐九部乐、十部乐的设置以及大量西域胡乐的进献，左手播鼗，左臂腕托鸡娄鼓，右手拍击或持杖而击之的兼奏形式在敦煌初唐窟

_____

　　①　史敦宇、欧阳琳、史苇湘、金洵瑢绘：《敦煌舞乐》，兰州：敦煌文艺出版社，2018年，第79页。

得到了大量的表现。

如以鼗鼓与鸡娄鼓的兼奏为例，伴随着观无量寿经变在莫高窟中的绘制，自初唐窟始，直至盛唐、中唐、晚唐，大量有见鼗鼓与鸡娄鼓兼奏，常见的演奏形态是左手持鼗而播，左掖下夹或左臂弯夹鸡娄鼓体，右手持杖而击之（如图 31、图 32）。此正是史籍所载"后世教坊奏龟兹曲用鸡娄鼓，左手持鼗牢，腋挟此鼓，右手击之，以为节焉"①，并出现于敦煌莫高窟的图像印证。

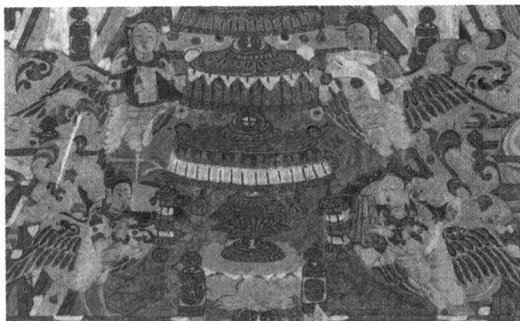

图31 45 窟北壁《观无量寿经变》乐队（东侧）

图32 45 窟北壁《观无量寿经变》鼗鼓与鸡娄鼓兼奏（局部）

图33 172 窟北壁《观无量寿经变》鼗鼓与鸡娄鼓兼奏不鼓自鸣

图34 45 窟北壁《观无量寿经变》迦陵频伽与乐队（西侧）

① （元）马端临：《文献通考》卷一百三十六《乐考九》，北京：中华书局，1986 年，第 1208 页。

图 35　217 窟北壁《观无量寿经变》乐队（东侧）

除在初唐见于 205 窟、334 窟主室北壁净土宗之阿弥陀经变中外，自盛唐起，敦煌壁画观无量寿经变中出现了大量与音乐历史发展相符的鸡娄鼓与鼗鼓兼奏图（据笔者考察见下）：

年代	窟号	位置	经变	备注
盛唐	45	主室北壁	观无量寿经变	
盛唐	148	主室东壁门南	观无量寿经变	
盛唐	172	主室南壁	观无量寿经变	
中唐	112	主室南壁	观无量寿经变	
中唐	126	主室北壁	观无量寿经变	
中唐	180	东壁门北	观无量寿经变	
中唐	197	主室北壁	观无量寿经变	
中唐	201	主室南壁	观无量寿经变	
中唐	231	主室南壁	观无量寿经变	
晚唐	12	主室窟顶南披	观无量寿经变	
		主室南壁	观无量寿经变	
晚唐	18	主室南壁	观无量寿经变	
晚唐	177	主室西壁	观无量寿经变	

鼗鼓与鸡娄鼓的兼奏为龟兹乐的重要表现形式，西域龟兹音乐进入中原朝廷以"乐部"的形式产生重要影响主要在初唐前的隋代。隋历

二世，但王室皆好西域音乐。文帝时"太常雅乐，并用胡声"①，文帝"颇好音乐，常倚琵琶作歌二首"，②文帝作歌所倚琵琶其实已为曲项四弦梨形琵琶，此正是曲项的龟兹琵琶，克孜尔等石窟有大量绘制，莫高窟隋代洞窟中也出现有大量的西域式曲项四弦梨形琵琶。至炀帝时，对西域胡乐更为追求。《隋书·西域传》载："炀帝时，遣侍御史韦节、司隶从事杜行满使于西蕃诸国……史国得十舞女……帝复令闻喜公裴矩于武威、张掖间往来以引致之。"③而且"金石匏革之声，闻数十里外。弹弦擫管以上，万八千人……百戏之盛，振古无比。自是每年以为常焉"④。大业五年（609），隋炀帝西巡河西，"西蕃胡二十七国，谒于道左，皆令佩金玉，披绵罽，焚香奏乐，歌舞喧噪，迎候道左"⑤。有隋一朝在敦煌修建的 70 余个洞窟中，其中与音乐有关的洞窟就有 52 个之多。隋室开放并蓄，积极接纳外族散乐的态度，使隋代在其短暂的执政时间里，音乐文化获得了巨大的发展。此亦直接导致隋开皇初，始置了"七部乐"⑥，炀帝时增设至"九部乐"⑦，至此，龟兹、疏勒等西域音乐大演于中原隋廷。

　　隋七部乐、九部乐之龟兹乐的演奏中均出现有鸡娄鼓。《隋书·音乐志》载："龟兹……其乐器有竖箜篌、琵琶、五弦……鸡娄鼓、铜拔、贝等十五种。"⑧并且，在"开皇中，其器大盛于闾阎"⑨。

---

①　（唐）魏征等：《隋书》卷十五《音乐志下》，北京：中华书局，1973 年，第 345 页。

②　（唐）魏征等：《隋书》卷十五《音乐志下》，北京：中华书局，1973 年，第 347 页。

③　（唐）魏征等：《隋书》卷十五《音乐志下》，北京：中华书局，1973 年，第 1844 页。

④　（唐）魏征等：《隋书》卷十五《音乐志下》，北京：中华书局，1973 年，第 381 页。

⑤　（唐）魏征等：《隋书》卷六十七《裴矩传》，北京：中华书局，1973 年，第 1580 页。

⑥　《隋书·音乐志》载："始开皇初定令，置七部乐：一曰国伎，二曰清商伎，三曰高丽伎，四曰天竺伎，五曰安国伎，六曰龟兹伎，七曰文康伎。"参见（唐）魏征等：《隋书》卷十五《音乐志下》，北京：中华书局，1973 年，第 376 页。

⑦　《隋书·音乐志》载："及大业中，炀帝乃定清乐、西凉、龟兹、天竺、康国、疏勒、安国、高丽、礼毕，以为九部。乐器工衣创造既成，大备于兹矣。"参见（唐）魏征撰：《隋书》卷十五《音乐志下》，北京：中华书局，1973 年，第 377 页。

⑧　（唐）魏征等：《隋书》卷十五《音乐志下》，北京：中华书局，1973 年，第 378—379 页。

⑨　（唐）魏征等：《隋书》卷十五《音乐志下》，北京：中华书局，1973 年，第 378 页。

在隋九部乐中的疏勒乐中亦出现有鸡娄鼓。《隋书·音乐志》载："疏勒……乐器有竖箜篌……鸡娄鼓等十种，为一部，工十二人。"[①] 疏勒乐中除笙、毛员鼓、都昙鼓、铜拔、贝乐器外，其余与龟兹乐皆同。

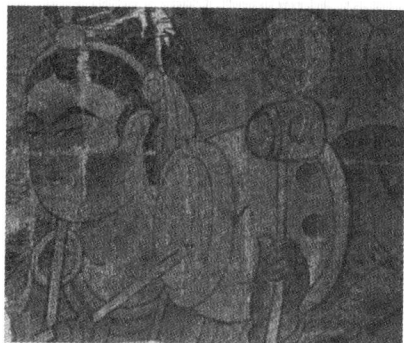

图36　高昌吐峪沟出土绢画中的鼗鼓与鸡娄鼓兼奏图

图37　苏巴什出土舍利盒以及其中的鼗鼓鸡娄鼓兼奏图

唐初乐承隋制，至开元中太宗增设十部乐，西域之高昌乐始设其中。《旧唐书·音乐志》载："高昌乐……乐用答腊鼓一，腰鼓一，鸡娄鼓一……"[②] 至此，史籍所载凡使用鸡娄鼓者，只见于西域来乐，且是龟兹、疏勒与高昌三乐，非为它乐所有。正如《文献通考·乐考九》为证："鸡娄鼓，其形正而圆，首尾所击之处，平可数寸，龟兹、疏勒、

---

① （唐）魏征等：《隋书》卷十五《音乐志下》，北京：中华书局，1973年，第380页。
② （五代）刘昫等：《旧唐书》卷二十九《音乐志二》，北京：中华书局，1975年，第1070页。

高昌之器也"[①]。并且，《文献通考》是将鸡娄鼓列于"革之属胡部"乐器之下。可见，鸡娄鼓其鼓面平小，形器规整，乃圆而正之小鼓，专用于龟兹、疏勒、高昌之胡乐。

鼗鼓虽汉来乐器，但在唐乐中所见大量与鸡娄鼓的兼奏。《文献通考》有载"鞉（鼗）牢，龟兹部乐也，形如路鞉，而一柄叠三枚焉。古人尝谓左手播鞉牢，右手击鸡娄鼓是也"[②]之云。

鼗鼓、鸡娄鼓皆革鼓乐器。自隋七部乐始设龟兹，至隋九部乐、唐九部乐和唐十部乐中，皆备龟兹乐。正如《文献通考》所云："后世教坊奏龟兹曲用鸡娄鼓，左手持鼗牢，腋挟此鼓，右手击之，以为节焉。"此正是鸡娄鼓与鼗鼓兼奏的文献记载与壁画绘制的相互印证。

三、敦煌壁画经变艺术与佛典表现关系——《观无量寿经变》中音乐出现内容的比较研究

敦煌壁画《观无量寿经变》莫高窟存 84 铺、榆林窟存 3 窟。莫高窟中绘于中唐者最多，为 34 铺，榆林窟 25 窟建于中唐，莫高窟 112 窟亦建于中唐，该二窟皆为中唐时期具有代表性的石窟。在该二窟南壁均绘有《观无量寿经变》，故以该两窟为例，就《观无量寿经变》中的音乐内容发布、乐器出现内容与乐队组合进行比较，对中唐《观无量寿经变》中乐队的乐器配置使用，乐器的总体布局，音乐意象的蕴涵作详细阐述。同时，对《观无量寿经变》中的音乐属性与宗教属性展开双重视域的考察，对《观无量寿经变》中出现的音乐图像进行历史、宗教及艺术的阐释。

（一）榆林 25 窟壁画布置与音乐内容的出现

榆林窟位于甘肃省酒泉市瓜州县城南约 70 千米的榆林河西、东两

---

① （元）马端临：《文献通考》卷一百三十六《乐考九》，北京：中华书局，1986 年，第 1208 页。

② （元）马端临：《文献通考》卷一百三十六《乐考九》，北京：中华书局，1986 年，第 1208 页。

岸崖壁上，第25窟位于东崖上层北端。该窟分前后两室，前室与窟门有较长的甬道相连，后室为主室，窟顶呈覆斗型，中央并设佛坛。此种窟型结构在莫高窟盛唐76窟、盛唐205窟、中唐234窟、晚唐138窟、晚唐161窟、晚唐196窟、五代108窟、五代146窟、宋152窟、宋233窟、宋256窟、宋454窟中亦有多见，只不过榆林25窟中心佛坛筑体较小。

该窟经变壁画基本保存完整，分布于主室四壁，西壁门北侧绘文殊经变，西壁门南侧绘普贤经变，北壁绘弥勒经变，东壁绘密宗八大菩萨曼荼罗经变，南壁绘观无量寿经变。音乐内容主要表现在南壁《观无量寿经变》中。

门北、门南绘文殊、普贤经变，在莫高窟中亦有多见，如盛唐39窟东壁门南、门北；盛唐164窟东壁门南、门北；晚唐128窟西壁盝顶帐形门南、门北；盛唐121窟西壁盝顶帐形门南、门北；中唐112窟西壁盝顶帐形门南、门北；中唐236窟东壁门南、门北晚唐9窟东壁门南、门北；晚唐14窟东壁门南、门北；晚唐54窟西壁盝顶帐形门南、门北；晚唐196窟东壁门南、门北；五代6窟东壁门南、门北绘有文殊变、普贤变。

（二）榆林25窟《观无量寿经变》中的乐器内容与乐队组合

榆林25窟《观无量寿经变》中乐器内容主要表现在迦陵频伽、共命鸟以及伎乐乐队组合中。下分别述之。

1. 迦陵频伽伎乐

该窟南壁《观无量寿经变》中绘制了净土世界中迦陵频伽奏乐的情景。迦陵频伽为佛教中宣称的美音鸟，能演美音。在该铺《观经》中部两侧廊桥之上亦有乐器演奏的表现，西侧是迦陵频伽执拍板而奏（5片），旁有白鹤展翅为舞而伴（图38）。

图 38 榆林 25 窟南壁《观无量寿经变》西侧廊桥之上的迦陵频伽乐器演奏

2. 共命鸟

在敦煌盛唐净土经变中，共命鸟常与迦陵频伽同时出现。在说法图下以持佛法美妙的唱颂而尽供养。值得一提的是该窟壁画中如以乐器内容历史价值而论，则是东侧廊桥之上共命鸟演奏之一弦凤首箜篌。这是敦煌壁画中的罕见乐器，在我国其他石窟中亦不多见，对认识早期历史中该种弹拨乐器的发展形态具有重要的参考价值。共命鸟在演奏一弦凤首箜篌，旁则是孔雀展翅为舞而伴（图 39）。

图 39 榆林 25 窟南壁《观无量寿经变》东侧廊桥之上的共命鸟乐器演奏

唐窥基《阿弥陀经通赞述》有载：

"共命"者亦云"命命"，美音演法，迅羽轻飞，人面禽形，一身两首，故云共命也。[①]

由上图看，执一弦箜篌者，同身异首，一身双首，人首鸟身，左手按弦，右手拨弦而奏，展羽欲飞，正是《阿弥陀经通赞述》所云"美音演法，迅羽轻飞，人面禽形，一身两首"，故是共命鸟弹琴，以美音演法。

《阿弥陀经义记》对"共命"作了进一步解释，其有载：

> "共命"，两头而同一体，生死齐等，故曰共命。此等众鸟昼夜六时演畅五根五力七觉八道，妙音和雅。[②]

由此可知，弹奏乐器以美音演法的共命鸟是与众鸟一道，昼夜六时演法，其妙音和雅。而该窟中所绘，即是共命鸟、孔雀等鸟禽。

3. 乐队组合

南壁《观无量寿经变》中，左上部稍有残，但不影响《观经》整体构成上对净土世界的描绘与表现。中部绘高大威严的无量寿佛主尊跏趺于莲花座上，观音与大势至菩萨胁侍于主尊两侧，圣众于下围听法。《观经》下部中央主要以平台的绘制构成。平台筑于水榭之上，上以乐舞演奏布局。平台蕴育的舞台中央，则是翩翩起舞、边舞边奏毛员鼓的乐伎。乐伎身西下侧，是迦陵频伽动情演奏琵琶。平台东侧为琵琶（四轴、四弦）、笙、筚篥、贝的四身乐器演奏（图40），平台西侧为拍板（6片、执板者同时歌唱）、排箫（13管）、横笛、竖笛的四身乐器演奏（图41）。

---

① 窥基：《阿弥陀经通赞述》，《大正藏》第37册，第340页，下。
② 智顗述、灌顶记：《阿弥陀经义记》，《大正藏》第37册，第306页，下。

图40　榆林25窟南壁
《观无量寿经变》东侧乐队

图41　榆林25窟南壁
《观无量寿经变》西侧乐队

为便于研究，现将该窟《观无量寿经变》乐器出现的位置与乐器种类统计如下：

出现位置		乐器各类
榆林窟25窟主室南壁上部自东向西	不鼓自鸣	琵琶（梨形、四弦、四轸）、细腰鼓、筚篥（簧哨、管6孔）、排箫（11管）
榆林窟25窟主室南壁上部西侧	观无量寿经变	钟（钟楼中悬鼓、白色）
榆林窟25窟主室南壁中部平台东侧廊桥		拍板（5片，迦陵频伽执奏）
榆林窟25窟主室南壁中部平台西侧廊桥		凤首箜篌（一弦，共命鸟执奏）
榆林窟25窟主室南壁下部平台东侧		自北向南即前起：琵琶（四轴、四弦）、笙、筚篥、贝
榆林窟25窟主室南壁下部平台中部		毛员鼓（边舞边奏）琵琶（曲项、四弦、四轸、迦陵频伽奏）
主室南壁东起第一铺下部平台西侧		自北向南即前起：拍板（6片、执板者同时歌唱）、排箫（13管）、横笛、竖笛

综上，榆林窟 25 窟《观无量寿经变》中出现乐器 12 件，上部不鼓自鸣 4 件，下部平台 10 件，上部两侧廊桥 2 件。其壁画中音乐内容的出现、布局、乐器出现位置、乐器形制、乐器出现缘由有如上逐一所论述。

（三）莫高窟 112 窟壁画布置与《观无量寿经变》中音乐内容与乐队组合

莫高窟 112 窟建于中唐，位于莫高窟南区窟，且在九层楼之南，靠近第 108 窟的稍高偏南处，窟形为覆斗型顶，西壁开龛。主室窟顶垂幔下四披绘千佛，西壁盝顶龛下佛床壶门中绘有笙、筚篥、琵琶等伎乐图像，现存极为模糊。

莫高窟 112 窟主室南壁、北壁、东壁中均绘有经变，并皆有音乐内容的出现。主室南壁东起第一铺绘《观无量寿经变》，东起第二铺绘《金刚经变》；北壁东起第一铺绘《药师经变》，北壁东起第二铺绘《报恩经变》；主室东壁门北侧东绘《观音经变》。此四铺经变皆有音乐内容出现，惟西壁盝顶形龛外南侧绘普贤变、北侧绘文殊变无音乐内容出现。

该窟主室南壁东起第一铺《观无量寿经变》中，乐器出现可分为三部分（图 42），第一部分为壁画上部，第二部分为壁画中下部的上层乐队，第三部分为壁画中下部的下层乐队。

上部为拍板、七星、筚篥、排箫的不鼓自鸣乐器。不鼓自鸣下为说法图与胁侍以及众听法菩萨。说法图下为二层的乐舞表演场面。下一层为背对演奏的四人乐队，在东侧，其乐器演奏自北向南分别为拍板（5片）与筚篥；在西侧，其乐器演奏自北向南分别为琵琶（直项、四弦）与笙。第二层的乐台之上为面对面的 6 人乐队演奏，在东侧，其乐器演奏自北向南分别为拍板（4 片）、横笛、鼗鼓（2 枚）并鸡娄鼓；在西侧（图 43），其乐器演奏自北向南分别为琵琶（四弦）阮咸（四弦、直项、四轸）、箜篌（25 弦）。且与下层不同的是，上层相对的 6 人乐队演奏中间，则是著名的琵琶的反弹。舞者边舞边奏，气势慑人，展现了高超的表演技艺。

与榆林窟中唐 25 窟一样的是，莫高窟 112 窟出现了迦陵频伽的乐器演奏。即在下层，四人乐队相背演奏之下，有迦陵频伽的弹阮演奏，惜下半部壁画已残。

迦陵频伽是敦煌壁画出现音乐的重要因素之一，其以演奏或演唱能发出美妙的乐音而闻名。正如唐法藏《华严经探玄记》云："迦陵频伽，此云美音言鸟。谓迦陵云美音，频伽云语言。谓雪山中，一切鸟声，皆悉不及。又在卵中，即能出声。"①

在南壁该铺《观无量寿经变》东、南两壁下部交接处有小部分面积的壁画已毁，十分可惜，但按该铺西面已存内容以及整铺壁画布局来看，东下部已毁壁画出现音乐内容的可能性不大。

以下将该窟《观无量寿经变》乐器出现的位置与乐器种类统计如下：

出现位置		乐器各类
112 窟主室南壁东起第一铺上部自东向西	不鼓自鸣	拍板、七星、筚篥、排箫
主室南壁东起第一铺中下部平台东侧	观无量寿经变	自北向南即前起：拍板（4 片）、横笛、鼗鼓（2 枚）并鸡娄鼓
主室南壁东起第一铺中下部平台中部		琵琶（四弦、直项、四轸）反弹
主室南壁东起第一铺中下部平台西侧		自北向南即前起：琵琶（四弦）阮咸（四弦、直项、四轸）、箜篌（25 弦）
主室南壁东起第一铺下部平台东侧		自北向南即前起：拍板（5 片）、筚篥、
主室南壁东起第一铺下部平台西侧		琵琶（直项、四弦）、笙
主室南壁东起第一铺下部平台下中	迦陵频伽	阮咸（直项、四弦）

① 《华严经探玄记》卷二十，《大正藏》第 35 册，第 488 页，下。

图42　莫高窟112窟南壁　　　　图43　莫高窟112窟南壁
《观无量寿经变》乐队布局图　　《观无量寿经变》乐队西侧细部

综上，莫高窟112窟南壁《观无量寿经变》共出现16件乐器，不鼓自鸣4件，中下部平台乐器7件，下部平台乐器4件，下部平台下台阶乐器1件，乐器出现位置与出现种类、数量、形制即如上所述论。

由上可考，榆林窟25窟与莫高窟112窟壁画中同出现有《观无量寿经变》，同时绘制于中唐，二窟《观无量寿经变》的出现有一定共似的历史背景，音乐出现内容既有一定的共性，体现出在构图上的程式性特点，并且根据《观无量寿经变》内容，在音乐出现位置与布局上亦体现出一些共性，但是在乐器的数量、乐队的组合上，以及乐器演奏的形式上亦有不同之处。通过对榆林窟25窟与莫高窟112窟《观无量寿经变》中乐器出现内容的细微比较分析，总结分陈十点如下。

其一，榆林窟第25窟与莫高窟第112窟《观无量寿经变》二窟在构成的净土世界中，都有不鼓自鸣的意象构成。正如《观无量寿经》云：

无量乐器悬处于空，不鼓自鸣，或林或幢皆悬乐器，悉自和鸣。随众生意皆奏法音。人天闻者，俱发道意。或歌六度，或赞三乘。

如《观无量寿经》所云，不鼓自鸣的乐器构筑与表达了悬于天宫中不依人奏的乐器播演法音的境界。又如《金光明最胜王经玄枢》云："天乐者，不鼓自鸣，而应诸天之意故。"唐窥基撰《阿弥陀经通赞疏》引《观无量寿经》亦载："空中奏乐声演法音，彼国人间，咸生善念。"榆林窟第 25 窟与莫高窟第 112 窟《观无量寿经变》中同有不鼓自鸣的乐器演奏，且同为 4 件。

其二，在说法图下，演奏平台中，榆林窟第 25 窟乐队仅一个平台，一组乐队，左右各 4 人，共 8 人。莫高窟第 112 窟说法图下上下构图两个平台，两组乐队，上平台左右各 3 人，共 6 人。下平台左右各 2 人，共 4 人。上平台与下平台演奏不一样的是，上平台相向演奏，下平台相背演奏。

二窟从整体上构成了《观无量寿经》中楼阁千万，宝华平台上演奏乐器的意象。《观无量寿佛经义疏》载：

> 成光明台，楼阁千万，百宝合成，四华幢乐器于台两边，各有百亿华幢、无量乐器，以为庄严。八种清风，从光明出，鼓此乐器，演说苦、空、无常、无我之音。华幢乐器、四面围绕，风动出声说法警众。

二窟亦是以乐器演奏的形式构筑与达到了佛教中音乐供养的需要与意图。如隋慧远《无量寿经义疏》载："奏天乐等，伎乐供养。伎乐音中，歌叹佛德。"以供养佛为目的，乐器演奏为礼佛供养之途径，乐器是礼佛供养形式的表达。换言之，对于乐舞的礼佛来说，目的并不是表现乐舞的艺术形式，而重在乐舞礼佛的行为。但是，通过乐舞来礼佛，其乐舞内容恰恰对认识古代音乐有重要的价值，特别是为古代乐器的辨识具有直接的作用。或进一步说，对于佛教的乐舞礼佛供养已然如此，但对于记载佛教乐舞礼佛供养的物质艺术形式，如壁画等却给后世人们提供了认识当时乐舞艺术的面貌及存在的历史的途径。这是佛教思想通过艺术传播的衍生品，但对于认识古代乐舞艺术以及乐器来说，却是极为重要的。另外，二窟均有普贤变、文殊变的绘制，但均无乐器乐器。

其三，榆林窟第25窟与莫高窟第112窟主体乐队演奏的共同点是在两侧乐队的伴奏下，舞台中央均有边奏边舞的伎乐，榆林窟第25窟为毛员鼓的边奏边舞，莫高窟第112窟是反弹琵琶的边奏边舞。二窟舞台中央演奏的不同之处还在于，榆林窟第25窟毛员鼓的演奏下，西下侧有迦陵频伽的琵琶演奏，持毛员鼓演奏的乐伎眼神西顾迦陵频伽的演奏，构图极为细腻。

其四，榆林窟第25窟与莫高窟第112窟共同点亦有迦陵频伽的演奏。榆林窟25窟中，除舞台中央毛员鼓演奏身旁的迦陵频伽外，在净土世界建筑廊桥东侧亦绘制有迦陵频伽的拍板演奏，西侧廊桥有共命鸟的凤首箜篌演奏。莫高窟第112窟在构筑的净土世界中，亦有迦陵频伽的演奏，只不过不在廊桥中，在下平台水榭阶梯中，有迦陵频伽的弹阮演奏，惜下部左侧（东侧）毁，其余情况不得见觅。

其五，二窟在构成的净土世界中，亦多采用石绿的颜色描绘树木、花枝、亭台飞檐。如莫高窟第112窟中的石绿描摹的树叶以及躯干的画法极见艺术功底。榆林窟25窟石绿树叶、背光的描绘与渲染艺术手法十分高超。

其六，二窟的乐器绘制均极为写实，如排箫的苇菱、曲项琵琶的形制、横笛的孔窍、拍板的联数等极为清楚。

其七，二窟以莫高窟第112窟上层乐队比较，以及乐队中乐器的构成，琵琶、横笛、拍板为共有乐器。莫高窟第112窟乐队中的箜篌、鼗鼓与鸡娄鼓的间奏、阮咸在榆林窟25窟没有出现。榆林窟第25窟中的贝、竽簧、笙、排箫、竖笛在莫高窟112窟乐队中没有出现。

其八，与莫高窟第112窟下层乐队合起，二窟的乐队组成情况是，共有的乐器是琵琶、横笛、拍板、笙、竽簧。莫高窟第112窟两层乐队中的箜篌、鼗鼓与鸡娄鼓的间奏、阮咸在榆林窟25窟没有出现。榆林窟第 25 窟中的贝、排箫、竖笛在莫高窟 112 窟乐队中没有出现。

其九，在对观无量寿经的变相表现中，敦煌壁画以创造性的艺术手法诠释宗教精神。对敦煌艺术和宗教思想之间关系的考察研究是佛教思想传播、音乐历史表现研究的重要视角和史料参考依据，具有极为重要的形象史料研究价值。

其十，观无量寿经变音乐内容的出现是对《观无量寿经》十六观思想的主要形象体现，既是对《观无量寿经》十六观主要思想的创造性手法表现，亦是对《无量寿经》《阿弥陀经》净土极乐世界宝相的主要吸收，兼容与融合了无量寿经变、阿弥陀经变的艺术表现手法，特别是净土极乐世界的音乐内容的组合与构成。即观无量寿经变音乐内容主要在主宗绘制西方净土世界画面的上方，具体亦指华殿宝幢上方出现的无量天女演奏乐器、不鼓自鸣构成描绘的音乐祥和气象以及下部描绘的乐队伴奏、迦陵频伽、双命鸟音乐演奏。

南北朝乐制的新变
对敦煌佛教乐舞戏的影响

杨 贺

（江苏第二师范学院教育科学学院）

摘要： 南北朝礼乐制度上承汉魏，下开唐宋，兼收并蓄古今、雅俗、四夷之乐。北朝礼乐制度以胡入雅、胡汉杂糅的特点推动了上古乐舞向中古歌舞伎乐的发展，催生了俗乐大曲、宫调音乐、歌舞小戏和百戏等乐体。南朝萧梁在建设乐制的过程中，以佛曲入宫廷雅乐。这正式开启了佛教乐舞中国化的发展道路，为敦煌佛教乐舞戏提供了丰富的音声资源和艺术范式。南北朝均以太乐典俗乐，促进了多种音乐的交流，这造就了敦煌佛教乐舞以宫廷乐舞为范式，兼用各种的艺术特点。

关键词： 南北朝乐制；新变；敦煌佛教乐舞戏

敦煌佛教乐舞戏是中原乐舞与周边各民族音乐文化融合而形成。它以华夏音乐为主体，兼容并蓄了来自周边地区和民族的音乐艺术。前贤学者对敦煌佛教乐舞戏与唐代乐舞文化的关系展开了深入研究，且取得了丰厚的学术成果，但是唐代乐舞文化的繁荣发展与南北朝乐制的变革密不可分。南北朝乐制在扬弃汉魏乐舞制度的基础上，兼收并蓄周边少数民族，尤其是西域乐舞与文化习俗，完成了自身的建构，为敦煌佛教乐舞戏的形成与发展提供了丰富的艺术资源和经验。

一、引言

敦煌佛教乐舞戏是古典音乐发展史上的重要一环，关于其形成和发展涉及了中古丝绸之路东西乐舞艺术交流和中土宫廷乐舞与民间乐舞艺术交流两个热点问题。这两个问题关注的焦点是敦煌佛教乐舞艺术形成的文化土壤。关于中古丝绸之路东西乐舞艺术交流与敦煌佛教乐舞戏形成的研究，很多学者指出敦煌佛教乐舞艺术的发展与唐前的南北朝时期四夷之乐的大规模入华有关。王小盾《敦煌舞谱：一个文化表象的生成与消亡》提出公元 5 世纪以来的"胡乐入华"，即随着大批西域人群的迁入，西域艺术与文化大规模地侵入中国内地，以致改变了北朝和隋唐人的道德、习惯和观念。[①] 近年来，考古学界陆续发现了一些中古时期粟特人的墓葬，同时出土了一批数量可观、图像精美的粟特人墓葬壁画。学者们发现来自西域的粟特祆教乐舞对敦煌佛教乐舞戏有一定的影响。[②] 此外，向达、任半塘、段文杰、牛龙菲、张鸿勋、王小盾、李小荣等学者均提及华戎、梵汉等音乐艺术的交融对敦煌佛教乐舞戏的影响。敦煌佛教乐舞戏是印度、西域佛教音乐以及其他少数民族的乐舞、百戏艺术融入华夏乐舞戏剧形式之中而形成的。据郑汝中先生考证，药叉乐伎持各种鼓类、琵琶、横笛等乐器所表演的是充满力度的佛教乐舞。他认为："这种形象和题材，主要来源于汉魏之后的乐舞百戏，出自'角抵杂技'。"[③] 除了上述《敦煌曲谱》25 首与《琵琶二十谱字》外，于敦煌莫高窟还发现两个卷子与中西乐舞与戏剧文化有关联，譬如 S. 610《新集时用要字》，上面书写有：仪部第一；衣服部第二；音乐部第三。其后部文字中规定了乐器演奏的方法与歌舞表演方式，以及对艺术内容、情绪之要求。乐器种类中增添了"筘""钟""铃""磬""钵""琴""拊拍"等字样。另外 S. 6208《新商略古今字样提其时要并行正俗释·上卷·下卷》之"音乐部"亦提及"琵琶""琴""瑟""箜篌""方响""铜钹""拍板""击筑"等乐器，其中"琵琶""铜

---

① 王小盾：《敦煌舞谱：一个文化表象的生成与消亡》，《上海音乐学院学报》2008 年第 2 期。

② 翟清华：《汉唐时期粟特乐舞与西域及中原乐舞交流研究——以龟兹、敦煌石窟壁画及聚落墓葬文物为例》（上），（载《新疆艺术》2019 年第 5 期）；姜利媛：《北朝至隋唐时期粟特音乐探究》，天津音乐学院硕士学位论文，2020 年。

③ 范鹏、王福生总主编；郑汝中著：《陇上学人文存·郑汝中卷》，兰州：甘肃人民出版社，2016 年，第 49 页。

钹""拍板"之类的乐器一直是我国曲牌体戏曲不可缺少的伴奏乐器。

学界关于宫廷乐舞与民间乐舞艺术交流推动敦煌佛教乐舞戏形成的研究有三种看法。第一种是敦煌乐舞戏源自唐宋宫廷大曲。向达谈及敦煌遗书对金院本杂剧之影响云:"至于由诸宫调演为院本杂剧,自应溯源于唐宋大曲,顾与俗讲亦不无些许瓜葛。"向达同时指出:"合生原出于胡乐。而与讲史书说经说参请以及杂剧有若干关系之俗讲,其中如变文之属,虽似因袭清商旧乐,不能必其出自西域,而乃大盛于唐代寺院,受象教之孕育,用有后来之盛。此为中国俗文学史上一有趣之现象,其故可深长思也。"① 第二种观点认为敦煌佛教乐舞源自民间歌舞。王克芬与柴剑虹合作的《敦煌舞蹈的再探索》一文认为《敦煌舞谱》应为"婚宴筵席中的礼节性舞蹈",是源于汉、魏流行的"以舞才相属"的连袂《踏歌》类民间歌舞。他们指出此类古代敦煌舞蹈"与今日新疆民间'麦西来甫'中流行的'邀舞'很相似",系融音乐、舞蹈、曲艺、戏剧为一体的古代世俗表演艺术形式。② 第三种观点认为敦煌佛教乐舞是由"寺属音声人"将宫廷与民间音乐融会贯通而形成。姜伯勤指出:"音乐从皇家教坊、贵族家伎的狭小天地,走向市井庶民社会。音乐从业人员从著藉贱口音声人逐渐演变为勾栏瓦舍的行会成员。在这个转变中,寺院音声人和乐营音声人是一个重要的过渡。"③ 敦煌的寺院音声人和乐营音声人将宫廷与民间乐舞表演艺术融会贯通从而推动敦煌佛教歌舞戏的发展。敦煌卷子多记载寺院歌场设乐,由音声人表演佛曲,例如 S.0381 卷《龙兴寺毗沙门天王灵验记》载:"大番岁次辛巳闰二月十五日,因寒食在城官寮百姓就龙兴设乐。"P.2721 《新集孝经十八章》载:"新歌旧曲遍州乡,未闻典籍入歌场。"再如 P.3405《安伞文》载:"梵音以佛声震地,箫管弦歌,念诵倾心,共浮云曰争响。"此外,P.2613《咸通十四年敦煌某寺器物账》、P.4640 背

---

① 向达:《唐代长安与西域文明》,上海:三联书店,1957 年,第 286—324 页。

② 王克芬:《舞论》,载《王克芬古代乐舞论集》,兰州:甘肃教育出版社,2009 年,第 100 页。

③ 姜伯勤:《敦煌音声人略论》,载《敦煌研究》,1988 年第 4 期。

面《归义军破历》均有记载。同时，音声人也参与大曲、胡腾队和百乐杂戏的表演。如《量处轻重仪本》载音声人"诸杂乐具"有四类：第一类是"八音之乐"；第二类是"所用戏具"，包括"谓傀儡戏、面竿、桡影、舞狮子、白马、俳优、传述众像变现之像也"；第三类是"服饰之具"；第四类是"杂剧戏具"。① 再如 P.4640《归义军破历》载："支与音声张保昇胡腾衣布二丈四尺。十四日支与王建铎队武舞额子粗纸一帖。"从而证实"音声人"常参与"胡腾队"及其他形式舞队的演出。敦煌歌辞《往河州使纳鲁酒田赋》云："驿骑骖趣谒相回，笙歌烂漫舞《倾杯》。"生动形象地描绘了敦煌"音声人"表演《倾杯乐》大曲与乐舞之情景。据谭蝉雪研究，敦煌寺院并非真空世界，在历史上，这里曾盛行着众多的宗教节庆世俗活动，仅"正月岁时活动"就达 15 种之多。② 例如敦煌遗书 P.3272 载： "定兴郎君踏舞来。"S.2832"斋文范文"云："灯笼火树，争燃九陌，舞席歌筵，大启千灯大启千灯之夜。"P.2854"佛事斋文"云："辟梵筵而陈香馔，八音竞奏，声嘹亮于祇园。"P.2976《开元传信记》录文："青一队兮黄一队，熊踏胸兮豹拿背。"这些珍贵的古文献资料均说明，与敦煌佛事活动相伴的不仅有歌队、乐队、舞队，还同时穿插有民俗戏剧队或称队舞、队戏之类的艺术表演。敦煌的佛事活动运用了当时流行的乐舞体裁。P.3360 号、S.0467 号等卷中的《苏莫遮》，其中含《大唐五台曲子》五首，陈中凡考证《苏莫遮》实为唐代歌舞戏辞，"隋唐歌舞戏的形式，就是由于艺人取民间歌词，用大曲的程式来演奏，逐渐形成的"。"在隋唐佛教流行全国的时代，剧中创造的典型性格自有它的时代精神，其艺术表现方法，它是相当成功的——这就是用大曲演奏的歌舞戏之一例。"③ 敦煌大曲中与戏剧相关的曲词，例如著名的《五台山曲子辞》。

---

① 参见道宣：《量处轻重仪》，《大正藏》第 45 册，第 841、849 页。

② 谭蝉雪：《盛世遗风——敦煌的民俗》，兰州：甘肃教育出版社，2007 年，第 37—42 页。

③ 任中敏编著；何剑平、张长彬校理：《敦煌歌辞总编》，南京：凤凰出版社，2014 年，第 1102 页。

敦煌套曲中有关戏剧的曲辞如《小小黄宫养赞》，其曲词从内容上看都来自于佛经故事，但其音乐形式却是唐代流行的大曲和套曲形式。

中古丝绸之路东西乐舞艺术交流和宫廷与民间乐舞艺术的互渗是敦煌佛教乐舞戏形成的艺术基础。综观前贤学者的研究，敦煌佛教乐舞戏是多元化的音乐艺术融合形成的宗教文学。在敦煌文献和壁画中保留了种类丰富、形态多样的佛教乐舞戏。从敦煌佛教戏剧的艺术源头和生成方式来看，其产生是南北朝乐制的革新带来的东西音乐、佛俗音乐和雅俗音乐密切交流的结果。就其艺术形态而言，敦煌佛教乐舞是南北朝时期乐制建设过程中，统治者以中原礼乐制度为体，渗入西域少数民族的乐舞风俗和宗教仪式，同时结合印度佛教音乐艺术和像教艺术而形成。以文体结构模式论之，敦煌佛教乐舞戏有宫廷大曲、次曲的影响，也有印度和西域佛教仪式、讲唱艺术以及中土民间讲唱艺术影响的痕迹。敦煌佛教乐舞戏与唐代乐制的变革有一定的关系，但无论是敦煌文献中的佛教戏剧写本，亦或是壁画保留下来的佛教乐舞戏，其与南北朝乐制的革新有着密切关系。笔者以南北朝礼乐制度的革新为切入点，探讨音乐制度演变与敦煌佛教乐舞戏的关系。这不仅能够展示敦煌佛教乐舞戏的艺术源头和特殊性，对于研究敦煌其他文体也具有一定的启示意义。

二、南北朝乐制的革新及其特征

南北朝乐制在承袭魏晋的同时呈现出诸多新变。晋、宋之际，由于长期、频繁的战乱导致音乐流失和国力衰弱，这一时期的乐制较为简单。至萧梁时期，值承平之世，国力稍复，其音乐制度更为繁复，主要表现在音乐机构更为完善，规模扩大，乐官系统更加完备。北朝的乐制在效仿南朝礼乐制度的同时也结合各自国家政治建设的需要吸收了四夷之乐及宗教、民俗仪式。北魏乐制华夷杂糅，北齐制度上承北魏而仿南朝。北齐之乐制与梁陈相仿，太常以下无太大分别，大体采用同一种乐制。南北朝后期的乐制趋于成熟，这种乐制开隋唐乐制之先河，且推动了中国古典音乐史由上古的礼乐发展为中古的歌舞伎乐。南北朝乐制的革新对古典音乐文学，尤其是歌诗、长短句、戏剧、戏曲艺术的兴盛有不可磨灭的贡献。

南朝音乐机构主体是太常和鼓吹，二者职能不同，但彼此之间联系紧密。东晋乐制合太乐、鼓吹为一署，宋齐两代基本沿袭其制。《宋书·百官志》云："太乐令，一人，丞，一人，掌凡诸乐事。"[①] 刘宋时期太乐令兼具前代太乐、鼓吹、清商、总章诸署职能。萧齐承袭刘宋旧制，《南齐书·百官志》所载乐官仅太乐令、丞。另据《唐六典》载宋齐无鼓吹之署，准前所载，当系事实。刘宋内廷女官设"乐正""典乐帅""清商帅""总章帅"四职，内官掌女乐系效法汉代掖庭"女乐五官"之制。梁以太乐、鼓吹两大音乐机构为主体，清商为太乐所辖，另设协律、总章、掌故、乐正等官职管理歌舞百戏。《隋书·百官上》云：

> 诸卿，梁初犹依宋齐，皆无卿名。天监七年，以太常为太常卿，加置宗正卿……凡十二卿，皆置丞及功曹、主簿。而太常视金紫光禄大夫，统明堂、二庙、太史、太祝、廪牺、太乐、鼓吹、乘黄、北馆、典客馆等令、丞，及陵监、国学等。又置协律校尉、总章校尉监、掌故、乐正之属，以掌乐事，太乐又有清商署丞，太史别有灵台丞。[②]

陈袭梁制，《隋书》云："陈氏继梁，不失旧物。"[③] 陈寅恪先生亦说："旧史所称之'梁制'，实可兼该陈制，盖陈之继梁，其典章制度多因仍不改，其事旧史言之详矣。"[④] 陈的音乐机构仍以太乐、鼓吹为主，专门置丞统管。另设有太乐令、协律校尉、黄门侍郎、掌故、乐正等乐官管理诸种歌舞百戏的演出事务。宋、齐、梁、陈这种以太常、鼓吹为主要音乐机构，同时兼设多种乐官的乐制，这便于南朝统治者继承魏晋乐制，同时根据国家政治变革的需要，将四夷之乐、民间俗乐、前朝旧

① （南朝）沈约：《宋书》，北京：中华书局，1983年，第1229页。
② （唐）魏征：《隋书》，北京：中华书局，1973年，第724页。
③ （唐）魏征：《隋书》，北京：中华书局，1973年，第720页。
④ 陈寅恪：《陈寅恪史学论文选集》，上海：上海古籍出版社，1992年，第516页。

164

乐等不同文化圈层的多种音乐文化融入宫廷音乐文化之中。这其中影响最大的是西域音乐、佛教音乐和清商新声的流入。西域音乐和印度歌舞通过南北朝的交流或南朝与西域的直接外交往来而渗入南朝宫廷音乐，并与清商新声、民间俗乐共同参与南朝宫廷雅乐的建设活动。刘宋顺帝宫中有"羌胡伎"，南齐郁林王萧昭业"常列胡伎二部，夹阁迎奏"。①南齐乐昏侯萧宝卷外出，常命乐人沿路奏羌胡伎乐和鼓角横吹乐。

梁、陈时期，随着南北朝之间、南朝与西域之间文化交流日益密切，西域流入的佛乐与清商乐和民间俗乐初步开启了中国化的发展趋势，同时也与清商乐和民间俗乐一起参与了宫廷雅乐建设。南齐的竟陵王萧子良于武帝永明元年（483）"招致名僧，讲语佛法，造经呗新声"。②萧子良所制经呗新声借鉴了南朝清商乐。其后梁武帝也创制了一批清乐化的佛教供养音乐。梁武帝时期，宫廷所制四十九首三朝之乐中"须弥山伎"的曲子即取材于佛经中神话景观，第四十二"青紫鹿伎"、第四十三"白鹿伎"均吸收了域外佛教歌舞伎乐的艺术形式。南朝佛教音乐汉化是以南朝清商乐为基础改造印度和西域佛教音乐曲调和乐器而成。唐法曲即由此演变而来。西域和印度佛乐的表演艺术如拟声手法歌声腔修饰方法、转喉、长引等影响了古典戏曲的演唱艺术。

北朝在重建乐制过程中沿袭了魏晋礼乐文化制度，兼顾了音乐文化在时间和空间中的多元性存在。北魏、北周通过模仿汉制而建立礼乐制度的过程也是其与汉地民众"同化"的过程。礼乐制度的建立有助于创建一个统一的音乐文化环境，把异族和异域的音乐逐步融入到中华民族乐舞文化中来。北魏初年乐制模仿西晋设太乐、总章、鼓吹三署，所与江左不同者，不设清商署。至北魏孝文帝合三乐署为一，太乐兼领俗乐，此种制度与南朝相似，实开隋唐之先河。此后，北魏分为二，北齐乐制承袭北魏且仿南朝，即《通典》卷一九《职官》云："北齐创业，

---

① （南朝梁）萧绎撰；许逸民校笺：《金楼子校笺》，北京：中华书局，2011年，第345页。

② （南朝梁）萧子显：《南齐书》，北京：中华书局，1972年，第698页。

亦遵后魏,台省位号,多类江东。"① 北齐自太常以下与两朝乐官无太大变化,其以部称乐,上继北魏,下开隋七部,唐九部、十部乐。北魏建立起的融胡风汉俗于一体的乐籍制度使西域音乐以乐户作为主要传播媒介渗入宫廷音乐和民间俗乐中。乐籍制度是北魏将秦汉民间乐人组织——倡家与鲜卑奴隶制度结合,将罪民或俘虏籍为贱民而创立的音乐制度,此后一直延续至清初。乐籍制度的存在推动了多个民族、地域音乐的融合,这极大丰富了中国古典音乐文化的语境,推动了古典音乐史由秦汉乐舞向中古歌舞伎乐的转变。

北朝大规模的西域胡戎音乐东渐主要是北魏和北周时期。北魏道武帝、太武帝和孝文帝在宫廷雅乐的重建与增修的过程中采用"以胡乐入雅乐"的做法使来自西域少数民族音乐与汉族音乐实现了深度融合。据《魏书》载,天兴元年(398 年)冬,道武帝拓跋珪"诏尚书吏部郎邓渊定律吕,协音乐"②,由此开启了北魏宫廷雅乐的建设。北魏太武帝拓跋焘又在宫廷雅乐中加入了胡夏国的古雅乐、凉州的西凉乐和悦般国的鼓舞。胡夏国的"古雅乐"是标准的胡乐。凉州的西凉乐是太武帝在平凉州后,"得其伶人、器服,并择而存之"。西凉乐是由龟兹乐和凉州当地的音乐融合而成的,据《隋书》载:

> 西凉者,起苻氏之末,吕光、沮渠蒙逊等,据有凉州,变龟兹声为之,号为秦汉伎。魏太武既平河西得之,谓之西凉乐。至魏、周之际,遂谓之国伎。③

龟兹国即今新疆库车一带,龟兹音乐与天竺及阿拉伯音乐的关系很深。其后,北魏"又以悦般国鼓舞设于乐署"④。悦般国由北匈奴后裔建立,在今新疆西北部,故我们认为其鼓舞当由北匈奴和西域音乐融合而成。北魏孝文帝继续增修宫廷雅乐,太和初因"于时卒无洞晓声律

---

① (唐)杜佑:《通典》,上海:上海古籍出版社,1972 年,第 242 页。
② (北齐)魏收:《魏书》,北京:中华书局,1974 年,第 2827 页。
③ (唐)魏征:《隋书》,北京:中华书局,1973 年,第 724 页。
④ (北齐)魏收:《魏书》第 8 册,北京:中华书局,1974 年,第 2828 页。

者，乐部不能立，其事弥缺"，只能通过"方乐之制及四夷歌舞（东夷、西戎、南蛮、北狄），稍增与太乐"。① 从以上史料所载知，北魏道武帝、太武帝、孝文帝在宫廷雅乐的建立与增修过程中，大量吸收了俗乐和四夷之乐，如安国乐、高丽乐、龟兹乐、疏勒乐等。其后，北周依托魏制建立了乐署乐官，融南朝雅乐、胡乐新声和旧曲建立起宫廷音乐制度，并仿效汉制，以乐配礼。据《隋书·音乐志》载："太祖辅魏之时，高昌款附，乃得其伎，教习以备飨宴之礼。及天和六年，武帝罢掖庭四夷乐。其后帝娉皇后于北狄，得其所获康国、龟兹等乐，更杂以高昌之旧，并于大司乐习焉。采用其声，被于钟石，取《周官》制以陈之。"② 北周武帝娶突厥可汗之女为妻，大批西域乐人随突厥公主出嫁队伍进入中原内地，这使西域乐舞在北周风靡一时。据《旧唐书》载："周武帝聘虏女（突厥可汗女）为后，西域诸国来滕，于是龟兹、疏勒、安国、康国之乐，大聚长安，胡儿令羯人白智通教习，颇杂以新声。"③ 随突厥皇后入周的龟兹乐人苏祗婆善胡琵琶，且通晓龟兹乐调理论，苏祗婆加深了龟兹音乐对汉地音乐的影响。北齐统治者亦沉迷于胡戎乐，一些西域乐人因精于音乐表演而得以封王开府。

北魏、北周的礼乐制度通过不断吸收不同民族、地区的音乐而建立。南北朝礼乐制度的包容性与开放性使它能不断吸取多种音乐文化，从而在时空的变换中，成为维持现实社会秩序与人们精神文化生活的稳定系统。隋时牛弘上书云："后周所用者，皆是新造，杂有边裔之声。"④ 此后北周以《周官》设立乐官之制，据《周书》载北周在保定四年（564 年）："改礼部为司宗，大司礼为礼部，大司乐为乐部。"⑤ 大司乐改为乐部，此举使西域的音声技艺以部伎形态进入中原，这些音乐在隋代被收入宫中太常俗部乐中。在唐代演化为由太乐署管理的部伎

① （北齐）魏收：《魏书》第 8 册，北京：中华书局，1974 年，第 2828 页。
② （唐）魏征：《隋书》，北京：中华书局，1973 年，第 724 页。
③ （五代）刘昫：《旧唐书》，北京：中华书局，1975 年，第 1069 页。
④ （唐）魏征：《隋书》卷十五，北京：中华书局，1973 年，第 351 页。
⑤ （唐）令狐德棻：《周书》，北京：中华书局，1971 年，第 70 页。

音乐，其中的大曲进入仪式为用，次曲和小曲以非仪式的乐体形态在宫廷、京师、府州郡县传唱。此外，在北朝，来自印度和西域的大量佛乐由胡僧传入，如西域僧人帛尸黎密多罗，作"胡呗三契"，授弟子觅历"高声梵呗"，月氏后裔支昙籥"裁制新声，梵响清美，四飞却啭，反折还弄"。① 又据《洛阳伽蓝记》载："至于大斋，常设女乐，歌声绕梁，舞袖徐转，丝管寥亮，谐妙入神……于时金花映日，宝盖浮云，幡幢若林，香烟似雾。梵乐法音，聒动天地。百戏腾骧，所在骈比。"② 此可见来自西域的歌舞伎乐、杂技、幻术和汉地的百戏、民间俗乐相融合并以寺庙为演唱场所。这不仅吸引众多信众，也对隋唐燕乐歌舞产生了深远影响。从现存的敦煌壁画可以看出，北朝的音乐与西域音乐有着深度的交流。如敦煌莫高窟290窟北周壁画佛传故事释迦"成道"画中"纳妃"一段绘制的乐器有琵琶、筚篥、笛子，这些乐器呈现出胡汉融合的状态。又陕西兴平出土的一件北朝佛坐石刻，上面有一幅歌舞图，图中有乐队八人，中原乐器有横笛、排箫，西域乐器有竖筚篥、曲项琵琶等，舞伎是一男一女，男子为西域人，双臂高举，吸腿而立，含胸出胯，属龟兹舞姿。女子为中原汉人形象，正舞摆长袖。③ 这说明西域诸国与中原礼乐文明对接的历史进程中，不同音乐文化间的碰撞、融合、接纳和反哺是魏晋南北朝时期的主要特征。

北朝统治者不仅吸收西域音乐，且依照周礼，用汉族雅乐的金石乐器演奏西域音乐。④ 这极大地推动了胡乐的演化，使大量的少数民族乐舞和部分外国乐舞传入中国北方。这种乐舞文化的交流融汇不仅为隋代九部乐的设立奠定了基础，也催生了新型汉族乐舞——《西凉乐》。

---

① （唐）释道世著，周叔迦、苏晋仁校注：《法苑珠林》，北京：中华书局，2003年，第1177页。

② （北魏）杨衒之著，周振甫译注：《洛阳伽蓝记译注》，南京：江苏教育出版社，2006年，第31页。

③ 高人雄：《多民族文化背景下的北周文学研究》，上海：上海古籍出版社，2020年，第162页。

④ 高人雄：《多民族文化背景下的北周文学研究》，上海：上海古籍出版社，2020年，第166页。

《西凉乐》对敦煌乐舞影响深远。南朝乐制的革新推动了宫廷音乐与民间和佛教音乐的交流融合，这极大地推动了佛教乐舞艺术的中国化，开唐代敦煌佛教乐舞艺术华化的先河。总之，南北朝乐制的革新为唐代敦煌佛教乐舞艺术的发展提供了丰富的音乐资源。

三、南北朝音乐制度新变对敦煌佛教乐舞的影响

南北朝乐制的革新导隋唐乐制之先，也是敦煌佛教乐舞的艺术之源。细检南北朝乐制的新变，我们发现有三个主流趋势：胡汉杂糅、雅俗互融、佛俗互渗。在这一过程中，四夷之乐被纳入华夏乐舞体系之中而开启了汉化历程，来自印度和西域的佛教音乐则开启了与中原雅俗音乐的互融、互渗的华化历程。先秦至六朝，上古雅乐所包含的原始宗教成分逐渐淡化，世俗歌舞伎乐日盛。南北朝统治者出于维护统治的需要，通过继承中原乐制和兼收四夷之乐来稳固其政权。南北朝乐制的革新与敦煌的乐舞戏有着密切的关系，主要体现在以下几个方面。

第一，南北朝胡汉融合的乐制影响了敦煌佛教乐舞戏的音乐形态。敦煌早期石窟无论舞姿或服饰都带有不少印度风韵，同时又显示出北方游牧民族的强悍精神。如北魏248窟西壁歪头劲舞的舞者，舞姿矫健有力。北朝后魏道武帝作《皇始舞》，六年冬诏太乐总章鼓吹，增修杂技。太武帝又以悦般国鼓舞，置于乐署。北齐文宣初，未改旧章，而其时胡舞，已渐流行。《通典》卷一四六载："《安乐》，后周武平齐所作也。行列方正象城郭，周代谓之《城舞》。舞者八十人，刻木为面，狗喙兽耳，以金饰之，垂线为发。画袄皮帽舞蹈，姿制犹作羌胡状。"[①]通典所载乃是初从西域引进的舞蹈，其风格上仍未脱粗犷之习。北魏442窟南壁舞者挥舞长巾，颇类汉魏时期流行的《巾舞》。这幅壁画不同于北朝天宫伎乐之处在于，舞者执长巾而舞，其他壁画中的舞者是肩披身绕巾帛给人以仙乐飘飘之感。北周290窟西壁下方的两身药叉，一身击鼓，一身吹笛，跨步登弓的舞姿中彰显出古典舞的韵律。入唐以

---

① （唐）杜佑：《通典》，上海：上海古籍出版社，1972年，第242页。

后，受中西方舞蹈艺术因子长期融合的影响，敦煌佛教歌舞形成了独具一格的大唐舞风，如飞天、伎乐天，都身披肩绕长长的巾带；长绸成了飞天翱翔云天的翅膀，形成了变化万千的美妙舞姿。敦煌220窟《东方药师经变画》中乐队及乐器组合是在继承秦汉乐府音乐的基础上，经北朝以来吸收大量外来音乐如康国乐、西凉乐、龟兹乐等而形成的一种宫廷乐——燕乐。这种有着浓厚西域音乐文化色彩的乐队和乐器组合，可能常用于胡旋舞等宫廷宴享表演中。

第二，南朝萧梁乐制的改革推动了佛教乐舞艺术的本土化，为敦煌佛教乐舞戏的发展提供了艺术范式和资源。萧梁天监初年改革乐制中，在继承本土固有乐舞艺术基础上，吸收了印度佛教义理和西域佛教乐舞艺术形式来建构宫廷雅乐，推动了佛乐的本土化、清乐化。萧梁在改革宋齐旧乐制过程中，继承汉魏遗留的乐舞艺术，同时也适当削减了旧有三朝乐"颂祖宗之功烈"的内容，吸收了大量百戏和佛教伎乐。这从官方层面促进了百戏与乐舞在伎和艺的层面融合以及佛教义理的本土化、戏剧化展示。从《隋书·音乐志》保留的梁三朝会的演出名目论之，改革后的三朝会用乐具有较强的娱乐性和观赏性，其中不乏佛教伎乐。[1] 梁三朝乐共四十九目，其中第一至第十五、第四十七至四十九乃出入乐、食举乐等雅乐舞。从第十六目起均为伎乐，从中我们可以看

---

① 三朝，第一，奏相和五引；第二，众官出入，奏俊雅；第三，皇帝入阁，奏皇雅；第四，皇太子发西中华门，奏胤雅；第五，皇帝进，王公发足；第六，王公降殿，同奏寅雅；第七，皇帝入储变服；第八，皇帝变服出储，同奏皇雅；第九，公卿上寿酒，奏介雅；第十，太子入预会，奏胤雅；十一，皇帝食举，奏需雅；十二，撤食，奏雍雅；十三，设大壮武舞；十四，设大观文舞；十五，设雅歌五曲；十六，设俳伎；十七，设鼙舞；十八，设铎舞；十九，设拂舞；二十，设巾舞并白纻；二十一，设舞盘伎；二十二，设舞轮伎；二十三，设刺长追花幢伎；二十四，设受猾伎；二十五，设车轮折胫伎；二十六，设长蹻；二十七，设须弥山、黄花、三峡等伎；二十八，设跳铃伎；二十九，设跳剑伎；三十，设掷倒伎；三十一，设掷倒案伎；三十二，设青丝幢伎；三十三，设一伞花幢伎；三十四，设雷幢伎；三十五，设金轮幢伎；三十六，设白兽幢伎；三十七，设掷蹻伎；三十八，设猕猴幢伎；三十九，设啄木幢伎；四十，设五案幢咒伎；四十一，设辟邪伎；四十二，设青紫鹿伎；四十三，设白武伎，作伎，将白鹿来迎下；四十四，设寺子导安息孔雀、凤凰、文鹿胡舞登连上云乐歌舞伎；四十五，设缘高絙伎；四十六，设变黄龙弄龟伎；四十七，皇太子起，奏胤雅；四十八，众官出，奏俊雅；四十九，皇帝兴，奏皇雅。参见：《南书》卷十三，北京：中华书局，1973年，第303页。

出，这些伎乐既有华夏旧乐，又有受佛教影响的伎乐形式，如第二十七目的须弥山伎、金轮幢伎等；又有来自西域的伎乐，如第四十四目歌舞伎等。与敦煌佛教乐舞戏密切相关者当属幢伎。幢伎自汉代已有，张衡的《西京赋》中就有记载。梁代的幢伎与其他伎乐和表演形式结合衍生出新的表演内容，如刺长追花幢伎、一伞花幢伎、猕猴幢伎等。至唐，幢伎与其他伎乐形式结合，发展成为载竿杂戏。《通典》卷一四六《乐六》录散乐有猕猴幢伎："梁有猕猴幢伎，今有缘竿伎，又有猕猴缘竿伎。"[①] 胡震亨《唐音癸签》转引《通典》指出，跳铃伎、掷倒、跳剑伎、透三峡伎、高絙伎和猕猴缘竿伎等均为"前代之伎至唐尚存者"[②]，可知猕猴缘竿伎即为梁之猕猴幢伎，且至唐仍存。需指出的是，猕猴幢伎是梁武帝选取本土音乐中已有的猕猴乐舞与佛教经典意象相关的"佛性符号"的猕猴伎乐结合而形成的带有叙述效果的华化伎乐。从中国本土文化发展论之，西晋时期，晋傅玄撰《猿猴赋》就记载了猴戏的表演情。北齐魏收亦能舞猕猴与狗斗的民间舞。从佛教角度论之，《佛说师子月佛本生经》中载有一种猕猴伎艺，其表演有"缘树上下，声如猨猴""跳上树端作猕猴声"种种作态。[③] 此外，古龟兹库木图喇石窟、莫高窟等地中也多有猕猴伎乐图像。[④] 梁武帝曾在天监三年舍道事佛来看，三朝乐受印度佛教以及西域佛教伎乐影响的可能性很大。唐代莫高窟壁画中的猕猴伎乐图像均属华化的佛教艺术形式，其与梁武帝天监初年改革乐制有着深层次的联系，即它们均是佛教及其艺术形式本土化的艺术符号。此外，敦煌壁画中出现最多的杂技艺术形式就是"载竿杂戏"，主要以敦煌莫高窟乐舞壁画图像中唐朝至五代时期的乐舞壁画最为详细和完整。现存"载竿杂戏"图十余幅，如以莫高窟第156、72、85、61窟、榆林3窟中的"载竿杂戏"图最为逼真形象。

---

① （唐）杜佑：《通典》，北京：中华书局，1984年，第764页。

② 陈广宏、侯荣川：《明人诗话要籍汇编·诗评卷》，上海：复旦大学出版社，2017年，第4485页。

③ 王小盾、何剑平、周广荣编著：《汉文佛经音乐史料类编》，南京：凤凰出版社，2014年，第198页。

④ 刘文荣：《库木土喇46窟所见猕猴伎乐图像考》，载《中国音乐学》2016年第14期。

这些壁画除去第 156 窟"载竿杂戏"是《宋国夫人出行图》出行依仗乐中所绘,其余壁画中的"载竿杂戏"图均出现于中。朱爱在《敦煌壁画中的载竿杂戏探微》一文中解释了载竿杂戏均出自《楞伽经变》的原因:

> 《楞伽经变》"集一切法品"情节之一经云:"譬如幻师以幻术力,依草木瓦石,幻作众生若干色相。"经文旨在倡导"皆唯自心",宣传一切客观事物都不真实。画工根据经文本意加以自我理解和他真实所见的"幻化之术",于是绘画出了"载竿杂戏"图。[①]

由此可见,敦煌载竿百戏壁画一方面是佛理的艺术化再现,同时也体现了中华传统文化"言意之辨"的"言不尽意,立象以尽意"的艺术命题。萧梁乐制改革推动了乐舞与百戏艺术的融合以及宫廷雅乐的多元化和佛乐的华化,为佛乐和俗乐的互渗、演变提供了丰富的乐舞资源和艺术经验,也为敦煌佛教表现艺术提供了丰富的艺术资源和经验。敦煌载竿百戏将多样的伎乐与百戏融合,用世俗艺术表现佛理,从而形成了虚与实、真与幻共容共生的载竿百戏壁画。

第三,南北朝乐制的革新促成了成熟、规范的宫廷乐舞艺术的形成,成双、成对排列的乐舞、乐队影响了敦煌佛教乐舞、乐队的结构。南北朝虽然吸收了不少外来音乐,但是其总体审美态势则是取就本土艺术原则。宫廷音乐制度的建立的过程,也是乐官对多种音乐进行加工、规范化的过程。这种规范化对敦煌佛教的影响体现在佛教乐舞的排列形式的"对称"。这种对称的佛教乐舞并非来自印度原始佛教乐舞,而是本土艺术思维的体现。虽然这种对称的乐舞最早出现在敦煌初唐经变乐舞中,但究其来源,仍与南北朝乐制革新相关。南北朝时期,文艺追求形式美,文学领域兴起了骈文,音乐上也追求这种对称的形式美。南北朝宫廷音乐制度的建立加速了乐队、乐舞排列的规律化和乐舞模式的成

---

① 朱爱:《敦煌壁画中的载竿杂戏探微》,载《丝绸之路》2020 年第 2 期。

熟与定型，乐舞多呈现出成双、对称的结构。南北朝乐制兼收四夷之乐，在具体的乐器配置方面，以中原文化和谐、均衡审美观念为艺术原则，施行胡、汉乐器"双编制"的对称结构。北魏初期的乐器配置在数量上呈现不完全对等的对称形态，在北齐、北周的乐队、乐舞也有对称结构出现，这种对称模式对敦煌佛教乐舞的排列、乐器配置亦有深远影响。① 南北朝乐制的完善推动了乐队规模的扩大和编制的完备，早期独立、连续的乐器配置无法满足扩大的乐队格局。以河南邓县出土的南朝鼓角横吹画像砖为例，如图所示的一组横吹乐队，画面中五人分别演奏：笳篥、角（二）、排箫、横笛。乐器构成方面，在双角的基础上，新增笳篥、排箫、横笛几类乐器。我国俗乐器、西域胡乐器品种的加入，不仅扩大了鼓吹乐的乐队规模，也促进了胡乐俗乐的交融。

为了保证乐队的和谐，胡汉混编的乐器配置在数量上呈对称的结构，这也推动了敦煌佛教舞队、乐器对称结构的出现。敦煌佛教乐舞，尤其是经变乐舞中的乐队多呈对称结构分列在舞伎两侧，有的还是复杂的中心对称结构。如初唐第 386 阿弥陀经变大型乐队，上层两组十二人面相对分别演奏腰鼓、琵琶、筝、箜篌、笙、拍板、竖笛、排箫、鼗鼓和鸡娄鼓等。下层乐队人人面向前，演奏乐器有竖笛、琵琶、拍板、横笛、腰鼓和笙。从乐器构成论之，胡乐器、俗乐器各五件，数量相当，

---

① 吴洁：《从汉唐时期的敦煌壁画看乐队排列的变迁规律及历史特征》，载《星海》2014 年第 3 期。

是典型的胡、俗交融的乐队形式。类似情况在第217、112窟中亦有出现。这种乐队的混编对后世戏曲乐队、乐器的形成具有重要作用。目前的琵琶是"融贯中西"而形成的，在戏曲音乐演奏中，琵琶在戏曲乐队演奏中对情感的表达、主旋律的演绎和伴奏有重要的作用，它能很好地完成戏曲曲目中的和弦音，分解和弦与节奏型等任务。

第四，南北朝乐制的革新推动了"曲体"的建立，这对敦煌佛教乐舞戏剧文体要素的生成具有重要的推动作用。中国戏曲形成的首要因素是"曲"，曲是一种集语言、文学、音乐成分为一身的综合艺术形式。[1] 中国戏曲的旋律性与节奏性是在长期乐舞活动实践中逐渐形成的固定程式规律。中国戏曲发展的阶段性载体包括：大曲、鼓子词、小令、慢调、嘌唱、唱赚、复赚、诸宫调等词曲形式。南北朝乐制以太常和鼓吹为主，下列多种乐官统领乐舞百戏。北朝的乐户制度推动了宫廷与民间、西域的乐舞、百戏艺术的融合。这种融合对歌舞小戏、大曲、诸宫调等曲体的形成具有重要的推动作用，也为敦煌佛教乐舞戏剧文体要素的形成提供了成熟的乐体形式。因为敦煌佛教戏剧文体要素的生成不仅依赖于佛经叙事文学，而且依赖于歌舞、说唱等艺术媒体的演进。北朝乐户制度的设置和佛寺中佛图户的存在开隋唐寺属音声人之先河。项阳在《宗教音声·礼俗用乐》一书中指出北朝寺院中的佛图户的身份与隶属于乐籍的乐户群体身份有着一致性。敦煌归义军和地方州府中也有这一群体，即世俗社会与寺庙的音乐群体具有一致性。[2] 佛教用乐与国家、地方官府、民间乐社、道教用乐具有相通性与一致性。这种一致性使世俗社会与佛教音乐相互渗透、融合、影响，共同发展。北朝乐制革新最大的特点是积极吸收中原礼乐制度以申明政治上的正统地位；同时适应民族融合与音乐多样化的现实，吸收四夷音乐。一方面，在乐制建设过程中，乐官将来自西域的乐舞百戏与中原固有的乐舞百戏进行融合，形成新的乐舞戏。一些歌舞戏被佛门借用改为佛教戏剧，如敦煌

---

① 廖奔：《中国戏曲发殿史·史论卷》，北京：中国戏剧出版社，2013年，第37页。
② 孙云：《佛教音声为用论》，上海：上海音乐出版社，2019年，第13页。

P.3128 号抄卷《贫夫妇念弥陀佛》是由贫困老夫妻上演的小戏，先由老汉埋怨世道不公而致使其受穷，然后其妻子以夸张的口吻责怪老汉，最后由老汉幽默地进行狡辩。李小荣先生认为这种夫妻间相讥嘲的小戏，颇类于当时的《踏摇娘》，其极有可能是寺庙僧侣据《踏摇娘》改编而来。《踏摇娘》在北齐前是具有踏歌抒情表演的歌舞杂戏，北齐时受西域带有一定故事情节的故事的影响而演化为具有叙事情节的歌舞戏。唐代的歌舞曲多用龟兹曲，例如唐代教坊所演出的乐舞、大面、拨头、浑脱等均出自龟兹。在乐制革新过程中，来自印度与西域的歌舞戏艺术与中国的宫廷和民间音乐相结合，为中国传统戏剧艺术的发展提供了技艺和观念上的支持。另一方面，南北朝乐制的革新将来自四夷之乐纳入华夏乐舞体系，这些外来音乐在隋唐被佛门改造为佛教歌舞戏和大曲等音乐体裁。见于敦煌卷子的 P.13360、S.10467、S.12080、S.12985、S.14012 的《苏幕遮》正是唐代五台山僧侣在南北朝时期传入的西域佛曲和乐舞杂戏的基础上发展出的佛教歌舞戏。据慧琳《一切经音义》卷四一载："苏幕遮，西戎胡语也，正云'飒磨遮'。此戏本出西龟兹国，至今犹有此曲。此国浑脱、大面、拨头之类也。"[①] 任半塘《唐戏弄》指出《苏幕遮》是西域祆教祭祀歌舞戏颇类中土的傩戏。这种"乞寒"和"泼水"的群众性的舞蹈摆脱了简单的劳动模拟性和自娱性的原始状态，既有表演形式，也有故事情节的表现手段。南北朝乐制吸收四夷乐舞时，多根据中原固有的音乐文化传统选择其与中土文化具有相似性艺术因子加以改造。《苏莫遮》原是高昌、康国泼水乞寒之戏，北周宣帝时传入中原，初唐时扩增为浑脱队舞形式演于宫廷，天宝年间，太乐署以康国曲为舞曲，然后加上了汉族风格的引曲和序曲对其进行改制。西域乐曲的风格以喧闹急健为主，汉族乐曲的风格则清雅缓长，故大曲多以西域乐舞为舞曲，以汉族乐舞为器乐曲。《苏幕遮》音乐采用的是唐大曲的形式。大曲这种大型音乐的结构思维潜藏在中国传统音乐制度文化中。《诗经》和魏晋俗乐大曲重复与变奏的音乐发展

---

① （唐）慧琳：《一切经音义》，《大正藏》第 54 册，第 576 页，上。

手法对唐"大曲"的形成与发展具有重要影响。在敦煌初唐时期220窟的乐舞和唐代《药师经变》绢画中均有琵琶转柱调弦的现象。这一现象为我们展示了作为套曲的唐代大曲的演奏情况。唐代大曲的一组套曲中由数首曲子组成，这些曲子在节奏、调高上有很大的不同。敦煌壁画展示了唐大曲演奏过程中的琵琶调弦情况，也暗示东西方音乐的交流对大曲艺术的影响。

南北朝至唐代的敦煌壁画和文献部分，曲折地反映了这一时期乐制变化及其对佛教乐舞艺术的影响。北魏太延五年（439），北魏太武帝亲征姑臧，征服北凉，统一华北。敦煌也被纳入统一的北方政治格局下。在北朝统治的二百余年间，汉族一直是敦煌的主要民族群体。敦煌虽距南北朝的中央朝廷甚远，但在民族认同和文化认同上与中原王朝保持一致。汉晋以来，在外交使者、求法僧、中原委派的官吏、儒生阶层、胡汉豪族等的共同努力下，敦煌与中原文化进行了双向、深入的交流。梁僧佑《出三藏记集》卷一十三《竺法护传》中记载，西晋之初的敦煌"寺庙图像，虽崇京邑。而方等深经，蕴在西域"。[①] 在西凉迁都酒泉（405年）之前，李暠在敦煌建造"以议朝政，阅武事"的靖恭堂，于其中"图赞自古圣帝明王、忠臣孝子、烈士贞女……"，"当时文武群僚亦皆图焉"。[②] 这些均可见中原文化对敦煌文化的影响。北魏孝昌元年（525），东阳王元荣从中原来到敦煌任瓜州刺史。北周建德元年（574），建平公于义接替了刺史的职位。由南北朝乐制的革新带来的音乐文化的演变不可避免地将波及到敦煌，并影响敦煌艺术的发展。至北周时期，敦煌壁画音乐的西域音乐色彩淡化，取而代之的是中原音乐风格。南北朝乐制的革新将这一时期将歌舞节目从表演形态、创作方式等方面或创立（如西凉乐等）、或整合（汇江左所传中原旧曲与江南吴歌、荆楚西声形成的清商乐）、或整理（如311年以后散佚的太常雅乐器用的修广、增加鼓吹乐的应用功能等），这些均为隋唐多部伎

---

① （南朝）僧祐撰；苏晋仁、萧錬子点校：《出三藏记集》，北京：中华书局，1995年，第518页。

② （唐）房玄龄：《晋书》，北京：中华书局，1974年，第2259页。

乐舞艺术的发展创造了条件。敦煌文艺的发展既受历史传承的影响,又与当时之政权、社会环境密切相关。南北朝统治者乐制的改革促进了中原与四夷音乐的交流与融合,为敦煌佛教乐舞艺术的发展提供了契机。

魏晋南北朝礼乐制度改革对敦煌乐舞戏的影响主要体现在:一是音律上的准备,五旦七调;二是提供了丰富的音乐资源和新的乐体、乐形;三是融汇胡汉音乐艺术,为戏剧艺术发展提供了基本的艺术雏形。汉代的乐舞百戏是综合性的艺术形式,这种综合性是简单的音乐艺术,中古则是歌舞伎乐,西域来的天宫伎乐在中土找到了新的展现方式。一是融入宫廷音乐,另一是进入寺庙,成为佛寺用乐,连接起了宗教生活与世俗生活。胡汉共建的莫高窟与胡汉共建的音乐制度之间发生了千丝万缕联系,造就了多元的敦煌乐舞戏剧。乐户制度则串联起了宫廷与民间,莫高窟成为东西、南北音乐艺术融合的前线。借助美术与音乐,佛教戏剧大行其道。从艺术形态上来说,以宫廷音乐为模式,以世俗音乐为蓝本,这一切都必须在中原音乐制度语境下展开。敦煌佛教乐舞戏的形成是在中原文化与多民族的文化在双向互动的过程中实现的,其由早期的西域特点发展为西域风格与中原风格并行,并最终于隋唐时期发展出较为成熟的"唐风"。这种唐风便是敦煌文化在创造性地吸收本土和外来文化之后形成的。

敦煌舞谱写本文献性质与行令机制研究

林素坊

（福建师范大学文学院）

摘要：敦煌舞谱的性质，学界基本认定属于唐人打令谱。但就具体打令环节分属判定及行令规则，还未达成一致的观点。本文采用文献考证、图文互证的方法得出，敦煌舞谱写本文献当属于唐人送酒歌舞谱，是持令人在歌舞传令行进过程中之谱，行令时，持令人以跑圆场为主，自顺时针方向依次行令，传令与受令时，双方当旋转表示尊重，如此一周四遍，直至将酒令送出为止。

关键词：敦煌舞谱；写本文献；唐人行令；性质；规则

目前已发现的敦煌舞谱写本文献共八种，分别为 S.5643、S.5613、S.785、BD10691、P.3501、S.7111、Дx10264 以及杏雨书屋藏羽 49 号。其中，除 P.3501 写本较完整，其余写本均存在残损，以致曲调和舞容漫漶不清。因此，敦煌谱可考的舞曲仅存八调，包括《遐方远》《南歌子》《南乡子》《双燕子》《浣溪沙》《凤归云》《蓦山溪》《别仙子》。

一、敦煌舞谱写本文献之内容性质

有关敦煌舞谱的性质判断，前贤已有关注，但囿于写本文献资料尚在不断发掘中，部分判断还值得关注与商榷。

（一）学术界对敦煌舞谱性质判定梳理

针对敦煌舞谱的内容性质，目前主要存在三种观点。第一种观点是歌舞戏谱说，以任中敏为代表。任中敏《唐戏弄》[①] 区分唐燕乐歌舞与歌舞戏，他认为唐燕乐歌舞有六种类型，包括大曲仪式歌舞、大曲普通歌舞、杂曲普通歌舞、杂曲著辞小舞、杂曲踏歌和百戏歌舞，其中不演故事、无说白者为歌舞，其余为歌舞戏。比如，敦煌舞谱 P. 3501《凤归云》，属歌舞戏中的歌舞表演，因《云谣集杂曲子》内有《凤归云》二首，演《陌上桑》同类型故事，一为叙事，一为代言，合演歌舞戏。另外，《浣溪沙》《南歌子》等都有可能是歌舞戏中的歌舞表演。唐人表演中，许多"戏"正寓于"舞"之名义下。

第二种观点是宗教舞谱说，以王克芬为代表。王克芬在《中国舞蹈史·隋唐五代卷》[②] 认为，敦煌舞谱抄录于敦煌文献，留存于敦煌寺院，很可能是寺院进行宗教活动时使用的。寺院舞蹈可分为祈禳性舞蹈和表演性舞蹈，前者如娱神求雨的巫舞、驱疫赶鬼的傩舞，后者如长安慈恩寺戏场、青龙寺戏场的舞蹈表演，都为宗教性舞蹈表演。唐代寺院既是宗教活动的中心，又是娱乐休闲的场所，为了传习舞蹈，寺院保存舞谱是可以理解的，因此敦煌舞谱应当是宗教舞谱，而不是在筵席中的酒令谱。

第三种观点是打令舞谱说，以罗庸、叶玉华、王小盾等学者为代表。罗庸、叶玉华《唐人打令考》[③] 最早引用《朱子语类》[④]《中山诗话》[⑤] 以及《醉乡日月》[⑥] 的观点，论证敦煌舞谱记载的俗舞实为唐人打令舞。在此基础上，王昆吾《唐代酒令艺术》[⑦] 通过系统地梳理酒令歌舞的发展过程，即依次从送酒歌舞、著辞歌舞、抛打歌舞，最后到下次据令舞，发现唐人歌舞与酒令的结合趋势愈加紧密。同时，他还从四

---

① 任中敏：《唐戏弄》（上），南京：凤凰出版社，2013年，第223页。

② 王克芬：《中国舞蹈史·隋唐五代卷》，北京：文化艺术出版社，1987年，第270页。

③ 罗庸、叶玉华：《唐人打令考》，北京：北京大学出版社，1940年，第2页。

④ （宋）朱熹著；黎靖德编：《朱子语类》卷九十二，武汉：崇文书局，2018年，第1771页。

⑤ （宋）刘攽著；张葆全、周满江选注：《历代诗话选注》，西安：陕西人民出版社，1984年，第14页。

⑥ （唐）皇甫松：《醉乡日月》，李际期宛委山堂刻本，1966年，第2页。

⑦ 王昆吾：《唐代酒令艺术》，上海：东方出版中心，1996年，第125—126页。

个方面论证敦煌舞谱为下次据令舞：首先，舞谱中谱字与酒令名目有关联，谱例的形式简单、结构整齐，符合游戏性质。其次，舞谱年代与下次据令舞流行年代一致。再次，敦煌舞谱传抄的曲目与下次据令曲大致相同，且大多为教坊曲。最后，下次据令舞"一曲子打三曲子"的打拍规则，与敦煌舞谱中用三种不同的打送之法演奏同一支舞曲相同，如《遐方远》《浣溪沙》《凤归云》。彭松《敦煌舞谱残卷破解》[①] 根据 P.3501《遐方远》谱二明确提及的"打令"二字，以及敦煌谱中八个常用字见于唐人酒令，且多以"送"结束，正符合酒令以管弦、歌唱、舞蹈以劝酒、罚酒的特点证明敦煌舞谱确是唐人打令谱。在具体的体用性质上，王昆吾《唐人酒令艺术》[②] 提出敦煌舞谱作为下次据令舞，其特点在于轮番持令、依次起舞，宾客与乐伎共舞，记谱应当为宾客与乐伎共设，故舞谱之谱例、舞容、节拍相对于其他大曲舞蹈简洁明了。赵尊岳《敦煌舞谱残帙探微》[③] 基本认同敦煌舞谱为酒令谱的观点，但是在具体内容性质上，他认为敦煌舞谱专为酒筵舞伎习舞而设，不及讴歌，故无歌辞、工尺。而记谱简省的原因有二，一是师工记之授徒，舞伎各有一定舞蹈基础，一阅就明了，无需详记。二是师工本身长于技艺而拙于学，故无法记录考究。这与王昆吾的观点产生较大分歧。

（二）敦煌舞谱性质的分析与讨论

综合以上三说，相较而言，打令舞谱说最合敦煌谱之实际。首先，王克芬之推论，论据稍嫌不足。她以敦煌谱留存于佛寺作为一证，以说明该谱的宗教用途，殊不知敦煌藏经洞文献内容包罗万千，道教符箓、婚嫁丧娶、饮食起居无不在内，岂皆为宗教所用？左晓婷《〈浣溪沙〉研究》[④] 以敦煌舞谱多抄录于佛经写卷背面为证，说舞谱敦煌寺院所保

① 彭松：《敦煌舞谱残卷破解》，载《敦煌学辑刊》1989 年第 2 期，第 110—111 页。
② 王昆吾：《唐代酒令艺术》，上海：东方出版中心，1996 年，第 136—137 页。
③ 赵尊岳：《敦煌舞谱残帙探微》，参见中国艺术研究院舞蹈研究所编：《舞蹈艺术》，北京：文化艺术出版社，1992 年，第 178 页。
④ 左晓婷：《浣溪沙研究》，河北师范大学硕士学位论文，2012 年，第 17 页。

存。事实上，包含 P. 3501《浣溪沙》谱在内，绝大多数敦煌舞谱并非抄录在佛经写卷背面。即便存在部分舞谱确抄于佛经写卷背面，这也仅反映敦煌写卷传抄的基本情况，即敦煌地区佛教氛围浓厚，但纸张稀缺，人们常常在正面抄写佛经，背面抄写其他内容，如 S. 1442 正面抄玄奘译《辩中边论卷第一辩相品第二》，背面抄《毛诗故训传》；S. 1475 正面为《大乘蹈芊经随听疏》，背面有《寅年正月令狐宠卖牛契》，岂经学《诗经》与卖牛之契约也作为宗教用途？可知此推论并不妥当。其次，任中敏的歌舞戏谱说有一定的道理，但敦煌谱未必是出于戏曲之歌舞表演。如任氏所说，歌舞戏是歌舞与俳优相结合，敷演故事的古代伎艺，以对白为重要特征，专业性较强。敦煌舞谱八卷，只有舞容、提示词，全无对白，且舞容相对简单，变化较少，主要是"令""舞""挼""据"等十几种以不同的节拍结构组合变化，专业要求不高，因此，敦煌舞谱不太可能是歌舞戏谱。

就敦煌舞谱的体用而言，打令舞谱说应最为贴合实际，但是在此基础上王昆吾的"下次据令舞谱"说与赵尊岳的"为伎人习舞而设"的观点仍值得讨论。王昆吾在《唐代酒令艺术》从歌舞艺术化程度的角度将酒令歌舞的发展分为四个阶段，依次分别是送酒歌舞、著辞歌舞、抛打歌舞和下次据令舞。"下次据令"作为酒令之一，特点是规则化的改令、与筵者轮番持令，代表当时崇尚变化的行令风气。关于打令的舞法，《唐人打令考》以《卜算子令》为例略作说明，其后彭松《敦煌舞谱残卷破解》也引此例：

　　卜算子令（先取花枝，然后行令，口唱其词，逐句指点，举动稍误，即行罚酒，后词准此。）
　　我有一枝花，（指自身，复指花。）斟我些儿酒，（指自身，斟酒。）唯愿花心似我心，（指花，指自心头。）几岁长相守。（放下花枝叉手。）满满泛金杯（指酒盏），重把花来唤，（把花以鼻嗅。）不愿花枝在我旁，（把花向下座人。）付与他人手。（把花付下座接去。)①

每一舞容表达一句舞辞，各有特点。《秦梦记》载：

> 太和初年，沈亚之赴效，昼梦入秦。梦为秦穆公伐河西，连下五城。后亚之请归，穆公为之置酒高会，命舞人作舞。舞者击髀拊髀，作秦人呜呜之声。亚之遂立歌《击髀舞》一首，歌毕授其词于舞者，并杂其声而和之。辞云：击髀舞，恨满烟光无处所，泪如雨，欲拟著辞不成语。②

亚之立歌《击髀舞》，似是以前舞为令舞而属之，授辞于舞者，似是要舞者据舞辞特点起舞，可见唐人令舞以著辞为其风尚。然而，敦煌谱有谱无辞，这就难以使舞容与舞辞相合。并且，除序词里的节拍稍有差异外，舞容不仅在种类上基本固定，而且出现频率大致相同，不同曲调舞谱的区别仅仅在于舞容的节拍与组合，也就是说，敦煌谱的舞容变化有限，无法表达每一舞辞内容，展示其特点，这就与打令舞"崇尚变化"的风格相左。因此我们推断，敦煌舞谱虽在体用上确为打令舞，但内容性质不一定是下次据令舞。唐人酒筵歌舞大体上可分为两种，其一是表演观赏性歌舞，如歌舞戏、百戏等，由专业艺伎组成；其二是酒令娱乐性歌舞。若再继续细分，又可于酒令娱乐性歌舞之下，分出送酒歌舞与歌舞令，二者的区别在于，歌舞令是受令人按照一定的令舞令格自舞，而送酒歌舞是持令人圆转酒筵四座的劝酒相邀。歌舞令是持令人以寻找受令人为目标，如下次据令舞也是要求轮番持令，持令人行令之后传令于下一人继续行令。在持令人定令格、行令舞之后，受令人属令舞、改令格之前，还应当有持令人搜索、传递受令人的过程，这一过程中，为增加趣味性，持令人一般不会直接授令，而是轮转歌舞、劝酒一周后才

---

① 彭松：《敦煌舞谱残卷破解》，载《敦煌学辑刊》，1989 年第 2 期，第 123 页。
② 鲁迅：《唐宋传奇》，南昌：江西美术出版社，2018 年，第 87 页。

将酒令送出,互动性强,程式化高,我们称之为"送酒歌舞"。相比于其他专业性舞谱,如《灵星小舞谱》《六代小舞谱》,敦煌谱体制短小、舞容单调,因此不太可能是舞伎的表演观赏性歌舞,而是酒令娱乐性歌舞。进一步说,敦煌谱从内容性质上,应当是送酒歌舞。此处的"送酒歌舞"区别于王昆吾的"送酒歌舞",主要在于王氏以歌舞令中艺术化水平较低、自娱性较高的宾客令舞、独舞作为送酒歌舞,是酒令之一种。而此处的"送酒歌舞"则可能出现于每一种酒令之中,或作为背景助兴,或作为中间过渡,最大化活跃酒筵氛围。李白《过汪氏别业二首》云:

> 永夜达五更,吴歈送琼杯。酒酣欲起舞,四座歌相催。[1]

酒筵通宵达旦,吴歌伴舞送酒至半酣,四座众宾以歌相催,主人公摇摇起身行舞。此处送酒歌舞或是歌舞助兴,或是有持令人轮转劝酒,但总是与后面宾客起身自舞相区别。李宣古《杜司空席上赋》云:

> 红灯初上月轮高,照见堂前万朵桃。膚栗调清银象管,琵琶声亮紫檀槽。能歌姹女颜如玉,解引萧郎眼似刀。争奈夜深抛耍令,舞来接去使人劳。[2]

全文写歌舞和酒令紧密结合,最后两句"争奈夜深抛耍令,舞来接去使人劳"是与筵宾客的视角,既云"劳",说明宾主皆有参与舞蹈,"舞来接去"是众宾互动的舞容。唐人行令常常借歌舞送酒助兴,这里"舞来接去"之舞很可能指的是酒筵行令间隙众宾的送酒歌舞。王昆吾认为抛打令是酒令歌舞化之标志,观点不确。实际上抛打令的具体行令

---

① (唐)李白著;瞿蜕园、朱金城校注:《李白集校注》,上海:上海古籍出版社,2018年,第1578页。

② 黄勇主编:《唐诗宋词全集》(第4册),北京:北京燕山出版社,2007年,第1794页。

方式至宋就已不可考，其特征大约是以手抛打器物来行令，皇甫松《醉乡日月》云："又有《旗幡令》《闪躔令》《抛打令》，今人不复晓其法矣，唯优伶家犹用手打令以为戏云。"① 另外，唐酒令都与歌舞相关联，如徐铉《抛毬乐》"歌舞送飞毬，金觥碧玉筹"② 以歌舞行抛打令，方干《赠美人诗》"剥葱十指转筹疾，舞柳细腰随拍轻"③ 以歌舞行筹令，元稹《何满子歌》"如何有态一曲终，牙筹记令红螺盏"④ 以歌舞之后拽盏行酒令。如前说，酒令之歌舞非观赏性舞蹈，而是互动娱宾性的，也就是说，唐人酒筵除舞伎习舞外，与筵众宾也须能舞。《代国长公主碑》云：

> 初，则天皇后御明堂宴，圣上年六岁，为楚王，舞长命□（女）。□□年十二，为皇孙，作安公子。岐王年五岁，为卫王，弄兰陵王，兼为行主词曰：'卫王入场咒愿神圣神皇万岁，孙子成行。'公主年四岁，与寿昌公主对舞西凉殿上，群臣咸呼万岁。

《长命女》《安公子》《兰陵王》皆为唐教坊曲名，此处写皇孙公主皆以俗舞为皇帝诵祝。未言令格与属舞，很可能是皇孙公主向帝送酒助兴之舞。《新唐书·三宗诸子列传第六》提及一事：

> 燕王忠，帝始为太子而忠生，宴宫中。俄而太宗临幸诏宫臣曰：朕始有孙，欲其为乐。酒酣帝起舞以属群臣，在位皆舞。⑤

---

① （唐）皇甫松：《醉乡日月》，李际期宛委山堂刻本，1966 年，第 2 页。

② 黄勇主编：《唐诗宋词全集》（第 6 册），北京：北京燕山出版社，2007 年，第 2833 页。

③ 黄勇主编：《唐诗宋词全集》（第 6 册），北京：北京燕山出版社，2007 年，第 2775 页。

④ 谢永芳：《元稹诗全集》，武汉：崇文书局，2016 年，第 552 页。

⑤ （宋）欧阳修、宋祁：《新唐书》卷八十一，北京：国家图书馆出版社，2014 年，第 843 页。

此处虽写君臣令舞，不合送酒歌舞之旨，但从侧面反映了唐人上下皆习舞的社会风貌。虽云唐人皆习舞，但专业舞伎之谱与众宾之谱应当有所区分，相对而言，敦煌舞谱舞容单调，节拍简单，很可能是为当时酒筵众宾习舞而设，而非舞伎之谱。由此可知，赵尊岳认为敦煌谱乃工师为舞伎习舞而设之观点，并不合当时的实际。

综合以上，我们认为敦煌谱确为唐人打令谱，其内容性质上当属酒令中的送酒歌舞谱，为供宾客习舞而设，劝酒助兴之用。

二、送酒歌舞的行令规则

有关唐人饮筵的行令规则，《朱子语类》云：

> 唐人俗舞谓之打令，其状有四，曰招曰摇曰送，其一记不得，盖招则邀之意，摇则摇手呼唤之意，送者送酒之意。旧尝见深村父老为余言其祖父尝为之收得谱子曰兵火失去。舞时皆裹幞头列座饮酒，少刻起舞有四句，号云：送摇招摇，三方一圆，分成四片，得（送）在摇前。人多不知，皆以为哑谜。①

黄勇《唐诗宋词全集》②、王启兴《校编全唐诗》③ 和周振甫《唐诗宋词元曲全集》④ 均点读作：

> 送摇招，由三方，一圆分成四片，送在摇前。

任二北《敦煌曲初探》⑤ 读作：

---

① （宋）黎靖德编；王星贤点校：《朱子语类》（第 6 册），北京：中华书局，2004 年，第 2343 页。
② 黄勇主编：《唐诗宋词全集》（第 6 册），北京：北京燕山出版社，2007 年，第 2833 页。
③ 王启兴校编：《全唐诗》（下），武汉：湖北人民出版社，2001 年，第 4311 页。
④ 周振甫：《唐诗宋词元曲全集》，合肥：黄山书社，1999 年，第 6492 页。
⑤ 任二北：《敦煌曲初探》，太原：山西人民出版社，2018 年，153 页。

选摇招邀，三方一圆，分成四片，送在摇前。

王克芬《舞论续集》①、彭松《敦煌舞谱残卷破解》② 点为：

送摇招邀，三方一圆，分成四片，送在摇前。

因为最后一句"送在摇前"，故第一句"摇"前应当是"送"，而非"选"，任说不准确。朱熹打令口号"送摇招摇"有重复舞容"摇"，第二个"摇"可能是由于他记不得而选用一个音近的字。黄勇、王启兴、周振甫认为此处原本的字是"由"，王克芬、彭松认为是"邀"，但是"由"并未在敦煌谱出现，可知前说不准确，而"邀"又与"招"含义重复，故后说也不准确。后三句的句读划分应当以王克芬、彭松句读为准，原因有二，一是四字齐整，二是字音押韵。"三方一圆，分成四片"，罗庸、叶玉华认为"三方一圆"之意不可考，而"分成四片"指舞谱的舞段，以一行为一段，一段即一片，敦煌谱每篇以四段为常，或有八段者，当为四段之重叠。③ 傅杰认为此二句指劝酒女伎二人与犯令受酒者一人三方之交相圆舞。④ 王克芬认为此二句指队形、场景和舞乐结构。⑤ 王昆吾认为指舞蹈行进路线，以 P.3501《遐方远（二）》谱为例，此谱七句分别对应一方、二方、三方、一圆、四方、五方、六方舞蹈行进路线，行三方时，对舞双方遥遥相对，行一圆时，对舞双方相互旋绕的回环对称。⑥ 彭松也认同舞蹈行进路线说，持令人依次朝三个方向直线前进，然后曲线行进，路线为半圈或一圈。若三方不受，一圆之

① 王克芬：《舞论续集》，北京：中央民族大学出版社，2011 年，第 73 页。
② 彭松：《敦煌舞谱残卷破解》，载《敦煌学辑刊》1989 年第 2 期，第 124 页。
③ 罗庸、叶玉华：《唐人打令考》，北京：北京大学出版社，1940 年，第 227 页。
④ 傅杰：《二十世纪中国文史考据文录》，昆明：云南人民出版社，2001 年，第 1862 页。
⑤ 王克芬：《中国舞蹈发展史》，上海：上海人民出版社，2014 年，第 243 页。
⑥ 王昆吾：《唐代酒令艺术》，上海：东方出版中心，1996 年，第 141 页。

时必须把"令"交出去，"分成四片"既指四面宾客，又指舞谱之四段。①

综合来看，有关"分成四片"，自罗庸、叶玉华后，学界基本认同指舞谱之四段，席臻贯在《唐乐舞"慢二急三"（慢四急七）之谜钩玄》②进一步发现，敦煌谱凡四行之首行（八行之一、二行），必有"令"；四行之次行（八行之第三、四行），必有"摇"；四行之第三行（八行之第五、六行），必有"奇"；四行之末行（八行之第七、八行），必有"头"。据此，敦煌舞谱可分为令段、摇段、奇段、头段，共四片，正合打令口号。有关"三方一圆"，如前所说，敦煌谱很可能是供众宾习舞使用之谱，不太可能是劝酒女伎与犯令者之圆舞，或乐伎组合之队伍，故傅杰与王昆吾的相关观点不可取。彭松的观点有一定道理，但仍觉不足。首先，彭松的观点打破舞谱规范性的作用，不合实际。敦煌送酒歌舞一般一谱一调，一调的时值与节拍正合"三方一圆，共成四片"，彭松认为"三方"不受令，故有"一圆"，共成"四片"。但若"三方"已经受令，岂不是没有"一圆"，更遑论"四片"，节拍时值不足，如何演奏完一曲？再者，彭松简单化理解"三方一圆"，弱化"圆"在舞者走场的重要作用。

"三方一圆"可能有二解，其一是传令人与受令人的身势旋转，其二为舞者绕圆走场。刘攽《中山诗话》云：

> 俗有谜语曰：急打急圆，慢打慢圆，分为四段，送在窑前。初以陶瓦，乃谓令耳。③

此谜与打令口号相呼应，而《全唐诗》《朱子语类》的"三方一圆"，

① 王克芬：《中国舞蹈发展史》，上海：上海人民出版社，2014年，第243页。
② 席臻贯：《唐乐舞"慢二急三"（慢四急七）之谜钩玄》，载《古丝路音乐暨敦煌舞谱译丛》，兰州：敦煌文艺出版社，1992年，第69—70页。
③ （宋）刘攽著；张葆全、周满江选注：《历代诗话选注》，西安：陕西人民出版社，1984年，第14页。

至《贡父诗话》变为"急打急圆，慢打慢圆"，二者可能存在一定的关联。

首先，舞者的身势旋转。《三国志·陶谦传》记载：

> 陶谦，恭祖，为馆令，郡守张磐常引入燕饮。谦或距而不留。常舞属谦，谦不为起，因强之，乃舞，又不转，曰：转则胜人。[①]

酒筵中，张磐以属舞邀陶谦，陶谦起初不肯起舞，后在张磐再三邀舞之下，陶谦乃舞，又不肯循例旋转，借古人"日转千阶"暗讽张磐，因此造成二人之嫌隙。于此，可以窥见唐人酒筵送酒或传令时都须旋转其身。另外，我们还可引明人朱载堉乐舞理念。朱载堉虽致力"复古人之意"，但他所拟的舞谱多受唐舞，尤其是唐人酒令歌舞之影响。比如《灵星祠雅乐天下太平字舞缀兆图》，据王克芬考证，朱载堉正是在唐代字舞《圣寿乐》《南诏奉圣乐》的传统下拟就的。[②]《乡饮诗乐谱》详述乡饮酒礼和乡射礼，规范乡人聚会筵饮礼仪；《混元三教九流图赞》下方钤印"酒仙狂客"，落款"寓南瞻部洲狂仙书"，凡此种种皆说明朱载堉熟悉酒宴行仪。另外，朱载堉虽欲拟制雅舞谱，但他为使舞谱士庶通用，不得不删去舞谱非普适性之舞容，增加通俗性。《乡饮诗乐谱》云：

> 兹谱但录"二南"、《小雅》数十篇，而《大雅》《三颂》不著于谱，何也？盖《大雅》及《颂》皆朝会郊庙之乐，非士庶所通用，其《小雅》若《天保》《彤弓》诸篇亦然。惟"二南"古称为乡乐，可以用之乡人矣。[③]

---

① （晋）陈寿：《三国志·陶谦传》，上海：上海古籍出版社，2002年，第218页。
② 王克芬：《中国舞蹈发展史》，上海：上海人民出版社，2014年，第350页。
③ （明）朱载堉著；李天纲主编：《朱载堉集·乡饮诗乐谱》，上海：上海交通大学出版社，2013年，第1943页。

以上也解释了朱氏欲复古人之礼，而舞谱取自唐人酒令俗舞之原因。《律吕精义·人舞谱》，云：

> （人舞）空手而舞，舞之本也。是故学舞先学人舞……四势为纲，象四端也：一曰上转势，象恻隐之仁。二曰下转势，象羞恶之义。三曰外转势，象是非之智。四曰内转势，象辞让之礼……上转若邀宾之势，下转若送客之势，外转若摇出之势，内转若招入之势。①

也就是说，朱载堉认为《人舞》为诸舞之根本，《人舞》又以四势为纲，分别是上转势、下转势、外转势和内转势，彭松、冯碧华、王克芬、王晓茹等学者认为此四势来自唐人打令俗舞"送""摇""招"邀，观点中肯。② 而《人舞谱》另有八势为基本动作，其四有转初势、转周势、转半势、转过势、转留势，朱熹《诗集传》云：

> 辗者，转之半；转者，辗之周；反者，辗之过；侧者，转之留。③

可见，"转"或"旋"为舞学第一义。唐人行酒令，劝酒人与受酒人都应当属舞旋转。

其次，传令人绕圆走场。我们仍可以参考朱载堉《小舞乡乐谱》《二佾缀兆图》的乐舞思想。如前所述，朱载堉所制舞谱多有唐舞传统，他熟悉酒令行仪，《人舞》的舞蹈思想和舞蹈术语甚有引用自唐人酒令，而如果说《人舞》提供舞蹈的动作来源，那么《二佾缀兆图》

---

① （明）朱载堉著；李天纲主编：《朱载堉集·乡饮诗乐谱》，上海：上海交通大学出版社，2013年，第1165页。
② 王晓茹（《论朱载堉〈乐律全书〉的舞乐思想》）、王克芬（《中国舞蹈发展史》）、彭松、冯碧华（《中国古代舞谱》）皆认为朱载堉所录《人舞》谱四势可能来源唐人打令。
③ （宋）朱熹集注：《诗集传》，北京：中华书局，2011年，第3页。

明确空间转向，而《小舞乡乐谱》作为舞蹈总谱，"学舞口诀"则补充介绍场地、方位、走向的问题。学舞口诀云：

> 广大象地，清明象天……退旅进旅，一张一弛。①

彭松认为，所谓"进退张弛"，唐称"送摇招邀"②，《小舞乡乐谱》确也受唐人酒令之影响。前两句即所谓的"天圆地方"，可能借指舞者在方形四座中绕圆而走，以方出圆。《周髀算经》云：

> 方属地，圆属天，天圆地方。方数为典，以方出圆，笠以写天。③

"以方出圆"指古人在测量中，由于圆不容易测量，故借助方的棱角测绘。"三方一圆"也很可能借此意，由于古人酒筵常摆四座，呈方形，舞者绕圆走场以圆弧形走过方形的三个折角，形成一个"类圆"。学舞口诀又云：

> 四时终始，风雨周旋。先鼓警戒，三步见方。④

朱载堉以"四时"定点，舞者于春、夏、秋、冬各点旋转，"三步见方"则规划行走路线，一变由春到夏，或夏到秋，或秋到冬，或冬到春，间隔三步之距，如此三变周而复始，既符合舞蹈运动之规律，也符合天地宇宙自然规律，如《二佾缀兆图》所示：

---

① （明）朱载堉著；李天纲主编：《朱载堉集·六代小舞谱》，上海：上海交通大学出版社，2013年，第2535页。

② 彭松、冯碧华：《中国古代舞谱》（修订版），北京：学苑出版社，2018年，第136页。

③ （汉）赵爽注；（清）汪日桢著：《周髀算经》，上海：中华书局，1948年，第3页。

④ （明）朱载堉著；李天纲主编：《朱载堉集·小舞乡乐谱》，上海：上海交通大学出版社，2013年，第2461页。

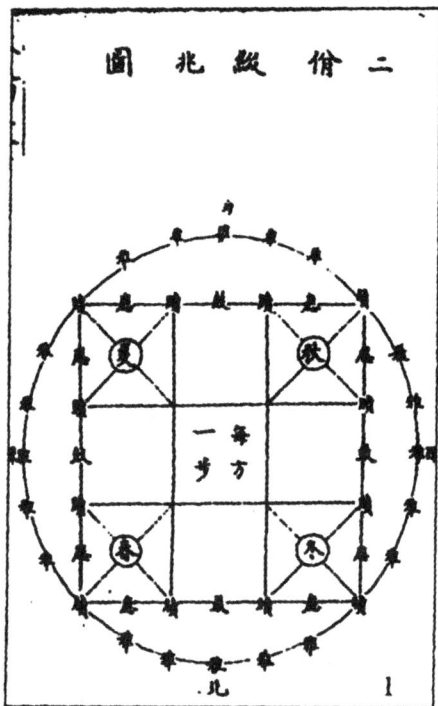

图1 《二佾缀兆图》舞蹈路线图①

此亦可能是敦煌舞谱"三方一圆"之新解，方转三变，圆转一变，若以"春"为舞者起始点，绕圆走场三次后则循环归位，四时周始复归一圆。《新唐书·礼乐志第九》云：

> 唐令节宴会仪。太乐令设登歌于殿上……群官升殿者坐，文官三品以上于御座东南西向，介公、酅公在御座西南东向，武官三品以上又于其后……②

唐人酒筵以主位之东南为尊，送酒歌舞也应当自东南方向开始，顺时针

---

① （明）朱载堉著；李天纲主编：《朱载堉集·二佾缀兆图》，上海：上海交通大学出版社，2013年，第2385页。

② （宋）欧阳修、宋祁：《新唐书》卷十九，北京：国家图书馆出版社，2014年，第123页。

绕圆走场，此亦合朱载堉舞谱路线理论。综上，我们可大致还原敦煌舞谱路线，如图：

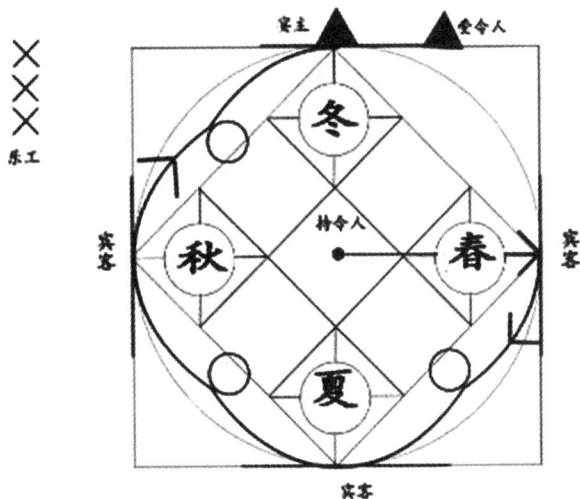

图 2　唐人行酒路线图

宾客四座围绕，持令人于内绕圆走场。先，持令人于中心向"春"行走，于"春"点转身送酒一旋，后又顺时针转过一个折角，具体舞势为：先往动向的反向走出，然后往后弧线走转，欲出先回，欲起身走摆，先撩步而出，转身回扣，凸显"圆"的弧形路线，使脚下路线流畅而无停滞之感。一变之后，持令人至"夏"，如此循环三变，是为"三方一圆"，直至将酒令送出。

因此，据打令口号"送摇招由，三方一圆，分成四片，送在摇前"，可知，敦煌谱每一行为一片（八行则每两行为一片），自东南方向开始，持令人每以类圆转过一个的方形折角的音乐时值恰好是舞谱一片的长度，最后一片当在受令人前歌舞完，且传令时，持令人与受令人都需旋转以相属。

敦煌及新疆石窟壁画中图像与演艺的互动

喻忠杰

（兰州大学文学院）

摘要： 敦煌吐鲁番学所涉及史料总体来源于两种，一是出土文献，如藏经洞和吐鲁番墓葬出土文献，一是石窟艺术图像资料，如敦煌莫高窟壁画和新疆克孜尔石窟壁画。在这些史料中，遗存有大量的音乐、舞蹈和戏剧相关演艺材料。在敦煌和新疆石窟壁画中绘有十数个朝代、近千年的音乐和舞蹈图像。音乐和舞蹈以音响的组合、形体的表演，以不同的序列构成形形色色的演艺形式，并融入到人类社会生活的诸多方面。在音乐与舞蹈产生的同时，绘画亦同步产生。同样作为一种文化载体，绘画以空间线条记录了古代乐舞的历史和不同时期的演艺事实。敦煌及新疆乐舞壁画并非是由印度所传来的原型，而是在中国传统乐舞画基础上，经过不断加工、改造而主要成为佛教的宣传画。与敦煌及新疆所见这些早期演艺形态相呼应，在敦煌和新疆石窟壁画中也存有众多具有表演性质的歌舞和伎乐图像史料，这些图像材料从多方面反映出这一时期各类演艺形态的真实情形，为进一步印证和观察中古时期敦煌和新疆地区的演艺面相提供了重要依据。

关键词： 石窟壁画；图像；演艺

在中国古代社会，音乐很早就被作为一种政治工具加以利用。统治阶层一方面利用音乐来传达自己的意志、巩固自己的统治，另一方面则占有音乐以满足他们自身的享乐需求。自周代开始，音乐文化得到空前提高，音乐的主要社会功能，就是被频繁应用于不同的仪式性场合，在中国历史上出现了较为完备的宫廷"雅乐"体系。乐器逐渐增多，表达性能更加提高。秦汉时期，政治相对稳定，在经济繁荣的前提下，文化得到发展。西汉政府设立乐府，对战国以来各地区的民间音乐作了较为全面的搜集与整理。民间歌舞形式，不断出现并获得发展。歌舞音乐成为这一时期音乐发展的主流，声乐为器乐奠定了坚实的生活基础，器乐的加入使声乐的表达得以丰富与提高，两者与舞蹈深度结合，并进一步促使歌舞音乐在音乐艺术的发展过程中愈发起到主导作用。除此之外，说唱音乐和百戏表演，亦在不断成长之中；戏剧音乐虽然尚不占重要地位，但它已经以其新兴萌芽的形式开始出现在音乐艺术之中。魏晋六朝是中国历史上北方与南方、汉族与少数民族，在音乐文化上的一个大融合时期。隋、唐时代大部分的重要乐器，在此时都已出现，后来构成著名的隋唐九部、十部乐中的部分少数民族和域外音乐，也已开始在中国内地流行。在这一频繁变乱的时代里，印度佛教音乐对中国音乐文化产生深远影响，在充分吸收民间音乐基础上，中国佛教音乐体系渐趋形成。隋、唐以来，由于政权的统一和国内各族关系的加深，各民族彼此之间的音乐文化进一步融合。周边各族大批音乐艺人涌向内地，汉族音乐也持续传入边疆各地，不同民族在相互学习中促进了音乐文化的共同繁荣与兴盛。这种繁兴的具体表现就是各民族共同使用乐器的增多和乐队配备乐器的丰富。[①] 在敦煌和新疆壁画中描绘有大量的古代音乐表演和器乐的资料，其中的部分图像资料为研究唐五代时期戏剧表演实践提供了直观可见的现实依据。

一、敦煌壁画演艺中的乐器及乐舞

在莫高窟 735 个洞窟中，现存壁画和塑像者共 492 窟。据统计，其中壁画涉及音乐题材的洞窟达 240 个，乐伎 3520 身，乐队 490 组（经变画乐队 294 组），乐器 43 种计 4549 件。莫高窟壁画中所呈现的乐器，打击类 22 种、弹拨类 9 种、吹奏类 12 种。[②] 敦煌壁画中所呈现的这些

---

① 杨荫浏：《中国古代音乐史稿》，北京：人民音乐出版社，2004 年，第 27、44、136—139 页

② 郑汝中：《敦煌壁画乐舞研究》，兰州：甘肃教育出版社，2002 年，第 75、220 页。

乐器，品类丰富，形态各异，它们同样是长期民族、民间音乐文化融合和筛选的结果。这些乐器虽然吸收了诸多周边民族的因素，但大体都经过了一番汉化的加工和改造，所以，无论是乐器形态，还是演奏方式，以及排列组合，基本上都保持着汉族的文化意识形态，只有少量在传入后保留了原型。从现存敦煌壁画来看，其中的乐器已经基本定型，并实现了系列化。它们实际就是现实生活中的各种乐器的图像反映，只是经过画师的有机组合而出现在壁画中，这说明当时的音乐和乐器已经相当发达（图1）。其中的多数乐器被广泛用于古代戏剧演出时的伴奏。特别是以鼓为主的打击乐器，以音响强烈、节奏鲜明为特色，在传统戏剧

图1　莫高窟第154窟北壁报恩经变乐舞场面乐队之管乐和打击乐

音乐中具有独特的作用且运用极其广泛，拍板、铜钹、铙等在戏剧伴奏中作用尤为突出。弹拨乐中的琵琶、阮咸、琴、筝、箜篌等在宋、元杂剧和明、清传奇中都是不可或缺的。吹奏类乐器笙、笛、箫和觱篥等不仅是南戏、弋阳、昆腔等剧中的常见伴奏乐器，而且现在仍为许多地方戏剧的主奏乐器。同样，在戏剧因素较为浓厚的榆林窟第3窟壁画中，即出现了舞台与身着戏装的演员，而第10窟壁画图像的诸般法器中出现了各种演奏乐器，尤为珍贵的是其中绘有后世戏剧的主奏乐器胡琴[1]。胡琴属于擦奏弦乐器，古称奚琴或稽琴，是中国弦乐器中出现较晚的一种。它是一种以弓来摩擦弦而使之鸣响的二弦乐器。这种弓擦法最古的源头大约在印度。[2] 莫高窟未见胡琴，榆林窟共发现有四只胡琴，所绘为壁画胡琴之最早者，其中分别于西夏第3窟和元代第10窟各存两只。由此可知，从西夏至元代胡琴在西北地区已有流行（图2）。[3] 宋代以后记述渐多，陈旸《乐书》记载较详，"唐文宗朝，女伶郑中丞善弹胡

图2　榆林窟第10窟拉胡琴的飞天

---

① 黎蔷：《敦煌遗书与壁画中的佛教戏曲》，载曲六乙、李肖冰编：《西域戏剧与戏剧的发生》，乌鲁木齐：新疆人民出版社，1992年，第92—94页。

② 〔日〕林谦三著；钱稻孙译：《东亚乐器考》，上海：上海书店出版社，2013年，第315—321页。

③ 敦煌研究院主编；郑汝中本卷主编：《敦煌石窟全集》16（音乐画卷），香港：商务印书馆，2002年，第193页。

琴；昭宗末，石潆善胡琴。则琴一也，而有擅场。然胡汉之异，特其制
度殊耳。奚琴本胡乐也，出于弦鼗而形亦类焉，奚部所好之乐也。盖其
制两弦间以竹片轧之，至今民间用焉，非用夏变夷之意也"。① 随文附
有样图。莫高窟445窟北壁绘有一幅婚宴舞图，在乐队伴奏下有一女伎
在婚礼现场表演小型歌舞戏（图3），而这种场景在榆林窟第38窟《婚
娶图》中亦有所见（图4）。② 莫高窟第172窟南壁观无量寿经变相说法
图下方，平台两侧各有一组八人乐队。左侧乐器种类主要是由鼓组成的
打击乐器，如答腊鼓、腰鼓、鸡娄鼓、鼗鼓、羯鼓和拍板等；右侧乐器

图3　莫高窟第445窟北壁盛唐婚嫁图中的小型歌舞戏

图4　榆林窟第38窟婚娶图中的小型歌舞戏

① （宋）陈旸撰；张国强点校：《〈乐书〉点校》，郑州：中州古籍出版社，2019年，第
631—632页。

② 敦煌研究院主编；郑汝中本卷主编：《敦煌石窟全集》16（音乐画卷），香港：商务
印书馆，2002年，第107页，第127页。

品种则主要是由筝、笙、阮、觱篥、琵琶以及箜篌等组成的丝竹乐器（图5），这一场景所描述的应该是后世成熟戏剧伴奏中乐队分为"文场"和"武场"的雏形。同时，从敦煌壁画所反映的音乐内容来看，隋唐时期民间的管弦乐器被纳入正统礼乐体系，打破了过去单一的以打击乐为主的"雅乐"格局，推动了自汉代开始的音乐体制变革，以吹打乐为主的"俗乐"逐渐被主流音乐所认可。中国古代戏剧正是以这些形式多样的俗乐乐器为辅助手段，通过伴奏来丰富声音的表现力，增强演唱艺术的美感，借此将演唱和舞蹈等表演形式紧密融合在一起，并最终使得戏剧对话和戏剧动作成为一种"音乐性念白"和"舞蹈性身段"，由于音乐元素的介入，戏剧表演不再是简单的生活化模拟，而转为一种音乐化、舞蹈化的表演。[①] 俗乐乐器在戏剧表演过程中以其宽广的音域、丰富的音色以及鲜明的节奏，成为后世成熟戏剧配合念白和身段的重要组成部分。

图5　莫高窟第172窟—南壁观无量寿经变相说法图

另外，在敦煌壁画的部分乐舞画和经变画中，一些场景也反映出与早期戏剧的发生密切相关的内容。莫高窟第72窟—南壁绘有一幅九人奏乐百戏图，图中一力士头顶长竿，竿头有一童子倒立，力士左右各有一组男乐伎奏乐，左侧站立五人，演奏琵琶、竖笛、拍板、排箫和横笛，右侧四人坐毯上，演奏鸡娄鼓兼鼗鼓、竖笛、拍板和横笛。该场面

---

① 张庚、郭汉城主编：《中国戏剧通论》，北京：中国戏剧出版社，2010年，第288页。

集歌舞、器乐和杂技于一体，观赏性很强（图6）。^① 同在第361窟—南壁亦绘有巾舞与百戏图一幅。在一大方毯上，由八个乐人伴奏，中间有一舞伎，长巾绕身而舞。画面下方是六个耍盘，下腰表演"百戏"的童子，与上方巾舞形成串演关系（图7）。^② 这两幅画中，技艺的综合性和表演性很强，在一定程度上启发了后世戏剧在舞台表演过程中艺术形

图6　莫高窟第72窟—南壁九人奏乐百戏图

① 敦煌研究院主编；郑汝中本卷主编：《敦煌石窟全集》16（音乐画卷），香港：商务印书馆，2002年，第24页。

② 敦煌研究院主编；王克芬本卷主编：《敦煌石窟全集》17（舞蹈画卷），香港：商务印书馆，2002年，第128页。

图7　莫高窟第361窟—南壁巾舞百戏串演图

式多样化的形成。整个画面内容是对汉代乐舞与百戏同场演出的继承。①
百戏表演的各个组成部分相对都是独立的，相互之间并没有实质性的关
联和制约，它们从内部需要出发，在外观上构成一个松散的联合体来进
行展演。不同的伎艺之间，随意而自由地组合在一起即可进行演出。自
汉代以后，中国古代戏剧就开始了从形成到成熟的逐渐演进，在这一发
展过程中，歌舞百戏等各类艺术形态既保持了自身相对的独立性，又在
表演的同时交互融通具备了综合性。这在一方面促使了乐舞百戏艺术形
态在变化中继续得以传承，另一方面也促使了源于原始仪式的早期戏剧
在乐舞百戏的综合性影响下不断成形，于是在相当长的一段时间里，乐
舞百戏和早期戏剧就在互相影响中同场发展。但是，当戏剧表演的观赏
性发展到需要观众保持足够的注意力，戏剧的长度逐渐增加并需要长时
间地占据表演场地时，带有竞演性质的演出方式就逐渐开始隐退。② 北宋
末期，杂剧表演范围日渐广泛，剧目演出长度不断增加，固定的观演场

---

① 萧亢达先生在《汉代乐舞百戏艺术研究》一书中指出，汉代的乐舞与杂技尚未分离，
它们往往同场演出。在大幅的画面上，常常混杂刻绘着各种不同风格的俳优谐戏、舞蹈和各
种杂技节目表演。节目之间缺乏群体表演的呼应关系。这是画工为节省画幅，将次第上场表
演的各种节目浓缩在一块画幅上的结果。参见萧亢达：《汉代乐舞百戏艺术研究》（修订版），
北京：文物出版社，2010年，第155页。

② 黄天骥、康保成主编：《中国古代戏剧形态研究》，郑州：河南人民出版社，2009年，
第117页。

所、稳定的观众群体逐步形成，杂剧开始脱离与乐舞百戏同场演出的混同形态，入元以后这种同场出演方式最终消亡。从敦煌莫高窟壁画中乐舞、百戏同场演出的内容可大致推断出：在唐五代时期，戏剧尚未完全脱离乐舞、百戏等艺术形式，还存在与其他艺术形式混同演出的情形。

在莫高窟第217窟—北壁观无量寿经变中出现的柘枝舞，其表演是在莲花台上进行的，这是受到印度佛教乐舞影响的结果。唐代柘枝舞无论在舞容还是舞姿方面，皆与西域歌舞戏密切相关。因其属于"健舞"，所以在表演时，柘枝舞动作显得矫捷雄健，节奏明快。在图中七宝池和八功德水之间莲花座上执带歌舞的形象，即为唐宋盛行的歌舞剧《柘枝大曲》《柘枝队》的形象反映（图8）。[①]第220窟—北壁是一幅四人巾舞图，这是目前所见敦煌经变画中舞伎人数最多的一幅。所有的舞者都站在小圆毯的舞筵上，肩披长巾，翩然起舞，舞姿矫捷奔放。图

图8 莫高窟第217窟—北壁观无量寿经变中的柘枝舞

---

① 李强：《丝绸之路戏剧文化研究》，乌鲁木齐：新疆人民出版社，2009年，第46—60、113页。敦煌研究院主编；王克芬本卷主编：《敦煌石窟全集》17（舞蹈画卷），香港：商务印书馆，2002年，第88页。

中左侧一对舞伎身着类似武装的美服，背向而立，一腿后勾，一手向上托举，一手侧垂作"提襟"状，舞姿刚劲有力。图中"提襟"动作至今仍是中国古典戏剧表演中武旦等角色常用之舞蹈动作。壁画中间灯楼右侧一对舞伎，则从相反方向，做对称旋转（图9－1、2、3）。此外，第220窟药师经变也是敦煌壁画乐队中人数最多，乐器品种最全，绘制最为精致，内容最具写实性的一铺。舞伎与乐队相互配合，两侧各有一组乐队坐于方毯之上，乐伎肤色各有不同，姿态各异。下图为第220窟壁画西侧乐队，由十五人组成，其中演奏的乐器共有十四种。[①] 在敦煌壁

图9－1　莫高窟第220窟—北壁药师经变多民族大型乐队

图9－2　莫高窟第220窟—北壁四人巾舞图

① 敦煌研究院主编；郑汝中本卷主编：《敦煌石窟全集》16（音乐画卷），香港：商务印书馆，2002年，第88页。郑汝中：《敦煌壁画乐舞研究》，兰州：甘肃教育出版社，2002年，图版第12页。敦煌研究院主编；王克芬本卷主编：《敦煌石窟全集》17（舞蹈画卷），香港：商务印书馆，2002年，第82页。

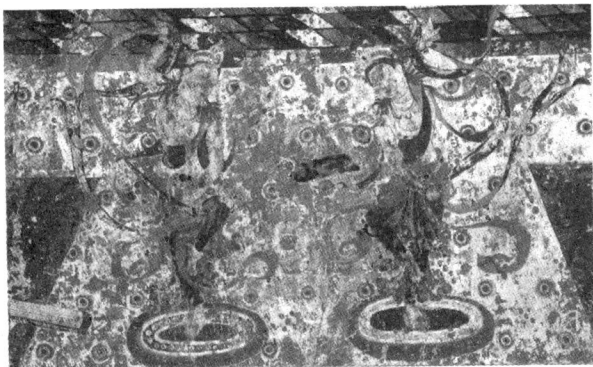

图 9-3　莫高窟第 220 窟—北壁四人巾舞图左侧二人"提襟"健舞场景

画里，乐器的呈现多是作为法器而存在，按照佛教传统，这些乐器在这样的场合下，就不再是演奏音乐的工具，而是佛教仪轨和礼器，象征着佛法与神权。另外，出于壁画构图形式的需要，乐器作为装饰类的图案出现于画面之中，排列成一个固定的组合形式，营造一种庄严肃静、虚幻缥缈的天界意境。而与之相关的一切音乐和歌舞活动，其宗旨都是向佛表示奉献和礼赞，并不具备任何世俗娱乐的功能。但是，所有这些宗教化的艺术场景，又都是通过画师的艺术创造和深度加工，将世俗世界中的各个演艺形象和表演场景，一一投射在石窟壁画上的结果。不论天宫或人间，乐器的演奏方式都是一样的，对其音乐生成后的感知是客观存在的。可以这样认为，敦煌壁画乐器是不同时期社会音乐生活的写照，特别是对我国西北地区音乐生活的实况描摹。[①] 当这些音乐图像反映在当时社会生活中，乐器首要的一大职能，就是为歌舞表演提供音乐的支持和烘托。由于音乐元素的进入，舞蹈就不再是对生活的直接模拟，也不再是通常意义上的简单化表演，而是音乐化了的表演，具备了双重的演艺性质。虽然在后世戏剧形成过程中，器乐处于从属地位，但它却是不可或缺的重要组成部分，戏剧表演中的舞蹈和歌唱都不能离开器乐而孤立存在，它们需要借助器乐来补充和丰富自身所未曾和不能表现的部分。一方面由于器乐具备音域宽广、音色丰富、节奏鲜明的优

---

① 郑汝中：《敦煌壁画乐舞研究》，兰州：甘肃教育出版社，2002 年，第 76—86 页。

势，使得它能够起到声乐所不能达到的作用；另一方面由于器乐在情绪和气氛的渲染上具有独到的功能，人物形象的呈现、表演环境的营构都要借助音乐来配合。因此，器乐在戏剧表演中，既担任了歌与舞的伴奏，也成为了人与景的衬托。①

据敦煌写卷 S. 381《龙兴寺毗沙门天王灵验记》载述，公元 801 年寒食节，城中官僚百姓在龙兴寺内设乐。所谓"设乐"就是演出乐舞百戏，由此可见唐代寺院乐舞活动之一斑。古代寺院既是宗教活动的中心，也是群众娱乐的场所。寺院中举行的乐舞表演，其最初目的是礼佛娱神，但进行过程则更多的在娱人。中古时期，舞蹈逐渐摆脱其原始的祭祀功能，向娱人方向发展，并进入表演领域。敦煌莫高窟所存壁画洞窟，几乎每一窟中都有舞蹈形象。这些舞蹈形象可以分为神佛世界中的天乐舞和人世间的俗乐舞两大类。② 其中天乐舞中的经变画伎乐和俗乐舞中乐舞场面对同时期及以后的戏剧形成与发展产生了积极的影响。具体如敦煌壁画中存有部分舞伎手姿与后世梨园戏的手姿，在造型方式、表现手法以及意蕴内涵等方面，都存在着诸多联系，特别是与隋唐时期壁画的手姿之间存在亲缘关系。梨园戏手姿中的生行"玄坛手"和旦行"螃蟹手"，生旦两行兼有的"尊佛手"与"兰花指"等造型以及双手阴阳配合的手姿，在敦煌壁画中悉数都可以找到相似的踪迹。③ 莫高窟第 112 窟东壁舞伎形象生动优美，特别是手、臂等细部的刻画细腻逼真，极富舞蹈动感和美感。第 288 窟西壁中有一舞伎空手而舞，右臂曲肘侧举，左手作"兰花指"柔美手姿，置于胸前（图 10、11）。④ 在第358 窟南壁有一幅巾舞图，舞伎在由围栏构成的表演区域内，微微倾身，

① 张庚、郭汉城主编：《中国戏曲通论》，北京：中国戏剧出版社，2010 年，第 285—289 页。

② 敦煌研究院主编；王克芬本卷主编：《敦煌石窟全集》17（舞蹈画卷），香港：商务印书馆，2002 年，第 5—7 页。

③ 王晓茹：《丝路交融：梨园戏手姿与敦煌手姿渊源考》，载《戏剧艺术》2020 年第 1期，第 49—65 页。

④ 敦煌研究院主编；王克芬本卷主编：《敦煌石窟全集》17（舞蹈画卷），香港：商务印书馆，2002 年，第 69、55 页。

图 10　莫高窟第 112 窟
——东壁手姿特写

图 11　莫高窟第 288 窟
——西壁"兰花指"手姿

双手举巾而舞。两旁由六个乐人组成的乐队中，所使用的琵琶、横笛、筚篥以及箜篌均为龟兹乐器，只有拍板和琴是中原乐器。这种在中西混合乐队伴奏下的舞蹈，是中原传统乐舞和西域新型乐舞完美结合的体现，在唐代敦煌壁画中比较常见，它们对于理解中原和西域歌舞戏的互融与合流具有重要的启示意义（图 12）。[①]

图 12　莫高窟第 358 窟——南壁西域乐韵伴巾舞

① 敦煌研究院主编；王克芬本卷主编：《敦煌石窟全集》17（舞蹈画卷），香港：商务印书馆，2002 年，第 96 页。

　　另外，在隋唐时期出现的大铺经变画中，除了集中体现佛国世界的天宫乐舞外，还有一些绘有故事情节的乐舞图像。比如，在莫高窟第360窟东壁南侧之《维摩诘经变》下屏风画"方便品"中，绘有一幅宴饮乐舞图，图中有一长桌，艺人在庭院进行歌舞表演。在第61窟东壁北侧《维摩诘变》中亦出现类似场面，中心有一长桌，七人分两排坐，观赏一汉装男子，男子提吸左腿，手姿左上右下，挥长袖起舞。到了五代时期，类似以上的生活化场景依然在壁画里可以清晰看到。在第98窟北壁的贤愚经变屏风画中，五个身着常服的男子，端坐于长方形桌旁，一短装男子吸腿劲舞于桌前。左一人双手端盘，右一人似手执拍板为舞者击节，演艺场景很可能是酒宴过程中的俗舞表演（图13）。① 这些乐舞场面比较零散，规模不大，形式多为二至三人表演的小型民间歌舞或是歌舞小戏，从中清晰反映出当时民间世俗生活中的现实演艺场景。不同的表演艺术形式蕴含着不同的艺术元素，在形成完整意义上的戏剧形式之前，那些具有戏剧性的元素在其特定的时期，都在各自的领域里相对独立地存在着，但与此同时，它们又都在诸多外界因素的促动下，不断地向相近、相关的艺术形式寻找着适宜联姻的契合点，并因此

图13　莫高窟第98窟—北壁五代宴饮俗舞图

① 敦煌研究院主编；王克芬本卷主编：《敦煌石窟全集》17（舞蹈画卷），香港：商务印书馆，2002年，第215页。

而酝酿着新变。当然，戏剧是一种综合性的歌舞表演，并不是单纯的器乐、声乐和舞蹈表演。在持续的日常表演中，复杂的艺术元素在融汇中不断强化自己的特质，当自发的艺术结合转变为艺术的自觉生成时，从戏剧元素向戏剧艺术的过渡就成为一种自然的趋势。易言之，以综合性表演作为目的，当器乐、声乐与舞蹈融合在一起，再有故事文本的介入，就很容易形成早期的戏剧艺术。

二、新疆壁画演艺中的乐器及乐舞

自古以来，西域地区音乐舞蹈艺术就较为发达，中原戏剧的发生与发展同样也受到西域艺术的诸多影响。随着汉代东西方交通的开拓，西域的幻术、杂技逐渐融入汉代乐舞、百戏之中，并从此成为其中的一部分。汉魏六朝是中国古代戏剧的形成期，带有简单情节的西域歌舞戏在这时也开始传入中原地区。隋唐两代，歌舞戏从历时层面承继了汉魏晋南北朝之渊源，从共时层面借鉴了西域舞戏之风格，已经具备了歌舞、故事情节和扮演等诸多戏剧之必备要素。在这一时期，源自西域的《苏幕遮》《西凉伎》《舍利弗》等，盛行于宫廷与民间，成为深受时人所好的歌舞戏。此后，歌舞戏等早期戏剧形式，经五代、北宋的不断发展与整合，至南宋时期，成熟的综合性中国古代戏剧形态最终形成。在此期间，西域歌舞和歌舞戏对中原戏剧的影响是毋庸置疑的，除在史籍中可以找到史实依据外，在石窟壁画中也可得到进一步的印证。

新疆石窟的开凿最早可上溯到公元 2 世纪左右，比敦煌石窟要早。所以，从音乐史上看，新疆石窟中出现的乐器也大都早于敦煌。新疆现存石窟 14 处，近 700 个洞窟。主要分布在南疆的库车、拜城和东疆的吐鲁番一带。在整个龟兹石窟群中，位于新疆拜城的克孜尔石窟是规模最大、最具代表性的一处。现有已编号洞窟 269 个，有壁画者 80 窟，与音乐有关的洞窟达 50 余窟。占据克孜尔石窟总数一半的伎乐壁画石窟，其时代上限起于东汉末，下限延至唐五代，前后 700 余年。克孜尔伎乐壁画反映出不少与中土戏剧发生相关的诸多问题，与莫高窟伎乐壁画相仿，其中同样出现了大量用于戏剧伴奏时的乐器，如运用较为广泛的打击乐器拍板、大鼓、铜钹等；后世许多地方戏剧的主奏乐器，管乐器中的笙、笛、箫和筚篥等，尤其是克孜尔石窟第 38 窟壁画中出现了近似小唢呐的乐器（图 14）；以及在宋、元杂剧中常用的弹拨乐器，如琵琶、阮咸、筝和箜篌等。[①] 龟兹壁画中所描绘的各类乐器对敦煌以及内地各石窟艺术都产生了深远影响。莫高窟隋唐时期大型经变画中的乐器编制，基本上是由龟兹乐器与中原乐器组合而成的。[②]

图 14　克孜尔石窟第 38 窟主室唢呐图

另外，通过造型艺术的生动性、感知性反映表演艺术的戏剧性也是壁画艺术的特点之一。克孜尔乐舞壁画中所保留的大量舞蹈音乐场面，直观再现了西域地区乐队的规模、面貌、编制以及演奏形式等内容，同时在一定程度上，也反映出隋唐时期经变画中乐队编制的形成和这一时期戏剧的发生和发展。克孜尔第 69、123、163 号等石窟壁画中，都绘有二人一组的伎乐组合形式（图 15 - 1、2、3、4），这种形式在克孜尔石窟中较为常见。其中尤以一人伴奏，一人舞蹈的形式为多，从这类表演形式分析，双人伎乐应是边舞边唱的歌舞类型。这可能与西域地方性

---

① 周菁葆：《新疆石窟壁画乐器述略》，参见张国领、裴孝曾主编：《龟兹文化研究》（二），乌鲁木齐：新疆人民出版社，2006 年，第 726—738 页。

② 中国新疆壁画艺术编委会编：《中国新疆壁画艺术》（第 1 卷）《克孜尔石窟壁画》，乌鲁木齐：新疆美术摄影出版社，2015 年，第 23—24 页。

图 15 - 1　克孜尔石窟第 69 窟主室

图 15 - 2　克孜尔石窟第 123 窟正壁

图 15 - 3　克孜尔石窟第 163 窟后室

图 15 - 4　克孜尔石窟第 181 窟后室

歌舞表演方式有关。双人歌舞能进行情感交流，又可戏剧性地表演，又是说唱艺术的一种。这种双人对舞的形式在《旧唐书》所载的高昌乐、疏勒乐、康国乐、安国乐以及高丽乐中都是"舞二人"，在龟兹乐中则被记为"舞四人"。其实"舞四人"是"舞二人"的扩大，在实际表演时，仍以二人对舞为基本组合形式。① 这种带有简单叙事性的西域舞蹈，经丝绸之路输入中原之后与本地舞蹈相融合，逐渐演变为情节性的风俗舞蹈，从而促进了中原地区歌舞戏的发展。此外，以手达意、以目传情的艺术手段也是克孜尔石窟乐舞表现形式的一个突出特点。第 77 窟中数

———————

① 霍旭初：《龟兹艺术研究》，乌鲁木齐：新疆人民出版社，1994 年，第 109 页。

图 16　克孜尔石窟第 77 窟东甬道券顶外侧壁伎乐局部

十身伎乐菩萨手姿轮廓清晰，造型迥异，质感强烈，极富感情色彩（图
16）。[①] 透过造型丰富的手姿，以手指间的律动变换传递细腻的情感，为
舞蹈增添了更强的表现力，而这种广见于克孜尔石窟和莫高窟壁画中的
手势造型，在后世戏剧中得到了极其广泛的应用。戏剧表演中演员所使
用的丰富多彩的手姿，大多即学自佛教的各色手印。我国各地方戏剧种
都十分重视手部的动作，其中有些很明显就来自佛教舞蹈。[②] 传统戏剧
表演讲求"四功五法"，在"五法"手、眼、身、法、步中，手姿又居
于首位。手姿是戏剧身段中极为重要的组成部分之一，它主要是通过手
的造型变化传达情感性语言，并力图在变化中凸显出艺术的美感。后世
戏剧表演中的诸多手势与克孜尔等地石窟壁画中所绘手姿相似或相同，
就清楚地表明戏剧手势与壁画手姿之间的渊源关系。同在第 77 窟中，

---

　　① 中国新疆壁画艺术编委会编：《中国新疆壁画艺术》（第 1 卷）《克孜尔石窟壁画》，
乌鲁木齐：新疆美术摄影出版社，2015 年，第 34—35 页。

　　② 康保成：《佛教与戏曲表演身段》，载《民族艺术》2004 年第 1 期，第 45—46 页。

后室盝顶方格内绘有一伎乐菩萨，其回首斜视的舞蹈姿态独具特色。[①]透过眼睛的不同神态来表现舞蹈者的内心情感是西域舞蹈的一个显著特点。《通典》中就有对龟兹舞蹈"弄目"的记载："按此音所由，源出西域诸天诸佛韵调，娄罗胡语，直置难解，况复被之土木？是以感其声者，莫不奢淫躁竞，举止轻飚，或踊或跃，乍动乍息，跷脚弹指，撼头弄目，情发于中，不能自止。"[②]眼神的运用在成为西域舞蹈抒情的重要手段的同时，也逐渐被后世戏剧所吸纳，最终成为演员扮演角色、塑造人物的核心手段之一。

　　中国古代戏剧是一种独特的艺术形态，在其成熟定型之后，唱、念、做、打就成为它用以推演故事情节，刻画人物性格的主要手段。但究其根本，戏剧的唱与念，实际是诗歌化和音乐化的结果；而戏剧的做与打，则是舞蹈化的结果。因此，在研究中国古代戏剧的生成与发展问题时，首先厘清组成戏剧形式的三要素（诗歌、音乐、舞蹈）是怎样结合在一起的，就显得尤为重要。原始社会时期，由于人类对世界的认知和掌握尚处在朦胧状态，在艺术手段的利用上存在很大局限，所以他们不可能对艺术加以区分，进行选择，并形成概念。诗歌、音乐和舞蹈最原始的自发混合就在这样的背景下诞生了。随着生产力的发展，社会物质条件的变化，人类意识水平和思维能力的提升，艺术实践的持续积累，三者开始从原始的混合状态走向纯艺术化的状态。首先是三者的性质发生了变化，即从复功用性转向单功用性，各自获得了艺术的独立品格。在摆脱早期自发的混合状态之后，诗歌、音乐和舞蹈一方面渐趋形成各自独立的艺术面相，另一方面则在一种凝聚力量的作用下，走向新形式的结合，即诗、乐、舞的综合。从艺术实践来看，混合是一种自发状态，综合才具有自觉性质。但是，诗歌的手段是文学，音乐的手段是声响，舞蹈的手段是动作。由于物质材料和表现手段的不同，它们三者在通过不同的创造艺术形象的原则来体现思维的时候，艺术的综合就显

---

　　① 激川：《龟兹乐舞初探》，参见张国领、裴孝曾主编：《龟兹文化研究》（四），乌鲁木齐：新疆人民出版社，2006 年，第 89 页。

　　② （唐）杜佑：《通典》，北京：中华书局，1988 年，第 3615 页。

得尤为重要。这种综合既不是简单的相加，也不是粗疏的折中，而是在三者各自所包容的艺术因素中，选择某一种艺术因素创造形象的原则作为凝聚三者的核心原则，其他艺术因素则降格为辅助因素，作为启发创作的材料和表现手段来使用。在诗歌、音乐和舞蹈的综合过程中，特别值得注意的是以叙事诗创造形象的原则为核心所促成的综合形态。它们就是综合了诗歌、音乐、舞蹈的叙事性乐歌和综合了诗歌、音乐的叙事性说唱。在等到叙事文学成熟并繁荣的时期，这种叙事性乐歌和说唱，就会在以叙事性文学为主导的原则下，与音乐和舞蹈进行深度融合，并形成新的综合性艺术形式——戏剧。[①] 敦煌及新疆出土文献清晰反映出，唐五代时期中国古代戏剧在发生与发展过程中，在其不同形成阶段，以不同的创造艺术形象的原则作为主导原则，来凝聚并同化各种艺术元素。从以戏剧化曲辞为主导，将音乐和舞蹈纳入叙事性乐歌的综合体系，到以说唱性文本为统帅，将音乐和舞蹈融入歌舞性小戏的综合体系，我们进一步看到不同艺术元素在唐五代戏剧生成过程中，借助主导原则和同化原则所形成的巨大艺术凝聚力。同时，再结合考察敦煌及新疆壁画中，所呈现的诸多音乐和舞蹈艺术元素的综合过程，我们又可以看到从叙事性曲辞与乐舞的综合，到说唱性文本与乐舞的综合，从各自独立的纯艺术化形式，到诗乐舞融合的综合戏剧形态，这其中经历了一个曲折而漫长的历史过程。

三、敦煌及新疆石窟壁画中的演艺场所

敦煌及新疆出土文献的发现，不仅在于使后世有幸目睹了一批湮没千年、未见记载的唐五代民间说唱文艺作品，更重要的是，它的存在为勾勒唐五代时期戏剧的发展线索提供了真实可观的文献史料。同时，由于说唱伎艺与戏剧艺术的最终指向都是表演，二者关系较为密切，因此相互之间容易进行转化，借助敦煌及新疆出土文献，可以较为清晰地呈

---

① 张庚、郭汉城主编：《中国戏剧通论》，北京：中国戏剧出版社，2010 年，第 101—106 页。

现出这一转化过程中，说唱伎艺的具体形态，以及这些伎艺形态和戏剧搬演之间存在的显性关系。除出土文献之外，敦煌及新疆壁画中的图像史料，亦为我们进一步印证文献内容，并从另一视角为研探唐五代戏剧提供了更为直观的参照物象。剧场与艺人同样是戏剧不可或缺的要素，前者是表演进行的场所，后者是表演实施的主体，二者都是戏剧得以呈现的重要载体。从最早的戏剧演出发生之时起，它就需要一个能将表演者和观看者联系在一起的物质空间，最终形成一个扭结观演关系的固定场所。关于唐五代戏剧的生成与发展，除了需要特别关注敦煌及新疆出土文献中，那些与戏剧相关的各类演艺形态，同时，我们还需要联系石窟壁画及相关传世文献中所见唐五代戏剧的表演场所和艺人，以便更加清晰、完整地勾画出这一时期戏剧的展演外观。

表演现象和表演场所是共生的，尽管不同的表演样式对于表演场所的依存程度有所不同，但是表演现象在一个特定场合的发生就意味着表演场所的正式形成。当原始拟态表演的功利目的从宗教转变到艺术、从娱神发展到娱人以后，作为表演时观演对象的观众就自然产生了，只是这时的特定观众群并不是社会普通民众，而是享有优越社会地位的贵族阶级，因而最初的演出场所只迁就于观演者的舒适便利，并不十分顾及表演的需求。在这种社会基础上，表演不能在特定的场合中形成固定的程序和规则，而只是呈现出随意性和流动性的面貌。[①] 这就使得中国古代的早期表演并不具备真正意义上的"表演场所"意识，或者说，这一时期的"表演场所"还只是处于为"观演"而"表演"的初级阶段，并未过多地兼顾到表演。由于史料阙佚，追索这种"表演场所"意识开始转变的具体时期，的确存在很大难度，但是依据敦煌壁画所存演出场所和唐代娱乐性观演场所的形成与发展，我们大致可以看出中国古代"表演场所"意识逐渐显现的端倪。

关于唐宋时期歌舞和戏剧演出的场地，在敦煌莫高窟中亦可见到相关图像内容，在第 12 窟南壁火宅喻图中就出现了与后世较为相似的表

---

① 廖奔：《中国古代剧场史》，北京：人民文学出版社，2012 年，第 6—8 页。

演舞台（图17）。[①]

图 17　莫高窟第 12 窟南壁火宅童子乐舞图中的表演舞台

　　在莫高窟诸多经变画中，出现了大量的台基和勾栏设计，具体如莫高窟第 71 窟北壁、第 329 窟南壁、第 359 窟南壁等大型经变画中的建筑，多以楼的形式出现。第 71 窟中二层建筑底层为平坐，故称二层阁；第 329 窟二层建筑底层为殿屋，故称二层楼（图 18 - 1、2、3、4）。[②]此外，在一些世俗壁画中也出现了早期的庭院戏场与勾栏酒肆，第 220 窟南壁下方的唐代《舞乐女伎图》以俯瞰构图描绘了唐代贵族组织女艺人在勾栏演出的全景。第 85 窟窟顶东坡有一幅勾栏百戏图，其中以青色布幔围作勾栏，栏内三名橦末伎身着百戏服饰进行表演。栏外左侧为乐伎演奏，右侧当为一讲说艺人，勾栏正前方则坐着观众。与此相似，在第 61 窟南壁也有相同内容的一幅百戏乐舞图，勾栏同样由条幔围成，两名童子正在表演百戏上竿。勾栏外六名表演者围作半圆，或站立，或盘坐，分别持有不同的乐器进行伴奏。右边站一讲说艺人，边讲边做手势（图 19 - 1、2）。[③]

---

　　① 敦煌研究院主编；王克芬本卷主编：《敦煌石窟全集》17（舞蹈画卷），香港：商务印书馆，2002 年，第 172 页。

　　② 敦煌研究院主编；孙儒僩、孙毅华本卷主编：《敦煌石窟全集》21（建筑画卷），香港：商务印书馆，2001 年，第 84—85、105—106 页。

　　③ 敦煌研究院主编；谭蝉雪本卷主编：《敦煌石窟全集》25（民俗画卷），香港：商务印书馆，1999 年，第 48—49 页。

图18-1、2　莫高窟第71窟和第329窟经变画中出现的台基

图18-3、4　莫高窟第220窟和第329窟经变画中出现的台基与勾栏

图19-1、2　莫高窟第85窟和第61窟勾栏百戏图

　　蒋星煜先生曾据明人张宁《唐人勾栏考》一诗，着重讨论过唐戏与勾栏的历史面貌。此诗中有"锦绣勾栏如鼎沸"一句，蒋先生置疑"勾栏"如何"锦绣"之后，他做出的解释是，无论"勾栏"是指演出场所，还是指"勾栏院"，此处的"锦绣"很可能是指场内悬挂的锦旗和横幅，或者是铺在舞台或其他演出场所地上的精织地毯。若能结合敦煌壁画所见勾栏图，对于"锦绣"的理解自然会更直观、更精确。① 虽然史料未见唐代有"勾栏"之名，但有唐一代却实有此表演场所，宫廷中的歌舞表演就已与勾栏相关，且很可能就与敦煌壁画中用于各类表演场所的勾栏相同。莫高窟壁画中除了一般伎乐人表演时所使用的平台、桥台外，还出现了类似于后世戏台的二重楼阁，在第341窟北壁弥勒经变中的小桥和平台连接处有一座四柱的亭台式建筑，为上下两层奏乐平阁，平阁上可容纳四五人奏乐表演（图20）。第335窟南壁三开间殿堂的屋顶上设有平坐栏杆，露天平台上有伎乐表演，把演奏者位置升高，有利于观众进行观赏，这类歌台应是后代戏楼的滥觞（图21）②。

图20　莫高窟第341窟　　　　图21　莫高窟第335窟
　　北壁奏乐平阁　　　　　　　　南壁二层歌台

① 蒋星煜：《中国戏曲史钩沉》，郑州：中州书画社，1982年，第6—8页。
② 敦煌研究院主编；孙儒僩、孙毅华本卷主编：《敦煌石窟全集》21（建筑画卷），香港：商务印书馆，2001年，第89—90页。

另外，在克孜尔石窟壁画中同样出现了歌舞演出场所，第 38 窟拱形顶下沿部位画有一长幅《伎乐图》，画面上亦有用墙栏相隔的楼台。而在敦煌莫高窟第 172 窟壁画里也可以看到设在寺庙大殿前面供歌舞表演用的露台。露台四周设有围栏，一众乐伎列坐于上，露台、配殿及双楼均建于水上，其用途当在礼佛乐神，自然不指望俗世之人听到（图 22）。唐代出现专门"舞台"的称名，是在崔令钦《教坊记》中，其云"于是内妓与两院歌人更代上舞台唱歌"。①

图 22 莫高窟第 172 窟北壁配殿即双楼

这种舞台建筑的具体形制如何，现已不得而知，但既然称作"舞台"且有艺人歌于其上，可见其用途是提供歌舞表演的场所。唐代文献中又有"砌台"一名，白居易《宴周皓大夫光福宅》诗云："何处风光最可怜，妓堂阶下砌台前。"② 杨汝士《建节后偶作》又云："抛却弓刀上砌台，上方台榭与云开。"③ 二首合观，在唐代"砌台"显然是用来表演的场所。唐人郑处诲《明皇杂录》中载有宫女登"砌台"演出的情形：

　　开元中，有名医纪明者，吴人也。尝授秘诀于隐士周广，观人颜色谈笑，便知疾深浅，言之精详，不待诊候。上闻其名，征至京师，令于掖庭中召有疾者，俾周验焉。有宫人，每日晨则笑歌啼

---

① （唐）崔令钦撰；任半塘笺订：《教坊记笺订》，北京：中华书局，2012 年，第 34 页。

② （清）彭定求等编：《全唐诗》，北京：中华书局，2008 年，第 4847 页。

③ （清）彭定求等编：《全唐诗》，北京：中华书局，2008 年，第 5500 页。

号，若中狂疾，而又足不能及地。周视之曰："此必因食且饱，而大促力，顷复仆于地而然也。"周乃饮以云母汤，既已，令熟寐，寐觉，乃失所苦。问之，乃言："尝因太华公主载诞三日，宫中大陈歌吹，某乃主讴者，惧其声不能清，且长食独蹄羹，遂饱，而当筵歌数曲。曲罢，觉胸中甚热，戏于砌台，乘高而下，未及其半，复有后来者所激，因仆于地，久而方苏而病狂，因兹足不能及地也。"上大异之。①

从中可以看出，演出砌台位置较高，有阶梯上下，已经和后世神庙露台形制相同，唐代教坊表演所用"舞台"可能就是这种砌台。② 榆林窟第25窟之露台可清晰印证唐代砌台的外观样式，建于水中的实砌露台，环周为勾片栏杆，台阶上下及露台转角处立望柱。露台下方透过支柱能看到柱网内还有实砌台基，由此可以判断露台位置不低（图23）。这种形制的砌台在六朝时就已出现，创建于梁武帝时期，是专门用于奏乐演

图23　榆林窟第25窟南壁露台图

图24　四库全书本《乐书》
熊罴案附图

---

① （唐）郑处诲撰；田廷柱点校：《明皇杂录》，北京：中华书局，1994年，第54页。
② 廖奔：《中国古代剧场史》，北京：人民文学出版社，2012年，第9—10页。

出的木结构台子，称作"熊罴案"。隋炀帝时，得到进一步的加工和美化，《隋书·音乐志》有载。由于这种台子便于拆建，故唐宋时期即被沿用下来。宋人陈旸《乐书》中对"熊罴案"有详述，且于文后附图（图24）。[①]

唐五代时期类似的露台已经大量用于乐舞演出。由于露台不能遮蔽风雨，在正常使用时收到较大的限制，于是临时性的乐棚出现在露台之上。神庙露台上固定的乐棚可以不必拆卸而长期保存，在此基础上便产生了永固性的舞亭类建筑。舞亭类建筑出现的最早时间，据现有史料，大致可推定在北宋年间。[②] 但是从敦煌壁画的经变图中，我们却可以觅得这种建筑的早期样态，比如在第445窟阿弥陀净土变中，画有三开小殿，下有砖砌台基，分左右两阶，殿身比例适当，阑额下悬挂帷幔作为修饰（图25），而第146窟南壁所绘火宅童子乐舞场地的背景则又似前者的表演简图（图26）。[③] 从外观判断，这应该就是后世舞亭类戏场的前身。

图25　莫高窟第445窟南壁三开间小殿

①　（宋）陈旸：《乐书》，《影印文渊阁四库全书》（第211册），台北：台湾商务印书馆，1986年，第700页。

②　廖奔：《中国古代剧场史》，北京：人民文学出版社，2012年，第16—20页。

③　敦煌研究院主编；孙儒僴、孙毅华本卷主编：《敦煌石窟全集》21（建筑画卷），香港：商务印书馆，2001年，第139页。敦煌研究院主编；郑汝中本卷主编：《敦煌石窟全集》16（音乐画卷），香港：商务印书馆，2002年，第156页。

图26 莫高窟第146窟南壁火宅童子乐舞图

四、敦煌及新疆石窟壁画中的表演故事

中西戏剧的发生与发展，都曾与宗教密切相关。在最初的宗教仪式中人类本能地进行拟态性和象征性模仿，这种早期的模仿实践最终导致了原始戏剧形态的产生。随着时间的推移，这种带有宗教性的原始戏剧的宗教色彩逐渐淡化，娱神的目的逐渐隐退，世俗化色彩加强，娱人的目的开始凸显，以人为中心的娱乐审美观的滋长，促使了原始戏剧向纯表演性的初级戏剧的进一步发展。从这一过程开始，直至成熟戏剧的形成，戏剧都没有完全脱离宗教而成为独立的演出形式。历史图像是人们对当时自身状况的一种现场描述，具有一定的写实性和真实性，虽然其中由于主观的有意和无意会影响图像的形式和内容，甚至存有偏离现实的想象，但它依然是历史现实场景中客观的创造，其中必然蕴含了创造者原有的意识和观念。作为一种特殊的历史图像，敦煌及新疆壁画具有传形和叙事的双重功能，它所反映的戏剧形象史料弥足珍贵，在一定程度上可以印证文献的真实或补充文献的不足。

在敦煌壁画中存有本生故事画一类，这类本生故事画与在敦煌兴盛的各种说唱艺术一样，兼具故事性、文学性、戏剧性和娱乐性的优势，对普通信众有着很大的吸引力。这些壁画总体有两种表现形式，一为横卷式，一为立轴式，但无论哪种形式，它们都是采用连环画的方式来讲述故事内容，画中所描绘的故事，大都有时间、地点以及完整的情节，可以看作是对佛陀前生事迹搬演的真实写照和艺术再现。佛教认为释迦在过去无数世，与世间众生同处于六道轮回之中。释迦之所以能成佛，是因为他在无数轮回之中能够坚定信念作舍身救世、施物济人的菩萨行以及坚持修行、精进求法的个人历练，并修满"六度"。本生（梵语作Jātaka）就是讲述佛以上事迹的故事。其中有一部分是佛讲述弟子及旁类（动物）过去世的故事，则谓之本事。因缘（梵语作Nidāna）是人世事物形成的因由和机缘，是由佛向大众讲述生死轮回、因果业报的事例以度化众生。在早期佛教的传播中，除本生、因缘外，还有佛传。佛传讲述释迦今世从入胎、降生、成长到菩提树下悟道成佛的俗世生平，它们之间既有前后相接的联系，但又各自独立。本生和因缘散见于众多经典之中，大都取材于古印度的民间传说、寓言故事以及逸闻稗史等，它们故事性很强，能极大地吸引读者和观众。印度现在尚存有公元二世纪巴尔胡特、山奇、摩陀罗、犍陀罗、阿旃陀等古塔及石窟中的本生、因缘故事的艺术遗迹。这些故事在传入中国后，在新疆的克孜尔、库木吐拉等多处石窟和敦煌石窟中，再度被绘制成为极具艺术性的故事壁画。敦煌及新疆壁画中的这些本生、因缘故事画，本质虽属佛教，但它们入壁绘画的题材，却反映了一定时期的历史情景、社会状况、政治变化和文化思想。在晚唐、五代与宋的本生、因缘故事画中，它们的内容反映出与讲经文、变文的相辅相成。[①] 为了吸引更多信众，扩大宣教效果，佛教徒对佛经故事进行改编，将其加工成韵散相兼的形式，讲唱结合，甚至配有音乐，这便是俗讲，其讲述所用的底本就是讲经文和变文。把佛经和佛经故事的内容制作成图画，绘制在石窟和寺院的墙壁上就是变相。巫鸿先生认为敦煌壁画是石窟寺的有机组成部分，其中这些单体的绘画作品同样需要纳入它们所在的建筑结构与宗教仪式中去进行整体观察。这些形象不是可以随意携带或单独观赏的艺术品，而是为用于宗教崇拜的某种礼仪结构而设计的一个更大的绘画程序的组成部分。这种制作与观赏这些绘画本身实际是一种礼仪性行为。易言之，敦煌壁

---

① 敦煌研究院主编；李永宁本卷主编：《敦煌石窟全集》3（本生因缘故事画卷），上海：上海人民出版社，2001年，第5—6页。

画所呈现的变相，并不是变文表演时的"视觉辅助"。但是，变相的生成却激发了创作者巨大的艺术想象力，并由此而影响到了变文以及变文画卷的生发与形成。在此过程中，变文与变相的互动与共同发展，使他们彼此的形式也日益丰富复杂。[①] 敦煌及新疆石窟壁画中这些与演艺发生与发展密切相关的丰富资料，为探讨中国戏剧的起源和嬗变提供了可靠的实据，而其自身所附着的社会价值与美学意义则不言而喻。

印度和中国新疆现存的本生和因缘故事壁画，大多数都属于单情节单幅画。在传至敦煌后这种构图风格依然被保留了下来，较为典型的代表是莫高窟北凉第 275 窟。该窟北壁从右向左依次由毗楞竭梨王身钉千钉、虔阇尼婆梨王剜身燃千灯、尸毗王割肉贸鸽、月光王施头、快目王施眼五个独立的本生故事组成横卷式组（图 27）。[②] 此联幅壁画总体看是一个整体，分解则各自独立，其构图简练，只用一两个画面来表现故事主要情节，虽然有叙事，但连续性不强。壁画内容主要是在表现故事主人公不断积累功德的经过，其总体功能旨在唤起礼拜者信仰。事实上，叙事性绘画和宗教性礼仪的密切联系，早在公元前 2 至前 1 世纪就已在印度佛教中出现。第 275 窟这种壁画（变相）的表现形式属于"偶像式"，即整幅画面以一个偶像（佛或菩萨）为中心，其旨并不在

图 27　莫高窟第 275 窟—北壁本生故事联幅画

①　〔美〕巫鸿著；郑岩等译：《礼仪中的美术》，北京：生活·读书·新知三联书店，2016 年，第 352—389 页。

②　敦煌研究院主编；李永宁本卷主编：《敦煌石窟全集》3（本生因缘故事画卷），上海：上海人民出版社，2001 年，第 18 页。

故事的叙述，而在于偶像的呈现，通过强化壁画中心偶像人物，将观者的目光引导至偶像身上，形成"向心式"视觉效果。① 但随着佛教艺术东传，两种不同的文化艺术开始逐步融合。最初的融合只是一种简单的穿插，既是中国人对外来文化认知的起始环节，也是佛教徒为争取自身被认可所做出的努力。佛教被中国人认识并形成汉文化的一个组成部分，经历了比较漫长的时期。西魏以前，佛教艺术初传中原，华夏民族对佛教的认知尚处初级阶段，对佛教义理的解读必须通过外来传教者的宣讲，以及谙熟佛教经典的西域画家所描绘出的佛教艺术图像来辅助认知。敦煌现存十六国、北魏时期壁画的创作绘制，应该是以来敦煌的西域画师为主导的创作范例。②

自北魏之后，敦煌艺术渐趋成熟，本生、因缘故事画构图有了新的发展，在原有西域风格的基础上，画师们对其进行了相应的改造，借助汉画的传统形式来表现佛教内容，进而形成一条符合汉民族民众欣赏习惯的构图新路。这种新形式大体又可分为两类：一是在融汇中土元素基础上，大体沿袭"偶像式"构图的形制和思路，继续保持单幅构图，并绘有多个情节；二是横幅式连环画，对于莫高窟壁画而言，这是开窟以来的全新构图形式。莫高窟第 257 窟西壁及北壁须摩提女因缘故事采用的正是连环画的方式（图 28）。③ 此画依三国吴支谦所译《须摩提女经》绘制。故事讲述舍卫国须摩提女笃信佛教，夫家崇信外道。新婚之日，公公满财请一众外道赴宴，须摩提女因道不同而拒不见客，并怒斥外道。满财怨儿媳无礼，意气难平，但后经友人点化，始知释迦方是正道。次日满财让须摩提女宴请释迦赴宴，佛陀降临场面盛大，外道叹服，舍卫国民众及满财全家悉数皈依而得正果。画师在创制此幅壁画时，抓住故事的几个主要情节，按照画像石铺陈叙事的方式，把繁冗拖

---

① 〔美〕巫鸿著；郑岩等译：《礼仪中的美术》，北京：生活·读书·新知三联书店，2016 年，第 352 页，第 355—361 页。

② 马德：《敦煌古代工匠研究》，北京：文物出版社，2018 年，第 188 页。

③ 敦煌研究院主编；李永宁本卷主编：《敦煌石窟全集》3（本生因缘故事画卷），上海：上海人民出版社，2001 年，第 64 页。

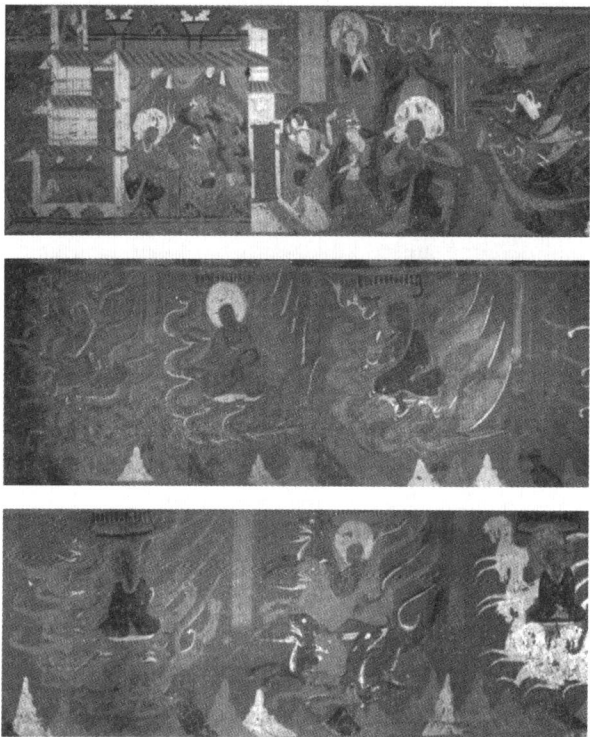

图 28　莫高窟第 257 窟—西壁及北壁须摩提女因缘故事部分连环画

沓的长篇经文，通过几个画面，清晰有序地表现出来。画中开始出现山石、树木、屋舍等元素，既说明人物活动的环境，又成为情节之间的间隔。从中反映出印度和中国新疆石窟壁画单幅画构制的痕迹，同时又显现出向汉画像石式组合故事画转化的新意。[①] 新疆克孜尔石窟 205、224 窟均绘有此故事，且亦为连环画，总体形式大致相同（图 29）[②]。从莫高窟壁画中可以看出，这一时期的画师已开始注重在故事情节中，对人物情绪、性格以及人物之间关系进行描摹，以此来加强故事的戏剧性

---

① 敦煌研究院主编；李永宁本卷主编：《敦煌石窟全集》3（本生因缘故事画卷），上海：上海人民出版社，2001 年，第 14、18、64 页。

② 中国新疆壁画艺术编委会编：《中国新疆壁画艺术》（第 2 卷）《克孜尔石窟壁画》，乌鲁木齐：新疆美术摄影出版社，2015 年，第 148—149 页。

效果。①

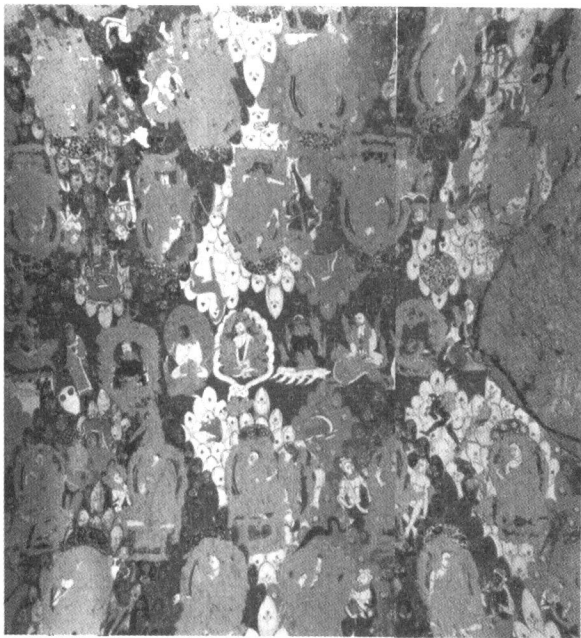

图29　克孜尔石窟第224窟主室券顶中脊须摩提女因缘

在敦煌变文中，主题涉及悉达太子的变文有《太子成道经》《悉达太子修道因缘》《太子成道吟词》《太子成道变文》《须达拏太子好施因缘》等多种，由变文衍生而来的早期佛戏剧本 S.2440v/2 以及佛戏曲辞《小小黄宫养赞》（S.1497、S.6923、P.4785），将悉达太子的成佛之路以演艺的形式，一一呈现出来。而值得注意的是，我们还可以在新疆及敦煌壁画中找到与这些佛教戏剧内容相对应的画面，最早发现的有从新疆到印度南道上的米兰（公元3世纪）第5址加廊上的壁画残片，北道克孜尔第14、38、81、198 等窟，以及敦煌莫高窟中的壁画。此故事画在各地石刻与壁画中，情节多少不一，现存的完整程度亦不相同。其构图形式，除印度巴尔胡特外，其余基本为横列连环画形式。桑奇大塔围

①　敦煌研究院主编；李永宁本卷主编：《敦煌石窟全集》3（本生因缘故事画卷），上海：上海人民出版社，2001年，第62—63页。

栏石雕，情节基本完整，但人物、情节安排比较拥挤，没有明显的间隔。伽玛鲁卡里石刻上，已有树作间隔，人物、情节相对清晰明确。新疆米兰和克孜尔石窟壁画，因不同程度损毁和原作摄取情节不全，故事的完整性均不如莫高窟壁画。比如克孜尔石窟第 38 窟主室券顶左侧须达挐本生图中，描摹须达挐将一双儿女捆缚后施舍于婆罗门为奴的壁画内容尤为生动，但是画面剥落情况却较为严重（图 30）。[①]

图 30　克孜尔石窟第 38 窟须达挐本生

　　在莫高窟壁画中，可与悉达太子变文内容相互印证的本生故事画，现存有北周时期的第 428、294 窟，隋代第 419、423、427 窟，晚唐第 9 窟以及宋代第 454 窟。壁画内容依据西秦圣坚译《太子须达挐经》绘制。佛经故事讲述叶波国太子须达挐乐善好施，逢求必应。敌国收买婆罗门，向太子乞讨百战百胜的白象，太子慷慨相施。国王闻讯震怒，于是将须达挐驱逐出国。太子携妻、子驱马车而去，路遇婆罗门乞讨，遂

---

　　① 中国新疆壁画艺术编委会编：《中国新疆壁画艺术》（第 1 卷）《克孜尔石窟壁画》，乌鲁木齐：新疆美术摄影出版社，2015 年，第 125 页。

将马、车、衣物尽皆施舍。历经苦难后太子来到深山隐居，结庐修行。后又有婆罗门前来要他的两个孩子，须达拏趁妻不在，以绳索缚二子交与婆罗门。最后婆罗门将孩子带到叶波国出卖为奴，结果为国王知悉，便将孙儿赎回，终迎回太子。此系列壁画表现形式有两种：一为横卷式连环画，分别是第428、294、423、427、419窟，其中第428、423、419窟画面采用"S"形连环式构图，第294窟画面采用上下犬牙交错的进行方式；二为屏风画，有第9、454窟。该系列壁画多采用连续画面按顺序描绘故事情节，其中太子施象及沿途施舍车马、入山修行等场面是各窟描绘较多且较生动的情节。① 系列中以"S"型构图的三幅壁画，依情节走向可分为上、中、下三段，且都有二十多个场面（图31-1、2、3、4）。② 这种构图最大的优点在于画幅容量大，可以将诸多情节高效地安排在有限空间内。壁画故事情节与变文《太子成道经》和S.2440v/2写卷所对应经文内容基本一致，只是由于时代的差异，在具体的绘画过程中画面布局、线描运笔、形象设计等使用技法有所不同，但整个画面场景极富戏剧性。这种连环画壁画的形成过程比较复杂，它

图31-1　莫高窟第428窟—东壁北侧须达拏太子本生故事画

---

①　敦煌研究院编：《敦煌艺术大辞典》，上海：上海辞书出版社，2019年，第194—195页。

②　敦煌研究院主编；李永宁本卷主编：《敦煌石窟全集》3（本生因缘故事画卷），上海：上海人民出版社，2001年，第164页。

图 31－2　莫高窟第 423 窟窟顶人字坡东坡须达拏太子本生全图

图 31－3　莫高窟第 419 窟窟顶人字坡东坡须达拏太子本生全图

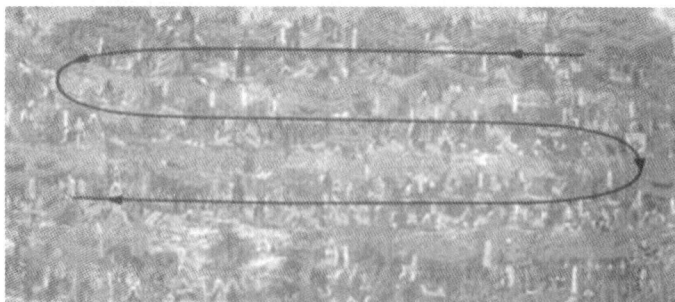

图 31－4　莫高窟第 419 窟须达拏太子本生 "S" 形构图示意图

既与中国古代传统的画图记事存有联系，又与先秦两汉就已存在的"看图讲诵"密切相关。它以形象的静态画面解读文字性的故事，把原本就已充满神异色彩的宗教故事演绎成为更加生动的图像，这种画图记事的做法对于加深普通信众对经文的理解和记忆大有裨益，而佛教僧徒则可将其直接用作图像资料，在看图讲述经文之时，作为宣讲教化时的辅助性手段。这种既充满故事性，又具有戏剧性的连环画壁画形式，对于佛教戏剧的形成具有很强的启发性。另外，唐五代时期在敦煌盛行的变相和变文的融合，同样也可视为是对秦汉时期"看图讲诵"讲述方式的延续。在唐代之前，变相的指称范围相对宽泛，可以用来代指表现佛经中奇异神变的多种艺术形式。自唐以后，讲唱风气逐渐盛行，为达到更好的艺术表演效果，在变文的讲唱过程中，讲唱艺人便加入了图画作为辅助配合，原来各自独立的变相和变文就因演出的需要而逐步融合，最终形成图文结合的"看图讲诵"形式。变相最初在变文中出现不仅仅是一种简单的视觉辅助，更重要的是它与文学有着一定的关系。变文作为一种叙事文学，其内在的单向叙事结构较为适宜由图画来配合故事情节的展开，在讲唱过程中以图画的空间表现方式勾勒出故事的叙事结构，对于识字不多、文化层次不高的普通听众而言，这种图文并茂的宣讲方式对他们的教化无疑更具影响力。

克孜尔壁画中的因缘故事画和本生故事画内容也或多或少地影响到了后世戏剧的发生、发展，虽然这些因缘故事画和本生故事画有其明显的宗教意图，但其故事题材多取自民间，因此它不单纯是宗教宣传画，自身还带有一定的世俗教化性质。克孜尔石窟因缘故事画题材有 70 余种，其中多数故事画戏剧性因素很浓。第 8、184、186 窟绘有"小儿播鼗踊戏缘"故事，画面选取的是一个裸身小孩在佛陀身旁举鼗播弄的场景片段，故事出于《六度集经》，具有很强的戏剧性（图 32－1、2、3）。此外，与莫高窟第 257 窟—西壁及北壁须摩提女因缘故事为同一内容的壁画在克孜尔第 178、198、205 和 224 窟中亦有所见，且采用了同样的连环画构图形式，虽画面均不完整，但故事情节尚可辨认。克孜尔石窟本生故事画共有题材 135 种，画面 442 幅，分别绘于 36 个窟内，其

图32-1　克孜尔石窟第8窟主室券顶右侧小儿播麨踊戏缘局部

图32-2　克孜尔石窟第184窟主室侧壁下部小儿播麨踊戏缘局部

图32-3　克孜尔石窟第184窟主室侧壁下部小儿播麨踊戏缘局部

中题材可识者 72 种。① 这些本生故事画，构图明晰，画面生动，故事情节富于戏剧性。所绘内容都取材于佛经，其本源多是流传于印度一带的民间故事。尤其是连环画形式的本生故事，凭借众多的情节，表现完整的故事，基本可以看作是佛教戏剧的演出再现。第 212 窟东壁亿耳入海取宝和西壁弥兰入海求宝两个本生故事，各有五个画面，画面之间连为一体，无边栏分割，情节与单幅画面相比较更为复杂。前者讲述亿耳与商人从海中探宝归来，船靠岸后众人商议运送珍宝返国，期间亿耳遭商人离弃，独自来到饿鬼城目睹一男子轮回报应故事；后者整个故事描绘了弥兰意欲下海寻宝，却遭父母反对，弥兰为此脚踢父母，最终得报身死的因果报应一事。另外，第 17 窟内所绘《端正王智断儿案》本生故事画在敦煌壁画中被称作《檀腻羁缘故事画》，绘于莫高窟第 98 窟北壁屏风画西起第 10 屏和第 146 窟北壁西起第 4 屏内（图 33-1、2）。故事中"二母争子"一节，画面简单，却内涵丰富。此故事因其积极、正面的内容，在佛教、基督教和伊斯兰教的经籍中均有载述，并最终被敷演为我国元杂剧《包待制智勘灰阑记》中的主要情节。② 从这些本生故事画中我们可以看出，宗教性戏剧并没有将自身固定在一种特有的体裁或形式上，它的表现形式是一个在相对稳定框架中流动的、灵活的宗教方式和艺术方式的综合体。而它的目的则在于用一种习惯化、稳定化的框架来叙述特定人群的生活状态，并揭示其生存的精神支柱，进而展现这种精神支柱形成的形象过程。③ 克孜尔和莫高窟壁画中的因缘故事画及本生故事画以图像的手段尽可能地把它所要展现的故事"表演"出来，通过特定人物的介入，使得故事主旨深入人心。基于戏剧壁画特殊的传播方式，宗教教义和故事又不可能在内容上频频出新，于是在一种比较稳定的框架中，宗教性戏剧中的叙事就需要不断改变固有的形式

---

① 龟兹石窟研究所等：《克孜尔石窟志》，上海：上海人民美术出版社，1993 年，第 36 页。

② 姚士宏：《克孜尔石窟本生故事画的题材种类》，载《敦煌研究》1988 年第 1 期，第 20 页。

③ 王廷信：《寻访戏剧之源—中国戏剧发生研究》，太原：山西教育出版社，2011 年，第 189 页。

来更新"表演"手段。久而久之，宗教性戏剧就在改变中逐渐融入中国古代戏剧的主流之中。

图33-1　克孜尔石窟第17窟端正王智断儿案本生故事画部分

图33-2　莫高窟第98窟北壁《贤愚经·檀腻羁品》二母争子故事画部分

五、余论

在中国古代，图像具有广泛而重要的功能，甚至直接影响了华夏民族记录的书写方式，"书画同源"观念的出现即是有力的明证。但是随着思想表述的日渐繁复和语言要素的逐步成熟，图像原初的功能开始渐趋弱化。这种图像功能弱化的一个次生结果就是图像本身降格成为文字的附庸，而这种变化引起的后果也曾一度反映在早期敦煌文学研究领域中，大多与敦煌（包括新疆）文学相关的研究在运用史料时主要还是以文字和实物史料为主，图像史料则没有得到足够的重视和充分的应用。近年来，由于敦煌吐鲁番学研究领域内的学术资源得到更为科学、有序的整合，所涉学科得到更为精细、深入的拓展，敦煌吐鲁番学研究呈现出一些新的面貌，特别是与敦煌吐鲁番学相关的交叉研究，从学理层面上吸引了更多致力于与敦煌及新疆出土文献相关问题研究的学者，其中，图像学的介入对敦煌及新疆戏剧文学的研究显示出较大的开拓意义。

敦煌及新疆所见壁画资料真切宏富，与表演相关的各类图像为数不少。从 20 世纪 50 年代开始，就有学者对此领域加以关注，他们从壁画图像视角入手，或讨论唐五代时期的音乐和舞蹈，或探考佛传、本生和因缘故事的表演性，或对壁画中的音乐形态与乐舞图像进行整体分类和个案研究。这些专题研究在很大程度上为之后进一步开展敦煌写本中的戏剧文学研究提供了创造性的思路。中国古代戏剧在 5 至 11 世纪近 600 多年的时间里进一步复杂化、艺术化，在这一时期，百戏、角抵、歌舞戏、科白戏等各类演艺形式共生并存，随着历代民众娱乐需求的变化和观演理念的兴替，这些演艺形式互相吸收、广泛融合，从而促使戏剧活动趋于高度综合。在成熟的文学和艺术环境、固定的观演群体及专业的演出场所等因素的合力作用下，这一时期不仅出现了仪式性和观赏性并存的戏剧搬演，而且形成了原始、简单的用于实际表演的戏剧脚本。原来已有一定基础和规模的民间戏剧变得更加规范，表演形式渐趋细密稳定，节目本身也开始更加注重娱乐性和表演性。敦煌所见与戏剧相关文献和表演图像,史实清晰,材料可靠,在现有已整理图像资料基础上,对其进行系统研究,可以为 5 至 11 世纪敦煌及新疆地区戏剧外观和物质形态的深入考察提供诸多信实史料。而将敦煌吐鲁番文献内容与壁画图像,以及传世文献结合起来所进行的戏剧研究,将使得过去以历史材料为核心的文学研究转向以表演艺术为中心的图像研究成为可能。

敦煌所见写本和壁画中涉及部分唐五代宋初戏剧相关史料,具体包括文学性写本中的戏剧化唱辞、戏剧母题故事、早期演出脚本以及说唱表演伎艺等戏剧生成要素,同时壁画中亦存有诸多伎艺表演图、经变故事画、佛教乐舞画等演艺性图像,这些写本和壁画中与戏剧相关史料及图像为深入研究唐五代戏剧文化内涵和表演外观提供了丰富的原始文本和图像资料。在后续的相关研究中,如果将写本中的文学载述和壁画中的视觉形象合二为一进行综合考察,既注意到写本的叙述内容,又关注到图像的形式意味,从艺术学视角对壁画中表演图像进行分析,将图像分析与写本考证相结合,通过图文互证探考壁画和写本中与戏剧相关的演艺活动,比较不同来源和类型的戏剧文献,进而发掘出这一时期民间戏剧所包含的文学、演艺及文化含义,对于探考中古时期丝绸之路不同戏剧形态之间个体的相似性、相关性和相通性均具有重要的参考意义。如果在充分利用这些戏剧文学史料和壁画表演图像基础上,还能深入一步进而引发对唐五代之前早期戏剧形态和之后成熟戏剧形态进行新的思考,对于中国古代戏剧史研究而言,这种努力或将成为一种新的学术尝试。

莫高窟北朝晚期石窟中
的天宫栏墙隐秘图案

——兼议图谶瑞应思想与栏墙隐秘图案之关系

赵燕林

（敦煌研究院考古研究所）

摘要： 在莫高窟北朝晚期石窟的天宫栏墙装饰图案中，绘制有一些佛首、饕餮、鹿、动物交媾、三兔共耳和文字等形式的隐秘图案。这类形式隐秘、内容晦涩的装饰图案，可能与汉魏以来流行的图谶瑞应思想以及北周武帝灭佛等历史密切相关，是研究此一时期佛教艺术深度中国化的重要历史图像资料。

关键词： 莫高窟；北朝晚期；天宫栏墙；隐秘图案；图谶瑞应思想

根据樊锦诗等先生对敦煌早期石窟的分期研究，莫高窟现存北朝晚期洞窟（第四期洞窟）共有 15 个，分别为第 432、461、438、439、440、441、428、430、290、442、294、296、299、297、301 窟，开凿时代"始于相当于西魏大统十一年（545）至隋开皇四、五年（584、585）之前"[1]。按此，则署有"隋开皇四年六月十一日"发愿文题记的第 302 窟也应包括其中，而且书写该题记的中心塔柱四周多处均可见重层壁画，而该题记为表层壁画题记，故其开凿时代明显早于开皇四年[2]。

---

① 樊锦诗、马世长、关友惠：《敦煌莫高窟北朝洞窟的分期》，载敦煌文物研究所编《敦煌研究文集·石窟考古篇》，兰州：甘肃民族出版社，2000 年，第 15 页。

② 第 302 窟中心柱北向面墨书有"隋开皇四年六月十一日"题记。该题记系中心塔柱北向面下座身底层中央墨书发愿文（此处发愿文有表里两层，按表层录文）。敦煌研究院编：《敦煌莫高窟供养人题记》，北京：文物出版社，1986 年，第 125 页。

而本文所论栏墙隐秘图案主要散布在北周明帝武成二年至武帝建德三年（560—574）间开凿的第430、290、294、296等窟中，即北周武帝法难前夕的14年时间内；和北周宣政元年至隋开皇四年（578—584）之间的第299、297、301和302诸窟中，即北周武帝法难之后的7年间。需要注意的是，北周武帝建德三年到宣政元年（574—578）3年间没有洞窟开凿①。若除去天宫栏墙中没有隐秘图案的洞窟，则所涉北朝晚期洞窟共有5个，分别为北周武帝法难前夕开凿的第430、290、294、296窟和法难之后题有隋开皇四年的第302窟。

莫高窟北朝晚期洞窟天宫栏墙图案构图形式、绘制位置、题材内容等都极为复杂。就栏墙图案来说，其构图形式大致可分为两类：第一类为方砖形式的凹凸平台，纹饰相对简单，主要为方形花砖与条砖形式，方砖上绘对角线穿壁纹样；第二类则绘制有各类复杂的装饰图案，由诸多象征凹凸状的装饰平台构成②。若按绘制位置划分，又可分为两大类：第一类绘制于四披底部一圈的位置；第二类绘制于四壁顶部一圈范围内。总的来看，这些栏墙图案主要由一凹一凸的单独纹样构成，再由诸多单独纹样组成一圈不间断的、呈带状形分布的方砖型连续图案。其中，每一单独的凹式图案都由上顶面和立面两个面构成，每一单独的凸式图案都由下顶面、立面和侧面三个面组成，每个独立纹样都是一组极具立体空间感的栏墙画面。一般上顶面和下视面及侧面多绘制菱格纹，立面多为植物、动物、几何等纹饰，也有少量绘制隐秘图案及文字纹饰（后文简称"隐秘图案"）的。这类图案最大的特点就是其极具隐蔽性，多混杂在其他图案纹饰间，很难被发现。根据笔者调查，此类纹饰图案主要有：佛首、饕餮、飞鹿、文字、动物交媾、三兔共耳等六类纹饰图案，其所在洞窟、位置、内容统计如下表：

---

① 李崇峰：《敦煌莫高窟北朝晚期洞窟的分期与研究》，载敦煌研究院编《敦煌研究文集·敦煌石窟考古篇》，兰州：甘肃民族出版社，2000年，第84页。

② 关友惠：《敦煌莫高窟早期图案纹饰》，载《敦煌学辑刊》1980年第1期，第106页。

表一：新发现隐秘图案所在洞窟、位置、内容统计表

大致年代	窟号	窟形	绘制位置	新发现的隐秘图案
560—574 年	430	人字披	四壁顶部	佛首、饕餮、文字图案
	290	人字披	四壁顶部	佛首、文字、几何图案
	294	覆斗顶	四披底部	动物交媾、文字等图案
	296	覆斗顶	四披底部	飞鹿纹、文字、几何图案
578 年	302	人字披	四壁顶部	三兔共耳图案

一、栏墙装饰图案相关研究问题

天宫栏墙图案，又称之为"天宫栏墙纹""天宫凭栏"或"天宫建筑""凭栏建筑"图案等等，一般概括称为"栏墙纹"或"栏墙装饰图案"。他是一种仿建筑图案，绘饰于洞窟内四壁上部，或四披下部位置，呈凹凸状并绕窟一周，栏墙内一般多画伎乐天人，形似于今楼舍阳台栏墙图饰。栏墙装饰图案主要出现在北朝、隋及初唐时期的部分洞窟中。其中，北凉、北魏、西魏及北周前期的栏墙纹几乎全为砖饰。从北周中期到隋初，栏墙纹从形式到内容逐渐变得繁复起来，大有大放异彩之势。而从隋初到初唐时期，这一纹饰随着洞窟栏墙装饰纹的消失而逐渐消失。

北周时期的栏墙纹，大致可以以武帝法难时代为限分为前后两种类型。第一类，法难前的栏墙纹，凭栏下有梁枋承托，栏墙正、侧、底三面均可见到，有凹凸透视感。栏墙绘条砖与方砖纹样，分别染以青、绿、黑、朱，自然构成一种别致的"凭栏建筑图案"。第二类，法难之后，凭栏结构逐渐消失，侧重于栏墙纹饰的描绘，即在绿、黑、土红、灰地上以白粉线画各种忍冬纹[①]。而栏墙纹作为敦煌装饰图案的一种，在相关论著中多有讨论，但多为图案构成等方面的整理研究。如：国内

---

① 季羡林编：《敦煌学大辞典》，上海：上海辞书出版社，1998 年，第 207 页。

学者许良工[①]、王履祥[②]、劳干[③]、金维诺[④]，刘庆孝和诸葛凯[⑤]、万庚育[⑥]、姜伯勤[⑦]、常沙娜[⑧]、田虎[⑨]、刘波[⑩]和日本学者小山满[⑪]等先生都对此及进行过整理和研究。但最具代表性的当属关友惠、欧阳琳和赵声良等先生。其中，关友惠先生曾指出，天宫栏墙装饰图"表现了鲜明的建筑装饰性……他的纹饰是方形花砖与条砖，方砖上的对角线穿壁纹样，与近年来酒泉地区魏晋墓出土的方砖花纹基本相同。这种'砖砌'平台与新疆那种富有'雕刻'风趣纹样的平台是迥然不同的，反映了建筑装饰的地方特色。"[⑫] 欧阳琳先生亦指出："该纹饰当起源于印度，敦煌石窟则是直接模仿新疆克孜尔石窟壁画的样式而绘制。为了使得栏墙适应当地人的视觉习惯，敦煌画工依据自己所熟悉的物象，把具有立体透空感的西域栏墙改绘为条砖和方砖叠砌的平面栏墙。"[⑬] 将这一观点进一步提升的是赵声良先生，他认为："与佛经没有直接关系的装饰图案等内容，是容易按不同地域、不同民族习惯来进行改变的。"[⑭] 此即是说，与佛教关系不甚密切的装饰纹样很有可能首先被改造和本土化。即这一图案形式无论源自外来还是本土，在形式上已经成为被完全改变的实例。从这一点来讲，同属栏墙纹的隐秘图案表现的则更为

---

① 许良工：《敦煌图案选》，上海：万乐书店，1953年。

② 王履祥：《略谈敦煌的图案艺术》，载《艺术生活》1954年第4期。

③ 劳干：《千佛洞壁画图案的分析》，载《中国美术论集》1956年第2期。

④ 金维诺：《智慧的花朵——谈敦煌图案的艺术成就》，载《文物参考资料》1956年第8期。

⑤ 刘庆孝、诸葛凯：《敦煌装饰图案》，济南：山东人民出版社，1982年。

⑥ 万庚育：《敦煌早期壁画中的天宫伎乐》，载《敦煌研究》1988年第2期。

⑦ 姜伯勤：《敦煌与波斯》，载《敦煌研究》1990年第3期；姜伯勤：《敦煌吐鲁番文书与丝绸之路》，北京：文物出版社，1994年。

⑧ 常沙娜：《中国敦煌历代装饰图案》，北京：清华大学出版社，2004年。

⑨ 田虎：《敦煌装饰画》，北京：工艺美术出版社，1996年。

⑩ 刘波：《敦煌与阿姆河流派关术图案纹样比较研究》，载《敦煌研究》2000年第3期。

⑪ 小山满：《敦煌隋唐纹样之与龙门古阳洞》，载《2000年敦煌学国际学术讨论会文集——纪念敦煌藏经洞发现暨敦煌学百年·石窟考古卷》，兰州：甘肃民族出版社，2003年。

⑫ 关友惠：《敦煌莫高窟早期图案装饰》，载《敦煌学辑刊》，1980年，第106页。

⑬ 季羡林编：《敦煌学大辞典》，上海：上海辞书出版社，1998年，第207页。

⑭ 赵声良：《天国的装饰——敦煌早期石窟装饰艺术研究之一》，载《装饰》2006年第6期，第28页。

突出。

对于这一图案变化的历史及其缘由并没有引起学界足够重视，但对于洞窟主体内容和艺术风格的变化，梁尉英先生在其《三教会通——北周第296窟的内容和艺术特色》一文中指出，此与当时的政治现实密切相关，是儒道佛"三教会通"的必然结果。[①] 用法国学者谢和耐的观点来说，其目的，肯定在于把佛教和道教完全与国家的政治组织结合起来。[②] 同时，贺世哲先生在其《莫高窟第290窟佛传画中的瑞应思想研究》一文中亦指出，这种变化与其时政治历史相关，敦煌石窟中的释迦瑞应故事与南北朝时期社会上迷信图谶瑞应思想有密切关系，尤其是北周时期的敦煌佛教特别重视瑞应思想。[③]

而作为佛教洞窟中不可或缺的栏墙装饰图案，壁画绘制者在绘制相关内容时，理应也有这方面的考量或影响。即栏墙纹中的佛首、饕餮、鹿、文字、动物交媾、三兔共耳等隐秘图案也应与其时的流行的图谶瑞应思想和宗教政策有着密切关系。

二、新发现的栏墙隐秘图案及文字

北朝时期的敦煌石窟中，栏墙装饰图案的题材非常广泛，而其形式最多者当属北周时期的栏墙装饰图案。尤其值得关注的是此一时期出现的其他时代没有的栏墙隐秘图案值得关注。根据我们调查，此类图案主要有如下几类：

（一）栏墙佛首纹

天宫栏墙中佛首纹作为栏墙装饰纹样的基本单元，此一时期保存有佛首纹的洞窟共有两个，分别为第430和290窟。

---

① 梁尉英：《三教汇通——北周第296窟的内容和艺术特色》，载敦煌研究院编《莫高窟第296窟（北周）》，杭州：江苏美术出版社，1995年，第1—16页。

② 谢和耐著；耿升译：《中国五至十世纪的寺院经济》，兰州：甘肃人民出版社，1987年，第361页。

③ 贺世哲：《莫高窟第290窟佛传画中的瑞应思想研究》，载《敦煌研究》1997年第1期，第2页。

第 430 窟有佛首栏墙纹两处：一处位于东壁天宫栏墙中心位置，为头顶有肉髻的正面佛首纹样，由黑底白色线描勾勒而成（图一）。另一处位于该窟南壁人字披栏墙中心位置，头顶无肉髻，为侧面佛像形式，画面由黑底白色线描勾勒而成，较为模糊（图二）。

图1　第 430 窟东壁栏墙释迦摩尼佛首纹

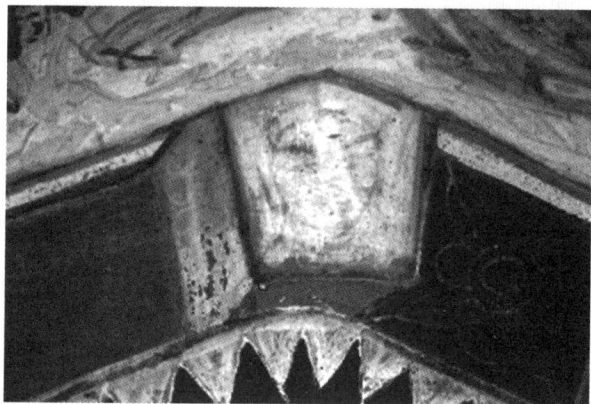

图2　第 430 窟南壁人字披顶佛首纹

第 290 窟亦有两处佛首纹，分别位于北壁西起第 10 块（图三）和西壁北起第 5 块（图四）。两佛首皆为左侧面褐色线描而成，均无肉髻，表层似被白粉层涂抹或覆盖过。

图3　第290窟东壁栏墙佛首纹

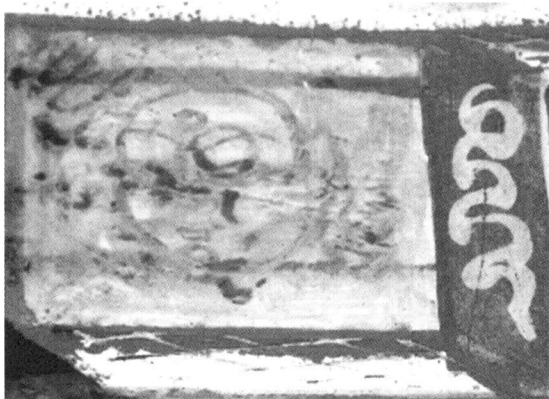

图4　第290窟西壁栏墙"牢度跋提"

从这些佛首纹的构成形式来看，可细分为有肉髻和无肉髻以及额头有圆珠和无圆珠几类。其中第430窟东壁栏墙佛首有肉髻，其他均无肉髻；第290窟西壁栏墙佛首额头上有一圆珠，其他无圆珠。但其都以佛首的形式呈现。

其一，有肉髻者当为释迦摩尼佛。据《方广大庄严经》记载，释迦摩尼佛有三十二相，八十种好，所谓三十二相："一者、顶有肉髻。二者、螺发右旋其色青绀。"① 故无肉髻的佛像很难说是释迦摩尼佛之

---

① （中天竺国）沙门地婆诃罗译：《方广大庄严经》卷三，《大正藏》第3册，第557页上。

像，严格意义上讲应该是其他佛像或高僧像。据此推测，第430窟东壁栏墙佛首当为"释迦摩尼佛佛首"，而其他三处当为其他佛像或高僧像。

其二，额上有圆珠者应为《佛说观弥勒上生兜率天经》所载之牢度跋提。该经曰："尔时此宫有一大神，名牢度跋提……发弘誓愿。若我福德应为弥勒菩萨造善法堂，令我额上自然出珠。"[1] 万庚育先生据此推测，佛首头额上有珠的第290窟西壁栏墙中的佛形像应为《弥勒上生经》所谓的"牢度跋提"，这一内容在很大程度上反映了敦煌早期弥勒信仰的流行。[2]

其三，既无肉髻又无圆珠者，可能为某一圣僧或高僧形象。因为这一时期名僧刘萨诃的瑞应故事在敦煌已经流传，其以"像首完整与否，预示王朝与佛法兴衰"的特殊形式呈现，[3] 加之北周武帝的灭佛运动的开始，佛首纹的出现虽然没有确凿证据说其与"凉州瑞像"有关，但其依然显示出强烈的瑞应思想。

（二）栏墙饕餮纹

饕餮纹作为天宫栏墙的装饰图案，仅发现于第430窟中。该图位于第430窟东壁北起第2块栏前纹中，为黑底白色线描而成。绘制手法和该窟佛首纹相似，似出自同一画工之手（图五）。但和西魏第285窟四角所绘饕餮图案相比，此饕餮纹表情似更为狰狞，完全是中国青铜器中的样式。据研究，第285窟中的饕餮应为《吠陀经》中的"天福之面"，佛教石窟中的"天福之面"具有抵制恶魔的功能和象征繁衍富饶的寓意，寓意佛法永存和佛法不移。[4] 总的来说，该说法和传统饕餮纹寓意一致，应都是其时瑞应思想的反映。

---

① （刘宋）沮渠京声译：《佛说观弥勒上生兜率天经》，《大正藏》第14册，第419页上。

② 万庚育：《敦煌早期壁画中的天宫伎乐》，载《敦煌研究》1988年第2期，第24页。

③ 张小刚：《凉州瑞像在敦煌——体现地方性的一种瑞像实例》，载《魏晋南北朝隋唐史资料》第24辑，2010年，第259页。

④ 马兆民：《敦煌莫高窟第285窟"天福之面"（Kritimukha）考》，载《敦煌研究》2017年第1期，第110页。

图5　第430窟东壁栏墙饕餮纹

（三）栏墙飞鹿纹

新发现的飞鹿纹绘制于第296窟南披西起第7块栏墙纹中，该鹿纹以赭石色打底，石绿色线描绘制而成（图六）。其造型写实并极具装饰感，鹿身斑纹和周围祥云装饰图案融为一体，在石绿线条和浅红底色对比色的映衬下，飞鹿四蹄腾空，动感十足，生动而显隐秘。栏墙纹中绘制飞鹿纹饰的情形，在其他洞窟中没有发现，亦没有相关研究者和相关成果提及。

图6　第296窟南披栏墙飞鹿纹

鹿作为佛本生之一，不仅在佛教艺术中多有出现，同时在中国传统文化中作为祥瑞之物广为传播。如《南齐书·祥瑞》中就有"永明五年，望蔡县获白鹿一头"的记载。[①] 故此飞鹿纹的出现，可能与这一时期"佛道融合"的历史有诸多关系。

（四）栏墙动物交媾纹

动物交媾纹发现于莫高窟第 294 窟东披南起第 7 块栏墙图案中，该纹饰为白底黑色线描而成，两只形似动物的形象一前一后作交媾状，前面的动物四脚着地，回首看向后面的动物，后面的动物双眼斜视，向前双手掰住前一动物，两相紧贴（图七）。如此赤裸裸的交媾形象在莫高窟属一孤例，在早期石窟寺壁画中似无他例。此前学界认为"西魏第285 窟顶伏羲女娲交尾图，以及 285 窟和北周 290、428 窟中的裸体飞天"是敦煌壁画中表现两性关系的重要图像资料。[②] 但和这幅交媾图像相比，那些图像则显得隐晦了许多。

图 7　第 294 窟东披栏墙动物交媾纹

一般来说，交媾图像是和佛教主题是格格不入的，也是佛教所禁止的。为什么会出现如此不堪的交媾图像，如果不是后人补修所绘，就应

该是北周武帝法难前后画工有意为之，甚或别有用意。当然，如果说这一图案能够存在一千五百余年之久的时间，若非装饰隐秘缘故，该纹饰在法难之后不久便会被早早徒铲除或覆盖，这也是该图很长时间以来未被学界发现的主要原因。

（五）栏墙隐秘文字及文字装饰图案

在此一时期的部分洞窟的栏墙中，还保存有一些隐秘文字类的装饰图案。这些栏墙文字纹饰可分为书写文字和以文字为装饰的图案（或隐匿性文字）两种情形。

第一类是在栏墙图案中直接书写文字，总计有两处。一处在第290窟北壁西起第10块栏墙侧面，黑底白粉书写有"幸仗和"字样（图8）。据万庚育先生研究，这三字应为当时画工姓名题记。[①] 在相邻的第9块栏墙中有被损毁的文字印记，该处文字现无法识读，这种情形应在其他洞窟中也有存在。另一处在第430窟南壁东起第10块栏墙侧面，书写有"从六月十一日"字样（图9），此应是时间题记，可惜只有月日而没有年代。此在其他时代的洞窟中绝少发现，此亦应与其时佛教绘画不严肃有着密切关系。

图8　第290窟北壁栏墙侧面文字

① 万庚育：《珍贵的历史资料——莫高窟供养人画像题记》，载敦煌研究院编《敦煌莫高窟供养人题记》，1986年，第190页。

图 9　第 430 窟南壁栏墙侧面文字

　　第二类为文字装饰图案，这类纹饰只发现于第 294 窟中，共有三处。第一处位于该窟南披栏墙东起第 9 块栏墙纹中，这处文字虽为隐匿性文字，但去除周围装饰纹样，可明显看到存有如下文字："又不闻此人好，青食水饱，何香不可□，而道何香。"计 19 个汉字（图 10）。第二处和第三处位于东披北起第 5 和第 6 块栏墙正面，分别书写有："何人能一一入此寄香，自可莲□，首日吉"（图 11）；第 6 块写有："作一，可一，冯同栖，□二九日"（图 12）。

图 10　第 294 窟南披栏墙文字纹

图 11　第 294 窟东披栏墙文字纹

图 12　第 294 窟东披栏墙文字纹

　　如果非要解读这些文字内容，则第一处文字的大意是说"又没听说过这个人有什么爱好，吃素食和喝水就能饱的人，还谈什么香与不香呢?"似乎是在报怨某人，说和这样的人还谈什么香与不香的问题。将第二和第三处两组文字图案联系起来，似乎是讲"什么人能到这儿寄香，选择吉日自行前往。冯同栖，□二九日"。如此读来，这应该是一处署有"冯同栖"人名的题记，可惜这一人物暂时查无具处。这些文字内容究竟表达什么意思，我们亦不敢妄加揣测。但在严肃的佛教洞窟中书写与佛教无关的内容，而且隐藏在其他装饰图案中，可能与此一时佛道之争有着某些关系。现在可以肯定的是，此书写者应该是别有用心，意在传达某种不为人知的讯息，此依然有待学界的进一步解读。

需要指出的是，这三组文字无论字形还是装饰风格，都与该窟东披文字内容大为不同。从字形来看，应该出自两人之手，或不同时期所写而成。

（六）栏墙"三兔共耳"纹及其他栏墙纹饰

除以上五类独特的栏墙装饰图案外，在同期洞窟的栏墙图案中，还发现有数量不等的鱼鳞纹、团花纹、缠枝纹、"三兔共耳"等极具装饰意味的装饰图案。这些装饰图案毫无规则，甚至抽象难辨，此有待后续进一步解读。最为典型的是第302窟西壁南起第10块栏墙中的"三兔共耳"图案（图13），这是目前发现的最早的一例"三兔共耳"图案。而藻井中的"三兔共耳"图案最早出现在署有"隋开皇五年"发愿文题记的第305窟中[1]，而第302窟中却有"隋开皇四年"发愿文题记。从时间关系来看，两者显然具有承续关系，即该图案首先作为一般装饰纹样出现在栏墙中，随后因其他原因作为主要装饰图案出现在了藻井中。

图13　第302窟西壁栏墙"三兔共耳"纹

---

① 樊锦诗、关友惠、刘玉权：《莫高窟隋代石窟的分期》，载敦煌研究院编《敦煌研究文集·敦煌石窟考古篇》，兰州：甘肃民族出版社，2000年，第132页。

关于这一图案的内涵，笔者已有讨论，其意蕴可能是作为北斗抑或星象而呈现的，依然是图谶瑞应思想的延续或发展。[①]

三、栏墙隐秘图案与图谶瑞应思想

栏墙隐秘图案几乎全部出现于开凿于北周中后期的洞窟中，这一现象应绝非偶然。需要指出的是，出现于这一时期的栏墙纹是经历了早期栏墙花砖纹之后，逐渐形成的具有地方特色的形式多样的一类装饰图案。虽然在此后隋代和初唐洞窟的栏墙中也有类似的图案纹饰，但大多以固定的团花或卷草类纹饰为主，早已没有了北朝晚期那种丰富多样的形式。从这种变化来看，栏墙纹饰的变化并没有经历过长的时间，而是在短期内迅速完成的，其变化之丰富，变化之快，都系前所未有。

这种变化实际上也表现在莫高窟此一时期的其他壁画中。如表现"忠君、孝亲"的第 299、301、438 窟中的"睒子本生"，和第 428、294、417 窟中的"萨埵太子本生"，以及表现瑞应思想的如第 290 窟中的佛传故事画等。据贺世哲先生统计，在第 290 窟佛传画中共有 88 个故事情节，其中就有 32 个是表现瑞应思想的，占该铺壁画故事情节总数的 37%。[②] 这种集中出现的"新题材、新内容、新布局、新构图以及新的塑绘技法等，应与当时的历史，尤其是佛教史有关"[③]。

（一）图谶瑞应思想在敦煌壁画中的流行

图谶又名谶纬，是谶和纬的合称。亦是纬书的插图，大多连文附图，一般是星象图、地形图、瑞应图、器物图或人物图等，其"是指表现瑞应具有各种吉祥图案的图像，或是描绘各种祥瑞图案的书籍"[④]。

① 参拙文《三兔共耳图案文化释义》，载《西北民族大学学报》（社会哲学版）2017 年第 5 期，第 125—131 页。

② 贺世哲：《莫高窟第 290 窟佛传画中的瑞应思想研究》，载《敦煌研究》1997 第 1 期，第 2 页。

③ 李崇峰：《敦煌莫高窟北朝晚期洞窟的分期与研究》，载敦煌研究院编《敦煌研究文集·敦煌石窟考古篇》，兰州：甘肃民族出版社，2000 年，第 61 页。

④ 孙蓉蓉：《谶纬的图像文本考伦》，载《中国文化研究》2015 年第 4 期，第 41 页。

又《广弘明集》载：周高祖诛杀宇文护之后，其"一无所虑也，然信任谶纬偏以为心"①。上有所好，下必有效，故此一时期谶纬之学在社会上也极为流行。这一点，在敦煌石窟中亦有反映。据贺世哲先生考证，"北周时期的敦煌佛教特别重视瑞应思想"。② 最为重要的是敦煌遗书中发现了编号为 P. 2683 的《瑞应图》残卷，可惜没有保留下来瑞兽鹿和兔子的形象。但在南北朝各类文献中却都有获白鹿、献白兔等瑞兽的记载。

综上，本文所论北朝晚期洞窟中的佛首、饕餮、鹿、文字、动物交媾、三兔共耳等纹饰图案，除文字和动物交媾图案外，其余都属瑞应图的范畴。首先，以佛首作为纹饰的图像并不多见，在后来以"像首完整与否，预示王朝与佛法兴衰"的凉州瑞像等情形来看，佛首作为佛教瑞相像的一大符号，应依然是瑞应思想的反映。其次，饕餮纹无论作为中国传统文化中的瑞兽还是佛教的"天福之面"，其本质都是对祥瑞的图绘和表现。最能说明问题的是，此一时期很多洞窟中便绘制有体量较大的道教护卫神"四灵"，比如第 296 窟龛下左右绘青龙、白虎，第 294 窟龛下绘龙，第 442 窟中心柱西向面绘玄武等儒道题材的神灵等，四灵图像表明这时期的佛教不仅从形式上向儒教和道教靠近，而且在教义上吸收儒道思想为其张本③。还有，白鹿和白兔历代都是祥瑞的象征，《南齐书·祥瑞》中就有"永明五年，望蔡县获白鹿一头"，《周书·明帝》中有"乙丑，遣柱国尉迟迥镇陇右，长安献白兔"④ 等记述。总之，天宫栏墙装饰图案从最初的砖饰纹逐渐转变为鹿、饕餮、佛首、三兔共耳等图案都应与北周武帝灭佛前后图谶瑞应思想流行的社会背景有着密切关系。

---

① （唐）道宣：《广弘明集·辩惑篇》，《大正藏》第 52 册，第 136 页，上。

② 贺世哲：《莫高窟第 290 窟佛传画中的瑞应思想研究》，载《敦煌研究》1997 第 1 期，第 2 页。

③ 梁尉英：《三教会通—北周第 296 窟的内容和艺术特色》，载敦煌研究院编《莫高窟第 296 窟（北周）》，杭州：江苏美术出版社，1995 年，第 1—16 页。

④ （唐）令狐德棻等撰：《周书·明帝》，北京：中华书局，1971 年，第 56 页。

（二）儒道之争和"瑞应思想"影响下的"忠君孝亲"内容成为这一时期佛教壁画的新主题

南朝梁武帝曾提出三教同源的主张，但依然偏重佛教。北周武帝把道教和佛教与国家政治组织结合起来，为其统治服务。一方面大力灭佛，"禁断佛道二教"；一方面又设立玄通道观。于天和元年（566）五月庚辰、天和三年（568）八月癸酉，分别在正武殿和大德殿"集百僚及沙门、道士等，亲讲《礼记》"[①]。《礼记》为儒家经典，武帝亲讲《礼记》说明，实以儒、道、释等教论衡之举推行"忠君孝亲"之实。

在这一时期的敦煌壁画中，也出现了大量表现"忠君、孝亲"以及图谶瑞应思想相关的壁画内容。这一类题材的出现，正如史苇湘先生在《关于莫高窟的时代》一文中所指出的那样："这些讲孝子和善兄恶弟的故事画正是周武帝复古制、重儒术、沙汰释道的一种反映，表明传统的孝悌观念与佛教并非无缘。"[②] 同时，这种变化与其时政治历史相关，敦煌石窟中的释迦瑞应故事与南北朝时期社会上迷信图谶瑞应思想有密切关系，尤其是北周时期的敦煌佛教特别重视瑞应思想。[③]

这些新题材的适时出现，在很大程度上反映了当时的社会和政治需求。同时，在强有力的政治运动面前，敦煌地区的佛教不"可能因为地处偏远而免受灾难"[④]。据李崇峰先生考证，藏经洞出土的经卷在年代序列上最大的缺环就是573—581年之间的写经，故推知此次灭佛运动波及到了敦煌，导致书写和传抄佛经暂停，莫高窟镌龛造像的活动的全面停止，但此前的莫高窟塑像和壁画并未因此遭到破坏。[⑤]

---

① （唐）令狐德棻等撰：《周书》，北京：中华书局，2000年，第72、75页。

② 史苇湘：《关于莫高窟的时代》，载敦煌研究院编《敦煌石窟内容总录》，北京：文物出版社，1996年，第229页。

③ 贺世哲：《莫高窟第290窟佛传画中的瑞应思想研究》，载《敦煌研究》1997年第1期，第2页。

④ 潘春辉：《北周武帝灭佛莫高窟幸免原因蠡测》，载《敦煌学》（24），2003年，第155页；《炳灵寺石窟学术研讨会论文集》，兰州：甘肃人民出版社，2003年，第373页。

⑤ 李崇峰：《敦煌莫高窟北朝晚期洞窟的分期与研究》，载敦煌研究院编《敦煌研究文集·敦煌石窟考古篇》，兰州：甘肃民族出版社，2000年，第84页。

总之，我们现在所见的北朝晚期洞窟可分为两部分，一部分为武帝法难之前开凿完成的，另一部分为法难之后营建的。而这两部分洞窟的壁画内容，无疑都会受到法难前后政治、社会等方方面面的影响，这也是这一时期敦煌壁画中出现新题材、新内容以及栏墙隐秘图案的主要原因。

四、小结

总的来看，北周中后期敦煌石窟天宫栏墙中新出现的诸如佛首、饕餮、飞鹿、文字、动物交媾、三兔共耳等隐秘图案可能是佛教为了适应新的生存环境而应时而生的新题材、新内容。这些极具儒、道特征的隐秘装饰图案，亦可能是北周武帝"灭佛"前夕融通三教和其时图谶瑞应思想流行的产物。这类栏墙隐秘图案的发现不仅弥补了此类题材只出现在敦煌遗书和佛传、本生故事画中的缺憾，更为我们重新认知莫高窟是否受到北周武帝灭佛运动的影响，提供了新材料，在一定程度上更是佛教加速中国化的图像说明。

附注：本文在写作整理过程中，得到了敦煌研究院考古研究所所长张小刚研究员、陕西师范大学沙武田教授的指导，在此谨表谢忱！

敦煌本 《佛说证香火本因经第二》造作年代考

武绍卫

（山东大学历史文化学院）

摘要：《佛说证香火本因经》是一部发现于敦煌的佛教疑伪经，由于该经和宣扬武则天称帝的《大云经疏》有着密切关系，所以自其被发现起，便得到了学者们的广泛关注。根据文中诸如"二圣""金翅鸟""枨公"等用词，以及经录记载，可以推断此经造作年代当是隋初以后。

关键词：敦煌；《证香火本因经第二》；枨公

《佛说证香火本因经》是一部发现于敦煌的佛教疑伪经，由于该经和宣扬武则天称帝的《大云经疏》有着密切关系，所以自其被发现起，便得到了学者们的广泛关注。[①] 但敦煌本《佛说证香火本因经》（后文

---

① 分参〔日〕矢吹庆辉：《鸣沙余韵·解说篇》，京都：岩波书店，1933 年初版，此据京都：临川书店，1980 年，第 207—214 页。同氏：《三阶教之研究》，东京：岩波书店，1926年初版，1974 年再版，第 720—736 页。Antonino Forte, *Political Propaganda and Ideology in China at the End of the Seventh Century: Inquiry into the Nature, Authors and Function of the Tunhuang Document S. 6502 Followed by an Annotated Translation.* Napoli, 2005, p. 225—239, 263—270, 351—364. Erik Zürcher, Prince Moonlight: Messianism and Eschatology in Early Medieval Chinese Buddhism, *T' oung Pao* LXⅧ, 1—3（1982）, pp. 33—42. 同氏 "Eschatology and Messianism in Early Chinese Buddhism", *Leyden Study in Sinology*. Leiden, 1981, pp. 34—56. 〔日〕菊地章太：《六世纪中國の救世主信仰——〈證香火本因經〉を手がかりに》，道教文化研究會编《道教文化への展望》，东京：平河出版社，1994 年，第 320—341 页。古正美：《从天王传统到佛王传统——中国中世佛教治国意识形态研究》，台北：商周出版社，2003 年，第 181—185 页。参柴剑虹：《读敦煌写卷〈黄仕强传〉札记》，载《敦煌语言文学研究》，北京：北京大学出版社，1988 年，第 248—266 页；此据氏著：《敦煌吐鲁番学论稿》，杭州：浙江教育出版社，2000

简称《本因经》）从来没有单独流行，而是被冠以"佛说证香火本因经第二"抄写在《普贤菩萨说此证明经》（后文简称《证明经》）之后。关于《证明经》和《本因经》的关系以及造作年代的先后顺序，笔者已在其他章中有过详细论述，[①]本文主要是想探讨一下《本因经》的造作年代。

关于《本因经》的造作年代，学界主要存在着三种观点，一是认为该经是六世纪早期以前的作品，持有这种观点的学者以菊地章太为代表。[②]菊地章太的结论主要源自他对《北史·陆法和传》中所用"香火因缘"一词的判断，他认为该词所阐明的典故即源自《本因经》。但"香火因缘"是否就是源自于此呢？其实还是需要进一步辨析的。二是认为该经是高宗晚年、武后上台之际的作品，持有这种观点的学者以郑阿财、张子开等为代表。[③]他们得出该经作于麟德年间、武后称帝之前的看法，主要是认为经中宣扬弥勒信仰、并极力渲染"二圣"，这和高宗末年的政治形势十分相似。但这样单纯地以政治形势来判断一部伪经的造作年代，似乎也不太周全。三是认为该经是六世纪后半叶的作品，

年，第84—101页。季羡林主编：《敦煌学大辞典》，上海：上海辞书出版社，1998年，第736—737页，方广锠撰《普贤菩萨说此证明经》条。林世田：《〈大云经疏〉初步研究》，载《文献》2002年第4期，第47—59页；同氏：《敦煌所出〈普贤菩萨说证明经〉及〈大云经疏〉考略——附〈普贤菩萨说证明经〉校录》，载《文津学志》第一辑，2003年，第165—190页；同氏：《〈大云经疏〉结构分析》，载《麦积山石窟艺术文化论文集》（下），兰州：兰州大学出版社，2004年6月，第175—196页。张子开：《敦煌普贤信仰考论》，载《山东大学学报》（社会科学版）2006年第4期，第69—80页；同氏：《中土新创普贤信仰文献叙录》，载《江西师范大学学报》（哲学社会科学版）2010年第6期，第65—70页。曹凌：《中国佛教疑伪经综录》，上海：上海古籍出版社，2011年，第142—147页。郑阿财：《敦煌疑伪经与灵验记关系之考察》，载《汉语史学报》第三辑，上海：上海教育出版社，2000年，第283—291页；同氏：《敦煌疑伪经的语言问题——以〈普贤菩萨说此证明经〉为例》，载《敦煌吐鲁番研究》第8卷，北京：中华书局，2005年，第267—285页。高婉瑜：《试论〈普贤菩萨说此证明经〉与武周政权的关系》，载《高雄师大学报》第16期，2004年，第293—308页，等。

① 参拙文：《敦煌本〈普贤菩萨说此证明经〉经本研究》，载《敦煌学》第30辑，2013年，第57—75页。

② 参〔日〕菊地章太：《六世紀中國の救世主信仰——〈證香火本因經〉を手がかりに》，道教文化研究会编：《道教文化への展望》，东京：平河出版社，1994年，第325页。

③ 参郑阿财：《敦煌疑伪经与灵验记关系之考察》，载《汉语史学报》第3辑，上海：上海教育出版社，2000年，第288页；张子开：《敦煌普贤信仰考论》，载《山东大学学报》（社会科学版）2006年第4期，第75—79页；同氏：《中土新创普贤信仰文献叙录》，载《江西师范大学学报》（哲学社会科学版）2010年第6期，第68页。

这是手岛一真的研究成果。① 这一结论的得出主要通过对空王佛崇拜信仰的探讨，但仅通过这一信仰而不涉及其他经文内容的讨论似仍有继续探讨的空间。四是认为该经是隋初开皇年间的作品，这是新加坡学者古正美在其《从天王传统到佛王传统》一书中提出的观点。② 她过于强调"佛教治国意识形态"，所有的观点都建立其上，有"意识形态决定论"的倾向。这种理论是否适用于可能产生于下层信众的疑伪经还值得进一步讨论。

本文拟从"香火"本义、经录记载、二圣信仰、金翅鸟信仰、神异僧枺公等角度，对《本因经》造作年代进行探讨。

一、"香火因缘"的本义

关于"香火因缘"一词，丁福保的解释是："（杂语）古人盟誓，多设香火告神，故佛家谓彼此契合曰香火因缘，谓如结盟于宿世，故逾分相爱也。"《汉语大词典》的解释是："佛教语。香与灯火，为供奉佛前之物。因以'香火因缘'谓同在佛门，彼此契合。"有许多用例可以证明他们的解释是正确的。二者使用到的最早的事例都是《北史·陆法和传》，似乎认为该词便是源于《陆法和传》。依照他们的解释，"香火因缘"一词的含义便是指陆法和与梁元帝有结盟于宿世的因缘，"香火"即是"香与灯火"，乃盟誓之具。这种对《陆法和传》的认识是否完全准确呢？

据《北史·陆法和传》载：

> 法和平常言若不出口，时有所论，则雄辩无敌，然犹带蛮音。善为攻战具。在江夏，大聚兵舰，欲袭襄阳而入武关。梁元帝使止

① 参〔日〕手岛一真：《空王仏と空王——石刻・伝世史料における用例の考察》，载《立正大學東洋史論集》，2008 年，第 11 页；同氏：《空王仏と空王——漢文仏典における用例の考察》，等。

② 参古正美：《从天王传统到佛王传统——中国中世佛教治国意识形态研究》，台北：商周出版社，2003 年，第 183—184 页。

之，法和曰："法和是求佛之人，尚不希释梵天王坐处，岂规王位？但于空王佛所与主上有香火因缘，见主人应有报至，故求援耳。今既被疑，是业定不可改也。"①

陆法和是在说他和梁元帝有"香火因缘"，这个因缘的见证者为空王佛。在现存的正藏中，空王佛首先见于后秦鸠摩罗什译《妙法莲华经·五百弟子受记品》，经文载：

> 尔时会中新发意菩萨八千人，咸作是念："我等尚不闻诸大菩萨得如是记，有何因缘而诸声闻得如是决？"尔时世尊知诸菩萨心之所念，而告之曰："诸善男子！我与阿难等，于空王佛所，同时发阿耨多罗三藐三菩提心。阿难常乐多闻，我常勤精进，是故我已得成阿耨多罗三藐三菩提，而阿难护持我法，亦护将来诸佛法藏，教化成就诸菩萨众，其本愿如是，故获斯记。"

该经所讲正是释迦牟尼和阿难在空王佛所共同发愿，最后释迦牟尼成为佛陀，而阿难成为佛陀的护法的故事。这一典故中佛陀与阿难的关系是可以和梁元帝与陆法和的关系做一对比的，即都是一主一从的关系。南北朝以来，视人主为"今日如来"日益成为佛教僧众的共同认识。萧梁时期，梁元帝之父梁武帝更是以"菩萨皇帝"自诩。所以如果说陆法和也是将梁元帝视为佛，应当是可信的。这样以来，《陆法和传》中所讲的典故便可以明了了。利用释迦牟尼和阿难共同在空王佛前发愿的典故，陆法和向梁元帝阐明了自己之所以要竭力维护其帝业，就是因为在他眼中，元帝就是释迦佛，而自己是阿难，是元帝的护法。他们的这一关系并不是今世所结成的，而是在空王佛时既已结成了。

从上面的论述看，丁福保《佛学大词典》和《汉语大词典》关于这一典故的基本含义的理解是正确的。但"香火"一词的含义又如何

---

① （唐）李百药：《北齐书》，北京：中华书局，1972年，第430页。

呢？是否也是指盟誓之具呢？我们发现在"香火因缘"的最初版本中，佛陀和阿难并不是在空王佛前盟誓结缘，而是因"同发阿耨多罗三藐三菩提心"而结缘，这是一种因佛法而结的缘，似乎完全找不到盟誓之具"香"和"灯火"的踪迹。

据郝春文先生考证，在《续高僧传》中"香火"一词是可以作为"佛法的象征"的。① 单就《续高僧传》而言，"香火"的这一意项在萧梁时期既已出现，并且使用者多为南朝人。② 如果我们以"佛法"来理解陆法和所说典故，那么"香火因缘"亦可作"佛法因缘"解。"佛法因缘"之意就是因佛法而结缘。如果我们以这一种认识再去理解《妙法莲华经》中的故事，那么佛陀和阿难同在空王佛所前发愿，即是因佛法结缘，因"香火""因缘"。所以"香火因缘"的出现可能就是南朝僧人以"香火"代替"佛法"一词的结果，其本义应当是"佛法因缘"。这里的"香火"是指佛法，而非盟誓所用的"香"和"灯火"。

在后世的一些诗文中，我们也发现了"香火因缘"仍在被人使用，并且其指意往往为"同在佛门，彼此契合"，如白居易《喜照、密、闲、实四上人见过》中"臭帤世界终须出，香火因缘久愿同"③，白居易在这里便是用这一典故表露了自己愿与宗密等大德同修佛法；又如苏轼《龟山辩才师》诗："何当来世结香火，永与名山躬井硙。"④ 这里便是化用"香火因缘"一词，表明自己希望可以和龟山辩才一起隐居名山。但"香火因缘"是从《陆法和传》中衍生出来的词，本身便具有一定的政治色彩。这一特色在后世也有体现。如前蜀僧贯休《蜀王登福感寺塔三首》之一赞颂蜀王："天资忠孝佐金轮，香火空王有宿因。此

---

① 参晓文：《释"香火"》，载《北京师范学院学报》1992 年第 5 期，第 70 页。
② 参《续高僧传》之"释安廪传""智敫传"等。
③ 参（唐）白居易著；朱金城笺校：《白居易笺校》，上海：上海古籍出版社，1988 年，第 2117 页。
④ （宋）苏轼著；李之亮笺注：《苏轼文集编年笺注》附录一《苏轼诗集》卷一四《龟山辩才师》，成都：巴蜀书社，2011 年，第 254 页。

世喜登金骨塔，前生应是育王身。"① "天资忠孝佐金轮"中"天资忠孝"之人当指蜀王，金轮王当为前蜀当时宗奉的已经灭亡了的唐王室。"香火空王有宿因"当指蜀王与唐朝皇帝在空王面前曾共同发愿，现今蜀王为唐皇帝护法。这里和佛典不同的时，唐皇帝的身份是金轮王而非佛陀，可以理解为这是贯休对这一典故的改用，抑或者在贯休看来，皇帝即如来，金轮王亦如来。在后世众多的诗文中，僧贯休的用法应当是最接近陆法和当时的认识。

从上面的论述看，"香火因缘"的本义即是"佛法因缘"，指佛陀和阿难在空王佛前因佛法而结缘。陆法和用"香火因缘"指他和梁元帝是护法和佛陀的关系，这种关系是前世在空王佛所因佛法而结成的。"香火因缘"具有了人主为佛陀，高僧为护法的倾向，并在后世具有了转轮王护法的色彩。

在《陆法和传》中，陆法和所举典故应当是本于《妙法莲华经》所讲的故事，而非《本因经》，所以，我们不能用《陆法和传》来作为《本因经》造作时间的下限。此外，考虑到陆法和在当时的影响力，如果他在这里使用的是源于《本因经》的一个典故，那么《本因经》最晚在梁元帝时期已经被造做出来，并且已经具有了相当的影响力。如此，这部经典应当为与梁元帝有过直接交往的僧佑所知晓。② 但在对疑经进行过具体分析和分类的《出三藏记集》中，我们却丝毫没有找到关于《本因经》的任何痕迹。从这个角度看，我们也不能断定《本因经》在梁元帝之前既已出现。

二、经录上的证据

通过历代经录记载，我们发现，自隋法经修撰《众经目录》（后文简称《法经录》）（完成于开皇十四年，594年）著录该经（《普贤菩萨

---

① （唐）贯休撰；陆永峰校注：《禅月集校注》卷一九《蜀王登福感寺塔三首》，成都：巴蜀书社，2012年，第386—387页。

② 关于僧佑和梁元帝的交往，参（梁）释慧皎撰；汤用彤校注：《高僧传·附录》，北京：中华书局，1992年，第566页。

说此证明经》）以来，历代经录都将其标为"一卷"。除《大唐内典录》《大周刊定众经目录》将该经经题记作"普贤菩萨说证明经"外，历代经录均记为"普贤菩萨说此证明经"。这种经名不一致的现象，在敦煌卷中也存在，但敦煌卷子所记内容却是一致的，所以这种经题不同、经文相同的现象恰可以说明历代经录记载的《普贤菩萨说此证明经》和《普贤菩萨说证明经》就是同一部经。

自法经以至圆照等经录僧所见《普贤菩萨说此证明经》都是一卷本的，经卷的规模似乎从来没有改变过。那么，我们是否可以认为法经、智昇、圆照等人所见《普贤菩萨说此证明经》是同一个本子，亦即敦煌本《普贤菩萨说此证明经》呢？如果这个推测成立的话，那么敦煌本《普贤菩萨说此证明经》，即"《证明经》+《本因经》"的形态早在《法经录》撰成的594年之前便已存在了。也就是说，《本因经》早在594年之前便已被造作出来。如果根据许理和提出的依据"阎浮履地"一词来判断《普贤菩萨说此证明经》成立上限为560年的结论[①]，我们还可以进一步将《本因经》的成立年代也初步定在560—594年之间。

三、关于"二圣"

《本因经》原文记：

> 却后数日，天出明王，地出圣主，二圣并治，并在神州。善哉治化，广兴佛法。慈愍一切，救度生死，得出火宅，得见大乘，引导生死，来诣化城。明王圣主，俱在化城，楼上打金鼓，远告诸法子："此法有因缘，寻解万里通；此法无因缘，鼓隔壁聋。"

经中出现的"二圣"即天出明王和地出圣主。由于《本因经》和为武氏上台造势的《大云经疏》有着极为密切的关系，所以《本因经》中

---

① 参 Erik Zürcher, Prince Moonlight, p. 35, note 64.

出现"二圣"一词极易让人联想到唐高宗与武后曾并号"二圣"的历史。《旧唐书·则天皇后本纪》载：

> 永徽六年，废王皇后而立武宸妃为皇后。高宗称天皇，武后亦称天后。后素多智计，兼涉文史。帝自显庆已后，多苦风疾，百司表奏，皆委天后详决。自此内辅国政数十年，威势与帝无异，当时称为"二圣"。①

从表面看，《本因经》和武后确实有着非常明显的联系，但是这种联系不能被过分演绎，《本因经》中的"二圣"和高宗时期的"二圣"之间不能直接画上等号。首先，我们在《大云经疏》所引《证明因缘谶》中完全找不到"二圣并治"的痕迹。若《本因经》专为武氏而作，那么在《大云经疏》中为何不加以引用？其次在武氏之前的历史中也存在着类似的、甚至完全一致的说法。比如《隋书·文献独孤皇后传》载：

> 后每与上言及政事，往往意合，宫中称为"二圣"。②

这里的"二圣"指隋文帝和独孤皇后（554—602）。他们并号"二圣"的情形和唐高宗、武后并称"二圣"的情形十分类似。

"二圣并治"的说法在信仰领域也是存在的。比如可能形成于唐中后期的《僧伽和尚欲入涅盘说六度经》便载，僧伽和尚言：

> 以后像法世界满、正法兴时，吾与弥勒尊佛同时下生，共坐化城，救度善缘。元居本宅，在于东海。是过去先世净土缘，为众生顽愚难化，不信佛法，多造恶业，吾离本处，身至西方，教化众

---

① （后晋）刘昫等撰：《旧唐书》卷六《则天皇后》，北京：中华书局，1975年，第115页。

② （唐）魏征等撰：《隋书》卷三十六《后妃》，北京：中华书局，1973年，第1109页。

生，号为释迦牟尼佛。东国遂被五百毒龙陷为大海，一切众生沈在
海中，化为鼋鼍鱼鳖。吾身已后，却从西方胡国中来，生于阎浮，
救度善缘……吾后与弥勒尊佛下生本国，足踏海水枯竭。遂使诸天
龙神八部圣众，在于东海中心，修造化城。金银为壁，琉璃为地，
七宝为殿。①

这里的僧伽和尚和弥勒是同时下生，即同时从天而降，并一同治化世
间。"共坐化城"一语与《本因经》中的"明王圣主，俱在化城"十分
接近。该经中僧伽和尚的身份却不仅仅只是佛教的，还有道教的。该经
记："吾离本处，身至西方，教化众生，号为释迦牟尼佛……吾身已后，
却从西方胡国中来，生于阎浮，救度善缘。"这里可以看到很明显的道
教的化胡痕迹，本经中的"二圣"即兼有佛道两种身份的僧伽和佛教
的弥勒。

其实，化胡色彩在《本因经》中也有体现，经文载：

老子作相师，白迭承释迦。老子重瞻相，此人非常圣。难解难
思议，号为释迦文。九龙与吐水，治化弥勒前。元初苦行时，居在
迦黄山。乃久不得道，来至昆仑山。乃久不得道，来至蒲城山。展
转至五马道，从海中心入，即为造化城。化城何物作：琉璃作外
郭，举高七百尺；白银作中郭，举高七百尺；紫金作中城。

从这段经文不难看出，造作者将道教之老子与佛教之佛陀融合在了一
起，老子即释迦文佛，释迦文佛所行即老子所为。老子不仅是帝王师，
"治化弥勒前"，而且还在海中心"造化城"。这里值得注意的是，《本
因经》和《僧伽和尚欲入涅盘说六度经》描写的化城也相当一致，②首
先在位置上都位于"海中心"且周围都有弱水围绕，信众只能由"良

---

① 《大正藏》第85册，第1463页中—下。
② 南北朝已降，在民众信仰中，"化城"有一种取代净土的倾向。

师"引导,通过"法桥"或"宝船"方得进入化城;其次在质地上都用金银和琉璃。这种描绘怕是中土信众自己的创造。

这种化胡说背景下的"二圣"说,早在南北朝时期既已出现。敦煌本 S. 2081《太上灵宝老子化胡妙经》可能是一部作于六朝末年的重要道教化胡经。① 该经载:

> □等能属道者,无上最真。乐佛者,亦是我身。有一长者问曰:天下唯言一生(身),大圣云何复有二尊? 天尊答曰:我观见天下边国,胡夷越老,一切众生,心意不同,不识真伪,不信罪福,各行恶逆,是故我今分身二乘,教化汝取(耳)……②

这段是讲天尊根据中国和边国民众的不同情况而采取不同的教化,在中国兴化道教,而在"心意不同,不识真伪,不信罪福,各行恶逆"的边国推行佛教。该经将"天尊"和"佛陀"治化分别开来,是南北朝道教在处理佛道关系时以"夷夏论"为理论指导而所采取的一种普遍做法。③ 我们不妨可以称之为道教的"二尊并治"。

《太上灵宝老子化胡妙经》的"二尊并治"和《本因经》《僧伽和尚欲入涅盘说六度经》所体现的"二圣并治"现象似乎是同一系统,可能都是中古化胡说影响下的作品。

---

① 关于该经的时代,吉冈义丰最初认为当是初唐以后的作品,后又认为是公元 570 年前后的作品。分参吉岡義豊:《道教と佛教》第一,東京:國書刊行會,1983 年,第 470 页;第三,東京:國書刊行會,第 59 页;大淵忍爾認為是唐代作品,參《敦煌道經·目錄編》,東京:五福書店,1979 年,第 324 页。王卡认为此经应出于东晋末北魏初,参《敦煌道教文献研究:综述·目录·索引》,北京:中国社会科学出版社,2004 年,第 189 页。

② 释文参郝春文主编:《英藏敦煌社会历史文献释录》(第十卷),北京:社会科学文献出版社,2013 年,第 398—399 页。

③ 关于南北朝时期道教在处理化胡说上采取的策略和态度,参看刘屹师对《化胡经》的相关研究论文,尤其是《唐代道教的"化胡经说"与"道本论"》,初刊荣新江主编:《唐代宗教信仰与社会》,上海:上海辞书出版社,2003 年,第 84—124 页;此据《经典与历史:敦煌道经研究论集》,北京:人民出版社,2011 年,第 53—89 页。

所以，从上文的论述看，在中古时期，社会上至少存在着两种性质的"二圣"论，即政治上的皇帝皇后并治之"二圣"和"化胡"背景下的佛道并化"二圣"。笔者以为，《本因经》中描绘的"二圣并治"并不一定就是受政治影响产生，而更可能是中古时期流行的"化胡说"的产物，姑且称之为"化胡二圣"。

四、经中的"金翅鸟"

金翅鸟，梵文名即 Garuḍa，音译则为迦楼罗、揭路荼、迦喽荼等，原是古代印度神话中的一个神鸟，后为佛教所吸收，成为佛教护法，是天龙八部之一。它在《本因经》中扮演了一个非常重要的角色，即拯救信众，带其至兜率天宫。经载：

> 我尔时天上遣金翅鸟，下召取有缘。此鸟身长二十里，纵广三十里，口衔七千人，背负八万人，得上兜率天。

不难看出，在弥勒"平除罪恶人"之际，金翅鸟承担着救助信众的责任。但金翅鸟的这种功能在正典中并不存在，所以很可能是中土自己的创造。中古时期，金翅鸟在中土的影响里日渐扩大，但其救世角色并不突出。据笔者所见，有一个相近的事件就是隋末城父朱粲叛乱。《资治通鉴》载：

> 城父朱粲始为县佐史，从军，遂亡命聚众为盗，谓之"可达寒贼"，自称"迦楼罗王"，众至十余万，引兵转掠荆、沔及山南郡县，所过噍类无遗。[1]

---

① （宋）司马光等撰：《资治通鉴》卷一百八十二《隋纪六》，"炀帝大业十一年十一月"条，北京：中华书局，1956 年，第 5701 页。

朱粲自称"迦楼罗王",是否也借以表达自己承担着一种救世神圣的使命?[①] 其用意我们已不得而知,但他的这一称号表明至少在北朝末年,北方地区盛行着"迦楼罗王"崇拜。考虑到在北朝末年前后"迦楼罗"信仰具有这么浓厚的救世色彩,朱粲的称号是不是《本因经》所体现出的"迦楼罗"信仰的一种反映呢?

此外,还有一点值得注意,即金翅鸟救人的方式是"口衔七千人,背负八万人",这也是正典中所没有的。由于和中国传统的"鹏"十分相似,所以金翅鸟自传入中土便被人们和鹏混在了一起。"鹏"是可以载人的,这一点可能也是《本因经》中金翅鸟载人的一个来源。同时,据宫川尚志研究,自六朝末年"金翅"一词成为了规模巨大的战船的名称,并推测"金翅"很可能即是佛教之"金翅鸟"。[②] 诚如是,则六朝末年以来,"金翅鸟载人"便很可能便是社会上一种普遍的认识。

五、神异僧——枨公

关于《本因经》对神异僧的推崇,笔者已经有所论述,[③] 这里仅就可能与该经断代有直接关联的"枨公"进行一些简单探讨。《本因经》载:

> 枨公白尊者:"远召有缘人。"枨公白尊者:"分别五种人。"尊者语枨公:"云何可分别?"枨公白尊者:"随我分别之,随我造弱水。我遣力士罗刹王,头戴昆仑山,从地出踊泉,来至化城西,展转娑婆中,往诣加黄山。水上七寸桥,有缘在桥东,无缘在桥西。召我诸法子,一时在化城。"

---

① 在南北朝以降,许多起义或叛乱的领袖,都借用佛教和道教等信仰,表达自己承受神圣使命,以吸收信众、壮大力量,比如所谓的借弥勒、月光童子、李弘之名而发动的叛乱就有很多。

② 参〔日〕宫川尚志:《六朝史籍に見ゆる金翅と云ふ語に就きて》,载《東洋史研究》第 2 卷第 4 号,1937 年,第 359—363 页。

③ 参拙文《敦煌本〈普贤菩萨说此证明经〉经本研究》。

枨公在这里的出现是非常的突兀的，并且全经仅此处出现。富安敦等学者认为应当是"棠公"①"樑公""橙公""澄公"，即佛图澄。②但是经文的前一部分在描述观音和普贤分身时提到"堂公"，经文是："尔时如童菩萨月光童子是，尔时摩诃迦叶尊者是，尔时忧波利（是）。堂公是初果罗汉，离诸生死；泰山僧朗是清净罗汉；杯度是解空罗汉，号为隐公。"这里所用"堂公"，在《大云经疏》中作"橙公"，似乎更可能是"棠公""樑公"，亦即"澄公"。如是，则经文对石赵之"澄公"、苻秦之"僧朗"、刘宋之"杯度"的排列是按时间顺序而来的。这样看来，《本因经》造作者对三人的神异似乎是相当了解的，如果在前文已将"澄公"写作"堂公"，而后文为何又用"枨公"代换呢？所以笔者怀疑"枨公"可能另有其人。

《两京新记》收有北周初神异僧"枨公"之事：

> 隋文帝长安朝堂即旧杨兴村村门大树，今见在。初周代有异僧，号为"枨公"，言词恍惚，后多有验。时村人于此树下集言议，枨公忽来逐之，曰："此天子坐处，汝等何故居此？"及隋文帝即位，便有迁都意，果移都于此。③

隋文帝迁都之事在开皇二年（582），可知枨公在开皇初已经被人传为神异。和《本因经》所描述的"枨公"相比，除周隋之际的"枨公"也有神异外，二者还有一点十分相似，即二者都和化城、都城有关。《本因经》中，枨公是一位良师，会引导信众到达弥勒所在之"化城"；周隋之际的"枨公"则指出了隋文帝迁都之地址。如果我们可以将帝

---

① 敦煌研究院藏编号785题为"佛图棠所化经"，此"佛图棠"即佛图澄。相关研究参见邰慧莉：《敦煌写本〈佛图澄所化经〉初探》，载《敦煌研究》1998年第4期，第96—133页。

② 参 Antonino Forte, *Political Propaganda and Ideology in China at the End of the Seventh Century: Inquiry into the Nature, Authors and Function of the Tunhuang Document S. 6502 Followed by an Annotated Translation.* Napoli, 2005, p. 304—305, note 240.

③ 韦述撰；辛德勇辑校：《两京新记辑校》，西安：三秦出版社，2006年，第2页。

王和如来、弥勒相并论，那么"大兴城"和"化城"似乎也有相通之处。所以笔者认为，《本因经》之"枨公"亦即周隋之"枨公"，《本因经》所载"枨公"引路之事很可能便是周隋之"枨公"指认都址之事的反映。

枨公之事在中国历史上并不突出，但隋文帝建大兴城却是当时举世瞩目之事。为此，围绕新都营建，出现了种种舆论宣传。如开皇元年（581），当隋文帝和高颎、苏威二人定议之后，季才便上奏言：

> 臣仰观玄象，俯察图记，龟兆允袭，必有迁都。且尧都平阳，舜都冀土，是知帝王居止，世代不同。且汉营此城，经今将八百岁，水皆咸卤，不甚宜人。愿陛下协天人之心，为迁徙之计。[①]

此举甚得文帝欢心，并在此之后便亲下诏书，向天下宣布营造新都，这份诏书在费长房编撰的《历代三宝纪》（开皇十七年，597 年撰成）有收录：

> （开皇）二年季夏诏曰：殷之五迁，恐民尽死。是则以吉凶之士，制长短之命，谋新去故，如农望秋。龙首之山，川原秀丽。卉物滋阜，宜建都邑。定鼎之基永固，无穷之业在兹。因即：城曰大兴城，殿曰大兴殿，门曰大兴门，县曰大兴县，园曰大兴园，寺曰大兴善寺。[②]

关于该诏书在佛教发展中的影响，曾亲身经历了隋代佛教兴盛的费长房

---

① （唐）魏征等撰：《隋书》卷七八《庚季才传》，北京：中华书局，1973 年，第 1766 页。

② 参《大正藏》第 49 册，第 101 页上。该诏书在《隋书·高祖本纪》中也有收录，但不同的是"城曰大兴城……自是大兴"几句无收，参《隋书》卷一《高祖纪上》，第 17—18 页。尽管如此，其他材料的记录也可以佐证费长房的记载应当是正确的。如《两京新记》：隋文初封大兴公，及登极，县、门、园、池，多取其名。（韦述撰；辛德勇辑校：《两京新记辑校》，西安：三秦出版社，2006 年，第 2 页。）

的看法是："三宝慈化，自是大兴。万国仁风，缘斯重阐。伽蓝郁跱兼绮错于城隍，幡盖腾风更庄严于国界。法堂佛殿既等天宫，震旦神州还同净土。"在当事者眼中，这份诏书似乎就是为推动佛教兴盛而颁，其结果就是"震旦神州还同净土"，中国成了一个"佛国"。费长房无疑将此举和隋文帝种种崇佛行为联系在了一起。其实，佛教徒对建都之事的参与不仅仅只在于为之欢呼。古正美在其作品中曾提到《本因经》中的一段文字和隋初的一份诏书的语句十分一致。《本因经》载：

> 阎浮无罪人，国作佛国，州作佛州，郡作佛郡，县作佛县，党里作佛里，邻作佛邻。

从语句的形式看，两件文献都采取了"某曰某""某作某"排比式的叙述形式。所以从内容和语句形式看，二者都是确实有着相当的一致性。这说明，《本因经》的造作者很可能曾看到了文帝的营建新都诏。枨公指认新都显然也应该视为佛教徒围绕迁都、为迎合统治者而制作出来的神异事件。如是，《本因经》则可能是隋文帝迁都（582 年）之后的作品。

鉴于枨公在中国历史上影响并不突出，历代僧传无收，其影响力似乎也仅限于北周的统治范围和周隋之际。如是，枨公在《本因经》中的出现，是否又暗含着《本因经》是一隋初关中、或者北方的作品呢？

余论

《本因经》在隋初可能已经被造作出来，但是造作之初，其流行可能并不广。我们对《普贤菩萨说此证明经》在唐初以前的流行情况，可以通过《黄仕强传》窥得一些。据该灵验记记载，掌文案鬼传授被误抓入冥的黄仕强长命之法，即"访写《证明经》，得寿一百二十岁"。黄仕强还阳后，"因即访觅此经，求本竟无所得，唯得《明证经》"，其后是根据彭慧通家的佛经目录，才发现该经只在三处有本，"京师两寺有本，江淮南一处有本"。《黄仕强传》虽是一文学作品，其内容不可全信，但文中传递出《证明经》在社会流通不广之事似是事实。从现存唐之前典籍不曾引用或提及该经也可得出相似的结论。其实，就大多数疑伪经而言，它们的流通具有很强的地域性和时代性，像《高王观世音经》那样能流通全国各地并长时间盛行的疑伪经确实很少。但《普贤菩萨说此证明经》这种流通少的局面，随着《大云经疏》的造作和武则天的上台得到了极大扭转。《大云经疏》所引用《证明因缘谶》之经文，除个别字词和词语顺序不同外，全部来自《本因经》。① 随着《大云经疏》的颁行于全国，《普贤菩萨说此证明经》很可能也得到了广泛的传播，以至在敦煌遗书中亦存有数量可观的卷子。②

　　值得注意的是，《本因经》在宣扬弥勒信仰的同时，也非常重视对空王佛的崇拜，③ 但《大云经疏》所引《证明因缘谶》全部是推崇弥勒的内容。虽然我们并不能确定这种对《本因经》的不同解读是否就是南北朝末年以至唐初空王佛和弥勒信仰演变的反映，但是可以肯定的是《本因经》的造作是在空王佛和弥勒崇拜的背景下完成的，而截取《本因经》的《证明因缘谶》则是在"武则天＝弥勒"政治宣扬的背景下出现的。④ 换言之，《本因经》本是一部反映信众信仰的作品，但到了

---

　　① 富安敦先生曾试图将"证明因缘谶"解释为"证明香火因缘谶"（prophecy attesting the cause［of the Incense Burning］），认为，这样一来，《大云经疏》所引用的经本身就是指《本因经》，而非《证明经》。参 Antonino Forte, *Political Propaganda and Ideology in China at the End of the Seventh Century: Inquiry into the Nature, Authors and Function of the Tunhuang Document S. 6502 Followed by an Annotated Translation.* p. 355, note 33. 笔者以为将"证明因缘"理解为"《本因经》的谶语"无疑是正确的，但这个名字更可能是将《普贤菩萨说此证明经》经题和《本因经》重点强调的"香火因缘"混合在一起的结果。

　　② 关于《普贤菩萨说此证明经》在敦煌的保存情况，参看曹凌的整理和统计，《中国佛教疑伪经综录》，上海：上海古籍出版社，2011 年，第 142—145 页。

　　③ 参拙文：《敦煌本〈普贤菩萨说此证明经〉经本研究》，载《敦煌学》2013 年第 30 期，第 60—64 页。

　　④ 富安敦先生认为武则天也是相当推崇空王佛的，其理由是武曌之"曌"由"明"＋"空"组合而成，而"明"即《本因经》中之"明王"，"空"即《本因经》中之"空王佛"。参 Antonino Forte, *Political Propaganda and Ideology in China at the End of the Seventh Century: Inquiry into the Nature, Authors and Function of the Tunhuang Document S. 6502 Followed by an Annotated Translation.* Pp. 356—358. 富安敦先生的解释无疑具有启发性，但我们在《大云经疏》等材料中确实找不到其他可以佐证武氏推崇空王佛的证据。笔者以为，"曌"作为武周新字，应该纳入其整个新字系统进行统一考虑，而不能将其割裂出来单独解释。

武则天时期出于政治的需求，《本因经》被赋予了更浓厚的政治色彩，这一色彩也改变了它的流通面貌——从一部几乎无人知晓的疑伪经而成为流布天下的圣典。但是可能在武氏失势后，这部盛极一时的经典也逐渐被人遗忘，以至于我们只能在封闭千年的藏经洞中找到其踪迹。

疑伪经的造作虽然有着很强的目的性，[①] 但是它毕竟更多的是低层次信众的作品。政治可能会影响、甚至决定它在社会上的流通，但将其和某一重大的政治事件联系起来、甚至认为是为专制统治服务则可能有失草率。《本因经》可能是隋初的一部作品，它的出现可能和当时社会上流行的空王佛和弥勒信仰有关。柽公等信息的存在虽然暗示该经很可能与当时社会上产生很大影响的隋文帝迁都一事有关，但这很可能是对社会时事的一种不自觉的反映，我们并不能据此便断言它是一部为迎合统治者而创作的作品。

中古皇权统治对社会的影响是方方面面的，一部民间作品虽不是为皇权而作，但却可以被用来为皇权服务。将《本因经》"包纳"其中的《普贤菩萨说此证明经》在不同时期的流通情形便给我们提供了一个皇权影响经典流通的生动例证。

---

① 关于疑伪经的造作动机，牧田谛亮有着精彩的分类和论述，参看氏著：《疑经研究》，京都大学人文科学研究所，1976 年，第 40—49 页。

BD06702《楼炭经略》的成立与文本研究

杜　娇

（福建师范大学文学院）

摘要：敦煌疑伪经《楼炭经略》构建了恢弘的佛教宇宙图景，是在广采佛教典籍的基础上兼取外道众书编撰而成。根据 BD06702 号《楼炭经略》所参考的十多种佛典论疏译出和写作时间，推断此经大致形成于公元 500—550 年。《楼炭经略》中有多处对于净土世界的描绘，再结合此经的时代背景，可以推测此经的功用在于止恶劝善，积攒福报。因此，此经被后出的《妙法莲华经度量天地品》和《妙法莲华经马明菩萨品》模仿改写，冠以《妙法莲华经》的名号广泛流行。这一类疑伪经虽然内容相对世俗粗浅，但是具体真实地反映出当时的社会环境和民俗文化，是中国佛教文化对民众宗教信仰诉求最直接和最热烈的回应。

关键词：《楼炭经略》；宇宙理论；佛道融摄；五戒十善；净土

敦煌疑伪经《楼炭经略》因其名称，通常被研究者们认为是真经《大楼炭经》的抄略本。"楼炭"的梵语是 lokadhatu，loka 的意思是"世"，dhatu 的意思是"界"，因此意译为"世界"。作为《大楼炭经》的疑伪经，《楼炭经略》主要叙述须弥四洲之相状、世界之成立及其破坏时期等内容。

王孟将《楼炭经略》《妙法莲华经度量天地品》和《妙法莲华经马明菩萨品》归为一类，认为这三者都反映了中国佛教徒对于佛教世界观的理解和改造。① 这三部疑伪经的内容相通，形成时间接近，都是杂采众经改编而成，再冠以其他经典的名字扩大影响。然而，《楼炭经略》与《妙法莲华经度量天地品》和《妙法莲华经马明菩萨品》相比，关于它的研究却寥寥无几，存在着较大的研究空间。并且，《楼炭经略》展现出的广阔宇宙图景和佛道交融的思想义理，无疑使其成为疑伪经中的精品。该疑伪经可以反映出当时的社会人文情况、民众心理状态和宗教信仰诉求。有鉴于此，笔者最终选择了将 BD06702 号《楼炭经略》作为研究对象，一方面通过仔细录文，为后续研究呈现出一个比较可靠的文本；另一方面抛砖引玉，希望更多的优秀研究成果得以出现。

一、BD06702《楼炭经略》的成立

《楼炭经略》在敦煌遗书中仅存 2 号写本——BD06702 和甘博 038 号。BD06702 号首残尾全，尾题作："楼炭经略一卷"，起于"佛言：[须弥山东陆地名弗波提，广长卅六万] 里，其地正圆"，讫于"去铁围山一百卌万里"。全卷用楷体书写，有乌丝栏，字距和行距均较疏阔，共存 364 行，每行大致 17 字。《国家图书馆藏敦煌遗书》（第九十二册）存有此号写本的图版。② 甘博 038 号首尾俱全，首题作"楼炭经一卷"，尾题作"楼炭经略壹卷"，起于"弟（第）二黑闇地狱"，讫于"命终者皆入阿入鼻地狱，急如电也，阿鼻地狱"。全卷用楷体书写，无乌丝栏，字距和行距均紧凑，共存 397 行，每行大致 18 字。陈垣《敦煌劫余录》③、商务印书馆主编《敦煌遗书总目索引》④、黄永武主编《敦煌遗书最新目录》⑤ 和敦煌研究院编《敦煌遗书总目索引新编》⑥ 都对甘博 038 号《楼炭经略》予以著录。季羡林主编《敦煌学大辞典》

① 王孟：《敦煌佛教疑伪经综录》，上海师范大学博士学位论文，2016 年，第 33 页。
② 中国国家图书馆主编：《国家图书馆藏敦煌遗书》（第九十二册），北京：北京图书馆出版社，2008 年，第 300 页。
③ 陈垣主编：《敦煌劫余录》（下），中央研究院历史语言研究所，1931 年，第 926 页。
④ 商务印书馆主编：《敦煌遗书总目索引》，北京：商务印书馆，1962 年，第 84 页。
⑤ 黄永武主编：《敦煌遗书最新目录》，台北：新文丰出版公司，1986 年，第 562 页。
⑥ 敦煌研究院主编：《敦煌遗书总目索引新编》，北京：中华书局，2000 年，第 530 页。

判定此经与《妙莲华经度量天地品》《妙法莲华经马明菩萨品》属于同类作品，大约产生于同一时期。① 段文杰主编《甘肃藏敦煌文献（第四卷）》存有此号写本的图版。②

《楼炭经略》的两个写本虽然尾题都作"楼炭经略"，但是两者不仅在叙述次序上不同，而且在名目和描述上相差较大，其实是两部不同的佛教文献：（1）BD06702 号中有 8 处以"佛言"作为导语，而甘博038 号只有结尾 1 处；（2）BD06702 号经文讹脱倒衍较少，只有 10 处，而甘博 038 号却多达 28 处；（3）《楼炭经略》BD06702 号写本抄写工整，楷书丰腴雄浑，行款疏阔，而甘博 038 号则字迹稍显娟秀，行款细密，不如 BD06702 号正式；（4）BD06702 号虽然首残尾全，若参考《妙法莲华经马明菩萨品》补全经文，可以发现此号写本的每个单元内容是完整的，并未像甘博 038 号一样虽然文本形式上首尾俱全，但是经首缺少第一地狱，经尾缺少对阿鼻地狱的展开详述，这也透露出《楼炭经略》可能不止两个写本，甘博 038 号也并非是第一个写本；（5）甘博 038 号虽然在地狱和四洲方面描述更加细致——增加了须弥山、阿罗汉六神通、九道，缺少了天神伺察、三灾，但是在排序上面显得混乱——在经首论述了十八地狱之后又在经尾粗略提到阿鼻地狱，在第二十四天之后提到了阿罗汉道却将其放在第三十二天之后具体叙述以及将娑婆世界的定义放在佛国土构造的后面；BD06702 号将与世界架构没太大联系的内容省略，增添了一些新内容，对主题进行了重新排列组合。综合以上证据推测，BD06702 号可能是在甘博 038 号的基础上进行增删调序而形成的，在形式上更加成熟完善的疑伪经文本。

---

① 季羡林主编：《敦煌学大辞典》，上海：上海辞书出版社，1998 年，第 733 页。
② 段文杰主编：《甘肃藏敦煌文献》（第四卷），兰州：甘肃人民出版社，1999 年，第 380 页。

表 1 《楼炭经略》比对

编号	单元
甘博 038 号	十八地狱（缺第一地狱）、畜生饿鬼、须弥四洲（北西东南）、佛传、日月五星、廿八星宿、四大天王、释提桓因、帝释宫殿及神通、三界诸天、阿罗汉、娑婆世界、三千世界、九道、三劫、阎浮提、阿鼻地狱
BD06702 号	须弥四洲（东南西）、日月五星、廿八星宿、四大天王、天神伺察、释提桓因、帝释宫殿、三界诸天、三千世界、阿鼻地狱、三劫三灾、阎浮提

《楼炭经略》两个写卷的结尾均说"《大楼炭经》一百廿卷，广明世界中事。大经难见，是故此中略句其要"，标榜自己是《大楼炭经》的简本。智升《开元释教录》卷一五记载，《大楼炭经》一共六个译本，四存二缺，现存译本分别是：（西晋）法炬和法立译的《大楼炭经》，（姚秦）佛陀耶舍和竺佛念译的《长阿含·世记经》，（隋）阇那崛多译的《起世经》以及（隋）达摩笈多译的《起世因本经》。其中第一译为西晋竺法护，法炬法立译本为第三译。① 圆照《贞元新定释教目录》卷二三说法炬、法立译本是第二译。② 由此得出，法炬和法立共译的《大楼炭经》并不是初译，而竺法护翻译的《大楼炭经》才是最初的版本，可惜已经不存。笔者查阅《大楼炭经》现存各个译本，其卷数都与《楼炭经略》所说的卷数并不符合，所以《楼炭经略》中所称卷数为杜撰的可能性较大。

《经律异相》卷一"当其戏乐，忘其初生所念识知，承先世善得生天上（楼炭经略同）"和卷四"大海北岸一树名究罗瞋摩高百由旬，荫五十由旬（楼炭经略同）"中虽然有"楼炭经略"的字样，可惜并无引文，而且也并未从《楼炭经略》现存两个写本中找到对应的部分。然而，在《大楼炭经》中却有能找到相应的文字描述。同时，参考今人校注的《经律异相》中的句读标点，校注者对此标注的也是"《楼炭

---

① （唐）道宣：《开元释教录》卷一五，《大正藏》第 55 册，第 638 页上。
② （唐）圆照：《贞元新定释教目录》卷二三，《大正藏》第 55 册，第 944 页下。

经》略同"。① 因此，《经律异相》中的"楼炭经略同"应该指的是
"《楼炭经》略同"，而非"《楼炭经略》同"。

《大楼炭经》现存诸版本，唯有法炬、法立译本明确使用"大楼炭
经"的名称，所以《楼炭经略》极有可能依据的是法炬、法立译本。
《出三藏记集》卷一三记载法炬在晋惠、怀二帝在位期间（290—311）
翻译了《大楼炭经》②，并未提及法立的名字。因此，《楼炭经略》应该
形成于南北朝时期，上限应该在公元 290—311 年间《大楼炭经》译出
之后。

作为同类疑伪经，《楼炭经略》的写本数量远远少于《妙法莲华经
度量天地品》和《妙法莲华经马明菩萨品》，其中可能的原因有两种：
（1）当时数量较多，但是大部分散失不存，仅留下两个写本；（2）《楼
炭经略》所依托的《大楼炭经》名气不足，后来《妙法莲华经度量天
地品》广泛流行之后，有人照着《楼炭经略》BD06702 号抄下来，冠
以"妙法莲华经马明菩萨品"的名号扩大影响，再加上抄写此经具有
消灾免难、除罪得福的功德，于是也逐渐流行起来。笔者认为第二种原
因可能性更大。这样的话，《楼炭经略》BD06702 号的形成时间就晚于
甘博 038 号，早于《妙法莲华经马明菩萨品》，《妙法莲华经马明菩萨
品》的形成时间又晚于《妙法莲华经度量天地品》。矢吹庆辉《鸣沙余
韵解说篇》③ 和方广锠《敦煌遗书中的〈妙法莲华经〉及有关文献》④
都认为《妙法莲华经马明菩萨品》即《妙法莲华天地变异经》。如果此
推断准确无误，那么《妙法莲华经马明菩萨品》的形成时间就应该在
（隋）法经《众经目录》编撰（公元 594 年）之前，并且形成时间和
《妙法莲华经度量天地品》隔得很近。《楼炭经略》形成于南北朝的可

---

① （梁）宝唱编纂；董志翘、刘晓兴等校注：《经律异相（校注4）》卷四八，成都：巴
蜀书社，2018 年，第 1628 页。

② （梁）僧祐：《出三藏记集》卷一三，《大正藏》第 55 册，第 98 页上。

③ 〔日〕矢吹庆辉：《鸣沙余韵·解说篇》（第二册），东京：岩波书店，1930 年，第
205—207 页。

④ 方广锠：《敦煌遗书中的〈妙法莲华经〉及有关文献》，《中华佛学学报》1997 年第
10 期。

能性最大，年代下限为公元 589 年南北朝结束。由于这三篇疑伪经所参考借鉴的材料都在很大程度上重合，《楼炭经略》估计是《妙法莲华经度量天地品》和《妙法莲华经马明菩萨品》参考的范本。

为何同是伪经，《楼炭经略》《妙法莲华经度量天地品》和《妙法莲华经马明菩萨品》之间只有《妙法莲华经度量天地品》被佛经目录著录呢？推测其原因可能有三：（1）因为《妙法莲华经度量天地品》写本多且流行范围广，而《楼炭经略》和《妙法莲华经马明菩萨品》写本数量少，流行范围小；（2）《妙法莲华经马明菩萨品》的形成晚于唐代那些比较有名的佛教目录书，所以没有被著录；（3）可能佛教目录书中所著录的名字和伪经写卷所题的名字不相一致，被误以为已经亡佚。王孟根据《国家图书馆藏敦煌遗书图录》中的条记目录，称《妙法莲华经马明菩萨品》既有 7—8 世纪唐代写本，也有 8—9 世纪吐蕃统治时期写本以及 9—10 世纪归义军时期写本，由此可知该经曾在敦煌地区长期流传。（隋）法经《众经目录》卷二"众经伪妄"中同时提到了《妙法莲华经度量天地品》和《妙法莲华天地变异经》。[1] 这两部伪经都冠以《妙法莲华经》的名号且写卷数量众多，内容也相似，就算隋朝的佛经目录不著录《妙法莲华经马明菩萨品》，唐代佛经目录鉴于此伪经较大的影响力也理应著录在内。翻检中国佛教经录中所记载的疑伪经，其中只有《妙法莲华经度量天地品》《妙法莲华经马明菩萨品》《妙法莲华天地变异经》三部伪经借用了冠以"妙法莲华经"。因此，法经《众经目录》中所提到的《妙法莲华天地变异经》极有可能就是《妙法莲华经马明菩萨品》。

在佛经目录书中，还有与《楼炭经略》名字类似的疑伪经，如《小观世楼炭经》《观世楼炭经》《小楼炭经》和《流炭经》，这几篇疑伪经的形成时间基本都在隋朝之前。[2] 除此之外，中国佛教史上还出现过几种从名字上看可能是以描述世界之构成为主要内容的疑伪经，比如

---

① （隋）法经撰：《众经目录》卷二，《大正藏》第 55 册，第 126 页下。
② 曹凌：《中国佛教疑伪经综录》，上海：上海古籍出版社，2011 年，第 1—6 页。

《须弥四域经》《造天地经》《须弥像图山经》《天地图像经》。① 这些疑伪经基本全部亡佚，部分仅存引文。除了这些描述宇宙理论的疑伪经，敦煌还藏有目前发现的世界上最早最完整的佛教三界九地图。此图系依据玄奘所翻译《俱舍论》所绘制，从下往上描绘了虚空、风轮、水轮、金轮、地狱、九山八海、四大洲、日宫、月宫、欲界六天、色界十八天、无色界四天等，是玄奘大师弟子宣传俱舍学说时所用的一种图解讲义，更是一份极其珍贵的佛教思想史图像资料。

由此可见，编撰关于天地宇宙之形成这类的疑伪经是南北朝隋唐时期的潮流，这种潮流也说明了《楼炭经略》的成立时间。编撰此类疑伪经，既满足了广大民众对于世界形成之奥秘的好奇心，又能在编撰中融入中国元素，进一步推广传播佛教思想，使佛教影响更加深入人心。

二、杂采众经：《楼炭经略》的文本构成

作为一部吸引《妙法莲华经度量天地品》和《妙法莲华经马明菩萨品》模仿抄写的疑伪经，有必要对《楼炭经略》的文本构成进行一番研究，不仅要考察此经的材料来源，还要讨论此经的编写方式。总的来说，BD06702 号《楼炭经略》是在《大楼炭经》的基础上，杂采内外典籍，再掺以民间说法而成。虽然没有佛经通常具有的三分模式，但是简洁有序，杂而不乱。

（一）以《大楼炭经》为基础

《楼炭经略》虽然名为"经略"，但并非是对《大楼炭经》的简单抄撮，而是以《大楼炭经》为基本框架，删繁就简。

1. 须弥四洲

由于 BD06702 号《楼炭经略》写卷首部残损，所以无法看到关于郁单曰的文字描述。此经中东、南、西三洲名字分别是弗波提、阎浮提、拘耶尼，《大楼炭经》中分别是弗于逮、俱耶尼、郁单曰，《长阿

---

① 曹凌：《中国佛教疑伪经综录》，上海：上海古籍出版社，2011 年，第 1—6 页。

含经》中分别是弗于逮、阎浮提、拘耶尼。从译名上来看，《楼炭经略》和《长阿含经》更为接近。但是从四洲的面积描述上看，《楼炭经略》在数字和单位上面与《大楼炭经》一致。

《楼炭经略》还对《大楼炭经》中四洲人民的衣食住行进行了较大改动：在《大楼炭经》和《长阿含经》中，四洲人民除了身高和寿命上有高矮长短之分与长相上有奇异之处，日常生活与常人无异。但是《楼炭经略》将他们的生活与特质总结为"天雨杂宝，衣食自然""唯仰食力，无有自然"和"天雨华须，衣食自然"。《楼炭经略》还根据《大楼炭经》中对于四洲地理条件和人民寿命身高的描述，从综合条件上对四洲进行了等级区分，并且人民的品行相应地也有优劣之分—弗于逮和拘耶尼洲"其人慈心不杀生"，所以这两洲的人民能够"衣食自然"；阎浮提洲人民"人情谄伪，少于慈心"，所以他们"修业不定，受报不淳"。《楼炭经略》中阎浮提洲"乃至劫欲尽时，人心极恶，揽草成刀剑，即便相煞（杀）。当尔之时，寿命五岁，一切五谷，悉皆灭尽"，化用自《大楼炭经·三小劫品》中的"刀剑劫"和"谷贵劫"发生时的情形：

> 刀剑劫时，人民相见但欲相贼害，譬如野泽之中猎者见麋鹿，欲杀害之。如是刀剑劫时，人民相见但欲相贼害，手捉取草木瓦石，皆化为刀剑，展转相杀。[①]
>
> 谷贵劫时云何？谷贵劫中时，人民多非法，愚痴邪见嫉妒悭贪，守财不肯布施。用是故，天雨不为时节。用天雨不时节故，人民所耕种，枯死不生，但有枯茎，用是故谷贵，人收扫畦中落谷，才自活命。谷贵劫时如是也。[②]

总体来看，四大部洲在陆地面积、人民品性、寿命身高、衣食条件

---

① （西晋）法炬、法立译：《大楼炭经》卷五，《大正藏》第1册，第302页中。
② （西晋）法炬、法立译：《大楼炭经》卷五，《大正藏》第1册，第302页中。

四个方面的描述都遵循一个规律：郁单越最优，弗于逮其次，俱耶尼再次，阎浮提最劣，《大楼炭经》《世记经》《起世经》《起世因本经》中的说法亦同。

2. 日月星宿

按照《楼炭经略》的说法，在日、月、星和二十八宿中，都有天人居住，他们身长十丈，寿二百五十岁，当今人间四百五十万岁，并且项背发光，飞行自在。人间二十五岁，相当于星宿天中一日一夜。这部分来自于《大楼炭经·天地成品》：

> 佛语比丘："天地破坏，更始成之后，人皆在第十五阿卫货罗天上，其天上人，以好喜作食，各自有光明神足，其寿甚久长……天地成之后，彼天人福德薄禄命欲尽者，从阿卫货罗天上，来下游此间地，亦以好喜为食，各自有光明神足飞行，在其人间，寿甚久长。"①

《楼炭经略》省略了对于日月天子的描述，增加了对日月居民的寿命和身高的说明，改变了日月的运转方式，改动了其中的一些数字。《楼炭经略》还将《大楼炭经》中阿卫货罗天人项背光明、辗转相照、神足飞行的特点，将其安置在星宿天人的身上，并且他们身材高大，寿命极长。最后提出他们之所以能生于星宿天上，是因为在人间时能够持戒行善。在日月星宿与地面的距离上，按照《楼炭经略》中的说法，日月星处于同一高度，均距离地面八十四万里，都位于须弥山半腹。《大楼炭经》卷六的说法是，日月高度相同，但是星宿的高度不同于《楼炭经略》：

> 次外复有山名铁围，高二万二千里，广亦二万二千里，其边无限……复次，从此高四十万里，有天神舍，以水精作之，在虚空

---

① （西晋）法炬、法立译：《大楼炭经》卷五，《大正藏》第1册，第305页中。

中，大风制持行之，譬如浮云矣，天下人皆共名之为星宿，其大者围七百二十里，中者围四百八十里，小者围二百四十……①

其中"从此高四十万里"，而这个"此"指的到底是地面还是铁围山顶呢？如果是从铁围山顶上往上四十万里，按照《大楼炭经》所说铁围山高二万二千里，那么这些星宿就位于距离地面四十二万二千里处，低于太阳和月亮。《楼炭经略》在星宿大小、构造和运转描述，除了数字有差异，大体和《大楼炭经》一致。《楼炭经略》中关于日月诸星宿之所以运转不坠是因为有"五风"吹持的说法，化用的是《大楼炭经》卷六中对日月宫殿的描述。《大楼炭经》中五风的维持对象仅是日月，《楼炭经略》将其扩展至日月星诸天。

3. 忉利天神

BD06702 号《楼炭经略》中对于忉利天人从父母膝盖化生的出生方式的描述，化用自《长阿含经·世记经·忉利天品》，然而作为其异译本的《大楼炭经·忉利天品》中却没有提到膝盖化生的内容：

> 若有众生身行善，口言善，意念善，身坏命终，生忉利天，此后识灭，彼初识生，因识有名色，因名色有六入。彼天初生，如阎浮提二、三岁儿，自然化现，在天膝上，彼天即言："此是我男，此是我女。"②

《楼炭经略》中忉利天人"衣食自然，抟食入口，经七日之中即化"，来自《大楼炭经·忉利天品》中的大段文字：

> 欲得饮食时，便自然满金器在前，随福德上中下，生白、赤、青在前，便取饮食之，于口中自消尽……出往至香树璎珞衣被不息

---

① （西晋）法炬、法立译：《大楼炭经》卷六，《大正藏》第 1 册，第 306 页下。
② （后秦）佛陀耶舍、竺佛念译：《长阿含经》卷二，《大正藏》第 1 册，第 124 页中。

器果音乐树下，树枝自低，即取香涂身，取璎珞不息衣被著之，取器食果，取音乐鼓之歌舞。①

《楼炭经略》将忉利天人从树上取得衣服器乐果实这一段将近200字的文字描述，浓缩成15字。此经将《大楼炭经》中但凡涉及人们从自然界从自然界获取衣食器乐，都概括为"衣食自然"。

4. 三千世界

《楼炭经略》中描述三千世界的时候，套用了《大楼炭经》的说法：

> 如一日月，旋照四天下时，尔所四千天下世界，有千日月、有千须弥山王、有四千天下、四千大海水、四千大龙宫、四千大金翅鸟、四千恶道、四千大恶道、七千种种大树、八千种种大山、万种种大泥梨，是名为一小千世界。如一千小世界，尔所小千千世界，是名为中千世界。如一中千世界，尔所中千千世界，是名为三千世界；悉烧成败，是为一佛刹。②

此伪经还增加了分为围绕在大、中、小千世界外面的大、中、小铁围山的高度和厚度以及铁围山内燋外雨的气候特征。无论是真经还是伪经中阐述的佛教宇宙观，都体现出了一种层层嵌套、重重无尽的特点。佛教这种具有无限性的宇宙观，极大地拓展了文学作品的想象力。

5. 三灾

《楼炭经略》中对于三灾的描述与《大楼炭经》基本一致，都是按照火灾、水灾、风灾的顺序。不过二者在水灾和火灾的波及范围有所出入：

---

① （西晋）法炬、法立译：《大楼炭经》卷四，《大正藏》第1册，第297页下。
② （西晋）法炬、法立译：《大楼炭经》卷一，《大正藏》第1册，第277页上。

遭火灾变时，人悉上第十五阿卫货罗天上，聚会众多；遭水灾变时，人悉上第十九首皮斤天上，聚会众多；遭风灾变时，人悉上第二十三维呵天上，聚会众多。[①]

《楼炭经略》中三灾的摧毁范围上限依次是欲界、色界和无色界，《大楼炭经》中则是第七天、第十五天和日月所照万物。除此之外，《楼炭经略》还省略了灾难过后万物重生的环节。

综上所述，《楼炭经略》在整体上是以《大楼炭经》为框架，同时又参考借鉴了异译本《长阿含经·世记经》，不仅在篇幅上舍弃了原经的内容，去掉了《转轮王品》《阿须轮品》《龙鸟品》《高善士品》《战斗品》共六品，而且还删减了诸如四洲生活、日月天神和灾后重建等大段的文字描述，只摘取最关键的部分。除了删繁就简，《楼炭经略》还多处"张冠李戴"，将其他地方的内容"移花接木"。

（二）广引其他佛教典籍

1. 阎浮提洲

《楼炭经略》中描述阎浮提洲"若天雨时，雨清泠（冷）水，以闰（润）五谷及众菓木。龙王降雨，等无差别"，化用的是《大智度论》卷一九：

> 譬如龙王降雨，普雨天下，雨无差别。大树、大草，根大故多受；小树、小草，根小故少受。[②]

BD06702 号《楼炭经略》文末曰："《大楼炭经》一百廿卷，广明世界中事。大经难见，是故此中略句其要耳。"按常理来说，经文就该

---

① （西晋）法炬、法立译：《大楼炭经》卷五，《大正藏》第 1 册，第 302 页下。
② 〔印〕龙树造；（姚秦）鸠摩罗什译：《大智度论》卷一九，《大正藏》第 25 册，第 197 页，下。

到此结束。但是结尾又紧跟着加上了一段甘博038号《楼炭经略》同样具有的、描述阎浮提洲风俗民情的文字，而这段内容抄自（东晋）迦留陀伽于晋孝武帝世译的《佛说十二游经》，① （唐）道世《法苑珠林》卷四四"王都部第六"也引用了此段经文。《历代三宝纪》记载此经译出时间是在太元十七年（392）。此段文字中提及的晋国对应的是当时的东晋，天竺即印度，大秦对应的是罗马帝国及近东地区，北方月氏国则对应的是由月氏人建立的贵霜帝国。《楼炭经略》之所以加上这段材料，可能是因为在佛教徒看来，世人所处的人间就是阎浮提，所以认为有必要对阎浮提的环境进行一番介绍。

2. 四大天王

关于四大天王的论述内容，引自（姚秦）鸠摩罗什译的《大智度论》卷五四：

> "四天王天"者，东方名提多罗吒（秦言治国），主乾达婆及毗舍阇；南方名毗流离（秦言增长），主拘槃荼及薜荔多；西方名毗流波叉（秦言杂语），主诸龙王及富多那；北方名鞞沙門（秦言多闻），主夜叉及罗刹。②

在《楼炭经略》BD06702号中，东、南、西、北四大天王的译名分别是提头赖吒、毗楼博叉、毗楼勒奇、毗沙门，《楼炭经略》中"毗楼博叉"从梵语virūpākṣa音译而来，其中vi是前缀，表示"分离，离开，区分，否定"，而rūpā的意思是"外形，颜色，美貌"，在佛教中指的是"色"，合起来的意思是"畸形的、丑陋的、可怕的、丑恶的"，应该是西方广目天王的名字，毒龙和富楼单那鬼也是广目天王的眷属。"广目"早期翻译为"丑目"，后来估计是为了突出四大天王的正面形

---

① （隋）费长房撰：《历代三宝纪》卷七，《大正藏》第49册，第70页中。

② 〔印〕龙树造；（姚秦）鸠摩罗什译：《大智度论》卷五四，《大正藏》第25册，第443页，中。

象，更名为"广目"。①"毗楼勒奇"从梵语 Virūḍhaka 音译而来，Virūḍha 的意思是"增长的，成长的"，应该是南方增长天王的名字，鸠盘茶、薛荔多鬼也是增长天王的眷属。由此可见，BD06702 号《楼炭经略》弄反了南方天王和西方天王及其眷属的关系，而甘博 038 号不仅弄错了南、西、北三大天王的眷属——把本应是南方天王的眷属弄成了北方天王的，把本应是西方天王的眷属弄成了南方天王的，把北方天王的眷属弄成了西方的，还混淆了西方天王和南方天王的名字——西方天王应为"毗楼波叉"，南方天王应为"毗楼勒叉"。《楼炭经略》将西方天王称作"难遇"，《大智度论》称作"杂语"，"遇"可能是"语"的误写。同理，北方天王"名闻"大概是"多闻"的误写。《大楼炭经》和《长阿含经·世记经》中还有对四天王宫殿的描述，并且其中对于四天王宫舍位置的叙述不仅和《楼炭经略》不同，和《起世经》《起世因本经》也不一致。《大楼炭经》中的说法是：四大天王各自距离须弥山四万里；《长阿含经·世记经》的说法是：四大天王各自距离须弥山千由旬。这两部经都提到须弥山四周有四埵凸出，但是并没有说这是四天王的居所。② 在《起世经》和《起世因本经》中，四大天王分别居住在须弥山四面半腹的山顶上。由此可以得出，《楼炭经略》在这部分还参考了《大楼炭经》和《长阿含经·世记经》之外的佛典。

《楼炭经略》中四天王宫殿通过观看莲花判断昼夜的内容，最早见（三秦）失译《大乘悲分陀利经·转法轮品》和（北凉）昙无谶译的《悲华经·转法轮品》：

> 妙光常遍，昼夜无异，无日月光，不觉有夜，莲华合时，众鸟声止，以是知夜。（《大乘悲分陀利经》）③

---

① 王惠民：《从"丑目天王"到"广目天王"——四天王译名演变》，《大足学刊》2018 年第 2 辑。

② （姚秦）佛陀耶舍、竺佛念译：《长阿含经》卷一八，《大正藏》第 1 册，第 114 页下。

③ （三秦）失译：《大乘悲分陀利经》卷一，《大正藏》第 03 册，第 234 页中。

尔时，莲华尊佛以大光明并诸宝明，和合顯照其佛世界，其土光明微妙第一，更无日月，亦无昼夜，以华合鸟栖而知时节。（《悲华经》）①

《大乘悲分陀利经》可能是北凉道龚和尚所译。北凉永安（401—410 年）年中，道龚和尚于张掖为沮渠蒙逊译出《宝梁经》二卷，收于（唐）菩提流志所编译之《大宝积经》中。又《出三藏记集》卷二昙摩谶（昙无谶）条，有"龚上出悲华经十卷"之记载，"龚上"恐为"道龚和上（尚）"之意。然现存《悲华经》为昙无谶所译，此经之异译本《大乘悲分陀利经》八卷，译者佚名，或为师所译。《悲华经》是（北凉）昙无谶于玄始年间（415—428 年）于敦煌所译出。除此之外，还见于唐代《妙法莲华经》和《华严经》一些论疏。这些论疏的内容大抵相同，都讲的是夜摩天以莲花开合为昼夜的标志，赤莲花开为昼，白莲花开为夜。根据内容相似度来看，《楼炭经略》与《大乘悲分陀利经》和《悲华经》更加相似。

3. 天神伺察

《楼炭经略》天神伺察部分的内容，抄自刘宋时期智严和宝云共译的《佛说四天王经》。《大楼炭经·忉利天品》和《长阿含经·世记经·忉利天品》也有相应内容，但是在斋日、伺察天神、视察结果上有不同。这两部经中的斋日都是每月的 8 号、14 号和 15 号，伺察天神都是使者，伺察对象为万民，伺察标准是"知世间有孝顺父母者不？有承事沙门婆罗门道人者不？有敬长老者不？有斋戒守道者不？有布施者不？有信今世后世者不？"②伺察结果都是增益/减损诸天，减损/增益阿须伦种。据《开元释教录》卷五："严性虚静志避嚣尘，恢乃于东郊之际更起精舍，即枳园寺也……到元嘉四年丁卯，乃共沙门宝云，译出

---

① （北凉）昙无谶译：《悲华经》卷一，《大正藏》第 03 册，第 168 页上。
② （西晋）法炬、法立译：《大楼炭经》卷四，《大正藏》第 1 册，第 298 页上。

《无尽意》等经十部。"① 因此,《四天王经》是智严和宝云在元嘉四年
(427) 译出的,所以《楼炭经略》的形成时间应该在公元 427 年之后。

值得注意的是,伪经《楼炭经略》中提到帝释天有根据人民的表
现进行"增寿益算"的职能,作为真经的《佛说四天王经》也有"增
寿益算"。《佛说四天王经》还有三个异译本,分别是(刘宋)求那跋
陀罗《杂阿含经》卷四。第 1117 经、(三秦) 失译《别译杂阿含经》
卷三第 46 经和南传巴利文《增支部》第三集第 37 经。《佛说四天王
经》除了在每月 8 号、14 号和 15 号三斋日的基础上增加了 23 号、29
号和 30 号三斋日,还细化了伺察对象、伺察标准和伺察结果,省略了
其中的几支偈颂。但是,这三个异译本中均无增寿益算的内容,而且在
斋日数量、伺察对象、伺察标准和伺察结果都和《佛说四天王经》不
太相同。

从寿命观来看,佛教主要是命定论,寿命长短是前世所造的业所决
定的,呈现出被动接受的特点,几乎无法改变。然而在道教看来,寿命
可以通过修炼来延长,呈现出积极向外争取的特征。在魏晋南北朝时
期,"增寿益算"思想已经有普遍影响。除了在世俗社会中流行增算益
寿的思想,这种"算"与寿命长短密切有关的思想在早期道教中有比
较明显的表现。有关延命思想在印度佛教中也有所反映,佛教中寿命的
延长是通过修习善行而获得的一种结果,其中并没有中国道教所提及到
的有关"增算"而能够"益寿"的思想,但是,这一情况在佛教疑伪
经中有所改变。疑伪经一方面继承了佛教最基本的思想教义,强调布施
行善的福德果报,另一方面则吸收了中国道教的思想,强调"算"在
生命延续中的作用。因此,在疑伪经中,能够看到与"增算益寿"相
类似的内容。道教中还有专门的鬼神掌管人的生死,根据该人的罪福多
寡来决定他的寿命长短。除了有道教的司命负责掌管人的善恶多寡之
外,还有佛教中的四大天王也是负责这一活动,他们将一切有情世界的
善恶行为视察清楚,然后再报告给帝释以决定他们的寿命长短。《楼炭

---

① (唐) 道宣撰:《开元释教录》卷五,《大正藏》第 55 册,第 525 页中。

经略》中帝释依据有情众生的生平表现进行审判的冥判思想体现出佛教对中国本土宗教的融摄。因此，冥判应该是在佛教传入东土之后，以深厚的道家思想和中土官僚制度为背景，以道教冥界考治思想为基础，以地狱的惩罚为手段，以弘扬佛教和教化人民为目的而形成的。[①] 所以，《佛说四天王经》中增寿益算思想"系中国人就原经增加道教学说伪造而成"。[②]

4. 帝释天神

《楼炭经略》用了大段四言韵文来铺陈描绘帝释天宫殿、帝释长相和喜见城。"帝释宫殿于其中央……八万四千天女以相娱乐"来自（东晋）佛陀跋陀罗《大方广佛华严经·如来升兜率天宫一切宝殿品》中对兜率天宫的环境描写。[③]

"喜見城中，諸宮殿其數無量……玄黄朱紫，各如其色"来自多种佛典：

表2　帝释宫殿

《楼炭经略》BD06702 号	材料来源
诸宫殿其数无量……底布沉香	《大楼炭经·忉利天品》：有种种树，周匝围绕，水底沙皆金，以七宝作七重栏楯、交露、树木，周匝围绕。上有曲箱盖交露楼观，下有园观浴池，中有种种树叶华实，出种种香。[④]
众鸟游戏……八功德水盈满其中。	鸠摩罗什《佛说弥勒大成经》：彼国界城邑聚落、园林浴池、泉河流沼，自然而有八功德水；命命之鸟、鹅、鸭、鸳鸯、孔雀、鹦鹉、翡翠、舍利、美音、鸠雕、罗耆婆阇婆、快见鸟等，出妙音声；复有异类妙音之鸟，不可称数，游集林池。[⑤]
其水香洁，味如甘露。	康僧铠《佛说无量寿经》卷一：八功德水湛然盈满，清净香洁，味如甘露。[⑥]

① 钱光胜：《唐五代宋初冥界观念及其信仰研究》，兰州大学硕士学位论文，2013 年，第93—113 页。

② 汤用彤：《汉魏两晋南北朝佛教史》，北京：北京大学出版社，1997 年，第583 页。

③ （东晋）佛陀跋陀罗译：《大方广佛华严经》卷一三，《大正藏》第09 册，第479 页上。

④ （西晋）法炬、法立译：《大楼炭经》卷四，《大正藏》第1 册，第295 页上。

⑤ （姚秦）鸠摩罗什译：《佛说弥勒大成经》，《大正藏》第14 册，第429 页下。

⑥ （曹魏）康僧铠译：《佛说无量寿经》卷一，《大正藏》第12 册，第271 页上。

续表

何等为"八"……八饮已无患。	鸠摩罗什《成实论·四大假名品》：佛说八功德水，轻、冷、软、美、清净、不臭、饮时调适、饮已无患。①
八色莲华青……各如其色。	鸠摩罗什《佛说弥勒大成佛经》：金色无垢净光明华、无忧净慧日光明华、鲜白七日香华、瞻卜六色香华，百千万种水陆生华，青色青光、黄色黄光、赤色赤光、白色白光，香净无比，昼夜常生，终无萎时。②

《楼炭经略》中对帝释皇后悦意的叙述，参考的是（东晋）佛陀跋陀罗所译的《佛说观佛三昧海经·六臂品》：

> 时阿修罗讷彼女已，心意泰然与女成礼，未久之间即便怀妊，经八千岁乃生一女，其女仪容端正挺特，天上天下无有其比，色中上色以自庄严，面上姿媚八万四千，左边亦有八万四千，右边亦有八万四千，前亦八万四千，后亦八万四千……释提桓因为其立字号曰悦意。

《楼炭经略》中将对于悦意美貌的描述简化为："其身左右各有八万四千姿媚于其面，上复有八万四千姿容，此后姿容于帝释卅二那由他彩女之最为第一。"

5. 三界诸天

《大楼炭经》和《长阿含经》在进行三界划分的时候，欲界众生包括了地狱、畜生、饿鬼、世人和阿须轮，而《楼炭经略》中只将诸天算进去。三部经在欲界六天数量上一致，名目也基本相同。在色界的数量上，《大楼炭经》说是只有十八天，但是列出了二十天，《长阿含经》《华严经》和《楼炭经略》数量一致，共二十二天。而且在色界诸天名目上，《楼炭经略》和《华严经》除了梵辅天和梵身天顺序前后不同以

---

① （姚秦）鸠摩罗什译：《成实论》卷三，《大正藏》第32册，第261页中。
② （姚秦）鸠摩罗什译：《佛说弥勒大成经》，《大正藏》第14册，第429页下。

及善现天、善见天、不善见天三天的顺序不同之外，其他完全一致。僧佑《出三藏记集》卷二著录此经于东晋义熙十四年（418）译出，（东晋）佛陀跋陀罗译的《华严经》在刘宋永初二年（421）完成校订。[①]在无色界上《大楼炭经》《长阿含经》和《楼炭经略》数量一致，名目相似。《长阿含经》卷二又把无色界四天称为空处天、识处天、不用处天和有想无想天，这样就更加接近《楼炭经略》所使用的名称了。（姚秦）昙摩耶舍和昙摩崛多合译的《舍利弗阿毗昙论》卷一一所使用的无色界四天名称和《楼炭经略》完全一致，而且此经的校订结束时间又和（东晋）佛陀跋陀罗的《大方广佛华严经》的译出时间都在公元421年。因此，《楼炭经略》在欲界、色界参考的是《大方佛华严经》，无色界参考的是《舍利弗阿毗昙论》。

表3　诸天名目

经名	经文
《楼炭经略》BD06702号	梵天、梵辅天、梵身天、梵眷属天、大梵天
	光天、少光天、无量光天、光音天、净天、少净天、无量净天、遍净天、密身天、少密身天、无量密身天、密菓（果）天、不烦天、不热天、善见天、不善见天（甘博038号缺此天）、色究竟天
	空处天、识处天、不用处天、非想非非想处天
《大方广佛华严经》	梵天、梵身天、梵辅天、梵眷属天、大梵天
	光天、少光天、无量光天、光音天、净天、少净天、无量净天、遍净天、密身天、少密身天、无量密身天、密菓天、不烦天、不热天、善现天、善见天、色究竟天
	缺
《舍利弗阿毗昙论》	梵天、梵辅天、梵众天、大梵天
	光天、少光天、无量光天、光音天、净天、少净天、无量净天、遍净天、实天、少实天、无量实天、果实天、无想天、无胜天、无热天
	空处天、识处天、不用处天、非想非非想处天

《楼炭经略》在描述欲界的时候，提到了从第三天到第六天依次是

① （南朝·梁）僧祐撰：《出三藏记集》卷二，《大正藏》第55册，第11页下。

抱则成欲、执手成欲、捉衣成欲、视则成欲，这种说法见于（姚秦）鸠摩罗什于姚秦弘始十三年至十四年（411—412）间译的《成实论》卷一一：

> 欲界中亦有次第耶？答曰：诸烦恼念念灭，故亦应次第。又如炎摩天抱则成欲，兜率陀天执手成欲，化乐天以口说成欲，他化自在天相视成欲，当知欲界烦恼亦渐次尽。有人言，以福德因缘于彼中生，不以断烦恼故，以所欲妙故成有差别。又根钝故抱乃成欲，根转利故视则成欲。①

除此之外，《楼炭经略》还引用巨石来做譬喻描述梵天的广阔，这部分见于（苻秦）昙摩难提于建元二十一年（385）译的《增一阿含经》卷三六：

> 是时，世尊以右手摩枚此石，举著左手中，掷著虚空中。是时，彼石乃至梵上。是时，拘尸那竭力士不见此石，而白世尊曰："此石今何所至？我等今日咸共不见。"世尊告曰："此石今乃至梵天上。"童子白佛言："此石何时当来阎浮利地上。"世尊告曰："我今当引譬喻，智者以譬喻自解。设复有人往梵天上，取此石投阎浮地者，十二年乃到；然今如来威神所感，正尔当还。"如来说此语已，是时彼石寻时还来，虚空之中雨诸天华若干百种。②

由此可见，BD06702 号《楼炭经略》在编写中杂糅了多种佛典经疏，在内容安排上也是以类相从，不像甘博 038 号那样杂乱无章。

6. 阿鼻地狱

《楼炭经略》在地狱的位置、数量、层级、环境四个方面都与《大

---

① （姚秦）鸠摩罗什译：《成实论》卷一一，《大正藏》第 32 册，第 324 页中。
② （苻秦）昙摩难提译：《增一阿含经》卷三六，《大正藏》第 02 册，第 749 页中。

楼炭经》《长阿含经》不大相同：按照《大楼炭经》和《长阿含经》中说法，在铁围山与大铁围山中间有八大地狱，每个大地狱各有十六小地狱，一共一百三十六座地狱。① 众生根据自己的业报死后堕入相应地狱，要遍历大小十七座地狱才能解脱。两部经都详细描述了地狱中的各种境况。除了这一百三十六座地狱以外，还另有十地狱，十地狱中的寿命依次增长二十倍。《长阿含经》中还叙述了众生因何种业报将会堕入哪间相应的地狱。《楼炭经略》省略了十地狱和各地狱受罪场景的详细描述，着重于无间地狱。在东西南北四天下的下面各有十八地狱，在海底还有十八阿鼻地狱，一共九十地狱。在描述阿鼻地狱的时候，说此地狱有十八苦事，但是只列出了十七件。《楼炭经略》BD06702 号不仅在地狱的名目上与《观佛三昧海经·观佛心品》相符，在地狱果报上也和《观佛三昧海经·观佛心品》相似：

表 4　地狱名目

经名	名目
《楼炭经略》BD06702	所谓十八小热地狱、十八黑阁地狱、十八寒冰地狱、十八灰河地狱、十八火车地狱、十八镬汤地狱、十八沸屎地狱、十八刀山地狱、十八剑树地狱、十八刺床地狱、十八铁机地狱、十八铁窟地狱、十八铜柱地狱、十八黑绳地狱、十八铁丸地狱、十八尖石地狱、十八饮铜地狱。
《佛说观佛三昧海经·观佛心品》	所谓苦者：阿鼻地狱、十八小地狱、十八寒地狱、十八黑闇地狱、十八小热地狱、十八刀轮地狱、十八剑轮地狱、十八火车地狱、十八沸屎地狱、十八镬汤地狱、十八灰河地狱、五百亿剑林地狱、五百亿刺林地狱、五百亿铜柱地狱、五百亿铁机地狱、五百亿铁网地狱、十八铁窟地狱、十八铁丸地狱、十八尖石地狱、十八饮铜地狱。

7. 芥子之喻

《楼炭经略》中以"城中芥子"的譬喻最早见于《增一阿含经》卷五。第 3 经、《大智度论》卷三八和《杂阿含经》卷三四中第 948 经：

———————

① （西晋）法炬、法立译：《大楼炭经》卷二，《大正藏》第 1 册，第 283 页中。

尔时，有一比丘往至世尊所，头面礼足，在一面坐。须史退坐，前白佛言："劫为长短，为有限乎？"佛告比丘："劫极长远，我今与汝引譬，专意听之，吾今当说。"尔时，比丘从佛受教。世尊告曰："比丘当知，犹如铁城纵广一由旬，芥子满其中，无空缺处。设有人来百岁取一芥子，其铁城芥子犹有减尽，然后乃至为一劫。"①（《增一阿含经》卷五第 3 经）

"城中芥子"的譬喻，也同样存在于《别译杂阿含经》中，这四部经的描述大同小异。《大楼炭经·泥犁品》也有芥子的譬喻，不过是用来描述在地狱历劫的时间漫长难捱。

（三）来自外书说法

1. 来自生活经验

关于日月运转方式和四季交替原因，《大楼炭经》认为秋冬寒冷是因为高山跟河流遮挡分散了太阳的光照，而春夏燥热是因为有八山、星辰和大地都受到太阳的光照。《楼炭经略》"日行三道"的说法，最早在北周慧影抄撰的卷二一和卷二四中明确提到：

今品以日冬行南道故短而寒，春秋行中道故，所以昼夜亭等，而暑寒调适。事天日行北道，故长而热也。（《大智度论疏》卷二一）②

如佛法中解：日行三道，夏行北道，正对人上故热；春秋行中道故，冷濡停等；冬行南道，过冰山上，击彼气来，故来寒。此中言以日月故化万物者，此义为正。（《大智度论疏》卷二四）③

---

① （苻秦）昙摩难提译：《增一阿含经》卷五〇，《大正藏》第 02 册，第 825 页中。
② （北周）道安述；慧影撰：《大智度论疏》卷二一，《续藏经》第 46 册，第 878 页上。
③ （北周）道安述；慧影撰：《大智度论疏》卷二四，《续藏经》第 46 册，第 909 页上。

（隋）吉藏《仁王般若经疏》卷三①、（唐）智度《法华经疏义缭》卷二②、（唐）道暹《法华经文句辅正记》卷二和（唐）智炬《双峰山曹侯溪宝林传（残卷）》卷六③也有提及，可见此说法最晚出现于南北朝之时。然而笔者在佛典中并未找到类似的说法，所以"日行三道"的说法可能并不是来自佛典，而是别有出处。从相似度来看，《法华经文句辅正记》和《大智度论疏》与《楼炭经略》的相似度最高，然而与《法华经文句辅正记》密切相关的《妙法莲华经文句》和《法华文句记》均无相应内容。（唐）道暹《法华经文句辅正记》不仅"日行三道"的说法和《楼炭经略》高度相似，其中关于日、月、星的内容也能在《楼炭经略》中找到相应部分：

> （三光天子）疏云或云：是三光者，日、月、星也。星以水精为城，七宝为宫，悬在空中，天风持之，犹如浮云，随日运行。其城大者一百二十里，中者八十里，小者四十里，修下下品十善，施灯明等而生其中。月去地八十四万里，其城纵广二千里，白银琉璃，二宝合成。从初一日，白银面转渐渐向人，至十五日正向，故见圆满。从十六日已去，琉璃面渐转向人，至三十日正向，故名黑月。宫中亦有男女，一日一夜当人间五十年，寿二百五十岁，身长十里，修中品十善，并施灯明等净物，故生其中。日去地八十四万里，以火精为内城，黄金外城，纵广二千四十里，亦有男女，寿命身量与月同也。唯日天主自知游行，行有三道，秋从中向南，正当于冰山之上，故秋温而冬寒。里莲华之上，莲华助日之转，故春温而夏热。大北见近则长，南见远则短，秋春正中故等，修上品十善，施灯明等，则生其中。④

---

① （隋）吉藏撰：《仁王般若经疏》卷三，《大正藏》第33册，第345页上。

② （唐）智度撰：《法华经疏义缭》卷二，《续藏经》第29册，第28页中。

③ （唐）智炬撰：《双峰山曹侯溪宝林传（残卷）》卷六，《大藏经补编》第14册，第124页上。

④ （唐）道暹撰：《法华经文句辅正记》卷二，《续藏经》第28册，第667页下。

这里有两种可能：（1）《楼炭经略》此处内容抄自《法华经文句辅正记》，那么《楼炭经略》和《妙法莲华经马明菩萨品》就都形成于唐朝时期。结合前文对于《楼炭经略》形成年代下限的推测，此经最晚形成于南北朝末期，所以第一种可能被排除。（2）《法华经文句辅正记》中的说法取自《楼炭经略》或者《妙法莲华经马明菩萨品》中的说法。鉴于《妙法莲华经马明菩萨品》的写本数量更多，所以《法华经文句辅正记》参考《妙法莲华经马明菩萨品》的可能性较《楼炭经略》大些。（唐）道暹的《法华经文句辅正记》是对（隋）智顗《法华经文句》的补充修正，作者道暹据《佛祖统纪》卷二二记载："法师道暹，天台人，大历中入京传教，盛有著述，能于虚空游行往来，时谓有神足之证。"大历年间即766—779，《法华经文句辅正记》可能就写于他入京传播天台宗教法的时候。那么，抄自 BD06702 号的《妙法莲华经马明菩萨品》至迟在这个时期已经流行开来。

《大智度论疏》中虽然提及"日行三道"的说法，但是文中的"佛法"究竟指的是《楼炭经略》《妙法莲华经度量天地品》《妙法莲华经马明菩萨品》中的哪一个呢？还需要再进行一番探讨。

表5 "日行三道"说法比对

经名	描述
《楼炭经略》BD06702	日行有三道，冬行南道，当冰山之上，是以故天下大寒。春秋行道，是故寒温适等。夏行北道，当人之上，又人北有三百卅六万里金莲华身，日之精，故天下大热。
《妙法莲华经度量天地品》	天下四时，冬天极寒，夏天极热，春秋调和，何以故？日行三道，冬行南道，夏行北道，春秋行中道。黄金水精为日，白银琉璃为月，及余星宿，悉皆白银。诸星宿上各各诸天皆白银身，随星大小以为居止，皆受快乐，自在无碍。黄金水精为日，夏天之时，水精尽退，黄金正现，火车助之。其须弥山有百亿金刚，皆共助热。夏行北道，当人之上，是故天下皆悉大热。冬天之时，摄去火车，黄金尽退，水精正现，冰车助之。冬行南道，冰山之上，是故天下悉皆大寒。

从以上表格可以看出，《楼炭经略》认为冬天冷是因为太阳经过冰山，夏天热是因为人北有金莲华身。《妙法莲华经度量天地品》中认为夏天

热是因为"水精尽退，黄金正现，火车助之"，冬天冷是因为"黄金尽退，水精正现，冰车助之"，并无《楼炭经略》中的"金莲华身"，还增加了"冰车""火车"和"金刚"。前文提到，《妙法莲华经马明菩萨品》最早的写本时间为公元7—8世纪，所以被排除。又由于《妙法莲华经度量天地品》三分具足，更容易被误认为是真经，再加上名号响亮，所以该"佛法"极有可能指的是《妙法莲华经度量天地品》。

若以上推测无误，那么"日行三道"的说法则来自民众的生活经验，然后法师将其写进论疏，最晚在北周时候就有了书面记录，即北周慧影抄撰的《大智度论疏》。慧影是北周道安法师的弟子，著有《述道安智度论解》二十四卷、《伤学论》一卷（除谤法之愆）、《存废论》一卷（防奸求之意）、《厌修论》一卷（令改过服道），其中《述道安智度论解》题为《大智度论疏》。慧影卒于隋朝开皇末年，即公元600年。[①]《大智度论疏》是慧影辑录道安有关《大智度论》之讲述而作。北周道安年少即慕道修禅，后隐于太白山研习定慧，傍通子史。受具足戒后，于渭滨之地（即渭河两岸）宣扬《涅槃经》及《大智度论》，为朝野儒道士子所崇。《大智度论疏》可能就是道安在渭滨之地宣扬《大智度论》时，慧影辑录其师讲经说法而成。那么，"日行三道"则最晚产生于北周武帝在位时期，《楼炭经略》可能也最晚形成于北周武帝在位时期。晚出的《妙法莲华经马明菩萨品》袭自BD06702号《楼炭经略》，由于此伪经写本数量众多，影响范围广泛，后来的《法华经文句辅正记》《法华经疏义缵》《双峰山曹侯溪宝林传（残卷）》沿用此说法。

根据北周道安受具足戒后在渭滨之地宣扬《大智度论》的时候提到"日行三道"，说明此说法已经在西北之地僧俗之间流行了一段时间，道安的讲法活动又进一步扩大这种说法的影响范围。后来道安奉周武帝（560—578）之命驻锡大中兴寺，朝廷征辟不就，之后入寂，世

---

① （唐）道宣撰：《续高僧传》卷二三，《大正藏》第50册，第630页中。

寿不详。①《广弘明集》卷八记载道安于天和五年（570）上书《二教论》，周武帝阅后于建德三年（574）敕令佛道二教沙门道士还俗，道安很可能在此事后退隐。②志磐《佛祖统纪》卷三八记载周武帝灭佛之事，其中提到道安之事：

> 三年五月，帝欲偏废释教，令道士张宾饰诡辞以挫释子。…明日下诏，并罢释道二教，悉毁经像，沙门道士并令还俗。时国境僧道，反服者二百余万。六月诏释道有名德者，别立通道观，置学士百二十员，著衣冠笏履，以彦琮等为学士。沙门道安有宿望，欲官之，安以死拒，号恸不食而终。③

如此推断，北周道安大致生于公元六世纪一二十年代，卒于公元574灭佛当年。道安的弟子慧影卒于隋朝开皇末年（600），那么道安在渭滨之地讲法的时候大致是公元六世纪五十年代。《佛祖统纪》记载周武帝于保定三年（563）下诏令所司编造一切经藏，道安极有可能此时入京驻锡大中兴寺。④由于《楼炭经略》在敦煌遗书中仅存2号，可以看出其影响范围并不算广，北周道安要想看到此伪经，除非他宣扬《大智度论》的时间和此经造出来的时间相距不远。因此，结合前文对于北周道安生卒年、讲经年代和进京年代的推断，《楼炭经略》和《妙法莲华经度量天地品》估计形成于公元6世纪初期到公元6世纪中期。

2. 来自民俗文化

《楼炭经略》还增加了三公九卿、五星和二十八星宿这些极富有中国特色的元素。五星和二十八星宿来自于中国古代的天象观测。早期道教吸收了天文学上的这些思想，选取了二十八个星辰作为观测天象的参照物，称之为"二十八宿"，并赋予其神性。这些古代天文学知识以及

---

① （唐）道宣撰：《续高僧传》卷二三，《大正藏》第50册，第628页上。
② （唐）道宣撰：《广弘明集》卷八，《大正藏》第52册，第136页上。
③ （宋）志磐撰：《佛祖统纪》卷三八，《大正藏》第49册，第358页下。
④ （宋）志磐撰：《佛祖统纪》卷三八，《大正藏》第49册，第358页上。

在道教中被改造过的二十八宿，同样也进入了佛教疑伪经作者们的视野中，经过道教经典的中介传播而进入了佛教典籍和思想中，从而成为佛教疑伪经以及佛教思想中的一个有机组成部分。《楼炭经略》认为二十八宿主宰四方使其运行有序，强调二十八宿与日月星辰上都有庄严的诸天宫殿，其上住有长寿之人，是不同于人类现实世界的另外一个宇宙空间，反映出当时人们将中国本土道教中的星辰信仰与佛教思想相融合的观念。《楼炭经略》中"佛言：五星者，东方岁星，南方荧惑星，西方太白星，北方辰星，中央镇星，是名五星。有三品，大、中、小。大星纵广百二十里，中星八十里，小星四十里。皆用水精作城郭，去地八十四万里，随蓝风而转之，故不落也"体现出了此经中的五星信仰。五星也是道教星宿崇拜人神化的结果，后成为道教信仰对象的重要组成部分。佛教疑伪经一方面使用了道教五星的名称，另一方面改造了道教五星的功能和作用，表达佛教义理。因此，佛教疑伪经并非一味地抄袭道教经典，而是借用道教的名词概念表达一定的佛教思想。①

《楼炭经略》中还给帝释天增加了风伯雨师和雷公霹雳几位臣子，这三位神祇在敦煌的流行和当地气候有密切的联系。敦煌深处西北内陆，属于温带大陆性气候，太阳辐射强、光照充足、降水稀少而蒸发量大、自然灾害频发等等。其中水资源的匮乏应当是敦煌较为突出的问题，属于极干旱地区。除了缺水，敦煌地区还存在大风和沙暴等风灾隐患。风伯又名风师、飞廉或者箕星，《风俗通义》对此有描述为"鼓之以雷霆，润之以风雨"。② 敦煌地区水资源相对匮乏的现实与农业生产对水源强烈需求之间产生的尖锐矛盾自然而然地使得当地人在祭祀祈雨相关神祇的心情上更为迫切与虔诚。③

从以上分析可以看出，BD06702 号《楼炭经略》并非是对《大楼

---

① 张淼：《佛教疑伪经对道教思想的融摄——以敦煌遗书为考察对象》，《南京晓庄学院学报》2012 年第 2 期。

② （汉）应劭撰；王利器校注：《风俗通义校注（下）》卷八，北京：中华书局，1981年，第 364 页。

③ ②姜柯易：《唐宋时期敦煌地区生产生活民俗中的神祇研究》，兰州大学硕士学位论文，2018 年，第 11 页。

炭经》进行简单抄撮，而是杂糅了两晋南北朝时期的诸多佛道典籍、生活经验和民俗文化编撰而成。BD06702《楼炭经略》所引用的材料在时间、地域、译者和宗派上都呈现出某些特点。

三、材料特点：理想与现实的交织

如上文所述，《楼炭经略》BD06702 号写本的构成方式为：以内典为基础，兼收外书说法。笔者通过梳理此写本的材料来源，可以总结出《楼炭经略》在来源上的几个比较突出的特点及产生原因：

表6　佛典来源

序号	经名	时代	译者、作者
1	《大楼炭经》	西晋，290—311 年	法炬　法立
2	《长阿含经》	苻秦，413 年	佛陀耶舍 竺法念
3	《大智度论》	姚秦，405 年	鸠摩罗什
4	《佛说弥勒大成经》	姚秦	鸠摩罗什
5	《佛说无量寿经》	曹魏	康僧铠
6	《成实论》	姚秦，411—412 年	鸠摩罗什
7	《悲华经》	北凉，415—428 年	昙无谶
8	《佛说四天王经》	刘宋，427 年	智严 & 宝云
9	《佛说观佛三昧海经》	东晋，420—422 年	佛陀跋陀罗
10	《大方广佛华严经》	东晋，421 年	佛陀跋陀罗
11	《舍利弗阿毗昙论》	姚秦，420 年	昙摩耶舍 昙摩崛多
12	《增一阿含经》	苻秦，385 年	昙摩难提
13	《菩萨处胎经》	姚秦，399—416 年	竺佛念
14	《佛说十二游经》	东晋，392 年	迦留陀伽

说明：①此表格本文行文顺序进行排列；②某部分内容若可能参考多部经典且难以确定具体对象时，则置于同一个单元格中；③某一佛典多次出现，只在首次出现时标注。

首先，《楼炭经略》所采佛典内容上的统一性。BD06702《楼炭经略》虽然基本上套用《大楼炭经》的架构，但是舍去了《大楼炭经》近半的内容，以《长阿含经·世记经》为补充。BD06702 号《楼炭经略》所参考的佛典译出时间集中在东晋至姚秦时期，译出或者流行的地域上也倾向于西北地区，这种倾向性便于编撰者就地取材，获取造经资料。《楼炭经略》虽然作为在敦煌地区的疑伪经，但是其地域色彩并不突出。此经所借鉴佛典次数最多是《大楼炭经》《佛说观佛三昧海经》和《大智度论》：《大楼炭经》叙述的是世界之成坏情形；《佛说观佛三昧海经》中的譬喻故事趣味性很强；《大智度论》中既有宇宙理论，又有星宿体系、日月星宿等内容。尽管《楼炭经略》采纳了多种佛典，但是重点放在吸收其中涉及宇宙理论的部分，并非漫无目的、毫无侧重地随意拼凑。

其次，《楼炭经略》三教合一的互摄性。道教的增寿益算、天神伺察、星斗崇拜具有非常强的可操作性，比起佛教的宿命论和钻研修行，道教的这些修行方法已经算是捷径了。道教在涉及道教信仰层面和修行方法等具有可操作性方面的内容和思想对佛教的中国化发展起了极为重要的推动作用。而且，《楼炭经略》中天神伺察、簿记善恶、增寿益算等细节，还显然受到汉晋南北朝时期谶纬、道经及民间信仰相关观念的影响。[①] 除此之外，此伪经还融摄了儒家的伦理准则，即将五戒与五常相比附。北齐魏收在叙述佛教时说五戒与五常是一致的，二者异名同质："有五戒，去杀、盗、淫、妄言、饮酒，大意与仁义礼智信同，名为异耳。云奉持之，则生天人胜处，亏犯则坠鬼畜诸苦。"[②] 五戒本来是佛教的基本戒律，是其他一切佛教戒律的基础，受持佛教五戒如同遵守儒家五常一样可以得到善报，否则将堕入恶道。《楼炭经略》中反复强调受持五戒十善的人，可以得生天上，而"造作五逆，煞（杀）父、煞（杀）母、煞（杀）师、煞（杀）阿罗汉，出佛身血，破佛塔寺，破和合僧，盗僧祇物，谤方等经，毁十方佛，破戒因果，作如是等无闻重罪"的愚痴众生，命终后将堕入阿鼻地狱或者堕入畜生道，经无量劫，备受众苦。《楼炭经略》的这部分内容将儒家的孝义和佛教的五戒

---

① 宗力：《从比较视角看先秦至南北朝神灵监督下的善恶报应信仰》，《社会科学战线》2016年第12期。

② （北齐）魏收撰：《魏书·释老志》，北京：中华书局，第3026页。

结合起来，用类似于"格义"的方式去解释佛教思想观念，使得普通民众更加容易理解接受佛教，有利于佛教在普通民众中的流传和发展。①

再次，《楼炭经略》在宗派上的倾向性。《楼炭经略》将日月星宿、四天王天和仞利天及以上三十天极力描绘成极乐净土，大肆渲染地狱的阴森恐怖，宣扬守戒、行善、修禅，则可往生净土。《楼炭经略》对理想世界描绘的强调与净土宗的兴盛流行和当时的历史背景有很大的关系：自从北魏孝文帝以后，禅法大行北土。后魏佛法本重修行，自姚秦颠覆以来，北方义学衰落。一般沙门自悉皆禅诵，不以讲经为意，遂至坐禅者或常不明经义，徒事修持。北方禅法的偏盛，其中一个重要的影响就是使得北方的佛教徒在因果报应的观念影响下，汲汲于福田利益之举，崇拜向往净土世界。"一般人佛教之信仰，最显著者二事。一为善恶报应。二为施与功德。前者旨在劝人'诸恶莫作，众善奉行'。（语出《法句经》）四天王观察世人之说，原着眼在此。减寿益算，均由于行为之善恶。后者则主张敬礼三宝，施佛施僧。宅心慈悲，救济穷困。"② 可见，"天神伺察"和"增寿益算"已经成为净土宗的一部分。

最后，《楼炭经略》编造目的的现实性。疑伪经由本地人士编造，必须在本土文化传统、信仰观念框架中对当时社会的突出问题及当地民众的心理需求做出回应，所提供的答案也不能完全超脱当时当地已有的意识形态和思维习惯。③《楼炭经略》中用较大篇幅来描绘灾劫，可能也是映射了当时社会动荡、战乱频繁和人民朝不保夕的迷茫绝望之感。在这种情况下，善恶报应是他们的信念，积德行善是他们的修行，往生净土是他们的救赎。《楼炭经略》既用净土的福报来引诱，又用地狱的恐怖来恫吓，还用天神的威严来规范，都是为了劝导人们止恶行善，为死后得生天上积攒福报。再结合南北朝时期社会背景来看，编撰者编造

① 张淼：《疑伪经对佛教思想的继承与超越》，《北方论丛》2007年第5期。

② 汤用彤：《汉魏两晋南北朝隋唐佛教史》，北京：北京大学出版社，1997年，第431页。

③ 宗力：《从比较视角看先秦至南北朝神灵监督下的善恶报应信仰》，《社会科学战线》2016年第12期。

《楼炭经略》的目的恐怕并非单纯为了了解世界的构成，而是出于亟待解决的现实利益诉求。《妙法莲华经度量天地品》诸多写本中的BD05671号卷末有一个标明纪年的题记："天宝三载九月十七日，玉门行人在此襟。经廿日有余，于狱写了。有人受持读诵，楚客除罪万万劫。记之。同襟人马希晏，其人是河东郡桑泉县。上柱国樊客记。"由此可见，当时人认为抄写、读诵、受持此经具有消除灾难、免除殃祸之功能，而《妙法莲华经度量天地品》和《楼炭经略》有诸多相通之处，同理可证实《楼炭经略》的造经目的是积善行德，消灾免难。

四、结论

宗教是人类最早的精神活动之一，每个信仰宗教的人根据自己的种族社会、文化背景、知识水平等因素来决定自己的宗教信仰。孙昌武《中国文学中的维摩与观音》将中国人的佛教信仰划分为在精英知识分子中流行的维摩信仰和在社会普通民众中流行的观音信仰。知识精英这一阶层构建出了佛教中最具思辨性和系统性的思辨内核，普通大众这一阶层则培育出了佛教最具世俗性和流行性的信仰方式，并以天人福报、他力拯救为其旨趣。尽管佛教大众阶层对佛教的影响远远不如佛教精英阶层来的巨大，但当佛教大众阶层作为一个整体对佛教产生影响时，其对佛教产生的影响往往比佛教精英阶层来的更为长久和深远。[①]

20世纪初，敦煌遗书的发现，使得大量已经散佚的疑伪经重见天日，逐渐成为佛教研究的热门。疑伪经的出现，"标志着佛教在中国的传播已进入一个新的阶段，一些佛教徒已不满足于仅仅翻译外来的佛教，而是把自己所掌握的佛教教义与中国传统的文化思想、宗教习俗结合起来，使用便于民众理解的语句，假借佛经的形式编撰出来进行传教"。[②]《楼炭经略》通过采用普通信众最易于接受和理解的表达方式，有选择性地对佛教义理进行改造与发挥，满足了中国大众阶层在信仰和

---

① 孙昌武：《中国文学中的维摩与观音》，北京：高等教育出版社，1996年，第9—16页。

② 任继愈：《中国佛教史3》，北京：中国社会科学出版社，1988年，第564—656页。

心理上的需求，所以能使得后来的《妙法莲华经度量天地品》和《妙法莲华经马明菩萨品》去模仿抄写。此类疑伪经的广泛流行，说明它们能够具体真实地反映出当时时代的社会环境，满足民众心理需求和宗教诉求。尽管这众疑伪经的内容相对世俗粗浅，但是它们作为佛教中国化下的典型产物，其实是中国佛教文化对民众宗教信仰诉求最直接和最热烈的回应。

《楼炭经略》BD06702 号录文

凡例：

1. 底本与校本：以 BD06702 号为底本，以《妙法莲华经马明菩萨品》斯 02734 号 2 和《楼炭经略》甘博 038 号为校本。

2. 本卷严格按照图录所示，按列迻录。每张图录前用"总图录张数——当前图录数"标识，每列用 XXX 标识列数。

3. 迻录底本原文要忠实，凡缺字、误字、别字及不易认识的字均依原样迻录。

4. 本卷着重于缺字、误字、别字及不易认识的文字，尽可能扫除阅读上的障碍。

5. 缺字：底本缺字用□表示，缺几个字就用几个□。若不能确定所缺字数，则用▭▭▭表示。

6. 凡缺字能根据别本或者上下文补足时，所补之字以〔 〕括之。如底本原是脱误，则先作〔□〕，然后于校注中说明。

7. 误字和别字多是因字形或者字音相近致误的，凡是校者以意改正的，均旁注于该字之后，而用（ ）括之。

8. 不易认识的字大概是唐末五代的俗体字，而今已不通行，凡经过研究而能确信者则用误字、别字例，用（ ）旁注于该字之后，不能确信而又可作一说者，在字周围加上黑色方框，并且记所疑于校注内。

18—1

（首残）

001. 佛言：〔須彌山東陸地名弗波提，廣長卅六万〕①

---

① 原卷残损，据《妙法莲华经马明菩萨品》补。

002. 里，其地正圓。人面似地形，身長五丈，壽五百

003. 歲。其人慈心，不煞（杀）生，天［口］^①雜寶，衣食自然。上［口］^②持

004. 五戒，得生其国。須弥山東日出时，山北日中，山

005. 西日没，山南夜半。

006. 佛言：須弥山西陆地名拘耶尼，廣長卅二万

007. 里，其地如半月形。人面似地形，身長二丈，壽

008. 二百五十歲。其人慈心，不煞（杀）生，天雨華鬚，衣

009. 食自然。中品持五戒，得生其国。須弥山西日

010. 出时，山南日中，山東日没，山北夜半。

011. 佛言：須弥山南陆地名阎浮提，廣長廿八万

012. 里，其地上廣下狹，人面似地形，其土人民脩（修）

013. 业不定，受報不淳，上壽百廿歲，中壽百歲，下

014. 壽八十歲。上身長丈二，中身一丈，下身八尺，

015. 少出多減。人情諂為（偽），少於慈心，唯仰食力，無

016. 有自然。若天雨時，雨清泠（冷）水，以閏（潤）五穀及眾

017. 菓木。龍王降雨，等無差別。乃至劫欲盡時，人

018. 心極惡，攬草成刀劍，即便相煞（殺）。當尔之時，

18—2

001. 壽命五歲，一切五穀，悉皆滅盡。眾生行業，所

002. 感不同。下品持五戒，生此國土。須弥山南日

003. 出時，山東日中，山北日没，山西夜半。

004. 佛言：日去地八十四万里，黃金作里城，水精

005. 作外城，是［口］^③故天下常明。日行有三道，冬行

006. 南道，當冰山之上，是以故天下大寒。春秋行

---

① 此处脱"雨"字，据上下文补。
② 此处脱"品"字，据上下文补。
③ 原卷此处有涂抹，似为"以"字，据痕迹补。

007. 中道，是故寒溫適等。夏行北道，當人之上。

008. 又人北有三百卅六萬里金蓮華身，日之精，故

009. 天下大熱。日城縱廣正等二千卅四里，黃金水

010. 精作城郭，人壽二百五十歲，身長十里，衣食

011. 自然。日天子者，放千光明，普照百千國。其中

012. 亦有男女，行五戒十善，然（燃）燈照佛，脩（修）此功德，

013. 得生日中。佛言：月去地八十四萬里，白銀

014. 作裏城，琉璃作外城。月從始生，一日銀面轉

015. 向人，至十五日正向人，是以故月滿天下大明。

016. 從十六日以去，琉璃面轉向人，至卅日正向

017. 人，是天下大瞑。月城縱廣高下千九百六

018. 十里，白銀琉璃作城郭，人壽二百五十歲，身

019. 長十里，衣食自然。其中亦有男女，行五戒十

020. 善，然（燃）燈照佛，脩（修）此功德，以生月中。

18—3

001. 佛言：五星者，東方歲星、南方熒惑星、

002. 西方太白星、北方辰星、中央鎮星。

003. 是名五星，有三品大、中、小。大星縱廣百廿里，

004. 中星八十里，小星卅里，皆用水精作城郭，去

005. 地八十四萬里，隨藍風持而轉之，故不落也。

006. 佛言：天有廿八宿，分主四方，義應四時，不失常度。

007. 東方七宿：角、亢、氐、房、心、尾、其（箕）；

008. 南方七宿：井、鬼、柳、星、張、翼、軫；

009. 北方七宿：鬥、牛、女、虛、危、室、辟（壁）；

010. 西方七宿：奎、婁、胃、昴、畢、觜、參。

011. 如今日月星宿悉是。諸天宮殿，七寶莊嚴，玄

012. 處虛空，四時轉運，不失節度。亦為五風所

013. 持：一者持風，二者待風，三者助風，四者轉風，

014. 五者行風。以制仰之，不墜落也。星宿中，人身

015. 長十丈，壽命二百五十歲，當今人間四百五

016. 十万歲。人間廿五歲，於星宿天中一日一夜。

017. 衣食自然。項背日光，飛行自在。其中亦有男

018. 女，斯由人間受持五戒十善，得生其中。

019. 東方天王宮舍治須弥山半腰黃金埵上，去

020. 地百六十八万里。須弥山東天王，名"提頭賴

021. 吒"，漢言"治國"，主一切乾闥婆、毗舍闍鬼。治國

18—4

001. 天王壽五百歲，當今人間九百万岁。人間五

002. 十歲為四天王宮一日一夜，卅日為一月，十二

003. 月為一歲，衣食自然。其中亦有男女，身長

004. 廿里，行五戒十善，得生其中。

005. 南方天王宮舍治須弥山半腰琉璃埵上，去

006. 地［口］① 六十八万里。須弥山南方天王，名"毗樓博

007. 叉"，漢言"增長"，主一切毒龍及富單那鬼。增長

009. 天王壽五百歲，當今人間九百万歲，人間五

010. 十歲為四天王宮一日一夜，卅日為一月，十二

011. 月為一歲，衣食自然。其中亦有男女身長

012. 廿里，行五戒十善，得生其中。

013. 西方天王宮舍治須弥山半腰白銀埵上，去

014. 地百六十八万里。須弥山西天王，名"毗樓勒奇"，

015. 漢言"難遇"，主一切鳩槃荼、薜荔多鬼。難語（遇）天

016. 王壽五百歲，當今人間九百万歲，人間五十歲

017. 為四天王宮一日一夜，卅日為一月，十二月為

018. 一歲，衣食自然。其中亦有男女身長廿里，

---

① 此处脱"百"字，据上下文补。

019. 行五戒十善，得生其中。

020. 北方天王宮舍治須弥山半腰水精槃（盤）上，去

021. 地百六十八万里。須弥山北天王，名"毗沙門"，漢

18—5

001. 言"名聞"，主一切夜叉、羅刹鬼。名聞天王壽五

002. 百歲，當今人間九百万歲，人間五十歲為四

003. 天王宮一日一夜，卅日為一月，十二月為一

004. 歲，衣食自然。其中亦有男女，身長廿里。行

005. 五戒十善，得生其中。

006. 四天王宮中雖有日月歲數之名，无有日月

007. 之形，所以然者，四天王宮諸天人等，項背光

008. 明，展轉相照，无有晝夜，常明不瞑也。欲知天

009. 晝夜相者，但看蓮花開合即便知也。蓮花敷

010. 時即名為晝，蓮華合時即名為夜。四氣和（合）

011. 適，不寒不熱，乃至卅二天，重重皆尔。但彼日

012. 月年歲轉長，倍不相類也。

013. 四天王天各領一方，天下常以月八日遣使

014. 者案行天下，伺察帝王臣民、天龍鬼神、蜎蜚（飛）

015. 蚑行蠕動之類心念口言、身行善惡，疏（書）善記

016. 惡，毛分不錯。其行善者入天曹，行惡業者名

017. 入四冥室。十四日太子下，十五日四天王自下，

018. 廿三日復遣使者下，廿九日復遣太子下，卅

019. 日四天王復自下，日月五星廿八宿其中諸

020. 天人一切俱下，微伺世間帝王、臣民、諸龍、

021. 鬼神、含血之類，誰有孝養父母，敬事三尊，

18—6

001. 受持三歸五戒十善八齋，起塔造像，脩（修）諸功

002. 德，奉行六度，和慈四等，佈施、持戒、忍辱、精進，

003. 一心智慧，慈悲喜舍，養育眾生者，即條藏（臧）否，

004. 上奏天帝釋。帝釋承書關下天曹，增壽益筭（算），

005. 滿其百年。臨命終時，諸天伎樂，導從寶車，五

006. 百天女，散花燒香而來，迎之上生天上。天王

007. 之宮，衣則玄妙，食則肴膳，行則陵（凌）虛，住止華

008. 闕。目覩（睹）妙色，耳聽妙商，口甘百味，鼻嗅妙香，

009. 身服文綾，心遊淨壇。斯之功德，十善為糧。其

010. 行惡者，帝釋承書關下地獄，閻羅大王即遣

011. 地獄五官，減壽奪筭（算），召名射死。地獄長士兵

012. 人持鐵索圍之，所見不同，口不能言，各隨所

013. 習，受其殃福，不可以財許求哀得脫。天無枉

014. 攬，平直無二，作罪得罪，作福得福，行道得道，

015. 自作自得，非他授與。爾時世尊即說偈，言：

016. 十善得生天，五戒服人身。十惡墮地獄，觝突墮畜生。

017. 忍辱得端政（正），嗔恚得醜陋。布施得大富，慳貪墮貧窮。

018. 第二天名忉利天，名"釋提桓因"，其四鎮大臣

019. 者，四天王是也。卅三天者，釋有卅二臣，通釋

020. 之身，故有卅三天。釋提桓因在摩尼寶殿上

021. 坐時，前面有八臣，後面有八臣，左面有八臣，

18—7

001. 右面有八臣，四八卅二，故有卅二輔臣。三公者，

002. 司徒公、司空公、司馬公。九卿者，八大尚書、八

003. 王使者，左社右稷，風伯雨師，雷公臂（霹）礰（靂），

004. 左將軍、右將軍、前將軍、後將軍，四輔武衛、四

005. 鎮天王、五羅大王，太子使者，日月五星廿八

006. 宿，鬼神將軍，悉帝釋之官遼（僚）也。釋有皇后，

007. 名曰"悅意"，其身左右各有八万四千姿媚於其

008. 面，上復有八萬四千姿容，此後姿容於帝釋

009. 卅二那由他彩女之最為第一。須弥山頂去

010. 地高三百卅六萬里，山頂縱廣三百卅六萬

011. 里，城名"喜見"，離四天王宮百六十八萬里，入

012. 海水復深三百卅六萬里，下根亦縱廣正等

013. 三百卅六萬里。其喜見城七寶莊嚴，其城縱

014. 廣正等八萬四千由旬。帝釋宮殿於其中央，

015. 七寶宮殿，㲉耗㲉㲉，金牀玉機（幾）。綩（蜿）綖（蜓）軟細，以

016. 敷其上；天繒寶蓐，以藉其體，劫波育衣，自然

017. 著身；妙寶天衣，以貫其首。真（珍）珠瓔珞，以自莊

018. 嚴。摩尼幬（帷）恨（帳），張施其上。金鈴華鏞，周匝垂下。身

019. 色淨好，端政（正）无雙。頭髮紺青，目如明星，鼻如

020. 截銅，口如含丹。身毛孔中，優鉢體華香，八萬四千

021. 天女以相娛樂。喜見城中，諸宮殿其數無量，

18—8

001. 充滿中央。街巷道陌，行行相當。俠（夾）路寶樹，葰

002. 葰相望。俠（夾）路渠水，底布沉香。眾鳥遊戲，鵝鴨

003. 鴛鴦。暢和雅音，演妙宮商。彼諸宮殿，池流華

004. 樹，樓觀殿堂。蘭莞（苑）沼池，八功德水盈滿其中。

005. 其水香潔，味如甘露。何等為"八"？一輕二冷三濡四

006. 色，蓮華青、黃、赤、白、紅、紫、縹、綠，弥覆水上，青色

007. 青光，黃色黃光，赤色赤光，白色白光，玄黃朱

008. 紫，各如其光。帝釋出遊觀時，交露寶車，駕

009. 千正①馬翺翔八方，自在無有限礙廣說，其中快

010. 樂之事不可具說。人壽千歲，當今人間三千

011. 六百万歲。人間百歲，於忉利天宮一日一夜。

012. 卅日為一月，十二月為一歲，衣食自然，揣食

013. 入口，經七日之中即化。身長卅里，行欲之法，

014. 如人間無異。生子之時，男從父膝化生，女從

015. 母膝化生，如今四歲小兒，許眼能徹視，耳

016. 能道聽，知他心念，自識宿命。項背光明，飛行

017. 自在。行五戒十善，得生其中。

18—9

001. 第三天名"炎摩天"，壽二千歲，當今人間七千

002. 二百万歲。人間二百歲，於炎摩天上一日一

003. 夜。卅日為一月，十二月為一歲。懸處虛空，衣

004. 事（食）自然。炎摩天行欲之法，抱則成欲，男女化

005. 生。身長八十里，行五戒十善，得生其中。

006. 第四天名"兜率天"，壽四千歲，當今人間一億

007. 八百万歲。人間四百歲，於兜率天上一日一

008. 夜。卅日為一月，十二月為一歲，衣食自然。兜

009. 率諸天行欲之法，執手成欲，男女化生。身長

010. 百六十里。彼兜率天宮一生補處菩薩，常

011. 於其中為諸天師，教授天人發菩提心，住不

012. 退地，行五戒十善，得生其中。

013. 第五天名"化樂天"，壽八千歲，當今人間二億

014. 一千六百万歲。人間八百歲，於化樂天上一

015. 日一夜。卅日為一月，十二月為一歲，衣食自

016. 然。化樂諸天行欲之法，捉衣成欲，男女化生。

---

① 正：《妙法莲华经马明菩萨品》斯02734号2作"足"。

017. 身長三百廿里，行五戒十善，得生其中。

018. 第六天名"他化自在天"，壽万六千歲，當今人

019. 間四億三千二百万歲。人間千六百歲於第

020. 六天上一一日一夜。卅日為一月，十二月為一

021. 歲，衣食自然。第六諸天行欲之法，視欲成欲，

022. 男女化生，身長六百卅里。第六天上城郭樓

023. 觀，七寶莊嚴，宮殿樓閣，浴池寶樹，皆以無量

18—10

001. 妙寶嚴飾，光明赫弈（奕），超勝獨妙，不可具宣。婦

002. 女端政（正），容姿美妙。六天王者，受福超勝，魏魏（巍
巍）

003. 堂堂，不可為喻。行五戒十善，得生其中。從此

004. 已（以）下六天，皆有男女受欲，揣食入口，故名"欲

005. 界"，於此已（以）上名"色界天"。

006. 第七天名"梵天"，去地極遠，難可理論，喻以大

007. 石，縱廣四千里，今年此日下石，明年此日至

008. 地，其遠如是。從七天已（以）上，无有女人之形，容

009. 貌微妙如鏡中像。其為天數，壽之一劫，見食

010. 即飽。行五戒十善，加行一禪小增得生其中。

011. 第八天名"梵輔天"，壽二劫，見食即飽。行五戒

012. 十善，加行一禪小增得生其中。

013. 第九天名"梵身天"，壽四劫，見食即飽。行五戒

014. 十善，加行一禪小增得生其中。

015. 第十天名"梵眷屬天"，壽八劫，見食即飽。行五

016. 戒十善，加行一禪小增得生其中。

017. 第十一天名"大梵天"，壽十六劫，見食即飽。

018. 行五戒十善，加行一禪小增得生其中。

019. 第十二天名"光天"，壽卅二劫，見食即飽。行五

020. 戒十善，加行二禪小增得生其中。

021. 第十三天名"少光天"，壽六十四劫，見食即

022. 飽。行五戒十善，加行二禪小增得生其中。

18—11

001. 第十四天名"无量光天"，壽百廿八劫，見食即

002. 飽。行五戒十善，加行二禪小增得生其中。

003. 第十五天名"光音天"，壽二百五十六劫，見食

004. 即飽。行五戒十善，加行二禪小增得生其中。

005. 第十六天名"淨天"，壽五百一十二劫，見食即飽。

006. 行五戒十善，加行二禪小增得生其中。

007. 第十七天名"少淨天"，壽千廿四劫，見食即飽。

008. 行五戒十善，加行三禪小增得生其中。

009. 第十八天名"无量淨天"，壽二千卅八劫，見食

010. 即飽。行五戒十善，加行三禪小增得生其中。

011. 第十九天名"遍淨天"，壽四千九十六劫，見食

012. 即飽。行五戒十善，加行三禪小增得生其中。

013. 第廿天名"密身天"，壽八千一百九十二劫，見

014. 食即飽。行五戒十善，加行四禪小增得生其中。

015. 第廿一天名"少密身天"，壽万六千三百八十

016. 四劫，見食即飽。行五戒十善，加行四禪小增

017. 得生其中。

018. 第廿二天名"无量密身天"，壽三万二千七百

019. 六十八劫，見食即飽。行五戒十善，加行四

020. 禪小增得生其中。

18—12

001. 第廿三天名"密菓（果）天"，壽六万五千三百卅六

002. 劫，見食即飽。行五戒十善，加四禪小增得

003. 生其中。

004. 第廿四天名"不煩天"，壽十三万六百七十二

005. 劫，見食即飽。行五戒十善，加四禪小增

006. 得生其中。

007. 從此已（以）上四天，不復還墮世間，所以者何？其

008. 有得阿那含道者皆生其中，便於現身成

009. 阿羅漢道，不為世業所拘，故不受劫所之名。

010. 第廿五天名"不熱天"，識食即飽。行五戒十善

011. 四禪，具得生其中。

012. 第廿六天名"善見天"，識食即飽。行五戒十善

013. 四禪，具得生其中。

014. 第廿七天名"不善見天"，識食即飽。行五戒十

015. 善四禪，具得生其中。

016. 第廿八天名"色究竟天"，識食即飽。行五戒十

017. 善四禪，具得生其中。色究竟天者，盡色界際，

018. 名為"究竟"，亦名"有頂"，在"色有"之頂，名為"有

019. 頂"，亦名"摩醯首羅"。摩醯首羅者，大自在天

020. 也，能王三千大千世界，故名為"大自在"，又名"阿

021. 迦貳吒天"。阿迦貳吒天者，亦是色界究竟天

18—13

001. 之別名也。從此已（以）上四天，名"无色界"。"欲界"、"色

002. 界"諸天，不見其形，故名"无色界"。

003. 第廿九天名"空處天"，壽一億五百万劫，念食

004. 即飽。行五戒十善四禪度色淨，得生其中。

005. 第卅天名"識處天"，壽二億一千万劫，念食即

006. 飽。行五戒十善四禪滅惡淨，得生其中。

007. 第卅一天名"不用處天"，壽四億二千万劫，念

008. 食即飽。行五戒十善四禪斷永①淨，得生其中。

009. 第卅二天名"非相非非相處天"，壽八億四千

010. 万劫，念食即飽。行五戒十善四禪念空淨，

011. 得生其中。

012. 從此已（以）下四天，人身如中陰，形極世之受，名

013. 之小無為。其著樂，難可教化，故屬八難。若

014. 能覺苦斷苦、知盡行道、解空无相无顛之法，得

015. 出三界，名之"阿羅漢"。佛言：下至風輪際，上至

016. 非相非非相天，傍極鐵圍山畔，是名"小世界"。

017. 從一小世界數至千小世界，有鐵圍山周回

018. 圍之，名為"小千"。小千合為一縱，一小千數至千；

019. 中千合為一縱，一中千數至千世界，復以鐵

020. 圍山周回圍之，是名"三千世界"。三千合為一

021. 從（縱），一三千數至千世界，復以鐵圍山周回圍之

18—14

001. 是名"三千大千世界"，名一佛土。

002. 小千鐵圍山，高至第七天，厚亦爾，周

003. 圍中千國土三千。鐵圍山高至第十五天，厚

004. 亦爾，周圍三千國土大千。鐵圍山高至第廿

005. 四天，厚亦爾，周圍大千國土。以第四天下須弥

006. 山四城（域）、七重寶山及大海水八十億小洲，洲

007. 有一國，八十億國土悉居海中。小鐵圍內東

008. 西一千八百万里，南北一千八百万里，天下

009. 万物悉在其中。於鐵圍山四面外雨，山中間

010. 沃燋。山下各安十八地獄，於大海底復安十

011. 八阿鼻地獄。一四天下並有九十地獄，以為

---

① 永：《楼炭经略》甘博 038 号作"求"。

012. 圍繞。百億四天下合九百億地獄，以為眷屬。

013. 若人增上心，犯十惡，加作五逆罪，於九十地

014. 獄中治罪。雖犯上品十惡，不造五逆者，但於

015. 七十二地獄中治罪，不入十八阿鼻地獄治

016. 罪也。中品犯十惡，於卅六地獄中治罪人，尒

017. 乃得出。下品十惡者，但於一方十八地獄中

018. 治罪。若犯一逆，若遍此十八阿鼻地獄中

019. 治罪，足滿八萬四千大劫，尒乃得出。若具犯

020. 五逆罪者，億劫治罪，周遍九十地獄，尒乃得出。

18—15

001. 阿鼻地獄居大海水底，縱廣八千由旬，七重

002. 鐵城七重鐵網，弥覆城上七重。城內外有八

003. 萬四千刀山，八萬四千劍樹，充滿中間。於其

004. 四門，復有四大銅狗吐毒吐火。滿阿鼻城中

005. 有十八鬲，一一鬲中有十八苦事。所謂十八

006. 小熱地獄、十八黑闇地獄、十八寒冰地獄、十

007. 八灰河地獄、十八火車地獄、十八鑊湯地獄、

008. 十八沸屎地獄、十八刀山地獄、十八劍樹地獄、

009. 十八刺狀地獄、十八鐵機地獄、十八鐵窟地

010. 獄、十八銅柱地獄、十八黑繩地獄、十八鐵丸

011. 地獄、十八尖石地獄、十八飲銅地獄。有如

012. 是等十八苦事充滿其中，下火徹上，上火徹

013. 下。其中苦毒，不可具說。世間自有愚癡眾生，

014. 造作五逆，煞（殺）父、煞（殺）母、煞（殺）師、煞
（殺）阿羅漢，出佛身

015. 血，破佛塔寺，破和合僧，盜僧祇物，謗方等經，

016. 毀十方佛，破戒因果，作如是等无間重罪。

017. 其人命終入阿鼻地獄，猶如射箭，經阿僧祇

018. 劫，備受眾苦，無有休息，故名"无間阿鼻地獄"。

019. 彼地獄一日一夜，當今人間日月歲數六十小

020. 劫，如是受罪，徑曆八万四千大劫，尔乃得出。

18—16

001. 復入東方十八地獄中，南西北方亦復如是。

002. 遍九十地獄，一一地獄中，皆住億千万歲，尔

003. 乃得出。復墮畜生中，象馬牛羊驢騾駱駝

004. 犬豕鷹梟雞鴨之中數千万歲，以肉供人，償其罪

005. 畢，從畜生出，乃得為人。復為奴婢又五百

006. 世，常為走使，不得自在。又生為人，貧窮下賤，

007. 衣不蓋形，食不充口，復五百世，乃復為人。由

008. 不及次，以是因緣，人身難得，佛世難值，佛

009. 法難聞，宜應惻屬行道為先，護身口意，慎莫放

010. 逸。放逸者，一失人根，万劫不服（覆），甚難甚難，復

011. 得為人。所謂劫者，極（即）天地之始終，謂之一劫。劫

012. 有三品，何等三品？一者大劫，有一大城縱廣

013. 高下百廿里，滿中盛芥子。人天過百年已，取

014. 一芥子，別著一大城中，如是取盡，名一大劫。

015. 色界天人，壽是八億四千万劫，尔乃命盡。中

016. 劫者，有一大城，縱廣高下八十里，滿中盛芥

017. 子，人天過百年已，取一芥子，別著一大城中，

018. 如是取盡，名為中劫。色界天人，用是壽命以

019. 數一劫二劫，極（及）至十三万六百七十二劫，尔

020. 乃命終。小劫者，有一大城，縱廣高下卅里，滿

18—17

001. 中盛芥子，人天過百年已，取一芥子，別著一

002. 大城中。如是取盡，名一小劫，是名三品劫也。

003. 又無色界四空處天，樂寂滅樂；次有色界廿

004. 二天，樂禪定之樂，次有欲界六天，樂五欲樂。三

005. 界雖樂，猶不免三灾所壞。何謂三灾？一者火灾，

006. 二者水灾，三者風灾。小劫盡時，七日並出，焚

007. 燒天地，六天皆盡，故名火灾。

008. 中劫盡時，天降灾雨，大如車輪，逕億千万歲。

009. 其水洪起，高至廿四天，復逕億千万歲。色界

010. 欲界，所有大千鐵圍、中千鐵圍、小千鐵圍，七

011. 重寶山及四天下須弥山，廿四天宮殿，一切

012. 爛壞，是名水灾。大劫盡時，有惡風起，吹三

013. 千大千鐵圍山、百億鐵圍山，百億須弥山王、百

014. 億卅二天宮殿，山山相博（搏），令如粉塵，無有遺

015. 餘。三千世界皆悉空曠，是名風灾也。

016. 曰：《大樓炭經》一百廿卷，廣明世界中事。大經

017. 難見，是故此中略句其要耳。閻浮提縱廣正

018. 等卅二万里，通其山陵河池，故有尔也。直數

019. 平壤之地，廣長廿八万里，其中凡有十六大國，

020. 統八万四千城。有八大國王，四大天子。東方

021. 有晉國，天子人民熾盛；南方有天竺國，天子

18—18

001. 土地多饒象；西方有大秦國，天子土地多金

002. 銀辟（璧）玉；北方有月氏國，天子土地多好馬。此

003. 閻浮提內有十六万億丘聚，有八万四千城，

004. 中有六千四百種人，万億嚮魚，有六千四百

005. 種鳥，有四千五百種狩（獸）。有二千四百種海，海

006. 中凡草有八千種，雜藥有七百卅種，香有卅

007. 種。寶有百廿種，正寶海中有二千五百。國一

008. 百八十，小國瞰（啖）五穀，三百國瞰（啖）魚鱉黿鼉。有

009. 五大國王，第一大王主五百小國，王名"斯利"，國

010. 土盡事佛，少事眾耶（邪）。第二國王亦主五百

011. 小國，王名"加羅"，土地出七寶。第三國王亦主

012. 五百小國，王名"不羅"，土地出卅二種寶及百（白）

013. 琉璃。第四國王亦主五百小國，第五國王亦主

014. 五百小國。五大城中，人多黑短小。五大城相

015. 去六十五万里，從此諸國已（以）外，但有海水，无

016. 有人民，去鐵圍山一百卅万里。

敦煌遗书中的尊胜陀罗尼注义本初探

伍小劼

（上海师范大学哲学与法政学院）

摘要：尊胜咒注义本是了解尊胜咒意涵及尊胜陀罗尼信仰最直接的方式。敦煌遗书中存在六号与佛教藏经中法崇本不同的尊胜咒注义本，这批文献可分为两个系统。系统一为《思溪藏》佛陀波利本尊胜咒的注义本，注义与法崇本有不同之处，但整体上大体接近。系统二为藏外尊胜咒的注义本，注义与系统一及法崇本均有较大差别，相当特殊。基于两个尊胜咒注义本系统在敦煌地区流通的史实，再考虑到佛顶尊胜陀罗尼信仰在中国古代社会的流行程度，在此意义上应对这批尊胜咒注义本从翻译学和语言学上加强研究。

关键词：佛顶尊胜陀罗尼；注义；佛陀波利；法崇

基金项目：国家社会科学基金重大项目"英国图书馆藏汉文敦煌遗书总目录"（15ZDB034）的阶段性成果。

　　唐代以后，尊胜陀罗尼信仰在中国极为盛行。[①] 具体到尊胜陀罗尼

---

　　① 对尊胜陀罗尼信仰的研究甚多，举其要者如下，刘淑芬在20世纪90年代以后发表了系列文章，全面讨论了尊胜陀罗尼信仰，后该系列文章收入氏著《灭罪与度亡：佛顶尊胜陀罗尼经幢之研究》，上海：上海古籍出版社，2008年。郭丽英也有多篇文章讨论尊胜陀罗尼信仰，参见氏著《佛顶尊胜陀罗尼的传播与仪轨》，载《天台学报》，2007年10月，第1—37页。《从石幢谈敦煌的陀罗尼仪式作法》，载《庆祝饶宗颐先生九十五华诞敦煌学国际学术研讨会论文集》，北京：中华书局，2012年，第375—399页。《从〈佛顶尊胜陀罗尼经〉谈敦煌写经壁画及相关石刻史料》，载波波娃、刘屹主编《敦煌学：第二个百年的研究视角与问题》，圣彼得堡，2012年，第115—126页。Paul Copp, *The Body incantatory：spells and the ritual imagination in medieval Chinese Buddhism*, Columbia University Press, 2014. Charpter3, pp.141—196.

的文本，《大正藏》中就有24种。^① 藏经之外，有学者指出房山石经中存有金刻契丹国三藏慈贤所译的《佛顶尊胜陀罗尼》，该本全为咒语。^② 众所周知，《大正藏》的底本为高丽再雕本，里面收录了佛陀波利本（T0967）。《大正藏》编撰的时候除以高丽再雕本为底本外，还收录了宋本（《思溪藏》）、明本（《嘉兴藏》）中的佛陀波利本，附于高丽再雕本之后。三者中，宋本与明本基本相同，而与高丽再雕本中的咒语相差较大，且宋本更为流行。笔者近来对敦煌遗书中的佛顶尊胜陀罗尼咒进行过较为全面的搜查，发现现存较多的是佛陀波利本（《思溪藏》本）。不仅如此，敦煌遗书中还有虽有署名为佛陀波利翻译，但与高丽再雕本及宋本均不同的情况，凡此显示出文本流传过程中的复杂情况。学术界已经对《佛顶尊胜陀罗尼》的翻译史实及相关问题进行了较为细致的研究。^③ 真正对《佛顶尊胜陀罗尼经》进行专题研究的是佐佐木大树，他对佛陀波利本志静序的真伪、尊胜陀罗尼经诸本的成立分期、尊胜陀罗尼的分类、敦煌本尊胜陀罗尼经相关文本的录文解说等方面进行了深入研究。^④

就敦煌遗书中《佛顶尊胜陀罗尼经》及相关文献研究而言，早年

---

① 〔日〕佐佐木大樹：《尊勝陀羅尼分類考》，载《大正大學綜合佛教研究所年報》29，2007年，第130—131页。

② 尤李：《房山石经〈佛顶尊胜陀罗尼经〉及其相关问题考论》，载《暨南学报》（哲学社会科学版）2009年第2期。该版本已被收入中华电子佛典协会CBETA（2016）中，编号为F1062。

③ 〔日〕干瀉龍祥：《佛頂尊勝陀羅尼諸傳の研究》，载《密教研究》第69號，1939年，第34—72页。魏郭辉：《佛陀波利译佛顶尊胜陀罗尼经〉相关问题考释》，载《敦煌学辑刊》，2007年第4期。李杨：《佛顶尊胜陀罗尼经〉西夏文诸本的比较研究》，中国社会科学院研究生院硕士学位论文，2011年。李淑：《新见圣历二年〈佛顶尊胜陀罗尼经〉幢的文献价值》，载《文献》2017年第5期。李淑的文章认为圣历二年尊胜经幢上的《佛顶尊胜陀罗尼经》是佛陀波利译本的别本，但正如本文所述，敦煌遗书中署佛陀波利译，然与藏经本不同的文本有数种，笔者认为没有直接证据支持该论点。

④ 〔日〕佐佐木大樹：《仏頂尊勝陀羅尼の研究—漢譯諸本の成立をめぐって—》，载《韓國仏教學SEMINAR》10，2005年，第134—152页。《尊勝陀羅尼分類考》，载《大正大學綜合佛教研究所年報》29，2007年，第129—156页。《尊勝陀羅尼成立考》，载《真言密教と日本文化》，2007年，第235—264页。《仏頂尊勝陀羅尼の研究—特に仏陀波利の取經傳說を中心として—》，载《大正大學大學院研究論集》33，2010年，第280—292页。《敦煌本「仏頂尊勝陀羅尼」の研究—翻刻と解說—》，载《智山學報》61，2012年，第89—129页。

藤枝晃曾对英藏《佛顶尊胜陀罗尼》进行了整理和研究，他指出英藏中有三十六号《佛顶尊胜陀罗尼》，并根据陀罗尼中的句切、夹注等不同分作八种类型。他还指出斯00288号在陀罗尼音译字旁边注义，是比较特别的一号。① 三崎良周初步讨论了敦煌遗书中《佛顶尊胜陀罗尼经》及咒语等的形态，检出了斯04378号《佛顶尊胜加句灵验陀罗尼启请》及咒语写于南方的江陵府，后来流通到了敦煌。② 近年来，日本国际佛教学大学院大学又将敦煌遗书中《佛顶尊胜陀罗尼经》及其咒语的单行本与《大正藏》相比对，列出了起止。同时也列出了与藏经本《佛顶尊胜陀罗尼经》及咒语相异的藏外文献，共检出230号左右文献，工作极其细致。③ 可见《佛顶尊胜陀罗尼经》相关文献存有多号，情况相当复杂。

上文提及，藤枝晃在对英国图书馆藏敦煌遗书进行研究的时候，曾注意到斯00288这一残缺的咒语注义本，认为其有惹人注目的价值。④ 关于佛顶尊胜陀罗尼的注义本，《大正藏》中有法崇进述《佛顶尊胜陀罗尼经教迹义记》（T1803）、日本东寺藏古写本《佛顶尊胜陀罗尼》（T0974B）、日本续藏经中署为不空译的《佛顶尊胜陀罗尼注义》（T0974D）。其中后两者为日本写本，而《佛顶尊胜陀罗尼教迹义记》为唐代千福寺沙门法崇所述，由于是唐人所述，向为世人所重。藏经之外，日本空海所请三十贴策子中，第二十三帖中有佛顶尊胜陀罗尼的音译和尊胜释（注义），该注义本与法崇本差异较大，有的学者怀疑该注

---

① 〔日〕藤枝晃：《スタイン蒐集中の「仏頂尊勝陀羅尼」》，载《神田博士還暦記念書誌學論集》，1957年，第403—421页。

② 〔日〕三崎良周：《佛頂尊勝陀羅尼經と諸星母陀羅尼經》，载《敦煌講座：敦煌と中國佛教》，東京：大東出版社，1984年，第115—129页。

③ 《大正藏·敦煌出土佛典对照目录》（暂定第3版），东京：国际佛教学大学院大学附属图书馆，2015年，第192—194页，第305—306页。

④ 〔日〕藤枝晃：《スタイン蒐集中の「仏頂尊勝陀羅尼」》，载《神田博士還暦記念書誌學論集》，1957年，第412页。

义本并非空海所撰。① 近人张水淇对尊胜咒进行了释义，② 当代学者林光明对法崇本尊胜咒进行了梵文重建和逐字释义。③ 最近张梦妍和刘震对云南大理梵文文献的释读研究中，用现代文对尊胜咒进行了翻译。④

通过尊胜陀罗尼注义是了解尊胜陀罗尼含义最直接的方式，笔者在敦煌遗书中搜检出了六号佛顶尊胜陀罗尼的注义本，除藤枝晃所举的斯00288 号之外，还有斯 03635 号、北敦 00255 号 2、北敦 00287 号、北敦03713 号 2、北敦 15000 号背 3 五号，除北敦 00287 号与北敦 15000 号背3 为归义军时期写本，斯 03635 号年代不明外，其他几号均为 7—8 世纪唐写本，时代约与法崇同时。虽然时间大致相同，但注义、分句与法崇本及诸家注义本均不相同，为历代佛教藏经失收，属于藏外佛教文献，非常值得重视。这几号敦煌遗书中对咒语的注义，除藤枝晃提到过一号外，尚未见学者加以讨论。根据咒语音译及注义的不同，笔者认为这六号注义本可分为两个系统，其中斯 00288 号、斯 03635 号、北敦 03713号 2、北敦 15000 号背 3 为系统一，北敦 00255 号 2、北敦 00287 号为系统二。本文在上述研究的基础上，尝试对这六号注义本两个系统进行初步整理研究。笔者希望通过这项工作，使我们更深切地了解中古时期敦煌地区的尊胜陀罗尼信仰及文化，也呼吁学者加强对相关文本的研究。

一、藏经中尊胜咒的注义本

关于咒语的"注义"，藏经中没有明确的定义。在中国佛教传统中，认为陀罗尼真言有密意，功用不测。一般而言，对陀罗尼、真言采取音译的方式，以保持神秘感。但在某些情况下，有些陀罗尼真言则用

① 〔日〕真保龍敞：《三十贴策子所见空海真蹟「注尊勝陀羅尼」"尊勝釋"攷》，载《智山學報》47，1998 年，第 77—126 页。

② 张水淇：《佛顶尊胜咒略考》，载《佛学月刊》1942 年第 10 期。载黄夏年主编《民国佛教期刊文献集成》第 95 册，全国图书馆文献缩微复制中心，2006 年，第 316—318 页。

③ 林光明编著：《汉传唐本尊胜咒研究》，台北：嘉丰出版社，2006 年初版，2016 年三刷。

④ 张梦妍、刘震：《云南大理梵文文献的释读与研究——以"至正四年追为亡人杨观音护神道碑"为例》，载《复旦学报》（社会科学版）2020 年第 3 期。

汉语对其进行了翻译，目的是使人了解陀罗尼真言的含义。对于这种文本的称呼，日本圆仁于839年著《日本国承和五年入唐求法目录》收有"《如意轮菩萨真言注义》一卷"和"《佛顶尊胜陀罗尼注义》一卷（大兴善寺不空三藏译）"①。圆仁公元840年著《慈觉大师在唐送进录》收有"《梵汉两字如意轮菩萨真言注义》一卷"和"《梵汉两字如意轮菩萨真言注义》一卷（不空三藏译）"②。圆仁于847年著《入唐新求圣教目录》收有"《如意轮菩萨真言注义》一卷（不空）"和"《佛顶尊胜陀罗尼注义》一卷（不空）"等③。日本续藏经中收录了署为不空所译的《佛顶尊胜陀罗尼注义》（T.0974D），经文内容为对历代藏经所收佛陀波利译本中咒语的汉文对照翻译。上述文体正是本文所要研究的对象，唐时人圆仁已将这种对咒语的翻译称之为"注义"。在此意义上，本文将这种对咒语的翻译文本称之为"注义本"，相应地，将对尊胜陀罗尼的汉文翻译文本称之为"尊胜陀罗尼注义本"。

日本续藏经中虽收录了署为不空所译的《佛顶尊胜陀罗尼注义》，由于底本不是唐抄本，我们还不能直接确定其就是不空译本。历代藏经中，收录了唐千福寺法崇的《佛顶尊胜陀罗尼经疏并释真言义》（T.1803），从经名看，是对《佛顶尊胜陀罗尼》的经疏包括对真言的释义。法崇说明了自己的行为：

> 崇才寡识浅，以管窥天。辄翻梵偈之文，以著唐言之释。其间微言密意功用不测，自古不翻。则非愚之所能述，敢不阙疑尔。④

所谓"辄翻梵偈之文，以著唐言之释"，是用唐言翻译梵偈，目的是使唐人易于理解咒语的意义。从法崇实际采取的著述文体看，法崇对尊胜陀罗尼的释义包括对真言的直接翻译，也包括对该含义的教理阐释，

---

① 《大正藏》第55册，第1074页，中。
② 《大正藏》第55册，第1076页，下。
③ 《大正藏》第55册，第1079页，中。
④ 《大正藏》第39册，第1028页，上。

文字内容较仅对真言进行翻译的"注义"丰富。虽然法崇采取了"释真言义"的称呼，但更多像是一个中性称名，笔者认为不如采用圆仁所载当时存在多号的"注义"。即便如此，由于可以确定法崇的"释真言义"为唐代所著，且署名为不空的注义本与其基本相同，因而本文在讨论敦煌遗书中的注义本时，参考的重要资料即为法崇的"释真言义"。

二、《思溪藏》佛陀波利本尊胜咒的注义本

前文提出斯 00288 号、斯 03635 号、北敦 03713 号 2、北敦 15000 号背 3 为系统一。系统一各写本的基本情况如下，斯 00288 号为佛陀波利本，首残尾脱；首七行为残存咒语，咒语与《大正藏》本不同①，而与《思溪藏》本相同，咒语有注义；方广锠先生条记目录判为 7—8 世纪的唐写本。

斯 03635 号为佛陀波利本，首残尾全，咒语与《思溪藏》本相同，咒语有注义。

北敦 03713 号 2 为佛陀波利本，首全尾全；咒语与《思溪藏》本相同，咒语有注义，方广锠条记目录判为 7—8 世纪的唐写本。前三号敦煌遗书咒语外的内容相同，斯 00288 号与北敦 03713 号 2 均为 7—8 世纪的唐写本。

北敦 15000 号背 3 纯粹为咒语，无经文，咒语大略相当于佛陀波利本，方广锠条记目录判为 9—10 世纪的归义军时期写本。该号为真言杂集，尊胜陀罗尼注义只是其中真言中的一道。

藏经中有法崇《佛顶尊胜陀罗尼经教迹义记》（T1803），为对尊胜咒的注义。根据圆照集《代宗朝赠司空大辨正广智三藏和上表制集》的记载，②千福寺法崇活跃在八世纪，则上述至少两号敦煌遗书与法崇本同时，互相比较，具有独特价值。

---

① 严格意义上，《大正藏》中的佛陀波利本（T0967）包括了高丽再雕本、宋本和明本，本文所称"《大正藏》本"仅指高丽再雕本。

② 不空于大历二年（767）上奏的《请抽化度寺万菩萨堂三长斋月念诵僧制一首》，中有"千福寺大德法崇"，见《大正藏》第 52 册，第 834 页，下。

在上述四号尊胜咒注义本中，斯00288号残存咒语较少，单独录文如下：

□……□提_{卅二}（一切有情身净清，一切皆□□），萨婆怛他揭多三摩娑湿婆娑阿地瑟耻帝□□（一切如来皆安护持），勃陀勃陀_{地耶反卅四}（佛佛），蒲驮耶蒲驮耶（觉者觉者），三漫多钵唎秫提_{卅五}（普皆清净），萨婆怛他揭多地瑟咤_引那阿地瑟耻帝（一切如来神力）娑婆诃_{卅六}（护持）。

斯00288号咒语与《大正藏》佛陀波利译本有较大差异，而与《思溪藏》本同，其咒语注义与斯03635号、北敦03713号2、北敦15000号背3①相同。为便于比较，也避文繁，笔者仅将斯03635号与法崇本的咒语及注义部分列表比较如下（表一）：

表一

斯03635号	《佛顶尊胜陀罗尼经教迹义记》（法崇本）
那谟薄迦跋帝_一（归命世尊），啼隶路迦_{吉耶反}钵啰底毗_上失瑟哆_{坼估反下同引}耶_{三(二)，余何反，下同引}（胜），勃陀_引耶_三（佛），薄伽跋帝_四（世尊）， 怛姪他_五（其名曰），唵_{引六}（吉），毗输驮耶_七（善净），三摩三摩三漫多缚婆娑_八（平等普照曜），娑發_{悉遍}_{普麟反}啰拏揭底伽诃_上（趣甚深）那娑_{引上}婆缚_{同上}毗秫_{输律反下同}提_九（一切皆清净）， 阿鼻诜_{去首引反下同}者（以灌），苏_上揭多伐折那_十（善誓说），阿蜜栗多_{甘露}毗晒_{所界鸡取罗声引}（授），阿_{引下同}诃_上啰阿诃啰_{十二}（食），阿_引瑜散陀罗尼_{十三}（能持），	曩谟婆誐缚帝（归命世尊），怛[口*赖]路枳也（三世）钵啰底尾始瑟吒野（最殊胜），没驮野婆誐缚帝（大觉世尊），【第一归敬尊德门】 怛你也他（所谓），唵（三身义，一切法不生，无见顶相），【第二章表法身门】 尾戌驮野（清净），娑么三满多缚婆娑（普遍照耀），娑颇罗拏（舒遍），誐底誐贺曩（其义甚深，六趣稠林），娑嚩婆嚩尾秫第（自然清净），【第三净除恶趣门】 阿鼻诜左轳（引灌顶我），素誐多（善逝），嚩囉嚩左曩（殊胜教），阿蜜嘌多鼻晒罽（甘露灌顶），阿贺罗阿贺罗（唯愿摄受唯愿摄受），阿愈散驮啰抳（坚住持寿命），【第四善明灌顶门】

续表

斯03635号	《佛顶尊胜陀罗尼经教迹义记》（法崇本）
输驮耶输驮耶^{十四}（净净），伽伽那毗秫提^{十五}（空中净），乌瑟尼沙毗逝耶毗秫提^{十六}（顶胜净），娑诃娑啰喝啰湿弭（千光）珊珠地帝^{十七}（开悟），萨^{引，下同}婆怛他揭多地瑟咤^引那頦^{乌剌反}地瑟耻帝（一切如来神力之所护持）慕[口*任]丽^{十八}（印），跛折啰迦^引耶（金刚身）僧诃哆^上那秫提^{十九}（聚清净），萨婆伐啰拏毗秫提（一切所愿皆净）^廿， 钵啰底你伐啰多耶阿瑜秫提^{廿一}（复还寿净），萨末耶阿地瑟耻帝^{廿二}（及我皆护持），末你末你^{廿三}（心心）， 怛闼多部多俱胝钵唎秫提^{廿四}（真如实际皆净），毗萨普咤勃地秫提^{廿五}（明了智净胜胜），逝耶逝耶^{廿六}（殊胜），毗逝耶毗逝耶^{廿七}（殊胜），萨末啰（具戒）萨末啰（具戒） 勃陀（佛）阿地瑟耻多秫提^{廿八}（护惜净），跛折[口*犁]跛折啰揭鞞^{廿九}（金刚金刚藏），跛折蓝（金刚）婆嚩都^卅（所作），么么^{某甲}（我我）， 萨婆萨埵（一切有情）写迦耶毗秫提^{卅二}（身净清），萨婆揭底钵唎秫提^{卅三}（一切皆净），萨婆怛他揭多三摩娑湿婆娑阿地瑟耻帝^{廿三}（一切如来皆安护持），勃陀勃陀^{地系反卅四}（佛佛），蒲驮耶蒲驮耶（觉者觉者）三漫多钵唎秫提^{卅五}（普皆清净），萨婆怛他揭多地瑟咤^引那阿地瑟耻帝（一切如来神力）娑婆诃^{卅六}（护持）。	戍驮野戍驮野誐誐曩尾秫第（虚空清净），乌瑟抳洒（佛顶），尾惹野尾惹野秫弟（最胜清净），娑贺娑啰啰湿茗（千光明），散祖你帝（惊觉），萨嚩怛他誐多地瑟姹曩地瑟耻多（一切如来神力加持），母捺嘌（契印），嚩日啰迦野僧贺多曩尾秫弟（金刚钩锁身清净），萨嚩嚩啰拏尾秫弟（一切障清净），【第五神力加持门】 钵啰底颟祙多野阿欲秫弟（寿命皆得清净），三摩耶地瑟耻帝（誓愿加持），么抳么抳（世宝，法宝），【第六寿命增长门】 怛闼多部多句致跛哩秫弟（遍净，真实），尾娑普咤没地秫弟（显现智慧），惹野惹野尾惹野尾惹野（最胜最胜），娑么啰娑么啰（念持定慧相应），【第七定慧相应门】 萨嚩没驮地瑟耻多秫弟（一切诸佛加持清净），嚩日嘌（金刚），嚩日啰蘖陛（金刚藏），嚩日嘌婆嚩都（愿成如金刚），么么（是我之义，称名），【第八金刚供养门】 萨嚩萨怛嚩难左迦野尾秫弟（一切有情身得清净），萨嚩誐底跛哩秫弟（一切趣皆清净），萨嚩怛他誐多三么湿嚩娑地瑟耻帝（一切如来安慰令得加持），没地野没地野（所觉所觉），冒驮野冒驮野（能令觉悟），三满多跛哩秫弟（普遍清净），萨嚩怛他誐多地瑟姹曩地瑟耻多（一切如来神力所持），摩诃母捺嘌（大印），【第九普证清净门】 娑嚩贺（密句不译，吉祥句）。【第十成就涅槃门】

说明：法崇本将尊胜咒分为第一归敬尊德门等十门，表格中将法崇本按照这一分法分段。斯03635号大体按照这一分法分段。

通过表一的相互比较，可得出几点认识：

第一，系统一咒语音译与注义几乎完全一致，[1] 分句也完全一致，这说明三者有一个共同"祖本"，该本在敦煌地区较为流行，成为写经的范本。可供参照的如北敦03736号音译和分句与上述三号完全相同。至于这一范本是否在唐代全国范围流行，笔者尚没有找到相关证据。

第二，系统一及北敦03736号分句均为三十六句。法崇本只有十门科判，没有分句。上述四号与法崇本相比较，有些地方的分句窜入了不同的科门。如斯03635号、北敦03713号2的第二十八句窜入了"第七定慧相应门"和"第八金刚供养门"；第三十一句窜入了"第八金刚供养门"和"第九普证清净门"。个中缘由，笔者还无法给出解释。

第三，斯03635号、北敦03713号2中的"末你末你"注义为"心心"，而法崇本则为"世宝、法宝"。"摩尼"确为珍宝义，林光明和八田幸雄的还原及翻译均为"珍宝"[2]，引申为"世宝、法宝"。系统一注义为"心心"的原因有待研究。

第四，北敦15000背3中的"尊胜陀罗尼注义"属于该号文献"真言杂集（拟）"的一部分。与本系统其它三号文献相比，它被单独抄出，而不是位于《佛顶尊胜陀罗尼经》中，这说明北敦15000背3中的"尊胜陀罗尼注义"已经被用于专门学习或单独使用，由于陀罗尼有注义，显然比单独的陀罗尼音译易于理解。

第五，从整体来看，虽然系统一与法崇本在咒语音译和注义方面有不同之处，就注义而言大部分相同或相似。

上述几点说明《思溪藏》佛陀波利译《佛顶尊胜陀罗尼经》中的注义本极有可能有一个范本，或曾作为敦煌地区佛教教学的材料。加上考虑到敦煌遗书中的《思溪藏》佛陀波利译《佛顶尊胜陀罗尼经》及

---

① 北敦3713号2与斯03635号相比，在相当于法崇本的第三门处有两字漏抄。除此之外，相当于法崇本的第八门处，北敦3713号2作"萨婆勃陀"，斯03635号则作"勃陀"，其他没有区别。

② 林光明编著：《汉传唐本尊胜陀罗尼研究》，台北：嘉丰出版社，2006年，第133页。〔日〕八田幸雄：《真言事典》，东京：平河出版社，1985年初版，2000年第五刷，第244—245页。

相应尊胜咒单行本占据了绝大部分，我们有理由相信《思溪藏》佛陀波利本《佛顶尊胜陀罗尼经》及咒语单行本是敦煌流行的写本系统。

至于法崇本中的咒语，即《大正藏》本所谓佛陀波利本所载的咒语（T0967），该咒语被日本东寺藏古写本《佛顶尊胜陀罗尼》（T0974B）①、及日本续藏经《佛顶尊胜陀罗尼注义》（T0974D）所承袭。在敦煌遗书中，三崎良周在敦煌遗书中搜检出了一部斯04378号背2，其中《佛顶尊胜加句灵验陀罗尼》署为佛陀波利译，咒语相当于《大正藏》中的佛陀波利本（T0967）。该本由比丘惠銮在江陵府大悲寺所写，内容为《大悲启请》、《佛顶尊胜加句灵验陀罗尼启请》及《佛顶尊胜加句灵验陀罗尼》。②除此之外，笔者搜检出了北敦02566号4、上博48号9基本与其相同。该系统尊胜咒能由南方的江陵府传至西北的敦煌，说明该本也在全国一定范围内流通，只是不如《思溪藏》佛陀波利译本普遍。

三、藏外尊胜咒的注义本

接下来来看系统二的情况，该本是一种不同系统一，也不同于法崇本的一种尊胜咒注义本，目前笔者搜检出两号，分别为北敦00255号2和北敦00287号。北敦00255号2署为佛陀波利本，首残尾脱；咒语与《大正藏》本以及《思溪藏》本均差别甚大，咒语有注义；方广锠条记目录判为7—8世纪的唐写本。

北敦00287号为佛陀波利本，首尾均残；咒语与《大正藏》本以及《思溪藏》本均差别甚大，咒语有注义；方广锠条记目录判为9—10世纪归义军时期写本。

北敦00255号2和北敦00287号极为接近，为避文繁，下面仅将北敦00255号2录文如下③：

---

① 据写本末尾所记，该咒语在法崇本咒语基础上加了七佛及观音梵号。

② 〔日〕三崎良周：《佛頂尊勝陀羅尼經と諸星母陀羅尼經》，载《敦煌講座：敦煌と中國佛教》，東京：大東出版社，1984年，第118页。

③ 两号如有明显不同之处，随文加注释说明。录文分科大体按照法崇本。

南无阿二合喇那怛罗夜耶（礼三宝），南无婆伽婆帝（破一切恶魔），帝隶路［勾/人］（三世界），波喇帝弥失瑟咤耶（到宝，遍满三界，还至本处，过去亦还知），婆伽拔帝（破一切恶魔），

怛［口*姪］地夜他（广大），唵（过），

毗戌驮耶毗戌驮驮（洗诸尘垢，是云一切诸恶），娑漫娑漫多（三世界，总到），嘈摩诃娑去声（还至本处），悉破啰停［草—早/娑］帝（诸处尽去），伽伽那娑嘈婆婆毗戌帝（云洗一切众生罪业尽），

阿鼻申去声左度漫（罪业总尽），诉［口*揭］哆（到佛住处），袜啰袜楼那（受得佛语），阿蜜栗多毗洒界（大大好），阿引诃啰阿诃啰（急行），阿庚散驮啰宁（救度一切众生）。

戌驮耶戌驮耶（洗诸尘垢，云一切罪业），伽伽那毗戌帝（洗除尘垢，清净），乌瑟尼沙毗磋夜（此是咒名），波哩戌帝（一切恶病洗尽），娑诃娑啰喇瑟铭（放大光明遍），散祖［口*姪］帝（光遍照诸处），娑婆怛他蘖哆（一切诸佛），地瑟咤那案地瑟耻多（一切诸佛尽知），摩诃慕帝喇（结印），跋左啰（杵）个引夜（金刚身），僧诃多那戌帝（得三宝位），娑（一切）婆嘈（罪业罪障）啰那毗戌帝（一切洗净）。

波（一切）啰（众生苦难处到）帝你伐驮夜引庚（长命）毗戌帝（一切洗净），娑（我）漫夜地瑟耻帝（知），摩你摩你（我），摩摩你（上我）。

怛［口*姪］他（如计），部驮俱计（十万佛说），波喇戌帝微悉浦咤（无有不洗处），勃驮毗戌帝（佛清净说咒），磋耶①微磋耶②微磋耶（未得佛位），悉摩啰悉摩啰（常忆念）。

萨婆勃驮（一切诸佛），地瑟耻多（一切佛知），戌帝（清净），跋楼隶跋楼隶（金刚杵），跋楼啰蘖（心），陛（心中有金

---

① "磋耶"，北敦00287号后有注义"罪业灭"。
② "微磋耶"，北敦00287号前有"磋耶"。

刚杵），跋楼［口＊蓝］婆万都（得金刚身），摩摩舍唎［口＊
蓝］个引夜（弟子某乙兼一切众生身），波哩戍帝摩摩都（得清净
身），娑满多（莫生疑），娑婆［草—早/娑］帝（一切恶清净），
波唎戍帝（一切众生尽得清净），娑婆怛他［（蘗—木）/女］哆
（一切如来），娑摩湿嚩婆（三世界清净），羝瑟耻帝（一切佛知），
萨嚩怛他［（蘗—木）/女］多（一切如来），漫娑摩湿婆娑延都
（一切佛尽得），慕户二合駃夜暮户駃夜（菩萨），毗部駃夜毗部駃
（未成菩萨），娑漫多（一切），波哩戍帝（清净），娑嚩怛多
［（蘗—木）/女］哆（一切如来知），地瑟咤那地瑟耻帝［口＊
伦］地夜（一切佛心地咒），摩诃慕帝唎娑婆诃（成就）。

系统二中的咒语音译与《大正藏》内诸尊胜咒均不相同，但咒语
本身处在署为佛陀波利译《佛顶尊胜陀罗尼经》中，无疑应为尊胜咒。
根据该号呈现出来的面貌，以及与系统一和法崇本的比较，可看到系统
二中的注义与系统一、法崇本有相同或相似之处，但差异较大之处也不
少，现举例说明如下：

第一，系统二无分句无分科，有极少量的音义和咒语读法，考虑到
这一形式有北敦00255号2和北敦00287号两号敦煌遗书存在，该咒语
及注义并非孤本，也排除了误记误写的可能性。

第二，系统二与系统一、法崇本相比，明显不同之处在于咒语音译
及注义，下面大体按照法崇本的分科对咒语注义不同之处加以说明。

第一门中，"南无婆伽婆帝"注义为"破一切恶魔"，这和系统一、
法崇本相应之处作"归命世尊"有较大差别。"波唎帝弥失瑟咤耶"注
义为"到宝，遍满三界，还至本处，过去亦还知"，和系统一、法崇本
相应之处作"最殊胜"差别亦较大。

第二门中，"唵"注义为"过"，和系统一、法崇本相应之处差别
亦大，"唵"作为咒语的起始句，注义为"过"颇难理解。

第四门中，系统二"阿蜜栗多毗洒界"注义为"大大好"，系统一
作"甘露授"，法崇本作"甘露灌顶"，差别较大。

第五门中，系统二"乌瑟尼沙毗磋夜"注义为"此是咒名"，系统一作"顶胜"，法崇本作"佛顶最胜清净"，实际上系统一和法崇本是真正的"注义"，系统二则是告诉我们本咒的咒名"佛顶尊胜"来自于此，没有真正地去"注义"。系统二"散祖［口＊姪］帝"注义为"光遍照诸处"，系统一相应处"开悟"与法崇本"惊觉"义同，两者相差较大。系统二"僧诃多那戌帝"注义为"得三宝位"，系统一相应之处作"聚清净"，法崇本相应之处作"身清净"，系统一与法崇本注义相近，系统二则似是从引申义而言。

第六门中，系统二中的"摩你摩你，摩摩你"较系统一、法崇本多了"摩摩你"，"摩你摩你"注义为"我"与系统一、法崇本均不同，笔者猜测注义为"我"可能是与咒语下面的"摩摩"意涵混淆了。

第七门中，系统二中"磋耶微磋耶微磋耶"注义为"未得佛位"，相应之处系统一作"殊胜殊胜"，法崇本作"最胜最胜"，系统一和法崇本义同，系统二作"未得佛位"则是从修行阶次上着眼说明。

第九门中，系统二"慕户驮夜暮户驮夜"注义为"菩萨"，相应之处系统一为"佛佛"，法崇本为"所觉所觉"。系统二"毗部驮夜毗部驮夜"注义为"未成菩萨"，相应之处系统一为"觉者觉者"，法崇本为"能令觉悟"。系统二的"菩萨"与系统一的"佛"差异极大。林光明认为"冒驮野冒驮野"（bodhaya）是使役用法的第二人称，命令形，意思为"使觉悟吧！令觉醒吧"。[1] 如此，则系统二的"未成菩萨"是使役命令的对象，在一定意义上可以说通。系统二"地瑟咤那地瑟耻帝［口＊仡］地夜"注义为"一切佛心地咒"[2]，相应之处系统一为"神力"，法崇本为"神力所持"。系统二与系统一、法崇本差异较大。

如上所举均为系统二与系统一、法崇本注义差别较大者，这些差别

① 林光明编著：《汉传唐本尊胜咒研究》，台北：嘉丰出版社，2006年版，第145页。

② 张梦妍、刘震：《云南大理梵文文献的释读与研究——以"至正四年追为亡人杨观音护神道碑"为例》一文中，此处现代文翻译作"受一切如来的心加持安住的事物啊"（载《复旦学报》（社会科学版）2020年第3期，第98页）。这种翻译和"一切佛心地咒"似有相近之处，有待进一步研究。

有的似能说通，有的颇难理解。除此之外，亦有笔者未举而与系统一、法崇本有较大差别的地方。如前文所述，系统一注义虽与法崇本有差异之处，但是大体相同。而系统二与系统一、法崇本相比，注义有较大差异且咒语音译不同。一般而言，咒语的音译字不同是正常现象，但意译（注义）应该基本一致，系统二的尊胜陀罗尼注义本的出现给我们提出了问题，出现这种现象的原因是什么呢？笔者考察过北敦00255号2和北敦00287号的经文（咒语之外部分），与藏经本佛陀波利基本一致，看来和经文本身无关，而应与某一种注义的文本传统有关。上文提及，系统一中的北敦15000号背3为纯咒语注义，系统二的文本则都在经文中，似可说明系统二的注义不如系统一形成了独立的文本，流通也没有系统一广。至于该系统出现的确切原因和相应的注义文本解释，笔者目前还没有答案。

众所周知，尊胜陀罗尼信仰在中国一直很流行。系统二尊胜陀罗尼注义的出现无疑也是容易让人理解，该系统与其他系统有如此大范围的不同，说明系统二是一个独特的写本系统，值得从翻译学及语言学角度进一步研究。如此，则能丰富我们对尊胜陀罗尼及相关信仰的认知。

四、结语

一般而言，陀罗尼注义的出现是让人易于理解咒语含义。本文结合藏经中尊胜陀罗尼的注义，讨论了敦煌遗书中保存的藏外佛教文献"佛顶尊胜陀罗尼"注义本，考察表明藏外尊胜陀罗尼注义有两个系统，该批文献之前未见学者专门研究。

藏经之中，《佛顶尊胜陀罗尼经》及相关文献就有诸多译本，敦煌遗书中该经及其相关文献的情况更加复杂，在经文散文部分、咒语音译、咒语注义、咒语分句、咒语读法、经文仪轨等方面都有藏外文献存在。藏经中，唐代法崇对尊胜咒的科判及注义影响较大。本文从敦煌遗书中搜检出了六号尊胜咒的注义本，六号敦煌遗书的抄写时代基本与法崇本同时，但其咒语音译和注义均与法崇本不同，非常值得重视。本文按照咒语音译及注义的相同与否，将六号中的斯00288号、斯03635

号、北敦 03713 号 2、北敦 15000 号背 3 称为系统一，将北敦 00255 号 2
和北敦 00287 号称为系统二，进行了初步录文整理研究。

检索发现，法崇本中的咒语和注义在藏经当中影响较大，在敦煌遗
书中虽存有法崇本中的相关咒语，但咒语数量极少，也无注义本。

敦煌遗书中，保存最多的是《思溪藏》本咒语，该咒语的注义本
有四号，本文称之为系统一。系统一与法崇本在咒语音译、注义和分科
方面虽有些许差别，但总体而言注义基本相同。

系统二的咒语为不同于藏经及系统一的为藏外文献，系统二与系统
一及法崇本注义差别较大，也与现当代诸家的翻译有所不同，有的颇难
理解。该系统文本为尊胜陀罗尼信仰的新材料，也为尊胜陀罗尼的翻译
史和语言学研究提供了素材，具有较大的研究价值。

总体而言，系统一与系统二中的尊胜咒注义本是不同于法崇本的注
义本，这两个系统的注义本曾在敦煌地区流通。本文将这些文献进行了
录文和初步研究，观察到系统一和系统二与法崇本均有相异之处，特别
是系统二差异较大，非常值得研究。笔者没有足够的语言学能力对上述
两个系统进行全面的探讨，本文在此仅是提出了问题。鉴于佛顶尊胜陀
罗尼信仰在中国古代社会的流行程度，而尊胜咒注义本无疑是了解尊胜
咒及尊胜陀罗尼信仰最直接的方式。尊胜陀罗尼注义异本的出现能丰富
我们对尊胜陀罗尼意涵的既有认知，在此意义上，笔者呼吁学者们对上
述尊胜咒注义本加强研究。

《佛说解百生怨家陀罗尼经》咒语研究

曾丽珍

（福建师范大学文学院）

摘要：《佛说解百生怨家陀罗尼经》作为一部疑伪经，在唐宋之后的民间具有广泛的信仰基础，而经文在传播和使用过程中又衍生出多个版本。目前发现有敦煌写本、西夏文本、《嘉兴藏》本和神德寺塔出土文献四种，神德寺塔出土文献又可根据咒语的不同分为两个系统。五个版本中四种咒语的大部分内容都可见于盛唐时期所译密典，通过追溯这些咒语来源，可以推断此经在唐开元十二年至唐末一段时间内产生。此经由于具有很强的现实针对性，迎合民众为亡者解除人世恩怨的功能诉求，且经中大力宣扬陀罗尼的功力，因而经内解冤咒语在后世频繁运用于各种荐亡仪式。

关键词：《解百生怨家陀罗尼经》；解冤；咒语；荐亡

我国现代著名佛学家范古农曾于《佛学半月刊》辟"佛学问答"专栏，解答各方学佛者来问，后被辑为《古农佛学答问》一书，是书记载了这样一则问答：

> 问：有居士口传避兵咒，曰："唵，诃达喇耶，婆诃"。谓诵之能避枪弹。又传解冤咒曰："唵，三多曜，佉多，婆诃"。谓诵之能解前世冤仇。此咒是否真确？出自何经？如不真确，请另开示。
>
> 答：咒语似真，然未知其出处。如有疑，欲另出他咒者，可持

六字大明，即"唵嘛呢叭咪吽"。①

范古农先生精研佛学，对佛教教义多有阐发，是我国近现代佛学权威之一，他未能答出这两则咒语出处，并非是学识不够广博，而是因为这一避兵咒与解冤咒只在民间口传，当时未见任何传世佛经文献记载。就后一则解冤咒"唵，三多囉，佉多，婆诃"而言，实出自一种疑伪经《佛说解百生怨家陀罗尼经》中。由于该经未被历代经录记载，因而较少为学人所关注，加上该经在流传过程中产生了多种版本，经中咒语几经变化，"唵，三多囉，佉多"只是其中一种版本的解冤咒，无怪乎范古农先生不知其出自何经。

《解百生怨家陀罗尼经》篇幅短小，只有区区两百余字，比一向被视为佛经中文字最少的《摩诃般若波罗蜜多心经》还要简短，但也三分具足，形态完整。并且这部经具有很强的现实针对性，宣称能解除纠缠在亡者身上的矛盾怨结，迎合民众追荐亡人的功能诉求。对于生者而言，也能免除灾祸，享受福祉。所以，此经产生以后，频繁运用于各种荐亡仪式，流传范围颇广，影响甚大。明清之际还收入私版大藏经《嘉兴藏》之《诸经日诵集要》中，成为寺庙日常念诵的重要佛典。因此，有必要全面探究此经的产生发展过程和在日常生活中扮演的角色，以把握其作为一部本土编撰的佛典所反映的民众现实诉求。

然而，目前学界对《解百生怨家陀罗尼经》的认识还不够充分。直至上世纪在敦煌藏经洞发现数量不少的《佛说解百生怨家陀罗尼经》写本，此经才作为敦煌遗书的一部分进入学人视野。日本学者矢吹庆辉《鸣沙余韵·解说篇》最早将《解百生怨家陀罗尼经》作为敦煌疑伪经予以著录。② 1976 年，牧田谛亮《疑经研究》一书不仅著录 13 号《解百生怨家陀罗尼经》敦煌遗书，还指出该经是六朝晚期在末法思想流行

---

① 范古农著；农汉才、余晋点校：《古农佛学答问》，合肥：黄山书社，2006 年，第 248 页。
② 〔日〕矢吹庆辉：《鸣沙余韵·解说篇》，东京：岩波书店，1933 年，第 313—314 页。

之后，假托佛说而在民间流布的伪经。① 此后，虽然疑伪经研究成为国际佛学的一大热点，但未出现对敦煌写本《解百生怨家陀罗尼经》的专门探讨。2010 年，段玉泉对甘肃武威亥母洞出土的两件《佛说百寿怨结解陀罗尼经》残卷进行缀合、录文，并参考《嘉兴藏》所收《佛说解百生冤结陀罗尼经》将其汉译。② 2012 年，胡进杉《武威市博物馆藏西夏文〈佛说百寿怨结解陀罗尼经〉及其残页考述》也对上述残卷进行了缀合和更为详细的译释，认为该经是伪造者节取帛尸梨蜜多罗《佛说灌顶拔除过罪生死得度经》译本，假说普光菩萨之名，配上念诵、持诵功德字句而成。③ 两位学者在对西夏文《佛说百寿怨结解陀罗尼经》进行考释时都注意比较其与《嘉兴藏》所收汉文本《佛说解百生冤结陀罗尼经》的异同，却完全忽略了敦煌遗书和 2004 年陕西神德寺塔出土的一批佛经文献中尚各自保存了二十余号该经写卷及刻本。几种《解百生怨家陀罗尼经》在经文和咒语上存在差异，比如《古农佛学答问》所载解冤咒就只出现于陕西神德寺塔出土的《解百生怨家陀罗尼经》中。

本文拟充分利用现存经本及相关文献，介绍这部经的现存文本情况。通过对不同版本解冤咒语的分析，追溯这些咒语的来源并以此推断该经产生的时间，进一步探究其在后世荐亡法事中的具体应用。

一、《解百生怨家陀罗尼经》存本情况

目前发现的《解百生怨家陀罗尼经》主要有四：一为敦煌遗书中保存的 27 号写卷，其中 20 号为完整写卷，3 号残卷，3 号护首，1 号不

---

① 〔日〕牧田谛亮：《疑经研究》，京都：京都大学人文科学研究所，1976 年，第 34—39 页。

② 段玉泉：《甘藏西夏文〈佛说解百生冤结陀罗尼经〉考释》，载《西夏研究》2010 年第 4 期。

③ 胡进杉：《武威市博物馆藏西夏文〈佛说百寿怨结解陀罗尼经〉及其残页考述》，载《宁夏社会科学》2012 年第 1 期。

明。① 二为《嘉兴藏》卷十九《诸经日诵集要》"经类"第八部所列《解百生冤结陀罗尼经》。三为武威市博物馆藏西夏文《佛说百寿怨结解陀罗尼经》，图版收录于《中国藏西夏文献》，题名为《佛说百寿怨结解陀罗尼经》，编号：G31.018、G31.020。此两号残卷原属同一纸文献，后断裂为二，可以缀合成一部完整的经文。四为陕西神德寺塔2004年出土的21号《佛说解百怨家陀罗尼经》，其中既有刻本，也有写本，Y0006号为完整写卷，余皆残缺，根据尾题前有无咒语又可分为两个系统。现将五种经本列表如下：

敦煌本②	神德寺塔系统一③	神德寺塔系统二④	西夏译本⑤	《嘉兴藏》本⑥
佛说解百生怨家陀罗尼经	佛说解百生冤家陀罗 尼经	佛说解百怨家陀罗尼经	佛说解百生冤结陀罗尼经	佛说解百生冤结陀罗尼经
唵，啊啊唔恶。	唵，啊啊唔恶。	唵，啊啊唔恶。	唵，阿阿暗恶。	
闻如是： 一时，佛在毗耶离城音乐树下，有八千比丘众俱。	闻如是： 一时佛在毗耶离城 音乐 树下，与八千比丘众俱。	闻如是： 一时佛在毗耶离城音乐树下，与八千比丘众俱。	闻如是： 一时，佛在毗耶离城音乐树下，与八千比丘众俱。	闻如是： 一时，佛在毗耶离城音乐树下，与八千比丘众俱。

---

① 敦煌遗书中 BD00693（2）、BD08590（2）、BD13668、BD14171、BD14840（AB）、P.2169、P.3824（3）、P.3932（5）、P.6039（E）、Дx.00926、Дx.02675、Дx.03000（1）、Дx.04953、S.02900、S.04223、S.04271、S.04431、S.05235、S.05531（2）、S.05677（4）、北大 D137V、上图 053、敦博 039、王洋老 15 等 20 号首尾俱全，BD14840（AB）、Дx.02675 号首全尾残，俄藏 02675 号首残尾全，BD12838、Дx.05334、S.06195 为护首，另有首博 32.577 号笔者未见，不明残缺与否。

② 此据 S.2900 号录文。

③ 此据神德寺塔出土 Y0142 号录文，属本系统的还有 Y0032、Y0069、Y0071、Y0107、Y0119 等 5 号。

④ 此据神德寺塔出土完整写卷 Y0006 号录文，属本系统的还有 Y0022、Y0037-1、Y0048-1、Y0051、Y0056、Y0062、Y0117、Y0144-1、Y0144-2、Y0172-2、Y0196、Y0217、Y0237-2、Y0242-1 等 14 号，凡不存尾题前咒语的残卷皆归入此系统。

⑤ 此译文转引自段玉泉：《甘藏西夏文〈佛说解百生冤结陀罗尼经〉考释》，载《西夏研究》2010 年第 4 期。

⑥ 《明版嘉兴大藏经》第 19 册，台北：新文丰出版有限公司，1987 年，第 142 页。

时有一菩萨,名曰普光菩萨摩诃萨,众所知识。说往昔因缘:未来世中,末法众生,多<u>造罪苦</u>,<u>结怨雠已</u>,世世皆须相遇。若有善男子、善女人,闻是陀罗尼,七日七夜,<u>结净斋戒</u>。日日清朝,念此普光菩萨摩诃萨名号,及念此陀罗尼一百八遍。七日满足,尽得<u>消灭</u>,怨家不相遇会。	时有一菩萨,名曰普光菩萨摩诃萨,众所知识。说往昔因缘:未来世中,末法众生,多造罪苦,结冤雠已,世世皆须相遇。若有善男子、善女人闻是陀罗尼,七日七夜,<u>结净斋戒</u>。日日清朝,念此普光菩萨名号及念此陀罗尼一百八遍。<u>七日满,尽得<u>消灭</u>,冤家不相遇会</u>。	时有一菩萨,名曰普光菩萨摩诃萨,众所知识。说往昔因缘:未来世中,末法众生,多造罪苦,结冤雠<u>以</u>,世世<u>生</u>皆须相遇。若有善男子、善女人闻是陀罗尼,七日七夜,<u>结净斋戒</u>。日日清朝,念此普光菩萨名号及念此陀罗尼一百八遍。七日满足,尽得消灭,怨家不相遇会。	时有一菩萨,名曰普光菩萨摩诃萨,众皆知识。说往昔因缘:未来世中,末法众生,多为罪苦,结冤雠已,世世皆须相遇。若有善男子、善女人,闻<u>此</u>陀罗尼,七日七夜,<u>洁净斋戒</u>。日日清朝,念此普光菩萨摩诃萨名号及念此陀罗尼百八遍。七日足则罪消灭,世世冤家不相遇。	时有一菩萨,名曰普光菩萨摩诃萨,众所知识。说往昔因缘:未来世中,末法众生,多<u>雠</u>罪苦,结冤雠已,世世皆须相遇。若有善男子、善女人,闻是陀罗尼,七日七夜,<u>洁净斋戒</u>。日日清朝,念此普光菩萨摩诃萨名号,及念此陀罗尼一百八遍。<u>七日满足,尽得消灭,冤家不相遇会</u>。
<u>佛说是语时</u>,四众人民悉皆欢喜,受教奉行。	佛说是经时,四众咸悉欢喜,受教奉行。	佛说是经时,四众咸悉欢喜,受教奉行。	佛是语说,时四众人民、天龙八部,咸悉欢喜,受教奉行。	佛说是语时,四众人名、天龙八部,咸悉欢喜,受教奉行。
唵,阿恶伊恶,萨婆诃。	唵,三多罗法多。			唵,齿临。金咤金咤僧金咤,吾今为汝解金咤,终不与汝结金咤。唵,强中强,吉中吉,波罗会里有殊利,一切冤家离我身,摩诃般若波罗蜜。
《佛说解百生怨家经》一卷	《佛说解百生怨家经》一卷	《佛说解百怨家经》一卷	《佛说解百生冤结陀罗尼经》终	《佛说解百生冤结陀罗尼经》

上表框内为残缺文字，据神德寺塔出土的其他卷子补全；划线部分，是五种经文的相异之处。将五种版本加以对照，有如下不同：

1. 经名稍有不同。敦煌本统一作《佛说解百生怨家陀罗尼经》，神德寺塔出土文献此类经大部分作《佛说解百生冤家陀罗尼经》，还有作《佛说解百生怨家陀罗尼经》，或《佛说解百生冤家经》，或《佛说解百生陀罗尼经》等。"冤""怨"可通用，如《历代三宝纪》《法经录》等经录所载《未生怨经》，在《高丽藏》《频伽藏》和《大正藏》本中又作《未生冤经》，二者之名当无异意。"怨（冤）家"与《嘉兴藏》本和西夏本之"冤结"则有所差别。

2. 咒语差异较大。敦煌遗书、神德寺塔出土文献和西夏本首题后皆有咒语，惟《嘉兴藏》本无。神德寺塔出土系统二和西夏本尾题前无咒语，敦煌遗书、神德寺塔出土系统一和《嘉兴藏》本尾题前有咒语，三者内容却大异。敦煌本和神德寺塔出土系统一的咒语较为简单，只有寥寥数字，而《嘉兴藏》本的咒语内容更为丰富，且是偈颂形式。不同咒语的意义及来源问题，将在下文详述。

3. 个别文字行文不同。如《嘉兴藏》本"洁净斋戒"，敦煌本和神德寺塔本作"结净斋戒"，"结"当为"洁"之借音字，要求斋须清洁。其他版本"怨（冤）家不相遇会"，西夏本作"世世冤家不相遇"，更加呼应前文"世世皆须相遇"。西夏本和《嘉兴藏》本流通分有"天龙八部"，敦煌本和神德寺塔本则无。胡进杉以本经说法场景与东晋帛尸梨蜜多罗译《佛说灌顶经》卷十一之《佛说灌顶拔除过罪生死得度经》"闻如是，一时佛游维耶离音乐树下，与八千比丘、众菩萨三万六千人俱"酷似，认为本经是伪造者节取帛尸梨蜜多罗的译本。① 笔者进一步发现，不只开头说法场景，本经结尾"佛说是语时，四众人名（天龙八部），咸悉欢喜，受教奉行"与《佛说灌顶经》卷十二之《佛说灌顶拔除过罪生死

---

① 胡进杉：《武威市博物馆藏西夏文〈佛说百寿怨结解陀罗尼经〉及其残页考述》，载《宁夏社会科学》2012 年第 1 期。

得度经》"佛说是经已，四众人民、天龙八部，闻佛所说，作礼奉行"①
也非常雷同，可以作为本经作者创作过程中参考《佛说灌顶经》的又一
力证。西夏本和《嘉兴藏》本"天龙八部"应是后来增添之语。

二、《解百生怨家陀罗尼经》咒语分析及产生时间蠡测

（一）咒语分析

现存几种经文主体部分基本一致，主要不同之处就在于首题后和尾
题前的咒语。检阅现存大藏经，发现这几种咒语大部分都能在盛唐时期
所译密典中找到对应或相近文字。

敦煌遗书、神德寺塔出土文献和西夏本首题后四字真言"啊啊
（阿阿）暗（暗）恶"最早出现于唐善无畏、一行译《大毘卢遮那成佛
神变加持经·悉地出现品》中：

> 尔时世尊复住三世无碍力，依如来加持不思议力，依庄严清净
> 藏三昧，实时世尊从三摩钵底中，出无尽界无尽语表。依法界力、
> 无等力、正等觉信解、以一音声四处流出、普遍一切法界、与虚空
> 等，无所不至。真言曰：
> 南么萨婆怛他（引），蘖帝（毘庚反）（一），微湿嚩（二合），
> 目契弊（毘也反）（二），萨婆他（三），阿阿（引）暗恶（四）。②

第十六《阿阇梨真实智品》又说："所谓阿字者，一切真言心，从
此遍流出，无量诸真言，一切戏论息。能生巧智慧。"③唐惟谨《大毘
卢遮那经阿阇梨真实智品中阿阇梨住阿字观门》在解释这一品时将这四

---

① （东晋）帛尸梨蜜多罗译：《佛说灌顶拔除过罪生死得度经》，《大正藏》第21册，第
532页中。
② （唐）善无畏、一行译：《大毘卢遮那成佛神变加持经》，《大正藏》第18册，第18页
中。
③ （唐）善无畏、一行译：《大毘卢遮那成佛神变加持经》，《大正藏》第18册，第38
页上。

字与梵文字母 a、ā、aṃ、aḥ对应起来，即阿（a）是根本字，阿（ā）
暗（aṃ）恶（aḥ）是第一个梵语字母 a 的三种音变。一行《大毘卢遮
那成佛经疏》亦释"恶（阿）"为"菩提心"，"阿"为"菩提行"，
"暗"为"证菩提义"，"恶"为"涅槃种子"，由"阿阿暗恶"能证大
觉位，这四字是"此一部经中正宗体也，一切秘藏皆从此生，即是毘卢
遮那佛心也"。① 这四字真言作为最根本的秘密法门，很早就被借用到
《解百生怨家陀罗尼经》中。

敦煌本尾题前咒语"阿恶伊恶"不见于其他经藏，可能对应梵文
字母 a、aḥ、i、aḥ，也可能是作者仿首题后咒语"阿阿暗恶"而编，
并无实义。

神德寺塔出土系统一尾题前咒语"三多罗法多"中"法多"，在后世
碑铭及仪式文本的"解冤结真言"中作"佉多"。此咒或与唐义净译《根
本说一切有部尼陀那目得迦》中"三钵罗佉多"同，经云："凡于众首为
上座者，所有供食置在众前，先令一人执持饮食，或先行盐在上座前曲
身恭敬，唱三钵罗佉多，未唱已来不得受食。当知此言有大威力，辄违
受食得恶作罪。"② "三钵罗佉多"是维那师在僧众受食前唱念的内容，梵
语为 Samprāgata，旧译作"时至""等供""僧跋"等。本义可能是斋时
已到，可以开始取食，意译为"时至""正至"等。依佛教制度，众比丘
在一处受供，应该平等布施供养，所以又译为"等供"。"僧跋"似是最
初音译，但后半部分 āgata 之音被省略，因此义净称"昔云僧跋者，讹
也"。③ 自义净开始译为"三钵罗佉多"，并以此为消解有毒食物的密语，
其注曰："三钵罗佉多，译为正至，或为时至，或是密语神咒，能除毒
故。"④ 这与外道婆罗门弟子室利笈多以毒食施供佛及僧众的故事有关，
佛虽知斋食有毒，但依然应允，只是让阿难告知众人要在唱"三钵罗佉
多"之后才能行食，唱完之后，饮食中的毒性都消除了。这一故事还见

---

① （唐）一行记：《大毘卢遮那成佛经疏》，《大正藏》第 39 册，第 649 页下。
② （唐）义净译：《根本说一切有部尼陀那目得迦》，《大正藏》第 24 册，第 445 页中。
③ （唐）义净译：《根本说一切有部尼陀那目得迦》，《大正藏》第 24 册，第 445 页中。
④ （唐）义净译：《根本说一切有部尼陀那目得迦》，《大正藏》第 24 册，第 445 页中。

于马鸣造、鸠摩罗什译《大庄严论经》和弗如多罗与鸠摩罗什共译的《十诵律》中，前者也记载食物毒性的消除有赖于唱"僧跋"，"在于上座前，而唱僧跋竟，众毒自消除，汝今尽可食"，① 后者则认为"以是实语故，毒皆得除"，② 与唱三钵啰佉多无关。③

《嘉兴藏》本咒语相对复杂，改为偈颂形式似是为了便于唱诵，应与此经在科仪中的应用有关。这种偈颂形式的咒语在其他佛经中虽无完全对应文本，但也可散见于一些佛经文献和灵验故事中。开首"唵，齿临"即为唐宝思惟译《大方广菩萨藏经中文殊师利根本一字陀罗尼经》中的"文殊师利根本一字咒"，该经记载此咒"能灭一切恶邪魍魉、诸鬼，是一切诸佛吉祥之法，亦能成就一切神咒。诵此咒者，能令众生起大慈心，能令众生起大悲心，一切障碍皆得消灭，所有诸愿皆得满足"。④ 其后"金咤金咤僧金咤，吾今为汝解金咤，终不与汝结金咤"一句，与金刚智译《药师如来观行仪轨法》中的"禁吒禁吒僧禁吒立合，⑤ 今于四方结禁咤，终不为汝解禁咤"⑥ 相似，另有敦煌遗书P. 3047V《秽积金刚法禁百变第二》"谨请五方龙王，禁咤僧禁咤，我今于此结禁处，终不于此解禁咤"，亦相类似，前者为奉请四天王结界时所念之咒，后者则是启请五方龙王结界之文。接着"强中强，吉中吉，摩诃般若波罗蜜"一句于宋以后的禅宗语录中经常出现，但《太平广记》载唐时牛肃所撰《纪闻》之牛腾故事中更早使用"吉中吉"密语。牛腾乃河东侯裴炎之甥，因裴炎忤武后一事受到牵连而被贬为牂牁建安丞，赴任前需辞见与裴炎素来不睦的中丞崔察，路上正担心被崔察构害，忽遇一人授予他神咒与手诀，后在崔察面前诵此神咒感得神人

---

① 〔印〕马鸣造；（后秦）鸠摩罗什译：《大庄严论经》，《大正藏》第4册，第332页中下。

② （后秦）弗如多罗、鸠摩罗什共译：《十诵律》，《大正藏》第23册，第464页下。

③ 关于对"三钵罗佉多"几种翻译的理解，承蒙杨祖荣老师赐教，特此致谢。

④ （唐）宝思惟译：《大方广菩萨藏经中文殊师利根本一字陀罗尼法》，《大正藏》第20册，第780页中。

⑤ "立合"二字，东寺三密藏古写本作"五"。

⑥ （唐）金刚智译：《药师如来观行仪轨法》，《大正藏》第19册，第29页上。

现身相救，得以躲过一劫，咒语即为"吉中吉，迦戌律，提中有律，陁阿婆迦呵"。① 在这则故事中，念诵咒语需得带犀角刀子，并配合手诀使用，才能达到逢凶化吉的效果，正是密教口诵神咒、手结契印之法。前面几句咒语大都或因袭或改编自佛教密典，并不承载解冤内涵，最后"一切冤家离我身，摩诃般若波罗蜜"一句则结合《解百生怨家陀罗尼经》的主题而编写，直接表达解除冤结、度脱到彼岸的主旨。

（二）产生时间

关于《解百生怨家陀罗尼经》的产生时间，目前学界并无多少讨论，比较有代表性的是日本学者牧田谛亮的观点。他认为从"末法众生"等经文内容看，此经可能产生于末法思想盛行后的六朝末期。② 这一推测的合理性在于末法思想在六朝时期最为盛行，这一背景下产生了大量与末法信仰有关的疑伪经，如《般泥洹后诸比丘经》《决定罪福经》《像法决疑经》等。但是，末法思想在中国的流播并不是到六朝末期为止，而是一直到唐代会昌法难时依然笼罩着末法阴影。刘涤凡《从基督教〈启示录〉看敦煌写卷〈僧伽和尚欲入涅槃说六度经〉也以《僧伽和尚欲入涅槃说六度经》及僧伽信仰在唐代的盛行，说明带有救赎的末世思想在唐代民间仍然广泛流行。③ 而且通过上文对经中咒语的考察，与《解百生怨家陀罗尼经》咒语相关的几部佛典皆在盛唐阶段译出，如果《解百生怨家陀罗尼经》现存版本中有一种是该经祖本的话，那此经就不可能产生于六朝时期。

观这几种版本，神德寺塔出土系二文本最简，尾题前尚无咒语，首题后咒语"唵，啊啊暗恶"非常简单，正文流通分也无"天龙八部"等语，可能要先于其他几种版本产生。《嘉兴藏》本尾题前咒语已与其

① （宋）李昉等编：《太平广记》，北京：中华书局，1961年，第778—779页。

② 〔日〕牧田谛亮：《疑经研究》，京都：京都大学人文科学研究所，1976年，第38—39页。

③ 刘涤凡：《从基督教〈启示录〉看敦煌写卷〈僧伽和尚欲入涅槃说六度经〉的末世思想》，载《中华学苑》1997年第50期，第139—172页。

他版本大异，是较为成熟的偈颂形式，有理由认为其出现时间要晚于敦煌本和神德寺塔本。西夏本出土于甘肃武威亥母洞，从出现地域看，与敦煌本关联更为密切，且内容接近，只是经题前无咒语，极有可能是西夏占领河西时期从敦煌本翻译而来。此经以"陀罗尼经"命名，经文必存咒语，只首题后有简单密咒的神德寺塔系统二应为此经的最早形态。前文提及首题后咒语"啊啊暗恶"最早出自《大毗卢遮那成佛神变加持经·悉地出现品》，《大毗卢遮那成佛神变加持经》是善无畏、一行于开元十二年（724）译出，那《解百生怨家陀罗尼经》的产生时间当不早于唐开元十二年。

再看此经产生时间的下限，虽然祖本神德寺塔系统二《解百生怨家陀罗尼经》各卷中皆未记载抄写或刊刻时间，但也可从现存其他几种版本的抄写时段做一推测。神德寺塔出土文献中有明确纪年者只有两号，Y0032 号系统一《解百怨家陀罗尼经》便是其一，卷末附题记"雍熙二年（985）正月八日书记"，其余卷子据黄征、王雪梅判断也是唐五代至宋初所写。[①] 敦煌遗书中明确记载《解百生冤家陀罗尼经》抄写时间的是 S.5531，此号连抄九部经文，除《解百生怨家陀罗尼经》外，还抄《妙法莲华经》《佛说地藏菩萨经》《佛说天请问经》《佛说续命经》《摩利支天经》《佛说延寿命经》《佛说阎罗王经》《般若波罗蜜多心经》八部，后有"庚辰年（920）十二月二十日书写"尾题。再有 S.4489 号《佛名经》尾题曰："乙酉年（985）五月十三日，下手写《金刚经》一卷、《观音经》一卷、《四门经》一卷、《地藏菩萨经》一卷、《解百家怨家经》一卷，共计五卷，至六月十五日毕功了。"《甘肃藏敦煌文献》敦博 039 号之叙录亦根据书写纸张将其判定为五代写本："引首及经文为五代纸，纸质粗厚，帘纹宽；经尾为唐纸。"[②]《嘉兴藏》虽刊刻于明清之际，但《解百生冤结陀罗尼经》实于后周时就已经出

---

① 详见黄征、王雪梅：《陕西神德寺塔出土佛教文献》第 1 册《前言》，南京：凤凰出版社，2012 年，第 10—11 页。

② 施萍婷、邵国秀、荣恩奇：《甘肃藏敦煌文献》，兰州：甘肃人民出版社，1999 年，第 6 卷，第 358 页。

现，后周显德元年（954）齐州开元寺高僧义楚所撰《释氏六帖》卷十六"杵击成疮"条载：

> 《解冤结经》云：佛见三人面目红肿，眉须堕落，身疮臭秽，人不可近。佛言：此三人犯三宝业，金刚杵击，或被唾喂，此疮难愈不可医疗。[①]

实际上，"杵击成疮"条所载并非《解百生冤结陀罗尼经》内容，而是摘自同为佛教疑伪经的《佛说救疾经》，[②] 但至少可以说明当时义楚已知《解冤结经》，此《解冤结经》应就是《嘉兴藏》所收《佛说解百生冤结陀罗尼经》。由此，五种版本产生时间的下限都在唐末五代。

综上，《解百生怨家陀罗尼经》祖本在唐开元十二年至唐末一段时间内产生，在该经的流传过程中，经文咒语又几经增改，如神德寺塔出土系统一《解百生怨家陀罗尼经》即可能根据唐义译《根本说一切有部尼陀那目得迦》中"三钵罗佉多"在尾题前增加咒语，只是在传抄过程中发生音讹和形讹，最终呈现的咒语为"三多罗法多"。到了《嘉兴藏》本《解百生冤结陀罗尼经》，编者将经中咒语内容作了较大改动，不仅删去首题后咒语，还将原来尾题前的简单咒语改为偈颂形式，杂糅了唐宝思惟译《大方广菩萨藏经中文殊师利根本一字陀罗尼法》"文殊根本一字咒"、金刚智译《药师如来观行仪轨法》"四天王结界咒"，及牛肃《纪闻》一类传奇小说中的消灾之咒。

三、《解百生怨家陀罗尼经》咒语应用

此经尽管未见录于历代经录，却在唐宋之后的民间具有广泛的信仰基础，这一点，从它被收入《嘉兴藏》之《诸经日诵集要》就可体现，

---

① （五代）义楚撰：《释氏六帖》，杭州：浙江古籍出版社，1990 年，第 344 页。
② 《佛说救疾经》在敦煌遗书和吐鲁番文书中保存有完整写卷，录文可见《大正藏》第85 册"疑似部"，主要叙说因为侵犯三宝，特别是取三宝物，而使人们身患恶疾，并说明了治疗疾病的具体方法。

说明这部疑伪经在当时丛林影响巨大。此外，它还频繁运用于各种荐亡仪式中，为亡灵解除人世恩怨，扫除往生净土的障碍。且由于经中大力宣扬陀罗尼的功力，结怨众生只要连续七天持斋念诵解冤咒一百八十遍，同样能达到除业解怨的功效，念持咒语简便易行，因而解冤咒语比经文传播更广。

董华锋等《川渝地区晚唐五代小型经幢及其反映的民间信仰》一文介绍了 11 件晚唐五代川渝地区的小型经幢，其中 4 件皆是兼刻佛顶尊胜陀罗尼、五方如来真言和解冤结真言。经幢底端所刻"解冤结真言"即是"唵三多罗佉（或写作"呿"）多"，与神德寺塔出土《解百生怨家陀罗尼经》尾题前咒语一致。董华锋等人从造幢记推测，这类充满密教色彩的经幢被"安于江中"应是通过特定的仪式完成，可能与水陆法会有关，应该还有与之配套的相关仪轨。① 只是现今仅留下了这些石刻经幢，当时法会的具体程序则不得而知，但从解冤结真言能被刻在经幢上看，这些咒语大概在法会中也扮演了一定角色。

《解百生怨家陀罗尼经》中解冤咒语的广泛应用还反映在一些佛教题材的戏曲中，如元杂剧《月明和尚度柳翠》第一折，恰逢柳父十周年忌日，母亲张氏特地从显孝寺请来十位僧人做法事。为亡者解除冤结是整场法会的核心内容，仪式过程中长老念咒云："唵，齿临，金咤金咤僧金咤，我今为汝解金咤，终不为汝结金咤。唵，强中强，吉中吉，波罗会上有殊力，一切冤家离我身，摩诃般若波罗蜜。"② 法会念诵的咒语无疑来自《嘉兴藏》本《解百生怨家陀罗尼经》，然而，戏曲文本只间断性插入科仪的几个片段，而没有展现整场法会中解冤咒语具体应用的全貌。

要了解经中解冤咒语在荐亡科仪中的具体应用形式，还得从一些仪式性文本入手。侯冲先生在云南昆明、剑川、洱源等地搜集并整理出大批阿咤力教经典，其中包括宋祖照集《楞严解冤释结道场仪》、若愚述《佛说消灾延寿药师灌顶章句仪》、元照集《地藏慈悲救苦荐福利生道

---

① 详见董华锋、何先红、朱寒冰：《川渝地区晚唐五代小型经幢及其反映的民间信仰》，载《考古》2018 年第 6 期。

② 王季思主编：《全元戏曲》，北京：人民文学出版社，1990 年，第 2 册，第 446 页。

场仪》，都具备教诫、仪文、提纲和密教四个部分，完整保留了相关解冤咒语在几种法会中的使用形式及过程。尤其是祖照集《楞严解冤释结道场仪》，因其主要目的是为亡者"解冤释结"，所以除《大佛顶首楞严经》之外，《解百生怨家陀罗尼经》也是这一科仪的重要经本来源之一。解冤释结道场昼夜分为三时作法。第一时号"破妄显真"，分十一节；第二时号"解冤释结"，分十节；第三时号"成就菩提"，亦分十节。各科仪中涉及《解百生怨家陀罗尼经》经文及咒语的部分如下[①]：

第一时 破妄显真	第五、启祝真灵	斋后再入道场，诵《解百生冤结经》，同诵七遍
	第七、三心五愿	加持一切如来心中心真言　（至）解冤结咒
第二时 解冤释结	第三、升座解结	诵如来顶真言　（至）解冤结真言
	第四、广释除疑	诵首楞严心印咒　（至）解结真言
	第五、依经重诵	诵首楞严　（至）解冤结真言
	第六、再指超门	加持首楞严心真言　（至）解结神咒
	第七、六解一亡	加持首楞严心真言　（至）解结神咒
	第八、绾叠通疑	加持首楞严心真言　（至）解结神咒
	第九、比明修解	加持首楞严心真言　（至）解结神咒
	第十、忏除冤业	诵解冤结真言　（至）解百生冤结咒
		宰官冤业罪消灭 唵，三多罗佉多，娑婆诃。
		师资冤业罪消灭 唵，三多罗佉多，娑婆诃。
		父母冤业罪消灭 唵，三多罗佉多，娑婆诃。
		六类冤业罪消灭 唵，三多罗佉多，娑婆诃。
		诵阿閦灭罪咒　摧罪障咒　普忏罪咒　解结真言

① 详见赵文焕、侯冲整理：《楞严解冤释结道场仪》，载《藏外佛教文献》第6辑，北京：宗教文化出版社，1998年，第35—185页。

第三时 成就菩提	第三、劝修三观	加持菩萨解冤结咒	（至）六字最上心真言
	第七、根尘解结	众诵解百生冤结咒（六遍）	

启祝真灵仪中所诵《解百生冤结经》正是《嘉兴藏》本，云南省图书馆藏清乾隆五十一年（1786）据明版印本《楞严解冤释结道场教诫仪文》卷末"大明万万年刊刻"后有墨书文字数行，标明"大众绕坛，讽诵《百生冤结经》"，记录的《百生冤结经》经文同《嘉兴藏》本。讽诵《解百生冤结陀罗尼经》之外，更多的是加持解冤咒语，冠以"解冤结咒""解结神咒""解结真言""解冤结真言""解百生冤结咒"等各类名称，几乎贯穿整套法事。虽然念诵的经文是《嘉兴藏》本，加持的解冤咒语却含括了各个版本。据配合使用的密教卷，仪文中的"解冤结咒""解结神咒"都指"曩谟僧禁吒，护禁咤，吾今为汝解金咤，终不与汝结金咤。唵，强中强，吉中吉，么诃提中与提律。一切冤家离汝身，摩诃般若波罗蜜。唵，三陀啰伽哆。娑婆诃。唵，遏阿暗恶"，即把五个版本《解百生怨家陀罗尼经》中的四种咒语组合起来。"解冤结真言"则单指"唵，三多罗伕多。娑婆诃"，比神德寺塔出土系统一尾题前咒语多"娑婆诃"三字。另外，该仪文内还出现一种不见于《解百生怨家陀罗尼经》中的解百生冤结咒："唵，诺贺诺贺，萨嚩讷瑟吒，钵罗讷瑟咤，怛罗喃，娑婆诃。"

可见，虽然随着《嘉兴藏》本的流行，其他版本的经文很少再被刊刻使用，但各种解冤咒语依然在民间流传，尤其是应用于荐亡仪式时，往往有几个版本的解冤咒语并存，而不同版本的咒语名称也有一个逐渐规范化的过程。在宋代又发展出一种新的解百生冤结咒，宋德因撰、元如瑛编录的《高峰龙泉院因师集贤语录》及宋元照集《地藏慈悲救苦荐福利生道场仪》都保存了这一咒语，前者称为"解百生冤结陀罗尼"，后者则名"解百生仇雠咒"，其中语词基本摘自唐不空译《金刚顶瑜伽最胜秘密成佛随求即得神变加持成就陀罗尼仪轨》。

四、结论

采摘众典、内容驳杂是诸多疑伪经的一大特点，只有区区两百余字的《解百生怨家陀罗尼经》亦是如此。如前所述，撰者创作过程中参考了传为东晋帛尸梨蜜多罗译《佛说灌顶经》卷十二开头和卷十一结尾部分，经中咒语在传播过程中又衍生出多种形式，且同样可以找到经典来源。这些咒语是区分经文版本与推断经文产生时间的重要内容，现存五个版本中的大多数咒语都摘自盛唐时期所译密典，由此可推断《解百生怨家陀罗尼经》出经时间的上限在唐开元十二年，下限则在唐末。《解百生怨家陀罗尼经》以解除冤结为主旨，同时融合了因果业报轮回、以名号度众生、持斋念咒得解脱等对中国普通民众影响甚大的佛教思想，加上从唐到宋元一段时间，正是佛道解冤释结斋仪发展成熟之时，解除生前冤结是超度亡者的重要环节，所以《解百生怨家陀罗尼经》，尤其是经中解冤咒语，产生后很快渗透到众多丧葬仪式、祭祀场域之中。除本文提及的荐亡道场外，还有石刻碑幢、图像版画等多种形式，流传地域也极为广范，东西南北中各地都有覆盖，尤其在西北、西南一带十分流行。关于此经的流布路径及传播形式，笔者将另撰专文讨论。

行香仪小考

曹　凌

（上海师范大学哲学与法政学院）

摘要： 行香仪是香仪中一种较为隆重和繁复的类型。历史上，它曾广泛运用于各种高等级的法会活动，并曾因国忌行香制度的设立而被纳入国家礼仪的序列之中。极盛之时，其影响更曾跨越国境的阻隔与宗教的藩篱而被引入到周边国家及其他宗教的礼仪之中。然而学界对于行香仪的具体程序及其历史演变过程都尚无统一的见解。本文认为在日本仪式文献中包含了解决此一问题的若干关键性材料，以此结合敦煌文书等中国文献资料，可以对行香仪的程序以及东晋到宋代行香仪的发展、演变和衰落过程进行较为清晰的复原。

关键词： 行香仪；国忌行香；佛教仪式；日本仪式文献

香和围绕香展开的礼仪——香仪，可以说是中华宗教礼仪文化中最具代表性的内容之一。举凡华人乃至中华文化所及之处，各种宗教场合几乎无不缥缈着香烟。历史地看，中国的香仪本是中印礼仪文化交融的产物。在千余年的发展过程中，它迭经三教礼仪文化的洗礼而得以成型，同时又籍中国礼仪文化输出的步伐传播到了周边国家，并又结合各地的风土人情衍生出一系列的新体。仔细追索香仪的发展过程，对于我们理解我国宗教文化与礼仪文化的发展逻辑具有重要的参考价值。可惜的是关于这一方面的研究仍然并不多见。

本文希望就香仪中一个特定的类型——行香仪作一些考述，尝试大致复原其在历史上的面貌。行香仪是香仪中较为古老和重要的类型之一。至迟在东晋时期，行香仪便已广泛流行。道安制定"道安三例"

来规范僧团的行止，其中即包括了"行香"之事。唐宋时代，它进一步被确立为帝后忌日礼仪的组成部分，从而进入了官方的礼仪序列。同时，道教也引入了行香的仪式并将之道教化。一时间，行香仪成为了佛道各种重大法会的"标配"，可以作为此一时期香仪的典型代表。厘清其具体的形式与历史的发展，相信可以为我们进一步深入研究香仪的发展历程提供重要的参考，同时也有助于一些相关文史问题的解决。另一方面，笔者也希望通过这一考述，强调日本仪式文献对于中国宗教仪式研究的重要性。

前贤学者在行香仪的问题上难以形成共识，很大程度上是缘于资料的稀缺。这种情况在宗教仪式史研究的领域并不少见。盖相关知识在当时往往是寻常的技巧，或者是师徒之间亲传的隐秘知识，因此文献中多不详述。故而如何拓展研究资料，始终是摆在中国宗教仪式史研究者面前的一道难题。笔者最近注意到，以往仅被视作日本史研究素材而未能充分引起中国学者关注的日本仪式文献中，保存了大量可以与中国儒释道三教礼仪文献相发明的重要资料。其中，即包括了解决行香仪问题的关键资料。若能善用这些资料，相信不仅可以解决一二疑难的问题，更可引生出国际宗教礼仪交流问题等一些新的研究面相，进一步深化我们对于我国传统宗教礼仪文化的认识。

一、先行研究综述

由于行香仪在佛教仪式史上占据相当重要的地位，早在 1938 年，大谷光照即曾在《唐代の佛教儀禮》一书中专节讨论了行香仪。其中所使用的材料以内典为主，但也包括了圆仁《入唐求法巡礼行记》（下简称《行记》）中的资料以及日本的古记录，并最早涉及到了日本行香仪的成立问题。其考述虽然较为简单，且留下了不少未能解决的疑问，但卓然的眼光却令人赞叹。[①] 最近，侯冲在《中国佛教仪式研究》第二

---

① 〔日〕大谷光照：《唐代の佛教儀禮》，有光社，1938 年，第 70—75 页。

和第三章中也谈到了行香仪的问题。① 其中对于大谷光照曾经提到却未
能深入讨论的道安三例与行香仪发展的关系等问题都有推进。且由于作
者是在对于佛教仪式研究整体性的观照之下展开论述，深度和广度方面
都有超越前人之处。然而限于相关资料较为有限，其对于具体仪式程序
的复原及历史性的考察仍然有不少可以补充之处。

以上述两位所代表的佛教仪式史学者，在仪式文献的利用和解读方
面都展现出很强的专业性，讨论的内容也相当深入。可惜的是，由于佛
教仪式研究在佛教研究中长期处于边缘的地位，因此相关研究成果仍然
很少，尚留有相当多的问题有待解决。

另一方面，近年来不少历史学者对行香仪也有所关心。这些研究多
是以唐宋时期国忌行香制度为主要的讨论对象，仅是因研究的需要而涉
及到行香仪的仪式内容，就此便略作考索。虽然如此，这些研究也不乏
创见，对于我们研究行香仪的历史具有重要的参考价值。

其中，冯培红是国内较早利用敦煌文献来讨论国忌行香问题的学
者，然而其研究中对行香的仪式程序并未深入讨论，而是主要据丁福保
《佛学词典》和《中华道教大辞典》这两本工具书中的词条进行说明。②
值得一提的是，上述两本工具书中的解释虽然简略，却不乏洞见。如
《佛学词典》已注意到程大昌《演繁露》中的资料并率先加以引用，以
及以"施与"释"行"字，对本文也有所启发。可惜限于体例等原因，
二书中也存在着混杂地使用不同时代文献，记述缺乏历史性，对于词义
的分辨含混等问题，现在看来无疑有不少需要修正之处。

冯氏以外，研究者多注意到圆仁《入唐求法巡礼行记》（下简称
《行记》）中关于行香仪的记载。其中梁子以扬州开元寺承和五年祖师

① 侯冲：《中国佛教仪式研究》，上海：上海古籍出版社，2018 年，第 54—56、174—
175 页。
② 冯培红：《敦煌本〈国忌行香文〉及相关问题》，载《出土文献研究》第 7 辑，上海：
上海古籍出版社，2005 年，第 287—308 页。

忌日法会的情况为基础，尝试复原国忌行香的仪式程序。[①] 聂顺新[②]和王蒙[③]则注意到了本书中存在更直接的国忌行香仪式纪录，并尝试以此为基础复原国忌行香的礼仪。其中王蒙还将之与宋代景灵宫中国忌行香式作了比较。这些研究成果都抓住了重要的资料，并尝试深入分析解读，为我们了解唐宋之间行香仪的发展奠定了扎实的基础。

通观以上研究我们可以发现，新近研究已经普遍注意到日僧圆仁所撰《行记》中相关内容的价值，并以此结合敦煌文献等资料进行了较为深入的研究。确实，圆仁对其所参加仪式的记录不仅详细而且可信度极高，可以说是晚唐佛教仪式研究最核心的资料之一。可惜的是，其中圆仁都是作为旁观者纪录所见所闻，且关于国忌行香的这段记录，重点显然也并不在于仪式本身。因此这段记录虽然详细，同时却在细节方面多有疏漏，且不乏歧义之处。故而前述诸位学者虽都努力加以利用，却各自提出了非常不同的解读，无法达成充分的一致。实际上，在圆仁留学之前，日本已经广泛流行行香的仪式。[④] 因此九世纪以降不少官私仪式文献之中，对之都有或详或略的说明。圆仁本人也尝提示当时日本的行香仪式与中国略同。故而若能将这些日本的礼仪文献引入讨论，不仅《行记》中许多不明白的问题可以得到清楚的解释，也使我们有机会一窥行香仪在东晋至宋代之间发展的历史脉络。这也就是本文所希望尝试完成的工作。

二、行香仪与国忌行香的基本属性和特点

首先需要说明的是国忌行香的性质及其与行香仪的关系问题。正如

---

① 梁子：《唐人国忌行香述略》，载《佛学研究》2005年号，第199—208页。

② 聂顺新：《元和元年长安国忌行香制度研究——以新发现的〈续通典〉佚文为中心》，载《魏晋南北朝隋唐史资料》第32辑，2015年，第131—149页。

③ 王蒙：《北宋景灵宫国忌行香略论》，载《宗教学研究》2016年第2期，第268—273页。

④ 大谷光照曾提出足利尊氏三十三周年忌日法会是日本行香之始，这显然是太过晚了。古濑奈津子即曾追溯过平安时期日本国忌斋会的情况，并说明了其中包括行香的内容。见〔日〕古濑奈津子：《遣唐使眼中的中国》，武汉：武汉大学出版社，2007年，第24—33页。

聂顺新、王蒙等学者所指出的，所谓国忌行香的基本性质是斋会。具体来说，国忌行香即是在国忌日于寺院设办斋会为亡人追福的仪式活动。整个仪式大致由两个部分组成，首先是在佛前行香祝愿，庄严亡人。其次便是斋僧。这才是仪式功德的主要来源，也即是斋会的主体。只是因为官员行香的礼仪特别隆重而引人瞩目，才使得这种斋会被冠上了国忌行香的名号。进一步来说，国忌行香的活动中行香仪部分是内嵌于斋供法会仪式结构中的一个相对独立的仪式段落。虽然在国忌行香的场合，这一段落格外隆重，但就性质和程序而言，却与其他斋会中的行香仪并无根本性的不同，因此宜当合并为一个问题来讨论。

其次需要明确圆仁所记国忌行香仪式中行香部分的具体所在及其与前后仪式科段之间的关系。

《行记》中对国忌行香仪式的细致记述是我们研究唐宋时期行香仪的重要参考。但因为圆仁并非仪式的专家，且在这一场合仅是作为观众参与其中，故而对于仪式程序的纪录并不明晰。要充分利用这段材料，便需要先结合其他资料分析行香仪在整个仪式结构中的位置与作用。

为了方便行文，在此我们仅选取明确包括了行香内容，且仪式程序纪录较为详尽的三种斋供仪式文献作为主要的比较对象。它们分别是敦煌文献 S. 3424V 所记斋食仪轨、《行记》承和五年十一月二十四日扬州开元寺斋会的纪录①及《禅苑清规》卷六的中筵斋条②。这三种资料无论在文献性质、仪式目的与撰作时间等方面都有所不同，综合来看具有相当的代表性。比较这三种材料，可以发现行香仪的位置非常规整，即都在入堂问讯之后和叹佛呪愿之前，并且行香部分都是以略梵（"一切恭敬敬礼常住三宝"）开始。③下文表格中我们列出了圆仁所记国忌行香仪式中的一个段落，也正符合这些特点。参考其具体的仪式内容，即

---

① 〔日〕小野勝年：《入唐求法巡禮行記の研究》一，法藏館，1964 年原稿，1989 年第 1 刷發行，第 282—283 页。

② 宗赜：《（重雕补注）禅苑清规》卷六，CBETA（2016），X63，no. 1245，pp. 538c—539a。

③ "一切恭敬"起首的这一句在仪式场合一般作梵呗唱诵。据前引《禅苑清规》中筵斋条，当时有"恭敬头"和"略梵"两种简称。为行文方便，此处据此称之为"略梵"。

可确定这段内容即是这场斋会中行香仪的所在。[①]

各种资料中行香仪的仪式安排相当稳定，提示了行香和叹佛呪愿构成了一个仪式组合。这类香仪接叹佛呪愿的组合在中古以降的佛教仪式资料中非常常见，文献中常将其概称为烧香呪愿。换言之，经过横向的比较可以推定，行香仪作为香仪的一个特殊类型，可以在各种仪式中取代其他形式的香仪，而与叹佛呪愿组成行香呪愿的组合。这个组合又可以作为一个相对独立的构件，运用在不同的仪式场合之中。此即是行香仪的主要运用方式。[②]

最后，我想谈一下行香仪的适用范围。侯冲最早提出行香仪可以通用于各种不同的仪式。笔者对此也深感赞同。如前文所列举的四种材料，虽然都是斋会，但又有各自不同的情况，包括了天台系寺院中的祖师忌辰斋会、（禅宗或非禅宗）寺院应斋主要求所设的中筵斋会以及为了帝后忌日所设的国忌官斋等不同的类型。此外，《行记》所记新罗诵经式采用了变体的行香仪，日本平安时期定例的最胜讲中也会使用行香仪（下详），可见讲诵经典的仪式中亦可采用行香仪。又，日本平安时期每年年底定例举行的忏会——佛名会中也会使用行香的礼仪。[③] 唐宋时期此类忏会的详细程序纪录很少，但在《高僧传》中就已出现于追荐亡人的普贤忏会中使用行香仪的案例。[④] 可以推想，日本文献中的这种用法应当有中国的先例可循，并非其所独创。综上所述，就现有材料来看，行香仪至少可以运用在斋僧、讲经、诵经及忏悔等多种礼仪场合，大体而言，是通用于各种非修持类的仪式中的。至于这类仪式中是否采用行香仪，似乎要综合仪式的规格、人数等多方面的因素来规划。

---

① 因为行香与呪愿具有密切的关系，为便于研究，下表中将行香部分与呪愿段一并列出。

② 这种仪式段落的组合与协同运用是中国宗教仪式非常重要的结构性特点。在仪式演变的过程中，这类组合往往也保持相当的稳定性，故而是我们研究宗教仪式发展的一个重要参考。

③ 参见财团法人神道大系编纂会编：《神道大系·朝仪祭祀编三·北山抄》卷二，财团法人神道大系编纂会，1993 年，第 132—134 页。

④ （南朝梁）释慧皎：《高僧传·僧苞传》卷七，CBETA（2016），T50，no. 2059，pp. 369b。

例如就现有材料来看，行香仪似乎更多用在参与人数众多且较为正式、隆重的仪式活动中。①

三、行香仪的仪式形式

本节我们将主要讨论行香仪的程序问题。这是历来学者意见最为分歧的部分。如小野胜年在批注《行记》中国忌行香仪式的段落时提出，行香的具体方式是将军、相公二人持炉在前巡回，官员随后持香盏撒香；古濑奈津子认为是将军、相公持炉巡行，官员尾随二人之后，依次为众僧授香；聂顺新认为是僧人随官员旋绕；王蒙认为唐代国忌行香是官员持炉互跪僧道巡行行香；侯冲则认为行香是执炉向上座请柱香呪愿的礼仪，等。在此，我们希望通过引入日本礼仪文献中的相关记载，尝试解决这一问题。

（一）"行香"一词的本义

要究明行香仪的具体内容，有必要首先探查行香一词的本意。

程大昌《演繁露》曾就行香做过考证，提出所谓行香，"即释教之谓行道烧香也"。② 这一说法流行颇广，但细究起来，恐怕并不准确。

首先，唐宋佛教仪式文献中颇常见"行某"之类的说法，但基本都是动宾结构的词组，其中"行"都指分发。如斋食之前须行食、行水，

---

① 道宣在《续高僧传》卷三十的论中提到："然则处事难常，未可相夺。若都集道俗，或倾郭大斋，行香长梵，则秦声为得；五众常礼，七贵恒兴，开发经讲，则吴音抑在其次。"见 CBETA（2016），T50，no. 2060，pp. 706b。《行纪》中所记的国忌行香仪中，行香时的长梵同样是重要的看点，圆仁以"绝妙"称之。足见隆重繁复的行香仪与特为此行事而量身定做的行香梵之间构成了紧密的联系，是当时大型法会活动中重要的看点之一。活跃于 12 世纪晚期的日本僧人兼贤也在其所撰《法则集》中提到，当时日本各种法会仪式中行香仪的使用情况颇为复杂。其中，僧人不满七人的斋会便不用行香仪，而即使僧人人数超过七人，若是在庭中举行的仪式，也不用完整的行香仪（下详）。

② （宋）程大昌著；许沛藻、刘宇整理：《演繁露》卷七，载《全宋笔记》第四编之九，郑州：大象出版社，2008 年，第 11—12 页。

即为僧众分发饭食与水;① 散花之前须行华,即分发所散之花,② 等等。

其次,《四分律删繁补阙行事钞》述行香呪愿之法,其中引《贤愚经》中"蛇施金已,令人行香,置僧手中"一事作为经证。③ 查《贤愚经》,对应经文为"食时已到,作行而立。蛇令彼人次第赋香,自以信心,视受香者。如是尽底,熟看不移",④ 可见道宣认识中行香即是"赋香"。后文所涉问题,亦主要是讨论授香时的注意事项。《法苑珠林》食法部中"行香"一词亦基本持相同义涵。⑤

最后,根据《演繁露》及《政和五礼新仪》⑥ 可知,宋代国忌行香的主要内容是向僧、道众分发香圆子。其行仪虽然有很大变化,但却仍然是分发香料。同时,北宋末年编撰的《禅苑清规》看藏经条和中筵斋条中行香也都是施主在僧人引领下完成,行事主体为施主,故知其中"行"字的含义也并非指僧众行道。

综上可知唐宋时人口中的行香,其字面意义是指分发香料,而非行道烧香。程大昌之误,似乎部分是缘于唐代中晚期以降,行香仪式的核心内容已不再与其字面意义完全统一。故其对行香一词的解释虽然不准确,却也道出了时人对于这种宗教仪式的基本认识。

（二）九到十世纪的行香仪的程序

就笔者所见,九世纪前后的时间段内关于行香仪的纪录最为丰富和详细。因此我们可以将这一时代的情况先进行较为细致的复原,再于此基础上梳理行香仪在历史上的演变。

---

① "行食"的用例可参《四分律删繁补阙行事钞》卷上,CBETA（2016）,T40,no. 1804,pp. 22c;"行水"的用例可参《高僧传·慧安传》卷十,CBETA（2016）,T50,no. 2059,pp. 393a。

② 参《转经行道愿往生净土法事赞》卷上,CBETA（2016）,T47,no. 1979,pp. 427c。

③ 《四分律删繁补阙行事钞》卷下,CBETA（2016）,T40,no. 1804,pp. 136b。

④ 《贤愚经》卷三,CBETA（2016）,T4,no. 202,pp. 369c。

⑤ 《法苑珠林》,CBETA（2016）,T53,no. 2122,pp. 612b。

⑥ 汪潇晨、周佳校点;郑居中等撰:《政和五礼新仪·凶礼·忌辰群臣诣景灵宫》卷二百零七,载《中华礼藏·礼制卷·总制之属》第 3 册,杭州:浙江大学出版社,2017 年,第1223—1225 页。

圆仁在《行记》承和五年十一月二十四日条目下曾经提到，当日于开元寺堂头设斋，其中"行香仪式，与本国一般"。[①] 这为我们的研究提供了重要的线索。圆仁的时代，日本国内行香仪采用何种形式？这一点可求之于《（贞观）仪式》一书。本书是现存最早的日本官修仪式书，具有较高的权威性和代表性。其主体部分在清和天皇贞观十四年（872）完成，正在圆仁回国之后不久。[②] 故此书在时间上与我们的研究目标也正相切合。在本书卷五《正月八日讲最胜王经仪》一节中有一段行香的纪录。为了便于进一步分析，我们将其与圆仁对扬州那场国忌行香仪的纪录作了一个比较表，如下：

	《（贞观）仪式》卷五《正月八日讲最胜王经仪》行香呪愿节次[③]	《入唐求法巡礼行记》所记承和五年国忌行香法会中的行香呪愿部分[④]
梵呗（略梵）		有一僧打磬，唱"一切恭敬、敬礼常住三宝"毕。
呪愿师、三礼师进礼	讫，呪愿、三礼共起，左右相对（呪愿在西，三礼在东），进就礼版，共三拜三礼。	
行香准备	毕，图书杂色生左右各二人进礼，就香机下。官人各一人且就之，亲王以下起座进跪列（并北面，左亲王以下、参议以上，右王四位、五位）	
取香器[⑤]		即相公、将军起立取香器。
传授香物	生一人起取瓫，传授官人，传取授行香者，以次传授。	州官皆随后取香盏，分配东西各行。

---

① 〔日〕小野勝年：《入唐求法巡禮行記の研究》一，法藏館，1964 年原稿，1989 年第 1 刷發行，第 282—283 页。

② 根据研究，此书编成后直到十世纪之间，仍有部分内容上的增补。但总体而言，反映的是 9 世纪日本的官方礼仪。参见所功：《平安朝儀式書成立史の研究》，國書刊行會，1985 年，第 65—100 页。

③ 财团法人神道大系编纂会：《神道大系·朝仪祭祀编一·〈仪式〉〈内里式〉》卷五，财团法人神道大系编纂会，1993 年，第 133—134 页。

④ 〔日〕小野勝年：《入唐求法巡禮行記の研究》一，第 309—310 页。

⑤ 笔者认为此处香器与下文所提到香盏为两事，故此处分列。说详下。

两行行香	威仪师各一人引进，依次行香，杂色生各二人，异火炉从之	相公东向去，持花幡僧等引前。同声作梵，如来妙色身等二行颂也。始一老宿随，军亦随卫，在廊檐下去。尽僧行香毕，还从其途，指堂回来，作梵不息。将军西向行香，亦与东仪式同。一时来会本处。此顷，东西梵音，交响绝妙。
返香奁	讫，行香者就本列以次返奁如初仪，各复座	
呪愿唱礼①	三礼及呪愿毕，各复座。	其唱礼一师不动独立。行打磬，梵休，即亦云"敬礼常住三宝"。相公、将军共坐本座，擎行香时受香之炉，双坐。有一老宿圆乘和上，读咒愿毕。唱礼师唱为天龙八部等颂，语旨在严皇灵。每一行尾云敬礼常住三宝。相公诸司共立礼佛，三四遍了，即各随意。

首先，就仪式的结构上说，两种纪录之中，行香仪都是与呪愿结合，构成了前文提到的行香呪愿的仪式组合。不过两种文献中行香仪在整个仪式中所处的位置却有较大不同。以此处国忌行香仪的纪录为代表，中国材料似乎多是将行香呪愿安置在仪式的开端。而同一时期日本的材料却普遍将其安排在仪式的尾段。如上述仪式中，讲经已毕，讲师和读师（也即法师和都讲）都已退场之后，才由三礼师和呪愿师引众人呪愿。这应当是日本在接受中国佛教仪式之后，又有所改进所致，将来的研究中有必要进一步加以注意。

其次，无论是在中国或日本，代表行香仪本意的传授香物的活动都已经不再重要。在最胜会中，是由杂色生于香机上取得盛香器（香奁），并传授给官人。官人随后将其授予分两行跪列的众官，众官便依

---

① 《行纪》承和五年十一月二十四日斋事条中云"次即唱礼，与本国导为天龙八部诸善神王等颂一般"，可见所谓唱礼即指"唱为天龙八部等颂"这一节。下文同类科段亦以"唱礼"略称之。

次传行。行香完成后也就是官员各就本列返还香筵而已。这一过程显然并无太多礼仪性，只能视作是行香活动的预备和收尾程序。扬州举行的国忌行香法事中，州官也是自行取香盏，然后"分配东西各行"。其义当也是分东西两行各自传行，与日本的情况并无太大不同。

再次，当时行香仪的核心段落是前表标注为"两行行香"的部分。最胜会的仪式中，由威仪师二人前引，杂色生二人持火炉跟随行香。其中火炉显然是指香炉。扬州国忌行香仪式中，同样也有"持花幡僧等"前引，但跟随僧人行香的却是两名最高级的官员。此时，行香者手中应当也是持有香炉，也即呪愿段中提到的"行香时受香之炉"。由此来看，前文提到行香前相公和将军各取香器在手，当也是指此香炉，与众官所传递的香盏并非一事。[①] 且行香时，众人当即于此炉中燃香，故行香后称之为"受香之炉"。

这一仪式安排又与呪愿的礼仪相衔接。盖呪愿时，斋主照例当持炉跪于佛前。此一行事，较晚的文献中习称为跪炉。然而圆仁所见那次国忌行香仪式中却是让相公和将军持香炉坐于本座。这应当是斋主身份特殊情况下的便宜行事，并非行香仪的通例。乃至同样是国忌行香，后代仍多用跪炉之礼。如后晋天福五年，窦贞固尝奏云国忌行香时宰执跪炉而众官列座，于礼不符。可见当时行用的礼仪中宰执确需跪炉。而此事之后，宰执跪炉之制未改，反是改众官列座为立班。[②]《政和五礼新仪》中所记宋国忌日景灵宫行香的礼仪，则是宰执行香，班首跪炉，略有改易，但大意未变。总之，这场国忌行香的仪式中，相公和将军当是持香炉跟随前引僧分东西两行行进。其间，会场中分两行排列的僧俗众人即于其手持的香炉中蒸香。行香完毕后，二人即作为斋主的代表持炉听取僧人为之呪愿。

综上所述，九世纪中日行香礼仪虽然被安置在仪式的不同位置，但具体操作确实如圆仁所述相当地接近。结合两方面材料大致可以大致复

---

① 古瀬奈津子也认为相公、将军所取的香器为香炉而非众官所传行之香盏。甚是。

② （宋）赞宁撰；富世平校注：《大宋僧史略校注》，北京：中华书局，2015 年，第 75 页。

原其仪式流程。首先，参与者分两行排列，并传递盛香器。各人取香在手后，两位行香者即在僧人的引导下持香炉分两边行进。其间，众人即于行香者所持香炉中燃香。在众人尽数完成燃香之礼后，行香者照例须持香炉回到佛前跪炉，导师随即为之咒愿，以宣达斋意。然而非常特殊的情况下，斋主也可能并不跪炉，而是采用执炉而坐等姿势，听取法师咒愿。咒愿之后可行三礼或唱礼等附随的仪式内容，整个行香咒愿的礼仪便即告终。

此外，无论在日本还是中国，此时行香仪的核心内容已不再是授香，而是行香者持炉巡回众人燃香这一段落。授香的行为已经被剥离出来，作为一个并无礼仪性质的准备活动单独处理。甚至，在日本还出现了由图书寮杂色生持炉行香的做法。其形式虽然仍与中国的行香仪保持一致，但行香时的重点进一步由持炉巡回者转换成了燃香的众官，从而创造出了与中国有所不同的仪式风格。

（三）行香仪的历史演变——以宋代为限

由以上的复原，我们可以进一步尝试检讨行香仪的历史演变问题。

在道安之前行香仪当已在中国传行。道安制定"道安三例"，规范僧团行止，其中即包括"行香定座上经上讲之法"这一条。[①] 就现有材料来看，道安对行香仪的整顿至少包括了规定在斋前行香咒愿的制度。如道宣所提示，这种做法与律中所述并不相合，但后世却一直沿用了下来。道宣亦觉得"依而用之于理无失"。[②] 前文所提到过的唐宋之间各种斋会行香的资料，无不遵这一原则。由此亦足见道安三例影响甚为深远。可惜的是，道安改革是否涉及到行香仪的程序本身，现在少有资料可供讨论。

南北朝时期行香仪的运用当已较为普遍，故内外典中多有纪录，然于行事，多不备述。不过从这些零星的纪录中我们可以归纳一些情况。

---

① 关于道安三例及其中行香的内容，参看侯冲：《中国佛教仪式研究》，上海：上海古籍出版社，2018 年，第 44—56 页。

② 《四分律删繁补阙行事钞》卷下，CBETA（2016），T40, no. 1804, pp. 136b。

首先，行香的适用范围已经相当广泛。除了最为常见的八关斋会及斋供法会外，也有荐亡的忏会等类型。[①] 其次，法会中行香者一般就是斋主。一些身份非常高贵的斋主，如南齐武帝、梁武帝、东魏静帝等，也都会亲自行香。当然，也可以想象一些身份显要的斋主会令他人代行。最后，在行香过程中，行香者会有与与会的僧俗众人面对面的机会。例如在华林殿为萧子响百日举行的斋会中，"上自行香，对诸朝士噢蹙，及见顺之，呜咽移时，左右莫不掩涕"。何尚之在自宅所举行的八关斋仪式中亲自行香也得以与王僧达面对面交流。[②] 由此可见斋主巡回尽，僧俗一一行香的做法在当时应当已经成立。

此外，《资治通鉴》中提到的一条东魏时期的资料非常值得注意。[③] 其中说"（东魏静）帝设法会，乘辇行香，欢执香炉步从，鞠躬屏气，承望颜色"。《演繁露》曾引用这段材料，并分析说："静帝，人君也。故以辇代步，不自执炉，而使高欢代执也。"这里，程大昌显然是以行香者须持炉作为推论的基础。这种认识非常符合唐晚期到宋代行香仪的做法，但是放在南北朝时期或许并不合适。如前文所述，行香的原意当为授予香物，而非持炉受香。程大昌亦尝引唐人卢言《卢氏杂说》佚文，云："旌用铜龙实之，竿首用紫绢袋，盛油囊垂之。寺观行香袋与旌略同。"可见晚唐行香时仍有行香袋之设。这无疑是由于仪式的变化而从实用器演变为礼器并最终消失的一种器具，就名称来看，最早当是用来盛放香物，便于行香者为众人授香之用。静帝躬自行香，本为表敬。虽以尊贵而得乘辇为之，恐不致再令他人代为行事，只是空走一圈虚应故事。就我看来，这段内容恐怕当解读为静帝乘辇在前为众人授香，高欢则在后持炉步从。众人自静帝处受香之后即在其所执炉中燃香以为祝愿。换言之，北朝晚期行香仪当仍以授香为核心。持炉者可能主

---

① 前引《高僧传·僧苞传》即以行香用于荐亡斋会之例。南齐武帝子鱼复侯萧子响亡后百日，武帝曾举行追荐法会，其间亦"自行香"。见（唐）李延寿撰：《南史·鱼复侯子响传》卷四十四，北京：中华书局，1975 年，第 1109 页。

② （唐）李延寿撰：《南史·王僧达传》卷二十一，北京：中华书局，1975 年，第 574 页。

③ （宋）司马光：《资治通鉴》卷一百六，北京：中华书局，1956 年，第 4958 页。

要由低位的人员充任，并非行香仪中的主要角色。① 高欢为静帝执炉，且鞠躬屏气，承望颜色，正说明高欢当时对静帝态度的谦下谨慎。到唐代早期，道宣、道世等人在解说行香仪时仍是以授香作为主旨。看来，行香者授香与人，随从执炉步从受香的做法在此一时期并未改变。只是到九世纪或略前的时代，情况出现了剧烈的变化。可惜其间的原委现在难以知晓。

晚唐时期寺院举行供僧一中的斋供法会时，似乎往往会采用行香。圆仁《行记》中所记扬州开元寺祖师忌辰斋会以及竹林寺斋会②均是如此。这一做法一直延续到了宋代。故《禅苑清规》中看藏经和中斋的仪式都包括了行香的内容。根据《禅苑清规》的记述，宋代禅林行香的法事亦是由僧人带领斋主尽僧行香，随后斋主跪炉，维那即为宣疏表叹。这些做法都与唐代的行香仪接近。③ 其行香时所用的梵呗也与唐代略同，即以略梵开场，行香时则唱如来梵（"如来妙色身"）。值得注意的是，唐代行香仪式对带领斋主行香的僧人似乎并无特别的要求，日本则是以临时性的斋职——威仪师行之。宋代禅林制度则是以知客专知此事，且仪式完成后知客还可以因此得到别料的儭钱。这可以说是禅宗丛林制度对此一仪式的一个影响。此外，宋代本沿袭唐代以来的制度，群臣国忌日于寺观行香，后景灵宫建成，即改为在景灵宫行之。

虽然行香仪本身延续了下来，但唐宋之间其仪式程序似乎又发生了一些改变。景灵宫的国忌行香便是其例。关于景灵宫的行香仪，王蒙曾经结合《演繁露》的记述与《政和五礼新仪》中的说明作了复原，其结论大致可从。即景灵宫的行香仪中，先是由班首进香案前上香奠茶，再由宰执分左右行香。行香时是给在场的官员及僧道授香圆子而并不燃

① 日本所传行的行香仪中以图书寮杂色生持炉巡行，或许是这种早期作法的回响。
② 竹林寺斋会的纪录见〔日〕小野胜年：《入唐求法巡禮行记の研究》二，法藏馆，1964年原稿，1989年第1刷發行，第440—442页。
③ 因为所使用仪式文书的变更，在宋代习将叹佛呪愿段称为叹佛宣疏，然其仪式作用并未发生太大变化。参见拙文：《中古佛教斋会疏文的演变》，载《魏晋南北朝隋唐史资料》第33辑，2016年，第152—176页。

香。随后，班首再进香案前执炉（跪炉），旁人即为宣疏咒愿。这里，行香咒愿的仪式结构仍在，但行香仪中燃香的段落却被班首上香取代，两行行香时则只是授香圆子与众人。

类似的做法在相近时代的日本佛教仪式文献中也可以看到。《真福寺善本丛书》第十一卷所收的《法则集》是由活跃于 12 世纪中晚期的僧人兼贤所撰的仪式手册，保留了此一时期一些宫中佛事的重要资料，其中不少涉及到了行香。① 在卷下"《孔雀经》御读经作法"的部分，对法会中有行香仪时的咒愿法作了说明，其间亦介绍了行香的程序。其仪程是先由两名威仪师立香机下，将机上的香合、匙传授给八卿，随后导师和咒愿师出列立于佛前面对众人，威仪师则引八卿"造轮南行"，"以匙济香与僧之右手"。在授香完成后，再取机上的香炉（火舍）捧持，导师和咒愿师即为行三礼、六为（即圆仁所谓"唱礼"）及诵日中无常偈等。这里行香咒愿的结构还存在，且行香时也是授香而不爇，显示了这类做法在此一时期似乎有一定普遍性，并非是因为突出皇权等原因，而刻意作了改变。②

授与香料却并不燃香，甚至在斋会之后还要收缴，这种做法看似非常古怪。《南海寄归内法传》中曾记"西国"斋食之法，提到行食之前须先行香泥丸子"如梧子许"，令僧揩手，使之香洁。③ 而《大宋僧史略》中述行香法云"或以然香熏手，或以香粖散行，谓之行香"，④ 无论是用香烟还是用香末，似乎也都是净手之礼，而与燃香祝祷无关。其中"香粖散行"一法却正与《法则集》中所描述的将香末授予众僧的做法遥相呼应。由此看来，宋代的行香仪似乎是将印度僧人斋前所行之

---

① 关于兼贤及其所撰《法则集》的情况，参见〔日〕小岛裕子：《〈法则集〉解题》，载国文学研究资料馆编：《法仪表白集》，《真福寺善本丛刊》第十一卷，临川书店，2005 年，第 619—655 页。

② 国文学研究资料馆编：《法仪表白集》，《真福寺善本丛刊》第十一卷，临川书店，2005 年，第 160—165 页。

③ 《南海寄归内法传》卷一，CBETA（2016），T54，no. 2125，pp. 211a。

④ （宋）赞宁撰；富世平点校：《大宋僧史略校注》，北京：中华书局，2015 年，第 74 页。

净手礼仪与行香仪嫁接，形成的一种新的礼仪形态。

另一方面，在《法则集》中还提到了行香的作法根据情况会有各种变化，在"庭之仪式大法会"中，"虽立机，不用之，但定者，捧行火舍，象行香欤"。这种便宜行事的"象行香法"的先声也可见于圆仁《行记》之中。在其所记新罗诵经仪式中有如下程序：

> 打钟定众了，下座一僧起，打椎唱"一切恭敬，敬礼常住三宝"。次一僧作梵，"如来妙色身"等两行偈，音韵共唐一般。作梵之会，一人擎香盆，历行众座之前。急行々便休。大众同音诵摩诃般若题数十遍也。有一师陈申诵经来由了，大众同音诵经。[①]

上引文中下划线段落以略梵起首，随后即作行香时惯例唱诵的"如来妙色身"一梵。此时，有一人拿着"香盆"，非常快速地在众人面前行过。这里使用的梵呗是典型行香仪中的梵呗，行事也非常类似。但是与行香活动对应的是僧人捧"香盆"在众人面前匆匆走过，基本可以与《法则集》中的描述对应。可见在晚唐时期即存在这种简易版的行香仪，且其影响一直延续到十二世纪的日本佛教仪式之中。

这种简化的做法是否也出现在中国的佛教仪式中，现在仍无法得到确证。可以看到的是，在两宋之间禅林清规中仍然可以看到行香的仪礼，但更晚时期则已经不见。[②] 行香一词，也被转用来指称烧香之事，不再保留其原有的意义。如住持每日巡堂烧香，便被称为行香。以致到江户时期，以博学闻名的无着道忠在《禅林象器笺》中也无法清晰分清这些不同意义的行香，而将之并行作了罗列。

结论

本文通过引入日本仪式文献的资料，尝试进一步明确晚唐时期行香

---

① 〔日〕小野胜年：《入唐求法巡禮行記の研究》二，第144—145页。
② 如《敕修百丈清規·國忌》中所述国忌仪式，即已仅有住持上香上茶汤之仪，不再行用行香之仪。见 CBETA（2016），T48，no. 2025，pp. 1114c—1115a。

仪的情况，及梳理行香仪在东晋南朝到宋代之间的大致演变。结论如下：

一、中国佛教仪式中行香一般和呪愿结合起来，构成行香呪愿的仪式组合。宋代以前，这种仪式组合在各种非修持类的仪式中得到了普遍的运用。

二、行香的原意是指分授香料。南北朝到唐中早期行香仪当是依其原意以为僧人授予香料为主要内容。行香者一般为斋会的斋主，在仪式中巡行于在场的僧俗之间，为诸人一一赋香。斋主身后则跟随持炉者，众人即在其所持香炉中焚香。

三、公元九到十世纪中日两国的行香仪中，赋香已经不再成为仪式的主轴，而是安排在行香仪正式开始之前，由众人自行分传香物。此时行香仪的主要内容是行香者在僧人引导下持香炉巡行于僧俗众人之前，众人一一在其所持香炉中爇香。中国的佛教仪式中，行香者一般都是斋主或其代表。行香之后，行香者即持炉跪于佛前（个别情况下也可采坐姿），仪式的导师即为之呪愿。日本则是由低级的随员行香，行香仪的主角则是分两行跪列于佛堂上的官员。行香之后因此也无跪炉之事。

四、宋代行香仪开始进一步分化。以景灵宫的国忌行香仪为代表的一类，行香的主要内容已变为向在场僧俗众人一一授予香圆子。同一时期日本也有类似的做法，可见这种做法有一定普遍性。本文认为这种变化可能是将行香与域外流行的净手法进行嫁接而产生的新仪式形态。第二种类型则是先在香炉中燃香，再由行香者捧香炉巡回道场之中。其间并无赋香燃香等事，与行香的原意也已相去甚远。

本文通过引入一些新的资料，进一步明确了行香仪的程序及历史演变，但仍然有不少问题没有能彻底解决。尤其中日行香仪之间保持着紧密的同步关系，同时又存在着一些体制性的差异。例如两国佛教仪式中行香仪的位置，以及行香者身份等关键问题，都有规律性的不同。这似乎应当归之于中国香仪传入域外之后的本土化发展。但是差异究竟是在怎样的历史脉络之下产生，又如何获得正当性。当自中国重又传入新的仪式作法时，它们又如何与之协调。这些问题恐怕无法仅通过行香仪这个单一案例得到完全的解明。但我相信在进一步了解和运用日本仪式资料，并将之与同时期中国的仪式作更细致的比对之后，诸如此类的一些疑问应能得到充分的解决。同时我们也希望通过这一篇考述，进一步强调日本仪式文献对于中国宗教仪式研究的重要性，希望能为同样关心相关课题的同仁提供一些参考。

《观经》思想及其在敦煌的流传与影响

——以观佛与往生为中心的考察

林　啸

（福建师范大学文学院）

摘要：《观经》（《佛说观无量寿佛经》）作为佛教的重要典籍，在中古时期受到极大关注并产生了广泛深远的影响。其中"观佛"与"往生"两种思想，不仅对敦煌民众信仰生活产生了重要影响，还间接影响了敦煌佛教融合思想的形成。在敦煌文献、造像经变中皆能发现受其影响的印记。如在文献中，将"往生"与"诸法实相""空观"结合，将西方净土信仰与兜率升天信仰结合等。这种倾向除了在文本中有所体现，在石窟经变亦有例证，如将无量寿佛往生信仰与法华三昧信仰、般若信仰等结合，由此足见《观经》对敦煌佛教发展的深远影响。

关键词：观经；禅净；敦煌信仰；观佛；往生

引言

敦煌由于历史原因，被不同民族统治过，多元文化交流与民族杂居也使其文化和信仰极具融合性特色。① 敦煌是佛教从西域传入内陆的重

---

① 关于敦煌佛教融合性特征的说法，其反映在敦煌寺院和僧众的具体生活上，比如敦煌比较重要的三界寺、净土寺等寺院，在它所保留的文献中发现许多不同宗派的经典。另许多僧人同时兼修许多不同的法门系统，从石窟造像和经变上来看，就出现了许多不同经典信仰的融合，所以将其称为一种大众化的佛教，乃至民俗佛教。敦煌民众的信仰活动是按照生活所需展开，并不如像一般所理解的佛教徒那样有严格标准。一般认为的伪经若符合大众心理预期，它或许比一般的经典流传更广。文中对于敦煌佛教特点的判定，基本还是采纳了目前敦煌学界一般性的看法。至于敦煌的融合性与汉地融合性之间的差别，笔者个人浅见：汉地的融合性特征，更多地是带有宗派性的行为，站在本宗的立场上去对相关思想进行解说和抉择。敦煌佛教的融合性，其出发点主要是以满足僧俗日常需求为出发点，宗派性的存在感比较低，基本上没有界限。

要路径，该地遗存的石窟经变、文献等资料至今仍吸引世界各国学者的关注和研究。早期敦煌佛教继承发展了印度佛教特色，吸收佛教主流思想构建其理论基础，融摄印度及中亚本土宗教文明，逐渐形成比较成熟的佛教理论和信仰形态，直接开启了以译经、抄经为代表的中期汉传佛教的弘法模式。

《观经》（《佛说观无量寿佛经》）作为一部对中古中国产生重要影响的佛典，不仅在中土流传极广，引发僧人们对其注释络绎不绝，而且影响了敦煌佛教发展。通过对敦煌文献文物的考察，我们能发现其中受《观经》及其思想影响的诸多痕迹。本文不站在任何宗派立场，或把《观经》归入某一宗派来讨论，这是基于敦煌佛教的特殊性。综观敦煌寺院或僧人乃至文献文物资料，都不能限定其只属于某派、某种思想或某部经典。以《观经》中"观佛"和"往生"两个核心概念为线索，对相关资料进行梳理和分析，以期能够进一步了解《观经》及其思想在敦煌的流传情况及其思想的影响。

一、《观经》注疏及相关文献

《观经》全名《观无量寿佛经》，其汉译本翻译时间仅次于《无量寿经》。一般认为，该经由刘宋畺良耶舍译出，内容包括未生怨故事、十六禅观与往生方法实践，无梵语及藏语本①，只出土过回鹘文②残本节略。从现存资料看，畺良耶舍未必是首译，其流传年代在西晋末已出现。《高僧传》曾载释僧显的禅修实践，结合历代材料来看，或与该经

---

① 据末木文美士的考证，该经的刊本包含高丽版、福州版、宋思溪版、碛沙藏版等九种，写本的体系包含敦煌本等四个不同的系统写经，并对比了不同版本之间的内容排列的不同和差别。末木还指出《观经》还有部分回鹘文的残卷，而这一类回鹘文的文献中还出现了《金光明经》《俱舍论实义疏》等著作，见〔日〕末木文美士：《观无量寿经》，载《净土佛教の思想》第2卷，东京：讲堂社，1992年，第12—19页。
② 《观经》的回鹘文目前共有三叶，一页收藏于大谷收集品，发现于新疆，最初由橘瑞超在其《二乐业书》（1912年，第21—41页）中刊布。其余研究见艾尔夫斯考格（第50—51页）和杨富学的研究（2001年）。除了《观经》，艾氏指出译为回鹘文的疑伪经佛教文献中名为《大白莲社经》，是《观无量寿佛经》的自由译本（第86页）。转引自纪赟《多重视角下的疑伪经研究》，广西：广西师范大学出版社，2016年，第62—63页。

紧密相关。本文所指"观佛"属大乘禅观，含观佛、观菩萨和观想净土的禅修实践；"往生"指发愿求生到西方极乐世界的一种信仰追求和实践方式。

据藤田宏达统计，自隋至宋，《观经》著名的注释书达 40 部之多。正式以"疏"为名，肇始于净影慧远。敦煌不仅有数千件《观无量寿佛经》写经，亦存一部佚名《无量寿观经义记》及涉及相关内容的文献数篇，足见其思想在敦煌地区的盛行程度。本文将选取直接提及《观经》或与之相关的文献为讨论对象：

（一）《无量寿观经义记》

敦煌文献中仅有一份文书，名《无量寿观经义记》，编号为 S. 327。是敦煌遗书中仅存的一部《观经》注疏，作者佚[①]，文中提到：

> 问：如凡夫不断欲界惑不得生，上界凡夫无断三界惑者，何由得生净土？答：如凡夫断欲界惑种不尽而得生色界，□□伏惑生上界，此亦如是由念佛三昧观于净土，深伏深厌三界惑，伏修惑粗品，故得生净土。[②]

文中自问，凡夫需断尽欲界惑才能往生，而已往生凡夫未断三界惑业，因何往生净土？文中答，未断欲界惑凡夫得生色界，若能伏惑便可往生上界。接着以修念佛三昧观想净土类比，指出该法能令凡夫伏三界惑，生出离之心，降服修惑（即思惑）粗品，往生净土。文中又引《观佛三昧经》证明观佛所获利益：

---

① 与传统注疏不同，其从内容上并未对经文进行科判。疏中大量引用了大乘佛典，并围绕当时热点问题，以自问自答的模式展开。矢吹庆辉曾指出这部义记的性质，望月信亨判定其作者为灵裕，刘长东也对作者等相关问题进行了研究。

② 《无量寿观经义记》卷一，《大正藏》第 85 册，第 249 页中。

《观佛三昧经》云，念佛功德者，所谓戒、定、慧①、解脱、解脱知见……是若有众生一闻佛身如上功德相好光明，亿亿千劫不堕恶道、不生邪见，杂恶之处常得正见、勤修不息，但闻佛名获如是福，何况系念观佛三昧，即其义也。②

文中指出听闻佛名功德尚且广大，何况系念和观佛所获利益。接着以韦提希为例：

夫人先是十回向菩萨，闻佛说净土之相即得观佛三昧，见极乐世界庄严之相，及得无生忍。③

文中认为韦提希原本是十回向菩萨，在听闻世尊介绍净土庄严景象后获得观佛三昧，进而观极乐世界证无生法忍。文中再次援引《华严经》强调观佛灭罪：

故《华严经》云：念佛三昧必见佛，念终之后生佛前，此之谓也。下次举劣显胜，但闻佛名二菩萨名，除无量罪，何况系心忆念也。④

听闻二菩萨名可灭无量罪业，若能够忆念和观想则效用更进一步。以上是《义记》中对观佛的讨论。文中关于"往生"的诠释。首先值得一提的是"六念"与"往生"的关系：

修行六念者，所谓念、佛、法、僧、施、戒、天。念佛、法、僧为生福德，念施、戒为修行，念天者念一生补处菩萨为生兜率陀

---

① 原作"惠"。
② 《无量寿观经义记》卷一，《大正藏》第85册，第252页上。
③ 《无量寿观经义记》卷一，《大正藏》第85册，第252页下。
④ 《无量寿观经义记》卷一，《大正藏》第85册，第253页上。

天，以此三种善根回向愿生也。①

六念是原始时期教导弟子的一种方法。在早期佛教的阶段，经典中对于升天的界定和理解，一般指往生到三界内诸天。此处将升天解释为一生补处菩萨所生的兜率天，虽然兜率天也是处于佛教划立的三界之内，不过认为以福德、修行和升天这三种善根回向发愿往生，这种论述是较为少见的。同时在宣扬弥陀信仰的文献和注疏中，加入了弥勒信仰的内容，也反映了当时学界关于两种净土信仰的观点博弈。关于南北朝到隋唐以来关于"别时意"的诤辨，文中也给予了判摄：

> 问：若凡夫生净土者，何故《摄大乘论》判为别时意耶？
> 答：此据无行人，故云别时意。故《论》云：由唯发愿，于安乐国即得往生，是名别时意。案无行之人空发于愿，此但为远生之因，故云别时意，要行愿相□②方得往生。③

"别时意"是南北朝到隋唐之际，诸学派围绕往生判定标准的一个争论焦点。主要是讨论"十念往生"是否属于"别时意趣"。《义记》认为别时专指有愿无行的众生。这类人空发愿而无行，只能为未来往生种下善因，故称为别时。往生净土必须行愿相应，方能往生。这种往生观点在后文中亦有体现，如对菩萨和凡夫往生净土的因缘差别中说：

> 问：菩萨发心救苦众生，何以愿生净土？
> 答：菩萨愿生净土为供养诸佛，愿入恶道为救苦；众生愿生净土为成就佛法，愿入恶道为成就众生。此二行，常行不可阙一。又凡欲救众生苦恼，先生净土，自然成就佛法。然后以大悲愿力入恶道利益群生。若未成就佛法，先入恶道。此则自为苦恼所缚。何由

---

① 《无量寿观经义记》卷一，《大正藏》第85册，第259页下。
② 此处当补"应"。
③ 《无量寿观经义记》卷一，《大正藏》第85册，第249页中。

能救众生故。《智度论》云，先须自利，然后利他，若自未利，先欲利他，如人未善习浮，先欲度彼，相与俱没，此亦如是。[①]

文中对菩萨和众生往生净土和入恶道的差别做了一个解释。文中认为凡夫和菩萨的出发点和立场不同，菩萨往生净土是为了供养诸佛，增进修学；众生往生净土是因自未得度证不退转，故需先往生成就佛法。菩萨入恶道是为救拔苦厄，众生入恶道是为成就众生。两种行为相辅相成，缺一不可。除《义记》外，敦煌遗书中还有一篇以《佛说观经》为名的文献，其中提到了各种不同的观佛方法。

（二）《佛说观经》

敦煌文书中共有六件与之相关的文书，S. 2585、S. 2585V、P. 3835、Дx00015 + Дx01597 + Дx02464V，本文以 S. 2585 为底本。该文汇集了几种观佛法[②]，观佛作为大乘佛教的重要禅法之一，在初期大乘经典中开始频繁出现，并与当时流行的主流思潮结合。在早期禅经和大乘观佛经典[③]中占有重要地位。该文献虽冠以"佛说"和"观经"之名，但其内容似将《思惟略要法》《五门禅经要用法》等文献摘抄后结集而成，内容与之大同小异，唯在"无量寿佛观"中有所不同。既非正统《观经》，也不属佛说，单列出有三方面原因，其一是从名字可知，以《观无量寿佛经》为代表的观想类经典在敦煌有一定影响；其二说明观佛禅法在敦煌的盛行；其三是在无量寿佛观中同时提及了观佛与往生，与《观无量寿佛经》主旨一致。文中先提到"十方佛观法"：

唯见一佛，结跏趺坐，举手说法，心明观察……常系在心不令

---

① 《无量寿观经义记》卷一，《大正藏》第 85 册，第 249 页中。

② 释智誉博士曾围绕该写本做过讨论，提出某些禅法可追溯到印度与中亚，并就一心观脐和念佛三昧做了讨论，发表于旭日国际佛学网络暑期密集菁英型菁英班 2019 青年学者暑期论坛。

③ 观佛系经典如《观佛三昧海经》《普贤观经》《药王药上观经》《观无量寿佛经》等等。

外缘心……复一时往观十方佛。一念所缘，周遍得见，定心成就者，于定中见十方佛，皆与已说法，疑网悉除，得无生忍。①

文中提到观十方佛获定心成就，于定中见十方佛，并以此断除妄想分别证无生忍。接着，文中以《五门禅经》举例，提出观佛的步骤：

若不没心者教以念佛，乃一心观佛。若观佛时当至心，观佛相好，了了分别，已然后闭目忆念在心……观已见有一佛，有光中结跏趺坐，更观佛有物……言更观即见佛，于腋下及腰中出凡四佛。②

文中认为修行人在修禅定时感觉通身光明遍入，能够照见自身圆明时，就进入了四禅的境界。接着提到观佛三昧法：

观佛三昧：佛为法王，能令人得种种善法，是故坐禅之人先当念佛。念佛者，能令无量罪灭也。③

文中认为坐禅之人要先念佛，观佛既能令人获诸善法，而且能令无量罪业转微薄，进而获得种种禅定，接着论述了具体方法：

当观好像如见真佛无异，先从肉髻……系心在像使不他念……心自观察如意得见，是名观缘定也……得观佛定已，然后进观生身，便得见之如对面无异也。④

按此步骤作观得观佛定后，便能于心中随意得见，与佛对面无异。文中还提到观佛、念佛与禅定之间的关系：

① 《佛说观经》卷一，《大正藏》第85册，第1459页下—1460页上。
② 《佛说观经》卷一，《大正藏》第85册，第1460页中。
③ 《佛说观经》卷一，《大正藏》第85册，第1460页下。
④ 《佛说观经》卷一，《大正藏》第85册，第1460页下。

今遇佛教，当至心念佛，种种责己。念心行住坐观，常得见佛也，然后更进生身禅定，已展转则易生身观。法观者，既以观像，心随相成就，即敛意入定即得见……法观者已于空中见佛生身，当因生身观内法身。①

文中强调了念佛的重要性，以日常行、住、坐、卧内心忆念佛的缘故，故能常见佛，进而入生身禅定，由此辗转则易入生身观。法身观者，是继像观、生身观之后，已达到心随相而现，即摄收意念入定即能见佛身，再由观空中生身后转观内法身。以上内容与《思惟略要法》《五门禅经要用法》中的内容一致，最后提到的无量寿佛观时有所不同：

钝根者先观额上一寸，无皮但见赤骨。念念在心，不令他缘。心若有余念，摄之令还……若利根者，乃便观作日光，然光明想法界光明，乃于光中观之，便可见佛也……若欲生为净土者，当作是观也，乃观诸法实相云，世间如梦如幻皆无实者……法忍者，当观诸清净毕竟空想……又观诸毕竟空想，而于众生常兴大悲。凡有善事无皆回向愿生无量寿佛国也。②

通过对比可知，无量寿佛观来自《思惟略要法》。文中将修学者分为顿根、利根，顿根者需先以白骨起观，待观至皮肉皆无，骨白如雪时，进而观想此骨透彻如琉璃，光色清净于身中放光，进而得见光明遍一切处，于此身中再观无量寿佛；利根者先作光明想观，无需经之前次第。此处增加了往生，《思惟略要法》中未提及。文中将往生净土与诸法实相观联系，认为观诸法毕竟空，才能往生净土。该文献在论及观佛

---

① 《佛说观经》卷一，《大正藏》第85册，第1460页下—1461页上。
② 《佛说观经》卷一，《大正藏》第85册，第1460页中。

与往生时融入般若空观、诸法实相等内容，这种融合倾向在敦煌文献中是十分典型的。该文献虽未直接引用《观经》的内容，但篇名却署上了"观经"之名，内容上摘抄了禅经中包括无量寿佛观在内的不同观佛法，又兼涉往生，从一定程度上说明了观佛和往生两种思想在敦煌的流行情况。

（三）S. 2674《大乘二十二问本》

敦煌遗书中留有昙旷撰《大乘二十二问本》的写本共有六件，分别是 S. 2674（名作《大乘廿二问本》）、P. 2287、北大 D098、P. 2835V、Дx. 00702、S. 2707V、S. 4297，其中 S. 2674 最为完整，P. 2835V 最为清晰，其余皆只剩残片或字体模糊。故本文以 S. 2674 为底本。文中是对汉藏佛教顿、渐问题探讨的一个合集。其中对观佛作了一个归类：

> 心定谓即远离散乱，常在有相、无相三昧，恒不远离心一境性，有相定者即经所说：观佛三昧、观净土等。无相定者，即经所说，离一切相一切分别，身、口、意业能如是，定即是次修三业地也。[①]

文中说三昧正定分为有相三昧和无相三昧，观佛相好、观净土一类的修法归入有相定的范畴。《观经》中韦提希求请世尊教其观想清净业处，世尊便为其展现净土世界的相好庄严，教其依次观想佛、观想净土等事。将观佛相好作为一种禅修方法在许多大乘经论中皆有提及，而提到观想净土的经典却只有《观经》，其他观佛系经典未见。由此可见，《大乘二十二问》中对有相三昧的判定包含了观佛三昧与观净土两类，由此可推出这段话与《观经》之间或有一定关联，或是受了敦煌当时以观佛、观净土为主流的禅观影响。

---

① （唐）昙旷撰：《大乘二十二问》，《大正藏》第85册，第1184页下。

（四）敦煌歌词

这一类文献属于敦煌文书中保存的禅诗（或称为曲调），是禅僧以入夜后的一更至五更，一日十二个时辰来比喻进行禅观时心念的变化，此为抒发或表达禅修心得的禅诗，亦具有宣扬禅法的功用。当然这其中也有偏向赞颂净土的歌词，从中可看出观佛和往生两种思想对其思想的影响，尤其与《观经》及其思想的紧密关系。如王梵志诗歌《回波乐》（断惑，七首）中提到：

> 不语谛观如来。逍遥独脱尘埃。①

诗歌在这里提出了"谛观如来"，谛观如来其实也就是本文所讨论的观佛。在法照的《归去来》（宝门开，六首）中提到的内容也涉及《观经》：

> 归去来，上金台。势至、观音来引路，百法明门应自开，应自开。②

歌词中虽未直接提及《观经》，但从内容中可以判断此处是受其影响。首先第一处的金台对应《观经》中的"金刚台"，提到往生又提到上金刚台的唯有《观经》；第二处势至、观音来引路也符合《观经》临终接引的描述；第三处在上品下生中提到了得百法明门，住欢喜地。相关的还有《食时辰》（十二首）：

> 罪谁无，要猛决。一忏直教如沃雪，求生净土礼弥陀，九品花中常快活。③

---

① 任半塘：《敦煌诗歌总集》，上海：上海古籍出版社，1987年，第1083页。
② 任半塘：《敦煌诗歌总集》，上海：上海古籍出版社，1987年，第1602页。
③ 任半塘：《敦煌诗歌总集》，上海：上海古籍出版社，1987年，第1611页。

文中没有提到《观经》，不过最后两句，尤其是"九品花中"的描述，应是出自《观经》无疑。还有如易易歌—敦煌成佛，其中的内容就引用了《观经》的内容，如文中说到：

> 解悟成佛易易歌，不行寸步出娑婆。观身自见心中佛。明知极乐没弥陀。解悟成佛易易歌，是心是佛没弥陀。是心作佛无别佛，明知极乐是娑婆。[①]

文中的观身自见心中佛，娑婆极乐无差别的思想，就带有了禅门唯心净土的味道。这种不向外求的指导方法常被当作是禅宗的教门，但从"是心是佛，是心作佛"来看，应是取自《观经》中的"法身观"。从这类诗歌中发现了一种倾向，以观佛为禅修方法与往生西方安养国土已经成为了僧侣日常修学生活中很普遍的一种现象，尤其是在上述所列的诗歌中，都直接或间接地涉及了《观经》。除了偏向修行类的文献中体现了这种倾向，在更侧重信仰的经变、供养上也同样有所体现。

二、功德记、题记、经变中的印记

开凿石窟和重视禅定修行，是敦煌佛教发展存在的共同特点。凿窟人通常也是禅修僧人，贺世哲通过《高僧传》对北魏时期僧人行迹的分析及其佛经中对禅观与石窟关系的探讨，指出在北朝时期莫高窟的石窟与坐禅观佛的关系密切，敦煌莫高窟北朝石窟对于僧徒来说，除了供养、礼佛外，主要是坐禅观佛之用。[②] 侯旭东也指出："这种观佛思想的出现，使'成佛像身观'的思想，对五六世纪造像的发展有重要意义，并从不同造像记中出现的观佛记载予以说明。"[③] 石窟中除了造像

---

① 任半塘：《敦煌诗歌总集》，上海：上海古籍出版社，1987年，第1220页。
② 贺世哲：《敦煌莫高窟北朝石窟与禅观》，载《敦煌学辑刊》1980年第1期，第43页。
③ 侯旭东：《佛陀相佑——造像记所见北朝民众信仰》，北京：社会科学文献出版社，2018年，第246—249页。

外，墙上的壁画是晚出的，包括经变画等，都成为僧人修行用来礼拜和观想的来源。到后来随着人们受佛教功德观念影响，开凿石窟和绘制经变画也成为民众自身积累功德的方式。如善导曾提到据《观经》作观经变进行观想可灭罪的论述：

> 又若有人，依《观经》等画，造净土庄严变，日夜观想宝地者，现生念念除灭八十亿劫生死之罪……又依华座庄严观，日夜观想者，现生念念除灭五十亿劫生死之罪。又依《经观》想象观、真身观、观音势至等观，现生于念念中除灭无量亿劫生死之罪。①

善导在这里指出，不仅依《观经》观想可以灭罪，造观经变、净土变等一样可以灭罪。这种说法无疑为观经变的流传产生了重要的推动。施萍婷指出："盛唐时代的莫高窟，受名僧善导的影响，观无量寿经变狂热地发展：一个洞窟画二铺者就有五例；而第 171 窟东、南、北三壁则全是大型观无量寿经变；莫高窟的西方净土变中，十有八九是观无量寿经变。其中第 12、44、45、66、103、112、148、159、171、172、197、217、237、320 诸窟的观经变都是代表作，且都是善导的影响所及之后的作品。"② 如在第 12 窟壁画的经变和《功德记》中，就出现了与《观经》相关的内容。在石窟东壁门上正中写着功德主的名字："窟主沙州释门都法和尚金光明僧索义……"与 P. 2021，P. 4640，S. 530 等卷子中所录《沙州释门索法律修窟功德记》记载吻合。在《功德记》中的内容每一句都对应着壁画的内容，其中对应着《观经》的就是其中"十六观行"这一句。（前后句各自独立，与《观经》无关，故不罗列）与这一句对应的南壁壁画，正是观无量寿经变一铺。相关的还有 P. 3608 V《大唐陇西李氏莫高窟功德记》中提到：

---

① （唐）善导集：《观念阿弥陀佛相海三昧功德法门》，《大正藏》第 47 册，第 25 页上。
② 施萍婷：《敦煌经变画》，载《敦煌研究》2011 年第 5 期，第 9 页。

……十二上愿，列于净刹土；十六观门，开于乐土……①

记中提到了《观经》十六观，其中"开于乐土"指八宝功德水中的莲花盛开，于莲花化身。在另一篇功德记中也发现了与《观经》相关的论文，P. 4245《河西节度使司空曹元德造窟功德记》中提到：

……阿弥陀佛则西方现质，东夏化身；十念功圆，千灾殄灭……②

这里的十念功圆就是指《观经》下品下生中说的临终十念，便能往生西方净土。千灾殄灭对应着灭除罪业，《观经》原文如下：

如是至心令声不绝，具足十念，称南无阿弥陀佛。称佛名故，于念念中，除八十亿劫生死之罪。③

由此可见这篇功德记与《观经》之间的关联。此外，P. 4640《沙门释门索法律窟铭》载：

……法华赞一乘之正真。十六观门，对十二之上愿……④

与上文功德记类似，十六观与十二上愿并列，十二上愿是药师十二愿。还有 P. 3984《失名传赞文》、P. 2867《建佛堂门楼文》中分别提到：

① 郑炳林、郑怡楠辑释：《敦煌碑铭赞辑释》（上），上海：上海古籍出版社，2019 年，第 43 页。

② 郑炳林、郑怡楠辑释：《敦煌碑铭赞辑释》（下），上海：上海古籍出版社，2019 年，第 1306 页。

③ （宋）畺良耶舍译：《佛说观无量寿佛经》卷一，《大正藏》第 12 册，第 346 页上。

④ 郑炳林、郑怡楠辑释：《敦煌碑铭赞辑释》（上），上海：上海古籍出版社，2019 年，第 293 页。

……树而调八音；极乐化生……当生净土，往见弥陀……千念齐至，九品方登……①

……净业净因，恒居五蕴之境。然后先亡远代，悉得上生……②

P. 3984 中九品方登指九品往生，P. 2867 中的上生，指往生中的上品上生。这两条内容都出自《观经》。接着看第 76 窟，此窟题记 P. 102，录文如下：

第二水作冰观，第三青莲花观，第四水作池观，第五宝幢观，第六树林观，第无量寿观，第大势至菩萨观。③

文中所述内容出自《观经》十六观。但在具体的观想内容上略有差距。如二观为水观，此处记为冰观。无量寿观后应是观世音菩萨观，此处则记载大势至观。

再看 P. 10《游人漫题》，录文如下：

时阿阇世即执利剑欲害其母

……

十六观行因缘

……

下品上生

池中□花中大……青……

中品□□

---

① 郑炳林、郑怡楠辑释：《敦煌碑铭赞辑释》（下），上海：上海古籍出版社，2019 年，第 1477 页。
② 郑炳林、郑怡楠辑释：《敦煌碑铭赞辑释》（下），上海：上海古籍出版社，2019 年，第 1417 页。
③ 徐自强等编著：《敦煌莫高窟题记汇编》，北京：文物出版社，2014 年，第 63 页。

……

第十二观莲花开合

第十三观丈六佛身①

文中一开始就提及未生怨故事，接着提到十六观行之因缘。紧接是三辈九品的内容和具体观想方法。文中的十二观和十三观与《观经》的原文不同。下面看日藏敦煌写卷的材料，在题记中也提到：

天宝十三载（754）七月十四日弟子孔含光写毕……愿以此功德，普及一切，我等与众生，皆共成佛道。②

文中记载一位名叫孔含光的人，抄写《无量寿观经缵述》。相关题记还有 S. 3115《佛说无量寿观经》，录文如下：

盖骨笔传经，远求甘露之味；剪皮写偈，深种般若之因。沙门昙皎，普化有缘，敬写此经千部，冀使一闻一见，俱得上品往生，一念一称，同入弥陀之国，逮霑有资此妙因。③

文中记载了昙皎抄写《观经》的缘由，他为能够与更多人结缘，恭敬抄此经千部。他希望见此经之人皆能上品上生，哪怕一念称名，也可共入弥陀佛国。在众多题记中，除抄写《观经》题记，还有抄写其他经典题记亦提到了《观经》。如 P. 2276，录文如下：

仁寿四年（604）四月八日，楹维珍为亡父写《灌顶经》一部、《优婆塞》一部、《善恶因果》一部、《太子成道》一部、《五

---

① 徐自强等编著：《敦煌莫高窟题记汇编》，北京：文物出版社，2014 年，第 171 页。

② 〔日〕池田温编：《中国古代写本识语集录》第 876 条，东京：日本大藏出版社，1990 年，第 402 页。

③ 黄永武编：《敦煌宝藏》，第 26 册，台北：新文丰出版社，1998 年，第 115 页。

百问事经》一部、《千五百佛名经》、《观无量寿经》一部、造观世音像一躯，造卌九尺神幡一口。所造功德，为法界众生，一时成佛。①

该题记是楹维珍抄写《优婆塞戒经》的题记。楹维珍为了父亲能早日超拔成佛，为父亲抄写了众多佛经，其中包含一部《观经》。相关还有 P. 1515，录文如下：

大唐上元二年（675）四月廿八日，佛弟子清信女张氏发心敬造《无量寿观经》一部及《观音经》一部，愿以此功德，上资天皇天后圣化无穷，下及七代父母并及法界仓（苍）生，并超烦恼之门，俱登净妙国土。②

张氏信女抄《观经》和《观音经》一部，张氏一方面为天皇天后祈福，另一方面为自己七世父母及法界众生回向功德，愿自己历代宗亲能够解脱烦恼，往生净土。据现存敦煌遗书显示，早在北朝就已有净土类经典的抄写本和无量寿佛的造像。隋唐《观经》的流行和各宗派僧人的注疏和讨论，关于无量寿佛的信仰在唐五代时期达到了巅峰，也影响着敦煌佛教和敦煌石窟中的开凿、经变的发展。

敦煌石窟中的经变有很多类型，有维摩经变、法华经变、福田经变、弥勒经变、药师经变、西方净土变等等数量较多的经变，除此之外，还有报恩经变、华严经变、涅槃经变，密教经变等等经变画较少的经变类型。其中净土变的经变为所有经变中最多的，据统计共计411铺，其中西方净土变的占了154铺，而西方净土变中有三分之二的经变都是属于《观经变》。

---

① 黄永武编：《敦煌宝藏》，第118册，台北：新文丰出版社，1998年，第401页。
② 黄永武编：《敦煌宝藏》，第11册，台北：新文丰出版社，1998年，第327页。

表6.2　西方净土变分布表①

西方净土变			
时代	观无量寿经变	无量寿经变	阿弥陀经变
隋	1		
初唐	2	8	6
盛唐	20	1	4
中唐	34	2	5
晚唐	18	5	5
五代	4	1	8
宋	6		2
西夏		13	8
总计	85	31	38
	154		

　　据张元林考证："敦煌285窟的无量寿佛说法模式的出现,与当时的僧人将无量寿佛和极乐世界当作观想对象有关。无量寿佛信仰在敦煌还与法华三昧信仰结合。"② 除了与法华信仰结合,还发现无量寿佛信仰还与维摩诘信仰、般若信仰等较为流行的大乘经典信仰相结合。据许绢惠统计和研究③,在敦煌所见的十七铺的金刚经经变中,每一铺都有

---

　　① 数据统计见施萍婷:《敦煌经变画》,载《敦煌研究》2011年第5期,第13页。又有一说观无量寿经变到初唐451窟才出现,《敦煌石窟全集》中统计观无量寿经变从初唐至宋为86铺,见施萍婷主编:《敦煌石窟全集5》(阿弥陀经画卷),香港:商务印书馆,2002年,第88页。

　　② 张元林:《从敦煌莫高窟第285窟看北朝时期法华信仰与无量寿信仰的关系》,载《敦煌佛教与禅宗学术研讨会》,2007年,第655页。

　　③ 许绢惠:《唐代敦煌金刚经变中的禅净合流思想》,南华大学美术与艺术管理研究所硕士论文,2006年。

净土经变，包含东方净土、药师净土和西方净土。[①]

除了石窟上的体现外，通过本窟供养人的家族碑刻也能够看到其中将《观经》的内容与《金刚经》结合的论述，据 P. 4640 所述，录文如下：

> □□□大渊之年……萨埵投崖，舍身济虎。十二上愿，化尽东方。十六观，应居西土，金刚了义，赞善现而解空。[②]

这个碑文中就明确地将《观经》的十六观门与金刚经宣说空观的了义的思想结合起来。般若思想与无量寿佛信仰的结合也是有历史来源的，末木文美士指出："《般舟三昧》的思想其实是以空为主的般若思想，他认为这部经是无量寿佛信仰与般若空观的结合。"[③] 大乘佛教对清净国土的论述不仅仅停留在信仰层面，《观经》亦是如此，其中便融合了大乘佛教初期的主流思想。马克瑞指出："净与非实在或空相结合的思想，其本身就予以高度关注。入矢义高教授指出，这两种观念在中国古代佛典文本中的关系是非常紧密的。"[④] 不同信仰模式相互融合的

---

① 许绢惠在论文中指出在金刚经变中加入了观经变内容的是中唐时期的 112 窟。南壁西起金刚经变、观无量寿经变。还有中唐莫高窟第 144 窟，窟南壁西起画法华经变、观无量寿经变、金刚经变，在佛前除了绘伎乐外，尚有八功德水，水中有花表示莲花。就从中央说法佛的图像来看，比 112 窟更加接近西方净土的图像。莫高窟第 236 窟南壁上铺西起观无量寿经变、楞伽经变，在北壁上铺西起药师经变，金刚经变，下方无画。在莫高窟第 240 窟中，北壁上铺起绘药师变、金刚经变，南壁西起观无量寿经变、天请问经变，观无量寿经变下屏风绘十六观。晚唐时期，金刚经变中与观经变结合的洞窟有莫高窟 18 窟，南壁西起观无量寿经变、弥勒经变，北壁西起药师经变、金刚经变。而在 85 窟，南壁西起为金刚经变，观无量寿经变。还有在莫高窟第 145 窟，南壁西起画观无量寿经变、金刚经变，两经变下方各有屏风三扇，内画各经变诸品。莫高窟第 147 窟，西起画观无量寿经变，弥勒经变，两经变下方各有屏风四扇，内画各自诸品。

② 郑炳林、郑怡楠辑释：《敦煌碑铭赞辑释》（上），上海：上海古籍出版社，2019 年，第 258 页。

③ 〔日〕末木文美士：《观无量寿净—观佛往生》，载《净土仏教的思想》第 2 卷，东京：讲谈社，1992 年，第 131 页。

④ 〔美〕马克瑞著；韩传强译：《北宗禅与早期禅宗形成》，上海：上海古籍出版社，2015 年，第 249 页。

情况，在敦煌十分地常见。这与敦煌地区佛教发展的地域性特点有关，也与《观经》思想中的融合倾向不谋而合，在石窟的雕刻中也得到了体现，这从一定程度上也说明了敦煌佛教信仰模式的多元性和融合性特征。

结论

敦煌佛教的整体情况并不像中原佛教那样，有着详细的教派、经典传承或者极明确的师承关系，统治者与民众的偏好在一定程度上影响了敦煌佛教的发展趋势，包括对于经典的奉持与推广，如上文所提到的某些遗书只是属于结集性质的文献乃至伪托的著作，但在敦煌的民众看来，只要符合自己的信仰理念，一样可以称之为经或者祖师的著作。[①]如王慧民指出在《观经榜题底稿》中十六观的内容，加入了不属于《观经》原本观想的内容，其中一个是妙吉祥观，一个是龙树菩萨观[②]，妙吉祥即文殊菩萨，代表的是般若智慧。在《文殊般若经》中所提到的一行三昧，与观佛三昧一样，都是以见十方佛为前提的禅定修学法门。龙树菩萨所代表的主要思想是般若空观，在署名为龙树的论著中多提到观佛、往生的内容。这样删、减佛经的内容，在正统佛教徒眼里是很难想象的。

《观经》作为一部对中古时期产生过重要影响的佛教经典，不仅对汉地佛教的宗派、实践、义理、仪轨等诸多方面产生了影响，而且影响了敦煌地区的佛教。敦煌遗留了与《观经》相关的大量写经、相关文献、石窟造像与经变，《观经》中的"往生"思想与大乘净土紧密相关，尤其是西方净土思想在敦煌地区盛行，《观经》中的三辈九品往生、五逆十恶亦可往生等内容极大地拓宽了受众人群；《观经》中的

---

① 李正宇指出："不承认不合佛经规范的现象在敦煌佛教中的普遍存在，那种合经合戒的理想型佛教却在这一时期的敦煌并不存在。"见李正宇：《敦煌佛教研究的得失》，载《南京师大学报》（哲学社会科学版）2008 年第 5 期，第 51 页。

② 王惠民：《国图 BD.09092 观经变榜题底稿校考》，载《敦煌研究》2009 年第 5 期，第 1 页。

"观佛"思想与禅观实践相关,而敦煌地区众多石窟的雕刻与僧人们日常的观想与禅坐密不可分。通过上文的讨论,足见《观经》思想对敦煌佛教日常信仰生活在各个方面的深刻影响。

金山国背景下的敦煌山岳信仰

林生海

（安徽师范大学历史学院）

摘要：敦煌作为丝绸之路上的佛教圣地，当地各种信仰混杂交融。研究表明，敦煌山岳信仰也受到了佛教与政治的影响。金山国与金山信仰密切相关，它是五代初期以沙州敦煌为中心而建立的地方政权。本文基于敦煌文献与实地调研，围绕三危山、鸣沙山与金山信仰，对敦煌的山岳信仰与金山国的建立进行重新探讨。从中可知，敦煌山岳信仰的变迁，在受政治因素影响的同时，也有向宗教化、民俗化转变的过程。

关键词：金山国；敦煌；山岳信仰

基金项目：国家社会科学基金冷门绝学研究专项"敦煌民间信仰文献整理与研究"（19VJX129）阶段性成果。

引言

山岳信仰可追溯至原始社会的自然崇拜，早在先秦时代就留下许多有关山岳祭祀的记载，[①] 其中最有名的当属泰山。秦始皇统一六国之初曾在泰山举行封禅大典。之后经过汉代经学家们的整理，山岳祭祀与五行、五方的观念相结合。[②] 这样确立了以东岳泰山、西岳华山、南岳衡

---

① 《礼记·王制》云："天子祭天下名山大川，五岳视三公，四渎视诸侯。诸侯祭名山大川之在其地者。"《周礼·春官·大宗伯》："以血祭祭社稷，五祀，五岳。"钱志熙：《论上古至秦汉时代的山水崇拜山川祭祀及其文化内涵》，载《文史》第52辑，2000年，第237—258页。

② 〔日〕酒井忠夫：《太山信仰の研究》，载《史潮》第7卷2号，1937年，第70—118页。

山、北岳恒山以及中岳嵩山为中心的五岳祀典，为后世王朝祭祀所沿用。唐代是山岳信仰发展的重要时期。在泰山祭祀的同时，皇帝也授予山川神以爵位。如华山信仰这种与以往不同的新的信仰突然出现，[①] 地方名山崇拜逐渐异彩纷呈。

本文以金山国为例，金山国是五代时期以沙州（敦煌）为中心建立的地方政权。正如其名称推测的那样，金山国是因金鞍山信仰而得名的。关于敦煌的山岳信仰，郑炳林先生阐述了金鞍山信仰与金山国之间的关系。[②] 余欣先生通过三危山神和金鞍山神之间的战斗，围绕其背后的政治因素进行考察，指出了当地名胜三危山被神祠化、圣迹化的现象。[③] 濮仲远先生整理了与三危山、金鞍山以及鸣沙山神相关的写本文献。[④] 以上学者的研究，进一步加深了我们对山岳信仰的认识。此外，考虑到古代敦煌是东西方陆路交通上著名的佛教圣地，当地各种信仰共存。但是在目前的先行研究中，对敦煌的山岳信仰与宗教信仰及政治演变的关系探讨尚不清晰。[⑤]

近年来，荒见泰史先生通过查阅文献与实地调查，论述了三危山和鸣沙山自古以来作为敦煌的象征而受到信仰，并且这种信仰在受政治影

---

① 贾二强：《论唐代的华山信仰》，载《中国史研究》2000年第2期，第90—99页。雷闻：《五岳真君祠与唐代国家祭祀》，载荣新江主编：《唐代宗教信仰与社会》，上海：上海辞书出版社，2003年，第35—83页。王永平：《论唐代的山神崇拜》，载《首都师范大学学报》2004年第6期，第19—24页。朱溢：《论唐代的山川封爵现象：兼论唐代的官方山川崇拜》，载《新史学》第18卷第4期，2007年，第71—124页。

② 郑炳林：《唐五代敦煌金鞍山异名考》，载《敦煌研究》1995年第2期，第127—134页。

③ 余欣：《神道人心：唐宋之际敦煌民生宗教社会史研究》，北京：中华书局，2006年，第134—146页；余欣：《敦煌的博物学世界》，兰州：甘肃教育出版社，2013年，第127—130页。

④ 濮仲远：《唐宋时期敦煌民间信仰研究》，西北师范大学硕士学位论文，2005年。

⑤ 管见所及，涉及山岳信仰与宗教关系的文章，主要散见于一些论著中，如乌丙安《中国民间信仰》提及："在山崇拜的发展中，逐渐又与佛教，道教的宗教圣地相融合，出现了对道家的洞天福地和佛家的菩萨道场名山的崇仰。"（上海人民出版社，1998年，第48页）雷闻：《论中晚唐佛道教与民间祠祀的合流》（载《宗教学研究》2003年第3期，第74—75页）。徐铭：《唐五代时期における敦煌の佛教と葬送仪礼》（载国立历史民俗博物馆·松尾恒一编《东アジアの宗教文化：越境と变容》，东京：岩田书院，2014年，第313—327页）。

响的同时有向佛教信仰转变的过程。[①] 这种研究思路在日本国内的研究领域是被忽视的方法。在日本，山岳信仰分为冥界信仰、宇宙信仰、水分信仰三个系统，山岳作为灵场受到崇拜，之后对支撑王权的神道和佛教也产生了影响。密教流行以后，山岳作为修道场，平安中期（986—1086）演变为以独特的"修验道"为主的山岳宗教。[②] 这些是日本山岳信仰方面相关的情况，也是荒见泰史先生对日本山岳信仰的特征和"山岳宗教"的观点。[③] 笔者认为这种观点同样有助于理解唐宋时期敦煌的山岳信仰现象。鉴于此，本文以敦煌文献为中心，在以往研究的基础上，对敦煌的山岳信仰和金山国建立的问题进行探讨。

一、民众对山岳神祇的选择

敦煌的山地约占当地总面积的百分之三十，主要由南部诸山（金鞍山等13座）、中部诸山（鸣沙山、三危山等8座）及北部诸山（北山等4座）构成（参见附图），百分之九十以上的河水从南部诸山流出。[④] 除此之外，据敦煌文献记载，不仅敦煌当地的山，敦煌以外的佛教名山也成为了人们信仰的对象。如山西的五台山[⑤]、新疆的于阗牛头山（S.5659）、云南的鸡足山圣者（S.5957）等。那么在敦煌当地，哪些山岳成为了信仰的对象呢？

---

① 〔日〕荒见泰史：《敦煌三危山考》，神佛习合研究会発表论文，2013 年 7 月。荒见泰史：《シルクロードの敦煌资料が语る中国の来世观》，载《シルクロードの来世观》，东京：勉诚出版，2015 年，第 20—26 页。

② 宫家准编：《御岳信仰》（民众宗教丛书第六卷），东京：雄山阁出版，1985 年，序言及第 3 页。此外名著出版社 1975—1984 年出版的《山岳宗教史研究丛书》（全 18 卷），和歌森太郎编著《山岳宗教の成立と展开》，樱井德太郎编著《山岳宗教と民间信仰研究》中有关于"山岳宗教"的详细论述。

③ 山岳宗教指到山中进行严格的修行从而获得开悟，它是以日本古来的山岳信仰为基础，混合佛教、神祇信仰、阴阳道而形成的日本独特的混淆宗教。

④ 李正宇：《敦煌历史地理导论》，台北：新文丰出版公司，1997 年，第 121—149 页。

⑤ 关于五台山信仰的历史可参考，杜斗城：《敦煌五台山文献校录研究》，太原：山西人民出版社，1991 年。〔日〕藤善眞澄：《参天台五台山记》，关西大学出版部，2007 年。〔日〕高田时雄：《李盛铎藏写本〈驿城记〉初探》，载《敦煌写本研究年报》第 5 号，2011 年，第 1—14 页。

（一）作为名胜灵地的鸣沙山、三危山信仰

以下笔者根据荒见泰史先生的论述，添加了相关新资料，试对鸣沙山、三危山两山相关的信仰加以整理。

目前，关于敦煌的山岳信仰，与三危山（海拔1778米）和金鞍山（海拔5789米）有关的论述较多，而关于鸣沙山（海拔1775米）的论述极少，这或许是因为记述鸣沙山的敦煌文献较少的缘故。

三危山（"危"还有"峗""峞"的写法）是敦煌的名山，位于敦煌古城的东南方，又称为"卑羽山""升羽山"。据《唐六典》记载："六曰陇右道，古雍，梁二州之境……其名山有秦岭、陇坻、西倾、朱圉、积石、合黎、崆峒、三危、鸟鼠同穴。"① 可知三危山在唐代是陇右地区的名山之一。大中二年（848）至咸通二年（861），到敦煌的某位旅行者在P.2748《沙州敦煌二十二咏并序·三危山咏》写道②："仆到三危，向逾二纪。略观图录，粗览山川，古迹灵奇，莫可详究，聊申短咏，以讽美名云尔矣。一、三危山咏。三危镇群望，岫崿凌穹苍。万古不毛发，四时含雪霜。岩连九陇险，地窜三苗乡。风雨暗溪谷，令人心自伤。"也就是说，因为风景极美，又是灵验之地，三危山作为当地群山之首，一直受到人们的赞美与祭拜。

敦煌存在鸣沙山信仰最明确的资料，是天成四年（929）S.5448《敦煌录一本》中的记述："鸣沙山去州十里，其山东西八十里，南北四十里，高处五百尺，悉纯沙聚起。此山神异，峰如削成，其间有井，沙不能蔽，盛夏自鸣，人马践之，声震数十里。风俗，端午日，城中士女，皆跻高峰，一齐蹙下，其沙声吼如雷，至晓看之，峭崿如旧，古号鸣沙，神沙而祠焉。"此外，唐人李吉甫撰写的《元和郡县图志》记

---

① （唐）李林甫等撰；陈仲夫点校：《唐六典》卷3"尚书户部"，北京：中华书局，1992年，第68页。

② 李正宇：《〈敦煌廿咏〉探微》，载《北方论丛》1989年第8期，第232—251页。关于《敦煌廿咏》的成立年代，有吐蕃占领敦煌以前之说（马德：《〈敦煌廿咏〉写作年代初探》，载《敦煌研究》1983年创刊号，第179—186页）。以及吐蕃占领时期说（阴法鲁：《敦煌唐末佚诗所反映的当地状况》，载《西北史地》1982年第3期，第1—7页）。

载："鸣沙山，一名神沙山，在县南七里。今按其山积沙为之，峰峦危峭，逾于山石。四面皆为沙垄，背有如刀刃，人登之即鸣，隋足颓落，经宿风吹，辄复如旧。"因为鸣沙山有不可思议的现象，而被奉为神山、神沙受到祭拜。

除敦煌文献之外，在考古发掘中也发现了与三危山信仰、鸣沙山信仰相关的遗迹。20世纪40年代后期，在三危山和鸣沙山之间的莫高窟北侧，发现了大量的西汉、晋、唐古墓群，又相继发现了佛爷庙湾古墓群、新店台古墓群等。引人注目的是，埋葬者当中不仅有当地的达官显贵，还有平民百姓。[①] 三危山与鸣沙山，在当时受到社会各阶层的普遍信仰。

（二）鸣沙山、三危山信仰的变迁

从历史上看，不仅在敦煌地区出现鸣沙山、三危山信仰。[②] 据《隋唐嘉话》记载"灵州鸣沙县有沙，人马践之，辄镪然有声。持至他处，信宿之后，而无复声矣"[③] 可知，在灵州（宁夏）也有和敦煌一样被称为鸣沙的地方。

"三危"地名最早见于《尚书·舜典》的记载："窜三苗于三危。"三危山在敦煌的说法，始见于西晋杜预注《左传》："允姓，阴戎之祖，与三苗俱放三危者。瓜州，今敦煌。"此后，学者多循此说法。原本《史记·五帝本纪》记载："三苗在江淮，荆州数为乱，于是舜归而言于帝，迁三苗于三危，以变西戎。"唐张守节《史记正义》引用李泰

---

① 〔日〕关尾史郎：《もうひとつの敦煌：镇墓瓶と画像砖の世界》，东京：高志书院，2011年，第29—36页。

② 关于"三危"的位置有各式各样的说法。参见李聚宝：《〈舜窜三苗于三危〉之〈三危〉在敦煌》，载《敦煌研究》1986年第3期。齐陈骏、李并成主编：《中国敦煌学百年文库》地理卷二，兰州：甘肃文化出版社，1999年，第183—184页。此外有学者认为《尚书》中的"三危"并不在敦煌，将三危山与上古时代的古典混合考虑完全是附会的说法，详见刘光华：《敦煌上古史的几个问题》，载《敦煌学辑刊》1983年第3期。李正宇：《古本敦煌乡土志八种笺证》，台北：新文丰出版公司，1998年，第272—273页。

③ （唐）刘餗撰；程毅中点校：《隋唐嘉话》卷下，北京：中华书局，1979年，第53页。

《括地志》卷四"沙州敦煌县"云："三危山有三峰，故曰三危，俗亦名卑羽山，在沙州敦煌县东南三十里。"此外，北宋乐史《太平寰宇记》中记载，三危山又名"升羽山"。这里"卑羽"一词很难理解。据专家研究，"卑羽"即"牟羽"，或译作"仆固"，在突厥语中表示神圣，被误作"升雨"。① 另外，敦煌以外的三危山，据《蛮书》记载："又丽水，一名禄卑江，源自逻些城三危山下。南流过丽水城西，又南至苍望。"② 即，西藏地区也有三危山。三危山俗称"卑羽山"及西藏的三危山表明，在一些少数民族地区三危山同样被视为神圣之山。三危山信仰也有流传到不同地域而发展的可能。

提到山岳信仰，在中国传统文化中，昆仑山被认为是"有宇宙山性质"的最高山峰。人们相信，只要登上此山就可长生不老，故而被古人视为信仰的对象。实际上存在于青海附近的昆仑山，在敦煌同样也受到了信仰，从当时的人名中多少也可以管窥得知，如"张昆仑"（P. 3074V）、"张南山"（P. 2953V）等，由此可确认山岳作为名字的例子。③ 在敦煌还有被称作南山的山。这种以方位命名的山在很多地方都存在。关于敦煌的南山信仰稍作说明，S. 1398V 有"十月四日迎赛南山，酒一斗"。此外，S. 5448《敦煌录》记载："南山，有观音菩萨曾现之处，郡人每诣彼，必徒行来往，其恭敬如是。"无论昆仑山信仰，还是南山信仰，可以说都绝不仅仅是某一特定地区的信仰。

总之，鸣沙山、三危山受到民众的信仰，从敦煌的古墓群来看，三危山被认为是当地的灵地，并融合了祖灵信仰。关于鸣沙山、三危山信仰的变迁，也有从敦煌传到其他地区的可能性，进而与各种信仰相融合，无论鸣沙山、还是三危山，都反映了山岳信仰的现象。

---

① 钱伯泉：《〈敦煌〉和〈莫高窟〉音义考析》，载《敦煌研究》1994 年第 1 期，第 52 页。

② （唐）樊绰撰；向达校注：《蛮书校注》卷二"山川江源"，北京：中华书局，1962 年，第 51—52 页。

③ 〔日〕土肥义和编：《八世纪末期～十一世纪初期 燉煌氏族人名集成》，东京：汲古书院，2015 年，第 403、441 页。

（三）山岳信仰与佛教信仰的融合

关于鸣沙山和三危山，除敦煌的方志、地理书之外，《碑铭赞》中也多次提到，经常与莫高窟相关联。[①] 三危山与鸣沙山及大泉河（宕泉）交界。莫高窟开凿在大泉河以北的鸣沙山东麓的断崖上，现保存有近五百座石窟。两座山与河水相隔，被称为"左右形胜"。圣历元年（698）完成的 P. 2551《李君莫高窟佛龛碑并序》中记载，"实神秀之幽岩，灵奇之净域也。西连九陇阪，鸣沙飞井擅其名。东接三危峰，泫露翔云腾其美。左右形胜，前后显敞"。P. 4640《沙州释门索法律窟铭》中记载，"玉塞敦煌，镇神沙而白净。三危黑秀，刺石壁而泉飞"。天下名山僧建多，僧侣们不断地在鸣沙山东侧的断崖上开窟造像，莫高窟遂成为敦煌佛教僧团的禅修圣地。[②] S. 5448《敦煌录》中记载："州南有莫高窟，去州二十五里，中过石碛，带山坡至彼斗下谷中，其东即三危山，西即鸣沙山，中有自南流水，名之宕泉。古寺僧舍绝多，亦有洪钟。其谷南北两头，有天王堂及神祠，壁画吐蕃赞普部从。其山西壁南北二里，并是镌凿高大沙窟，塑画佛像。每窟动计费税百万，前设楼阁数层，有大像堂殿，其像长一百六十尺。其小龛无数，悉有虚槛通连，巡礼游览之景。"

伴随着佛教圣地莫高窟的形成，三危山的信仰逐渐与佛教相融合，围绕修行与祈福等形成了山岳宗教的信仰。如，大历十一年（776）完成的 P. 3608V《大唐陇西李氏莫高窟修功德记》中记载："敦煌之东南，有山曰三危。结积阴之气，坤为德。成凝质之形，艮为象。峻嶒千峰，磅礴万里。呀豁中绝，块圠相嵌。凿为灵龛，上下云矗。构以飞阁，南北霞连。依然地居，杳出人境。圣灯时照，一川星悬。神钟乍鸣，四山雷发。灵仙贵物，往往而在。属以贼臣干记，勃寇幸灾。磔裂

---

① 〔日〕白须净真：《シルクロードの来世观综论》，载《シルクロードの来世观》，第7页。

② 马德：《莫高窟与敦煌佛教教团》，载《敦煌吐鲁番研究》卷1，北京：北京大学出版社，1995年，第161—176页。

地维，暴弥（殄）天物。"其中"属以贼臣干记"指安史之乱（755—763）之事。从三危山的佛龛、庙宇以及燃灯法事等活动来看，即使在安史之乱以后，作为佛教圣地的三危山信仰依然非常兴盛。

在与山岳有关的文献中，描写山岳景色接连不断，同时山岳的宗教活动氛围逐渐浓厚起来。在敦煌《碑铭赞》中有很多这样的记载。如元和六年（811）前后完成的 P.4638《右军卫十将使孔公浮图功德铭并序》云："建浮图一所。又漠（莫）高窟龛圖（图）画功德二铺。州西灵图寺写镇藏经、涅槃经一部，所以五事分平，迥开灵刹。三危特秀，势接隆基。辉浮孟敏之津，影曜神农之水。"又如，吐蕃统治中后期僧人惠苑执笔的 P.2991《报恩吉祥窟记》中有"三危雪迹，众望所钦"的记载。即，吐蕃统治敦煌时期，当地的僧俗仍在三危山礼拜圣迹。归义军收复敦煌之后的文献中，记载三危山的内容极为丰富。在大中五年（851）至大中十二年（858）之间撰写的 P.3770《张族庆寺文》中，出现了"草马三险，横行五郡……玉露浮光，集三危而夜结。□□〔绍穆〕请供，盛陈福事之毕。拨向复终，惣斯多善，莫限良缘。先用上资，梵释四王，龙天八部身，光增益神力，冥加□〔共〕念苍生，救人护国"。"绍穆"意为"昭穆"。据《正字通·禾部》记载，"穆，庙序也。一世昭，二世穆。""绍穆请供……回向复终"，即祭祀先祖，巡回礼拜神佛。三危山信仰与佛教融合后，其中也包含了祖灵信仰。

曹氏归义军时期（914—1036）的 P.3405《正月十五日窟上供养》云："三元之首，必然（燃）灯以求恩。正旦三长，盖缘幡之佳节。岩泉千窟，是罗汉之指踪，危岭三峰，实圣人之遗迹。所以燉煌归敬，道俗倾心，年驰妙供于仙岩，大设馨香于万室。振洪钟于笋檐，声彻三天。灯广（光）车轮，照谷中之万树。""危岭三峰"指三危山，北宋时期，莫高窟在每年的"三元之首"（正月十五）成为了当地佛事燃灯的中心。

10 世纪以后，三危山进一步被神化。918 年或稍后的《结坛祈祷发愿文》（S.5957）中记载："伏惟我使主负天资之貌，含江海之鸿才……遂请鸡足山圣者，飞锡来降道场。三峗山主神王，乘云凑于［此会］。"此外，P.2887《礼忏文》记载有"燉煌三危山神"。天福八年（943）前后撰写的《结坛散食回向发愿文》（S.3427）云："又请下方坚牢地神主领一切山岳灵祇，江河圣族并诸眷属来降道场，又请护界善神，散脂大将，护伽蓝神，金刚蜜迹，十二药叉大将，四海八大龙王，管境土地神祇，泉源□［行］非水族，镇世五岳之主，鹑罜山危山神，社公稷品官尊，地水火风神等并诸眷属来降道场。"据此可知，三危山神已被佛教所吸收、并列为诸天神，成为重要的神祇。

被神化的三危山神不仅仅出现在佛事法会，也逐渐融入了传统民俗之中。据九至十世纪流行的《儿郎伟》（P.3552）中有这样的句子："驱傩圣法，自古有之。今夜扫除，荡尽不吉，万庆新年……今夜驱傩仪仗，部领安城火袄。但次三危圣者，搜罗内外戈鋋。趁却旧年精魅，迎取蓬莱七贤。屏及南山四皓，今秋五色弘（红）莲。从此燉煌无事，燉煌千年万年。"另外，P.3270《儿郎伟》："驱傩之法，天下共传……三危圣者部领，枷项递送幽燕。不许沙州亭宿，亦不许恼乱川原。"在驱傩（大傩、追傩）被除疫鬼的仪式中，三危圣者也成为劝请对象的诸神之一。

敦煌文献中，三危山与鸣沙山相关的内容，多与莫高窟有关。唐代，随着佛教圣地莫高窟的兴盛，三危山信仰逐渐融入佛教。在山岳信仰的基础上，佛教也发生了变化。曹氏归义军时期，三危山进一步被神化，不仅在传统民俗中，佛事法会中也出现了与佛教融合的现象。

二、金山信仰与金山国政局的演变

金山（金鞍山、龙勒山）位于敦煌西南寿昌县南部，即今甘肃、青海、新疆三界之交的阿尔金山。[①] 官方的地志中，金山也被称为"龙勒山"，在古代被视为通往于阗、且末及楼兰的交通分界线。据《旧五

---

① 郑炳林：《唐五代敦煌金鞍山异名考》，载《敦煌研究》1995年第2期，第127—134页。杨秀清：《敦煌西汉金山国史》，兰州：甘肃人民出版社，1999年，第75页。关于金山的位置尚有不同的看法。

代史·吐蕃传》记载，归义军节度使张承奉曾自封"金山白衣天子"，[①]
建立"西汉白衣金山国"。金山国的建立年代历史上无明确记载，学者
们认为是在公元909年。[②] 911年，西汉金山国与甘州回鹘的战争失败
后，更名为"西汉敦煌国"。

关于"金山白衣帝""金山白衣天子""西汉白衣金山国"等名称，
目前有各种各样的观点，[③] 学界关注的主要是"白衣""西汉"的名称。
王重民先生根据"白雀"的瑞祥及 P.2632《手诀》中的"敦煌自立白
衣为主"，提出张承奉建国的基础是根据谶纬的说法。[④] 唐长孺先生指
出，"白衣"是信奉摩尼教的回鹘人遗留下的崇尚白色的观念。[⑤] 此外，
李正宇先生认为，"白衣"和"白帝"是汉族传统五行、谶纬思想的产
物，同时也吸收了净土思想。[⑥] 卢向前先生认为，金山国和道教的谶纬
思想有着密切的关系。[⑦] 杨秀清先生指出西汉金山国与传统的五行、谶
纬思想一致，金山国获得河西的正统地位，势必要统一河西。[⑧]

---

① （宋）薛居正等撰：《旧五代史》卷一三八"外国列传第二·吐蕃"，北京：中华书
局，1976年，第1840页。

② 杨宝玉、吴丽娱：《归义军朝贡使张保山生平考察与相关历史问题》，载《中国史研
究》2007年第4期，第51—67页。冯培红：《敦煌的归义军时代》，兰州：甘肃教育出版社，
2013年，第193—200页。关于金山国建立的年代，还有905年说（王重民），906年说（李正
宇），908年说（王冀青）及910年说（卢向前、荣新江）等。据赤木崇敏先生告知，金山国
的建立年代通常认为是909年，实际上是908年。白须净真先生指出这个年代差异应该是"逾
年改元"计算时所产生的问题。两位先生的宝贵意见，谨致谢忱。

③ 王重民：《金山国坠事零拾》，载《国立北平图书馆馆刊》第9卷第6号，1935年，
第5—32页。唐长孺：《白衣天子试释》，载《燕京学报》第35期，1948年，第227—238页。
李正宇：《关于金山国和敦煌国建国的几个问题》，载《西北史地》1987年第2期；李正宇：
《敦煌史地新论》，台北：新文丰出版公司，1996年，第193—222页。卢向前：《金山国立国
之我见》，载《敦煌学辑刊》1990年第2期，第14—26页。荣新江：《归义军史研究：唐宋时
代敦煌历史考索》，上海：上海古籍出版社，1996年，第214—228页。杨秀清：《敦煌西汉金
山国史》，兰州：甘肃人民出版社，1999年，第72—76页。最新研究成果，参考冯培红：《敦
煌的归义军时代》，兰州：甘肃教育出版社，2013年，第193—200页。

④ 王重民：《金山国坠事零拾》，载《国立北平图书馆馆刊》第9卷第6号，1935年，
第5—32页。

⑤ 唐长孺：《白衣天子试释》，载《燕京学报》第35期，1948年，第227—238页。

⑥ 李正宇：《关于金山国和敦煌国建国的几个问题》，载《西北史地》1987年第2期。
氏著：《敦煌史地新论》，台北：新文丰出版公司，1996年，第193—222页。

⑦ 卢向前：《金山国立国之我见》，载《敦煌学辑刊》1990年第2期，第14—26页。

⑧ 杨秀清：《敦煌西汉金山国史》，兰州：甘肃人民出版社，1999年，第72—76页。

金山国和金山（金鞍山）之间有一定的关系。作为地方名山的三危山与鸣沙山，一贯被认为是民众信仰的神山。据 S. 5448《敦煌录》记载的敦煌十三处名胜古迹中描述："次东入瓜州界。州南有莫高窟，去州二十五里，中过石碛，带山坡至彼斗下谷中。其东即三危山，西即鸣沙山，中有自南流水，名之宕泉。古寺僧舍绝多，亦有洪钟……金鞍山，在沙山西南，经夏常有雪，山中有神祠，甚灵，人不敢近。"三危山与鸣沙山并列在先，金鞍山位居其后。为什么张承奉的政权不称三危山国、鸣沙山国或敦煌国，而是借寿昌县境内金山的名字而建立国家呢？

（一）金山信仰的民俗化和宗教化

至迟在晚唐懿宗时期，作为山岳信仰的金鞍山崇拜已经非常明显。咸通八年（867）以后撰写的 P. 4640《翟家碑》[1] 中有"盖燉煌固封，控三危而作镇。龙堆旁（磅）礴，透弱水而川流。渥洼则西望金鞍，宕谷东照焉秀。长岩万仞，开圣洞之千龛"。

在金山国建国前，岁时仪式中举行了祭金鞍山神，而且得到了归义军政府的支持。S. 1366《归义军衙内油面破用历》中记载："（四月）准旧金安（鞍）山赛神面二斗……廿二日……赛金山王神食七分、灌肠面三升、用面二斗四升、油一升四合。"P. 4640《已未年—辛酉年（899—901）归义衙内破用用纸布历》中，899 年六月廿六日"赛金鞍山神，用粗纸叁拾张"。901 年正月十五日"赛金鞍山神，支粗纸叁拾张"。在归义军祈求的山神中，能叫出名字的只有金鞍山神，看不到三危山神或鸣沙山神。当然，敦煌山岳信仰不仅包括金鞍山神，还包括其他山神。在 P. 4640 写本中，900 年三月九日"祭川原，支钱财糙纸壹帖"。901 年三月廿三日"祭川原，支钱财粗纸壹帖"。祭川原即祭祀当地的山川，在具注历与归义军衙府帐簿上经常可以看到。祭祀的规格（一贴纸是五十张）比金鞍山神（三十张纸）规格高。

---

① 郑炳林：《敦煌碑铭赞辑释》，兰州：甘肃教育出版社，1992 年，第 56 页。

作为民众信仰对象的金山崇拜，与三危山信仰、鸣沙山信仰一样，有被纳入佛教法事的迹象。据 S.3914《结坛发愿文》"时则有我河西节度使尚书，先奉为金山圣迹，以定遏蕃……置道场于金山，远望神威。延圣凡于西角"可知，河西节度使在寿昌县的金山开设了道场，金山信仰在地方政权所定的信仰体系中占有重要的地位。如 S.6249V《祈愿文》："先奉为金鞍东界，天龙布欢喜之云。玉塞西疆，释梵降祯祥之气。曹王理治，期庄鹤而继业传芳。"在曹氏归义军政权时期，留下了不少祭祀金山的记载。换言之，三危山、鸣沙山信仰属于传统的民间信仰，但金山信仰的兴起是由归义军政权发挥主导作用的，从而被全体民众所信仰。

（二）金山信仰的政治化

在分析金山信仰之前，先介绍一下唐五代时期敦煌的政局。安史之乱以后，河西的唐军向东迁移，吐蕃乘机占领河西。吐蕃统治时期持续了数十年。唐宣宗大中二年（848），敦煌大族张议潮联合当地各民族赶走吐蕃占领军，陆续收复河西州县。唐王朝设置归义军，封张议潮为节度使。此后，中原地带经历了黄巢之乱，唐王朝瓦解，历史进入了五代十国时期。在唐末五代，河西存在着几股主要势力：沙州归义军、其东是甘州回鹘政权、西侧是西州回鹘政权。位于塔里木盆地的于阗国、肃州龙家、凉州嗢末等，均在河西具有强大势力。

学者们已指出，赞美金鞍山是利用金鞍山的不可思议性而创造金山国的天命根据，并阐述了如下理由。[1]（一）金山国宰相张永撰写的赞歌 P.3633V《谨撰龙泉神剑歌一首》："不独汉朝今亦有，金鞍山下是长津。天符下降到龙沙，便有明君膺紫霞。天子犹来是天补，横截河西作一家。堂堂美貌实天颜，□德昂藏镇玉关。国号金山白衣帝，[2] 应须

---

① 郑炳林：《唐五代敦煌金鞍山异名考》，载《敦煌研究》1995 年第 2 期，133 页。杨秀清：《敦煌西汉金山国史》，兰州：甘肃人民出版社，1999 年，第 75—76 页。

② "国号金山白衣帝""白衣"或 P.2594 + P.2864 "白雀白雀歌竝进表"的"白雀"被看做是道教的标志。此外"白衣帝"与河西流行的"白衣为主"谶纬紧密相关。

早筑拜天坛。"（二）P. 2594V + P. 2864V 天祐三年（906）张永的《白雀歌并进表》中："伏以金山天子殿下，上禀灵符，特受玄黄之册。下副人望，而南面为君。继五凉之中兴，拥八州之胜地。十二冕旒，渐觌龙飞之化。出警入跸，将城万乘之舆。八备箫韶，以像尧阶之舞。乘白雀之瑞，膺周文之德。老臣不才，輙（辄）课《白雀詞》一首，每句之中，偕以霜、雪、洁、白为词。临纸悁汗，伏增战悚。三楚渔人臣张永进上……白衣居士写金经，誓弼人王不出庭。八大金刚持宝杵，长当护念我王城。白坛白兽白莲花，大圣携持荐一家。① 太子福延千万叶，王妃长降五香车……文通守节白如银，出入王宫洁一身。每向三危脩（修）令得，唯祈宝寿荐明君，寡词陈白未能休，笔势相摧白汗流。愿见金山明圣主，延龄沧海万千秋。颂曰：白银枪悬太白旗，白虎双旌三载枝。五方色中白为土，② 不是我王争得知。楼成白壁耸仪形，蜀地求才赞圣明。自从汤帝升霞后，白雀无因宿帝廷。今来降瑞报成康，果见河西再册王。韩白满朝谋似雨，国门长镇在燉煌。"正如李正宇先生、卢向前先生等所指出的，张永在金山国的表文中也混入了五行、谶纬学说、佛教净土思想、道教思想等。从"每向三危修令得，唯祈宝寿荐明君"来看，金鞍山信仰兴盛之时，虽然影响了三危山信仰，但三危山信仰并未消失。

金鞍山又称"金山王"（S. 1366），张承奉"金山天子"的称号并不是随意命名的。在金山国建立之前，张承奉曾自称"拓西金山王"。P. 4044《修文坊巷再茸上祖蓝若画两廊大圣功德赞并序》有"今缀茸上祖蓝若，敬绘两廊大圣，兼以钨镘惣毕，奉为我拓西金山王，永作西垂之主，大霸稷兴"。张承奉以金山王自居，也可以说是利用金山信仰，宣告金山神与张承奉个人有着私人关系。当然，在此背景下，为张承奉统一河西的政治目的起到了一定的作用。金山国建国，是在唐末中原无

---

① "白衣居士写金经，誓弼人王不出庭。八大金刚持宝杵，长当护念我王城。白坛白兽白莲花，大圣携持荐一家。"此处反映的当是佛教的净土信仰。

② "五方色中白为上"，据五行思想，西方属于金，色尚白。前文的"白衣帝"被认为是西方的天子。

法掌控河西的局势下，归义军重振河西秩序的观念体现。其抵御的对象指向了回鹘、吐蕃、羌等周边民族。为此，《龙泉神剑歌》叙述了征伐四方的计划后，又再次叙述"打却甘州坐五凉""兼拔翰海与西州"。① 在这样的背景下，金山国统一河西的计划不得不与周边少数民族政权产生冲突。

911 年，金山国被回鹘打败，统一大业受到挫折。P. 3633《辛未年（911）七月沙州百姓一万人状上回鹘大圣天可汗书》记载："回鹘大圣天可汗金帐。□□（伏以）沙州本是大唐州郡……近三五年来，两地被人斗合，彼此各起仇心。遂令百姓不安……城隍耆寿百姓再三商量，可汗是父，天子是子。和断若定，此即差大宰□（相）、□（僧）中大德、燉煌贵族耆寿，赍持国信，设盟文状，便到甘州……况沙州本是善国神乡福德之地，天宝之年河西五州尽陷……经年一百五十年，沙州社稷苑然如旧。东有三危大圣，西有金鞍毒龙，当时卫护一方处所。俯望天可汗信敬神佛，更得延年，具足百岁，莫煞无辜百姓。上天见知，耆寿百姓等誓愿依凭大圣可汗，不看吐蕃为定。两地即为子父，更莫信谗。今且陷将百姓情实，更无虚□（议）。"列举了三危山与金鞍山两座山，称三危山为"大圣"，金鞍山为"毒龙"。佛教中，佛菩萨被称为大圣，毒龙指邪念妄想，这些均可以感到佛教的色彩。正如"东有三危大圣，西有金鞍毒龙"所说，两位山神各自守护着敦煌。敦煌和回鹘都被称为佛国圣地。沙州的百姓依赖于回鹘的天可汗，经过为恢复两国和平而进行的协商，"金山白衣天子"改名为"敦煌国天王"。② 有趣的是，回鹘可汗被称为金山国天子之父。S. 1563《甲戌年（914）五月十四日西汉敦煌国圣文神武王敕》上盖有"敦煌国天王印"的印章。其中"敦煌国天子印"的长度、宽度为（6.4－6.5）cm×6.5cm。"金山

---

① 李正宇：《关于金山国和敦煌国建国的几个问题》，载《西北史地》1987 年第 2 期。氏著：《敦煌史地新论》，台北：新文丰出版公司，1996 年，第 202—203 页。

② 荣新江：《归义军史研究：唐宋时代敦煌历史考索》，上海古籍出版社，1996 年，第228 页。冯培红：《敦煌的归义军时代》，兰州：甘肃教育出版社，2013 年，第 226—230 页。

白衣王印"的规格仅为 6.0cm × (6.0 - 6.1) cm，印章的尺寸并未降格。[①] 而"敦煌国天王"的天王即是天可汗的同义词。[②] 金山国虽然标榜"白衣"和"金山"，但这些并未被回鹘所认可。

金山国改名敦煌国之后，金山信仰并未随着金山国的灭亡（914）而消失。据天成四年（929）撰写的 S.5548《敦煌录》记载："金鞍山，在沙山之南，经夏常有雪。山中有神祠，甚灵，人不敢近。每岁土主望祀，献骏马，驱入山中。稍近，立致雷电风暴之患。""土主望祀"是指当地统治者遥望金鞍山祭祀。但祭祀马匹并非儒家文化。祭祀金鞍山神，不用牛、羊、猪，而用马祭祀，当是游牧少数民族的习俗。[③]

小结

以上从敦煌的山岳信仰与佛教及政治体制的角度进行了探讨。山岳信仰的起源可追溯到自然崇拜，山神在自然神中地位很高，并与祖灵信仰相结合，受到了民众的信仰。三危山与鸣沙山自古以来是敦煌的名胜，同时也被作为山岳信仰的圣地为人们所崇信。后来佛教传入中国，敦煌成为丝绸之路上具有代表性的佛教都市。伴随着僧侣开窟修行，莫高窟两侧的三危山、鸣沙山的民俗信仰逐渐与佛教融合。三危山被神化，对民众生活产生了影响，而鸣沙山逐渐淡出了文献记载。

直到归义军时期，作为地方名山的三危山与鸣沙山，一直被奉为民众信仰的神山。在此背景下，金山信仰遽然在敦煌流行起来。金山和敦煌相距甚远，但在归义军张承奉时代，金山信仰被作为建立金山国的舆论工具。金山国是在唐王朝灭亡后无法控制河西的局势下建立的地方政权。金山国建立后面临周边政权的威胁，张承奉利用金山信仰，神化王

① 〔日〕森安孝夫：《河西归义军节度使の朱印とその编年》，载《内陆アジア言语の研究》xv，2000 年。冯培红：《敦煌的归义军时代》，兰州：甘肃教育出版社，2013 年，第 228 页。

② 张广达、荣新江：《有关西州回鹘的一篇敦煌汉文文献》，载《北京大学学报》1989 年第 2 期。荣新江：《归义军史研究：唐宋时代敦煌历史考索》，上海古籍出版社，1996 年，第 230 页。

③ 谭蝉雪：《敦煌岁时文化导论》，台北：新文丰出版公司，1998 年，第 63 页。

权，意图统一河西的计划，正是对有着佛教与金山信仰的甘州回鹘采取的怀柔政策，但结果却导致了直接的冲突。被回鹘打败后，虽然"金山国"的国名被否定，但金山信仰在敦煌依然延续了下来，并逐渐融入敦煌的民俗与佛教中。

总之，山岳信仰的盛衰，除了其自身的特征、地理的关系之外，政治因素也很重要。张承奉以白衣金山国的名号而建国，即是基于政治意图。从祭祀金山神的民俗活动中可知，金山国建立之前已存在金山信仰。相对于敦煌的三危山、鸣沙山信仰，尽管敦煌金山信仰的形成相对较晚，但金山信仰在当时的归义军政权，特别是因为与张承奉建立金山国有着密切关系而兴盛起来。金山国败于回鹘后，更名为敦煌国。金山信仰在敦煌及周边地区与民俗、宗教活动等相融合，在敦煌民众信仰中延续下来。

（敦煌研究院　马静　译）

附记：

本文是作者 2016 年在广岛大学提交的博士论文《唐宋敦煌民間信仰の研究》的一章，曾在京都大学人文科学研究所"中國中世寫本研究班"发表，以高田时雄教授为代表的诸位先生，以及博士论文审查答辩时白须淨眞老师都给与了宝贵的建议，谨致谢忱！原文《金山國の背景に見られる敦煌の山嶽信仰》刊发于京都大学《敦煌寫本研究年報》2017 年第 11 号，感谢敦煌研究院马静教师翻译拙作。

附：唐五代沙州诸山位置图

北　　　山　（马鬃山）

望山（博题台山）　　大鳥山（德山）

北
东

石德山（方山）

疏　勒　河　（流藜河）　　〔安西都〕

〔常樂都〕

石门山（墩墩山）　　沙州　　灵图寺　　危峰山　　常泉山（流沙子）　　〔瓜州都河〕

寿昌都　　鸣沙山　　三危山（大禹山）　　货泉山（大墩山）（大墩山）　　贡鳌山（金师兔山）

甘泉水（宕河）　　　　　　　　碛　水　山（黑巴兔山）　　　　　　　　苦泉山（火星照山）

厌石山（黑大坂）

瓦亭山（堆金山）　異泉山　　　沙　　　山（寿木土山）（火山）　　　　　　青鸾山（阿墨山）野马南山（野马南山）

鸣金山（阿覧金山）（金岭）　　　　　　　　苦口山（宕河南山百段）　　大雪山（宕河南山）

图片采自：李正宇：《古本敦煌乡土志八种笺证》，台北：新文丰出版公司，1998 年，卷首图版十。